El espejismo

Crimen y Misterio

Camilla Läckberg publicó en 2003 su primera novela, *La princesa de hielo*, ambientada en Fjällbacka, la región costera de la que es originaria. Debido a su gran éxito, abandonó su carrera como economista y se convirtió en la escritora de novelas de misterio que siempre soñó ser. Desde entonces, su trayectoria ha sido fulgurante y ha superado los treinta y cinco millones de ejemplares vendidos en más de sesenta países.

Henrik Fexeus es uno de los mentalistas de mayor reconocimiento mundial y uno de los más renombrados expertos en lenguaje y comunicación corporal. Autor de una amplia trayectoria en el campo del ensayo, sus obras han sido traducidas a veintiocho idiomas y han vendido más de un millón y medio de ejemplares.

Camilla Läckberg y Henrik Fexeus iniciaron con *El mentalista* (Planeta, 2022) y *La secta* (Planeta, 2023) una serie de novela negra que se ha convertido en un nuevo fenómeno internacional, aclamada por los lectores y por la crítica. *El espejismo* es su tercera y última entrega.

Camilla Läckberg
Henrik Fexeus

El espejismo

Traducción de Claudia Conde Fisas

Planeta

PEFC Certificado

Este libro procede de
bosques gestionados
de forma sostenible

PEFC

PEFC/14-38-00305 www.pefc.es

Título original: *Mirage*

Avda. Diagonal, 662-664, 08034 Barcelona (España)
www.planetadelibros.com

Adaptación de la cubierta: Booket / Área Editorial Grupo Planeta
Fotografía de la cubierta: © Magdalena Russocka / Trevillion Images
Primera edición en Colección Booket: febrero de 2025

Depósito legal: B. 269-2025
ISBN: 978-84-08-29847-2
Impresión y encuadernación: Rodesa, S. L.
Printed in Spain - Impreso en España

QUEDAN CATORCE DÍAS

Niklas comía sin prisa, contemplando a su familia al otro lado de la mesa. Todavía estaban a 17 de diciembre y parecía un poco pronto para poner la decoración navideña, pero su hija había decidido empezar ya. Por eso había duendes de porcelana blanca sobre el mantel y el cálido resplandor de las luces de Navidad iluminaba el ambiente. Había pensado que un árbol difícilmente sobreviviría hasta la Nochebuena dentro del apartamento, y por esa razón había colgado de la lámpara una guía de luces, como iluminación principal.

Su hija se había puesto un jersey de punto con lucecitas rojas y verdes que se encendían y apagaban, y él había elegido para la ocasión una corbata roja. Por supuesto, su traje era gris ceniza, como siempre. También para las extravagancias tiene que haber un límite.

Se llevó el tenedor a la boca con un nuevo bocado: un trozo de piña a la parrilla, glaseada con jengibre, guindilla y miel. En realidad, no era partidario de la fruta como ingrediente de un plato principal, pero a su hija le encantaba la piña. Seguramente la preferiría al jugoso solomillo de buey. Bueno, más para él.

Las otras dos personas estaban tan concentradas en la comida como Niklas y no parecían advertir que las estaba observando. Mejor así. Se le debía de haber puesto una expresión un poco tonta, pero no podía evitarlo. Se sentía, a falta de una manera mejor de expresarlo, satisfecho. Era una sensación nueva, que al fin y al cabo no le había costado tanto conseguir.

No le había hecho falta una brillante carrera profesional, aunque de hecho la tenía.

Ni tampoco un espacioso apartamento en Linnégatan, en el selecto distrito de Östermalm, aunque le resultaba muy agradable vivir allí con su hija.

Había bastado con que los tres se sentaran en torno a la mesa.

El atentado fallido que había sufrido seis meses antes, y que había acaparado los titulares de la prensa vespertina, era cosa del pasado. Ahora tenía más medidas de seguridad, desde luego. Probablemente se las mantendrían otros seis meses, hasta que su jefa recuperara la calma. Pero estaba tan acostumbrado a llevar escolta que ya consideraba a los guardias parte de la familia.

La familia.

Lo que hacía que todo tuviera sentido. Su hija tenía dieciséis años. Iba camino de convertirse en mujer, y él estaba convencido de haber desempeñado bien su papel de enseñarle el mundo. Algunas veces la niña se volvía contra él y le decía que lo odiaba, sí, pero eso formaba parte de la adolescencia. Frente a él estaba sentada su exmujer. Si alguien le hubiera dicho seis meses antes que iban a ser capaces de cenar juntos tranquilamente, no lo habría creído. Ni en sueños. Pero el tópico era cierto. El tiempo curaba todas las heridas. Y ahora estaban reunidos como una familia moderna, compartiendo una prematura cena de Navidad. Sin odiarse. Incluso se habían intercambiado regalos.

De repente se le hizo un nudo en la garganta y tuvo que mirar por la ventana, para que nadie notara que se le habían humedecido los ojos. La nieve caía tranquila y pausada en la oscuridad exterior. El mundo parecía una postal. Y lo mismo podía decirse de su vida en ese instante. Por primera vez en muchos años, se le había aliviado la tensión de los hombros y su perenne dolor de cabeza había desaparecido.

Un zumbido procedente del pasillo le indicó que alguien estaba llamando al timbre de la puerta. Su hija levantó la vista del plato, sorprendida.

—¿Quién puede ser? —dijo—. Es sábado. Recuerda lo que has prometido: nada de trabajo durante la cena de Navidad.

—No tengo ni idea —respondió él sinceramente, mientras se levantaba de la silla—. ¿No será para alguna de vosotras?

Su exmujer y su hija negaron con la cabeza.

Entonces Niklas salió al pasillo y se dirigió a la puerta principal.

—¡Si has contratado a un Papá Noel, te arrepentirás! —le gritó su hija desde el comedor.

La persona que esperaba al otro lado de la puerta, quienquiera que fuese, tenía que haber pasado el riguroso control de seguridad de los guardias apostados en la calle. Además, el hecho de que no lo hubieran llamado para prevenirlo de su llegada significaba que no necesitaba prepararse para recibir al visitante. La pantalla instalada sobre la puerta le permitió ver a la persona en cuestión: un hombre con nieve en los hombros, casco de ciclista y chaqueta con una estrella roja en el pecho. El logo de la empresa de mensajería No Solo Correo. Eso lo explicaba todo.

—¿Sí? —dijo Niklas, abriendo la puerta.

—¿Niklas Stockenberg? —preguntó el hombre, que aún no había recuperado el aliento, mientras le tendía un pequeño sobre negro—. Aquí tiene. Carta para usted.

El sobre no llevaba nada escrito. Frunciendo el ceño, Niklas lo cogió y le dio la vuelta. Tampoco había nada del otro lado.

—¿Quién lo envía?

Pero el hombre ya se había ido. Había echado a correr escaleras abajo en cuanto le había dado el sobre. Probablemente se le estaría haciendo tarde para su siguiente entrega.

Niklas cerró la puerta y abrió el sobre. Dentro había una tarjeta blanca. Al sacarla, observó que era una tarjeta de visita, de las más elegantes. Pero no llevaba impreso ningún nombre, sino únicamente una especie de número: un ocho grande, representado como un recipiente lleno hasta la mitad. Debajo, un teléfono. Por lo demás, la tarjeta estaba en blanco.

Niklas frunció el ceño. No conocía el símbolo y el número de teléfono no le resultaba familiar, pero su intuición le reveló de inmediato de qué se trataba. Era un mensaje que desde hacía muchos años sabía que recibiría, aunque esperaba no tener que ver nunca. Había rechazado la idea y la había expulsado de su vida. No estaba preparado.

Por supuesto, también podía ser publicidad.

Solo había una manera de averiguarlo. Sacó el teléfono del bolsillo interior de la chaqueta y llamó al número que figuraba en la tarjeta. Le temblaban las manos.

Después de tres tonos, le contestó una voz femenina en una grabación.

—Hola, Niklas Stockenberg. Esperamos que haya quedado satisfecho con nuestros servicios durante este periodo, que ahora finaliza. Le quedan... catorce días... una hora... y... doce minutos... de vida.

Apretó con fuerza el teléfono en la mano, como para destruir el mensaje. Sentía el corazón en la garganta y el aire ya no le llegaba a los pulmones. La habitación comenzó a dar vueltas a su alrededor y tuvo que apoyar una mano en la pared para no desmoronarse.

Oía risas desde la cocina. Su hija y su exmujer debían de haber encontrado algo divertido.

Cayó de rodillas sobre la alfombra del recibidor. Por fortuna, había comprado una alfombra cara y bastante mullida, porque de lo contrario habría podido hacerse bastante daño. Cerró los ojos e intentó concentrarse. Sabía desde hacía mucho tiempo que ese día llegaría, pero se había negado a aceptarlo. Quería creer que se salvaría.

¡Había pasado tanto tiempo!

—Papá, ¿dónde te has metido? —le gritó su hija—. Te advierto que si te estás poniendo un disfraz de Papá Noel, llamaré a los periódicos.

Niklas volvió a apoyarse en la pared y se incorporó lentamente. Carraspeó varias veces y trató de respirar hondo y llenarse de aire los pulmones, para no temblar demasiado. Solo entonces fue al comedor.

Cuando las dos mujeres sentadas a la mesa lo vieron, dejaron de reír de inmediato.

—¿Quién era? —preguntó su hija, asustada—. Estás pálido.

Su exmujer se levantó de la mesa como impulsada por un resorte.

—Ven, siéntate antes de que te caigas —le dijo, mientras lo dirigía hacia una silla y le palpaba la frente.

—No era nadie —respondió él—. Un tipo que se ha equivocado de puerta.

—Estás empapado en sudor. ¿No te estará dando un infarto? ¿Estás tomando alguna medicación? ¿Quieres que llame a una ambulancia? ¡Háblame, Niklas!

Pero él giró la cabeza hacia su hija e intentó sonreírle.

—No es nada, Nathalie —dijo—. Solo me he mareado un poco.

Nathalie miró a su madre con expresión interrogativa. Niklas, por su parte, le quitó a su mujer la mano que le había apoyado sobre el hombro, y la sostuvo entre las suyas durante unos segundos.

—Te lo agradezco, Mina, pero no necesito ninguna ambulancia —dijo—. Se me pasará pronto.

La nieve que veía por la ventana ya no caía tranquila y pausada, sino que formaba un muro frío e implacable, que lo encerraba en una prisión invernal de la que no podría escapar.

No tenía adónde huir.

Dentro de dos semanas estaría muerto. ¡Y aún le quedaban tantas cosas por hacer! Miró a Mina y abrió la boca para decir algo, pero la cerró enseguida. ¿Había hecho por ellas todo lo que estaba en su mano? ¿Había sido un buen padre para Nathalie? ¿Lo echarían de menos? ¿Qué dirían en el trabajo?

Las lucecitas rojas y verdes del jersey de Nathalie se encendían y apagaban con alegre determinación. Niklas no quería morir.

La tarjeta de visita se le cayó de las manos y acabó en el suelo. No la recogió. Dejó escapar un largo suspiro y se pasó una mano por la cara.

Los últimos veinte años habían sido buenos. Incluso muy buenos. Pero, como le había dicho a Mina, todo eso pronto pasaría.

Faltaban solo catorce días, una hora y doce minutos. Aunque probablemente los minutos ya solo eran diez.

Vincent estaba tumbado en el suelo de su camerino en el Teatro Scala de Karlstad. Había apagado la lámpara del techo y solo mantenía encendidas las luces en torno al espejo de maquillaje. Las cálidas bombillas alineadas alrededor del espejo eran uno de los pocos detalles que coincidían con la imagen que la gente suele hacerse del interior de un teatro. Quizá fuera culpa de toda una vida de programación mental por parte del cine de Hollywood, pero a Vincent le encantaban esas bombillas. Le parecían bonitas y románticas.

Hacía una hora que la función había terminado. Los miembros de su equipo estaban muy ocupados en el escenario, que se encontraba un piso más abajo. Tenían que desmontar toda la escenografía, el atrezo y el voluminoso equipo de iluminación y cargarlo todo en dos grandes camiones. Siempre contaban con personal local para esa tarea, y el director de la gira, Ola Fuchs, era toda una leyenda en el mundo del espectáculo sueco, pero aun así tardaban por lo menos tres horas en terminar de desmontar. El público no sabía que las dos horas del brillante espectáculo de Vincent requerían por lo menos siete horas de trabajo muy poco glamuroso, entre la preparación anterior a la función y las tareas posteriores. Todas las noches.

Vincent corrigió con cuidado su postura en el suelo. El suelo de linóleo era increíblemente duro. Echó una mirada al sofá y se arrepintió de no haberse acostado ahí. Pero ya era tarde. Solo podía quedarse quieto donde estaba.

En el Teatro Scala abundaban los números impares y, por lo tanto, incómodos para él. La altura del techo sobre el escenario era de cinco metros. Si hubieran sido seis, se habría sentido mucho mejor. Del techo colgaban diecisiete tubos a los que se podían fijar los focos y los elementos del atrezo. Tampoco era un buen número. Sin embargo, cinco más diecisiete hacían veintidós, una cifra formada por dos doses. Mejor. Además, dos más dos eran cuatro: el total de funciones que ofrecería en ese teatro durante la temporada.

Del perchero colgaba el traje que se había puesto para el espectáculo. Esta vez había elegido un tres piezas: pantalón, americana y chaleco. Después de todo, era la última función antes de Navidad. Tres piezas. ¡No! ¡Mierda! No lo había pensado. También por culpa del traje, había terminado la función empapado en sudor. Nada más llegar al camerino se había quedado en camiseta y calzoncillos. De ese modo, si alguien entraba de repente no lo tomaría por un muerto, como podía suceder si lo encontraba tumbado en el suelo con el traje puesto. Sonrió para sus adentros. Todos acabamos aprendiendo de nuestros errores.

Un repentino estrépito procedente del escenario lo sobresaltó. Debía de haberse roto algo. Los juramentos de Ola se oían desde el camerino, pero Vincent había aprendido mucho tiempo atrás que era mejor no enterarse de algunas cosas. Al comienzo de su carrera, había intentado ayudar en la preparación y desmontaje del espectáculo. Había oído críticas contra los artistas engreídos que nunca movían un dedo y solo se preocupaban por su actuación, y no quería ser uno de ellos. Pero enseguida se había dado cuenta de que no era más que un estorbo. Lo mejor para todos era que se mantuviera apartado hasta que terminaran.

Eso significaba que podía quedarse tumbado en el duro suelo por lo menos una hora más, hasta que estuvieran cargados los camiones. Se alegró de que así fuera, porque los dolores de cabeza habían vuelto con redoblada intensidad. Sobre la mesa, a su lado, había un vaso con los restos de un polvo efervescente. Aspirina Plus. Desde hacía un tiempo sobrevivía gracias a las medicinas contra la jaqueca, preferiblemente con cafeína. Se preguntó si debería tomar otra, pero pensó que no le serviría de nada. Se limitó a cerrar los ojos y suspirar, a la espera de que el dolor se le pasara. O de que al menos se le aliviara un poco. En las giras anteriores, solía sentirse agotado después de actuar y quizá un poco cansado mentalmente. Pero el dolor de cabeza era nuevo. Había comenzado a padecerlo tras las funciones hacía más o menos medio año, y en poco tiempo se había convertido en algo permanente. Podía ser más intenso o más ligero, pero siempre estaba presente. Tenaz. Inquietante. Ya ni siquiera recordaba cómo era vivir sin dolor de cabeza.

Se negaba a creer que fuera un signo de la edad. Al fin y al cabo, todavía le faltaban unos meses para cumplir cincuenta años. Y las funciones de ahora no eran más exigentes que las de antes. Por lo tanto, solo quedaban dos explicaciones. O bien tenía un tumor cerebral, o bien sus jaquecas eran psicosomáticas. Le costaba creer que se tratara de lo primero, ya que no notaba ningún otro síntoma. Sin embargo, si él mismo se estaba provocando el dolor de cabeza, ¿cuáles podían ser sus motivos? ¿Intentaba decirse algo a sí mismo?

Deseó, como tantas otras veces, que Mina estuviera a su lado, porque ella habría tenido una respuesta. Desde los sucesos del verano anterior con Nathalie y Nova, apenas se habían hablado unas pocas veces, en parte porque los dos habían estado muy ocupados —Vincent con la preparación de su nuevo espectáculo y Mina con otras investigaciones—, pero también porque todavía les parecía poco apropiado encontrarse para algo que no fuera el trabajo policial. Cuando se veían, siempre le quedaba a Vincent la sensación de que el encuentro había sido demasiado breve. El dolor de cabeza era menos intenso cuando estaba con ella. Y la sombra que habitaba en su interior se replegaba sobre sí misma.

El equipo policial del que ella formaba parte había conseguido una vez más el voto de confianza de los superiores, por lo que Mina solía tener mucho trabajo. Y las pocas veces que podía desconectar, resultaba que Umberto, de ShowLife Productions, le había programado una gira cuyas fechas coincidían con una precisión casi sádica con los días libres de Mina. Era como si los jefes de ella y el agente de él se confabularan para impedir que se vieran.

También estaba lo otro: el misterio que tenía en su estudio y del que nunca se había atrevido a hablarle. Eso no facilitaba el encuentro, e incluso era posible que fuera la causa de sus dolores de cabeza. No lo había pensado, pero podía ser. Le había dedicado muchas horas de esfuerzo mental durante el otoño, sin hallar la solución. Solo sabía que más le valía tomarse en serio la amenaza que representaba.

La persona que le había enviado el primer mensaje seis meses atrás había demostrado ser muy paciente. Vincent no quería importunar a Mina con sus problemas. Tenía que resolver él solo el enigma.

Aun así, después de cada función tenía la esperanza de que ella estuviera allí, esperándolo entre bastidores, como aquella primera noche en Gävle. Pero no estaba nunca, claro. Ella tenía su vida y él la suya. Pese a todo, seguía pensando que se veían demasiado poco.

Por otra parte, desde el final del verano había podido pasar mucho más tiempo que antes con su familia. Había tenido que llevar muletas a causa de la fractura en el pie, y eso le había impedido actuar durante unos meses, porque no podía salir sin ayuda a escena. En consecuencia, había tenido la oportunidad de quedarse en casa todas las noches y de estar presente durante el día, tal como su mujer Maria siempre había deseado. Al cabo de unos días, sin embargo, comenzó a hacerse evidente que en realidad Maria deseaba esa situación mucho menos de lo que ella misma pensaba. Incluso los niños habían empezado a mirarlo con recelo, como si se preguntaran las razones de que estuviera siempre en casa.

Y la sombra en su interior había vuelto a extenderse.

Por eso nadie se alegró tanto como su familia cuando inició una nueva gira. Desde entonces había estado trabajando a toda máquina, a menudo con dos funciones al día. El secreto estaba en mantenerse ocupado y no pensar en cosas que no tenía sentido remover.

Miró al techo. ¿Podía una persona quemarse las neuronas? ¿Usar el cerebro hasta el punto de hacerse daño? Muy poco probable. Aun así, se dijo que debería consultarlo, porque allí donde estaba, tumbado en el suelo del Teatro Scala de Karlstad, tenía la sensación de que eso era exactamente lo que le estaba pasando. Suspiró, cerró los ojos y añadió el dolor de cabeza a la larga lista de cosas que necesitaba analizar con Mina.

Akai caminaba con paso decidido por los andenes del metro. Había aprendido mucho tiempo atrás que cuando alguien tiene pinta de saber lo que está haciendo, nadie le hace preguntas. El chaleco amarillo reflectante también ayudaba. Para la gente cansada que cogía el metro a esas horas de la noche, el chaleco lo volvía paradójicamente invisible. Lo convertía en uno más de los que trabajaban allí. Nadie que valiera la pena mirar. En cierto modo era cierto que estaba trabajando, pero no de la manera que la gente podía suponer.

Al llegar al final del andén, apartó una pequeña valla, con cuidado para que la cámara de vigilancia no le captara la cara. Era solo un técnico de mantenimiento que se dirigía a hacer su trabajo, nada más. Pero se alegraba de que las cámaras no captaran el traqueteo de los botes de aerosol que llevaba en la bolsa.

Después de la valla había una escalera que bajaba del andén al túnel de las vías. No le gustaba recorrer los túneles, era demasiado peligroso. Los trenes nuevos eran mucho más silenciosos que los antiguos, lo que significaba un mayor riesgo de accidentes para los grafiteros que seguían bajando a las vías.

Por otra parte, su forma de expresión artística había evolucionado. Los grafitis le parecían cosa de aficionados. Él trabajaba con carteles y plantillas retro de los años noventa. Claro que nada era lo mismo desde que se había revelado la identidad de

Banksy, su dios particular. Pero Akai creía haber llevado su arte a un nivel más actual y elevado. Sus exposiciones en el casco antiguo de Estocolmo así lo confirmaban. Resultaba casi chocante lo que la gente estaba dispuesta a pagar por su obra, sin conocer siquiera su identidad. Akai era solo su nombre artístico. Al igual que Banksy, no pensaba revelar su verdadero nombre. Seguiría siendo un misterio para el mundo del arte.

Tras recorrer unos cuantos metros por el túnel, encendió la linterna frontal. Había suficiente espacio a los lados de las vías para que el personal pudiera desplazarse sin peligro. El cuarto de servicio estaba un poco más adelante. Allí solía pasar mucho tiempo la novia de un colega suyo, que formaba parte del personal técnico de MTR, la compañía del metro. Akai le había prometido a su amigo que le decoraría todo el cuarto de trabajo, como regalo de cumpleaños para su chica. Se llevaría una bonita sorpresa al día siguiente, cuando entrara a trabajar por la mañana y viera un bosque en lugar de las habituales paredes de hormigón. Los árboles y arbustos cubrirían todas las superficies y, entre los troncos y las ramas, aparecerían familias de duendes inspiradas en las ilustraciones de John Bauer. Quedaría genial.

Pasó por delante de una intervención anterior suya en las paredes del túnel. En el mural aparecían varios de sus conocidos, pero alguien había garabateado «Sussi estuvo aquí» en la cara de uno de sus amigos. Putos vándalos.

La grava crujía bajo sus pies. La puerta del cuarto de servicio se perfiló a cierta distancia a la luz de la linterna. Después de rodear un montón de grava, se detuvo. Había notado algo raro. Se giró una vez más hacia el montículo. Era tan alto que casi le llegaba a la entrepierna. No era raro que hubiera grava acumulada en los túneles. De hecho, había visto de todo allá abajo. Pero por varios puntos del montón sobresalían unas puntas blancas. Le recordaban a algo que había visto en una película, pero no conseguía ubicar qué era exactamente. Apartó un poco de grava y enseguida dio un paso atrás, al comprender de qué se trataba.

Eran huesos.

Algún imbécil los habría dejado allí para hacer una broma pesada. Era la única explicación. Pero ¿de qué animal podían ser unos huesos tan grandes? Al tirar de uno de ellos para sacarlo, removió todo el montón de grava. La cima se derrumbó, dejando al descubierto varios huesos más. A la luz de la linterna frontal, una calavera le dirigió una sonrisa macabra.

Era un cráneo humano.

Akai no habría sabido decir si lo primero que hizo fue gritar o correr, pero estaba seguro de haber hecho las dos cosas.

QUEDAN TRECE DÍAS

Mina contempló fascinada el sándwich en el plato. Sí que estaba haciendo progresos. Antes, solo habría sido capaz de desayunar un yogur herméticamente envasado. Pero ahora estaba comiendo un sándwich que podría haber estado expuesto a cualquier cosa imaginable. Y ayer había disfrutado plenamente de la cena en casa de Niklas. Por supuesto, habían pasado un mal rato cuando su exmarido se mareó, pero Nathalie le había asegurado que no era algo que le sucediera con frecuencia y, además, se recuperó enseguida. Mina esperaba que siguiera su consejo y acudiera a la consulta de un médico esa misma mañana.

Había vuelto a cenar con su hija y con su ex. La vida discurría por caminos misteriosos, no cabía ninguna duda. Habría mentido si hubiese dicho que el recorrido hasta allí había sido simple y directo. Su relación con Nathalie había sido más bien una especie de chachachá, con dos pasos adelante y uno atrás. Aun así, habían llegado lentamente hasta donde se encontraban ahora, un punto en el que podían reunirse para cenar los tres juntos.

Dio un bocado al sándwich, saboreando complacida la combinación de mantequilla, queso y pimiento sobre una rebanada de pan integral, consciente de que desde el punto de vista nutricional habría sido lo mismo comer un trozo de bizcocho. Pero, al fin y al cabo, era Navidad.

Se preguntó cómo la celebraría Vincent. Con su familia, desde luego, pero ¿sería una gran reunión familiar con muchos parientes o algo más íntimo y tranquilo? Sintió un pinchazo por dentro y descartó la idea de que fueran celos. Lo echaba de menos. Solo habían hablado unas pocas veces desde que le había salvado la vida a Nathalie, el verano anterior. Y eso, por varias razones. Por un lado, a ninguno de los dos se le daba bien charlar sobre intrascendencias. Por el otro, Mina se había dedicado en cuerpo y alma a construir de manera lenta pero segura la frágil relación con su hija. La muerte de Peder también había creado un vacío, una distancia impuesta por el dolor.

Se le llenaban los ojos de lágrimas cada vez que se acordaba de su colega.

Además, quedaba el pequeño detalle de no saber todavía qué significaban el uno para el otro. Pensaba en Vincent con más frecuencia de lo que ella misma estaba dispuesta a reconocer. Pero él ya tenía una familia y una mujer tremendamente celosa. Mina no quería estorbar.

Por eso se había sepultado en una pila de trabajo y lo había utilizado como excusa para no verlo nunca.

Como no quería pensar, se obligó a concentrarse en el programa matinal de la televisión. Acababa de entrar en el estudio el cantante Niklas Strömstedt, que estaba a punto de interpretar el tema *Tänd ett ljus*. ¿No era Triad el grupo que había grabado la versión original? Mina se esforzó por recordar el nombre de los otros dos integrantes de la banda, pero solo le vinieron a la mente imágenes de Orup y Anders Glenmark, que junto con Niklas Strömstedt habían formado el grupo GES. Empezó la canción, con el obligatorio decorado de velas encendidas, y Mina sintió que se le contagiaba a su pesar el espíritu navideño. En realidad, odiaba la Navidad. Las fiestas de su infancia lo habían sido todo menos apacibles. Al cabo de un tiempo se mudó con su abuela y entonces comenzaron a ser más tranquilas, pero siguieron siendo muy humildes.

Se levantó y fue a por más café. Cuando volvió a sentarse, echó una mirada al teléfono sobre la mesa del salón. Quizá debería enviarle un mensaje a Vincent para felicitarle la Navidad, después de todo. Se preguntó cómo lo interpretaría él, aunque tampoco había mucho que interpretar en un sencillo «Felices fiestas». Una felicitación navideña no era más que eso: unos buenos deseos expresados entre amigos.

Alargó el brazo, cogió el teléfono y empezó a teclear. Borró lo escrito y comenzó de nuevo. Lo borró otra vez y volvió a escribir. Añadió una carita sonriente después del mensaje, pero se arrepintió enseguida. Quitó el emoji, pero conservó las palabras de felicitación y finalmente pulsó el botón de enviar.

Cuando Niklas Strömstedt terminó de cantar, Mina ya se había arrepentido de haber mandado el mensaje.

Hacía más de una semana que nevaba. El jardín de Vincent en torno a su casa de Tyresö parecía cubierto por una gruesa capa de algodón. De niño le encantaba la nieve, pero con los años había dejado de gustarle. Quizá tuviera algo que ver con la pala que tenía entre las manos. La nieve deja de ser divertida cuando uno tiene que ocuparse de quitarla. Además, seguía dolorido y magullado después de pasar la noche en el autocar de la gira, de regreso del Teatro Scala de Karlstad. No había podido dormirse hasta las cuatro de la mañana, cuando el autocar llegó a Estocolmo y se quedó estacionado en Barnhusbron, junto a los autobuses de otras giras que habían llegado a la ciudad durante la noche. Había podido dormir unas tres horas mientras el autobús estaba aparcado antes de coger un taxi a casa, muerto de sueño.

Echó un vistazo a la ventana de la cocina, donde estaba desayunando su familia. Había prometido despejar de nieve el sendero antes de que Aston y Rebecka salieran para el colegio. Hincó la pala en la nieve, levantó toda la que pudo y la arrojó en el lugar donde debía de estar el césped, bajo el manto blanco. Ante él apareció un pequeño rectángulo libre de nieve, por donde asomaba el sendero de grava que conducía a la carretera. Era un comienzo, pero también la constatación de que aún le quedaba mucho trabajo por hacer.

Se estiró y se llevó una mano a la espalda. Delante de su cara, el aire se volvía blanco con su aliento. El frío golpeaba con fuerza. Casi nunca nevaba antes de enero, si es que llegaba a nevar. Su casa estaba bastante al sur y allí solía caer sobre todo aguanieve. Pero, según todas las previsiones, el invierno prometía ser uno de los más fríos y nevados de los últimos tiempos. Ya tenía por lo menos veinte centímetros de nieve en el jardín y todavía estaban a mediados de diciembre. Ante sus ojos, el pulcro rectángulo que acababa de despejar se fue cubriendo de nieve recién caída.

Sísifo.

Se sentía como Sísifo.

Con un suspiro, volvió a la puerta principal y apoyó la pala contra la pared. Los niños tendrían que abrirse paso entre la nieve para llegar a la carretera. La puerta se abrió sin darle tiempo a coger el picaporte y Aston salió corriendo al jardín con su mono de invierno.

—¡Ha nevado más! —gritó—. ¡Me encanta la nieve!

Se tumbó en el suelo y empezó a agitar los brazos para adornarse con las alas de un ángel. El frío no parecía preocuparlo.

—Papá, ¿podemos construir una casita de nieve esta tarde? ¿O un iglú? ¡Por favor, por favor, por favor!

Vincent volvió a ver mentalmente las casitas de nieve en las que jugaba de pequeño. O, mejor dicho, «con las que jugaba», ya que por lo general no pasaban de ser un estrecho pasadizo a través de un montón de nieve removida en el patio de su casa. Se estremeció. No le gustaban los túneles estrechos, aunque comprendía su atractivo. Había algo emocionante en la posibilidad de construir de esa manera un mundo propio. Claro que, en cierto modo, todos construían su propio mundo, aunque solo fuera con la imaginación, porque la realidad de cada uno era diferente de la del resto. Y sin embargo...

—¿Papá? —dijo Aston, que ahora estaba frente a él—. ¿Te ha entrado nieve en el cerebro o qué?

Vincent parpadeó. Acababa de abrir la boca para decir que hacía falta mucha más nieve para fabricar una casa, cuando Maria salió por la puerta.

—Aquí nadie va a construir ninguna casa de nieve —afirmó con contundencia, cruzándose de brazos—. Se pueden derrumbar y son un peligro. ¿Y por qué, si se puede saber, has salido a despejar el sendero con guantes de cabritilla y abrigo de Hugo Boss? ¿No puedes tener ropa de invierno práctica, como la gente normal?

Por supuesto, tenía razón. Respecto a la ropa y respecto a la casita de nieve. Acertaba en ambas cosas. Sin embargo, Vincent no tenía un plumífero, ni uno de esos gorros de punto con un gran pompón que todo el mundo llevaba últimamente. Además, había formas de construir casas de nieve sin que se derrumbaran. Solo había que pensar en hexágonos, como había hecho Buckminster Fuller, o colocar los bloques en un arco que distribuyera el peso entre todos los elementos de la construcción. Si tan solo hubiera más nieve... Entonces notó la mirada de Maria y carraspeó.

—Tu madre tiene razón —dijo—. Y para construir un iglú, necesitaríamos hielo.

—¡Genial! —exclamó Aston, tumbándose otra vez en la nieve—. Podemos sacarlo del congelador.

—Bueno, el congelador tiene una capacidad de doscientos setenta y ocho litros —replicó Vincent—, repartidos en siete niveles. Las dimensiones exteriores de un iglú deben de ser de...

Entonces oyó que su mujer se aclaraba sonoramente la garganta a sus espaldas.

—El congelador es demasiado pequeño —se apresuró a añadir—. Por cierto, ¿dónde está tu mochila?

Maria dejó escapar un suspiro y se fue en busca de la mochila. Aston se levantó del suelo y se puso a fabricar una bola de nieve cuyo destinatario resultaba bastante evidente.

—Espera. Voy a buscar las llaves del coche, para que podamos ponernos en marcha —anunció Vincent, girándose rápidamente.

La bola se le estrelló en la espalda antes de que pudiera cruzar el umbral. Detrás de él, Aston se reía a carcajadas.

En el recibidor estaba Maria, preparando una muda de ropa para su hijo.

—Por cierto —dijo Vincent—, he estado intentando localizar a tu hermana, para ponernos de acuerdo sobre los niños en Navidad, pero parece que tiene el teléfono apagado. Lleva así varios días. ¿Sabes si se ha ido de viaje o algo?

Maria metió un par de calzoncillos largos en el fondo de la mochila.

—Hace siglos que no hablo con Ulrika —respondió secamente—. Deberías ocuparte tú mismo de seguirle el rastro a tu exmujer.

—Es lo que intento hacer —replicó Vincent—. Pero me parece raro que no coja el teléfono. —Entró en la cocina para coger las llaves del coche mientras llamaba otra vez a Ulrika.

No hubo respuesta, lo mismo que las veces anteriores.

Le escribió un mensaje pidiéndole que lo llamara en cuanto pudiera. Después de todo, faltaban muy pocos días para Navidad.

Entonces vio el mensaje de Mina. Un breve «Felices fiestas». No sabía qué contestar. La frase era una especie de desafío, como si Mina le estuviera exigiendo que se definiera. Su relación se encontraba en un punto de equilibrio que en cualquier momento podía decantarse en una u otra dirección. Si le respondía con la misma brevedad, le confirmaría que de ahora en adelante su relación sería de superficial cortesía. En cambio, si le contestaba con algo más personal, le demostraría de una vez para siempre que quería ser algo más para ella que un simple colaborador en asuntos de trabajo. Y si lo hacía, abriría una caja de Pandora de preguntas sobre lo que pretendía ser.

Felices fiestas.

Joder.

Tras un momento de vacilación, apagó la pantalla y se guardó el teléfono en el bolsillo. Ya respondería más adelante, cuando hubiera tenido tiempo de pensar.

—Papá, ¿vienes o no? —le gritó Aston desde la puerta—. ¡Se me hace tarde!

—¡Ya voy! —le contestó él.

Durante medio segundo estuvo barajando la posibilidad de llamar al trabajo de Ulrika para preguntar si estaba enferma; pero, si lo hacía, era probable que Maria se quejara de lo mucho que se preocupaba por su hermana. Era mejor esperar a que Ulrika llamara cuando pudiera.

Cogió de la encimera las llaves del coche, pero, antes de salir, pasó por el estudio, para comprobar que la puerta hubiera quedado bien cerrada. Desde hacía unos meses había adquirido la costumbre de cerrar con llave la puerta del estudio, pensando en su familia. Si llegaban a ver lo que tenía ahí dentro, no solo le harían preguntas difíciles de responder, sino que además se asustarían. Tendrían casi tanto miedo como él.

—¿Están seguros de que son huesos humanos?

Mina se obligó a respirar hondo y de manera pausada. Pocos ambientes le resultaban tan desagradables como el lugar donde se encontraba ahora: los oscuros y sucios túneles que constituían la red de metro de Estocolmo. Además, hacía un frío espantoso. En circunstancias normales, le gustaba el frío, pero dentro de un límite. Su aliento se convertía enseguida en una nubecilla blanca y tenía que frotarse los brazos para recuperar algo de calor.

—Sí, los técnicos están seguros. Y ten en cuenta que uno de ellos es arqueólogo —dijo Adam, sofocando un bostezo—. Un experto en huesos. Sabe lo que dice. De lo contrario, no tendríamos que estar aquí a las ocho de la mañana. Normalmente a estas horas aún no me he despertado del todo.

Por el tono de su voz, Mina notó que a Adam tampoco le resultaba indiferente el ambiente claustrofóbico de los túneles.

—¿Estamos seguros de que los trenes de esta línea no están circulando? —preguntó, colocando con cautela un pie delante del otro, a la luz de la linterna.

Al ver que algo se escurría delante de ella, no pudo reprimir un grito.

Después apretó los dientes y se obligó a seguir avanzando, a pesar de que el corazón le latía con tanta fuerza que parecía que se le fuera a salir del pecho. Un poco más allá se veía más luz y personas que se movían. Eso la ayudó a olvidar los horrores que podían acechar en la oscuridad y a concentrarse en el trabajo que tenía ante sí.

—Buenos días, Mina. Buenos días, Adam —los saludó el jefe del equipo de la policía científica—, aunque el día no se presenta particularmente bueno...

El hombre señaló el punto donde antes se encontraba el montón de grava, que los técnicos ya habían retirado en su mayor parte. Ahora solo quedaba una ordenada pila de huesos.

—Son huesos humanos, no hay ninguna duda. No hemos hecho más que una rápida inspección ocular, pero diría que todos pertenecen a un mismo cuerpo, aunque solo lo sabremos con seguridad cuando estén dispuestos sobre la mesa de la forense.

Mina contempló el montón de huesos mientras se frotaba los brazos para resistir el frío. Parecían casi un altar: pulcramente ordenados, colocados de forma simétrica, con el cráneo encima. En cierto modo, era como si fueran el resultado de un ritual, pero Mina se cuidó mucho de dejarse llevar por esa sensación. Era arriesgado empezar a hacer suposiciones en una fase tan precoz de la investigación. De hecho, le había parecido un poco extraño que le asignaran el caso a su grupo. Los huesos viejos no eran lo suyo. Pero supuso que las circunstancias en que habían sido hallados los convertían en algo fuera de lo común.

—¿Habéis encontrado algo que sirva para identificarlos? —preguntó, apartándose un poco para dejar que Adam se situara a su lado.

Tenían que ser cuidadosos y no contaminar la escena del crimen. Aunque sabía que no debía hacerlo, Mina no pudo reprimir el impulso de mirar a su alrededor. Los focos iluminaban gran parte del espacio y el pánico volvió a invadirla. Había suciedad por todas partes, y en la penumbra notaba cosas que se movían. Supuso que serían ratas, y la sola idea la hizo estremecerse.

No era la primera vez que bajaba a esos túneles. En sus tiempos de policía novata, había tenido que bajar varias veces para perseguir a algún sospechoso. Sabía que había gente viviendo allí abajo. Entre las sombras, lejos del mundo, ocultos de la realidad. Ni siquiera era capaz de imaginar cómo sería esa vida.

El técnico le estaba hablando y ella se obligó a prestarle atención para no pensar en las cosas que se movían en la oscuridad, allí donde no alcanzaba la luz de los focos.

—No hemos encontrado ninguna pista inequívoca. Ni ropa, ni documentación. Puede que algunos de los restos conserven ADN del posible autor. Estamos reuniendo todo lo que hay en un amplio círculo en torno a los huesos, para analizarlo. Sin embargo, creo que si encontramos algo, será del grafitero que nos avisó del hallazgo. Al menos el cráneo conserva todavía la dentadura, eso podría facilitar la identificación. Además, uno de los fémures presenta una fractura grave, rota por varios sitios, que ya estaba curada antes del deceso.

—Fémur fracturado... —repitió Mina pensativa—. ¿Cuánto tiempo dices que llevaba aquí?

—Es difícil decirlo. Solo Milda puede determinarlo con certeza, pero diría que son unos cuantos meses. Los huesos no parecen frescos, pero es solo una opinión. Milda nos sacará de dudas —dijo el técnico.

Mina miró a Adam, para ver si había establecido la misma conexión que ella. Su colega frunció el ceño mientras contemplaba la pila de huesos. De repente, sus ojos se iluminaron y se volvió hacia ella.

—¿Crees que es...?

—Sí, eso creo —respondió Mina—. Llamaré a Julia ahora mismo.

Se quedaron contemplando en silencio el macabro montón. Si eran los restos de la persona que pensaban, se desencadenaría una tormenta mediática. Y tendrían que plantearse nuevas preguntas.

Ruben se despertó empapado en sudor. Había visto en sueños la cara de Peder delante de la suya. Le ocurría a menudo. Su compañero estaba gris y había perdido gran parte de la mitad posterior del cráneo, pero eso no era lo peor de la pesadilla. Lo más terrible era su mirada, los ojos que parecían hacerle una pregunta y lo miraban por dentro. Por eso se había despertado. No era necesario que Peder le dijera nada para que Ruben supiera cuál era el mensaje.

«Puede terminarse en cualquier momento.»

Era la enseñanza que le había dejado Peder. La vida le ofrecía dos caminos, y ambos eran aterradores. Por un lado, todo podía acabar antes de que Ruben estuviera preparado. Y por otro, si no terminaba antes de tiempo, se haría viejo. Envejecía un poco más cada día que pasaba. Respiró hondo y se frotó la cara con una mano. Qué puta mierda tener que envejecer. Era casi peor que el otro camino.

Alguien se movió en la oscuridad y las sábanas crujieron a su lado. ¡Oh, no! Todavía estaba allí. Ese era el problema de llevarse a casa a una chica joven. Las mayores de treinta al menos comprendían que lo mejor para los dos era que cada uno se despertara en su casa y pasara página. Las jóvenes, en cambio, no tenían tanta experiencia y aún pensaban que era buena idea quedarse en la cama y acurrucarse juntos por la mañana. Tenían ideas románticas sobre compartir el desayuno y otras tonterías. En realidad, nunca era buena idea volver a verse a la luz del día.

Sobre todo cuando la luz podía revelar la edad de Ruben.

Miró el reloj del móvil y lanzó un juramento por lo bajo. No sabía cómo, pero había apagado la alarma la noche anterior. Se le había hecho tarde para ir a la jefatura. Julia lo había estado llamando, por algo relacionado con un hallazgo a última hora de la noche. Mientras él trataba de ligar delante del bar Riche, había ocurrido algo en las profundidades del metro. Perfecto. De momento, podían ocuparse los demás.

De repente sintió un calambre en la pantorrilla izquierda y tuvo que morderse el labio para no gritar de dolor. Estiró la pierna y se la masajeó, con cuidado de no despertar a la mujer que dormía a su lado. Se golpeó el músculo. Estaba duro como una piedra. Hacía cierto tiempo que padecía calambres. Si bebía poca agua por la noche, a la mañana siguiente tenía calambres a causa de la deshidratación. En cambio, si bebía suficiente, tenía que levantarse dos o tres veces para orinar, como un anciano.

Estaba hecho un vejestorio.

Era probable que su hija Astrid se quedara sin padre antes de llegar a la adolescencia.

Dejó escapar un suspiro. Era patético y lo sabía, no solo porque se negaba a envejecer, sino porque había caído otra vez en sus antiguos hábitos depredadores en sus relaciones con el sexo opuesto. Su psicóloga, Amanda, había puesto cara de querer darle una bofetada cuando se lo había contado. Pero ¿qué otro camino le quedaba? Amanda todavía era joven y no podía entenderlo.

Alargó una mano hacia la mesilla de noche y cogió dos de las cápsulas que encontró. Eran un suplemento dietético que había descubierto por internet y que en teoría debían ayudarlo a au-

mentar la potencia sexual y mantener la producción de testosterona. Probablemente eran un timo, pero había pagado por el suministro de todo un año, por si fuera cierto que servían para algo. Seiscientas coronas al mes. Se tragó las cápsulas y después levantó las sábanas para ver a la persona que tenía a su lado. Se la había encontrado al salir del local de Stureplan, que últimamente había vuelto a frecuentar. Se disponía a volver a casa después de una noche sin éxito cuando la vio fumando en la puerta. Se acercó a ella y le preguntó si le gustaban los uniformes, y, a diferencia de lo que había pasado dentro del bar, la estrategia había funcionado, por muy cutre que fuera.

Le apoyó la mano sobre la cadera y sintió la calidez de su piel. Estaba casi seguro de que se llamaba Emmy. O tal vez Emily. Algo acabado en «y».

Siguió acariciándola hasta que ella se acercó a él, somnolienta. Julia tendría que esperar, y Amanda ya podía decir lo que quisiera. La vida era demasiado breve. Y tal como Peder le recordaba todas las noches, podía terminarse en cualquier momento.

Vincent estaba en su estudio. A lo largo de los últimos años, la librería que tenía a sus espaldas había dejado de ser una estantería donde guardar libros para convertirse en mueble expositor. Desde que se había hecho pública la participación del maestro mentalista en la resolución del misterio de Jane, dos años y medio antes, sus entusiastas admiradores no habían parado de enviarle rompecabezas, acertijos y enigmas, para poner a prueba su ingenio. Pensarían que los pasatiempos misteriosos eran lo más divertido del mundo para él. Pero lo que no sabía la mayoría de la gente era que aquella vez había estado a punto de morir.

Por otra parte, no se equivocaban del todo. Era cierto que le gustaban los enigmas que le enviaban, cuando tenía tiempo para dedicarles. Muchos eran muy sencillos. Una de las variantes más corrientes era la carta cortada en varios trozos, pero había otros mucho más complicados. Un remitente anónimo en particular le enviaba los puzles más extraños que Vincent había visto nunca. No eran de su cosecha y parecían proceder de los lugares más remotos del mundo. Era evidente que su admirador desconocido estaba familiarizado con el género. Vincent sabía que se trataba siempre de la misma persona, por los mensajes manuscritos que acompañaban a los envíos, que muchas veces consistían en sí mismos en un acertijo.

Pero esta vez era otro tipo de enigma el que ocupaba su atención. Lo había fijado a la pared, por encima del escritorio. Era el mismo tipo de mapa mental que Mina había confeccionado en su apartamento, cuando trabajaban juntos en su primera investigación: un conjunto de pistas que, con un poco de suerte, podían explicar una situación o revelar patrones ocultos. Sin embargo, el mural de Vincent no estaba hecho de fotografías y anotaciones, sino de objetos físicos dispuestos sobre una línea cronológica, con una nota adhesiva debajo de cada objeto.

Era la razón por la que no permitía a nadie de la familia entrar en su estudio. Habría sido una pena que empezaran a dudar de su cordura y, mucho peor, que descubrieran el significado de la línea cronológica. Para Vincent, la pared hablaba con claridad. Alguien quería hacerle daño.

No le gustaba pensar en esa persona como su enemigo. ¿Debía considerarla su némesis? No, tampoco. ¿Su sombra, quizá? Sí, ¿por qué no? Después de todo, cada vez que recibía un nuevo envío por correo, la sombra en su interior cobraba nueva vida. Era como si ya no viviera solamente dentro de él y se hubiera manifestado en el exterior, en el mundo real, para aterrorizarlo. Además, una sombra tenía la misma forma que la persona que la proyectaba, aunque distorsionada. Y el remitente de los objetos de la pared, quienquiera que fuese, parecía conocer con exactitud sus patrones mentales, como si fuera una versión de sí mismo surgida de una pesadilla. Sí, podía llamarlo «la Sombra».

En el extremo izquierdo de la línea cronológica podía verse el viejo recorte plastificado del *Hallandsposten*, con la fotografía de Vincent de niño y, al fondo, la caja en cuyo interior había muerto su madre.

MAGIA ACABA EN TRAGEDIA.

Había perdido la cuenta de las veces que había leído ese titular. Dos años y medio atrás, alguien le había enviado ese artículo a Ruben y, en consecuencia, lo había convertido a él en el principal sospechoso del asesinato de Tuva, Agnes y Bobban. En realidad, la autora de los crímenes había sido Jane, su hermana desaparecida. Al principio, había supuesto que Jane debía de ser también la remitente del recorte de prensa, ya que parte de su plan consistía en señalar a Vincent como el culpable de los asesinatos. Pero no había sido ella. En cualquier caso, el artículo había sacado una vez más a la luz el pasado de Vincent, un pasado que durante mucho tiempo ni siquiera se había atrevido a recordar. La policía había tenido que mover muchas influencias para que nada de eso llegara a hacerse público.

Debajo del artículo, pegados con cinta adhesiva, había colocado los rompecabezas compuestos por figuras de Tetris que empezó a recibir poco después de la muerte de su hermana. Cada uno consistía en diferentes anagramas del titular y, todos juntos, componían de manera particularmente intrincada la palabra CULPABLE. En un inicio había pensado que los enviaba Nova, con el propósito de distraerlo de los sucesos de Epicura. Nova era la mujer que basaba sus enseñanzas en su propio dolor crónico y que había estado a punto de causar la muerte de Nathalie. Pero tras interrogarla directamente, poco antes de su muerte, le había quedado claro que el remitente debía de ser la misma persona que le había enviado el recorte de periódico a Ruben.

La Sombra.

Al lado de los rompecabezas resueltos y pegados con cinta adhesiva, figuraba la tarjeta de Navidad que acompañaba al último puzle, portadora de un mensaje inquietante. En los cuatro meses transcurridos desde que la había recibido no había sido capaz de resolver el enigma.

Veo que no aprendes y me estoy cansando de esperar.

No puedes culpar a nadie, salvo a ti mismo. Podrías haber elegido otro camino, pero no lo hiciste. Hemos llegado a tu omega. El principio de tu fin.

P. D.: Si te estás preguntando por qué has recibido el puzle tan pronto, piensa que omega es la vigesimocuarta letra del alfabeto griego. Y veinticuatro dividido entre dos (tú y yo) es obviamente doce, lo que nos lleva al 24/12, es decir, el día de Nochebuena. Por eso te deseo felices fiestas por adelantado.

En cuanto Vincent recibió el mensaje acerca de su omega, su pretendido fin, intentó averiguar enseguida cuál debía de ser su alfa, su principio. Si podía determinar cuál era el comienzo, tendría más probabilidades de descubrir qué se suponía que iba a terminar. De ese modo, podría protegerse.

No le había llevado mucho tiempo encontrar lo que buscaba, una vez más, en el viejo recorte de periódico. En la propia fotografía. La Sombra había repasado con bolígrafo los contornos de la caja construida para el truco de magia, de tal manera que las líneas formaban una letra A. El signo de alfa.

Así pues, lo que ahora iba a terminar había comenzado allí.

En la granja de Kvibille.

Con su madre.

Cuando dejó de ser Vincent Boman y se convirtió en Vincent Walder.

Pero, en lugar del fin que prometía el mensaje, había comenzado a recibir regalos por correo. Regalos navideños, aunque no era Navidad. El primero había llegado el verano anterior, poco después de finalizada la investigación sobre el caso de Epicura. Dentro del paquete había un single de vinilo de una banda llamada Renegades, que él no conocía, con una canción titulada *Alpha Omega*.

Había fijado a la pared la funda del disco, a la derecha del recorte de periódico, con un poco de masilla adhesiva en cada esquina. Debajo había puesto una nota con toda la información que había podido hallar sobre el single, que no era mucha. Solo que el tema había sido editado en 1987 por Coolaid Records, en un disco con etiqueta roja. Por lo visto, el grupo solo había publicado esa canción, un rap cuya letra no le decía nada. A partir de ahí, lo había dejado estar.

Al mes siguiente, en septiembre, recibió más vinilos como regalo navideño. Esta vez se trataba del álbum «Alpha & Omega» de Led Zeppelin, que resultó ser una rareza, una grabación pirata en directo, repartida en cuatro elepés que en principio era imposible conseguir. Vincent había guardado los discos y colocado sobre la pared la funda, con más masilla adhesiva.

Aparte del título, el álbum tenía otro rasgo en común con el disco anterior. También se había publicado en 1987.

Vincent sabía muy bien lo que significaban esas cifras. Su hermana Jane se lo había recordado cuando dirigió su atención hacia la página 873 de un libro, como referencia a las tres en punto del 8 de julio. El último verano de su madre, cuando él tenía siete años y hacía trucos de magia con una sábana en el patio de la granja.

El número 87 señalaba el 8 de julio: el cumpleaños de su madre.

En la granja de Kvibille.

Otra vez.

A la derecha de los discos había fijado el regalo recibido en octubre. En esa ocasión, había encontrado un coche de juguete dentro del paquete, más concretamente, un Opel Omega de la policía militar alemana. Esta vez no había ningún alfa. Pero el modelo Opel Omega había salido al mercado en el año 1987 y el coche de juguete estaba fabricado a escala 1:87.

Su madre.

La caja.

El número de ilusionismo.

CULPABLE.

En noviembre, la persona que le enviaba los regalos había renunciado a la conexión con alfa y omega, para decantarse por algo casi demasiado evidente. Le había enviado un kit de magia de segunda mano: el *Gran kit de Houdini para magos principiantes*. Vincent ni siquiera había tenido que buscar información en internet, porque el regalo hablaba por sí solo.

Harry Houdini había sido el rey del escapismo, cuyo número más famoso incluía un tanque de agua semejante al depósito donde Vincent y Mina habían estado a punto de morir ahogados, en la granja de visones de Jane y Kenneth. La referencia a Houdini era obviamente una alusión a su madre y a la caja de la que nunca consiguió salir. Incluso antes de dar la vuelta al paquete para leer el reverso, ya suponía lo que encontraría en el texto informativo. Por eso no se sorprendió cuando vio que el kit de magia con el nombre de Houdini había sido fabricado en 1987.

Desde entonces, no había vuelto a recibir ningún envío, y tampoco lo deseaba, porque la Sombra ya le había escrito seis meses antes para anunciarle lo que vendría.

Omega... Vigesimocuarta letra del alfabeto griego... Veinticuatro dividido entre dos (tú y yo) es obviamente doce... 24/12... Nochebuena... Felices fiestas por adelantado.

Tú y yo.

Nochebuena.

Estaban a 18 de diciembre. Solo faltaban seis días para la Nochebuena. Fuera lo que fuese lo que pretendía el misterioso remitente, empezaría entonces. Su omega. Y Vincent todavía no sabía lo que significaba.

Volvió a mirar los regalos alineados sobre la pared.

Coolaid Records. La experta en sectas que Mina y él habían consultado les había recordado que los miembros del grupo de Jonestown se habían suicidado con mosto envenenado de la marca Kool-Aid. Algo semejante habían hecho los seguidores de Nova en el Östra Real.

Una grabación pirata en directo, que en principio era imposible conseguir. Alguien debía de saber que coleccionaba discos de vinilo, aunque el tipo de música que le había enviado no coincidiera con sus preferencias.

Un coche de policía. Tenía que ser una referencia a Mina.

Un kit de magia para niños. La Sombra debía de saber que de pequeño quería ser mago y que ya de mayor había estado a punto de ahogarse en un tanque de agua como el de Houdini, junto con Mina.

La conexión era evidente. Quienquiera que estuviera detrás de todo no solo conocía bastante bien el pasado de Vincent, sino que disponía de información detallada sobre su colaboración con la policía.

Tenía que hablar con Mina al respecto. Debería haberlo hecho mucho tiempo atrás, pero algo se lo había impedido desde la recepción del primer mensaje con las piezas de puzle, hacía seis meses. Una voz en su interior le susurraba que quizá se merecía todo lo que pudiera venir, que la Sombra tenía razón y que él de alguna manera era culpable, a pesar de todo.

La pregunta era: culpable de qué.

—¿Qué tal te ha ido en los túneles del metro?

El tono compasivo de Loke, el ayudante de Milda, la irritó un poco al principio, pero después se encogió de hombros. Mina tenía que aceptar que sus... particularidades eran un tema corriente de conversación.

—Puedo superar el miedo cuando trabajo —respondió secamente.

Loke pareció comprender lo que quería decir.

—Es más o menos lo que nos pasa a nosotros —observó—. Establecemos cierta distancia, no tanta como para olvidar que tenemos un ser humano sobre la mesa, pero la suficiente para desempeñar nuestra tarea sin dejar que nos abrumen las emociones.

—Exacto —respondió Mina, sonriéndole.

Era la conversación más larga que había mantenido hasta entonces con el silencioso asistente de Milda.

—No tardará en llegar. He oído que estaba hablando por teléfono con su exmarido —se disculpó Loke en nombre de su jefa, mientras colocaba con cuidado una serie de instrumentos sobre una bandeja metálica esterilizada.

—No tengo prisa. Puedo esperar —replicó Mina, contemplando fascinada los largos y huesudos dedos de Loke, que ordenaban los objetos sobre la bandeja con precisión militar.

El silencio despertaba ecos en la sala de paredes blancas y Mina sintió la necesidad de quebrarlo.

—Dime, ¿cuáles son tus perspectivas laborales? ¿Tal vez una plaza de médico forense? —Después de decirlo, maldijo para sus adentros. Parecía una orientadora vocacional que estuviera hablando con un adolescente malhumorado.

Una fugaz sonrisa iluminó el rostro de Loke mientras apoyaba suavemente un bisturí sobre la bandeja.

—Puede que sea eso lo que se espera de mí —respondió.

Mina observó admirada que el joven conseguía apoyar un instrumento tras otro sobre la bandeja metálica sin hacer nada de ruido.

—Pero hay un gran obstáculo para el brillante futuro profesional que muchos me auguran. Estoy completamente satisfecho tal como estoy —añadió Loke, encogiéndose de hombros.

Mina lo observó con más interés todavía. *Satisfecho*. No era una palabra que oyera con frecuencia.

—Estoy bien así. Aceptar cualquier cambio sería alterar el equilibrio de una ecuación que ya funciona bien. Me gusta mi trabajo y no necesito más prestigio ni mejor salario. Como quizá habrás oído comentar, he recibido una herencia que me ha dejado bastante bien situado. Soy un auxiliar de médico forense acaudalado. Supongo que la idea resulta un poco chocante, de ahí las habladurías. Pero tengo todo lo que deseo en la vida. Pocas personas lo consiguen, y por eso lo considero un regalo y lo valoro. Estoy satisfecho, y la ambición no haría más que alterar el equilibrio.

Mina no respondió. Todavía estaba intentando asimilar lo que acababa de oír, así como el hecho de que Loke le hubiera dirigido varias frases seguidas. Sus palabras solemnes resultaban un poco cómicas, y, sin embargo, figuraban entre las más sensatas que había oído en mucho tiempo. De hecho, la habían obligado a preguntarse hasta qué punto estaba ella satisfecha con su vida y sus circunstancias.

—Estos huesos son fantásticos —comentó Loke de pronto, contemplando con admiración el esqueleto que tenía delante.

Mientras Mina intentaba sin éxito encontrar algo adecuado que responder, Loke siguió hablando:

—Mira. Están absolutamente limpios, sin el menor residuo biológico. Toda la carne ha desaparecido. Es muy inusual. Incluso diría que es bastante extraño, porque...

—¡Hola! Siento llegar tarde. He tenido un..., bueno, un pequeño problema que era preciso resolver. Pero ya estoy aquí. ¿Es cierto que ya tenéis una teoría sobre la identidad del cadáver del metro? ¡Sí que trabajáis rápido! —Milda ocupó el lugar de Loke junto a la bandeja de instrumentos, mientras el ayudante retrocedía discretamente.

Mina asintió y señaló uno de los huesos dispuestos sobre la mesa metálica, delante de ellos.

—Es por eso. El fémur fracturado. Hay una persona bastante conocida que lleva cuatro meses desaparecida: Jon Langseth. Sabemos que se había fracturado el fémur hace dos años, en un accidente sufrido mientras escalaba el Everest.

—Hum, sí, lo recuerdo. Fue un caso polémico, porque un sherpa murió durante los trabajos de rescate, ¿no es así?

—Sí, exacto. Y, tras su desaparición, la prensa volvió a hablar de aquella desgracia. Por eso, cuando observé que el fémur estaba fracturado, recordé de inmediato a Langseth. Puedo estar equivocada. Mucha gente se fractura un hueso en algún momento de su vida. Pero merece la pena empezar por ahí, ¿no crees?

Milda asintió.

—Tienes razón. Me pondré en contacto con el odontólogo forense, para que venga a hacer fotos de la dentadura y compruebe si hay coincidencias con el historial dental de Langseth. Mientras tanto, examinaré los huesos para ver si descubro algo más.

—Perfecto. Ya sabes dónde encontrarme.

—O también puedes volver a visitarnos —rio Milda, con una risa que no llegó a iluminarle los ojos.

Parecía cansada. Mina estuvo a punto de preguntarle si le pasaba algo, pero se contuvo. Los asuntos privados siempre la alteraban. Antes de cerrar la puerta, vio que Milda se apoyaba pesadamente sobre la mesa de autopsias durante unos segundos, para luego rehacerse y darse la vuelta para coger un par de guantes de látex.

Sara Temeric levantó la vista del ordenador. Tenía ante sí a Teresa, su colega en la división operativa nacional (NOA). La había tenido bajo su mando antes de marcharse a Estados Unidos y desde entonces les habían asignado diferentes responsabilidades, pero Teresa seguía siendo su persona de confianza dentro del departamento.

—¿Qué sabes del nitrato de amonio? —le preguntó Teresa, sin molestarse en saludar primero.

Sara parpadeó, sorprendida.

—Hum... Es un tipo de sal —respondió, estirando los brazos. Los notaba rígidos de tanto escribir en el ordenador—. Se utiliza como fertilizante, porque contiene mucho nitrógeno. Como curiosidad, te diré que puede producir óxido nitroso (el llamado «gas de la risa») cuando se calienta. Para su uso como abono, se suele mezclar con otras sustancias, porque en estado puro presenta un riesgo bastante alto de explosión.

Sara se interrumpió cuando comprendió a qué venía la pregunta de Teresa. Tenía que haberlo visto antes.

—Lo siento —añadió con un suspiro—. Estaba pensando que Zachary y Leah deberían visitar una granja sueca este verano, ahora que todavía existen. Me refiero a las granjas, claro. De ahí la asociación con los fertilizantes. Pero ya sé que en este departamento no nos interesan los abonos.

Cerró la tapa del portátil, apoyó los codos sobre la mesa y la barbilla sobre las manos. Su exmarido norteamericano decía que esa postura era su «pose cautivadora». Tenía palabras para todo, menos para explicar por qué había decidido quedarse en Estados Unidos.

—El nitrato de amonio también es la sustancia más utilizada para fabricar bombas caseras —prosiguió—. Si se mezcla con material inflamable, aumenta su riesgo de explosión y también su capacidad destructiva. Además, es oxidante, lo que significa que incluso cuando no hace explosión, añade oxígeno a los incendios y los vuelve más feroces y difíciles de extinguir. Como material explosivo, funcionan igual de bien el nitrato de amonio técnico, el ANPP y el N34, aunque sean fertilizantes. ¿Era lo que querías saber?

—Te mereces un diez —respondió Teresa, sonriendo—. No me extraña que fueras mi jefa.

—¿Por qué lo preguntabas?

Teresa cerró la puerta del despacho de Sara antes de responder.

—Hemos recibido informes de varios mayoristas de suministros agrícolas de la región de Skåne —dijo en voz baja—. Ya ves que no andabas muy errada cuando has pensado en los fertilizantes. Se han producido robos de nitrato de amonio. La cantidad total sustraída es de unas diez toneladas, más que suficiente para que se interese la NOA. ¿Recuerdas la enorme explosión de 2015 en Tianjin, en China? Su causa fue el nitrato de amonio.

Sara la recordaba muy bien. Todos los informativos habían difundido imágenes de la explosión, que aún seguían circulando por internet.

—Pero allí estallaron unas ochocientas toneladas, ¿no? —observó—. ¿Y a nosotros nos preocupan diez?

—Así es. Pero lo de China fue un accidente. El nitrato no estaba preparado como explosivo. Y, aun así, la explosión pudo verse desde el espacio.

Sara dejó escapar un silbido.

—Hubo cerca de mil víctimas, entre muertos y heridos, pese a que el desastre se produjo en una zona poco frecuentada del puerto —continuó Teresa—. No quiero pensar en el efecto que diez toneladas de nitrato de amonio preparado como explosivo podrían tener en una zona con alta densidad de población. En una ciudad, por ejemplo. Supongo que no quedaría mucho en pie.

—¿No puede haber otra razón para que alguien haya robado diez toneladas de nitrato de amonio? —preguntó Sara—. ¿Forzosamente tiene que ser para fabricar una bomba?

—¿Se te ocurre otro motivo? A mí me cuesta creer que se trate solo de un granjero que ha querido ahorrarse el precio del fertilizante.

Teresa tenía razón, por supuesto. Sara frunció el ceño, con la mirada perdida. Las amenazas de bomba no eran ninguna novedad. Todas las ciudades grandes de Suecia y también algunas más pequeñas las registraban con cierta regularidad. La mayoría no eran más que intentos de intimidación, sin nada detrás.

Pero esto era diferente, precisamente porque no había habido ninguna amenaza. Si las sospechas de Teresa eran fundadas, había una o varias personas ocupadas en fabricar una bomba de grandes dimensiones en el más absoluto secreto. Y eso era mucho peor, porque significaba que iban en serio.

—No era el regalo que esperaba para estas Navidades —comentó Sara—, pero es lo que hay. Bueno, ¿cómo hacemos para localizar esa bomba?

Como siempre, el ambiente era extraño cuando se encontraban en la sala de reuniones. Todos tenían la sensación de que les faltaba algo. O, mejor dicho, alguien. Nadie se había sentado aún en la silla de Peder. La dejaban libre, como un constante recordatorio de lo que habían perdido.

Julia los observaba detenidamente mientras entraban uno a uno en la sala. A todos, menos a Adam. Había obligado a todo el grupo, incluida ella misma, a asistir a sesiones de terapia tras la muerte de Peder el verano anterior, pero no sabía si les había servido de algo. A juzgar por sus propias sensaciones, había sido inútil. El dolor le pesaba aún como una piedra en el estómago. No había disminuido ni se había vuelto más llevadero.

Y toda la responsabilidad recaía inevitablemente sobre sus hombros, como jefa del grupo. Había pasado muchas noches en vela, repasando paso a paso el desarrollo de los acontecimientos y tratando de determinar qué podía haber hecho de otra manera y cómo podría haber impedido lo ocurrido. Pero por muchas vueltas que le diera, siempre llegaba a la conclusión de que no habría podido actuar de otro modo, a menos que hubiese sido capaz de ver el futuro. Y lo mismo había concluido la investigación interna del cuerpo de policía. Pero no por eso era menor su sufrimiento. Se aclaró la garganta un par de veces, para llamar la atención de su equipo.

—Bien, ya estamos todos —dijo, mientras se acercaba a la pizarra—. En primer lugar, quiero aclarar que todavía no sabemos con certeza qué estamos investigando. Lo más seguro es que se trate de una profanación de cadáver, pero aún no sabemos si además ha habido un homicidio o un asesinato. Por lo tanto, de momento trabajaremos sin ideas preconcebidas al respecto, ¿de acuerdo?

Bosse fue a sentarse junto a sus pies y la miró con expresión implorante. Ella, con una leve sonrisa, sacó del bolsillo una golosina para perros y se la dio. Habían llegado a un acuerdo. En cuanto le dio su golosina, le señaló los pies de Christer y el animal obedeció enseguida. Entonces Julia se puso seria e indicó la pizarra, donde había pegado una fotografía, debajo de la cual había escrito un nombre.

—Jon Langseth —dijo—. Desaparecido sin dejar rastro el diez de agosto, es decir, hace cuatro meses y ocho días. Cuarenta y un años. Director general y uno de los principales accionistas de la sociedad de inversiones Confido. Casado, con tres hijos. La prensa cubrió ampliamente su desaparición y la relacionó con la investigación en curso sobre las presuntas actividades ilícitas de Confido, señalando la posibilidad de que Jon hubiera huido del país.

—Malditos especuladores —masculló Christer, rascando a Bosse detrás de la oreja—. Solo quieren estafar a la gente honrada para quedarse con el dinero de sus pensiones.

—Guárdate para ti tus opiniones personales, Christer —lo reprendió Julia, cruzándose de brazos.

Seguía sin mirar a Adam. Estaba convencida de que se le notaría en los ojos que hacía solo un par de horas había tenido su cuerpo desnudo encima y dentro de ella. Siempre tenía la sensación de llevar escritas en la cara con letras gigantes la atracción que sentía por él y la culpa que experimentaba. Pero Adam le había asegurado muchas veces que seguía pareciendo tan seria y profesional como siempre. Quizá tuviera razón. A menos que se vieran obligados a compartir la sala con Vincent Walder y su asombrosa habilidad para escudriñar la mente de los demás, era probable que pudieran mantener su secreto.

—Pero Jon Langseth no huyó al extranjero —prosiguió Julia—. Hemos confirmado que los huesos hallados en el metro son suyos. ¡Bien visto, Mina! Las fracturas de uno de los fémures coinciden exactamente con las radiografías realizadas tras su accidente en el Everest. Y Milda ha comprobado que la dentadura también presenta una coincidencia total con las imágenes facilitadas por el dentista de Langseth.

—Loke, el ayudante de Milda, hizo una observación interesante cuando estuve en la morgue —intervino Mina—. Dijo que los huesos estaban inusualmente limpios. ¿Tendrá eso que ver con el lugar donde fueron hallados? ¿Es posible que los hayan roído las ratas de los túneles?

—En ese caso, debería haber marcas de dientes en los huesos —respondió Julia— y no he oído nada de eso.

—¿Cómo te animaste a bajar a esos túneles tan sucios, Mina? —preguntó Ruben, riendo.

Pese a la mirada colérica de Mina, insistió:

—Por cierto, ¿viste alguna rata? Dicen que miden más o menos así de largo —añadió, abarcando con los dedos una longitud de unos diez centímetros—. ¡De un ojo a otro!

—Ah, pensaba que nos estabas enseñando el tamaño de tu pene —replicó Mina, disgustada.

A Christer le dio un acceso de risa tan repentino que se le salió el café por la nariz.

—¡Zasca! —exclamó entre carcajadas.

Julia dejó escapar un suspiro.

—Concentraos, por favor —los regañó, mirando a Ruben y

a Mina—. Vosotros dos iréis a interrogar a la mujer de Jon Langseth. Christer, comprueba si hay algo en el archivo que pueda arrojar algo de luz sobre este caso. Tú, Adam, ve a hablar con los colegas responsables de la investigación de Confido. Y tú, Peder...

Se interrumpió bruscamente. ¡Dios! ¿Qué había dicho? Se le llenaron los ojos de lágrimas y se apresuró a volverle la espalda al grupo para que nadie lo notara, aunque sabía que ya era tarde. Un sombrío silencio se apoderó de la sala. Julia tragó saliva y se giró una vez más hacia su equipo, intentando no mirar la silla vacía de Peder.

—Bueno, en marcha —dijo por fin, con voz ronca.

Cuando todos hubieron abandonado la sala, se acercó lentamente a la silla de Peder y apoyó una mano en el respaldo. Era como si lo estuviera viendo, siempre medio dormido a causa del cansancio constante que padecía tras el nacimiento de las trillizas. Pero también alegre y atento. Había dejado un vacío imposible de llenar. Sin embargo, tenían que seguir adelante sin él. El trabajo era implacable.

Con un suspiro, Julia se marchó a su despacho. Tenía que preparar una rueda de prensa lo antes posible. Los medios se abalanzarían sobre la noticia de Jon Langseth en cuanto saliera a la luz y era preciso mantener el control. Debía apartar por un momento el recuerdo de Peder.

Iban corriendo por los túneles. La oscuridad era absoluta, pero conocían a fondo cada tramo. Sabían cuándo pasaban los trenes y con cuánta rapidez tenían que aplastarse contra la pared, subirse a un saliente o agazaparse en uno de los muchos recovecos. Sabían dónde girar a la derecha o a la izquierda y cómo encontrar siempre el camino de vuelta. Estaban en casa. Los túneles eran su reino.

Los pasos que oía tras él se acercaban con creciente rapidez, por lo que aceleró el ritmo tanto como pudo. Sus pies golpeaban con fuerza el suelo irregular, pero no tardó en sentir el aliento de otra persona en el cuello y entonces se detuvo. Esperaba con ansias lo que sabía que sucedería. Anhelaba sentir los brazos firmes que lo rodearían por detrás y el contacto de la barba incipiente que arañaría sus suaves mejillas.

—¡Ja! ¡Te pillé!

Su padre lo rodeó con sus brazos, como él sabía que haría. Lo estrechó con fuerza contra su pecho hasta hacerlo sentir el suave cuero de su chaqueta. Olía a humedad, a tabaco y a ese algo dulzón que siempre flotaba como una neblina sobre su campamento. Olía a papá.

—Dejemos de jugar y empecemos a buscar comida —dijo su padre, soltándolo—. Ya me está rugiendo el estómago.

Él asintió a su pesar.

No le gustaba subir. Había demasiada luz, demasiado ruido, demasiadas impresiones visuales y sonoras y gente que los miraba.

Habría deseado quedarse en el acogedor vientre del mundo subterráneo, donde se sentía seguro y amado.

Entre los suyos.

Pero sabía que era necesario conseguir comida.

Allá arriba, las papeleras solían estar llenas de restos comestibles justo después de la hora del almuerzo. El reloj que había recibido como regalo para su último cumpleaños marcaba casi las dos. Tenían que darse prisa.

Cogió la mano de su padre. Cuando estaban juntos, ni siquiera le parecía tan horrible el mundo exterior.

—Lo de las ratas era broma. Espero que te dieras cuenta.

Ruben se agarró con fuerza a la manilla de la puerta mientras Mina tomaba una curva cerrada. No le había dicho ni una palabra desde que habían entrado en el coche. Reprimió un suspiro, para que no se enfadara todavía más. Algunas personas tenían dificultades para aceptar una broma, y a Ruben siempre se le olvidaba que Mina era una de ellas.

—Ahí hay un sitio.

Señaló una plaza libre y Mina dio un brusco volantazo para ir a aparcar. La dirección que les habían dado estaba cerca de Narvavägen. «Por supuesto», pensó Ruben amargamente. Los tiburones de las finanzas con dinero sucio en la cartera tenían que vivir en Östermalm.

—¿Vas a seguir enfurruñada o podemos empezar a trabajar? —preguntó mientras salían del coche de policía.

Sabía que apelar al sentido del deber de Mina siempre era eficaz. Parecía como si el trabajo fuera su única preocupación. Ruben todavía se preguntaba si se habría acostado con Vincent, pero le costaba imaginarlo. De hecho, todos sus intentos de visualizar a Mina en cualquier situación relacionada con el sexo incluían trajes de plástico ceñidos y guantes de látex.

—No estoy enfurruñada —replicó ella—. Es solo que no

tengo ganas de hablar. Pero no te quepa duda de que vamos a hacer nuestro trabajo.

Buscó el apellido de Langseth junto al portal y llamó al timbre correspondiente. Al cabo de unos segundos, la puerta emitió un zumbido y pudieron pasar. Un panel a la izquierda del lujoso vestíbulo indicaba que la familia Langseth vivía en el ático. ¿Dónde si no?

—¡Joder! ¿Te imaginas vivir aquí? —exclamó Ruben, sin conseguir disimular la envidia que le producía la entrada del edificio, que era toda una orgía de oro y mármoles.

—No es el tipo de decoración que me gusta —replicó Mina en tono cortante mientras entraba en el ascensor.

Ruben cerró la reja negra y pulsó el botón. Lentamente y entre alarmantes chirridos, subieron al sexto piso. Al llegar, encontraron abierta la puerta del apartamento. Una mujer rubia con el pelo recogido en una coleta los esperaba con cara de preocupación. Mientras abría la reja del ascensor, Ruben se preguntó si sería muy difícil llevársela a la cama.

—¿Es por algo relacionado con Jon? —los interrogó la mujer, apartándose de la puerta para dejarlos pasar.

El recibidor también era impresionante y gigantesco. El reluciente suelo de parqué se prolongaba en un pasillo que conducía a las diferentes habitaciones. Del techo colgaba una araña de cristal que por sí sola parecía más grande que todo el salón de la casa de Ruben.

—Me han llamado para avisarme de que vendrían, pero no me han dicho el motivo. ¿Han encontrado a Jon? ¿Dónde está?

La preocupación del rostro de la mujer se transmutó en ira. Volviéndose, condujo a los dos policías hasta un salón que por sus dimensiones habría podido convertirse fácilmente en una pista de pádel.

—Ya sabía yo que había huido como un cobarde —añadió—.

Nos dejó tirados a los niños y a mí, seguramente para marcharse con alguna zorra. Desde que se fue, han llamado tres chicas, ¡tres!, para contarme que habían tenido algo con él. Y si han sido tres las que han llamado, ya pueden imaginar cuántas más habrá.

Mientras hablaba, les señaló con la mano un enorme sofá blanco. Al sentarse, Ruben sintió que se hundía por lo menos diez centímetros. Era como aterrizar en una nube.

—Usted es Josephine, ¿verdad? —preguntó Mina, sentándose también.

—Sí, disculpen. Josephine Langseth —replicó la mujer, sin interesarse por sus nombres ni darles tiempo a hacer ninguna presentación.

Mientras tanto, Ruben no pudo dejar de observar que Josephine Langseth parecía sacada de un anuncio de Ralph Lauren. Reluciente melena rubia, recogida en una coleta perfecta. Camisa blanca de aspecto caro, por dentro de unos vaqueros que debían de haber costado una pequeña fortuna. Y debajo, ropa interior de Simone Pérèle, sin ninguna duda. A Ruben no le costaba nada imaginarse a sí mismo agarrando esa coleta mientras se la follaba. Pero entonces vio la cara de Amanda encolerizada y tuvo que reponerse y tragar saliva. «¡Contrólate!», pensó.

—Bueno, ¿dónde está Jon? —preguntó Josephine mientras se sentaba en el sofá de enfrente—. ¿En las islas Caimán? ¿En las Bahamas? ¿En Dubái? Ni siquiera sé cuáles son los países que no tienen tratado de extradición con Suecia. Pero a Jon le gusta Dubái. Íbamos a menudo de vacaciones. Nos alojábamos en el One&Only, en la Palma. ¿Es ahí donde está?

Mina cruzó una mirada con Ruben y empezó a hablar.

—Hemos localizado a Jon, en efecto. Pero no está en Dubái. En realidad, hemos hallado sus... restos. Lamentamos comunicarle que su marido ha fallecido.

Se hizo un silencio en el enorme apartamento. Solo se oía un leve zumbido, como si alguien estuviera pasando la aspiradora en una habitación lejana. Josephine pareció hundirse en el sofá, con la mirada perdida en uno de los ventanales. Al volver la vista en la misma dirección, Ruben vio la iglesia del Rey Óscar, al otro lado de las copas de los árboles de la avenida, cubiertas de nieve. Por alguna razón, recordó que esa iglesia albergaba uno de los órganos más grandes de Suecia. Era curioso cómo algunas cosas se quedaban grabadas en la memoria.

—Estaba tan... indignada con él —dijo Josephine, en un tono diferente del que había utilizado hasta ese momento—. Pensaba que me había abandonado, que me había dejado sola con la mierda hasta el cuello. Con tres hijos a los que cuidar, los inspectores de Hacienda y la fiscalía llamando a la puerta, y la prensa pintándolos a él y a sus colegas como estafadores de la peor calaña... Los vecinos ni siquiera me miran. Los otros padres del colegio de los niños no me dirigen la palabra. Y esas chicas que han llamado... Pensé... Estaba segura de que había huido. Y estaba muy enfadada. Pero no he dejado de quererlo... —Se echó a llorar en silencio.

Ruben se retorcía incómodo en el sofá. Todos sus pensamientos sobre sexo habían desaparecido. Cada vez que veía a una mujer llorando le entraban ganas de salir corriendo.

—¿Tenía enemigos? —preguntó Mina, mientras sacaba un pañuelo de papel de un paquete que llevaba en el bolsillo de la chaqueta.

—Estaba implicado en un negocio dudoso de miles de millones de coronas —respondió Josephine—. Claro que tenía enemigos. Pero yo no sé nada. No importa lo que diga la fiscalía. Él se ocupaba de su trabajo, y yo, de la casa y los niños. Teníamos las tareas divididas. Cuando le preguntaba por el trabajo, respondía que todo iba bien y ahí se acababa la conversación. Si quieren averiguar algo, deberán hablar con sus socios.

Después se sonó ruidosamente la nariz y dejó el pañuelo de papel sobre la mesa.

—¿No sabe de nadie más que tuviera algo contra él? —preguntó Ruben con cautela—. ¿Alguna... mujer que se sintiera despechada?

Josephine Langseth resopló.

—Las chicas que llamaron no debían de tener más de veinte años y ninguna parecía muy lista. Conozco bien a Jon, y no creo que intimara mucho con ellas. Seguramente se las llevaría a la cama y nada más. Pero ¿qué quiere decir con eso? ¿Cómo murió mi marido?

—Justo por eso se lo preguntaba —contestó Ruben—. No sabemos cómo murió. Pero no podemos descartar que lo hayan matado.

Josephine inhaló aire bruscamente y rompió a llorar otra vez.

—Comprendemos que esto supone un duro golpe para usted —intervino Mina, sacando otro pañuelo—. Pero todo lo que pueda decirnos será de gran ayuda. ¿Se le ocurre algo más?

Ruben observó que Mina no lograba apartar la vista del pañuelo sucio sobre la mesa, mientras le tendía el nuevo a Josephine.

—No sé —respondió la mujer, después de sonarse otra vez la nariz—. Unas semanas antes de desaparecer, empezó a comportarse de forma extraña. No sé cómo describirlo, pero se había vuelto paranoico... Con frecuencia se escondía detrás de las cortinas y espiaba la calle. Por la noche se levantaba varias veces y lo oía dar vueltas por la casa. Cuando salíamos, estaba todo el tiempo mirando atrás. Sin embargo... —Hizo una pausa y se encogió de hombros—. Probablemente todo se debía a la proximidad del juicio. Al menos eso pensaba yo. Gustaf decía que todos estaban bajo una gran presión. Y yo suponía que Jon simplemente quería eludir a los periodistas.

—¿Gustaf? —quiso saber Ruben.

—Gustaf Brons, el socio de Jon. Uno de los accionistas de la sociedad. Somos muy amigos. Solía contarme cosas que Jon me ocultaba, cuando... Pero eso no viene a cuento.

—¿Cómo le sentó a usted ese cambio en la conducta de Jon? —preguntó Mina.

Josephine bajó la mirada.

—Mal. El fin de semana antes de que desapareciera fui al spa de la Ellery Beach House, para pasar un rato a solas. Ahora tengo mala conciencia cuando lo recuerdo.

Dejó el segundo pañuelo junto al anterior, sobre la mesa, y Ruben notó que Mina apartaba la vista enseguida.

—¿Qué ocurrirá ahora? —dijo Josephine, mirando alternativamente a los dos policías.

Ruben se aclaró la garganta.

—Vamos a retener durante un tiempo a... Jon... hasta completar los estudios forenses necesarios. Después le entregaremos a usted el cuerpo y entonces podrá hacer lo que considere oportuno.

—¿Dónde lo encontraron?

—En los túneles del metro —respondió Mina.

Josephine se la quedó mirando, sin salir de su asombro.

—¿En el metro? ¿Por qué? Nunca viajaba en metro.

«¡Por el amor de Dios! —pensó Ruben—. ¿Quién es esta gente?»

—Todavía no es mucho lo que sabemos —dijo Mina—. Y no podemos revelar lo poco que hemos averiguado, para no entorpecer el desarrollo de la investigación. Pero es probable que aumente la presión de los medios cuando trascienda que hemos hallado a Jon. No podemos decirle lo que tiene que hacer, Josephine, pero nos gustaría que hablara lo menos posible con la prensa.

—La prensa lleva meses acosándome. Créanme cuando les digo que hablar con los periodistas es lo último que deseo —replicó Josephine con amargura.

Después, los acompañó hasta la puerta y los despidió con un apretón de manos asombrosamente firme.

Mientras el estrecho ascensor bajaba los seis pisos gimiendo y crujiendo, Mina sacó el gel hidroalcohólico para frotarse las manos y Ruben intentó sin éxito visualizar la curva del trasero de Josephine Langseth. Pero solo veía frente a él la calavera sonriente de Jon.

—Deberías convencer a los servicios de seguridad para que aumenten las medidas de protección —dijo Tor, cruzándose de brazos—. Mira qué trágicos finales tuvieron Anna Lindh e Ing-Marie Wieselgren, por no hablar de lo que te ocurrió a ti tras el verano. Estuvo muy cerca, ¿no crees? La gente se asombraría si trascendiera el número de atentados que evitamos sin que nadie se entere. Vivimos en tiempos inseguros y tú, Niklas Stockenberg, eres un claro objetivo. Todos dormiríamos más tranquilos si consiguieras más medidas de seguridad. Y tú también dormirías mejor. ¡Mira qué ojeras tienes!

—Sí, sí, entiendo tu preocupación, Tor —replicó Niklas con frustración, pasándose una mano por el pelo—. Es solo que no estoy de acuerdo. Una vida con el nivel de seguridad que a ti te parecería adecuado sería simplemente insostenible.

Sin embargo, Tor no se equivocaba en lo tocante a sus dificultades para conciliar el sueño. Alargó la mano hacia un grueso memorándum sobre el escritorio e hizo ademán de ponerse a leer, con la esperanza de que su secretario de prensa captara la indirecta y se marchara. Pero, en el caso de Tor, las señales sutiles solían caer en saco roto. De hecho, se quedó firmemente plantado donde estaba.

—Solo te pido que al menos hagas la prueba —dijo el secretario frunciendo el ceño—. Si no quieres hacerlo por ti, hazlo por Nathalie.

—Sí, claro. Seguro que a mi hija adolescente le encantará tener todavía más escoltas siguiéndola a todas partes. El cambio hará maravillas con la poca vida social que ha logrado tener hasta ahora.

—Mejor eso y que esté viva, ¿no? —murmuró Tor, quitándose de la solapa una invisible mota de polvo.

Nunca se veían fuera del contexto profesional, pero Niklas imaginaba con claridad el armario de su secretario de prensa: una fila de trajes iguales, junto a una hilera de camisas blancas. También las corbatas debían de ser idénticas, salvo la estampada con banderitas suecas, que se ponía para el día de la fiesta nacional. En el estante inferior, debía de tener una fila de los mismos zapatos negros italianos, perfectamente lustrados. Tor no era amigo de las variaciones, pero era un secretario de prensa leal y competente, que había acompañado a Niklas desde que había asumido el cargo. Su mayor defecto era que a veces no sabía cuándo darse por vencido.

—Mi hija es responsabilidad mía —replicó Niklas—. Te agradezco tu preocupación, pero empieza a ser un poco excesiva. Estoy satisfecho con el nivel de seguridad que tengo. Lo que sucedió el verano pasado no ocurre todos los días. Quiero que mi vida sea lo más normal posible.

No era cierto lo que acababa de decir. No estaba satisfecho, ni mucho menos. Habría querido tener constantemente a su lado a un mínimo de diez hombres provistos con miras láser durante las dos semanas siguientes. Pero sabía que no le servirían de nada. El tiempo seguiría corriendo, por muchos escoltas que le asignaran.

—Bueno, el jefe eres tú, pero ya sabes lo que pienso —murmuró Tor, antes de salir de la habitación.

Niklas desvió la mirada hacia el memorándum de más de mil páginas que tenía sobre la mesa. No conseguía concentrarse. Tenía el pulso acelerado. Después de la cena de la noche anterior, cuando Mina se había marchado, se había quedado despierto hasta la madrugada, con una copa de ron en la mano. Había tenido que asegurarle varias veces a Nathalie que no le pasaba nada, aunque la verdad era que no se atrevía a irse a dormir, por miedo a lo que pudiera soñar. Sin embargo, su preocupación había sido inútil, porque cuando por fin se acostó, no consiguió pegar ojo.

Lo primero que hizo por la mañana fue llamar otra vez al número de teléfono de la tarjeta. El mensaje seguía siendo el mismo, salvo que esta vez mencionaba trece días, en lugar de catorce.

Tor había hecho alusión a sus ojeras, pero eso era lo de menos. Ni siquiera sabía si sería capaz de ponerse de pie. La sensación de impotencia lo tenía paralizado. Apartó la pila de papeles, se inclinó hacia atrás en la silla de oficina de madera y cuero y apoyó las largas piernas sobre la mesa.

La tarjeta de visita le quemaba en el bolsillo de la chaqueta. Era absurdo. Ridículo. Era como estar en medio de una película de acción bastante mala, o de una novela policial todavía peor. Esas cosas no pasaban en la vida real. Aun así, no entendía cómo había podido sorprenderse. Debería haberlo sabido desde un principio.

Porque la decisión la había tomado él. Había elegido seguir adelante con su vida, pero bajo nuevas condiciones. Y había aceptado las ventajas que le habían ofrecido, unas ventajas que lo habían llevado a Rosenbad, la sede del Gobierno.

Extrajo del bolsillo la tarjeta de visita y observó el símbolo. Después la dejó sobre la mesa, con el dorso brillante hacia arriba. Desde las paredes, a su alrededor, sus predecesores lo contemplaban con expresiones severas. ¿También ellos habrían elegido en alguna ocasión caminos que no sabían adónde conducirían, sin estar seguros de que fueran moralmente aceptables? ¿Habrían tenido que pagar un precio por ello? Probablemente sí, de un modo u otro.

Niklas Stockenberg solo sabía que no podía quedarse esperando. Tenía que hacer algo, lo que fuera. Necesitaba sentir que conservaba el control. De hecho, podía empezar por lo más importante.

Cogió el teléfono. Como todavía sentía el pulso acelerado, tuvo que hacer varias inspiraciones profundas y esperar a que se le normalizara la respiración. No tenía sentido asustar a nadie innecesariamente. Después marcó el número de su exmujer.

De regreso de hacer la compra en el supermercado, Vincent abrió la puerta y oyó su propia voz en el cuarto de estar. Se sacudió la nieve de los zapatos antes de entrar, se los quitó, colgó el abrigo del perchero y dejó las bolsas en la cocina, sin dejar de oír su voz. Cuando fue al salón, descubrió de dónde venía. Benjamin y Rebecka estaban arrellanados en el sofá, viendo uno de sus antiguos programas. En la pantalla, acababa de reclutar a una mujer rubia del público para que lo ayudara en el siguiente número.

—Quiero que piense en un número que signifique algo especial para usted —le dijo a la mujer el Vincent de la televisión, mientras le tendía un bloc y un bolígrafo—. Escríbalo, pero mantenga el bloc cerca del pecho, para que nadie lo vea. Y yo menos que nadie.

El Vincent de la vida real hizo una mueca de disgusto. Desde que se había hecho pública su colaboración con la policía, la plataforma Viaplay había vuelto a ofrecer todos sus programas a sus suscriptores. Benjamin y Rebecka estaban viendo el primero de todos los que había grabado.

—¿Por qué estáis viendo eso? —preguntó—. ¿No deberías estar en el instituto, Rebecka?

—Para hacerte pasar vergüenza —respondió su hija, sin apartar los ojos del televisor—. ¿Por qué siempre eliges mujeres para que suban al escenario? ¿No te parece sexista? Por cierto, mis vacaciones de Navidad empiezan hoy. Y las de Aston, dentro de dos días, así que ya puedes prepararte.

—No es cierto que lo haga siempre —se defendió—. Me refiero a elegir mujeres. Pero algunos números funcionan mejor con mujeres y otros con hombres. Cuando hay emociones en juego, es preferible trabajar con mujeres, porque se atreven a expresar más sinceramente los sentimientos, a diferencia de muchos hombres.

—¡Joder, papá! No me puedo creer que hables así —reaccionó Rebecka, escandalizada.

Vincent se encogió de hombros. Puede que no fuera una forma moderna de pensar, pero al menos en el escenario se cumplía casi siempre.

Mientras tanto, su versión televisiva estaba observando a la mujer. Al cabo de un minuto, sacó una pizarra y escribió rápidamente dieciséis cifras, dispuestas en cuatro filas y cuatro columnas.

«¡Ah, es ese programa!», pensó Vincent. Había olvidado por completo ese número.

—Pues eso no me parece muy sentimental —rio Rebecka—. ¿Vas a ponerle deberes de mates en el último número del espectáculo?

—Eso que ves ahí es un cuadrado mágico —le explicó Vincent—. Es un antiguo problema matemático, inventado en China en el año 190 antes de Cristo. Claro que entonces el cuadrado tenía solo tres filas y tres columnas. El que yo usaba en mi espectáculo era mucho más complejo. Creo que tuvieron que pasar ochocientos años para que alguien diera con esa variante, más concretamente, en la India.

—Y ahora, deberes de historia —comentó Rebecka con un suspiro—. No sé si me has oído antes, pero te he dicho que ya han empezado mis vacaciones.

—¡Pero si ya habéis visto un cuadrado mágico! —replicó Vincent, radiante—. ¡Espera a que vaya a buscar el álbum de fotos de Barcelona!

Sabía que Rebecka tenía su parte de razón, pero también recordaba que le había encantado Barcelona cuando habían visitado juntos la ciudad unos años antes. Convencido de que sabría apreciar lo que quería enseñarle, se puso a buscar entre los álbumes alineados en la librería. Prefería imprimir las fotos de sus viajes en lugar de conservarlas solo en formato digital, en parte porque era mucho más agradable sentarse a hojear los álbumes y en parte porque nunca lograba encontrar las fotos que buscaba entre las cincuenta mil imágenes almacenadas en el ordenador.

—¡Aquí está! —exclamó, mientras sacaba el álbum de la estantería.

Fue a sentarse en el sofá entre Rebecka y Benjamin, y pasó las páginas hasta llegar a las fotografías de la Sagrada Familia, la fantástica basílica de Gaudí. Con el rabillo del ojo notó que sus dos hijos empezaban a mirar las fotos con cierto interés. Lo sabía.

—¡Es esto! —dijo, señalando una imagen—. Lo creó el escultor Subirachs, autor de muchas de las esculturas de esta fachada, la de la Pasión.

La fotografía era un detallado primer plano de dieciséis números grabados en la pared, dispuestos en una cuadrícula de cuatro filas por cuatro columnas.

—Si sumáis los números de cada una de las filas, veréis que el resultado siempre es treinta y tres —prosiguió—. Si hacéis el cálculo por columnas, el resultado de todas ellas también será treinta y tres. Y lo mismo si sumáis los cuatro números de cada una de las diagonales. O los números de las esquinas. De hecho, hay trescientas combinaciones posibles para obtener el número treinta y tres, que como probablemente ya sabéis, es la edad que según muchos cristianos tenía Jesús cuando murió.

Benjamin pasó un dedo sobre la imagen, mientras parecía sumar en silencio.

—La verdad es que mola bastante —comentó, asintiendo con la cabeza.

Vincent hizo un gesto afirmativo, satisfecho. Era cierto que molaba. Además, era una increíble hazaña matemática. Apoyó un dedo sobre la fotografía.

—Y por si fuera poco —dijo—, este cuadrado tiene además un mensaje oculto. Casi todos los números aparecen una sola vez, pero fijaos en cuáles se repiten. El diez y el catorce aparecen dos veces cada uno. Y la suma de los cuatro es cuarenta y ocho, que también es la suma de las posiciones de las letras INRI en el alfabeto latino antiguo.

Rebecka lo miró sin comprender.

—INRI remite, por supuesto, a las siglas de *Iesus Nazarenus Rex Iudaeorum*, es decir, «Jesús de Nazaret, rey de los judíos», el rótulo que Poncio Pilato mandó grabar sobre la cruz. —Vincent arqueó las cejas significativamente.

—¡Vaya cosa! —exclamó Rebecka, poniendo los ojos en blanco—. ¡El mundo está lleno de mentalistas!

En la televisión, Vincent acababa de demostrar que los dieciséis números escritos en su cuadrícula sumaban quince en todas las direcciones.

—Usted misma, con su mera cercanía, me ha transmitido estas cifras —le dijo el Vincent de la pantalla a la voluntaria que se había prestado a ayudarlo—. Y haga lo que haga, siempre llego al número quince. Es muy extraño. No sé qué puede significar el quince. ¿Tiene alguna connotación especial para usted?

La mujer tenía los ojos llenos de lágrimas.

—Son los años que llevo casada con mi media naranja —respondió, sin salir de su asombro—. Hoy es nuestro aniversario.

Entonces dio la vuelta a la libreta, donde había escrito un quince con grandes números rojos. También había dibujado un pequeño corazón al lado.

Rebecka estalló en carcajadas.

—Vale, no tengo ni idea de cómo lo has hecho —reconoció—. Pero da igual. Siguen siendo deberes de matemáticas. Debes de ser el padre más friki del mundo. Por cierto, ¿no tienes que abrir las bolsas del supermercado?

—¡Benjamin, defiéndeme! —le pidió Vincent a su hijo, señalando primero el álbum de fotos y después su propia imagen en el televisor—. ¿Verdad que mola?

—Lo siento, papá —respondió Benjamin—, pero Rebecka tiene razón.

—Me doy por vencido —suspiró Vincent, mientras se levantaba para devolver el álbum a su sitio.

Sin embargo, sabía que Benjamin solo estaba fingiendo que todo aquello le parecía una tontería de empollones. Su hijo mayor no solo había heredado, sino que en algunos aspectos había superado la capacidad de Vincent para descubrir patrones y comprender estructuras complejas.

Las palabras de la mujer del programa le seguían dando vueltas en la cabeza mientras se dirigía a la cocina para guardar en su sitio lo que había comprado. *Mi media naranja.* Vincent odiaba ese tipo de expresiones. Media naranja, almas gemelas... Eran formas de pensar que imponían objetivos irrealizables a las relaciones personales. Lo más probable era que no remitieran a ninguna realidad. Eso sí, si fuera verdad que existían las almas gemelas, entonces era mucho peor. Porque en ese caso su alma gemela era Mina, y eso complicaba todavía más las cosas.

Christer estiró las piernas debajo del escritorio y Bosse se incorporó malhumorado. Entonces su amo se sintió culpable y volvió a poner los pies donde habían estado, para que el perro pudiera tumbarse encima otra vez. Mientras tanto, Christer entró en la base de datos de la policía y tecleó el nombre de Jon Langseth para ver qué podía encontrar sobre su desaparición. Mina había hecho un trabajo excelente al establecer enseguida la conexión. Por lo general se tarda mucho en identificar un cadáver, pero, como Mina había pensado de inmediato en un posible nombre, Milda había podido solicitar la historia odontológica de Langseth y en menos de veinticuatro horas habían completado la identificación. Ahora solo quedaba la parte más difícil: averiguar si el empresario había sido asesinado y, en tal caso, quién lo había hecho y por qué.

Christer se veía obligado a entrecerrar los ojos para ver mejor las letras en la pantalla. Lasse siempre le decía que necesitaba gafas, pero él de momento se resistía. No era por vanidad. Había aceptado hacía ya mucho que la naturaleza no había querido proporcionarle un aspecto de Adonis, ni siquiera cuando era joven. No, no era eso, sino más bien que toda señal del paso del tiempo le parecía también un doloroso recordatorio de que todo acabaría. Por primera vez en su vida, Christer Bengtsson tenía miedo a la muerte. Porque por primera vez era feliz. La sensación era desconocida para él e incluso alarmante, pero lo más aterrador de todo era el convencimiento de tener algo importante que podía perder. Había necesitado armarse de coraje para apostarlo todo a un futuro con Lasse, porque para eso debía atreverse a mostrarse ante el mundo tal como era. Se había jugado mucho y se lo seguía jugando cada día.

Por eso no pensaba ponerse gafas.

Miró irritado el rincón más alejado del espacio diáfano de la oficina. A algún idiota se le había ocurrido reproducir una lista de temas navideños y ahora *Noche de paz* sonaba a todo volumen. Aunque en condiciones normales no estaba permitido poner música tan alta en las oficinas, era como si este año todo el mundo en la jefatura se hubiera rendido ante la proximidad de las fiestas navideñas. En todas partes se respiraba el ambiente festivo. Pero, por muy feliz que fuera Christer, nunca llegaría al extremo de apreciar los villancicos. Los detestaba. Lo peor de todo era la gente que empezaba a poner música navideña en octubre.

Con Bosse tumbado sobre sus pies a modo de manta, intentó concentrarse en la pantalla y no prestar atención al infierno musical de paz y amor. Entrecerró todavía más los ojos para distinguir con claridad las letras y leyó detenidamente todo lo que había sobre la desaparición de Jon Langseth. Después, abrió el navegador y buscó en Google los artículos publicados en la prensa. Había muchos. El interés mediático había sido enorme, y las especulaciones, innumerables. Pero la mayoría defendían la hipótesis de que el empresario había desaparecido por su propia voluntad y lo situaban en una remota isla tropical, con acceso a una fortuna depositada en cuentas secretas. La suposición no era infundada, teniendo en cuenta las circunstancias, pero había resultado errónea.

Poco antes de la desaparición de Jon, había saltado a los titulares el escándalo de Confido. Una pandilla de tipos con el pelo engominado había estafado a ancianos desprevenidos para quedarse con sus ahorros, y eso, como era de esperar, había disgustado profundamente a la opinión pública. Los fundadores de la sociedad llevaban una vida a todo tren, con lujosas mansiones en Lidingö, elegantes apartamentos en Östermalm, champán francés, coches deportivos, trajes a medida, relojes caros y constantes viajes a Saint Moritz, Ibiza, Dubái y las Maldivas. Y todo a costa de modestos pensionistas. Pero la fiesta había acabado abruptamente, con el inicio del juicio y la consiguiente exposición mediática. El propio Christer había seguido con interés la cobertura periodística del tema, incluso antes de la desaparición de Jon, porque pocas cosas le producían tanta satisfacción como que unos sinvergüenzas recibieran su merecido.

La mujer del empresario había denunciado su desaparición la mañana del 10 de agosto. Cuando le preguntaron por qué no lo había hecho la noche anterior, respondió que Jon salía a cenar con frecuencia por asuntos de trabajo y no era raro que regresara cuando ella ya se había acostado. Pero siempre estaba en casa por la mañana. Por eso, al ver que no había vuelto, llamó a su secretaria, que le dijo que tampoco había pasado por la oficina el día anterior. Fue entonces cuando empezó a temer que le hubiera pasado algo.

En ese momento había comenzado el circo. También la policía había investigado. Había un archivo con las declaraciones tomadas a la mujer de Jon, sus socios y todos los que podían tener noticias de su paradero. Pero lo único que se desprendía de todos los interrogatorios era que, tras salir de su casa por la mañana, aparentemente de camino a la oficina, nadie lo había vuelto a ver. La policía lo había intentado. Había hecho un trabajo correcto. Sin embargo, en opinión de Christer, nadie se había esforzado en exceso, probablemente porque todos estaban convencidos de que Jon había huido del país para darse la gran vida en el extranjero.

En el otro extremo de la sala, empezó a sonar *Feliz Navidad* a través del altavoz. Horroroso. Absolutamente insoportable.

A la madre de Christer la volvía loca la Navidad y, en consecuencia, él había recibido una sobredosis de fiestas navideñas durante la infancia. No hacía falta ser psicólogo para comprender que por eso se ponía como un basilisco cada vez que se acercaba esa época del año. Por desgracia, tenía que reconocer que había metido en su casa a otro fanático de las Navidades. Si hubiese sido por él, Lasse habría empezado a poner la decoración a mediados de noviembre, por lo que había sido preciso llegar a un acuerdo. Christer había aceptado que pusiera música navideña por las noches y los fines de semana, pero no antes del 15 de diciembre, así que ahora tenía que soportar el mismo horror en casa y en el trabajo.

Varias horas e incontables villancicos más tarde, Christer se desperezó en su incómoda silla de oficina. Había leído todo lo que había en los archivos acerca de Jon Langseth y todo lo que pudo hallar en internet acerca del caso, pero no había encontrado nada significativo. Ningún dato que le llamara la atención, ninguna pista que seguir. Era como si Jon se hubiera esfumado nada más salir de casa. Nadie había vuelto a saber nada de él hasta el hallazgo de sus huesos en los túneles del metro, cuatro meses después.

Christer frunció el ceño. Había muchos aspectos que era preciso tener en cuenta para buscar a una persona: edad, profesión, circunstancias, localización geográfica, sexo, amigos, familia... Había miles de conexiones posibles, y el pequeñísimo detalle que tal vez condujera a una posible solución podía estar oculto en la gran masa de información acumulada en la base de datos. Ese era precisamente su punto fuerte. Tenía una habilidad especial para encontrar esos detallitos relevantes en el gigantesco archivo que tenía a su alcance. Siguió pasando página tras página en la pantalla.

Había muchas cosas que convertían a Jon Langseth en un caso inusual de desaparición e incluso en una víctima poco común de homicidio o de asesinato. No tenía una lista kilométrica de antecedentes policiales, ni relación aparente alguna con narcotraficantes, ni con el crimen organizado, ni con cualquiera de las actividades delictivas que solían relacionarse con el hallazgo de un cadáver. La mayoría de las víctimas de asesinato presentaban un riesgo evidente, alguna conexión con algo que, sin forzar mucho la lógica, podía haber determinado su trágico final. Christer no las culpaba de su destino. No era eso lo que pensaba, ni mucho menos. Era solo que a menudo, desde la perspectiva policial, no era muy difícil entender que una persona hubiera acabado así.

En efecto, Jon Langseth estaba involucrado en una causa penal, pero los delitos económicos rara vez desembocaban en asesinato, sobre todo cuando se producían en ciertos ambientes sociales. Los colegas de Jon no eran gente acostumbrada a recurrir a la violencia. Lo suyo era estafar a los desprevenidos desde el anonimato y la seguridad de sus ordenadores. Perpetraban sus robos vestidos con trajes caros y zapatos italianos. Ni siquiera solían tener acceso a armas de fuego. Sus armas no eran un Magnum o una Luger, sino sus cerebros.

Aun así, cabía la posibilidad de que Jon Langseth hubiera sido asesinado por uno de los pensionistas que habían perdido sus ahorros por su culpa. Christer rio para sus adentros. El asesinato no era cosa de risa, por supuesto. Pero, de haber sucedido algo así, habría sido un innegable caso de justicia poética.

En el espacio diáfano de la oficina comenzó a sonar *Vår julskinka har rymt*, el famoso villancico sobre un jamón de Navidad que se da a la fuga, y Christer se echó a reír. ¡Esas sí que eran canciones navideñas como Dios manda! Las de Werner & Werner, Sven Melander y Åke Cato. ¡Eso era humor de verdad, y no las tonterías que hacían reír a la juventud de ahora con sus teléfonos móviles! Christer estaba convencido de que el sentido del humor era una medida de la inteligencia humana y le dolía comprobar que estaba en franco declive.

Suspiró y se desperezó una vez más. En algún lugar del archivo, había algo que podía ayudarlos a avanzar en su investigación. Siempre había algo. Solo necesitaba paciencia. Y la tenía a raudales.

Mina cerró la puerta del coche sin prestar atención a lo que hacía. Su mente seguía totalmente ocupada en la llamada telefónica que había recibido poco antes. Todavía le costaba creer que de verdad hubiera sucedido. Niklas la había llamado. Al trabajo. Era cierto que últimamente visitaba cada vez con más frecuencia a su hija y a su exmarido. Siempre en su casa, nunca fuera. Pero ahora Niklas le había preguntado si Nathalie podía quedarse a vivir con ella por un tiempo.

Mina no estaba preparada para la pregunta, y su primer instinto había sido responder que no. Sin embargo, Niklas no se lo había pedido. Se lo había suplicado como nunca antes lo había hecho. Incluso después de retomar el contacto, su exmarido le había dejado claro que la custodia de Nathalie le correspondía únicamente a él y que la casa de su hija sería siempre la suya. Pero las cosas cambiaban, y eso era algo que Mina había aprendido en los últimos tiempos. Toda su vida había cambiado. Y no había sido capaz de decir que no, por lo que ahora Nathalie viviría con ella en su casa. Según había entendido, estaría allí dentro de dos horas. Tenía que volver a toda prisa.

Subió a su apartamento y abrió la puerta. Lo primero era limpiar. Racionalmente, sabía que no era necesario, porque las habitaciones estaban tan impolutas como cuando se había marchado por la mañana. Pero sus emociones le decían lo contrario. Y aunque el apartamento estuviera listo para recibir visitas, ella no lo estaba en absoluto.

Se quitó los zapatos, los dejó sobre el felpudo y empezó a deambular por las habitaciones. Sabía que de ese modo levantaba más polvo que quedándose quieta, pero no podía evitarlo. No tenía paz en el cuerpo. Su apartamento era su fortaleza y su castillo. Había sido únicamente suyo hasta la llegada de Vincent. Y ahora iría su hija a vivir con ella. El puente levadizo para atravesar el foso había bajado sin que ella comprendiera cómo ni cuándo había sucedido.

Solo se preguntaba dónde dormiría Nathalie. La única posibilidad razonable era su estudio, pero siempre estaba lleno de productos de limpieza y grandes cajas de ropa interior y sábanas baratas, paquetes de guantes desechables, desinfectante y gel hidroalcohólico. Dudaba que su hija quisiera volver si la instalaba en un almacén. Tenía que encontrar otro sitio donde guardar sus reservas. Pero no disponía de tiempo.

Se puso unos guantes, llenó un cubo con agua y detergente, cogió una bayeta de microfibra y empezó a limpiar todas las superficies, incluidas las paredes. Cuando terminó, sacó la aspiradora y dio una vuelta rápida por todo el apartamento. Después volvió a pasar un paño por todas las superficies, por si la aspiradora hubiera levantado más polvo.

Faltaba una hora para que llegara Nathalie.

Como estaba un poco sudorosa por el trabajo de limpieza, no tuvo más remedio que darse una ducha. Abrió un tubo nuevo de crema exfoliante y se frotó todo el cuerpo. Puede que el agua caliente le hubiera quitado el polvo, pero el sudor y la piel muerta eran todavía más repugnantes. En la publicidad, la crema prometía eliminar todas las células muertas de la piel.

Mina sabía que todo cuerpo humano desprende entre treinta mil y cuarenta mil células cutáneas muertas por hora. Alrededor de 0,09 gramos. ¡Por hora! Por lo tanto, cada día se le caían unos dos gramos de piel. Todos los días, a lo largo de todo el año. La sola idea le producía náuseas. Se frotó las piernas con la crema con más fuerza que nunca. Los diminutos gránulos que contenía le rascaron a fondo la piel.

Antes de poder reprimir el pensamiento, visualizó toda su casa cubierta de invisibles escamas cutáneas que se reponían sin parar, por mucho que limpiara. ¿Cuánto tiempo haría falta para producir en el salón una copia suya de tamaño natural, hecha únicamente con restos de piel muerta? Lo calculó en su mente y llegó a la conclusión de que sería más o menos un año. ¡Dios! Casi ochocientos gramos. Poco menos de un kilo de piel muerta.

Empezó a sollozar y cayó a cuatro patas bajo la ducha, inclinándose sobre el impoluto desagüe.

Por fortuna, no vio nada desagradable allí abajo. No tenía tiempo para seguir limpiando. Nathalie estaba a punto de llegar. Si se daba prisa, podría frotarse otra vez todo el cuerpo con la crema exfoliante.

Peter Kronlund llevaba casi dos semanas en el centro de detención preventiva de Kronoberg, justo al lado de la jefatura. Julia repasó mentalmente si cumplía todos los requisitos para entrar. Disponía de un permiso de visita, había llamado por teléfono con antelación y llevaba encima el documento de identidad. Todo estaba en orden.

A lo lejos vio que Adam se acercaba. Ella solo se había puesto un jersey abotonado para el corto trayecto al aire libre, pero Adam venía mucho más abrigado, con un plumífero de Canada Goose, gorro y guantes. El termómetro marcaba muchos grados bajo cero y Julia lamentó no haberse puesto el abrigo. Aunque solo había dado unos pasos por la calle, el frío ya le había penetrado a través de la ropa. Pero pronto volverían a estar a resguardo, en un lugar con calefacción.

—Hola, espero no haberte hecho esperar mucho —dijo él casi sin aliento, y le dio un abrazo.

Ella se lo devolvió torpemente, sintiendo su mano en la parte baja de la espalda y su aliento en la oreja. Luego deshizo el abrazo y rehuyó su mirada. La vida era demasiado complicada, y que la Navidad se acercara no hacía sino complicarlo todo. No tenía sentido que hubiera sido así, pero un afterwork en la oficina y una copa de vino blanco cutre de más fue suficiente para que terminara cediendo a su atracción por él. Sentía los ojos de Adam clavados en su espalda mientras se dirigía a la entrada.

—Por una vez, me alegro de que la justicia se haya tomado su tiempo —comentó Julia—. Si el juez hubiera ordenado de inmediato la detención de Peter Kronlund, ahora estaría en libertad y fuera de nuestro alcance.

El vestíbulo del centro de detención era aséptico y en cierto modo intimidante. Los controles de seguridad eran rigurosos. Aunque albergaba los calabozos de la jefatura, no estaba bajo la jurisdicción de la policía, sino de la Dirección de Prisiones, y la mujer que los recibió vestía el uniforme correspondiente.

—¿Su identificación, por favor?

Adam y Julia le tendieron los documentos que los identificaban como policías, que la funcionaria examinó detenidamente.

—¿Vienen a ver a Peter Kronlund?

Julia asintió.

—Sí, hemos llamado para avisar de que vendríamos.

Sin decir nada, la funcionaria les dio una bandeja de plástico azul y les señaló los zapatos. Tanto Julia como Adam habían visitado en muchas ocasiones el centro de detención y conocían los protocolos. Se turnaron para colocar los zapatos en la bandeja y esperar a que pasaran el control de seguridad, después de golpearlos varias veces contra el suelo para sacudirles la nieve. En otra bandeja depositaron el resto de sus efectos personales. Julia no sabía si debía quitarse el anillo de matrimonio, pero por si acaso lo dejó en la bandeja. No se atrevió a mirar a Adam mientras se lo quitaba.

A continuación los escanearon a ellos, para comprobar que no llevaran ningún objeto metálico encima.

Después del arco detector de metales, le llegó el turno al pastor alemán que había estado esperando pacientemente, con la lengua fuera.

—Lissy, busca —le ordenó la funcionaria.

La perra se acercó corriendo y olfateó ansiosa a Adam y a Julia, pero no detectó la presencia de droga. Tras eso, ya pudieron entrar.

Los hicieron pasar a una sala con las paredes pintadas de vivos colores.

—Las otras estaban ocupadas, así que les ha tocado la sala familiar —les explicó el guardia, indicando con la cabeza los animales pintados en uno de los muros—. Los lavabos están allí. ¿Querrán café?

Los dos asintieron y se sentaron a esperar a Peter. Llevaba trece días detenido y solo faltaba uno para que un dictamen judicial determinara si debía seguir recluido o no.

Cuando entró por la puerta Peter Kronlund, principal accionista y presidente del consejo de administración de Confido, los dos se pusieron de pie. Parecía demacrado y cansado, muy distinto de la persona que habían visto fotografiada en los periódicos, con una copa de champán en la mano en diferentes eventos sociales, o con ropa veraniega en diversas fiestas de Ibiza y de Marbella. Tenía el pelo grasiento y sin lavar, el cutis grisáceo y sin brillo, y olía ligeramente a sudor. Julia sabía que todos los reclusos tenían acceso a duchas y productos de higiene, pero no era infrecuente que el encierro en una celda hiciera perder a los detenidos todo interés por el cuidado personal.

—No tengo nada más que decir. Deberán hablar con mi abogado, porque mañana saldré de aquí —afirmó Peter, alargando la mano hacia el café que acababa de llegar.

—No hemos venido a hablar de su caso —respondió Adam secamente—. Queremos hacerle unas preguntas acerca de Jon Langseth.

—Jon... —Peter meneó la cabeza y se llevó el café a los labios, pero hizo una mueca porque estaba demasiado caliente.

Julia se puso a soplar el suyo.

—Sí —respondió el recluso con amargura—. Al final ha quedado claro que Jon era el más listo de todos nosotros. Ahora mismo estará al volante de un Ferrari, acompañado de una rubia, en un lugar muy lejano. Y mientras tanto, yo aquí metido.

Se pasó la mano por el pelo grasiento y Julia cruzó una mirada rápida con Adam. No sabían si la noticia de la muerte de Jon le habría llegado a Peter, pero esperaban que no. La primera reacción espontánea ante la novedad tenía un gran valor.

Julia tomó una decisión rápida. Prefería que Peter no supiera que habían encontrado los restos de su socio, al menos de momento. Le lanzó una mirada de advertencia a Adam, que pareció comprender enseguida lo que estaba pensando.

—¿Por qué cree que Jon ha huido del país? —preguntó Julia.

Peter se encogió de hombros.

—¿Por qué no iba a creerlo? Es lo más lógico. Miren dónde estoy yo. ¡En los putos calabozos de Kronoberg! —Levantó dramáticamente los brazos para señalar a su alrededor.

—A pesar de su inocencia, ¿no? —comentó Adam.

Julia notó que no había podido evitar un ligero tono irónico. Peter frunció el labio superior.

—¡Claro que soy inocente! Pero eso no le importa a nadie en este país de mierda. En Suecia es un pecado ganar dinero. Todos tenemos que ser igual de pobres. Cuando vivía en Södertälje, en un apartamento humilde, nadie se preocupaba por lo que hacía, porque era como todos los demás. Pero ahora es diferente. Ahora que tengo éxito y gano mucho dinero, las hienas se abalanzan sobre mí. ¡Maldita socialdemocracia sueca y su puta manía igualitaria! Nadie tiene derecho a sobresalir. Es lo que me están haciendo pagar ahora. Pero Jon ha sido el único con inteligencia para verlo y por eso se ha largado.

—¿Lo sabe con certeza? —preguntó Adam—. ¿Le dijo algo antes de desaparecer? ¿Mencionó el plan de huir al extranjero?

—No, no me dijo nada —respondió Peter, llevándose una vez más la taza de café a los labios—. Pero se traía algo entre manos.

—¿Por qué lo dice?

Adam se inclinó hacia delante, interesado. El movimiento hizo que sus músculos pectorales se le marcaran bajo la camisa blanca. Julia intentó no mirarlos. Ni pensar en el tacto de su piel bajo sus manos.

—Ah, por pequeñeces. Nada concreto.

—¿A qué se refiere? —quiso saber Julia—. Intente describir esas pequeñeces.

—No sé. Los últimos meses estaba muy raro. Siempre irritable, siempre mirando atrás...

—Continúe —dijo Julia.

—Es difícil explicarlo —prosiguió Peter mientras fruncía el ceño—, pero empezó a comportarse como si lo estuvieran siguiendo. Tomaba diferentes caminos para ir a la oficina o volver a casa. Puso más guardias en la entrada. Si salíamos a comer o a cenar, solo podíamos ir a un restaurante que tuviera dos salidas. Y otras idioteces por el estilo. Empezó de un día para otro. Pero el cambio coincidió con la época en que un periodista de una revista económica, *Dagens Industri*, empezó a husmear en nuestros asuntos, así que supuse que sería por eso. Cada persona gestiona el estrés de manera diferente, y Jon estaba fuera de sí. Sinceramente, no me sorprendió que se largara.

—Pero ¿fue una reacción propia de él?

Julia probó el café e hizo una mueca. Ya se podía beber, pero era puro veneno para ratas.

—No, qué va. Hasta ese momento, Jon había sido el tipo más tranquilo del mundo. Nada lo hacía perder el control. Pocos mantenían tan bien como él la cara de póquer en las reuniones. Era una de esas personas que no sudan ni en el gimnasio. Siempre bien peinado y con el traje perfectamente planchado. Una vez nos contó que había tenido una época muy dura en su vida, hace muchos años, pero me cuesta creerlo. Era don Perfecto.

—Hasta que de pronto dejó de serlo.

—Sí, exacto.

Los tres guardaron silencio.

Julia contempló los dibujos de la pared. El tema parecía ser la feliz vida de los animales en la selva. Había un mono colgado de una rama, un par de elefantes que se lanzaban agua por la trompa y una cebra con cara de ir colocada. A Harry le habría encantado el mural. Por otra parte, a Harry le encantaba casi todo. Era un bebé muy alegre, capaz de estallar en carcajadas con solo mirar el picaporte de una puerta.

Hizo un esfuerzo para no pensar en su hijo, ya que si empezaba por ahí, acabaría pensando en Torkel. Y en el hecho de que aún tenía una familia. Al menos de momento.

—¿Sabe si tenía enemigos? —preguntó Adam, con la vista fija en Julia.

Ella comprendió enseguida que su expresión facial debía de haberla delatado y se obligó a reprimir lo que las imágenes infantiles suscitaban en su interior. Se inclinó hacia delante.

—Ninguno en especial —respondió Peter, negando con la cabeza—. En nuestro ambiente, siempre hay gente que nos guarda rencor por algo que hemos hecho. Es propio del oficio, por así decirlo. Pero no creo que hubiera nada tan grave como para que alguien quisiera hacerle daño a Jon. Por eso estoy convencido de que a estas alturas seguirá disfrutando de la vida, con la única preocupación de conseguir un buen bronceado.

—Está muerto —anunció Julia abruptamente.

Peter se estremeció. Sus mejillas ya de por sí blancas se volvieron todavía más pálidas. Se quedó mirando a Julia, abriendo y cerrando la boca como un pez. Ella esperó, observándolo. La primera reacción tenía un gran valor. Pero todo en la conducta de Peter indicaba que acababa de enterarse de la muerte de Jon.

—¿Muerto? ¿Cómo? ¿Qué? ¿Quién? —Las preguntas se derramaban por su boca como las perlas de un collar roto, mientras se agarraba al borde de la mesa con tanta fuerza que los nudillos se le volvieron blancos.

—No podemos revelar ningún detalle de nuestra investigación. Pero su muerte nos hace pensar que su conducta antes de la desaparición debía de estar relacionada con el motivo por el que fue asesinado.

—¿Asesinado?

—Es la hipótesis que manejamos de momento. Por eso voy a pedirle que reflexione un poco más: ¿recuerda algo de Jon que le llamara la atención? ¿Algo que dijera? ¿Alguna cosa que usted haya visto?

Julia volvió a apoyarse en el respaldo de la silla, mientras estudiaba con atención el rostro de Peter, para descubrir si ocultaba algo. Sin embargo, la expresión de Peter al negar con la cabeza le pareció sincera.

—No, no. Nunca pensé que pudiera pasarle algo que no estuviera relacionado con nuestros... negocios.

—Muy bien, entonces hemos terminado —replicó ella, levantándose de la silla.

Necesitaba salir de la sala, antes de que los animales de la pared empezaran a hablarle. Así de intensa sentía su presencia y lo que representaban.

—Mañana saldré de aquí —afirmó Peter débilmente, agarrando con fuerza la taza de café.

—Suerte con eso —le dijo Adam, asintiendo. La ironía de su voz era evidente.

Cuando salieron de la sala, encontraron al guardia que había venido a buscar a Peter.

Julia sintió que las miradas de los elefantes pintados se clavaban en su espalda.

Cuando Nathalie salió del ascensor en el Ministerio de Justicia, Tor ya la estaba esperando en la recepción. Al verla, una gran sonrisa le iluminó la cara.

—¡Nathalie, cuánto tiempo! —exclamó—. Casi no te reconozco.

La joven estuvo a punto de preguntarle si había olvidado todas las reuniones mantenidas seis meses atrás, cuando aún no sabían si ella tendría que testificar en el juicio contra Epicura. Pero sospechaba que el comentario no iba dirigido a ella, sino al chico de la recepción. Su participación en el caso de la secta se había mantenido en el más estricto secreto, por lo que aparentemente había que seguir fingiendo.

Le habían explicado que si bien estaba obligada a testificar, porque ya había cumplido los dieciséis años, el tribunal tendría en cuenta la cuestión de su seguridad, por ser hija del ministro de Justicia. Al final había bastado con el testimonio de aquel policía alto que había acudido al lugar de los hechos cuando los miembros de Epicura habían intentado suicidarse o matarse entre ellos. Adam, o como fuera que se llamara. Nathalie estaba con Nova cuando pasó todo. Y ahora Nova estaba muerta.

—Hola, Tor —lo saludó—. ¡Cuánto has crecido! —Pensó en pellizcarle la mejilla, pero quizá habría sido ir demasiado lejos.

Tor le hizo un gesto para que lo siguiera y los dos se encaminaron en silencio por el familiar pasillo. El hombre no dijo nada hasta que llegaron a la puerta del despacho de su padre. Entonces frunció los labios.

—No sé qué le pasa hoy, pero si lo averiguas, dímelo, por favor. Parece que ya no quiere hablar conmigo.

Nathalie sofocó una risita, llamó un par de veces a la puerta y entró. Su padre estaba sentado detrás del escritorio, leyendo los folios de una gruesa carpeta. La mesa estaba cubierta de papeles. Era muy extraño. En el estudio de su casa, nunca solía tener más de dos documentos sobre la mesa. Pero ya durante la cena del día anterior, Nathalie lo había notado raro. Sintió un nudo en el estómago.

—Hola, Nattie —dijo él, levantando la vista—. He estado hablando con tu madre y creo que estaría bien que vivieras un tiempo con ella.

—¿Qué...? —respondió Nathalie, paralizada por la sorpresa—. Eso sí que... no me lo esperaba. ¿Quieres que vaya a vivir con ella una semana sí y otra no cuando empiece el trimestre de primavera? La verdad es que no me acaba de gustar la idea. Estamos bien tal como estamos ahora.

—Lo que quiero decir es que tal vez deberías irte a vivir con ella de forma permanente por una temporada. A partir de ahora. Lo antes posible. ¿Para qué esperar si la idea es buena, no crees? —Intentó componer una sonrisa, pero fracasó—. Necesitáis pasar más tiempo juntas —prosiguió, echándose hacia atrás—. Podría ser muy agradable celebrar la Navidad con ella, ¿verdad? Y quizá también el Año Nuevo.

Nathalie lo observó. Tenía la camisa arrugada y el pelo despeinado. No era propio de él.

—Papá, ¿qué ocurre? —quiso saber.

—¿Qué ocurre? ¡Nada! Nada en particular. Es solo que estoy un poco saturado de trabajo.

Era evidente que mentía, pero Nathalie no pensaba presionarlo, porque a pesar de todo, era posible que tuviera su parte de razón. En los últimos meses había empezado a conocer a Mina, y poco a poco se había dado cuenta de que su madre le caía bien. Era muy rara, desde luego. Pero prefería que fuera rara y no aburrida. Aun así, la idea de vivir con ella la asustaba. Era un paso muy grande. Pero, como había dicho su padre, quizá necesitara pasar más tiempo con Mina.

Con su madre.

Tal vez.

—Ya veremos —contestó, con poco convencimiento.

—Genial. ¿Podrías ir ahora mismo y hablar con ella? La he llamado y le he dicho que ibas en camino. —Consultó el reloj—. De hecho, ya te debe de estar esperando. Te daré la dirección.

—Gracias por dejarme decidir —replicó Nathalie, un poco molesta.

Una parte de ella habría querido rebelarse contra su padre y oponerse a su manera de dirigirle la vida sin tener en cuenta sus deseos. Siempre hacía lo mismo. Decidía por ella, sin tomar en consideración sus opiniones. Sin embargo, sentía curiosidad por conocer el lugar donde vivía Mina. Ya se enfrentaría a su padre por otra causa.

—Vale, de acuerdo. De todos modos, no tengo nada mejor que hacer —respondió.

Escribió la dirección que le dio su padre en un trozo de papel y se la guardó en el bolsillo.

—Solo una pregunta, antes de irme a casa a hacer la maleta. ¿Qué era eso tan importante por lo que me has hecho venir hasta aquí? Si solo querías decirme que fuera a casa de Mina, podrías haberme mandado un mensaje. Al fin y al cabo, ya estaba decidido.

Su padre se la quedó mirando un momento, sin responder.

Después parpadeó varias veces y se pasó la palma de la mano por los ojos.

—Quería verte —confesó—. Quién sabe cuántas veces más podré hacerlo. Te estás haciendo mayor.

Nathalie habría querido decir que solo faltaba música de violines, pero en el fondo la conducta de su padre le preocupaba. Sabía cómo era cuando estaba sobresaturado de trabajo, pero esta vez era diferente y Nathalie no tenía claro cómo debía comportarse. Puede que fuera buena idea alejarse de él por un tiempo.

—Sé bueno con Tor cuando yo no esté —dijo, mientras abría la puerta para salir—. Me parece que deberías comprarle un juguete nuevo a tu perro guardián.

En la cocina, Rebecka contemplaba el calendario que Vincent había colgado sobre la cafetera con el ceño fruncido. En lugar de fotografías de gatitos o citas de personalidades célebres, el calendario presentaba un problema matemático en cada una de sus páginas.

Vincent miró por encima del hombro de su hija y vio que estaba concentrada en el problema de diciembre: el teorema de Fermat. Incluirlo había sido una decisión bastante arriesgada por parte del fabricante del calendario, ya que los principales genios matemáticos del mundo habían tardado nada menos que trescientos sesenta años en resolver el enigma. Cuando Pierre Fermat formuló el teorema en 1637, indicó que había hallado una manera sencilla de demostrarlo, pero, convenientemente, olvidó escribirla. Cuando por fin se publicó la demostración, en 1995, resultó que estaba basada en unos conocimientos matemáticos inexistentes en el siglo XVII. Vincent sonrió para sus adentros. Sospechaba que Pierre Fermat les había gastado la mayor broma de la historia a sus colegas. Eso sí que era tener sentido del humor.

—¿Estás intentando demostrar el teorema de Fermat? —le preguntó a su hija—. Creo que te costará un poco. Tengo entendido que la demostración ocupa un libro así de gordo.

—¿Qué? No, para nada. Y, por cierto, me parece patético

—respondió ella—. ¿Qué persona normal cuelga problemas de matemáticas en la pared de la cocina? Ya tengo bastante con verlos en el instituto. Solo me estaba preguntando por qué has marcado los días 21, 24 y 28 de diciembre. ¿Piensas irte de viaje? ¿Justo para Navidad? Recuerda que prometiste llevarme a la estación el día veintidós. No te atrevas a echarte atrás.

—Por supuesto que te llevaré al tren —replicó Vincent, asintiendo—. ¿También irá Denis con vosotros? Vais a los Alpes franceses, ¿no?

—Voy con Edith y Sigrid —contestó Rebecka secamente—. Denis puede tirarse por un barranco.

Era evidente que Vincent no estaba al día y que el novio francés de Rebecka había pasado a la historia.

—O sea, ¿que tú no estás obligada a quedarte en casa por Navidad pero yo sí? —le preguntó, guiñándole un ojo.

Rebecka le dirigió una mirada capaz de fulminar a cualquier padre. La había perfeccionado durante los meses en que Vincent había tenido que quedarse en casa por culpa de las muletas.

—En realidad —añadió él—, no he sido yo quien ha marcado esas fechas. Debe de haber sido Maria.

—Vale, lo que tú digas —replicó Rebecka, encogiéndose de hombros—. Mientras me lleves al tren, todo me parece perfecto.

Su hija se fue a su dormitorio y cerró la puerta. Vincent se dio cuenta de que hacía siglos que no entraba en su habitación y se preguntó qué encontraría allí dentro cuando Rebecka se fuera de casa. Probablemente, minas antipersona. Con su nombre escrito.

Volvió a mirar el calendario. En efecto, los números 21, 24 y 28 estaban rodeados con un círculo. Sin poder contenerse, los sumó mentalmente: 73. El vigesimoprimer número primo. Pero el 21, el 7 y el 3 también tenían una relación curiosa. Para empezar, 21 era 7 multiplicado por 3. Además, los números 7, 3, 21 y 73, escritos en el sistema binario, eran todos palindrómicos, es decir, se leían igual de derecha a izquierda y de izquierda a derecha: 111, 11, 10101 y 1001001. Lo mismo ocurría con el 73 como número primo: escrito al revés, producía igualmente un número primo, ya que el 37 también lo era. Vincent sonrió al recordar que cada uno de los números primos que satisfacían esa propiedad recibían oficialmente el nombre de «omirp», es decir, «primo» escrito de derecha a izquierda. Nadie podía acusar a los matemáticos de carecer de sentido del humor. Y, si no, ahí estaba Fermat para demostrarlo.

Vincent se llevó una mano a la nuca. Empezaba a dolerle la cabeza. Le pasaba cuando hacía trabajar demasiado el cerebro.

Aun así, no pudo dejar de echar un último vistazo a los números marcados. Había algo en ellos que lo intrigaba.

Veintiuno. Veinticuatro. Veintiocho.

Habría sido incapaz de decir por qué, pero le parecían... inquietantes. Frunció el ceño. Faltaban tres días para la primera de las fechas indicadas.

Tenía que acordarse de preguntarle a Maria qué pensaba hacer ese día.

Mina acababa de vestirse después de la ducha cuando oyó que llamaban a la puerta. Se dio cuenta de que estaba temblando de nervios. Era su hija. Y venía a quedarse con ella en su casa. Ya no había vuelta atrás. ¿Debía ofrecerle café? ¿Tendría que haber comprado pastelitos? ¿De qué clase? No tenía ni idea de cómo comportarse.

Respiró hondo y abrió la puerta. Al otro lado, Nathalie la miraba con una sonrisa insegura. En una mano sostenía el asa de una maleta con ruedas, y en la otra, un trozo de papel donde aparentemente figuraba la dirección de Mina.

—Eh... Hola —dijo Nathalie, congelando la sonrisa—. ¿Estabas haciendo ejercicio? Estás toda roja.

—No, en realidad... —empezó Mina, pero se interrumpió.

Nathalie no conocía sus problemas, por supuesto, y era preferible que siguiera ignorándolos un tiempo más. Tarde o temprano se daría cuenta, pero de momento Mina solo deseaba ser aceptada como una madre normal. Ya se ocuparía más adelante de su parte menos corriente, la que la obligaba a gastar todo un tubo de crema exfoliante hasta el punto de hacerse daño en la cara y en todo el cuerpo, o a mantener una reserva de productos de higiene suficiente para abastecer a un pequeño país durante años.

—¡Pasa! Aquí es donde vivo. Bueno, ahora las dos vivimos aquí —dijo, sorprendiéndose a sí misma por su tono animado.

Hizo un esfuerzo para no mirarle los pies a Nathalie, mientras su hija entraba, pasaba de largo sin prestar atención al felpudo, se quitaba las zapatillas de deporte de una patada y las enviaba volando a un rincón. Al observar la gravilla que había quedado en el suelo del recibidor, Mina tragó saliva. Le habría encantado limpiarla de inmediato, antes de que se esparciera por todo el apartamento, pero se contuvo.

—¡Qué bonito lo tienes todo! —exclamó Nathalie, echando un vistazo a su alrededor—. ¡Y qué limpio y ordenado! ¿Todos los policías tienen la casa tan cuidada como tú?

Mina pensó en Peder, con Anette y las trillizas, cuya casa era una explosión de juguetes, restos de comida y risas infantiles. Sonriendo, negó con la cabeza.

—No, no todos —respondió—. ¿Te apetece un café? ¿Un té? ¿Un zumo?

Entonces fue Nathalie quien sonrió, divertida.

—No hace falta que seas tan formal, mamá —dijo mientras empujaba la maleta hacia el mismo rincón donde había dejado las zapatillas—. Para mí también es un poco raro todo esto. Pero ya han pasado seis meses desde que me enteré de tu existencia. En realidad, debería haber venido mucho antes.

Pasaron al cuarto de estar y se sentaron en el sofá, una al lado de la otra. Mina tenía a Nathalie tan cerca que podía tocarla. Sin embargo, apoyó firmemente las manos sobre las rodillas. No sabía si sería capaz de controlar sus sentimientos si de repente se manifestaban.

Había estado muy cerca de perder a su hija en dos ocasiones: la primera, cuando había abandonado a su familia, y la segunda, el verano anterior, cuando su madre, Ines, en colaboración con Nova, la líder de una secta, se habían adueñado de la voluntad de Nathalie. Pero no volvería a pasar nunca más. Estaba dispuesta a hacer todo lo necesario para cerrar la herida. Solo esperaba que Nathalie se lo permitiera. Vivir juntas sería un paso adelante, pero todo había sido demasiado... repentino.

—Probablemente me he sorprendido tanto como tú, o incluso más, cuando me ha llamado tu padre —dijo—. No me gusta que Niklas se crea con derecho a tomar este tipo de decisiones sin consultarlo antes con nosotras. Después de todo, no será él quien venga a vivir aquí. Aun así, no me ha disgustado la idea. ¿Y a ti?

—Pienso lo mismo que tú. Es típico de papá —contestó Nathalie, dando vueltas en la mano al trozo de papel con la dirección de Mina—. Por cierto, está muy raro desde la cena de ayer. Muy nervioso. Pero cuando le pregunto qué le pasa, me responde que nada.

—Supongo que un ministro de Justicia tendrá sobre el escritorio asuntos que pondrían nervioso a cualquiera —la tranquilizó Mina—. No tiene por qué ser nada más que eso.

—Eso me ha dicho él. Que es solo por el trabajo. No sé... Bueno, ¿cómo vamos a organizarnos aquí? Tú y yo, quiero decir.

—Iba a hacerte la misma pregunta —repuso Mina—. Supongo que querrás tener un sitio para estar a solas. También puedo reservar una parte de la nevera para tu comida. El estudio puede ser tu habitación en cuanto lo haya limpiado y ordenado. La puerta tiene llave, así que podrás cerrarla y...

—Mamá —la interrumpió Nathalie—. Soy tu hija, no una inquilina. Me parece que la idea es que vivamos juntas.

—Sí, claro. No quería imponerte nada.

Se hizo un silencio. Nathalie dejó el papel sobre la mesa, delante del sofá.

—Creo que aceptaré ese café —dijo—. Con mucha leche.

QUEDAN DOCE DÍAS

Vincent estaba en bata, en la cocina, revisando la correspondencia que había sacado del buzón la noche anterior. Por fin había conseguido despejar de nieve el sendero, pero estaba convencido de que volvería a quedar sepultado antes de que anocheciera, si seguía nevando con la intensidad de los últimos días.

Por lo general solo recibía publicidad, pero quería asegurarse de no pasar por alto nada importante antes de tirarlo todo al contenedor del papel. De hecho, encontró algo. Entre un folleto de una cadena de supermercados y una solicitud de aportaciones para Save the Children, había una carta dirigida a él. No la había visto la noche anterior, aunque había revisado todo el correo. Al parecer, además de padecer dolores de cabeza constantes, se estaba volviendo distraído.

Benjamin entró en la cocina bostezando.

—¿Quieres café? —preguntó, rebuscando entre las cápsulas.

A modo de respuesta, Vincent señaló la taza que se acababa de servir.

—No entiendo cómo puede levantarse la gente cuando todavía está oscuro —masculló su hijo, mientras insertaba una cápsula en la cafetera—. Cada invierno me cuesta más. ¿Crees que es posible acostumbrarse?

—¿Acostumbrarse a la oscuridad? —repuso Vincent—. Es

una pregunta profundamente existencial para esta hora de la mañana.

En ese momento, Aston salió de su habitación, frotándose los ojos. Fue directamente al salón y Vincent oyó que se tumbaba en el sofá.

—¡Primero el desayuno y después la tele! —le gritó desde la cocina.

Aston respondió algo entre dientes. Unos días antes había descubierto el programa «Los peores conductores de Suecia» y veía todos los episodios que encontraba. Por lo general le daba tiempo a ver la mitad de uno antes de ir a la escuela.

—Vale, pero quiero sándwiches de queso —respondió Aston, entrando en la cocina, antes de dirigirse a la nevera para sacar un bote de mermelada de fresa—. ¡Con un montón de mermelada!

—Pues ya te puedes poner manos a la obra —dijo Vincent, al tiempo que abría el sobre dirigido a él—. A ver si te quedan bien los sándwiches. ¿Alguno de vosotros ha visto a vuestra hermana?

—Ayer salió de fiesta —respondió Aston, poniendo dos rebanadas de pan en la tostadora—. Debe de estar durmiendo. Dentro de un rato voy y la despierto.

—Si vas, ponte el chaleco antibalas —rio Benjamin—. Y un casco. Con Rebecka no se juega, sobre todo cuando tiene resaca.

Vincent no estaba seguro de que Rebecka tuviera edad suficiente para beber alcohol, pero había dejado esa parte de su educación en manos de Maria, que últimamente parecía más comprensiva que nunca en todo lo referente a la adolescencia de su hijastra.

Como si la hubiera invocado con el pensamiento, Maria salió en ese mismo instante del dormitorio, ajustándose el cinturón de la bata. Enseguida se puso a rebuscar en la despensa.

—¿Alguien ha visto mis semillas de chía? —preguntó.

Desde que Maria había montado su pequeña empresa, no era fácil mantener horarios regulares. Vincent intentaba no expresar la irritación que le producía el cambio, pero cada día hacía todo lo posible para que su familia desayunara a las siete y media, hiciera falta o no. Las rutinas tenían su razón de ser.

Bajó la vista y cayó en la cuenta de que tenía una carta en la mano.

Claro, la había recibido con el correo del día anterior. Allí estaba.

Terminó de abrir el sobre mientras Maria cambiaba de opinión y se decidía por los sándwiches de mermelada y queso, como Aston. La entendía perfectamente. Hay que tener mucha fuerza de voluntad para seguir una dieta sana cuando está oscuro y hace frío.

Dentro del sobre había una tarjeta de Navidad. No era la primera que recibía este año, ya que Umberto de ShowLife Productions y el departamento de policía de Julia le habían enviado sendas felicitaciones. A veces también recibía tarjetas de los teatros donde había actuado. Pero todas tenían un carácter profesional, mientras que la carta que tenía en la mano era personal, con un mensaje escrito a mano. No era lo más frecuente.

La sombra que lo habitaba, la que llevaba en su interior desde la muerte de su madre cuando tenía siete años, se despertó con un aullido.

—Tengo que mirar una cosa —dijo en voz demasiado alta, y se dirigió a toda prisa a su estudio, para que los niños no notaran que estaba temblando.

Entró y cerró la puerta de un golpe.

Una vez en el estudio, colocó la tarjeta nueva a la derecha de la línea cronológica. Si el remitente iba en serio, se alegraba de no haber involucrado a la policía. Ahora más que nunca habría querido hablar con Mina, pero el nuevo mensaje se lo impedía. Volvió a leerlo, a su pesar.

¿Estás listo para el final, Vincent?

Me llevaré primero a tu familia.

Y después a ti.

No puedes hacer nada. Si llamas a la policía, sucederá de todos modos, solo que mucho más rápido. Tú y yo, partidos en dos.

Feliz Navidad.

Prestó atención para oír a Benjamin, que estaba desayunando en la cocina. Y aguzó el oído para escuchar a Aston y Maria, que discutían en el salón sobre la conveniencia de que el niño terminara de ver «Los peores conductores de Suecia» en lugar de darse prisa para llegar a tiempo al último día de colegio antes de las vacaciones de Navidad. Necesitaba oír algo, cualquier cosa capaz de demostrarle que aún tenía una familia. Pero de repente la casa quedó en silencio.

Sentada delante de su escritorio, en la jefatura, Mina contempló quizá por centésima vez la multicolor imagen en la pantalla del ordenador. En su despacho, la temperatura era unos grados más baja que en las oficinas de sus colegas. A ella le gustaba el frío, e incluso abría las ventanas para que entrara. A diferencia de los demás, prefería el invierno al verano. Sin embargo, pese al ambiente fresco, tenía la frente perlada de sudor. Y la culpa la tenía lo que estaba viendo.

Bienvenidos a la fiesta de Navidad de la policía.

Había recibido el mensaje por correo electrónico varias semanas antes, pero lo había olvidado por completo. La invitación consistía en una fotografía del ferry de Helsinki, al que algún colega hábil con el Photoshop había añadido un gorro de Papá Noel y la palabra *policía* escrita a lo largo, de tal manera que el barco recordaba vagamente a un coche patrulla, solo que en el mar y mucho más grande. Muy divertido.

Lo normal era que cada departamento organizara su propia celebración, pero el de Julia era muy pequeño, por lo que le habían propuesto celebrar conjuntamente las fiestas navideñas con otras unidades. A Mina le faltaba el aire con solo mirar la imagen que acompañaba la invitación. Probablemente, los transbordadores finlandeses eran un dechado de higiene, pero en su mente los veía como un cúmulo de moquetas pegajosas marinadas en décadas de cerveza derramada, aire reciclado a través de los pulmones de miles de pasajeros en cada trayecto y camarotes claustrofóbicos, con literas donde demasiadas personas habrían pasado demasiado tiempo y que solo un abrasivo chorro de arena habría podido desinfectar.

Debían de estar repletos de bacterias nocivas, hasta el punto de que casi podía verlas en la fotografía. Le habría gustado limpiar la pantalla del ordenador con gel hidroalcohólico.

Además, sabía que otros departamentos habían organizado una celebración similar en uno de esos barcos unos años antes. Por fortuna, Mina no había sido invitada porque en aquella época trabajaba en otra unidad, pero las historias de aquel viaje seguían vivas entre sus colegas. Ruben no podía hablar del tema sin que le brillaran los ojos de lujuria. Y cada vez que salía a relucir la celebración navideña, Julia parecía abochornada.

Mina no quería enterarse de nada.

Ni tampoco asistir.

Miró la fecha. «¡Os esperamos el 19 de diciembre!», pareció gritarle la invitación desde la pantalla, en grandes letras rojas coronadas de nieve. Ya estaban a diecinueve. Tenía que presentarse en el barco al cabo de tres horas y aún no había encontrado ningún pretexto aceptable para decir que no iría. Tenía que ser una buena excusa, porque Julia había insistido en la importancia de la fiesta para la cohesión del grupo.

Sin embargo, para Mina era imposible.

¿No había nada en el caso de Jon Langseth que exigiera urgentemente su atención? ¿Algo que Julia pudiera aceptar como una razón de peso para renunciar a la fiesta? Nathalie no era una buena excusa, porque ya tenía dieciséis años y podía quedarse sola en casa.

Cerró el mensaje del odioso ferry y abrió el informe de Jon

para leerlo con calma. Disponía de dos horas y cuarenta y cinco minutos para encontrar una coartada.

Cuando llegó a las notas de Adam sobre la conversación con Peter Kronlund, presidente de Confido, dio un respingo. Según la declaración de Peter, la conducta de Jon había cambiado notablemente antes de su desaparición. Mina recordaba que Josephine, la mujer de Jon, había dicho lo mismo. Al igual que Josephine, Peter lo atribuía a la presión mediática, que podía haber sido excesiva para él. Era una interpretación razonable. No era fácil mantener el ánimo sereno con una jauría de periodistas detrás, las veinticuatro horas del día, independientemente de que uno fuera culpable o inocente.

Pero Josephine no había mencionado que Jon hablara de los artículos periodísticos cuando estaba en casa. Si lo habían afectado tanto, ¿no habría sido normal que los comentara con su familia? ¿No sería por otra causa que había cambiado tanto?

No lo podía descartar. Era posible que el cambio experimentado por Jon tuviera un motivo diferente; por ejemplo, que supiera de antemano que iba a pasarle algo. Quizá por eso estaba tan alerta e inquieto. Pero, si era así, ¿por qué no se lo había dicho a nadie? ¿Por qué no había llamado a la policía? Debía de temer por su vida. ¿Qué sabía Jon?

La pregunta era justo la excusa que necesitaba.

Echó un vistazo a la invitación. A las tres tenía que estar en el puerto. Cogió el teléfono y le envió un mensaje a Vincent. Por fin tenía un pretexto perfecto para verlo. Necesitaba hablar con él sobre el cambio de comportamiento de Jon. Dentro de unas dos horas y media.

Iba agarrado con todas sus fuerzas a la mano de su padre. Pero cada vez que llegaban a una papelera que parecía prometedora, tenía que soltarse y ayudarlo a revisar minuciosamente todo el contenido del cubo, en busca de tesoros ocultos. Era sorprendente la cantidad de cosas buenas que la gente tiraba a la basura. No podía entender que alguien comprara una hamburguesa y solo se comiera la mitad, ni que tirara un sabroso sándwich de jamón y queso después de darle un par de bocados. La gente de la superficie era muy rara.

A veces lo asaltaban vagos recuerdos de su vida anterior, sobre todo cuando se encontraba en el territorio fronterizo entre el sueño y la vigilia. Eran retazos borrosos y difíciles de capturar. Le dolían, sobre todo cuando le devolvían el olor de su madre, aquel aroma floral que había sido suyo y que seguía íntimamente ligado a la sensación de estar envuelto en sus brazos, sobre sus rodillas, con la suave tela de su blusa contra la mejilla.

Pero en aquellos tiempos él era muy pequeño. No sabía si los recuerdos eran reales o meras fantasías que había ido fabricando a partir de las historias que le contaba su padre. Sin embargo, recordaba con claridad el día en que su padre y él habían vuelto a casa y no la habían encontrado. Regresaban después de pasar fuera varios días. Su padre había salido en una de sus «excursiones», como las llamaba su madre, y él lo había acompañado.

Al marcharse, habían dejado a su madre viva. Enfadada, pero viva. A ella no le gustaban las salidas de su padre, y menos aún cuando se lo llevaba a él. En cambio, a él le encantaba acompañarlo. Casi siempre dormían en el bosque. Y aunque la oscuridad le daba miedo, la noche en el bosque no lo inquietaba, porque su padre estaba a su lado.

Sacudió la cabeza para dejar de pensar en cosas que prefería olvidar.

Su padre cruzó la calle en dirección a una papelera, en medio de la gran extensión de Odenplan. De todos los lugares de arriba, era su preferido, porque allí las papeleras solían estar llenas de tesoros.

Al ver que su padre le hacía un gesto de impaciencia, miró a ambos lados y cruzó la calle corriendo. Entonces vio que tenía algo para él: ¡un envoltorio de su chocolate favorito, con un trozo dentro! Era todo un hallazgo. Los envoltorios de chocolate solían estar vacíos. Después de dárselo, su padre levantó triunfalmente la bolsa de plástico que sostenía en una mano y le enseñó su contenido: un montón de comida, en su mayoría, restos de sándwiches. Tendrían suficiente para un par de días. Durante un par de días no tendrían que volver a la superficie.

Cogió otra vez la mano de su padre mientras regresaban al metro. La gente que pasaba a toda prisa los miraba, pero a él no le importaba. Los demás no entendían nada. No sabían que su padre era un rey. Orgulloso, le agarró con más fuerza la mano. Pronto, muy pronto, estarían de vuelta en su reino.

—¿Cómo has encontrado este sitio? —le dijo Vincent, mirando a su alrededor.

Ella lo imitó. La iluminación del local era fría y, hasta donde alcanzaba la vista, no había ni un solo adorno navideño. ¡Perfecto!

—En Google —respondió—. La búsqueda «restaurante sin ambiente navideño» arroja miles de resultados. Por lo visto, no soy la única alérgica al espumillón.

De hecho, el pequeño restaurante de Vasastan estaba abarrotado de gente. Aunque ofrecía en la carta un menú de Navidad, las palabras utilizadas para describirlo eran *fusión*, *alternativa* y *asiático*, por lo que Mina podía estar bastante segura de que no incluiría grasientas salchichas ni gomosas albóndigas. Vincent pareció un poco decepcionado.

—En realidad, a mí me gusta la Navidad —aclaró—, la típica Navidad con mucho de todo. Te agradezco que te hayas puesto en contacto conmigo. No sé cuántas veces habré pensado en llamarte, pero...

Un estresado jefe de sala se dirigió hacia ellos con varias cartas del restaurante bajo el brazo.

—¿Tienen reserva? —les preguntó—. De no ser así, lo siento mucho, pero no nos queda ninguna mesa libre.

—No se disculpe —replicó Vincent, con una amable sonrisa—. Mejor alégrese de que el negocio vaya tan bien.

El jefe de sala lo miró con una sonrisa incrédula.

Era evidente que estaba habituado a reacciones distintas de los clientes cuando les anunciaba que no quedaban mesas libres. Mina notó que Vincent le había rozado levemente el brazo al hombre al decirle «alégrese».

—El éxito de un negocio es muy satisfactorio —prosiguió el mentalista, tocando por segunda vez el brazo del jefe de sala—. Y uno haría cualquier cosa con tal de prolongar esa sensación de alegre satisfacción, ¿no es así?

El hombre asintió, esta vez con una amplia sonrisa.

—Es muy agradable complacer a los clientes —dijo Vincent—. Por cierto, ¿habrá alguna mesa libre para dos?

—Bueno..., creo que lo podríamos organizar —replicó el jefe de sala, con la mirada levemente desenfocada—. Hay una pareja en aquel rincón que ya ha terminado. Quizá pueda convencerlos para que se vayan ya. Síganme, por favor.

Entraron tras él en el local y el hombre fue a buscar un datáfono para presentar la cuenta a la pareja sentada en el rincón.

Al cabo de unos segundos, los dos comensales se levantaron con los abrigos en la mano y, al cruzarse con Mina y Vincent, los miraron con desconfianza. El jefe de sala dejó dos cartas sobre la mesa y se marchó discretamente.

—No estás bien de la cabeza —murmuró Mina, con la mirada fija en la espalda del jefe de sala.

—¿Por qué lo dices? Nosotros tenemos nuestra mesa y él está feliz.

Riendo, Mina se sentó de espaldas a la pared. Vincent cogió la silla de enfrente y la colocó a un costado de la mesa antes de sentarse.

—No me gusta sentarme frente a frente —explicó cuando notó la mirada inquisitiva de Mina—. Es demasiado formal y tiene un punto de confrontación. Además, la barrera física de la mesa oculta la mitad del lenguaje corporal y dificulta innecesariamente la comunicación. Sentados así, en ángulo, la conversación fluye mejor. ¿Lo notas?

Tenía razón. Mina notaba con claridad la diferencia. Sobre todo, sentía a Vincent mucho más cerca y tenía la sensación de que ya no podía ocultarle nada. Por un momento pensó en explicarle las ventajas de las barreras físicas e incluso de cualquier tipo de barrera entre las personas, pero no estaba del todo segura de querer que Vincent se alejara.

—Por cierto, gracias por enviarme un mensaje tan dramático —dijo él enseñándole la pantalla del móvil para que lo leyera.

Tenemos que hablar. ¿Podemos vernos
ahora mismo?

—Parece que Maria no se lo ha tomado muy bien —comentó Mina, señalando la diminuta nota adhesiva pegada al teléfono, donde alguien, muy probablemente la mujer de Vincent, había escrito: «¿La has dejado embarazada?».

Tuvo que reprimir una carcajada cuando notó lo mucho que se había avergonzado Vincent.

—Bueno, estábamos hablando de la Navidad, ¿no? —dijo entonces—. Decías que te gusta. ¿No te resulta demasiado caótica?

—Sí, pero eso era antes —replicó el mentalista. Después frunció el ceño, arrancó la nota, la arrugó y se la guardó en el bolsillo junto con el teléfono—. Antes no me gustaba nada, porque, como tú dices, era un caos. Trabajaba como un loco la víspera de la Nochebuena para tenerlo todo listo, luego venían dos días de estresante anarquía familiar y entonces se acababa todo. Siempre me quedaba con un nudo en el estómago y con la sensación de no haber captado el sentido de la fiesta.

Alguien carraspeó a su lado.

—¿Tomarán el menú navideño? —preguntó la camarera.

Vincent miró a Mina con expresión interrogativa y ella asintió.

La camarera se marchó tan rápidamente como había aparecido.

—¿Qué ha pasado desde entonces? —quiso saber Mina.

—Ahora empiezo a celebrar la Navidad a finales de septiembre —contestó Vincent—. No me mires así. Es una decisión perfectamente racional. De este modo dispongo de mucho más tiempo para sentir el espíritu navideño en mis propios términos. Y cuando comienza la histeria a principios de diciembre, no lo noto, porque me he adelantado. Para mí, la Nochebuena es una bonita culminación de un largo periodo. Ya no tengo que exprimir toda la emoción navideña en un solo día.

Hizo una pausa y se le nubló la expresión.

—Mi familia, como es lógico, piensa que soy un idiota porque en octubre me pongo calcetines con motivos navideños —añadió enseguida—. Pero no es ninguna novedad. Lo de que piensen que soy un idiota, quiero decir.

Mina se lo quedó mirando. Se mordió el labio inferior y mantuvo el contacto visual para reprimir el impulso de agacharse bajo la mesa y ver qué calcetines llevaba puestos. Al final no pudo evitarlo. Una ojeada rápida reveló alegres tonos rojos y verdes en torno a sus tobillos.

Cuando levantó la vista, la expresión de Vincent seguía siendo sombría, pero enseguida se recompuso y volvió a estar como antes.

—¿Te ocurre algo? —dijo—. No pareces el mismo.

El mentalista negó con la cabeza, quizá de manera demasiado enérgica, en opinión de Mina.

—No. Solo pensaba en mi familia —respondió— y en lo que soy para ellos.

Se le volvió a marcar en la frente una línea de preocupación, que no tardó en desaparecer. Era evidente que tenía un problema, aunque no quisiera contarlo.

—Pero, te guste o no la Navidad... —dijo él vacilante, metiendo una mano en el bolsillo del abrigo, que había dejado sobre una silla—, te he traído un regalo. ¿Quizá no ha sido buena idea?

Cuando Vincent sacó del bolsillo un paquete envuelto en papel de regalo marrón, atado con un cordel negro que formaba un complicado lazo, una agradable calidez estalló en el pecho de Mina y se le difundió por todo el cuerpo.

—No lo abras antes de Nochebuena —le dijo él mientras se lo entregaba.

—Me temo que no voy a hacerte caso —respondió ella, tirando del lazo—. Si esperara, no podría decirte a la cara lo que pienso.

Dentro del paquete había una caja, y en su interior, un trozo de una materia gris y esponjosa. Arcilla. Por suerte, estaba envuelta en plástico, por lo que no tuvo que tocarla con las manos. Mina se estremeció. No podía entenderlo. ¿Por qué le regalaba Vincent un trozo de arcilla de modelar? Lo miró y vio que él la estaba contemplando con una sonrisa.

—Te he matriculado en un curso de alfarería con torno.

¿Alfarería? Fango pegajoso, agua por todas partes y manchas en la ropa, en medio de una pandilla de hippies con temperamento artístico.

—Pero... ¿tú me conoces? —protestó ella—. ¿No decías que eras especialista en leer la mente de los demás e interpretar sus aspiraciones? Tú más que nadie deberías ser capaz de encontrar el regalo perfecto para mí. Esto es... todo lo contrario.

Sopesó el trozo de arcilla con la mano, para calcular su potencialidad de causar lesiones graves si se lo arrojaba a Vincent a la cabeza. Era dudoso.

—No seas así —replicó él—. Esa arcilla está totalmente libre de bacterias. Y el agua te gusta, ¿no? Como bien has dicho, lo mío es interpretar a la gente. Y lo que veo en ti es que necesitas poner a prueba tus límites. Estoy seguro de que te llevarás una grata sorpresa. ¡Enfréntate a tus demonios!

—Tú sí que te enfrentarás a un demonio si no reconoces tu error.

En ese momento, alguien carraspeó a su lado y entonces Mina notó que les habían colocado dos platos sobre la mesa. La camarera había regresado.

—¿Desean algo más de beber, aparte de agua? —preguntó.

—Una copa de arsénico para el caballero —replicó Mina, sin apartar los ojos de Vincent.

—¿Y si me matriculo contigo en las clases? —dijo el mentalista—. Ya he bebido veneno por ti. O, mejor dicho, por tu hija. Prefiero hacer cerámica antes que pasar otra vez por esa experiencia.

La camarera pareció comprender que no iba a obtener ninguna respuesta sensata, de modo que se marchó.

—Por cierto, ¿querías verme por algún motivo en particular —prosiguió Vincent—, aparte de recibir un regalo de Navidad?

—Que sepas que todavía no hemos terminado de hablar de la arcilla —replicó Mina—. Pero sí. De hecho, tenemos un caso bastante extraño entre manos. Anteayer encontraron una pila de huesos humanos en los túneles del metro.

—Vaya —reaccionó Vincent, mientras observaba la comida que tenía en el plato y la pinchaba con los palillos metálicos, antes de decidirse por una gyoza—. Pero eso no puede ser tremendamente inusual, ¿no? Después de todo, siempre ha habido entierros por todas partes de la ciudad. En Riddarholmen, casi no puedes hincar una pala en la tierra sin que aparezcan huesos de gente sepultada a partir del siglo XIV. El cementerio se trasladó hace más de doscientos años, pero muchos esqueletos siguen ahí. Por no mencionar el canal entre la isla de Riddarholmen y el casco antiguo, que en otro tiempo fue una especie de fosa común para marineros, criminales y paganos que no podían recibir sepultura en suelo consagrado.

—Estos huesos son mucho más modernos —lo interrumpió Mina—, y sabemos a quién pertenecen: a un directivo de un fondo de inversiones desaparecido hace cuatro meses.

Vincent frunció el ceño.

—¿Y habéis hallado su esqueleto? —preguntó—. ¿Tan acelerada ha sido la descomposición?

Mina sacó una cañita envuelta en plástico del bolsillo de la chaqueta y la metió en el vaso de agua. Pese a lo morboso del tema de conversación, le pareció que el plato olía de maravilla y de una manera que no le recordaba en nada a la Navidad. Perfecto. Cogió los palillos, echó unas gotas de gel hidroalcohólico en una servilleta de papel y los limpió concienzudamente, antes de coger un trozo de brócoli en tempura. Delicioso.

—No. Es correcta tu observación —respondió después de tragar—. No ha sido una descomposición ordinaria. Alguien separó la carne de los huesos y los limpió con una precisión casi clínica. Y luego los apiló con mucho cuidado.

Con un tintineo, Vincent apoyó los palillos sobre el borde del plato.

—*¿Mos teutonicus?* —preguntó.

—¿Mos... qué? —dijo Mina.

—*Mos teutonicus.* Un tratamiento fúnebre reservado a las personas de alto rango que morían lejos de su casa. Por ejemplo, reyes o sacerdotes.

—¿A la nobleza? —aventuró Mina, que se sentía como si de pronto hubiera vuelto a los bancos del instituto de secundaria.

Vincent asintió, entusiasmado.

—Estamos hablando de la Alta Edad Media, de los siglos XIII y XIV —explicó—, aunque es posible que la costumbre ya estuviera establecida en el siglo X. Cuando no era factible transportar un cadáver de vuelta a casa, tal vez porque el difunto había muerto en tierras lejanas, se aplicaba el *mos teutonicus*, expresión que puede traducirse como «la manera alemana». Consistía en hervir el cuerpo en agua, con el añadido de vino o vinagre, para separar la carne de los huesos. De ese modo, era posible transportar solo los huesos, para darles sepultura dignamente cerca del hogar del difunto. Pero el papa puso fin a esa costumbre. El cuerpo era sagrado para el cristianismo y no se podía destruir. Por lo visto, era preferible dejar que se pudriera durante semanas, transportado en un carro, a la luz del sol.

Mina miró su plato. A un lado había dos piezas de sushi. El pescado crudo sobre el arroz blanco le recordaba demasiado a un trozo de carne humana sobre un hueso. Tuvo que apartar el plato.

—¿Crees que pudo pasar algo así en este caso? —prosiguió Vincent—. ¿Te parece posible que alguien concediera a esos huesos el tratamiento fúnebre reservado a los difuntos importantes? ¿No has dicho que el muerto era directivo de un fondo de inversiones?

—Me parece del todo descabellado —respondió ella—. Y, además, con un milenio de retraso, por lo que acabas de explicar.

—Bastante menos de un milenio —la corrigió Vincent, pensativo—, pero entiendo lo que quieres decir. ¿Y qué hay de las necesidades logísticas? Quizá era preciso facilitar el traslado del cadáver y por eso lo hirvieron.

Mina meneó la cabeza con escepticismo. Alguien había colocado de forma deliberada y con mucho cuidado los huesos de Jon Langseth, probablemente para que fueran hallados. La pregunta era por qué. Cuando se disponía a responderle a Vincent, sonó una notificación en su teléfono. Era un mensaje que Julia enviaba a todo su equipo.

—Discúlpame, pero tengo que ver qué es —dijo Mina mientras abría el mensaje, al tiempo que Vincent se concentraba en su plato.

> Sé que muchos de vosotros esperabais con ilusión el crucero de Navidad de esta tarde, pero el caso Langseth es prioritario. Adam y yo daremos una conferencia de prensa a las 14:00 horas, para prevenir la propagación de rumores. A continuación, nos veremos todos en la sala de reuniones. Os prometo que os compensaré con creces por el crucero perdido. Julia.

Vincent la miró con expresión divertida cuando hubo acabado de leer.

—¿Te ha tocado la lotería? —le preguntó.

Ella misma se dio cuenta de que estaba sonriendo y de que los hombros le habían bajado por lo menos diez centímetros.

—Algo así.

—En tal caso, enhorabuena, porque no sé si sabes cuáles son las probabilidades de ganar. Hay una probabilidad entre treinta y dos mil de ganar diez mil coronas, y como el billete cuesta treinta, tendrías que gastar un millón de coronas para estar segura de conseguir esas diez mil. Pero parece que la gente no lo entiende, porque cada año se venden en Suecia cerca de ciento treinta millones de billetes de lotería.

—Vincent —le llamó la atención Mina—. Langseth. Huesos. Hervidos. Regresa. —Entonces chasqueó los dedos delante de la cara del mentalista—. Has mencionado ese *mos teutonicus*. ¿Por qué querría alguien darle a un hombre de negocios desaparecido el tratamiento reservado a un rey medieval?

Por un instante, pareció como si Vincent siguiera completamente abstraído en su línea de pensamiento, pero enseguida volvió a la realidad.

—Perdón... Hum... Sí... ¿Quizá porque tenía un ego enorme?

—Justo por eso te he llamado. Quería hacerte unas preguntas sobre su ego. O, mejor dicho, sobre su comportamiento antes de desaparecer. Las personas más próximas afirman que lo notaron muy cambiado en las últimas semanas.

—Bueno, es fácil creer a posteriori que puedes explicar las razones de un cambio de comportamiento —repuso Vincent, pensativo—. Cuando ya sabes lo que ha pasado, el conocimiento modifica el recuerdo de lo que has visto y vivido. Elizabeth Loftus y John Palmer publicaron un famoso estudio en 1974 en el que interrogaban a unos sujetos después de enseñarles una película donde dos vehículos chocaban. La pregunta era la misma para todos, pero expresada de forma diferente. Si preguntaban a qué velocidad iban los coches cuando se habían «estrellado», los participantes en el estudio recordaban haber visto trozos de cristales rotos en el suelo. En cambio, si preguntaban cómo de rápido iban los coches cuando habían «entrado en contacto», nadie recordaba haber visto ningún trozo de cristal. Diferentes palabras para describir el mismo hecho podían afectar la memoria del suceso. Por cierto, en la película no se veían cristales rotos.

—¿Qué intentas decir?

—Que necesitaría saber cuál fue exactamente la experiencia de las personas cercanas a Jon para dilucidar si lo que dicen refleja una realidad o es una interpretación elaborada después de su desaparición.

Vincent buscó la mirada del jefe de sala, que estaba a cierta distancia, junto a otra mesa, para indicarle que le trajera la cuenta. Mina había renunciado tiempo atrás a la igualdad en ese aspecto. Si él se empeñaba en pagar cada vez que comían juntos, le parecía perfecto.

Al jefe de sala se le iluminó la cara al ver a Vincent y corrió a su encuentro con el datáfono en la mano. Vincent le dio las gracias por la deliciosa comida y volvió a tocarle ligeramente el brazo. La sonrisa del hombre se amplió aún más.

—Oye, respecto a esos huesos —le dijo Vincent a Mina, mientras acercaba el móvil al datáfono—, supongo que Milda aún los tendrá, ¿no? ¿Crees que podría verlos?

—He pensado que esa podría ser nuestra próxima parada. Puedes decirle a Maria que voy a hacerme la primera ecografía y tienes que acompañarme.

En la juguetería World of Toys del centro comercial Gallerian, Ruben sintió que lo invadía la ansiedad. El plan era aprovechar la hora del almuerzo para comprarle un regalo de Navidad a Astrid. Era un poco tarde, porque solo faltaban cinco días para la Nochebuena, pero los pasillos abarrotados le demostraban que no era el único en haber dejado las compras para el último momento.

Los otros clientes iban y venían entre las estanterías, con tal determinación que parecían dirigidos por radiocontrol. Él, en cambio, no tenía ni idea de lo que debía hacer. ¿Qué podía querer una niña de diez años? ¿Le seguirían gustando los juguetes? La ropa era una opción todavía más arriesgada, que convenía descartar. Además, ya le había comprado un traje de artes marciales.

Unos lápices podían ser una buena idea. A Astrid le gustaba pintar. ¿Tal vez unos pinceles y unas pinturas al óleo, como las de su madre? ¿Le parecerían demasiado infantiles unos lápices de colores?

Llevaba casi seis meses viendo a su hija todas las semanas. Pero mientras recorría con la vista las estanterías repletas de juegos de mesa, bloques de construcción y muñecas, tenía la sensación de no saber nada de ella. Estaba como paralizado. Al cabo de un momento, la sección de animales de peluche le dio una idea. Sabía que a Astrid le encantaban los perros policía. Le gustaba mucho ir a verlos. Sin embargo, estaba convencido de que Ellinor lo mataría si le llevaba a la niña un cachorro de pastor alemán.

Mierda.

Se enjugó el sudor de la frente y salió a toda prisa de la juguetería, con tan poco cuidado que chocó con una mujer enfundada en un grueso plumífero, empeñada en caminar en la dirección opuesta.

—¡Perdón! —se disculpó rápidamente.

—No es nada —respondió ella, riendo.

Ruben reconoció enseguida la risa.

—¿Sara?

No la veía desde que había colaborado con ella en la unidad de seguimiento y análisis, el verano anterior, durante el caso de los niños secuestrados. Recordaba que por aquella época su marido acababa de marcharse, abandonándola a ella y a sus hijos. Había disfrutado trabajando con Sara, pero después no había vuelto a verla. Supuso que habría cambiado de trabajo o que se habría reconciliado con su exmarido y se habría ido a vivir con él a Estados Unidos. Sin embargo, ahora la tenía delante, con copos de nieve en el pelo oscuro y un brillo en la mirada.

—Hola, Ruben —lo saludó ella, echando un vistazo a la juguetería por encima del hombro de él—. ¿Has venido a comprar juguetes para alguna de tus amigas? Sabía que eran jóvenes, pero no imaginaba que lo fueran tanto.

¿Para alguna de sus... qué? Ruben se la quedó mirando, sin salir de su asombro y sin saber qué contestar. Debería haberse enfadado, ya que ella no tenía ningún derecho a bromear sobre su vida privada, pero, en lugar de eso, para su sorpresa, notó que se había sonrojado.

—Juguetes, sí, pero no para... Son para mi hija. —Enseguida

se aclaró la garganta—. Y a propósito, ¿tienes alguna idea de qué podría gustarle a una niña de diez años?

Sara le sonrió sin decir nada. Aún conservaba el brillo en los ojos. De repente, Ruben se sintió inseguro. No le gustaba que lo observaran así. Ninguna de las chicas jóvenes que se llevaba a casa lo miraban de esa manera. Por eso se sentía cómodo con ellas. Solo veían su uniforme y, como mucho, sus esposas, si les iba eso. Pero no le planteaban exigencias.

—Estoy helada —dijo Sara—. Hace un frío impresionante en la calle. Si me invitas a un chocolate caliente, te ilumino sobre los gustos de las niñas de diez años. Con la condición de que sirvan el chocolate con malvaviscos.

Sin poderse contener, Ruben imaginó automáticamente las formas del cuerpo de su colega bajo el grueso plumífero. Aunque el pesado abrigo no dejaba traslucir nada, todavía recordaba que Sara era una mujer con curvas. Las chicas que frecuentaba solían ser delgadas y probablemente se habrían negado a estar en la misma habitación que una taza de chocolate con malvaviscos, por miedo a arruinarse la figura. Le gustó que Sara no pareciera dar importancia a esas cosas.

—Por aquí, señorita —le dijo en tono jocoso, indicando el camino con el brazo.

A él también le apetecían los malvaviscos, pero no pudo evitar meter para dentro la barriga cuando Sara pasó a su lado.

Tuvieron que abrirse paso entre un mar de compradores afectados por el frenesí navideño hasta encontrar dos asientos libres en una cafetería. Ruben fue a pedir dos tazas de chocolate con canela y naranja (después de todo, era Navidad), con extra de malvaviscos.

—Hacía mucho tiempo que no te veía —dijo mientras depositaba las tazas humeantes sobre la mesa y se sentaba junto a ella.

Sara se había quitado el plumífero y Ruben no pudo contenerse y le echó una ojeada al escote. Era innegable que tenía todas las curvas en los sitios adecuados.

—¿Cómo va todo? —le preguntó, obligándose a mirarla a los ojos.

—Hay bastante trabajo —respondió ella, mientras soplaba la superficie del chocolate—. Lo más reciente es una pista sobre posibles actividades terroristas. Varios mayoristas de productos agrícolas han denunciado robos de nitrato de amonio.

—¿Amonio?

—Se usa para fabricar abonos sintéticos. Pero también sirve para hacer bombas, si uno se empeña. Estamos comprobando si otros han notado la desaparición de sustancias similares que podrían utilizarse para elaborar explosivos. En el peor de los casos, puede que alguien esté preparando una bomba casera. Sucede de vez en cuando. Por lo general, fracasan. Los robos podrían ser pura coincidencia, por supuesto, pero tenemos que investigarlos. También hay otra cosa. No debería decírtelo, pero sé que puedo confiar en ti... —Miró a su alrededor y después se inclinó hacia Ruben—. Ted Hansson —le susurró.

—¿El líder de la Unión por el Futuro de Suecia? —preguntó él en voz baja, y Sara asintió—. ¿Qué le pasa?

—Anda metido en cosas muy sospechosas. Por supuesto, también vigilamos a otros políticos cuando es preciso. Por ejemplo, los servicios de seguridad nos han vuelto a pedir que estemos al tanto de posibles amenazas contra el ministro de Justicia. Pero hemos averiguado que Ted Hansson tiene unos cuantos trapos sucios. De momento solo estamos vigilando, pero ya te digo que son muchos.

Ruben asintió y guardó silencio unos segundos. Después se armó de valor y formuló la pregunta que llevaba un rato rondándole la cabeza.

—Por cierto, ¿qué sabes tú de mis... actividades de tiempo libre?

En otra época, habría hablado libremente de sus aventuras sexuales con cualquiera que quisiera oírlo e incluso con los que no quisieran. Pero desde que había empezado la terapia con Amanda, había comprendido que no necesitaba seguir viviendo de esa manera. Sin embargo, tras la muerte de Peder, todo había cambiado. Cuando recuperó la costumbre de salir a buscar chicas, procuró hacerlo con discreción, sin decir nada a sus colegas, en parte porque se avergonzaba y en parte porque a Peder no le habría gustado. Entonces ¿cómo era posible que Sara lo supiera?

—Mi hija tiene una maestra sustituta bastante joven —respondió ella, con una sonrisita—. Cuando le conté dónde trabajaba, me mencionó al «Zorro Plateado», que es el apodo que le han puesto sus compañeras y ella a un tipo con el que suelen encontrarse cuando salen los fines de semana...

Ruben se tapó la cara con las manos.

—La chica debe de tener unos veinticinco años —prosiguió Sara.

—¿El Zorro Plateado? —gimió Ruben—. ¡Pero no soy tan viejo!

—¿Ese es el problema? —preguntó ella—. ¿Que te sientes viejo?

Entonces él la miró. Había cosas que no le había contado a nadie, ni siquiera a Amanda. Pero los ojos de Sara le impedían decir nada que no fuera la verdad.

—No me quiero morir —respondió en voz baja.

—¿Y quién quiere? —replicó ella, inclinándose hacia él para apoyar una mano sobre la suya—. Por suerte, ya has prolongado tu vida a través de otra persona: tu hija. ¿Quieres que hablemos de sus regalos de Navidad?

La mano de Sara no se movió. Estaba caliente por el contacto con la taza. Caliente y viva.

—Le gustan las artes marciales —dijo él—, así que mi plan era comprarle un póster de Bruce Lee, si no se me ocurría otra cosa. Pero parece que ya no los venden. Solo hay carteles de bandas de música pop de las que nunca he oído hablar. Blackpink se llama una, creo. Y otra que también empezaba con B... No sé si le gustan a mi hija. Ni siquiera sé qué significa «K-pop».

Sara se echó a reír. Después bebió un sorbo de chocolate, que le dibujó una delgada línea oscura sobre el labio superior. Un malvavisco cayó sobre la mesa.

—¿Bruce Lee? Tienes mucho que aprender, Zorro Plateado —dijo.

Julia esperó pacientemente a que se hiciera el silencio en la sala. Los policías de su equipo se comportaban a veces como niños pequeños, pero eran un ejemplo de buena conducta en comparación con los periodistas y fotógrafos que tenía delante, que habían empezado a vociferar preguntas antes incluso de que la rueda de prensa diera comienzo.

Adam estaba a su lado, visiblemente irritado. La había acompañado por si tenía que intervenir, y más de una vez Julia se había visto obligada a apoyarle una mano sobre el brazo para tranquilizarlo e impedirle que les gritara a los periodistas. Por supuesto, cabía la posibilidad de que hubiera repetido el gesto más de lo estrictamente necesario, pero estaba convencida de que nadie lo había notado.

En la sala se había congregado toda la prensa diaria y vespertina, las agencias de noticias y los diferentes programas informativos de radio y televisión. Julia reconoció de inmediato a periodistas de los principales diarios —*Aftonbladet*, *Expressen*, *Dagens Nyheter* y *Svenska Dagbladet*— así como a reporteros de TV4, SVT y TT. Pero, además, a causa de la implicación de Jon Langseth en el escándalo de Confido, también habían acudido representantes de medios económicos, como *Dagens Industri*, y de revistas generalistas, como *Resumé*. Julia no veía ninguna razón para excluirlos. Era mejor que oyeran directamente de sus labios lo que pensaba decir, en lugar de enterarse a través de rumores. Supuso que el enviado de *Resumé* debía de ser el tipo que estaba de pie al fondo de la sala, junto a la mesa del café y los sándwiches, gesticulando como un loco. A pesar de la distancia, oyó que le preguntaba a un guardia por qué no podía servirle un capuchino. Julia meneó la cabeza.

—¡Orden, por favor! —pidió, y esperó a que todas las miradas se volvieran hacia ella—. Seré breve.

Contrariado, el ruidoso reportero se sentó en la última fila, con una taza de café de filtro en la mano.

—Como saben, acabamos de encontrar los restos mortales de Jon Langseth, uno de los fundadores de Confido —empezó Julia—. Dado el carácter del hallazgo, no podemos decir nada más, de momento.

Un murmullo recorrió la sala.

—¿Podemos suponer que se trata de un suicidio? —gritó un periodista de *Svenska Dagbladet*—. Sería extraño que muriera por causas naturales, en medio de la polémica suscitada por su fondo de inversiones, ¿no cree?

—Por las circunstancias en que fue hallado el cuerpo de Jon Langseth, no estamos en condiciones de determinar si murió por causas naturales o no —respondió Julia—. Y les aseguro que no estoy siendo deliberadamente imprecisa. La verdad es que todavía no lo sabemos. Podría haber muerto de un infarto. La autopsia... no es sencilla.

El murmullo en la sala subió de volumen.

—No podemos descartar una muerte violenta, por la razón que usted menciona —prosiguió Adam, mirando al periodista de *Svenska Dagbladet*—. Pero las circunstancias en que fue hallado no concuerdan con la hipótesis del suicidio, ni con la de un ajuste de cuentas en el marco del crimen organizado. Obviamente, investigaremos todas las posibles explicaciones de lo ocurrido.

—¿A qué circunstancias se refiere? —gritó el reportero de *Resumé*—. ¿Por qué nos han convocado? ¡Tienen que darnos algo más!

Julia cruzó una mirada rápida con Adam, que asintió. La mujer de Jon los había autorizado a revelar los hechos a la prensa, porque podría serles útil para la investigación. Pero habría titulares. Noticias en portada. Tenían que estar seguros de que realmente sería provechoso para la resolución del caso y Julia estaba convencida de que así sería.

—Hemos encontrado el esqueleto de Jon Langseth —anunció—. No sabemos nada más. Solo podemos afirmar que es él y que alguien ha limpiado los huesos de manera concienzuda y profesional. Pero ignoramos la causa de la muerte y la razón de que se haya procedido de esa forma con el cadáver. Somos conscientes de que la noticia es de gran interés periodístico, y por eso hemos convocado esta rueda de prensa. Seguramente les habrán llegado rumores sobre dónde fueron hallados los huesos. Si los difunden, mucha gente querrá acudir al lugar del hallazgo, por pura curiosidad. Por lo tanto, quiero pedirles que se abstengan de hacer públicos ese tipo de detalles. Si alguno de ustedes menciona la ubicación donde se encontraron los restos de Jon Langseth, se arriesga a ser denunciado por imprudencia criminal con riesgo para la vida de terceros. ¿Entendido?

Recorrió con la vista a los periodistas reunidos, que asintieron con expresión grave. Sin embargo, el reportero de *Resumé* no hacía más que teclear en su teléfono, con una sonrisa irónica en los labios. Julia suspiró. No quería ni pensar en los titulares del día siguiente.

Con su precisión habitual, Milda había dispuesto los huesos sobre una mesa secundaria. Una vez más, Mina no pudo menos que admirar su maestría. Allí estaba Jon Langseth en todo su esplendor, solo que sin carne ni piel. Aun así, los huesos hablaban por sí solos.

Mina y Vincent habían ido a ver a Milda después del almuerzo. Vincent, como de costumbre, parecía incómodo en el Instituto de Medicina Forense, pero Mina veía belleza en los huesos limpios, escrupulosamente dispuestos sobre el metal brillante y aséptico de la mesa. Lo que allí yacía era —o había sido— un ser humano. Pero todo lo pegajoso, lo enfermizo y lo infeccioso que podía haber en una persona había desaparecido. Solo quedaban la pureza y la sencillez reflejadas a la perfección, sin una sola mancha de grasa, sobre la superficie metálica donde reposaba el esqueleto.

—No falta ningún hueso. Están todos, los doscientos seis —afirmó Milda, señalando con la cabeza el esqueleto—. Quien los haya limpiado debía de ser alguien muy concienzudo y meticuloso. Y con conocimientos de anatomía.

Milda les tendió unos guantes de látex a Mina y a Vincent, que se los pusieron.

—Tenía la teoría de que el cadáver había sido hervido,

pero no parece que haya sido así —observó Vincent, inclinándose sobre los huesos.

—¿Qué quieres decir? —se interesó Milda.

—Tengo entendido que los museos de historia natural tienen terrarios con escarabajos, para eliminar los restos de carne de las osamentas de animales que reciben. Algunos tienen una sala dedicada en exclusiva a ese fin. La llaman «dermestario». Por lo visto, los escarabajos, o mejor dicho sus larvas, son extremadamente eficaces a la hora de limpiar los huesos y, además, dejan intactos los más frágiles. De hecho, hacen tan bien su trabajo que pueden llegar a ser un problema cuando empiezan a comerse los ejemplares que el museo desea conservar. Quizá es lo que ha pasado aquí.

—¿Y no podría haber sido una combinación de varios procedimientos? —aventuró una voz cautelosa detrás de ellos—. Tal vez para acelerar el proceso.

Mina ni siquiera había oído entrar a Loke, que por lo general pasaba inadvertido, incluso cuando estaba en la sala. Pero, en opinión de Milda, era el mejor de los asistentes que había tenido a lo largo de su carrera. También era el único que cantaba con ella los éxitos de la música pop mientras trabajaban.

Loke olía vagamente a tabaco. Por eso no había estado con ellos desde el principio. Debía de haber hecho una pausa para salir a fumar. Para Mina, el olor a tabaco empañaba la pureza del lugar, pero no podía quejarse. El trabajo en el Instituto de Medicina Forense requería algún tipo de válvula de escape. Milda tenía sus canciones y Loke, sus cigarrillos.

—Puede que primero lo hirvieran y que dejaran a los escarabajos hacer el resto —sugirió Loke—. Por cierto, lo de los museos no son escarabajos corrientes. Son los llamados «escarabajos de las despensas» o «del tocino». El nombre en latín es *dermestidae*, o derméstidos.

Vincent se volvió y lo miró, como si acabara de caer en la cuenta de algo.

—Por eso los terrarios donde los crían se llaman «dermestarios». ¡Por supuesto! —exclamó—. Gracias por hacérmelo ver.

Con una amplia sonrisa, Loke asintió.

—Y, a propósito de diferentes maneras de tratar los cadáveres —prosiguió Vincent—, supongo que habréis oído hablar del compostaje humano. Consiste en depositar el cuerpo en un contenedor, por ejemplo, con virutas de madera, paja y hongos, y dejar que la naturaleza siga su curso, de tal forma que el cadáver se descompone en tierra limpia. Una persona produce más o menos un metro cúbico de tierra, junto con el material de compostaje.

Milda asintió.

—Sí, es una buena idea —dijo—. Ya es legal en Suecia y el Reino Unido, y comienzan a autorizarlo en varios puntos de Estados Unidos.

—De hecho, hay una empresa norteamericana que lo ha llevado un paso más allá —intervino Loke con entusiasmo— y planta en el contenedor un arbolito elegido por la familia. De ese modo, el árbol absorbe los nutrientes y, por lo tanto, las moléculas del difunto. A medida que crece, contiene cada vez más sustancia de la persona fallecida, hasta el punto de poder decir que el árbol es tu difunta abuela.

—¡Qué poético! —observó Vincent.

Mina se lo quedó mirando. ¿Estaba mal de la cabeza?

—El problema es el esqueleto, que no se degrada —dijo Milda—. Nadie explica qué hacen con los huesos una vez finalizado el proceso.

—A propósito de huesos, ¿qué os parece si volvemos a centrarnos en el momento presente y en Jon Langseth? —intervino Mina secamente—. ¿Habéis podido determinar la causa de la muerte?

Milda negó con la cabeza.

—En principio, es imposible. Supongamos que ha sido asesinado. Una bala puede causar una fractura reconocible, por ejemplo, en una costilla. Y lo mismo cabe decir de las marcas que puede dejar en los huesos un apuñalamiento. Podríamos haber detectado esas señales aquí, por ejemplo. —Señaló la caja torácica—. Sin embargo, es perfectamente posible que una bala o un cuchillo causen heridas mortales sin afectar a los huesos, por no mencionar el estrangulamiento y otras causas de muerte que solo afectan a los tejidos blandos. Además, el deceso puede haberse producido por causas naturales que no dejan huella en los huesos: un ictus, un infarto de miocardio... Sencillamente, no hay manera de saberlo.

—También pueden haberlo hervido vivo —murmuró Loke.

—Gracias por regalarme esa imagen —replicó Mina, que durante un breve instante vio ante sí a Jon Langseth, desnudo y metido en una marmita enorme, como en uno de aquellos antiguos dibujos animados de carácter racista sobre los caníbales.

La idea no le hizo ni pizca de gracia.

—Lo de los túneles del metro me llama mucho la atención —comentó Vincent, contemplando los huesos—. A lo largo del tiempo han proliferado varios mitos sobre las redes de túneles que se extienden bajo la ciudad. Algunas historias son ciertas, aunque la construcción del nuevo tren de cercanías, el Citybanan, y la reforma del Slussen han destruido parte de los túneles. Pero en muchos lugares se conservan todavía los de la compañía telefónica, aunque últimamente resulta mucho más difícil acceder a ellos, desde que las viejas cerraduras con llave han sido sustituidas por mecanismos electrónicos con código de seguridad.

—Ni siquiera pienso preguntarte cómo sabes que han cambiado las cerraduras —replicó Mina—. ¿Adónde quieres llegar?

—Bueno, es bastante arriesgado bajar a los túneles del metro. Hay otros mucho más seguros. Si alguien quería sepultar allí a Langseth, ¿por qué no dejó sus restos en uno de los túneles menos peligrosos?

Mina le indicó a Milda que ya habían terminado. No podían deducir nada más del esqueleto que yacía sobre la mesa secundaria. Entonces la forense se alejó en dirección a la mesa de autopsias que ocupaba el centro de la sala. Allí reposaba otro cadáver, del que era preciso determinar la causa de la muerte. Pero su caso era mucho más sencillo, incluso para Mina. Se trataba de un adolescente con varios orificios de bala en el pecho. A Mina no le hizo falta observar los tatuajes para adivinar que probablemente formaba parte de una banda. No entendía cómo hacía Milda para soportar esa faceta de su trabajo.

—Puede que lo hicieran a propósito, para que lo encontraran. —La voz de Loke la sacó de sus cavilaciones.

—Yo he pensado lo mismo —replicó, mirando al asistente de Milda—. El personal de mantenimiento se desplaza habitualmente por los túneles del metro. Si hubieran dejado los huesos en cualquier otra red subterránea, podrían haber pasado años sin que fueran hallados. O incluso podrían haber desaparecido para siempre. En el metro, era solo cuestión de tiempo que alguien los encontrara. Y, como ya hemos dicho, ignoramos si Langseth fue asesinado o no. Solo sabemos cómo lo colocaron después de su muerte.

Loke se palpó el bolsillo de la bata y se dirigió a la puerta. Probablemente necesitaba otra pausa para fumar. Pero Vincent se quedó un rato más, estudiando los huesos.

—Un funeral para un personaje de alto rango —murmuró, mientras se acariciaba pensativo la barbilla—. Bajo tierra.

—¿Qué quieres decir con eso? —preguntó Mina.

—Que aquí hay más de lo que pensamos —respondió el

mentalista tras un breve silencio—. Ahora siento todavía más curiosidad por ese cambio de comportamiento que has mencionado.

—Creo que ya va siendo hora de que vuelvas a reunirte con el grupo. Julia ha convocado una reunión para esta tarde.

A Vincent se le iluminó el rostro.

—Claro que sí. Ha pasado demasiado tiempo desde la última vez —afirmó.

—No creo que todos estén de acuerdo en que haya sido demasiado —contestó ella, riendo.

En el camino hacia la puerta, Mina saludó a Milda con un gesto. Loke aún no había regresado. Pero si su próximo trabajo consistía en ayudar a Milda con la autopsia del chico que yacía sobre la mesa, Mina podía comprender su reticencia.

—¿Desde cuándo te inmiscuyes en mi trabajo?

Julia sentía crecer la ira en su interior de una manera que no podía ser saludable. Pocos hombres conseguían irritarla tanto como su padre. En sus momentos de mayor lucidez, comprendía que los sentimientos de furia que despertaba en ella se debían en parte a lo mucho que se parecían. Sobre su escritorio había una placa dorada, con su nombre grabado en letras sobrias y contundentes: Egil Hammarsten. Ya nadie tenía una de esas placas, pero su padre era de la vieja escuela.

Tras su matrimonio, Julia no había adoptado el apellido de Torkel. En retrospectiva, se arrepentía de no haberlo hecho, porque entonces su relación familiar con el jefe de la policía de Estocolmo no habría sido tan evidente. Por otra parte, si hubiera adoptado el apellido de su marido, ahora tendría que añadir el cambio de nombre a la larga lista de cosas por hacer si finalmente decidía dejarlo.

—No deberías verlo como una intromisión por mi parte —dijo su padre—. El trabajo policial es trabajo en equipo. He sabido de forma extraoficial que la NOA está elaborando un mapeo del crimen organizado. Y, entre otras cosas, está vigilando a la mafia serbia.

—La mafia serbia, encabezada por el enajenado de Dragan Manojlovic —repuso Julia—. ¿Qué tiene que ver él con todo esto?

—Tal vez nada y tal vez todo. Como te he dicho, no sé nada oficialmente. Pero sería una negligencia por mi parte no encaminarte en la dirección correcta.

—¿La dirección correcta? —repitió Julia, indignada—. Nuestra investigación acaba de empezar y ¿tú crees poder intervenir y decirnos cuál es la dirección correcta?

Se dio cuenta de que su voz se había vuelto cada vez más aguda, hasta llegar al falsete, y comprendió que su arrebato de ira no iba dirigido únicamente a su padre, sino a toda su situación familiar. Tanto su padre como Torkel la hacían sentirse acorralada.

—Julia, esto no es en absoluto una crítica a tu manera de trabajar —replicó el jefe de policía con voz serena—. De hecho, me han llegado comentarios muy positivos acerca de tu desempeño, sobre todo el verano pasado, y hoy mismo has dirigido de forma impecable la rueda de prensa. Entre nosotros, no me extrañaría que algún día te sientes a este lado del escritorio. Cuando yo me haya retirado, por supuesto.

A su pesar, Julia se sintió halagada, y sus arreboladas mejillas comenzaron a recuperar el color normal.

—Muy bien, de acuerdo. Por supuesto que estaré encantada de recibir toda la información que pueda ser útil para nuestra investigación, ya sea oficial o extraoficial —reconoció, en un tono de voz algo más calmado—. Pero me parece que es demasiado pronto para...

—¿Qué sabes de Gustaf Brons? —la interrumpió su padre.

—Que es uno de los fundadores de Confido, junto con Jon Langseth y Peter Kronlund, sin antecedentes dignos de mención. Solo sé que es tan despreciable como los otros dos. ¿Por qué lo preguntas?

—Porque la información de la NOA, de la que no tengo ningún conocimiento oficial, indica que Gustaf ha recibido dinero de Dragan Manojlovic. De la mafia. Y, por lo visto, no ha sido calderilla.

Julia se quedó mirando a su padre, que dejó escapar un suspiro.

—Aunque te moleste, tendrás que admitir que es muy sospechoso —dijo él—. Uno de los socios de Confido desaparece y lo encuentran muerto, al tiempo que otro recibe una considerable suma de dinero del cabecilla de una de las redes criminales más importantes de Suecia.

—No sé —respondió ella, pensativa—, no tiene por qué estar relacionado. Pero debemos seguir todas las pistas, obviamente.

—Muy bien, entonces estamos de acuerdo en que has de interrogar a Gustaf Brons. Mis largos años de experiencia policial me dicen que el caso de la muerte de Jon Langseth ya está resuelto. Lo ha matado un asesino a sueldo, por encargo de Gustaf Brons. Recuerda que las soluciones más simples suelen ser las correctas.

—Espera, aún no estamos preparados para...

—Hija mía, hay momentos en la vida en que uno debe hacer lo que le ordenan, y este es uno de ellos.

Julia abrió la boca, pero enseguida volvió a cerrarla. Otra vez sentía calor en las mejillas y sabía que se le estaban formando grandes manchas rojas en la cara y el cuello. Su padre tenía una capacidad casi mágica para hacerlas brotar.

—Sí, señor —respondió, con los dientes apretados—. Por supuesto.

—Y no olvides que el veinticuatro te esperamos en casa a la una —le gritó alegremente su padre, mientras ella salía por la puerta.

Julia no contestó.

Mina se sorprendió de lo mucho que habían cambiado las cosas desde la primera vez que había llevado a Vincent a una reunión del grupo, hacía casi tres años. Entonces todas las expresiones eran de desconfianza y escepticismo, mientras que ahora no había más que sonrisas.

—¡Vincent, cuánto me alegro! ¡Cuánto tiempo sin verte!

Para su sorpresa, al ver que Julia le daba un abrazo, sintió una punzada de celos. Se estiró con tristeza las mangas del jersey, contemplando sus manos irritadas de tanto lavarlas, las uñas cortísimas y las cutículas resecas de tanto desinfectante. Julia siempre estaba perfecta y ni siquiera parecía esforzarse, como si cada mañana se levantara con el mismo aspecto pulcro y cuidado.

Mina dejó escapar un suspiro y se sentó a la mesa de la sala de reuniones. Vincent era el único capaz de hacerla pensar en esas tonterías, pero no entendía por qué. Solo sabía que sentía un profundo respeto por su agudeza mental y sus conocimientos en áreas que la fascinaban. Se sintió extrañamente aliviada cuando Julia se apartó de Vincent, que fue a sentarse a su lado, después de saludar a todos los congregados en torno a la mesa.

Estaba obligada a recomponerse y adoptar una actitud profesional. Se aclaró la garganta para llamar la atención de sus colegas. Al mirar a su alrededor, observó que la pizarra de la pared se había llenado aún más desde la última reunión, con anotaciones, fotografías y recortes de prensa relacionados con Jon Langseth.

—Quizá os preguntéis por qué he invitado a Vincent —empezó, y enseguida notó la amplia sonrisa de Ruben.

—Para que nos haga un truco de cartas, supongo. ¿O intentará conseguirnos mejores salarios y más recursos para la policía con uno de sus números de ilusionismo?

—Eso último no creo que pudiera lograrlo aunque tuviera auténticos poderes mágicos —comentó Vincent, ganándose la aprobación y las risas irónicas de los presentes.

Mina volvió a carraspear para que le prestaran atención.

—He llevado a Vincent a ver a Milda, porque tiene una teoría acerca de los huesos. ¿Podrías exponerla tú mismo, por favor? Yo no recuerdo ni la mitad de los términos que has empleado.

—Por supuesto. Cuando Mina me ha llamado para consultarme sobre Jon Langseth y el extraño lugar donde fueron hallados sus huesos, lo primero que me ha venido a la mente ha sido el *mos teutonicus*.

—¡Salud! —exclamó Ruben, como si Vincent hubiera estornudado, y Christer no pudo reprimir una risita.

—¡Ruben! —lo reprimió Julia con una mirada severa.

El policía puso los ojos en blanco, pero guardó silencio.

—Como le he explicado a Mina —prosiguió Vincent—, el *mos teutonicus* es una costumbre de la Alta Edad Media. Cuando una persona de alto rango fallecía lejos de su casa, era preciso llevar su cuerpo de regreso a su hogar, para darle sepultura. Pero un cadáver en proceso de descomposición no es fácil ni agradable de transportar. Por esta razón, se empleaba un método que consistía en hervir el cuerpo, para separar la carne de los huesos. De ese modo, resultaba mucho más sencillo transportar los restos mortales del difunto a su lugar de origen para enterrarlos. Era el *mos teutonicus.*

—¡Puaj! —exclamó Christer con cara de asco.

—¿Qué ha dicho Milda al respecto? —quiso saber Julia—. ¿Le ha parecido interesante, como teoría? ¿Podríamos estar ante algún tipo de... ritual?

—Milda piensa que vale la pena investigar en ese sentido —respondió Mina, asintiendo—. Y su asistente, Loke, ha propuesto una teoría muy interesante, según la cual podría tratarse de una combinación de dos métodos diferentes. Cabe la posibilidad de que el cadáver haya sido hervido en primer lugar y sometido a continuación a la acción de unas larvas de escarabajo, que habrían eliminado hasta el último resto de carne de los huesos y los habrían dejado tan limpios como los encontramos.

—En realidad, he sido yo quien... —empezó Vincent, pero enseguida se interrumpió.

—Larvas... —repitió Christer, mientras su rostro adquiría una tonalidad cada vez más verdosa.

—¿Qué escarabajos son esos? —preguntó Adam, apoyando los antebrazos sobre la mesa—. ¿Pueden ser de cualquier especie o tienen que ser de una en particular?

—Alguien ha estado viendo demasiados episodios de *CSI* —masculló Ruben, ganándose otra mirada de advertencia de Julia.

—No, no. Es una pregunta totalmente pertinente —replicó Vincent—. Son los escarabajos de las despensas, cuyo nombre en latín es *dermestidae*, como bien ha señalado Loke.

—Un momento —intervino Ruben, levantando una mano—. Estáis dando crédito a la teoría de que hay un presunto asesino dispuesto a cocinar un cadáver en una olla y dárselo de comer después a unos bichos repugnantes para que dejen los huesos bien limpios. ¿Lo he entendido bien?

—Sí, exacto —respondió Vincent, sin reconocer el sarcasmo en el tono de voz de Ruben.

—Lo siento, pero ¿soy el único al que toda la idea le parece una puta locura? —replicó Ruben, estallando en carcajadas—. Esto es Estocolmo, donde los delincuentes se comportan como criminales normales y no como los malos de una puñetera película de acción, con Tom Hanks corriendo por las calles de París. Con la diferencia de que *El código Da Vinci* se basa en hechos reales y no en puras fantasías, como estas que...

—Bueno, en realidad —dijo Vincent, vacilante—, no es correcto lo que acabas de decir. *El código Da Vinci* está basado en una serie de falsificaciones, publicadas por primera vez en un libro titulado *El enigma sagrado.* La idea original detrás de los documentos falsos corresponde a un hombre llamado Plantard, que en 1956 creó una organización llamada «Priorato de Sion» y la presentó como una sociedad secreta que llevaba siglos defendiendo los derechos de una dinastía fundada por los hijos de Jesús y María Magdalena, cuyos descendientes serían los auténticos herederos del trono de Francia. Plantard afirmaba pertenecer a ese linaje y ser, por lo tanto, el heredero legítimo de la corona francesa. Al cabo de un tiempo se asoció con Philippe de Chérisey, un hombre de imaginación particularmente frondosa, y entre los dos comenzaron a fabricar documentos falsos en apoyo de sus afirmaciones. Entonces plantaron los documentos en...

—Vincent —le llamó la atención Mina en voz baja, mirándolo con expresión amenazadora.

El mentalista se interrumpió a mitad de frase y tragó saliva, avergonzado.

—Lo siento. Me he dejado llevar una vez más.

—No hay excusa que valga —replicó Ruben—. Acabas de arruinarme mi película favorita.

—Querrás decir tu libro favorito —lo contradijo Vincent.

Ruben lo miró, meneando la cabeza.

—¡Ay, Vincent! No sabes lo que dices. Es una película, no un puto libro.

El mentalista pareció librar una batalla interna, antes de cambiar de tema y continuar.

—No es fácil que unos huesos queden tan limpios como los de Jon Langseth. Para conseguirlo, se requiere algún tipo de intervención humana. Por eso esta teoría parece la más probable.

—Pero deja abierto el interrogante del móvil del asesinato —intervino Julia—. En ese sentido, acabo de hablar con el jefe. Está convencido de que Gustaf Brons, el tercer socio fundador de Confido, está detrás de todo lo sucedido y puede ser el responsable de la muerte de Jon. Por lo visto, Gustaf ha recibido un millón de coronas suecas de manos de Dragan Manojlovic. No hace falta que os diga quién es Dragan, porque ya lo sabéis. El pago tiene que haber sido una contraprestación a cambio de algo. Si logramos averiguar por qué le dio ese dinero, es posible que descubramos también el motivo de la muerte de Jon.

Mina notó que toda la sala contenía el aliento al oír el nombre del mafioso.

—Esto huele cada vez peor —comentó Christer.

—Necesitamos tomarle declaración a Gustaf, pero como quiere que esté presente su abogado, no podremos hacerlo hasta mañana a primera hora —prosiguió Julia—. La teoría del asesinato por encargo parece razonable, pero no explica que los huesos aparecieran limpios.

—¿Son poco corrientes esos escarabajos que has mencionado? —preguntó Adam—. ¿Difíciles de conseguir?

—Aún no lo sé —respondió Vincent—. Pero se lo preguntaré a alguien que sabe más que yo. Conozco a un entomólogo, un experto en insectos que podrá ayudarnos.

—Bien pensado —reaccionó Julia, cogiendo una clementina del frutero que ocupaba el centro de la mesa—. Intentad averiguar todo lo que podáis sobre esos escarabajos. No tendremos mucho más que hacer hasta que hayamos interrogado a Gustaf Brons.

Mina sintió que empalidecía, pensando en los escarabajos. Después de saltar al interior de un contenedor lleno de visones muertos, en Norrtälje, y de arrastrarse por la tubería de un desagüe, en la granja de John Wennhagen, los bichos repugnantes encabezaban la larga lista de las cosas que no quería volver a ver nunca más.

—Lo haremos —dijo Vincent, girándose para mirar brevemente a Mina.

Ella se estremeció y le devolvió la mirada, espantada.

—Para que me quede claro —prosiguió Vincent, dirigiéndose a Julia—. Cuando dices que averigüemos todo lo posible sobre los escarabajos, te refieres al asistente de Milda y a mí, ¿verdad? Me estás sugiriendo que investigue ese asunto con Loke, que ya conocía de antemano la existencia de esos insectos, ¿no es así?

Mina dejó escapar un suspiro de alivio tan intenso que toda la sala debió de notarlo.

—Bueno, no era lo que... Pero es una buena idea —respondió Julia—. Llamaré a Milda para preguntarle si puede prescindir de su ayudante durante unas horas, lo antes posible.

Un olor penetrante se difundió por la habitación cuando Julia empezó a pelar la clementina. A Mina le encantaba ese aroma, porque le recordaba a la fragancia cítrica de los productos de limpieza. Julia se llevó un gajo a la boca, comenzó a masticarlo y enseguida se le contorsionó la cara en una mueca. La fruta debía de estar demasiado ácida.

—Por cierto, la clementina debe su nombre a un sacerdote

francés, Marie-Clément Rodier, que la obtuvo por hibridación de la mandarina y la naranja amarga —empezó a explicar Vincent con entusiasmo—. Cuando se...

—¡Vincent! —exclamó Mina en tono de advertencia, y él guardó silencio de inmediato.

Julia dejó el resto de la clementina sobre la mesa y se puso de pie.

—Christer, sigue buscando en el archivo. Tú, Ruben, mira a ver si encuentras algo entre los papeles de Confido. A veces la solución correcta es la más simple.

—Sí, la navaja de Occam —repuso Vincent entusiasmado—. Es lo que...

Para que no siguiera, Mina le propinó una fuerte patada en la espinilla. El mentalista gritó y se agachó para acariciarse la pierna dolorida, mientras Julia reprimía una sonrisa.

—Adam, tú ve a hablar con el personal que suele recorrer los túneles donde fueron hallados los huesos de Jon. También podrías hacerle una visita al grafitero que los encontró, por si sabe o ha visto algo que no nos haya dicho todavía. No creo que sea fácil bajar a los túneles y pasar inadvertido.

—De acuerdo —respondió Adam.

—Muy bien. Todos tenemos trabajo que hacer.

Antes de que los demás comenzaran a levantarse de las sillas, Christer se aclaró la garganta.

—Por cierto, como no hemos podido ir a la fiesta de Navidad en el ferry... —empezó a decir, vacilante—. Lasse ha pensado que quizá podríamos invitaros a casa para una pequeña cena de Navidad improvisada. Todos nos habíamos reservado la noche para ir en ese barco y, como dice Lasse, incluso la policía necesita comer.

Las expresiones en torno a la mesa fueron de sorpresa.

—¡Una idea excelente! —exclamó Julia de pronto—. Muchas gracias.

Todos asintieron, demostrando que estaban de acuerdo, pero Christer no pareció alegrarse. Mina supuso que la idea de la invitación debía de ser exclusivamente de Lasse.

—Ven tú también, Vincent, si no tienes otros planes para esta noche —añadió Christer, mientras se levantaba de la gran mesa de reuniones.

Mina contuvo la respiración. La cena de Navidad con los colegas cambiaría por completo si también asistía Vincent. De hecho, podía convertirse en algo mucho más apetecible.

—¡Encantado! Gracias por la invitación —repuso Vincent, mientras se ponía el abrigo.

Cuando abandonaron la sala, Vincent se volvió hacia Ruben.

—A propósito de *El código Da Vinci*, no sé si sabrás que Dan Brown se inspiró en los autores del libro que he mencionado: Michael Baigent, Richard Leigh y Henry Lincoln. En la novela aparecen varias referencias. Por ejemplo, el personaje de Leigh Teabing remite a los nombres de Leigh y Baigent. La referencia a Leigh es evidente, pero resulta un poco más difícil descubrir que el apellido Teabing es un anagrama de Baigent. Interesante, ¿verdad?

Mina soltó una risita. Ruben, por su parte, puso cara de pocos amigos.

Niklas escuchó una vez más el mensaje del contestador. Ingenuamente esperaba que la cuenta atrás se detuviera en algún momento, solo porque él lo deseaba. Pero, por supuesto, no era así. Le quedaban doce días. La perspectiva de una muerte tan inminente lo perturbaba físicamente. Todos sabemos que vamos a morir, desde luego, pero nadie que no haya recibido una sentencia de muerte se lo toma en serio, quizá porque no es fácil asimilar lo que eso significa. La perspectiva de morir acaba convirtiéndose en una abstracción. Pero ahora Niklas comprendía la idea. La sentía en todo su cuerpo.

Se subió a la silla para alcanzar el reloj de pared, lo descolgó y le quitó la batería. No necesitaba que le siguiera recordando el paso implacable del tiempo. Después, escribió un breve mensaje de texto y lo envió.

¿Puedes venir?

Cada vez que se dirigía a Tor de esa manera, se sentía como el jefe malvado de una película de Hollywood de los años setenta que llamaba a sus subordinados por el interfono para despedirlos o como mínimo para echarles una bronca. Enviar un mensaje de texto era la versión moderna de pulsar un botón en el escritorio.

Tor no solía apartarse mucho de su lado, por lo que no debía de andar muy lejos. Y, en efecto, la puerta se abrió antes de que pasara un minuto, justo cuando Niklas acababa de devolver la silla a su sitio, después de colgar el reloj sin batería de su gancho en la pared.

—Tienes razón —manifestó, antes de que Tor tuviera tiempo de abrir la boca—. Me refiero a la necesidad de aumentar las medidas de seguridad. He cambiado de opinión. ¿Cuántos días harán falta para organizarlo?

Tor asintió con entusiasmo. Parecía satisfecho.

—Me he tomado la libertad de iniciar los preparativos —respondió—. Estoy en conversaciones con los servicios de seguridad. Nuestros puntos de vista acerca del nivel necesario de seguridad difieren un poco, pero he insistido en que sea el más alto. Ahora están intentando conseguir más personal y analizando las diferentes posibilidades técnicas para el seguimiento de llamadas. También estoy en contacto con la NOA.

—¿Con qué fin?

—Para que nos avisen si notan algún comportamiento extraño entre los criminales que tenemos vigilados. No queremos que se repita lo del verano pasado.

Niklas contempló por la ventana a los pocos viandantes que desafiaban la nevada. En la calle, un hombre avanzaba con la cabeza gacha contra el viento. Aunque Niklas se encontraba en un lugar seguro y con buena calefacción, se sentía como ese hombre. Desafiando fuerzas superiores y helado hasta los huesos.

Habría querido explicarle a Tor que la amenaza no vendría de donde él esperaba y que era preciso estar alerta ante lo imprevisto. Pero no podía decírselo, porque entonces le haría preguntas que no podría responder.

—Gracias —se limitó a contestar—. Avísame cuando esté todo listo.

Tor asintió y se marchó.

Niklas echó una mirada a su mesa, que por lo general era un modelo de orden y ahora, en cambio, había superado la frontera del caos. Pero tenía cosas más importantes en que pensar. El tiempo, por ejemplo, que era tremendamente escaso. No podía perder ni un segundo más quedándose en su despacho.

Descolgó el pesado abrigo del perchero, se lo puso y metió las manos en los bolsillos. Qué raro. Creía que había guardado allí la tarjeta de visita, pero no. Debía de haberla sacado en algún momento. Se volvió hacia la mesa. Tenía que estar ahí, en uno de los montones. La tarjeta no era tan importante, porque tenía el número guardado en el teléfono, pero el trozo de cartulina podía ser un buen recordatorio de que estaba ante una amenaza real y no en medio de una pesadilla.

De camino al ascensor, asomó la cabeza en el despacho de Tor.

—Vuelvo a casa a pie —le anunció—. No está lejos.

—¿Con este tiempo?

Niklas notó que a Tor no le gustaba la idea. Sin embargo, no podía oponerse. El ministro aún podía tomar ese tipo de decisiones, pero todo cambiaría cuando el nuevo programa de seguridad comenzara a aplicarse. Entonces viviría como un prisionero. Pero al menos estaría vivo.

Cuando salió a la calle, seguido de sus guardaespaldas, la nieve le golpeó de inmediato la cara. Tor no tenía por qué preocuparse. Ni siquiera los criminales salían de su casa con ese tiempo. Niklas agachó la cabeza y echó a andar contra el viento, con las piernas rígidas. Prácticamente cada vez que oía un ruido inesperado, se volvía para mirar por encima del hombro.

Una vez en su casa, saludó con una inclinación de la cabeza a los guardias que se quedarían en el portal y subió en el ascensor al piso vacío. Se deshizo mecánicamente del abrigo y lo dejó tirado en la alfombra de la entrada. Después se quitó los zapatos cubiertos de nieve y los dejó también donde cayeron, antes de ir directamente al salón, para hundirse en un sillón. Al cabo de un momento, se inclinó hacia delante y encendió la lámpara de pie, para que los guardias de la calle supieran en qué habitación se encontraba. Luego cogió el teléfono y volvió a llamar al número guardado, con la esperanza de que esta vez el mensaje hubiera cambiado.

Con la esperanza de poder salvarse.

Pero el mensaje seguía siendo el mismo. Apartó el teléfono y cerró los ojos. Cuando aparecieron en su mente las imágenes de Nathalie y Mina, no pudo contenerse más y, a su pesar, se echó a llorar.

Habían decorado la casa de Stureby para la Navidad con mucho esmero. En realidad, ni a Julia ni a Torkel les gustaban mucho las fiestas, pero los dos estaban convencidos de que, cuando uno tiene hijos, está obligado a crear un ambiente navideño en casa. Aunque solo tenía un año, a Harry le encantaban el espumillón, las luces de colores y los brillos, como si fuera una pequeña estrella de la música pop. Julia tenía que reconocer que sus risas y gorjeos cada vez que volvía a ver las luces y los adornos de Navidad hacían que todo mereciera la pena.

Sin embargo, todo ese aparente espíritu navideño era un doloroso recordatorio de que el ambiente en su casa ya no era tan bueno como antes. Tras un intento desesperado por recuperar lo que habían tenido, Torkel y ella se habían sumido en un silencio resignado. Ya ni siquiera discutían, sino que orbitaban uno alrededor del otro, como dos cuerpos celestes situados a millones de kilómetros de distancia.

—¿A qué hora volverás a casa esta noche?

Torkel le hablaba desde la puerta del dormitorio, con Harry en brazos. Su hijo estaba en una época de mucha «mamitis», por lo que no dejaba de tender las manos hacia ella, lloriqueando. Pero Julia no le hacía caso, porque quería vestirse rápidamente.

—No lo sé, pero no creo que sea muy tarde. Todos tenemos mucho que hacer.

—Quizá salga un momento cuando vuelvas, si no es demasiado tarde.

Julia congeló el movimiento. Se había puesto una pierna del panti negro y estaba a punto de ponerse la otra. Torkel rehuyó su mirada.

—Pensaba ir a tomar una cerveza con alguien.

—¿Con quién?

Su marido pareció dudar.

—Con Filip.

—Ah, muy bien.

Julia se puso la otra pierna del panti y dio unos saltitos para terminar de subírselo. Los hombres no eran conscientes de la ventaja que suponía no tener que ponerse nunca esa maldita prenda. Pero como siempre le decía su madre: para ser bella, hay que sufrir. Y ella quería ser bella. Adam también acudiría a la cena y, por mucho que la abochornara la idea, quería estar guapa para él.

—Intentaré darme prisa —dijo, mientras sacaba la falda del armario.

Era su favorita y, para combinar, había elegido el jersey negro que le dejaba un hombro al descubierto.

—Te estás arreglando mucho, ¿no? ¿No era solo una cena con los colegas? —preguntó Torkel, apoyándose a Harry en la otra cadera.

Julia se encogió de hombros despreocupadamente y se puso el jersey.

—Me apetece ir un poco más guapa. Hace mucho que solo me visto para ir a trabajar.

Torkel no pareció del todo convencido.

La desconfianza era algo nuevo entre ellos. Durante los años que llevaban juntos, nunca habían tenido problemas de celos. Pero todo había cambiado. Era como si el deseo de tener un hijo, que finalmente había quedado colmado con la llegada de Harry, hubiera dejado al descubierto enormes lagunas en su relación.

Habían probado la terapia de pareja y, según la teoría de la psicóloga, su relación había tenido durante muchos años un único propósito: satisfacer el anhelo de ser padres. Era posible que por debajo de ese objetivo común hubieran surgido muchos problemas sin que ellos lo notaran. De ese modo, cuando nació Harry y su lucha en común pasó a ser cosa del pasado, solo les habían quedado los problemas.

Era una hipótesis razonable, pero el hecho de comprender lo sucedido no les había servido para encontrar la solución. Por eso habían dejado de acudir a la consulta de la psicóloga. Se habían dado por vencidos sin necesidad de hablarlo. Y ninguno de los dos había dicho todavía en voz alta las palabras que era preciso decir, ni se había atrevido a dar los pasos prácticos necesarios. Todo resultaba demasiado complicado.

Y, en medio de todo, estaba Harry, el niño al que los dos querían con locura. Julia se le acercó y el pequeño la recompensó con una gran sonrisa, alargando hacia ella los bracitos regordetes.

—Solo quiere estar contigo —dijo Torkel sonriendo.

Julia se alegró al reconocer en los ojos de su marido el cariño que antes era para ella y ahora dedicaba al hijo de ambos.

—Sí, es mi bebé precioso —le sonrió Julia al niño, mientras le hacía unas cosquillas en la barriga que lo hicieron estallar en carcajadas—. Ahora mamá tiene que irse, pero antes podemos ir a ver el árbol de Navidad, con todas esas bolas rojas tan brillantes.

Lo llevó en brazos al cuarto de estar, donde habían decorado el enorme árbol. Entusiasmado, el pequeño empezó a agitar los brazos y las piernas. El árbol de Navidad era lo más maravilloso que había visto en su vida, y el solo hecho de verlo lo colmaba de felicidad. Julia hundió la cara en su cuello e inhaló su olor. Entonces sonó una notificación en su teléfono. El taxi la estaba esperando en la puerta. Abrazó a Harry, le dio un beso y se lo pasó a Torkel.

Después de salir y cerrar la puerta principal, se volvió y los vio a los dos junto al árbol de Navidad. Se dijo que no era más que un árbol y se ciñó un poco más el abrigo mientras se dirigía al taxi. Esperaba que a Adam le gustara su jersey.

En su dormitorio, Vincent se estaba preguntando qué camisa y qué traje serían los más adecuados para la cena de Navidad, cuando sonó el timbre.

—¿Puede alguien abrir la puerta? —gritó, asomándose al pasillo.

Al no recibir respuesta, dejó escapar un suspiro y fue él mismo. La mensajera de FedEx arqueó un poco las cejas al ver que Vincent le abría la puerta en calzoncillos, pero la reacción duró apenas un instante. Seguramente habría visto cosas peores.

—Tengo un paquete para Vincent Walder —dijo—. ¿Es usted?

—Así es —respondió Vincent.

Entonces la mensajera le entregó un paquete del tamaño de una caja de zapatos.

—Parece un regalo navideño adelantado —comentó la joven con una sonrisa—. Felices fiestas.

—Igualmente —replicó Vincent, antes de cerrar la puerta.

Tras comprobar que el paquete era muy pesado para su tamaño, se lo llevó a la cocina para buscar un cuchillo. Lo apoyó sobre la encimera y abrió con cuidado el envoltorio. Dentro había una caja de madera negra.

—¿Qué es eso que te han mandado? —preguntó Rebecka, entrando en la cocina—. ¿Y por qué vas por ahí medio desnudo?

—Eso no importa, hija —respondió él—. Esto es más interesante que la ropa. Ven a ver.

La caja estaba lacada y tenía aspecto caro. Sobre la tapa había una placa de plata y, al mirarla de cerca, vieron que llevaba grabado el nombre de Vincent Walder.

El mentalista levantó la tapa y descubrió un marco de madera que encuadraba cuatro relojes de arena perfectamente alineados.

—Vaya, hacía mucho tiempo que no veía uno de estos —dijo Vincent, sacando el marco de la caja—. ¡Qué bonito!

—¿Qué es? —preguntó Rebecka.

—Una batería de relojes de arena. Una antigua manera de medir el tiempo —contestó él—. Los cuatro relojes contienen diferentes cantidades de arena. Si le das la vuelta al marco, el recipiente superior del primer reloj se vacía, por ejemplo, al cabo de quince minutos; el del segundo, al cabo de media hora; el del tercero, al cabo de cuarenta y cinco minutos, y el del cuarto, cuando ha pasado una hora. Este diseño se utilizaba en las iglesias para que los sacerdotes pudieran llevar la cuenta del tiempo que duraba su sermón. Creo que en la iglesia de Santa Ragnhild, en Södertälje, todavía tienen uno montado.

Vincent le dio la vuelta al marco y de inmediato la arena de los cuatro relojes empezó a fluir hacia los recipientes inferiores.

—Se cuenta que incluso los antiguos romanos utilizaban relojes como estos para controlar la duración de sus discursos políticos en el senado —prosiguió Vincent—. Dicen que los fabricaban cada vez más pequeños, para que los senadores se centraran en la calidad de sus alocuciones. Pero lo cierto es que este tipo de relojes solo están documentados con certeza a partir del siglo XIV. Son objetos fascinantes, ¿no crees?

Volvió a girar el marco, para que la arena comenzara a caer en la otra dirección, y lo sostuvo a contraluz.

—De acuerdo, supongamos que algo de lo que has dicho es interesante —replicó Rebecka—. Pero no lo entiendo. ¿Quién te ha enviado unos relojes de arena y para qué?

—No lo sé —respondió el mentalista, estudiando otra vez el interior de la caja.

En el fondo había una nota. Debía de haber quedado debajo de los relojes. Eran unas palabras escritas en tinta azul, con caligrafía elegante. Vincent apoyó sobre la mesa el marco, cogió la nota y la leyó en voz alta.

—«Encuentra el cuarto antes de que el tiempo se agote.»

Enseguida reconoció la letra. La había visto en innumerables ocasiones a lo largo del último año y medio, siempre en relación con algún enigma interesante y bien construido.

—Desde que pasó... lo de mi hermana... —empezó a explicar Vincent, que de repente no estaba seguro de haberle contado a Rebecka que Mina y él habían estado a punto de morir ahogados en un tanque de agua, pero estaba casi convencido de haberlo hecho—. Desde que pasó aquello, la gente me manda enigmas, puzles y rompecabezas caseros para que los resuelva. El remitente de este paquete es uno de los más inteligentes. No sé quién es, pero reconozco su letra. Es una persona muy capaz.

Los relojes de arena eran de una belleza increíble. Vincent se volvió otra vez para mirarlos.

—Entonces ¿de qué va esto? —quiso saber Rebecka—. ¿A qué «cuarto» se refiere?

A su pesar, parecía realmente interesada.

—No lo sé —contestó el mentalista—. Puede que sea algo simbólico. Quizá tenga que ver con lo que representan los relojes de arena: el paso irreversible del tiempo, o bien, al contrario, el eterno cambio de polaridad de Schuon, ya sea en el nivel microcósmico o macrocósmico, que...

—También podría referirse simplemente al tiempo que tarda en caer toda la arena —lo interrumpió Benjamin, que había entrado en la cocina sin que Vincent lo notara—. Puede que haya un secreto oculto en el cuarto reloj, que se manifestará cuando se haya escurrido toda la arena. Por cierto, ¿por qué vas medio desnudo?

—¿Qué importa ahora la ropa? —repuso Vincent—. Tu idea es buena, hijo, pero no creo que sea tan sencillo. ¿Me ayudas a cronometrar los relojes?

—Papá —lo reprendió Rebecka—, ve a vestirte ya mismo, antes de que te vea más gente. ¿No tenías que ir a una cena?

Vincent suspiró. Era mejor obedecer. Contempló por última vez los relojes de arena. Había algo diferente en ellos. No le planteaban ningún enigma, ningún reto complicado que fuera preciso superar. Parecían más bien un mensaje.

El incesante movimiento de la arena al caer le recordaba que tarde o temprano todo tenía un final.

Que él también lo tenía.

Hemos llegado a tu omega.

Antes de salir de la cocina, volvió a darle la vuelta al marco.

Lo compartían todo. Así vivían y sobrevivían. Algunos no estaban en condiciones de aportar nada. Pero no importaba. Ellos nunca juzgaban a nadie.

—Debemos estar agradecidos por la oportunidad de ayudar. Esta capacidad nuestra es un don.

A veces le parecía un poco extraña esa afirmación, sobre todo porque su padre siempre decía que todos debían colaborar. Pero claro, para algunos de sus amigos no era fácil subir a la superficie. El del gorro amarillo siempre iba colocado, como flotando en su propia nube, y la que recogía pajitas de bebidas estaba convencida de estar pasando unas vacaciones en Grecia con sus dos hijas. Esos dos no salían nunca. Pero entre todos cubrían sus necesidades. Su padre siempre decía que juntos era la palabra más bonita del diccionario.

Antes de caer enfermo, su padre había sido profesor de lengua. Por eso conocía muchas palabras bonitas, que le resultaban muy útiles ahora que era rey. Pero su padre solo era rey cuando estaba contento. Cuando las risas se apagaban y él desaparecía en la oscuridad, dejaba de serlo. Él mismo se lo había dicho. Le había explicado que cada vez que llegaba la oscuridad, él abdicaba. Abdicar era una de las palabras bonitas que su padre conocía. Pero, cada vez que volvía, lo coronaban de nuevo.

Los otros cuidaban de él cuando su padre se marchaba. Y él también cuidaba de los demás. Eran una familia.

Ahora estaban todos reunidos en torno a una hoguera. En realidad, era solo una lata llena de restos inflamables que llenaba el túnel de humo y los hacía toser. Pero también les daba luz y calor. Acercando las manos al fuego, sentían el calor en la cara, mientras compartían lo que su padre y él habían encontrado en su última salida. No sabía si lo que sentía en el pecho era felicidad, pero creía que sí.

El viejo de ojos amables le dio un trozo de sándwich de jamón y él se lo tragó casi entero, sin darse cuenta hasta ese momento de lo hambriento que estaba. Solía ser siempre igual. El hambre lo acompañaba con tanta asiduidad que ya casi no la notaba. Pero cuando la comida tocaba sus labios, era como si su cuerpo despertara y sintiera el hambre rugiendo en su interior.

—Mira a tu alrededor —le dijo su padre, señalando con un amplio movimiento del brazo el espacio en torno a la hoguera—. ¿Verdad que somos afortunados? Estamos a salvo del exterior, protegidos de un mundo a punto de derrumbarse. Seguros. Juntos. Con la barriga llena y un fuego para calentarnos.

Oyó que el hombre del gorro amarillo tarareaba en voz baja e intentó discernir cuál era la canción, pero no reconoció la melodía. No era ninguna de las que le cantaba su madre cuando era pequeño.

Todavía le quedaba un trozo de sándwich en la mano. El hambre continuaba presente, pero la tenía bajo control. Le regaló ese último trozo a la nueva, que estaba muy delgada y pasaba mucho frío. Su padre ya le había dado media hamburguesa de la bolsa grande, pero como seguía temblando, él decidió entregarle su trozo de sándwich. Se cuidaban unos a otros. Eran una familia. Su padre lo decía siempre. Y no había nada en el mundo que él deseara tanto como parecerse a su padre.

Vincent sintió que el espíritu navideño despertaba en su interior cuando entró en el sendero de la casa cuya dirección le había indicado Mina. Se quedó un rato en el coche, contemplando las luces de colores. Todo el jardín delantero estaba poblado de figuras luminosas: duendes, renos, muñecos de nieve...

Había vuelto a pensar en el mensaje que la Sombra le había enviado esa mañana y lo atenazaba la ansiedad. La preocupación podía arruinarle la velada si no era capaz de superarla. Empezó a respirar de manera profunda y pausada, concentrado en la casa decorada que tenía ante sí, intentando asimilar el espíritu navideño y la alegría de cada una de sus luces. Dejó que la sensación se difundiera por todo su cuerpo y después abrió los ojos. La preocupación había sido sustituida por la imagen bonachona de Papá Noel. Mucho mejor.

Por todo el jardín había guirnaldas de luces, y una de ellas, de bombillas rojas, rodeaba las figuras más próximas a su coche. Vincent se puso a contar las luces de la guirnalda más cercana, mecidas por el viento. Eran veintitrés.

¡Mierda! Ese tipo de contrariedad podía hacer que volviera a invadirlo la ansiedad. Con cuidado y mirando bien dónde ponía los pies, se bajó del coche. El hielo era traicionero y él ya había estado a punto de resbalar dos veces ese mismo día. Una fractura de cadera era lo último que necesitaba, cuando ya se le había curado el pie. Se aventuró por el césped y empezó a desenroscar una de las bombillas a lo largo de la guirnalda. Prefería que fueran veintidós. Podía vivir con eso.

Cuando retiró la bombilla, se apagó toda la guirnalda.

—¡Bienvenido! ¿Algún problema con las luces?

Un hombre apuesto de unos sesenta años, con gorro de Papá Noel, había salido a la puerta y lo estaba saludando con la mano. Debía de ser Lasse. Vincent ocultó la bombilla en la mano y se dirigió hacia él. Dentro de la casa sonaba música navideña y a través de todas las ventanas se veían luces de Navidad. Vincent no salía de su asombro, porque la imagen que tenía de Christer no coincidía en absoluto con ese ambiente festivo. Se dijo que la velada sería interesante.

—Los demás ya han llegado. Estamos bebiendo *glögg*. ¿Te apetece a ti también? Sí, claro que sí. Es Navidad, ¿no? Y en Navidad, a todos nos apetece una bebida caliente, ¿verdad que sí?

Lasse siguió parloteando alegremente mientras colgaba el abrigo de Vincent del perchero y lo hacía pasar a un pequeño salón con muy buenas vistas. Allí estaba reunido todo el grupo, cada uno con su taza de *glögg*, el tradicional vino caliente con especias que se sirve en Navidad. Vincent notó que Mina parecía atormentada. Probablemente le supondría un gran esfuerzo estar en una casa ajena, llena de gérmenes, y más todavía con la parafernalia navideña que la rodeaba: Papás Noel de porcelana, cabritas de paja, luces parpadeantes, cajas de música que desgranaban villancicos, cortinas con motivos navideños y manteles con flores de Pascua. Miró a su alrededor y vio que encima de cada puerta colgaba un ramillete de muérdago. El detalle le encantó.

—¡Hola, Vincent! —lo saludó Adam—. Me alegro de que hayas podido venir.

Ruben y Julia tenían un fulgor cálido en las mejillas, lo que indicaba que ya habrían bebido bastante. Vincent, por su parte, pidió un refresco sin alcohol, porque pensaba conducir después de la cena.

Sintió que algo le rozaba una pierna y, cuando bajó la vista, vio que era Bosse, que se estaba apoyando contra él, con la esperanza de que lo acariciara. El perro lucía para la ocasión una diadema de plástico con cuernos de reno cubiertos de purpurina.

—Un poco exagerado, ¿no? —dijo Christer, mientras entraba en el salón e iba a sentarse junto a Vincent—. Si hubiese sabido que Lasse era un fanático de la Navidad, me lo habría pensado dos veces antes de proponerle que se viniera a vivir conmigo.

—A mí me parece maravilloso —dijo Vincent con absoluta sinceridad.

—Es una manera de verlo —masculló Christer.

Vincent se puso a rascar a Bosse detrás de las orejas mientras contemplaba a los demás invitados. Le resultaba extraño verlos en un ambiente diferente del de la jefatura, pero era una excelente oportunidad para conocerlos mejor. Mina se mantenía un poco al margen, expectante. Ruben estaba de pie a su lado, pero era evidente que había renunciado a hablar con ella. Tenía el teléfono en la mano y de vez en cuando deslizaba el dedo hacia la derecha de la pantalla. Adam y Julia estaban enfrascados en una intensa conversación, con las cabezas muy juntas. Interesante.

Después de comprobar que todos estaban distraídos con otras cosas, Vincent se acercó a Mina y le entregó discretamente la bombilla roja de la iluminación del jardín.

—No preguntes —le pidió en voz baja—. Guárdatela en el bolsillo.

En ese momento, desde la puerta que daba paso a un pequeño comedor, Lasse se aclaró la garganta para llamar la atención de sus invitados.

—¡La mesa está servida!

Vincent le ofreció el brazo a Mina y ella titubeó antes de aceptarlo.

—El traje está recién salido del tinte —le susurró él con un guiño.

—Por suerte me has ofrecido el brazo y no la mano, porque he visto donde la has puesto últimamente —replicó ella, señalando al perro con la cabeza.

—O sea, ¿que existe la posibilidad de que tú y yo vayamos cogidos de la mano? —le preguntó él, con una sonrisa sesgada.

—Ja, ja, muy gracioso —reaccionó ella, soltándole el brazo para entrar en el comedor delante de él.

Al pasar por la puerta, Vincent levantó la vista y recordó la tradición navideña de besar al amor verdadero bajo una rama de muérdago. Entonces miró la espalda de Mina, que tenía delante, y justo en ese instante ella se volvió y le sonrió con sus labios carnosos y naturalmente rojos que él se quedó contemplando durante un segundo más de lo que habría sido apropiado.

Mina se giró otra vez y siguió adelante. Vincent se dirigió también hacia la mesa, servida con extravagancia de detalles, apartó la silla para que Mina se sentara y a continuación se acomodó a su lado. Observó que Julia y Adam se sentaban juntos, pero sin que él le retirara la silla para ayudarla a sentarse. Se estaba perdiendo la caballerosidad. O tal vez Adam tenía otro motivo para aparentar cierta distancia con respecto a Julia. Muy interesante.

—¿Qué crees que nos servirán? —le preguntó Mina en voz baja—. ¿Debería haber cenado antes?

Vincent comprendió enseguida que Mina no se refería a la habilidad culinaria de Christer y Lasse, sino a la aprensión que le producía verse obligada a comer algo que no pudiera controlar. Sabía lo mucho que le había costado acudir a esa cena.

—No apostaría por Christer como cocinero, pero tendremos que confiar en Lasse.

—Si tú lo dices —respondió Mina, poco convencida—. Pero si me tienen que hacer un lavado de estómago, tú vendrás conmigo.

—¡Ya tenemos aquí los entrantes! —resonó la voz de Christer desde la puerta de la cocina.

Lasse y él salieron con los platos en equilibrio sobre las manos y los brazos, y los colocaron con cuidado sobre la mesa. Vincent miró sorprendido su plato, mientras Christer unía las manos satisfecho y solicitaba la atención de todos.

—Para empezar, os he preparado unos huevos escalfados con espuma de trufa y boletus.

—¡Joder, Christer! —exclamó Ruben, alternando la vista entre las caras de asombro de sus colegas y la elegante creación gastronómica que tenía delante—. ¡No imaginaba que supieras cocinar! ¡En la oficina se te quema el café! ¡Y eso que lo sacas de la máquina expendedora!

—¡Christer es un cocinero fantástico! —afirmó Lasse, dedicándole una mirada llena de amor—. Siempre le digo que podría ser chef en nuestro restaurante, si quisiera. ¡Y tened en cuenta que trabajo en el de Ulla Winbladh!

—Es una pequeña afición que tengo —replicó Christer, ruborizándose—. Empezad a comer. Vuelvo enseguida. Me quedan pendientes un par de detalles para acabar de redondear el plato principal.

Todos los comensales comenzaron a comer, sumidos en un asombrado silencio. De fondo sonaba *Noche de paz* a un volumen aceptable.

—Están buenísimos —repetía Ruben, meneando la cabeza con incredulidad—. Ese cabrón sabe cocinar.

—¿Hemos sacado algo en claro después de la conferencia de prensa? —le preguntó Mina a Julia.

—Acabas de batir el récord mundial de peor tema de conversación para la cena —le susurró Vincent.

Como Mina ni siquiera había tocado su plato, Vincent se apresuró a cambiárselo por el suyo. No fue ningún sacrificio para él. El entrante le había halagado las papilas gustativas en lugares donde ni siquiera sabía que las tenía.

—Esta noche, prohibido hablar del trabajo —intervino Lasse, extendiendo un dedo acusador—. Quiero aprovechar la velada para conoceros mejor a todos, y no pienso escuchar ni una palabra de muertes ni de crímenes. Ya tengo suficiente con lo que me cuenta Christer. Podemos empezar contigo, Mina. ¿Qué nos puedes decir de ti?

Mina pareció horrorizada. Hablar de asuntos personales con gente que apenas conocía no era uno de sus deportes favoritos, pero la cortesía exigía una respuesta.

—No mucho —replicó—. Pronto hará diez años que soy policía. Estoy divorciada y tengo una hija adolescente. Vivo en Årsta. Creo que eso es todo.

—Si exceptuamos que has sido la protagonista de dos de nuestros casos más complejos hasta el momento —añadió Julia—. Mina es una de las mentes más brillantes de la policía de Estocolmo. Es una suerte que los otros departamentos aún no lo sepan del todo, porque nos la robarían. Pero solo es cuestión de tiempo.

Mientras hablaba, Mina la miraba sorprendida. Cuando le llegó el turno a Adam, Christer volvió al comedor y anunció que el segundo plato ya estaba listo.

El plato principal resultó ser tan exquisito como el entrante. Filete de venado con patatas, acompañado de una salsa preparada con el jugo de la cocción y la cantidad exacta de vino de

Oporto. La conversación en torno a la mesa fluía con más facilidad a medida que iba desapareciendo el contenido de las botellas. Con el rabillo del ojo, Vincent observó que Julia y Adam estaban hablando otra vez con las cabezas muy juntas. Ya no le cabía ninguna duda. No lo había interpretado mal.

Mina comió un poco del segundo plato, pero sobre todo se dedicó a mover la comida con el tenedor. Cuando Vincent le robó discretamente las patatas y un trozo de carne, ella se lo agradeció con la mirada.

El postre era una *pavlova* rebosante de frutos del bosque. Ruben procedió a devorar todo lo que tenía en el plato, superada ya la sorpresa inicial.

—¡Joder, tío, qué bien cocinas! —exclamó al terminar, dándose unas palmaditas en el estómago.

—Yo no podría comer ni un bocado más —gimió Julia.

—¿Me llevas a casa? —le susurró Mina a Vincent, y él asintió.

Ir con ella a su casa era su mayor deseo, pero comprendía que no se lo había dicho en ese sentido.

—Si quieres, podemos irnos ahora mismo —la tranquilizó.

El pánico se había hecho evidente en la cara de Mina durante la última media hora. Sin esperar respuesta, Vincent se levantó y carraspeó.

—Lasse, Christer, ha sido fantástico. Os agradezco mucho que me hayáis invitado, pero por desgracia voy a ser el primero en abandonaros. Mi mujer ha salido de viaje y la canguro querrá irse a su casa. Sintiéndolo mucho, tendré que marcharme antes del café, aunque estoy seguro de que habría sido el café más delicioso de toda mi vida. Mina, lamento arruinarte la velada por tener que marcharme tan pronto, pero prometí llevarte a tu casa y me temo que el coche sale ahora mismo. Te pido disculpas.

Notó la impaciencia en los ojos de Mina, que, sin embargo, hizo un esfuerzo para parecer decepcionada, ya que no quería herir los sentimientos de la pareja anfitriona. También ella agradeció la cena y se despidió.

Cuando salieron, el frío invernal les abofeteó la cara. Mina dejó escapar un largo suspiro. La oleada de alivio que la invadió era casi visible.

—Gracias —dijo—. Solo podría haber aguantado unos segundos más ahí dentro.

Se dirigieron al coche.

—¿Todavía tienes la bombilla que te he dado? —preguntó él.

Mina la sacó del bolsillo y se la dio.

Entonces vio la guirnalda de luces apagadas.

—Te comportas como un niño pequeño.

Vincent enroscó la bombilla y la guirnalda se volvió a iluminar, con sus veintitrés luces. Apartó rápidamente la mirada y abrió el maletero, de donde sacó un rollo de papel de regalo. Después, abrió la puerta delantera del coche del lado del acompañante.

—Tendrás que disculparme, pero no he traído plástico para forrar tu asiento —se excusó, agitando el rollo—. Sin embargo, tengo papel con motivos navideños, si no te importa ir sentada sobre un ejército de Papás Noel. ¿Quién sabe? Igual los asfixias. Para una enemiga de la Navidad como tú, será como matar dos pájaros de un tiro.

Mina le dio un puñetazo en el brazo.

—¿Quieres decir que peso demasiado? Ten cuidado, porque podría sentarme encima de ti. —En cuanto lo dijo, se sonrojó—. Hum... Bueno, yo...

Vincent también se había ruborizado, pero se echó a reír. Enseguida se metió en el coche, a la espera de que ella también entrara.

—Deja de mirarme con esa cara burlona —lo riñó Mina cuando se hubo sentado.

Vincent arrancó el coche y puso la marcha atrás para salir por el sendero.

—Por cierto —dijo de pronto—, ¿cuánto tiempo llevan acostándose Julia y Adam?

Mina se lo quedó mirando con la boca abierta por el asombro.

Hacía una hora que Ruben había vuelto de la casa de Christer y Lasse. Desde entonces, no había hecho más que contemplar los rollos de papel de regalo colocados sobre la mesa, sin decidirse por ninguno. Bastante achispado todavía, los dibujos de elfos del papel más brillante la parecieron tontos. Estaba seguro de que Astrid los encontraría infantiles.

El otro papel era mate, de color rojo y sin dibujos. Quizá fuera demasiado serio, pero era posible que a su hija le pareciera más bonito. Ruben no tenía ni idea. No se le daban bien esas cosas.

Tampoco ayudaba el hecho de que tuviera que agarrarse del borde de la mesa para no perder el equilibrio. El *glögg* que había preparado Christer estaba muy bueno, y el vino no había dejado de fluir durante toda la velada. Por ese motivo, las habilidades motrices de Ruben no estaban en su mejor momento. Al final se decidió por el papel rojo. Cortó aproximadamente un metro y empezó a envolver el regalo. Después siguió envolviendo, dando más y más vueltas al paquete, sin tener ni idea de cuánto papel necesitaría. Cinco vueltas le parecieron suficientes, pero el envoltorio resultó demasiado grueso y no pudo plegar los extremos del papel. Lo sostuvo como pudo con los dedos mientras buscaba la cinta adhesiva.

Como era de esperar, la cinta se había caído al suelo. Estiró un brazo para alcanzarla, sin soltar con la otra mano el paquete que estaba encima de la mesa. Como no llegaba, trató de alcanzar la cinta con los dedos de los pies, pero solo consiguió empujarla todavía más lejos. ¡Menuda puta mierda! ¿Cómo se las arreglaba la gente para hacer esas cosas?

En ese momento, sonó la notificación de un mensaje en su teléfono. En sus circunstancias, cualquier interrupción era bienvenida. Cogió torpemente el móvil con la mano izquierda, mientras seguía sujetando el envoltorio con la derecha.

El mensaje era de la chica cuyo nombre acababa en «y», que se había quedado a dormir en su casa la noche anterior. No sabía por qué tenía su número. Debía de habérselo dado él en un descuido. La chica le preguntaba si podía pasar por su casa para «hacerle un regalo de Navidad» y acompañaba el mensaje con una foto en la que aparecía ella, sonriendo a la cámara, con un gorro de Papá Noel.

Salvo por el gorro, estaba desnuda. Por si no hubiera quedado lo suficientemente claro. ¡Dios, estaba muy desnuda!

Ruben levantó la vista al techo y dejó escapar un suspiro.

—Te parecerá gracioso, ¿verdad, Peder? —dijo en voz alta.

Le llevó bastante rato escribir la respuesta con el pulgar izquierdo. En realidad, nada le habría gustado más que recibir a la chica en su casa esa noche. Pero tenía otras prioridades. Le contestó que por desgracia estaba fuera, en una misión importante. En cierto modo, era verdad. Tenía que envolver el regalo de Astrid y pensaba conseguirlo, aunque fuera lo último que hiciera en su vida.

QUEDAN ONCE DÍAS

Había algo en Peter Kronlund que intrigaba a Ruben. Adam y Julia no habían sacado casi nada de su interrogatorio en el centro de detención. Pero había algo en su cara, tal como la estaba viendo en la pantalla del ordenador, que a Ruben le resultaba familiar. Y él nunca olvidaba un rostro.

Abrió el navegador y siguió varios enlaces a artículos de prensa sobre el escándalo de Confido. Peter Kronlund aparecía en casi todos, siempre impecablemente vestido. Traje azul, camisa rosa pálido y corbata a juego, de rayas o de cuadros. Y en la muñeca, un reloj caro, por supuesto. Ruben entrecerró los ojos para ver mejor y amplió una de las imágenes para distinguir la marca. No era el típico Rolex de los nuevos ricos, sino un Patek Philippe, el preferido de los millonarios más discretos.

Por curiosidad, Ruben abrió otra pestaña del navegador y buscó una web de relojes caros. Enseguida soltó un silbido de asombro: alrededor de un millón de coronas había que pagar por un reloj como el que Kronlund llevaba con despreocupación en la muñeca derecha. En la derecha y no en la izquierda, para que las chicas pudieran apreciarlo mejor cuando viajaban a su lado en su coche deportivo. Ruben sonrió, porque él también había recurrido alguna vez a ese truco. Pero nunca con un reloj tan caro, obviamente. Un reloj como ese suponía un riesgo para la vida de quien lo llevara, sin importar que lo usara en la muñeca izquierda o en la derecha. Los robos de relojes eran cada vez más frecuentes en Estocolmo, sobre todo en la zona de Östermalm. Ir con eso por la calle era como pedir que te asaltaran.

Frunció el ceño. ¡Maldita sea! Ese Peter le resultaba terriblemente familiar. Algo en sus cejas oscuras y pobladas y en su boca de labios finos le hacía sonar tantas campanillas de alarma en la cabeza que era como tener un carrillón en el cerebro. Se obligó a concentrarse e intentó hurgar en la memoria. Para bien o para mal, todas las caras que había visto alguna vez estaban allí almacenadas, incluso las que habría preferido borrar.

Peter... Peter... Algo se movió en la periferia de su memoria y Ruben trató de relajarse, porque sabía que la tensión rara vez daba buenos resultados. Dejó que la mente trabajara por su cuenta, abriéndose a todas las sensaciones y asociaciones que le sugerían el nombre y el rostro de la persona de la imagen.

Peter... Peter... ¡Peter Manojlovic! ¡Claro que sí! El hombre que en los periódicos figuraba como Peter Kronlund se llamaba en realidad Peter Manojlovic. Ruben había oído varias veces ese apellido recientemente, sobre todo en la última reunión del grupo. Quizá por eso su cerebro había podido encontrar la conexión correcta.

Hizo una búsqueda rápida en las imágenes de Google y comprobó que Peter se había ocupado de eliminar todas las fotografías en las que aparecía con su antiguo nombre. Supuso que habría contratado a alguien para eso. Era evidente que Peter Kronlund quería borrar todos los vínculos con su familia. Pero la información casi nunca desaparece del todo de internet, y finalmente, en un viejo artículo del diario *Aftonbladet*, Ruben encontró lo que buscaba. La imagen en blanco y negro no tenía muy buena definición, pero no le cabía ninguna duda de que uno de los hombres fotografiados era Peter Kronlund. El pie de foto rezaba: «Victor, Milan y Peter, hijos del tristemente célebre Dragan Manojlovic».

Ruben sintió una oleada de satisfacción. Mientras buscaba frenéticamente en la base de datos de la policía, no pudo reprimir una amplia sonrisa, a medida que conseguía más y más información. El apellido Manojlovic aparecía incontables veces en la base de datos. Las primeras entradas correspondían al padre de Peter, Dragan Manojlovic, pero con el paso del tiempo se habían ido añadiendo los desmanes cometidos por sus hijos: Victor, Milan y... Peter. Sin embargo, el nombre de Peter había desaparecido repentinamente de los registros hacía unos quince años. Una búsqueda rápida en Google reveló que Kronlund era el apellido de la mujer de Peter y que este lo había adoptado tras su matrimonio. Por lo visto, Peter había hecho todo lo posible para ocultar su pasado. Se había cambiado de apellido, se había mudado a otra zona de la ciudad y había comenzado a frecuentar otras amistades. No había conservado nada que lo relacionara con su vida anterior.

Ruben frunció el ceño. No era del todo extraño que los antecedentes de Peter no figuraran en los informes policiales sobre Confido. Los delitos que se le imputaban eran económicos, por lo que los investigadores se habrían centrado, como era razonable y lógico, en lo ocurrido dentro de la empresa. No había razón para investigar también la historia familiar de cada uno de los implicados. Sin embargo, los periódicos sensacionalistas tenían que haberlo descubierto. Después de todo, vivían de sacar los trapos sucios que la gente famosa se esforzaba por esconder. Era poco probable que se les hubiera escapado algo tan jugoso. Aun así, Ruben no había visto en la prensa ni una palabra al respecto.

Solo había una explicación razonable para ese silencio. Probablemente, los periodistas habían descubierto los lazos de Peter con la familia de delincuentes más conocida de Suecia, con raíces en Serbia, pero no se habían atrevido a publicar su hallazgo. O tal vez habían recibido presiones para no hacerlo. La familia Manojlovic estaba detrás de innumerables actividades delictivas relacionadas con la droga, el tráfico de personas y la prostitución. La lista era larga.

Peter parecía haber abandonado el negocio familiar para renacer como ejecutivo de un fondo de inversiones. Pero Ruben sabía que no era así. Nadie podía salir de una familia como la de los Manojlovic.

De pie junto a la puerta del estudio de SVT, la televisión pública sueca, Niklas contemplaba la mesa servida para el desayuno. Por lo general, solía cuidar la alimentación. Por la mañana tomaba un zumo de naranja recién exprimido, un yogur natural con arándanos frescos, un café y un huevo duro. Pero de repente la vida le parecía demasiado breve para preocuparse de esas minucias. Comer algo no le serviría para calmar la ansiedad, pero al menos lograría que el estómago dejara de gruñirle. No quería que empezara a sonarle en medio de la emisión en directo.

—¡Cuánto me alegro de que el ministro de Justicia nos visite hoy en nuestro estudio! —oyó que decía una voz conocida.

Era el asistente de realización Micke Niedermann Möller, amable como siempre, que se le había acercado con un micrófono en la mano.

—Vengo a ponerle el micro —añadió—. Entraremos dentro de cinco minutos. Tiene tiempo para picar algo, si le apetece.

—Gracias —dijo Niklas, abriéndose la chaqueta para que Micke pudiera colocarle el micrófono.

Cuando el técnico estuvo satisfecho con su cometido, Niklas cogió una tostada y la untó con una buena cantidad de mantequilla y mermelada. No necesitó mirar a Tor, que lo observaba a cierta distancia apoyado en la pared, para saber que su secretario de prensa lo estaría contemplando sorprendido. Tor desayunaba, como mucho, medio pomelo. Decía que era la dieta de Fredrik Reinfeldt, el primer ministro. Sin prestarle atención, Niklas tardó menos de un minuto en devorar la tostada.

Quizá no había sido buena idea aceptar la invitación al programa de la mañana, pero formaba parte de su trabajo. Y su secretario había consensuado previamente las preguntas con los redactores para asegurarse un buen desarrollo de la entrevista. Tenía que dejar una buena imagen de Niklas Stockenberg.

—¿Vamos? —le dijo Micke, que de repente volvía a estar junto a él—. Puedo llevársela al plató, si le parece —añadió, señalando la taza de café que Niklas tenía en la mano. Era negra y sin logos publicitarios, como corresponde a la televisión pública.

Niklas asintió agradecido, entregándole la taza.

—Vamos.

El ministro vio que Tor dejaba de apoyarse en la pared e impartía una breve orden por el micrófono que llevaba adherido a la solapa. Niklas no había visto a los nuevos guardaespaldas, pero eso no significaba que no estuvieran. Debían de estar atentos a todos sus movimientos. Y no solo a los suyos, sino a los del resto de los presentes: los operadores de las cámaras, los técnicos de iluminación y todo el personal del estudio. Los estarían vigilando a todos en tiempo real.

Niklas siguió a Micke hasta el plató, donde los presentadores, Karin Magnusson y Alexander Letic, acababan de anunciar un breve reportaje, preparado como introducción de su entrevista. Un reloj digital marcaba los segundos que faltaban para que comenzara la emisión del fragmento grabado. Cuando empezó, las cámaras de la emisión en directo se apagaron. Niklas no necesitaba ver el reportaje para conocer su contenido, porque lo había vivido personalmente.

El ayudante de realización volvió y le indicó dónde debía sentarse. La taza de café ya estaba en su sitio, sobre la mesa de

Karin y Alexander. El ministro no pudo menos que admirar lo bien que funcionaba la maquinaria de los programas matinales de la televisión pública.

Tendió la mano por encima de la mesa y solo tuvo tiempo de saludar brevemente a los presentadores antes de que terminara el segmento grabado y volvieran al directo.

—Lo que acabamos de ver sucedió en la isla de Öland, al final del verano —dijo Karin Magnusson, dirigiéndose a la cámara—. Ahora está con nosotros Niklas Stockenberg, ministro de Justicia, que fue objeto de ese ataque. Bienvenido, ministro.

—Gracias —respondió Niklas, esbozando su mejor sonrisa ministerial, serena y confiada.

—Usted fue atacado en plena calle con un cuchillo. Es evidente que el agresor pretendía herirlo o incluso matarlo. ¿Qué piensa hoy al respecto? ¿Cómo se siente?

—En comparación con el estado en que me encontraría si el agresor se hubiera salido con la suya, me siento estupendamente —contestó Niklas con una amplia sonrisa, aunque enseguida recuperó la seriedad—. Pero no puedo negar que una experiencia como esa deja huella. Quiero agradecer a todos los que se ocupan de mi seguridad, que comprendieron lo que estaba sucediendo mucho antes que yo.

—Según algunas teorías, no fue simplemente el ataque de un enajenado mental que actuaba en solitario, sino algo mucho más organizado. ¿Qué puede decir al respecto?

Niklas titubeó un momento. Tenía sus sospechas y algunas coincidían con varias de las teorías conspirativas que corrían por Twitter, pero también sabía que a veces era necesario proteger a la sociedad de cosas que le convenía ignorar.

—Creo que la fiscalía hizo un trabajo fantástico de esclarecimiento de los hechos en el juicio de Albin Johanesson. Mi atacante está donde debe estar. De hecho, me gustaría aprovechar la oportunidad para señalar la correlación entre la tasa de criminalidad y la reforma de las instituciones psiquiátricas llevada a cabo en los años noventa.

Le lanzó una mirada rápida a Tor, que estaba detrás de las cámaras, en la sombra, y su secretario le hizo un gesto de asentimiento. En realidad, tanto si había sido un loco que actuaba en solitario como un atentado organizado, Tor le había salvado la vida. De no haber sido por su vista entrenada y su rapidez de reflejos, Niklas no lo habría contado.

—Tras el ataque, decidió volver directamente al trabajo, en lugar de coger una baja —dijo Alexander Letic—. ¿Ha afectado el atentado a su manera de ver su labor en el Ministerio de Justicia?

Niklas bebió un sorbo de café, para simular que estaba pensando. En realidad, le habían hecho tantas veces la misma pregunta que había perdido la cuenta.

—A decir verdad, no —respondió—. Trabajamos para construir una sociedad segura en el marco del Estado de derecho, y mi perspectiva sobre lo que eso significa no ha cambiado en absoluto. ¿Lo de Öland no habría sucedido de haber habido más policías en las calles? Quizá no. Pero una mayor presencia policial no sería más que un vendaje para una herida que ya está sangrando. Los vendajes son necesarios, pero es mejor atacar la causa de la herida, para que no se vuelva a abrir. Ese es el mayor desafío que se nos plantea actualmente como sociedad.

—¿Qué les diría a las personas que tienen miedo? —intervino Karin Magnusson, leyendo la pregunta en uno de sus papeles.

El secretario de prensa del ministro había insistido en incluirla. A Niklas le sorprendió un poco que la hubieran aceptado.

—El miedo es una emoción, y no es fácil dominar las emociones —contestó—. Pero es importante recordar que Suecia es uno de los países más seguros del mundo. Piensen en Irán, Rusia, China, Egipto, Turquía, Afganistán, Qatar... En esos países hay razones objetivas para sentir miedo. Pero ¿aquí? Este país es increíblemente seguro. A menos que uno participe en actividades delictivas, el riesgo de ser víctima de un crimen violento es mínimo.

Los presentadores asintieron con expresión grave.

—Incluso en Öland —añadió Niklas, en un intento de aligerar el tono de la conversación.

Levantó la taza de la mesa para beber un poco más y notó algo áspero bajo el pulgar. También lo había sentido la vez anterior, pero no le había prestado atención. Bajó la vista y vio un trozo de cinta adhesiva verde en el asa de la taza. Era el tipo de cinta que utilizaba el personal del estudio. Lo más probable era que uno de los técnicos hubiera escrito su nombre en un trozo de cinta y lo hubiera pegado a la taza, para no confundirla con la de otra persona.

—Pero, desde una perspectiva más personal —prosiguió Alexander Letic—, ¿cuánto tiempo tiene que pasar para dejar de mirar hacia atrás con desconfianza, después de un suceso como el que usted vivió?

Niklas se sorprendió un poco. La pregunta no figuraba en el guion aprobado para la entrevista. No le gustaba hablar de sí mismo, porque siempre existía el riesgo de que lo criticaran por mezclar su vida privada con la política. Su departamento de prensa debería hablar al respecto con la producción del programa. Aun así, sonrió y miró al presentador, para discernir si le había hecho la pregunta por simple curiosidad o para obligarlo a hablar de temas más delicados. Volvió a bajar la vista hacia la taza y desplazó el pulgar. Tenía razón, había algo escrito en la cinta. Pero no era su nombre.

Era el número ocho.

Representado como un recipiente lleno hasta la mitad.

El símbolo que había visto en la tarjeta de visita.

Y, a continuación, el número once.

Le quedaban once días.

Alguien en el estudio se lo había puesto en la taza, pese a la estrecha vigilancia de Tor. Pese a todos los guardaespaldas.

El pánico se apoderó de una vez de todo su cuerpo. Lo sentía en los brazos y en las piernas. Habría querido salir corriendo, pero se obligó a permanecer sentado. ¡Estaba en medio de una emisión en directo! Se quedó mirando la taza hasta que se calmó. Solo entonces levantó la vista.

Tor parecía haber notado su cambio de expresión. Niklas observó que estaba hablando al oído de la realizadora, que enseguida comenzó a agitar los brazos para que los presentadores interrumpieran la entrevista.

—¿Todavía le afecta recordar ese momento? —preguntó Alexander Letic, sin reparar en los gestos de la realizadora.

Era evidente que atribuía la reacción del ministro a la pregunta que acababa de formularle.

—A veces —contestó Niklas. Después se aclaró la garganta—. Respecto al tiempo que tarda uno en dejar de mirar hacia atrás, le diré la verdad: nunca.

De pronto hubo un revuelo de actividad febril detrás de las cámaras, mientras los guardias de seguridad tomaban posiciones en todas las salidas. Pero Niklas sabía que era inútil. Quien venía a por él ya no estaba en el estudio. Aún no había llegado el momento.

Pero el mensaje había quedado claro. Daba igual lo que hiciera y cuántos guardaespaldas contratara. Cuando le llegara la hora, no habría medidas de seguridad que valieran. No podría salvarse.

Christer estaba teniendo más éxito que de costumbre en su determinación de ignorar los villancicos que sonaban en la oficina. Lo que había en la periferia, en algún rincón oculto de su memoria, ocupaba cada vez más espacio de sus horas de vigilia. Había estado investigando a otras personas desaparecidas, por si encontraba alguna similitud con el caso de Jon Langseth, pese a los pocos datos de que disponía. Pero había revisado todas las denuncias de desaparición y no había encontrado nada, más allá de páginas y páginas de rostros que parecían haber sido borrados de la faz de la tierra.

Algunas desapariciones resultaban más sencillas de explicar que otras. Olga, que padecía demencia senil, se había alejado un día de la residencia de ancianos donde vivía y nadie había vuelto a tener noticias suyas. Jorge, con un largo historial delictivo y pertenencia documentada a una banda criminal, se había esfumado después de «quedar con unos colegas», según la declaración de su pareja. Elva, de diecinueve años, no había vuelto a ser vista tras ser dada de alta por tercera vez del centro psiquiátrico donde había ingresado después de otros tantos intentos de suicidio. En todos esos casos, era relativamente fácil formular una explicación verosímil para lo ocurrido.

A veces Christer se deprimía cuando pasaba demasiado

tiempo mirando los rostros de los desconocidos que desfilaban por la pantalla. Pero, al menos, los que ahora tenía delante eran personas cuya desaparición había sido denunciada. Alguien había notado su ausencia.

Lo peor de todo era cuando nadie se daba cuenta de la desaparición. Había personas que pasaban meses enteros muertas, tiradas en el suelo de un apartamento, y solo las descubrían porque habían dejado de pagar el alquiler. En su caso, solo sus colegas le habrían evitado un destino similar. Solo ellos lo habrían echado de menos. Pero eso era antes.

Ahora todo era diferente, porque tenía a Lasse. Tenía miedo de echar a perder la nueva oportunidad que le había concedido la vida. Mucho más que miedo, porque ahora era feliz.

Quizá por eso no conseguía entender la pequeña incomodidad periférica que no lo dejaba tranquilo. Había algo que él sabía y que estaba allí, en alguna parte. ¿Sería que era demasiado feliz para hacer bien su trabajo? ¿O sería tal vez un principio de alzhéimer?

Siguió recorriendo el archivo de denuncias, cara tras cara, destino tras destino. En algún lugar del registro tenía que haber algo relacionado con el caso de Jon Langseth. Estaba convencido.

—¿Cómo va todo?

Christer se sobresaltó ante una voz que le pareció salida de la nada. No había oído que nadie se acercara, aunque también era cierto que la melodía de *Blanca Navidad* ahogaba cualquier otro ruido de la oficina.

—Bien. O, mejor dicho, mal. Estoy seguro de que hay algo en el archivo, algo que ya he visto, pero no consigo encontrarlo.

—Te has enterado de lo que ha descubierto Ruben, ¿verdad? ¿Lo de que Peter Kronlund es hijo de Dragan Manojlovic?

Christer asintió.

—Sí, salta a la vista que la memoria de Ruben es bastante

mejor que la mía. Todo un bombazo de conexión. Me han dicho que Julia se puso como loca cuando se enteró. Pero nada de eso me ayuda con mi pérdida de memoria. Es cosa de la edad, ya sabes. Es como si mi cerebro fuera un colador.

Se rascó la cabeza e hizo rodar la silla hacia atrás, apartándose de la mesa contrariado.

—¿Has pensado en pedirle ayuda a Vincent? —preguntó Mina con cautela.

—¿A Vincent? —Christer soltó una risita—. ¿Cómo podría ayudarme Vincent? ¿Con algún truco? ¿Haciendo abracadabra hasta que me vuelva la memoria?

—A mí me ayudó a recordar algo importante. Gracias a que me hipnotizó, pudimos encontrar el búnker en la granja de John Wennhagen.

Mina echó una mirada a la otra silla que había junto a la mesa y pareció considerar durante un instante la posibilidad de sentarse, pero se quedó de pie. Christer comprendió su reticencia. El tapizado había conocido días mejores.

—Ni en sus putos sueños va a hipnotizarme. Para empezar, eso de la hipnosis es charlatanería. Todo el mundo sabe que no es real. Además, si Vincent me hipnotizara, seguro que aprovecharía la oportunidad para hacerme alguna canallada, como obligarme a saltar a la pata coja o hacerme graznar como un pato.

—Entonces ¿no es real, pero te obligaría a graznar como un pato?

Mina arqueó las cejas, divertida, y Christer la fulminó con la mirada. Después hizo rodar la silla de vuelta hacia la mesa y se inclinó sobre la pantalla, para poner punto final a la conversación.

—Todo eso no son más que tonterías —masculló, de espaldas a Mina—, y yo no tengo tiempo para tonterías.

—Sea como sea, Vincent estará aquí dentro de una hora —replicó Mina—. Piénsatelo.

Christer no oyó sus pasos al alejarse, pero supuso que se habría marchado. Necesitaba tranquilidad, porque tenía trabajo que hacer.

Vincent llegó tarde. Sabía que Mina lo estaba esperando en la puerta de la jefatura y casi podía ver su expresión de impaciencia. Después de aparcar el coche, había entrado en un bar para comprar un café, pero mientras estaba dentro del local, la nevada había arreciado hasta convertirse en una ventisca que nadie en su sano juicio se habría atrevido a desafiar.

Había esperado un rato a cubierto, pero como la tormenta no daba señales de amainar, agachó la cabeza, se tapó la nariz con la bufanda y salió a la calle.

Cuando llegó a la jefatura, estaba blanco como un muñeco de nieve, a pesar de no haber recorrido más que una manzana. En el vestíbulo, salió a recibirlo Mina, que como él imaginaba, lo estaba esperando enfurruñada y con los brazos cruzados. No le había dicho para qué quería verlo.

Vincent no podía apartar la idea de que quizá la estaba poniendo en peligro con su presencia. Si así fuera, jamás se lo perdonaría. Pero no sabía cómo evitar que la Sombra la involucrara también a ella.

—He comprado café por el camino —dijo en tono de disculpa—, pero supongo que a estas alturas ya estará helado.

Contrariado, tiró el maltrecho vaso en una papelera.

—¿Por qué no te has puesto un gorro? —preguntó Mina, suspirando—. Tienes todo el pelo blanco.

Vincent sacudió la cabeza y los copos de nieve se arremolinaron a su alrededor.

—Porque ya soy mayor y no me da la gana.

—¿No será porque eres muy presumido? Por cierto, el café de nuestra máquina no es tan malo como lo recuerdas.

Vincent se quitó la bufanda, se desabotonó el abrigo y lo sacudió. Más nieve cayó en el suelo del vestíbulo.

—Esta nevada podría dejarnos aislados en la jefatura —dijo—. Por suerte, todavía faltan unos días para la Nochebuena. Podremos salir a tiempo.

—No te hagas ilusiones —respondió Mina, mientras sacaba su tarjeta para pasar la barrera de seguridad.

—Te haré valorar la Navidad aunque sea lo último que haga en mi vida —replicó él.

Echaron a andar por el conocido pasillo que conducía a las salas de interrogatorios. Vincent observó que la cabellera de Mina volvía a estar tan larga como cuando se habían conocido. Se la había recogido en una apretada coleta que acentuaba sus rasgos. ¡Dios mío! Habían pasado casi tres años y a él le parecía que hubiera sido ayer.

—Podríamos empezar con unas películas de temática navideña —prosiguió—. ¿Qué me dices de una maratón de *Solo en casa*, *Krampus* e *Historias de Navidad*?

Mina se detuvo y se giró para mirarlo.

—Por un lado, estás aquí por un asunto de trabajo —dijo—. Céntrate en eso. Y por otro, ¿de verdad son esas tus películas navideñas favoritas?

—Me ha parecido que proponerte ver los *Gremlins* habría sido excesivo —replicó él con una sonrisa sesgada.

—Centrémonos en el trabajo, como te he dicho.

—De acuerdo —respondió Vincent—. No más Navidad, al menos de momento. Cuéntame por qué me has llamado.

Echaron a andar otra vez por el pasillo.

—Porque vamos a tomarle las primeras declaraciones a Gustaf Brons —respondió Mina—. El jefe máximo está convencido de que es el asesino de Jon Langseth.

Vincent se volvió hacia ella justo cuando un rayo de sol invernal le iluminó el rostro a través de la ventana. A veces, cuando la veía desde ciertos ángulos, se le cortaba la respiración. Le daba vergüenza ser tan superficial, pero habría podido pasarse la vida entera mirándola. O escuchándola. La voz de Mina tenía a la vez una aspereza y una plenitud que lo fascinaban. No era como ninguna otra que hubiese oído. O tal vez nunca había prestado suficiente atención a otras voces.

—Qué bien... que haya aceptado venir tan rápido —dijo Vincent, intentando reanudar la conversación antes de que ella notara que la estaba mirando—. Sobre todo si de verdad es el culpable.

—Sí, para ser un posible asesino, está asombrosamente dispuesto a colaborar —respondió ella—. Por desgracia, no podemos decir lo mismo de su abogado.

—Cuando has dicho «vamos a tomarle las primeras declaraciones», ¿te referías a nosotros dos? ¿A ti y a mí? —preguntó él.

Mina hizo un gesto afirmativo, con expresión sombría. Era evidente que Gustaf no le caía bien.

Vincent sintió un repentino estremecimiento. En la calle hacía un frío de muerte, pero dentro de la jefatura tampoco se estaba mucho mejor. Casi podía ver su propio aliento cuando hablaba. Sin embargo, Mina no parecía molesta, aunque solo llevaba puesto un polo de manga corta. Cuando había dicho que le gustaba el frío, no era ninguna broma.

—¿Por qué tengo la sensación de que no compartes la opinión del padre de Julia? —le preguntó Vincent, y ella dejó escapar un suspiro.

—El socio de Jon es un cabrón de mierda, capaz de quitar de en medio a cualquier persona que le moleste —respondió—. Además, tenía miedo de que Jon, según sus propias palabras, «se cagara» e hiciera declaraciones a la prensa cuando empezaron a soplar vientos negativos para su fondo de inversiones. Pero Gustaf Brons es el tipo de cabrón que se queda con los ahorros de los pensionistas, no el que pone a hervir un cadáver para separar la carne de los huesos, ¿entiendes lo que quiero decir? Por supuesto, es posible que lo de limpiar el esqueleto no fuera idea suya, pero me cuesta creer que un asesino a sueldo se esforzara tanto por iniciativa propia, sin que le hubieran pagado para hacerlo. ¿De qué te ríes?

Vincent se mordió el labio. Mina acababa de llamar a alguien «cabrón de mierda» y lo había repetido. Era la primera vez que la oía hablar así. Normalmente no utilizaba ese tipo de lenguaje. Fuera quien fuera ese Gustaf Brons, Vincent se alegraba de no estar en su lugar.

—¿Y qué quieres que haga yo? —quiso saber—. Supongo que el tal Gustaf dirá que es inocente y deduzco que tú piensas lo mismo.

Mina soltó una risita amarga. Cuando llegaron a la puerta marcada con el número tres, apoyó la mano en el picaporte.

—Estoy segura de que Gustaf es culpable de muchas cosas —respondió, volviéndose para mirar a Vincent a los ojos—, y puede ser que el asesinato sea una de ellas, independientemente de las circunstancias del hallazgo. Ya te he dicho que el jefe está convencido de que así es. Pero Gustaf Brons ha contratado al abogado más caro de Europa y no quiero perder más tiempo del necesario con él.

—Entonces ¿yo soy el atajo que has encontrado para no perder el tiempo?

—Así es. Eres mi atajo. Me ayudarás a interpretar su comportamiento.

Abrió la puerta y entraron.

Dos hombres impecablemente vestidos los esperaban en la pequeña sala. Vincent se sintió de pronto como un vagabundo con su traje de Oscar Jacobson, que tampoco era barato. Dejó su abrigo lleno de nieve sobre una silla, delante de la puerta, y se volvió hacia los dos individuos, que parecían competir por ver cuál de los dos presentaba un aspecto más cuidado. Vincent esperaba que al menos uno de ellos tuviera ojeras, como pista para descubrir cuál era Gustaf. Pero, por lo visto, las cremas faciales caras hacían maravillas.

—¿Quién es este tipo? —le preguntó uno de ellos a Mina—. Ya hemos dado muestras de suficiente generosidad al aceptar venir, pero no hemos aprobado la presencia de ningún oyente.

Tenía que ser el abogado. Ni siquiera se había dignado a mirar en su dirección. Mina le había contado que Gustaf, a diferencia de Peter Kronlund, se había salvado de pasar unos días detenido, y ahora Vincent comprendía por qué. Ese abogado habría sido capaz de evitarle la cárcel al mismísimo asesino de Olof Palme aunque hubiera confesado. No iba a ser fácil.

—Es Vincent. Trabaja con nosotros —dijo Mina brevemente.

—Está bien —intervino Gustaf, haciendo un gesto de desdén con la mano—. Lo conozco. Es un mago de feria. Todo lo que pueda retrasar el trabajo de la policía me parece bien.

Vincent le echó un vistazo a Mina. Tras lo que acababa de oír, no estaba seguro de si era un atajo o más bien un obstáculo para ella.

Gustaf miró a Mina de arriba abajo, detenidamente y con una sonrisa apreciativa. Sin prestarle atención, Mina se sentó a la mesa, frente a él.

El mentalista cogió una silla y se sentó un poco más lejos, junto a la pared, para observar mejor a Gustaf y al abogado.

—Gracias por venir —empezó Mina, mirando a Gustaf—. Como no quiero hacerles perder el tiempo, les propongo ir directamente al grano. ¿Qué papel desempeñaba Jon Langseth dentro de Confido?

—¿Jon? —repitió Gustaf, sorprendido de que la pregunta no se refiriera a él—. Bueno, era la cara pública de la empresa, el que vendía nuestro producto. Pero eso ya lo deben de saber, ¿no?

Mina asintió.

—Sí, ya lo sabemos —contestó—. Lo que me interesa es averiguar hasta qué punto Jon estaba al tanto de todo el funcionamiento de su... negocio.

El abogado se aclaró ruidosamente la garganta y golpeó la mesa con la palma de la mano.

—Lo que pregunta pertenece al secreto comercial y no es algo que mi cliente deba responder.

Mina apoyó los codos sobre la mesa y la barbilla sobre las manos, sin apartar la vista de Gustaf.

—¿Ni siquiera si la respuesta puede librar a su cliente del cargo de asesinato?

El empresario se sobresaltó visiblemente y, durante un instante fugaz, se le curvaron hacia abajo las comisuras de los labios.

Mina le hizo un gesto para animarlo a hablar.

El abogado pareció a punto de interrumpirlo otra vez, pero Gustaf se lo impidió con un ademán.

—Bueno, Confido fue idea de todos —dijo, echándose hacia atrás y abriendo las piernas en actitud dominante.

Se lo veía encantado de poder hablar por fin de sí mismo.

—Todos participábamos por igual en la sociedad, pero Jon

era siempre el más timorato, el que siempre se negaba a correr riesgos. Por eso Peter y yo lo manteníamos al margen de algunas decisiones sobre asuntos que sabíamos que no manejaría bien, porque se pondría demasiado nervioso.

—¿O quizá temían que Jon se fuera de la lengua? —intervino Mina, que no parecía afectada por el despliegue de virilidad de su interrogado.

—Temíamos que compartiera información susceptible de perjudicar a la empresa —reconoció él—. Por ejemplo, con la prensa.

—Entiendo —repuso Mina—. Entonces ¿cuál fue su reacción cuando desapareció?

Gustaf levantó las cejas sin darse cuenta, imprimiéndoles una ligera inclinación, en una expresión de tristeza sutil, pero innegable. Era evidente que el recuerdo lo conmovía, aunque intentara fingir lo contrario. De repente, Mina le sonrió amablemente y Gustaf le devolvió la sonrisa sin pensarlo. Después se acercó unos centímetros a ella, en señal de intimidad.

Vincent tuvo que taparse la boca con una mano para ocultar la enorme sonrisa que se le había dibujado en la cara. Los hombres como Gustaf se consideraban un regalo de Dios para las mujeres y ni siquiera concebían que pudieran manipularlos. Cuando Mina reaccionó con absoluta indiferencia ante la primitiva exhibición de su entrepierna —algo a lo que probablemente no estaba acostumbrado—, Gustaf empezó a buscar de manera inconsciente su aprobación. Por eso, al ver que Mina le sonreía, mordió de inmediato el anzuelo y modificó su conducta para seguir recibiendo más refuerzos positivos. Vincent estaba impresionado. Por otro lado, ya sabía que Mina era la persona más inteligente que conocía.

—Desde el punto de vista de la empresa, fue un alivio que Jon desapareciera —declaró Gustaf, en un tono mucho más dócil que antes—. Pero no fue fácil para Josephine, la mujer de Jon. Por cierto, ¿este hombre va a quedarse simplemente ahí sentado?

Gustaf señaló con la cabeza a Vincent, y su abogado volvió a carraspear.

—Lo que quiere decir mi cliente —dijo el letrado, midiendo con cuidado las palabras— es que la desaparición de su amigo le causó una profunda preocupación en el plano personal, pero facilitó las comunicaciones de la empresa.

—Entonces ¿usted no tiene nada que ver con la desaparición de Jon? —preguntó Mina, acercándose a Gustaf unos centímetros más.

—Por supuesto que no. Soy un hombre de negocios, no un criminal.

—Si es así, ¿cómo es que ha estado recibiendo grandes sumas de dinero de Dragan Manojlovic?

Mina dejó que la pregunta quedara flotando en el silencio de la sala.

—No sé de qué me habla —repuso Gustaf al cabo de un momento. De repente, sus ojos se habían vuelto fríos como el hielo.

—¿Adónde quiere llegar con eso? —intervino el abogado, fulminando a Mina con la mirada.

Sin embargo, durante un breve instante, pareció inseguro.

—No es necesario que dediquen tiempo y energía a negarlo —replicó Mina—. Tenemos documentada hasta la última corona de cada pago. Usted ha recibido dinero de Dragan Manojlovic y todos sabemos quién es Dragan, además de ser el padre de Peter Kronlund. Por eso me gustaría saber qué tenía que ver Manojlovic con Confido. ¿O se trataba de una relación personal entre usted y él?

Gustaf parpadeó. Por fin una reacción. Mina había lanzado el ataque y, en opinión de Vincent, lo mejor era que continuara, para ver hasta dónde podía llegar.

—¿Lo mataron Peter y usted? —prosiguió ella—. Peter, por lealtad familiar, y usted, por dinero, ¿no es así? Casi un millón de coronas. No ponga esa cara de asombro. Sabemos que recibió esa cantidad de Dragan, una suma bastante razonable para un asesinato por encargo.

Siguió mirando a Gustaf, que parecía haber recuperado la calma, fuera lo que fuese lo que lo había descolocado unos segundos antes. El abogado se inclinó hacia delante y le dijo algo al oído a su cliente.

Gustaf asintió.

—*Coffee housing* —comentó, encogiéndose de hombros.

Sin responder, el abogado alargó la mano, cogió su maletín y le hizo un gesto a Gustaf.

—Hemos venido para demostrar la inocencia y la buena voluntad de mi cliente —dijo el letrado, levantándose bruscamente—, no para que se le acuse. No tenemos nada más que hacer aquí. Y vamos a presentar una demanda por calumnias.

—Espera un momento —intervino Gustaf con una sonrisita irónica—. No tengo prisa. Antes de irme, tengo curiosidad por saber qué dice el mago. —Se volvió hacia Vincent—. Supongo que le han llamado para analizarme. ¿Qué opina? ¿Soy culpable de lo que ella ha dicho? ¿De asesinato por encargo?

Vincent se lo quedó mirando un instante y después se levantó y fue muy despacio hacia él.

—En este momento solo puedo decir una cosa —anunció.

Se inclinó hacia Gustaf y le susurró algo al oído, de tal manera que los demás no pudieran oírlo. Cuando volvió a incorporarse, vio que el empresario había palidecido y tenía los ojos brillantes, como si estuviera haciendo un gran esfuerzo para no llorar.

Gustaf Brons se levantó precipitadamente de la silla, saludó a Mina con una breve inclinación de la cabeza y salió al pasillo sin mirar a Vincent ni a su abogado, que se marchó corriendo detrás de su cliente, sin salir de su asombro.

—¿Y bien? —preguntó Mina, cuando la puerta se hubo cerrado tras ellos—. ¿Qué opinas?

Vincent se apoyó en el borde de la mesa y reflexionó un momento. Había mucho que analizar en la conducta de Gustaf, pero no era fácil distinguir entre los posibles mecanismos de defensa y su forma natural de comportarse.

—Es posible que Gustaf tenga algo que ver con la desaparición de Jon —dijo por fin—. Su expresión facial era de tristeza cuando lo has mencionado.

—¿Tristeza?

—Sí, pero la expresión de tristeza es exactamente igual a la de culpa. Y su estrategia inicial de intentar descolocarnos, tratando de ofenderme a mí y mirándote a ti de manera descaradamente machista, para después tratar de controlar tanto la situación como la relación contigo, me ha parecido una sobrecompensación. Por eso me inclino por la culpa. Estoy seguro de que es culpable de algo. La pregunta es de qué. Ha conseguido aparentar indiferencia cuando has mencionado los pagos de Dragan. Sin embargo, al parpadear, ha mantenido los ojos cerrados una fracción de segundo más de lo normal, como si quisiera encerrarse en sí mismo y dejarte a ti fuera con tu pregunta. Eso significa que has tocado un punto sensible. Creo que tú también lo has notado. Y, hablando de lenguaje corporal, has hecho un excelente trabajo al lograr que se abriera de esa forma. La táctica de fingir indiferencia al principio para luego reflejar sus movimientos como un espejo ha funcionado de maravilla.

Mina se echó a reír, y su risa áspera y grave le hizo sentir a Vincent una profunda calidez.

—Después de todos estos años contigo, supongo que me he

vuelto tan friki como tú —replicó ella—. Pero, entonces, ¿estás de acuerdo con el jefe de policía? ¿Deberíamos detener a Gustaf? Me gustaría hacerle más preguntas sobre Dragan, Confido y los pagos, pero no podré hacerlo mientras mi capacidad para interrogarlo dependa de su buena voluntad.

Vincent meneó la cabeza.

—No me corresponde a mí decidirlo. Estoy seguro de que está implicado de alguna manera, pero eso no significa que haya matado a Jon, ni que haya ordenado su muerte. En cuanto al *mos teutonicus*... Puede haberlo hecho cualquier otro, incluso alguien que tan solo se hubiera encontrado el cuerpo. No lo sabemos. Es posible que en realidad estéis buscando a varias personas. ¿Has notado que Gustaf se ha interrumpido cuando ha empezado a hablar de Josephine Langseth? Yo en tu lugar volvería a interrogarla. Puede que ella sepa a qué se debe su sentimiento de culpa.

Mina asintió, pensativa. La coleta se agitó levemente con el movimiento de la cabeza y Vincent sintió una fuerte necesidad de acariciarle el pelo. Por si acaso, inmovilizó las manos entre los muslos y la silla.

—Bien —dijo ella—. Es bueno saberlo. Se lo diremos a los demás. Por cierto, ¿qué le has susurrado al oído? Parecía a punto de echarse a llorar.

—Un farol —respondió Vincent—. Pero nadie se pone como él sin una causa, a menos que sea un psicópata, por supuesto, y él no lo parece. Le he dicho que ya está bien, que no es el único que ha sido víctima de acoso escolar y que ya se ha vengado hace tiempo de sus acosadores. Y que probablemente han recibido su merecido.

Mina se lo quedó mirando con una expresión que por una vez no pudo descifrar.

—¿Tienes prisa por irte? —le dijo después—. Si tienes tiempo, creo que podrías ayudar a Christer en una cosa.

¿Prisa? ¿Por irse de su lado? Nunca. Siempre tenía prisa para llegar, nunca para irse.

—Con mucho gusto ayudaré a Christer —respondió—. Pero Gustaf y su abogado no podrán salir solos de aquí, ¿no? Tendrás que acompañarlos para que pasen la barrera de seguridad, ¿no es así?

—Sí, probablemente se darán cuenta muy pronto. Los esperaremos aquí hasta que vuelvan.

Vincent estalló en carcajadas.

No le importaba esperar un rato más con Mina.

Nervioso, Christer tamborileaba con los dedos sobre la mesa. Había reservado una de las salas de reuniones más pequeñas para tener algo de intimidad, pero se sentía como si hubiera acudido a la consulta de un psicólogo. ¡Qué maldita tontería esto de la hipnosis! No le gustaba nada. Además, estaba seguro de que con él no funcionaría. Él no era como Mina.

Levantó la vista al techo y notó que uno de los fluorescentes se había fundido. La sala resultaba en general muy poco inspiradora, con sus espantosas cortinas de color beis. Alguien debería decirle al diseñador de interiores de la policía que no había nada malo en poner una pequeña nota de color. Sonrió para sus adentros. Jamás se le habría ocurrido esa idea seis meses atrás, antes de volverse a encontrar con Lasse.

Sus pensamientos se vieron interrumpidos cuando se abrió la puerta y entró Vincent, seguido de Mina.

—Bueno, Christer, ¿de modo que hay algo que quieres recordar? —preguntó el mentalista, mientras se sentaba en una silla frente a él.

Mina permaneció de pie.

—¿No te importa que me quede? —dijo.

Christer se encogió de hombros.

—Haz lo que te parezca —replicó—. En cualquier caso, no va a funcionar. Yo no soy tan... receptivo como tú, Mina.

—¿Receptivo en qué sentido? —preguntó Vincent, inclinándose hacia él.

—No sé —respondió Christer, cruzándose de brazos. La silla arañó un poco el suelo cuando se echó hacia atrás—. A la hipnosis —añadió—. ¿No es eso lo que vas a hacer? ¿Hipnotizarme?

—Si no quieres, no —contestó Vincent—. Podemos hablar un poco, nada más, ¿te parece bien?

Christer asintió. Estaba dispuesto a cualquier cosa, menos a que lo hipnotizaran.

—Para recuperar un recuerdo, conviene utilizar la imaginación —dijo Vincent—. Y sé que la tuya es muy buena. Ahora quiero que apoyes la mano derecha sobre el muslo y que imagines que la mano forma parte de la pierna. Es como si estuviera pegada al muslo, como si todo fuera una misma cosa, como si se hubiera fusionado con la pierna. Deja que tu mente lo sienta.

Christer frunció el ceño, pero siguió las instrucciones del mentalista. Era un ejercicio muy raro, pero ¿por qué no? Para su sorpresa, descubrió que era perfectamente capaz de imaginar cómo sería tener la mano pegada a la pierna.

—Me gustaría saber —prosiguió Vincent— si lo que está pegado son los dedos o la palma de la mano.

Christer trató de sentirlo. La palma le pesaba extraordinariamente sobre la pierna, como si fuera imposible despegarla. Pero aún podía mover los dedos.

—La palma —respondió—. ¿Por qué...?

—Perfecto. Ahora puedes empezar a concentrarte en los dedos y en el tiempo que tardan en volverse tan pesados como la palma. Y los segundos comienzan a contar... ahora. Cuando sientas que se te han pegado al muslo tanto como la palma de la mano, avísame.

Christer notó con sorpresa que cuanta más atención prestaba a sus propios dedos, más se le pegaban a la pierna. No entendía muy bien lo que estaba sucediendo, pero le resultaba bastante placentero. Asintió.

—Creo que... Creo que la mano se ha pegado del todo —dijo—, pero no entiendo...

—Es igual —replicó Vincent—. ¿Sientes que estás hipnotizado?

Christer negó con la cabeza. Por supuesto que no. Era plenamente consciente de todo lo que ocurría. Sentía la silla sobre la que estaba sentado y las cortinas le seguían pareciendo igual de horribles. Además, no hacía ni cinco minutos que Vincent había llegado, y él sabía que se necesitaba mucho más tiempo para hipnotizar a una persona. Lo había visto en televisión.

—¿Es esto lo que hicisteis? —preguntó, echándole una mirada a Mina.

—No del todo —respondió ella con una leve sonrisa.

—¿Qué pasa si intentas levantar la mano? —intervino Vincent—. ¿Puedes?

Christer lo intentó, pero no lo consiguió. Volvió a fruncir el ceño. Tenía la mano realmente pegada al muslo y no la podía separar de la pierna, por mucho que lo intentara.

—Pero ¿qué demonios...?

—No te preocupes —lo tranquilizó Vincent, inclinándose para apoyarle los dedos sobre la mano—. Es solo una señal de que vas a recordar, nada más. Ahora presta atención a la sensación de pesadez que tienes en la mano y observa cómo te sube por el brazo, el cuello, la cabeza... Cuando la sientas en la mente, podrás cerrar los ojos y relajarte todavía más.

Christer no solo sentía pesadez, sino también cansancio. Respiró hondo y notó que todo se había vuelto oscuro. En algún momento debía de haber cerrado los ojos. Pero al menos Vincent no lo había hipnotizado. Mientras no lo hiciera, todo estaría bien.

—Delante de ti tienes tres puertas que dan a tres habitaciones diferentes —dijo el mentalista—. En la primera verás el metro de Estocolmo. Los túneles siguen recorridos sinuosos y desaparecen. Esconden algo. Un secreto. En la segunda encontrarás el esqueleto de Jon Langseth. Ha sido desmontado y ahora es solo una pila de huesos. Puede que también haya un montón de grava.

Christer veía claramente las tres puertas, pero al mismo tiempo sabía que no las estaba viendo. Parte de su cerebro le decía que no eran reales, pero aun así las tres puertas estaban ahí.

—En la tercera hay algo que solo tú conoces, pero que actualmente se te escapa —prosiguió Vincent—. Las tres habitaciones están conectadas. Entra en las dos primeras, en el orden que quieras, y permanece en su interior el tiempo que te haga falta para encontrar la manera de llegar a la tercera. Y, mientras tanto, dinos lo que ves.

Christer alargó imaginariamente la mano y abrió la segunda puerta, la que daba paso a la habitación de Jon. Miró a su alrededor. Allí estaban los huesos. De inmediato, comprendió algo. Lo que estaba buscando no guardaba relación con Jon Langseth como persona, sino con sus huesos. Por alguna razón, los huesos tenían... más importancia.

Cogió un fémur de la pila y notó que caía grava sobre sus pies, aunque al mismo tiempo sabía que estaba sentado en una silla, en una sala de reuniones de la jefatura. Salió de esa habitación y entró en la primera, donde estaban los túneles.

—Ahora estoy en el metro —dijo—. He traído uno de los huesos de Jon. Pero hay algo que no cuadra.

—¿Qué quieres decir? —oyó que preguntaba la voz de Mina, desde muy lejos.

—No puedo explicarlo —respondió—. Pero el hueso que llevo... Sé lo que estoy buscando aquí dentro. Hay un lugar. Pero no debería estar tan cerca de los trenes.

Echó a andar a lo largo de las vías, tratando de adentrarse por los túneles.

—¿Dónde debería estar? —intervino Vincent.

—En un lugar más seguro —replicó él—, un lugar donde uno pueda vivir sin ser visto.

Siguió andando, hasta que los túneles se transformaron. Todo sucedió sin moverse de la silla. Fue una experiencia extraña, pero las vías desaparecieron y se encontró de pronto en otra red de túneles. Parecían las alcantarillas de la ciudad. Del techo colgaban bombillas que proyectaban una luz tenue y por el suelo había colchones desvencijados y trozos de cartón. Christer asintió. Ese lugar se parecía más a lo que buscaba.

—He encontrado el sitio —anunció—. Es aquí.

De repente, alguien tiró del fémur que llevaba en la mano.

—Es mío —dijo un hombre a sus espaldas.

Christer se volvió. El hombre estaba increíblemente sucio, tenía la barba larga y enmarañada y el pelo igual de largo y apelmazado. Llevaba en la cabeza un gorro que en otro tiempo había sido rojo, pero que al igual que la gruesa capa de jirones que era su ropa, se había vuelto gris como las paredes del túnel. Christer lo reconoció. No podía decir que lo conociera, pero sabía quién era. El hombre le sonrió con su boca sin dientes, le arrebató el fémur y echó a correr.

Entonces Christer comprendió lo que había en la tercera habitación. La solución al misterio.

Abrió la tercera puerta y lo sorprendió un estruendoso solo de guitarra. Un hombre joven sobre un gran escenario recibía las aclamaciones del público, sobre un fondo de impresionante pirotecnia. Christer contuvo la respiración.

—Mark Eric —dijo, abriendo los ojos.

De repente se sentía aturdido.

—Tranquilo —lo aconsejó Vincent—. Cierra los ojos y respira hondo varias veces antes de continuar.

Obedeciendo al mentalista, Christer volvió a cerrar los ojos, pero antes tuvo tiempo de ver la reacción de Mina.

Vincent empezó a contar hasta cinco y dijo algo que Christer no oyó del todo, algo referente al estado de ánimo sereno y reconfortado que tendría al despertar. Cuando llegó a cinco, Christer abrió automáticamente los ojos. Hacía tiempo que no se sentía tan despierto.

—Mark Eric —repitió con entusiasmo—. El artista que desapareció hace... ¿cuánto? ¿Dos años? Hace unos meses, encontraron a un vagabundo trastornado que llevaba puesta la chaqueta de Mark. Además, tenía unas bolsas de plástico con los restos del artista desaparecido. Huesos. La investigación llegó a la conclusión de que el hombre había matado a Mark y luego se lo había comido, por enfermiza que pudiera parecer la idea. Pero el hombre estaba totalmente enajenado y no fue posible sacarle nada útil en los interrogatorios. Lo mantuvieron aislado hasta que poco después murió.

—¿No recuerdas haberlo leído en la prensa? —le dijo Mina a Vincent—. Los periódicos no paraban de hablar del «caníbal» que había matado a la estrella del rock.

Vincent negó con la cabeza.

—Si sucedió después de que Jane y Kenneth intentaran matarnos a ti y a mí, no creo. Durante un tiempo evité leer o escuchar las noticias, sobre todo las relacionadas con sucesos policiales. —El mentalista pareció ruborizarse.

—Sea como sea —prosiguió Christer—, es posible que nos hayamos equivocado y que ese loco no haya matado ni se haya comido a Mark Eric. Después de todo, las únicas pruebas eran la chaqueta y los huesos guardados en las bolsas. Pero podría ser que simplemente los hubiera encontrado. ¿Y si el músico hubiera sido víctima del mismo asesino que Jon?

Mina se lo quedó mirando.

—Cuando llegues a casa, dile a Lasse que te dé un beso grande y apasionado, Christer —dijo—. Te lo mereces. Ahora tenemos que hablar con los allegados de Mark Eric.

Estaba sudando a mares. La noche anterior le había llevado mucho más tiempo de lo razonable envolver el regalo de Astrid. Aun así, su paquete parecía una catástrofe rodeada de un lazo, en comparación con los paquetes perfectos que había a su alrededor, bajo el árbol de Ellinor.

—Me alegro de que hayas podido venir —le dijo ella—. Astrid tenía muchas ganas de celebrar la Navidad contigo antes de irnos a la montaña.

Estaba sentada en el gran sofá, con una taza de té en la mano, vestida con un jersey de punto bastante holgado, que aun así le sentaba de maravilla. Astrid había encendido un montón de velas y su luz confería al salón un fulgor dorado casi irreal. De repente, a Ruben se le llenaron los ojos de lágrimas. Debía de ser el humo de las velas.

—Siento mucho que el arbolito sea tan poca cosa —se excusó Ellinor riendo—. Fuimos a comprarlo demasiado tarde y era el único que quedaba.

A decir verdad, no era muy grande y Ruben ni siquiera estaba seguro de que fuera un abeto. Tenía tantos adornos que las ramas prácticamente tocaban el suelo y le habían puesto tanto espumillón que no se distinguía el color original del árbol bajo la profusión de brillos.

En opinión de Ruben, era perfecto.

—¿Hay más té? —preguntó con voz insegura.

Ellinor asintió y se levantó del sofá para ir a la cocina.

Astrid se sentó en el suelo, dispuesta a terminarse en tiempo récord toda una bolsa de nubes de azúcar en forma de Papá Noel.

—Papá, ¿me dejas que abra hoy tu regalo? —preguntó, mientras se llevaba una nube de azúcar a la boca.

—Claro que sí —respondió Ruben—. Hoy es nuestra Nochebuena. Pero tendrás que darme un Papá Noel de esos, antes de que se acaben.

Astrid soltó un grito de alegría y dejó la bolsa de chucherías sobre el sofá, al lado de Ruben. Enseguida empezó a tirar del lazo del maltrecho paquete envuelto por su padre y logró retirar todo el envoltorio justo cuando su madre regresaba de la cocina. Ellinor le dio a Ruben la taza humeante de té, pero él apenas le prestó atención, porque estaba absorto en su hija.

Dentro del paquete grande, había otros dos más pequeños. Por eso le había costado tanto envolverlos.

—¡Vaya! —exclamó Ellinor—. ¡Regalo doble!

Ruben pensó que probablemente estaba sonriendo como un tonto.

En uno de los paquetes había un libro, idea de Sara. Su colega lo había acompañado a una librería, donde le había preguntado a una vendedora qué estaban leyendo en ese momento las niñas de trece años. Ruben intentó protestar, diciendo que Astrid solo tenía diez, pero Sara le contestó que esa era la gracia. Ruben ni siquiera había oído hablar del libro que le recomendó la vendedora, pero por la portada supo que trataba de un amor prohibido a distancia entre dos adolescentes. Pese a su escepticismo inicial, la reacción de Astrid al abrir el paquete lo convenció de que no había motivo para preocuparse.

—¡Gracias, gracias, gracias! —gritó la niña—. ¡Todo el mundo está hablando de este libro y de lo buenísimo que es!

Le brillaban los ojos mientras estudiaba la portada. Ruben ni siquiera se atrevía a mirar a Ellinor.

En el otro paquete había dos cilindros negros de madera, unidos por los extremos por una cadena. Un *nunchaku*. Este regalo había sido idea suya. Al principio, Astrid frunció el ceño, sin comprender qué era, pero enseguida se le iluminó el rostro.

—¡Como Bruce Lee! —dijo.

—¿Como quién? —preguntó Ellinor, desconcertada.

—Estas cosas no son para ti, mamá —respondió Astrid—. Y este libro tampoco —añadió, mientras lo deslizaba bajo el arrugado papel de regalo.

Ellinor le dio un codazo a Ruben y lo miró sonriendo. Entonces él pudo respirar. Por suerte, todo había salido bien.

—Yo también tengo un regalo para ti, papá —dijo Astrid con orgullo, levantándose del suelo—. Espera aquí.

Ruben se giró sorprendido hacia Ellinor.

—No me hago responsable —se disculpó su exmujer—. Lo ha elegido ella.

A los pocos segundos, Astrid regresó con un paquete grande y redondo. Ruben sintió que el papel crujía entre sus manos al recibirlo.

—¡Ábrelo, papá! —lo animó Astrid ansiosa, mientras volvía a sentarse frente a él.

Ruben despegó con cuidado la cinta adhesiva, para no desgarrar el papel. Después de todo, su hija había envuelto el paquete. Aun así, al final se vio obligado a romper el envoltorio. Dentro había un gorro enorme, el más grande que había visto en su vida. Era marrón y afelpado, con grandes orejeras y unas tiras para atarlo por debajo de la barbilla.

—Lo ha elegido Astrid —dijo Ellinor, echándose a reír—. Pero lo he pagado yo, con muchísimo gusto.

Ruben se puso solemnemente el gorro y se lo anudó con cuidado bajo la barbilla.

—Es perfecto —declaró, con total sinceridad.

—Podrás ponértelo en invierno, cuando tengas que trabajar —dijo Astrid—. Así no pasarás frío.

Ruben miró a su hija. Y por primera vez, después de todos esos meses, dejó de sentir la presencia del fantasma de Peder.

Vincent iba paseando con Mina cerca de la jefatura por el parque de Rålambshov, que ya empezaban a considerar un poco suyo. La primera vez que lo habían recorrido juntos, el invierno estaba acabando y Vincent recordaba que la nieve sucia del deshielo se les había pegado a las botas. Pero en esta ocasión todo el parque estaba cubierto por un grueso manto blanco. La nieve reflejaba la luz de las farolas que jalonaban los senderos, pero el resto del mundo estaba sumido en la oscuridad.

El cielo sobre sus cabezas estaba nublado, por lo que tampoco brillaban las estrellas. Era uno de los días más oscuros del año.

Vincent habría preferido ahorrarse el paseo por el parque, con tanto frío, pero a Mina parecían gustarle las bajas temperaturas y él solo quería complacerla. Además, la investigación policial le servía para distraerse de la amenaza de la Sombra. Si le daba demasiadas vueltas a su preocupación, temía que el cerebro le dejara de funcionar correctamente, y ahora más que nunca necesitaba estar en pleno uso de sus facultades.

—No puedo parar de pensar en Gustaf Brons y en los pagos recibidos —dijo Mina—. ¿Por qué le daría dinero Dragan Manojlovic?

—Como ya te he dicho, deberíais hablar con la mujer de Jon. Algo en la actitud de Gustaf durante el interrogatorio apuntaba a una relación personal con ella, pero no sé de qué tipo. Mis poderes mágicos de telepatía no llegan tan lejos. Tendréis que averiguarlo vosotros, los *muggles*.

—*Muggle* lo serás tú —murmuró Mina—. Y, cambiando de tema, ¿qué me dices del caníbal?

—A primera vista, no tiene nada que ver con Jon Langseth —contestó Vincent, repasando mentalmente lo dicho por Christer—. Los únicos elementos comunes son los huesos y el hecho de que los restos fueron hallados en una red de túneles subterráneos. Pero de momento no tenéis mucho más que investigar, a menos que la intuición del jefe de policía sobre Gustaf Brons sea correcta, por supuesto. Siento no poder darte una respuesta más útil, pero no me veo capaz de aportar nada más.

—¿Quieres decir que no hay ningún enigma complicado que resolver?

Vincent sonrió y los dos siguieron caminando un rato en silencio por la oscuridad del parque.

—Por cierto, tengo un regalo nuevo para ti —anunció el mentalista, deteniéndose para sacar del bolsillo un frasco pequeño. No le fue fácil cogerlo con los guantes puestos—. En lugar de la arcilla que te di la otra vez.

Le tendió el frasco de cristal. No lo había envuelto adrede, para que ella viera el contenido de color marrón oscuro. Solo le había pegado a la tapa una roseta hecha con cinta de regalo.

—¿Qué es? —preguntó ella, escéptica, girando el recipiente.

—Es umbra, o tierra de sombra, uno de los pigmentos más utilizados de la historia moderna. Es un tipo de tierra con un alto contenido en óxido de manganeso, de ahí su color tan particular. La más conocida procede de Chipre, pero también puede hallarse en ciertas zonas del Líbano, Siria y Turquía. Se han descubierto pinturas realizadas con este pigmento que datan del año doscientos antes de Cristo. Se llama «tierra de sombra» porque se utiliza precisamente para pintar las sombras. Pero me gusta más el nombre menos usado: «umbra», como la fase más oscura de los eclipses.

—Entonces ¿mi regalo es una clase de historia? —preguntó Mina.

—No, no, es un curso de pintura, en lugar de las clases de cerámica que había intentado regalarte. Así no tendrás que ensuciarte tanto las manos.

Mina lo miró y enseguida meneó la cabeza y se guardó el frasco en el bolsillo. Vincent no podía estar seguro, pero le pareció que al menos estaba un poco más contenta que con la arcilla.

Siguieron andando.

Aprovechando que Mina había mencionado los enigmas, Vincent se decidió a contarle algo que había olvidado decirle.

—A propósito de acertijos —empezó—, he recibido uno, enviado por una persona desconocida, un admirador, supongo. Reconozco su letra, porque ya me ha enviado otros puzles y enigmas, siempre divertidos y difíciles de resolver. Todavía conservo varios en la estantería de mi estudio. Pero este es diferente. Son cuatro relojes de arena dentro de un marco de madera. Todos miden distintos intervalos de tiempo. El problema es que no sé qué debo resolver. Solo tengo los relojes y una pista que me insta a «encontrar el cuarto». No sé ni por dónde comenzar. Nunca me había pasado. Está claro que ya no soy tan listo como antes. Empiezo a preocuparme.

No quiso decir que los relojes de arena y el mensaje también le resultaban ligeramente inquietantes.

Mina no parecía haberle estado prestando mucha atención. De repente, se volvió y lo miró desconcertada.

—¿Relojes de arena? ¿Qué tienen que ver con nada?

Vincent se encogió de hombros y siguieron caminando en silencio un rato más.

—Hablando de relojes de arena, te diré que en torno a 1966 Frithjof Schuon escribió algunas notas sobre su simbolismo —dijo por fin el mentalista—. La arena nos recuerda que el tiempo se acaba y que fluye en un solo sentido, nos guste o no. La arena en sí misma es estéril, implacable y, cuando se termina, cesa todo movimiento. Como pasa con la muerte. Además, un reloj de arena tiene dos «esferas», que podrían representar el plano divino y el terrenal, lo más alto y lo más bajo, el cielo y el infierno, el yin y el yang, el mundo visible y el invisible. Dos polos opuestos, de los cuales solo uno está a nuestro alcance: el inferior, hacia el cual se dirige todo movimiento. Una interpretación más positiva es, por supuesto, la cosmológica, según la cual la arena sería equivalente a todas las opciones posibles de que disponemos. Solo cuando las opciones se agotan, la arena deja de fluir. Y a mí me han enviado cuatro de esos relojes. Pero no sé por qué.

Volvió a guardar silencio. Sabía que estaba hablando más de la cuenta, aunque Mina no se lo hubiera dicho. Por eso se abstuvo de mencionar la paradoja del propio reloj de arena, el doloroso paso entre las dos esferas, que según el alemán Ernst Jünger es el lugar donde surge la iluminación humana. O la muy evidente conexión erótica, a la que se habían referido varios autores, entre ellos Yukio Mishima.

Miró de soslayo a Mina, que sacudió la cabeza.

—Cuando haga ese curso, te voy a pintar un reloj de arena con esa tierra de sombra que me has regalado —le dijo con una sonrisa, mientras lo cogía del brazo con una mano enguantada.

QUEDAN DIEZ DÍAS

—Esto ahora está desierto, pero ya verás cómo se pone en enero —comentó Sara divertida, pero Ruben solo pudo reaccionar con una mueca de dolor.

Se estaba entrenando en el gimnasio de la jefatura y esperaba que su colega no se fijara en el poco peso que desplazaba en la prensa de piernas. Tras la celebración navideña del día anterior con Astrid y Ellinor, el fantasma de Peder había vuelto y lo había embestido como un tren expreso en cuanto había llegado a su casa. La ansiedad lo había empujado al Spy Bar, donde se había quedado hasta la hora del cierre. Por eso ahora no tenía fuerzas.

—Estamos solos —replicó, secándose el sudor de la frente con la toalla—. ¿Cómo te está yendo la Navidad?

Se sentó de tal manera que las pesas quedaran ocultas detrás de su espalda.

—Tengo a los niños —respondió ella, radiante de felicidad.

—¿Los tienes una semana tú y una semana tu ex? —le preguntó Ruben, notando de repente que quería saberlo todo acerca de la colega de la NOA.

—Por suerte, no. Su padre vive en Estados Unidos y, tras mil vueltas por los tribunales, he conseguido la custodia exclusiva, pero con ciertos requisitos sobre visitas y demás. Los niños pasan con su padre una Navidad de cada tres y veranos alternos.

Tenemos un calendario de vacaciones un poco complicado, pero funciona. Desde que tiene pareja nueva, con la que al parecer tendrá un bebé en marzo, está mucho más calmado. Pero detesto pasar las Navidades sola, y me alegro mucho de que esta vez los niños estén conmigo.

Cuando se sentó en el banco de abdominales, Ruben intentó no mirarle el escote, ni las curvas claramente marcadas bajo la ceñida camiseta de tirantes, con la palabra *Stronger* escrita en el pecho.

—Yo celebré la Navidad ayer, por adelantado, con Astrid y Ellinor —dijo—. Lo pasamos muy bien. Por cierto, gracias por ayudarme con el regalo de mi hija. Le encantó el libro. Fue fantástico abrir los regalos con ella, y creo que a Astrid también le gustó que yo estuviera.

—¡Claro que sí! —exclamó Sara sonriendo.

Su sonrisa iluminó toda la triste sala del gimnasio y Ruben se sintió incómodo. No quería que una sonrisa lo conmoviera. Lo suyo eran las tetas y los culos, no una cara preciosa con hoyuelos en las mejillas, aunque fuera suficiente para derretirle el bloque de hielo que llevaba dentro desde hacía muchos años, quizá desde que había roto con Ellinor.

—Por cierto, ¿cómo va lo de la bomba? —preguntó, para tratar de controlar las emociones—. ¿Era una amenaza real o no?

Sara miró a su alrededor antes de responder, aunque no había nadie en la sala.

—Todavía no lo sabemos, pero nos preocupa la cantidad de nitrato de amonio que falta —dijo en voz baja—. ¿Recuerdas la explosión en el puerto de Beirut, en el Líbano, en 2020? Hubo cinco mil heridos y más de doscientos muertos. Trescientas mil viviendas destruidas. Gran parte de la ciudad sufrió daños importantes.

—Lo recuerdo —repuso Ruben—. ¿No fue porque la aduana

llevaba varios años almacenando el nitrato de amonio incautado, sin ninguna medida de seguridad, y un día se calentó todo y estalló?

—Exacto. El nitrato de amonio no suele hacer explosión espontáneamente, a menos que suba mucho la temperatura. La de Beirut fue una de las diez explosiones civiles más destructivas de la historia.

—Pero allí había varios miles de toneladas de nitrato. Aquí no falta tanto, ¿no?

—No, por suerte no. En este momento, llevamos contabilizadas unas diez toneladas desaparecidas en Suecia. Pero créeme, en las manos equivocadas, podrían hacer mucho daño.

Ruben se la quedó mirando.

—¿Cómo de grande puede ser la explosión?

—Ni te lo imaginas. Pero es posible que los culpables del robo quieran mezclar el nitrato con otras sustancias, para aumentar su potencia explosiva. Si un artefacto de esas características estallara en el centro de Estocolmo, no quedaría mucho en pie. Los muertos se contarían por miles y el sistema de salud colapsaría ante la avalancha de heridos.

Ruben pareció abrumado.

—Qué horror —murmuró—. Espero que sea una falsa alarma.

—¿Y qué me dices de tu investigación? ¿Cómo va?

—Bien. Mal. No lo sé —suspiró él—. Avanza, pero todo es muy extraño y embarullado. Aun así, tenemos una buena pista. Una de las personas a las que hemos tomado declaración es Peter Kronlund, directivo de Confido. El caso es que antes no se llamaba así, sino Peter Manojlovic, lo que significa que es hijo de...

—De Dragan Manojlovic —lo interrumpió Sara, completando la frase, mientras se levantaba del banco—. El cabecilla de la mafia serbia en Suecia. Lo sé. ¿Qué más tenéis?

—No mucho. Creo que esa es la mejor pista que hemos conseguido hasta ahora, porque ¿qué probabilidades hay de encontrar un cadáver directamente relacionado con la familia Manojlovic sin que la mafia tenga nada que ver con el caso? Apostaría dinero a que los serbios están involucrados de alguna manera. Pero ¿qué quieres decir con que tú ya lo sabías? ¿Sabías que Peter es hijo de Dragan? ¿Por qué no lo habías dicho?

Ruben volvió a secarse con la toalla. No dejaba de sudar y, además, tenía la sensación de que el sudor le olía un poco a alcohol. Esperaba que Sara no lo notara.

La puerta se abrió de golpe y entró un colega, que fue directamente a levantar pesas, tras saludar a Sara y Ruben con una breve inclinación de la cabeza. El hombre presentaba el estado de forma típico de la vieja guardia: brazos fuertes y vientre prominente. El concepto de «unos buenos brazos» tenía mucha aceptación entre una generación de policías convencida de que unos brazos musculosos eran compensación suficiente para cualquier barriga desarrollada a base de hamburguesas, salchichas y puré de patatas.

Sara se inclinó hacia delante y bajó la voz. Instintivamente, Ruben habría querido retroceder para que ella no percibiera los efluvios del vodka que se filtraban por sus poros, pero no podía alejarse más de lo que ya estaba.

—Ya, tendrás que disculparme —susurró ella—. Ya conoces la política interna de la casa. Mi departamento está haciendo un mapeo del crimen organizado en Suecia y la familia Manojlovic es una de las más investigadas, como podrás imaginar. Pero toda la información es sumamente sensible y nos han pedido que no compartamos nada de lo que sabemos, para no poner en peligro nuestra propia investigación. De hecho, se montó un gran revuelo cuando supimos que estabais al corriente de los pagos a Gustaf Brons.

—¿Nos ocultamos los datos entre nosotros, dentro de la misma policía? —dijo Ruben, negando con la cabeza—. ¿Por qué? ¿Es mejor trabajar el doble?

—Según algunos, sí. Pero yo no estoy de acuerdo. Si se lo comentas a Julia y yo lo hablo con mis superiores, quizá nos autoricen a intercambiar información. Creo que sería beneficioso para las dos partes.

—¡Claro que sí! —exclamó Ruben—. Imagino que querrás que posponga la visita a Peter hasta que hayamos hablado con los jefes, ¿no?

—Sería lo más adecuado. Además, creo que no eres consciente de lo peligrosa que puede ser esta gente. Lo que sabe el público en general ya es suficientemente malo, pero tenemos información que... Bueno, ya sabes. Ten mucho cuidado.

Durante un instante fugaz, a Ruben le dio un brinco el corazón, pensando que Sara se preocupaba por él. Pero enseguida se dijo que debía de ser simple camaradería entre colegas. Le habría dicho lo mismo a cualquier otro policía.

Se levantó, incómodo por el olor a vodka que desprendía. Solo deseaba poder alejarse unos pasos de Sara. En un mundo perfecto, también le habría gustado mover la clavija de las pesas antes de que ella viera dónde estaba.

Sara se incorporó al mismo tiempo que él, de tal manera que quedaron enfrentados, de pie y en silencio durante un rato demasiado largo. El colega de los brazos musculosos bramaba como un venado en celo mientras se esforzaba por aumentar aún más las dimensiones de sus bíceps. Al final, Sara rompió el silencio.

—Ehm... Puede que te parezca una locura, porque nos conocemos muy poco. Pero... me da pena que tengas que pasar la

Nochebuena solo. ¿Por qué no vienes a cenar con nosotros? No habrá nada típico de Navidad, pero igualmente todo estará muy bueno. Y después veremos una película. Nada de regalos entre nosotros. Trae algún detalle para los niños, si te apetece, pero piensa que ya tienen demasiados regalos esperándolos bajo el árbol. Ya sabes cómo funciona la sobrecompensación en los padres separados...

Levantó ambos brazos en un gesto de resignación y Ruben se encogió de hombros, tratando de aparentar la misma despreocupación que ella.

—Sí, desde luego —repuso, ladeando la cabeza—. Podría estar muy bien. ¿A qué hora? ¿A las cinco?

—Sí, perfecto.

Ruben esperó a que ella le diera la espalda y se alejara en dirección a la máquina de remo.

Entonces giró en redondo hacia la prensa de piernas, retiró la clavija del orificio de los ochenta kilos y la fijó en doscientos. De repente sentía la necesidad de estar en su mejor forma física para Nochebuena. Todavía disponía de una hora antes de reunirse con Christer.

Mina miró divertida a Ruben, que acababa de entrar en la oficina con el pelo mojado y una bolsa de deporte colgada del hombro.

—¿Ha ido bien la sesión de gimnasia? —le preguntó.

—Sí, ¿qué pasa? —replicó él, dejando la bolsa en el suelo—. ¿De qué te ríes?

Un rubor muy evidente se le extendió por las mejillas, pero no le dio tiempo a Mina a hacerle ninguna pregunta.

—Me ha llegado el rumor de que están preparando los cargos contra Dragan Manojlovic —anunció.

—¿Ah, sí? ¿Y qué más te ha contado Sara? La he visto salir del gimnasio.

Ruben se sonrojó hasta el cuello.

—Vale, sí, me lo ha dicho ella. También he oído que Gustaf Brons os jugó la carta del abogado cuando vino a declarar. ¿No sería mejor interrogarlo de una manera más oficial?

—Antes necesitamos más información. La clave está en el motivo de los pagos y en el destino que Gustaf quería darle al dinero. En los últimos tiempos, sus ingresos habían sido muy considerables. ¿Para qué necesitaba dinero negro de la mafia serbia? Un millón de coronas es mucho para la mayoría de la gente, pero Gustaf Brons debía de quemar todo ese dinero y más en una sola semana en la Costa Azul.

—Drogas, mujeres o juegos de azar —replicó Ruben—. En mi experiencia, siempre se reduce a eso. También puede haber una combinación de las tres cosas.

—Drogas, mujeres o juegos de azar...

Algo se movió en la memoria de Mina, algo que había dicho Gustaf Brons, aunque no logró recordar qué era. Intuía que había una asociación con el café, pero por mucho que lo intentó, no consiguió descubrir lo que su cerebro estaba tratando de decirle.

—¿Podría ser que Dragan utilizara Confido para blanquear dinero? —pensó en voz alta.

—Entonces ¿descartas la teoría de que el dinero fuera un pago por el asesinato de Jon? —dijo Ruben, antes de sacar la toalla de la bolsa para secarse la frente húmeda.

—No descarto nada, solo procuro tener en cuenta todas las posibilidades.

Ruben se levantó y volvió a guardar la toalla.

—¿Qué tienes hoy en la agenda? —preguntó Mina, contemplando su café con expresión sombría.

Estaba frío y se le había formado en la superficie una película oleosa que recordaba a la gasolina.

—Ahora mismo voy a ver a Christer, para hacerle una visita a la madre de Marcus.

Mina se lo quedó mirando, sin entender.

—Marcus. Mark Eric, el músico asesinado.

—Ah, sí. Claro.

Le respondió sin prestarle demasiada atención. Toda su mente estaba concentrada en la parte del interrogatorio de Gustaf Brons que la intrigaba. Se levantó para servirse más café, pese a la pátina oleosa. A veces la manera de encontrar lo que buscaba era dejar de pensar al respecto.

Vincent se despertó sintiendo que alguien lo sacudía por el hombro. No era posible que ya fuera por la mañana. Se sentía como si acabara de conciliar el sueño. Pero las sacudidas se repitieron.

—Papá —lo estaba llamando una voz impaciente, a muy escasa distancia—. ¡Papá!

Se obligó a abrir los ojos e intentó ver con claridad. Aston estaba junto a la cama y tiraba de su edredón.

—¿Qué pasa? —masculló Vincent—. ¿Ha ocurrido algo?

Se volvió para mirar el reloj despertador, casi un artículo de anticuario, que tenía sobre la mesilla y vio que las manecillas indicaban las seis menos cinco. Aston volvió a tirar del edredón y Vincent se cubrió una vez más.

—Ve a buscarte una manta, si es lo que quieres —murmuró—. ¿Por qué me has despertado? ¿Y por qué estás despierto a estas horas?

—¡Porque hoy es el primer día de las vacaciones de Navidad! —exclamó su hijo alegremente—. ¡Y hay mucha nieve fuera! ¡Vamos, papá! ¡Tú cavas y yo construyo!

El mentalista se tapó la cabeza con el edredón y soltó un gemido.

—Ve a jugar a un videojuego como los niños normales —dijo—. Y no despiertes a tu madre.

—Mamá no está durmiendo.

Vincent se apartó el edredón de la cara y miró al otro lado de la cama. Aston tenía razón. Maria no estaba. Su lado de la cama no solo estaba vacío, sino perfectamente estirado. A primera vista, Maria podía presentar una actitud de «seguir sus impulsos» y «dejarse fluir con el universo», como ella decía, pero Vincent no estaba seguro de cuál de los dos tenía mayor necesidad de controlarlo todo. Debía de llevar un buen rato despierta.

—Ya voy —dijo, agitando una mano para indicarle a Aston que se marchara—. Pero dame un poco de tiempo para despertarme.

Aston soltó un grito de alegría que debió de oírse en el municipio vecino y salió corriendo de la habitación. Vincent suspiró, apartó el edredón, se sentó y se puso el albornoz. Tuvo que buscar un rato para encontrar las zapatillas. El suelo estaba muy frío y él no iba a ninguna parte si no se protegía los pies con algo abrigado y mullido.

Cuando entró en la cocina, se sorprendió al no ver a Maria. Tampoco estaba en el cuarto de estar, ni en el baño, y era demasiado temprano para que hubiera salido a hacer un recado relacionado con su negocio. De repente, Vincent sintió frío, a pesar del albornoz. Las palabras del mensaje de la Sombra le resonaron en la mente.

«Me llevaré primero a tu familia. Y después a ti. No puedes hacer nada.»

—¡Maria! —gritó—. ¿Estás en casa? ¡Maria!

No podía permitir que lo invadiera el pánico. Tenía que haber una explicación razonable para la ausencia de su mujer.

Mientras volvía a la cocina, un estruendo lo sobresaltó. Procedía de la habitación de Rebecka y había sonado casi como si se hubiera caído una estantería. Entonces se abrió la puerta y asomó Rebecka con el pelo desarreglado.

—¿Qué bicho te ha picado? —lo increpó enfadada—. ¿No ves que todavía es de noche?

—¿Has visto a Maria? —se apresuró a preguntarle Vincent—. No la encuentro por ninguna parte. Por cierto, ¿qué ha sido ese ruido?

—Me he caído de la cama por culpa de tus gritos.

—Perdona —se disculpó Vincent con una mueca—. Pero ¿la has visto?

—¿En plena noche? —replicó su hija, clavándole la mirada—. No, no la he visto, y ahora voy a tratar de imaginar que tampoco te he visto a ti. —Lo observó con expresión airada unos segundos más y después cerró de un portazo.

En ese mismo instante, se abrió la puerta principal y entró Maria, con el periódico de la mañana. Aunque llevaba un abrigo por encima del pijama, estaba tiritando.

—Brrr, ¡qué frío! —exclamó.

—¿Qué haces levantada tan temprano? —preguntó Vincent, aliviado.

—No podía dormir —respondió ella mientras colgaba el abrigo—. Y tampoco es tan temprano. Son las seis. Espero un paquete que debería llegarme hoy. Tengo un aluvión de pedidos navideños en la tienda online y me estoy quedando sin ángeles, sobre todo los de bronce con alas grandes. Necesito hacer los envíos hoy mismo si quiero que lleguen antes de Nochebuena.

—¿Te refieres a la figura que representa a Metatrón, la voz de Dios, que según algunos impidió que Abraham matara a su hijo Isaac? ¿Ese ángel?

Maria se encogió de hombros.

—Solo sé que se vende bien por Navidad. Supongo que a la gente le gustará ponerlo de adorno en la ventana.

—¿En Navidad? Pero Metatrón ni siquiera es cristiano. Pertenece a la tradición judía, que...

Se interrumpió. Lo importante no era eso, sino que Maria estuviera en casa, a salvo. Le habría gustado saber hasta qué punto estaría seguro cualquier miembro de su familia, mientras viviera con él.

«Me llevaré primero a tu familia. Y después a ti.»

—Prepararé el desayuno —dijo Maria, mientras dirigía sus pasos hacia la cocina—, ya que os habéis levantado.

Vincent la siguió, consciente de que necesitaba sacarlos de allí.

—¿No te han invitado tus padres a pasar la Nochebuena con ellos este año? —preguntó, fingiendo despreocupación—. Estaría bien no tener que pasar la Navidad encerrados en casa.

Maria acababa de abrir el armario de las tazas, pero se volvió hacia él con cara de sorpresa.

—¿Te has dado un golpe en la cabeza o qué? —replicó—. Mis padres nos invitan todos los años a nosotros y a Ulrika, ya lo sabes. Pero tú nunca quieres ir.

—Ahora sí quiero —contestó él, alargando la mano hacia una taza roja con motivos navideños—. Hoy es veintiuno. Solo faltan tres días para la Nochebuena. ¿Por qué no te vas mañana mismo? Podrías llevarte a Aston. Hace mucho que no ves a tus padres. Rebecka viaja mañana a Francia, y Benjamin y yo podríamos reunirnos con vosotros más adelante.

Maria eligió una taza que llevaba impresa la leyenda LOS TENGO MÁS GRANDES QUE TÚ.

—Ya veo que sí, que te has dado un golpe en la cabeza —comentó sonriendo—. Pero me parece una idea excelente.

—A menos que tuvieras otros planes para hoy —repuso Vincent, señalando con la cabeza el calendario de pared, donde su mujer había rodeado con un círculo la fecha del día.

—¿Qué? No, eso no lo he hecho yo. Pero me encanta la idea —insistió, y enseguida le apoyó una mano en el brazo a Vincent—. Tienes que prometerme que no cambiarás de opinión y que vendrás de verdad. No quiero que mis padres piensen que me lo he inventado.

Maria llenó de agua la cafetera. Igual que Vincent, ella también se había cansado de la máquina de cápsulas y había vuelto a la cafetera tradicional.

—Por cierto, ¿has conseguido hablar con Ulrika? —preguntó mientras medía la cantidad de café molido.

—No, todavía no.

Maria soltó una carcajada. Estaba encantada.

—Imagina la cara que pondrá cuando nos vea a todos juntos sin habernos separado. Lo disfrutaré durante años.

Sostuvo un momento en el aire el medidor de café, después lo dejó sobre la encimera y se volvió hacia Vincent. La risa se había transformado en expresión de desconfianza.

—Pero ¿por qué no quieres que vayamos todos a la vez? Aston está de vacaciones, Rebecka puede cuidarse sola, Benjamin estudia a distancia y tú no tienes ninguna actuación. ¿No será que en lugar de esa aparente preocupación por la familia lo que quieres es quedarte unos días a solas con Mina? ¿Quizá incluso en nuestra cama? ¿Es ese tu plan?

Vincent dejó escapar un suspiro. Había estado a punto de salvarse del habitual ataque de celos. A punto.

—¡Mamá! —los interrumpió Aston, que había entrado corriendo—. ¡Papá tiene que vestirse ahora mismo! ¡Vamos a salir a hacer construcciones con la nieve!

El niño cogió el mono de abrigo que había puesto a secar sobre un radiador el día anterior y comenzó a ponérselo.

—Mejor guarda la energía para Mina. Ya no tienes veinticinco años —comentó Maria con una mueca mientras terminaba de cargar la cafetera con cara de enfado.

Vincent le alborotó el pelo a su hijo y se anudó el cinturón del albornoz, que se le había empezado a caer.

—Antes déjame desayunar, Aston —dijo—. Tú también necesitas comer algo, si vas a cavar.

—¡Comeré nieve! —gritó su hijo, saliendo por la puerta como una flecha—. ¡Es lo que me gusta!

En ese momento, le apareció en el teléfono la notificación de que tenía una cita con Umberto un poco más tarde. Al ver el recordatorio, suspiró. A su agente no iba a gustarle lo que pensaba decirle.

Se fue al salón a dar de comer a los peces, que ya no eran peces cebra como antes, sino peces del fango. Cuando se agachó para coger la caja de la comida, el dolor de cabeza se le agudizó de repente, como si lo hubiera atropellado un tren. Le costaba respirar y tuvo que apoyarse en el acuario para no desplomarse. Tenía que tomar otra pastilla. Intentó concentrarse en la pared detrás del acuario, pero eso no hizo más que empeorar las cosas. De pronto tuvo la sensación de que había algo escrito en la pared, aunque en realidad solo podía ver fotografías enmarcadas de su familia. Sin embargo, la sensación persistía y era muy intensa. El campo visual se le llenó de partículas brillantes.

Recordó que cuando era niño, en el colegio, sus amigos y él intentaban «hacer desaparecer» objetos, situándolos en el punto ciego del ojo. Para que funcionara, había que mirar al frente y mover la cabeza hasta tener el objeto en cuestión justo al borde del campo visual. Ahora tenía la misma sensación, como si viera algo y al mismo tiempo no pudiera verlo.

Cerró los ojos y se concentró en la respiración.

Al cabo de unos segundos, el dolor de cabeza empezó a remitir. Pero no del todo. En los últimos tiempos, nunca se le pasaba por completo. Era una especie de telón de fondo, un zumbido constante, como un ruido molesto cuya presencia solo se nota cuando desaparece. Contempló el jardín nevado a través de la puerta abierta. Puede que le gustara la Navidad, pero odiaba el invierno.

—¿Podemos pasar? —preguntó Christer.

La cara que los miraba por encima de una cadena de seguridad, a través de la estrecha abertura de la puerta, era flaca y arrugada. La mujer guardó silencio un momento.

—Supongo que no habrán venido a venderme lotería —dijo con voz quebradiza.

—No, nada de eso —repuso él—. Hemos venido a hablar de Marcus, si nos lo permite.

La mujer los miró otra vez. Después, la puerta se cerró y oyeron el sonido de la cadena que se movía. Luego se volvió a abrir la puerta y la luz encendida del recibidor les dio la bienvenida. Christer fue el primero en entrar, por delante de Ruben, y enseguida se limpió los zapatos cubiertos de nieve en un felpudo que tenía un dibujo de Papá Noel montado en un trineo.

La madre de Mark Eric llevaba muy bien sus más de setenta años y parecía la imagen opuesta de su hijo.

Un uniforme del Ejército de Salvación colgaba pulcramente de una percha en el recibidor. Marcus Eriksson no había tenido tiempo de formar una familia propia y tampoco tenía hermanos, por lo que su madre era su único pariente vivo, ya que su padre había muerto cuando era pequeño. En el apartamento sonaba música navideña a bajo volumen y en el aire flotaba un agradable aroma a *glögg* y a canela.

—Pasen e intenten entrar en calor —los invitó la señora, dirigiéndose a la cocina diminuta.

—Como le hemos dicho, venimos a hablar de Mark —empezó Christer, vacilante, sin estar seguro de haber elegido las palabras correctas, mientras se sentaba en una de las sillas en torno a la mesa de la cocina.

Sobre la mesa había un crucigrama a medio hacer, junto a unas gafas de lectura.

—Por favor, llámenlo Marcus —replicó la mujer, mientras servía *glögg* con un cucharón en tres tazas pequeñas—. Yo soy Gudrun, pero pueden llamarme Gun. —Les colocó delante las tazas humeantes—. Marcus no era... Mark Eric. Al menos para mí. Mark Eric era solo un personaje, un papel que interpretaba. Para mí, siempre fue y será mi Marcus.

—¿Cómo era? —Christer se llevó el *glögg* a los labios, pero estaba demasiado caliente para él y volvió a dejarlo sobre la mesa con una mueca.

A Gun se le iluminó la cara.

—Era un niño muy bueno. Siempre estuvimos solos él y yo, pero nos llevábamos muy bien. Desde que nació. Tenía sus demonios, no lo niego, pero supo encontrar su camino en la vida. Si no, no sé qué habría pasado.

—Hemos leído el informe de la policía, pero ¿podría usted contarnos con sus palabras cómo fue su desaparición?

—Sí, yo... —Se puso a mover sin motivo aparente el periódico con el crucigrama y por un momento pareció perdida en sus pensamientos.

—A mi abuela Astrid también le gustan los crucigramas —intervino Ruben, señalando el periódico—. Sobre todo cuando algunas de las pistas son imágenes, como aquí. Los que aparecen en las dos primeras fotos son el escritor Leif G. W. Persson y el bloguero Viktor Frisk, pero ¿quiénes son los otros dos?

Gun sonrió, observando las fotografías del crucigrama.

—Creo que el primero es un cocinero famoso —dijo—. El otro... me parece que canta. Últimamente lo veo por todas partes.

Después apoyó las manos sobre el crucigrama y miró a los dos policías.

—Marcus había empezado a tener problemas otra vez. Había pasado mucho tiempo y yo confiaba en que no volviera a caer en lo mismo.

—¿Se refiere a las drogas? —preguntó Christer con cautela. Probó de nuevo el *glögg* y esta vez lo pudo beber.

—Fue hace mucho —dijo Gun, sin responder directamente a la pregunta.

Con expresión ausente, pasó una mano por encima del crucigrama.

—¡Benjamin Ingrosso! —exclamó de repente Ruben.

Christer se sobresaltó y se giró para lanzarle una mirada de reproche. Pero Gun cogió un bolígrafo y, con una sonrisa, se puso a rellenar las casillas correspondientes.

—Pues sí —dijo, apoyando el bolígrafo sobre la mesa—. En parte fue por eso. En cualquier caso, Marcus atravesó una mala racha hace años. Había drogas de por medio, pero no solo eso. Él pensaba mucho. Buscaba algo, y creyó que lo había encontrado en las drogas. Pasó por una época muy oscura. Cuando salía por la noche, yo no sabía si volvería a verlo. ¿Nunca han tenido la pesadilla de que uno de sus hijos se arroja desde un puente o se tira delante de un tren?

Christer negó con la cabeza. El tema le resultaba más ajeno de lo que quería demostrar.

—Tienen suerte —prosiguió Gun—. Pero como les he dicho, salió adelante. Empezó a irle bien con la música y no volvió a tocar las drogas. Ni siquiera bebía. Toda esa imagen de *bad boy*, o como lo llamaran los periódicos, era solo una fachada, un truco publicitario de su compañía discográfica. Marcus vivía una vida tranquila cuando no estaba de gira. Pasábamos mucho tiempo juntos. Yo era su única familia. No tenía a nadie más.

—Entiendo —dijo Ruben—. Pero teniendo en cuenta que los dos estaban muy unidos, ¿mencionó en alguna ocasión algo que pudiera explicar su desaparición?

Christer había notado que su colega miraba con nostalgia el crucigrama. Seguramente habría resuelto más de uno con su abuela.

—No, con palabras no —contestó Gun, frunciendo el ceño—. Pero un par de semanas antes de desaparecer comenzó a comportarse de forma extraña. He pensado mucho en eso desde entonces.

—¿Qué quiere decir? —quiso saber Christer, inclinándose hacia delante.

—No sé cuándo empezó a cambiar, porque yo no lo veía todos los días. Pero estaba asustado. Estaba todo el rato mirando el teléfono. Cuando venía, aparcaba el coche en la calle de atrás y salía a la ventana a vigilarlo cada poco tiempo. Supuse que habría vuelto a caer en la droga. Incluso se lo pregunté, pero él lo negó.

Gun se levantó y fue a servirles más *glögg*, dándoles la espalda.

—¿Qué pasará ahora con él? —inquirió con voz temblorosa.

Christer no supo muy bien cómo responder. La mujer estaba hablando de los restos de su único hijo.

—¡Per Morberg! —exclamó Ruben de repente.

Christer volvió a sobresaltarse y el movimiento le hizo derramar parte del *glögg*.

—Per Morberg —repitió Ruben en voz un poco más baja, señalando el crucigrama—. El cocinero.

—Los huesos volverán a ser analizados en el Instituto de

Medicina Forense —dijo Christer, fulminando a su colega con la mirada—. Creemos que hay algo más en torno a su desaparición y su muerte, algo que no supimos ver en un primer momento. Existen... similitudes con otro caso.

Gun asintió y se sentó, después de servir más *glögg* en las pequeñas tazas de cerámica. Cogió el bolígrafo y rellenó con meticulosidad las casillas verticales que partían de la fotografía de Per Morberg.

—Hagan lo que tengan que hacer —dijo, mientras al fondo sonaba suavemente un villancico—. Tienen mi bendición. Hagan lo que sea preciso.

—Bueno, feliz Navidad —murmuró Christer—. Dentro de lo que cabe —añadió.

Dejaron a Gun sentada a la mesa de la cocina, inclinada sobre el crucigrama, rellenando las casillas vacías con un profundo surco de concentración marcado en la frente.

—Tengo que ir a ver a mi abuela en cuanto pueda —dijo Ruben cuando salieron del apartamento—. Es una mierda esto del tiempo. Se acaba sin que te des cuenta.

En ese instante entre el sueño y la realidad era cuando la sentía más cerca. En sueños era difícil captarla, y cuando estaba despierto, le costaba ver los rasgos de su cara. Pero en los segundos inmediatamente posteriores al sueño, justo antes de que lo asaltara la realidad, la veía con total claridad. «Nuestro sol», la llamaba su padre. Y, como siempre, acertaba, porque la luz resplandecía a su alrededor, como si tuviera un sol propio que la siguiera y la iluminara a ella y a todos los que la rodeaban.

Por eso siempre hacía tanto frío cuando el sol se iba. Por eso había decidido su padre bajar con él a la oscuridad, cuando el sol se había apagado para siempre. Porque era mejor vivir sin nada de lo que habían tenido. Sin su madre, que bailaba en la cocina, en torno a la mesa con el mantel de cuadros y las sillas todas diferentes que había salvado del vertedero.

Su padre nunca se lo había dicho, pero él lo había deducido por su cuenta. Allí abajo, en la oscuridad, el dolor era más soportable que en la superficie. Había tranquilidad y seguridad, al menos para ellos. Se sentían queridos y cuidados, y tenían a quién cuidar. Dar y recibir. Eso era lo más importante, según decía su padre.

Una rata se escurrió por encima de los cartones donde estaba acostado. Pasó tan cerca que podría haberle contado los bigotes. Era Buster. La reconoció por la cicatriz del hocico. A veces le daba unas migas de pan. Le divertía ver a la rata sosteniendo un trozo de pan con las patitas, mientras olfateaba el aire ansiosa.

Dar y recibir.

Uno de los nuevos había estado a punto de matar a Buster, pero su padre se lo había impedido. Le había explicado uno de los requisitos para formar parte de la familia bajo la superficie. Había que respetar la vida, porque la vida es sagrada. Su padre siempre decía que nadie tiene derecho a quitarle la vida a otro ser. Y gracias a eso, Buster pudo salvarse.

El del gorro amarillo gemía intranquilo en sueños, pero se le pasó en cuanto se dio la vuelta. El ruido de los trenes que iban y venían era confortante como una nana.

Él también se dio la vuelta y se envolvió mejor en la manta. Cuando cerró los ojos, sintió que el sueño volvía a invadirlo. Estaba en casa. A salvo.

—¿Te parece que vayamos a hablar con alguien acerca de Tom el Loco? —preguntó Christer, mirando expectante a Ruben—. Deberíamos investigar a fondo cómo fueron hallados los restos de Mark.

—Sí, yo he pensado lo mismo —replicó Ruben, y enseguida cogió el desvío hacia Huddinge.

El centro de internamiento psiquiátrico Helix estaba cerca del hospital de Huddinge y no les fue difícil encontrarlo. Ya habían ido otras veces. Todos sus internos cumplían una condena allí, en lugar de hacerlo en una prisión, porque el juez había dictaminado que el estado de su salud mental así lo aconsejaba.

Christer siempre se deprimía cuando visitaba el centro, pero también se alegraba cuando se marchaba, por el solo hecho de poder salir. Las personas a las que iban a interrogar estaban obligadas a quedarse. Pensándolo, soltó un largo suspiro.

Tardaron un rato en llegar al feo edificio marrón, porque la carretera estaba llena de imbéciles con neumáticos de verano.

—Los putos domingueros de Estocolmo no aprenden nunca —murmuró Christer.

—Tú eres de Estocolmo, ¿no? —observó Ruben.

—Sí, ya lo sé.

Aparcaron y se dirigieron a la entrada. Las medidas de seguridad eran evidentes. Había un muro de protección y una valla eléctrica.

—¿Quedará algún trabajador que haya conocido a Tom el Loco? Hace casi dos años que murió, y supongo que el personal cambiará cada poco tiempo —comentó Christer con expresión sombría mientras entraban en el centro.

Ruben se encogió de hombros.

—Ahora mismo lo averiguaremos.

Un triste árbol de plástico, decorado con unas cuantas bolas y un poco de espumillón, era la única referencia a la Navidad en el vestíbulo. Una mujer de grandes gafas y enormes pendientes los miró con curiosidad cuando se acercaron al mostrador.

—No creo que hayamos llamado a la policía —dijo.

—No, no —la tranquilizó Ruben, agitando las manos para descartar esa idea—. Estamos investigando un caso relacionado con uno de los antiguos internos, ya fallecido. Nos gustaría hablar un momento con algún trabajador del centro que haya tratado con él. Lo llamaban Tom el Loco, también conocido como el Caníbal.

—Ya sé quién era Tom el Loco —respondió la mujer con frialdad—. Y también sé que Arnold fue quien más contacto tuvo con él. En este momento está trabajando, así que puedo llamarlo.

Les señaló unas sillas incómodas, donde se sentaron los dos a esperar.

En el silencio de la sala se oía el tictac del reloj de pared. Las manecillas avanzaban con una lentitud que a Christer le pareció muy poco natural. Era como estar en un mundo diferente y completamente aislado. Se preguntó cómo sería trabajar allí. Sus colegas y él tenían que vérselas con una buena cantidad de perturbados en el trabajo policial, pero en el centro psiquiátrico eso era el pan de cada día. Y algunos de los internos no se andaban con tonterías.

—Ya viene Arnold. Ha dicho que de todos modos necesitaba salir a fumar. —La mujer de los grandes pendientes colgó el teléfono y se enfrascó en sus papeles.

Christer siguió observando el lento desplazamiento del minutero, mientras esperaban. Pero solo pasaron unos minutos antes de que un hombre corpulento de poblada barba gris, como un Papá Noel para personas institucionalizadas, saliera a su encuentro. A cada paso, jadeaba como si le faltara el aire. No parecía que el paquete de Marlboro que llevaba en la mano fuera lo más indicado para él.

—Salgamos —dijo, y se dirigió resoplando a la puerta.

Una vez fuera, encendió un cigarrillo con dedos temblorosos y dio una larga calada, antes de volverse hacia ellos con expresión de alivio.

—¡Dios, qué falta me hacía!

—Yo soy Ruben Höök y mi compañero es Christer Bengtsson. Estamos investigando la muerte de Marcus Eriksson.

—¿Marcus Eriksson? —Arnold frunció el ceño mientras daba otra profunda calada.

—Mark Eric —aclaró Christer.

El frío se le colaba a través de la gruesa chaqueta del uniforme. Nunca le había gustado el invierno. A veces, cuando era pequeño, su madre lo obligaba a jugar fuera en invierno durante horas, pero a él nunca le había gustado la nieve. Se quedaba sentado, acurrucado bajo un árbol, y esperaba a que su madre lo llamara para volver al calor de su casa.

—Ah, sí, Mark. Entonces vienen por Tom el Loco. Ya saben que está muerto, ¿no? Se ahorcó en su habitación. No lo vimos venir. No había ningún indicio de que fuera suicida. Pero pasa con algunos. De repente, pierden las ganas de vivir.

—¿Tenía información sobre el caso?

—Sí, bastante —respondió Arnold, exhalando un anillo de humo que se elevó hacia el cielo gris—. Y ni por un momento creí que Tom el Loco hubiera matado a ese chico, ni menos aún que se lo hubiera comido. Tom, o Tomas, porque así se llamaba, era una de las personas más pacíficas que he conocido. Ya sé que es un tópico, pero no le habría hecho daño a una mosca.

—Sin embargo, los huesos de Marcus fueron hallados en sus bolsas, entre sus pertenencias.

Arnold se encogió de hombros y el movimiento hizo bascular la barba gris.

—Eso no quiere decir nada. Lo condenaron sin fundamento. No había ninguna prueba de que Tom lo hubiera asesinado, ni menos aún de que se lo hubiera comido. Lo condenaron por ser quien era: un loco con pinta de peligroso. Él siempre afirmó que había encontrado los huesos. Incluso estaba orgulloso de tener la colección casi completa. Él mismo lo decía. Le gustaba coleccionar todo tipo de cosas.

—¿La colección casi completa?

—El cuerpo humano contiene... ¿Cuántos? ¿Doscientos seis huesos? Tom el Loco había encontrado doscientos.

—Veo que usted también cree que los había encontrado. En ese caso, ¿dónde?

—No muy lejos de donde vivía. Él decía que todos los huesos estaban en una pila, en la estación de Bagarmossen. En el metro.

—Bagarmossen —repitió Christer, pensativo—. ¿Sabe qué estaba haciendo allí?

La respuesta se hizo esperar unos segundos, mientras Arnold daba otra calada.

—Era donde vivía: en los túneles. Está prohibido, obviamente. Por eso tienen que esconderse. En invierno, sobre todo cuando hace tanto frío como este año, se está mucho mejor en los túneles del metro que en la calle. Al menos tienen un techo.

Ruben soltó un silbido.

—¿Cree que todavía quedará alguno allá abajo que lo haya conocido? —preguntó.

—Supongo que al menos un puñado de los antiguos amigos de Tom el Loco estarán vivos —dijo Arnold, y enseguida apagó el cigarrillo—. O alguien que los conozca. Hay más indigentes que nunca en Estocolmo.

Christer miró a Ruben para ver si pensaba lo mismo que él. Había más gente en los túneles y todos podían haber visto algo. Uno de ellos incluso podía ser el asesino de Marcus y Jon. Pero probablemente sería difícil encontrarlos, si querían permanecer ocultos.

La lápida tenía grabado su nombre: Marcus Eriksson. Adam pensó que era un nombre demasiado corriente para una persona tan extravagante como el artista fallecido.

—Supongo que habrá un motivo razonable para que te parezca prioritario asistir a una exhumación —comentó, mirando a Julia de soslayo.

—Me sé todas sus canciones de memoria —replicó ella—. El hombre era un genio de la música. Bastante trastornado, sí, pero ¿no lo están casi todos los genios?

—No lo sé. Yo soy bastante estable y ordenado.

—Ay, cállate —replicó Julia, dándole un codazo.

Adam apartó la vista, porque sabía que de lo contrario sus ojos revelarían lo que tanto trabajo le costaba ocultar: que estaba irrevocable, total y profundamente enamorado de ella.

Pero no quería presionarla. Julia tenía una familia, y él más que nadie sabía lo que eso significaba, sobre todo ahora que se había quedado solo en el mundo, tras la muerte de Miriam, su madre. Jamás forzaría a nadie a romper su familia. Por eso se contentaba con las migajas que recibía, al tiempo que deseaba intensamente tener algo más. No era un asunto de sexo, aunque con ella era fantástico. Lo que más anhelaba era la rutina diaria a su lado. Enfadarse por la noche cuando ella le robara la manta. Discutir sobre quién de los dos sacaba la basura. Pillar juntos la misma gastroenteritis. Podía parecer una locura desear algo así, pero solo cuando dos personas han vomitado juntas pueden estar seguras de que lo comparten todo.

—Están subiendo el ataúd —dijo Julia en voz baja, y se inclinó para mirar.

Él la imitó.

Había algo en un cementerio que transmitía una espiritualidad imposible de encontrar en la vida cotidiana. Y pocos se lo hacían sentir tanto a Adam como el de Skog. Dos años atrás había vivido temporalmente en Enskede y había salido varias veces a correr por el cementerio, que además de muy bonito, era muy grande. Tardaba mucho tiempo en recorrerlo, pero siempre evitaba la parte donde estaban las tumbas de los niños.

Delante de ellos, un féretro blanco ascendía lentamente desde el fondo de la tumba.

—¿Qué opinas de la conexión con los serbios? —preguntó, siguiendo con la vista el ataúd.

Julia dejó escapar un suspiro de frustración.

—Me parece una buena pista, pero hay dos cosas que me molestan de esa línea de investigación. Por un lado, solo guarda relación con Jon y no con Marcus, al menos de momento. Y por otro, nuestros superiores se han puesto nerviosos y están obstaculizando nuestros intentos de seguir por ese camino. Les preocupa que entremos en conflicto con otra investigación más amplia sobre el crimen organizado en Suecia que están llevando a cabo.

—Entiendo —repuso Adam brevemente. Después respiró hondo e hizo la pregunta que tenía en la punta de la lengua desde hacía varios días—. ¿Cómo están las cosas en tu casa?

El silencio tras su pregunta fue estentóreo. Era la pregunta prohibida. Se habían puesto de acuerdo para no hablar nunca de lo que Julia llamaba «la realidad». Lo suyo solo podía existir en un mundo paralelo, al margen de la vida cotidiana. Él lo sabía, lo comprendía y lo respetaba. Aun así, había hecho la pregunta, que se había quedado flotando en el aire, con tan poco futuro como el ataúd que se balanceaba en el pozo de la tumba. De la boca de ambos salían nubecillas blancas de vapor, que se arremolinaban y se mezclaban en el espacio que mediaba entre los dos.

—Creo que quiero divorciarme.

Las palabras de Julia le cayeron encima, se derramaron sobre él, mientras el féretro de Marcus Eriksson aterrizaba sin ruido sobre el suelo cubierto de nieve.

Adam permanecía inmóvil, sin atreverse a mirarla. Pero dentro de su cuerpo la sangre brotaba de un corazón que de repente latía el doble de rápido.

Se encaminaron hacia el ataúd, en medio de un silencio más elocuente que las palabras.

Vincent se acomodó en el lujoso sillón, que todavía olía a nuevo. A ShowLife Productions debía de irle muy bien, a juzgar por la mejora del mobiliario. Mirando a su alrededor, notó que no solo los muebles habían cambiado. Todo en el despacho era nuevo, e incluso las paredes estaban pintadas de un tono más oscuro y elegante.

—Me gusta lo que habéis hecho con el local —comentó.

Umberto, el agente de Vincent, sonrió como un niño orgulloso.

—Sí, ha quedado muy bien —repuso, haciendo un amplio gesto con las manos—. Eso de ahí no acaba de convencerme, pero no soy yo el que decide —dijo señalando algo por encima de la cabeza del mentalista.

Detrás de él, en la pared, había un enorme autorretrato de la fotógrafa Lisa Love, ataviada con un traje de reina confeccionado con cartas de la baraja. Nada más verlo, a Vincent le encantó, porque le recordaba al cuento de *Alicia en el país de las maravillas*. Sin embargo, entendía el malestar de Umberto. Dado que la frase más repetida de la reina solía ser «¡Que le corten la cabeza!», era fácil ver el cuadro como una amenaza velada sobre lo que podía pasarle a Umberto si no hacía bien su trabajo.

—Como puedes imaginar, los ingresos de tu gira han contribuido en parte a todo esto —reconoció Umberto—. Pero eso también significa que a partir de ahora podré ofrecerte galletas y bollos de mejor calidad.

En la nueva mesa de mármol que se interponía entre los dos, había dos cafés dobles, preparados con grano recién molido e importado probablemente por el propio Umberto. Junto al café había una bandeja de bollos de aspecto exquisito.

—Los he comprado en la panadería de Magnus Johansson —dijo Umberto satisfecho—. Está en la otra punta de la ciudad, pero merece la pena.

—¿Me he quejado alguna vez de la bollería industrial? —repuso Vincent, contemplando la bandeja.

Tuvo que admitir que los bollos eran perfectamente simétricos. Ese panadero sabía lo que hacía.

—¡Bollería industrial! —repitió Umberto riendo—. No se te ocurra mencionar esas palabras delante de Magnus Johansson.

—Por cierto, ya que todo os está yendo tan bien —dijo Vincent, y se bebió la mitad de su café de un trago—, te diré que he tomado una decisión. Voy a tomarme un descanso de las giras.

Umberto congeló el movimiento cuando ya iba a coger un bollo. Palideció un poco, pero no dijo nada. Se limitó a mirar a Vincent con su conocida cara de «¿qué nuevo disparate se te ha ocurrido?».

—Hay algunos asuntos familiares que tengo que atender —continuó Vincent, sin la menor intención de entrar en detalles acerca de las amenazas recibidas—. Además, si te he de ser sincero, no me encuentro muy bien. Me duele la cabeza después de casi todas las funciones y la molestia va a peor.

—Lo único que te pasa es que estás cansado —replicó Umberto con una sonrisa rígida—. *Amico mio*, pones a prueba tu cerebro en cada espectáculo. No me extraña que al final estés agotado. Te falta azúcar. Pero eso se arregla con una bolsa de caramelos. Lo añadiré al contrato con los teatros, si quieres.

—La idea de que se necesita mucha energía para hacer trabajar al cerebro no es del todo correcta —lo contradijo Vincent—. Un estudio ha concluido que la energía extra demandada por un cerebro al máximo de su capacidad es menor que el contenido en azúcar de la décima parte de un caramelo Tic Tac. Por otro lado, hay una investigación nueva, muy interesante, realizada por Antonius Wiehler en París, que demuestra que en momentos de gran esfuerzo cerebral se acumulan productos residuales del glutamato en los lóbulos frontales, que son la sede del pensamiento racional. Cuando eso sucede, las funciones cognitivas tienen que rebajar su nivel de actividad, para dar tiempo al cerebro a eliminar todo el glutamato, que no debería estar allí. Por lo tanto, es más probable que tomemos decisiones sin pensar demasiado cuando llevamos un rato trabajando de manera intensa, ya que nos costará mucho más activar las funciones cognitivas más avanzadas. Por eso tanta gente prefiere el plan «pizza y Netflix» después del trabajo. Ahora que lo pienso, puede que esa sea la causa de mis dolores de cabeza. Nunca dispongo de tiempo suficiente para eliminar el glutamato.

Umberto se lo quedó mirando.

—Glutamato en el cerebro —dijo lentamente—. ¿Es esa tu justificación? ¿Sabes que estamos pagando los salarios de cuatro técnicos, dos chóferes, un director de gira y un productor, solo para tus funciones? ¿Qué crees que debería decirles?

Vincent se encogió de hombros.

—Que voy a tomarme un descanso —contestó.

—Un descanso —repitió Umberto con una mueca, como si la palabra le supiera mal en la boca—. No esperes que te hagan ningún regalo de Navidad este año. Ni yo tampoco. ¿Cuánto tiempo piensas descansar?

—No sé... Hasta nuevo aviso.

Umberto pareció hundirse en su sillón, sin ningún bollo en la mano. Estaba aún más pálido que antes.

—¿Qué pretendes? ¿Castigarme? —preguntó—. Puedo ir al supermercado de la esquina, si eso es lo que pretendes, y comprarte un cargamento entero de bollería industrial...

—No, esto no tiene nada que ver contigo. Ni con los bollos. Los que has comprado son muy buenos. Solo necesito descansar un tiempo... de todo.

—A tus admiradores no les gustará nada —repuso Umberto—. Por cierto, nos siguen trayendo cartas para ti.

Se levantó para ir a buscar algo al escritorio y después le tendió a Vincent dos postales dirigidas a él.

—Las encontré en la recepción la semana pasada, al día siguiente de nuestra reunión. No sé cómo hizo la persona que las dejó para entrar y salir sin que la viéramos.

Cuando Vincent les dio la vuelta, observó que en realidad se trataba de una sola postal grande, cortada por la mitad. La dirección del destinatario era «Vincent Walder / ShowLife Productions». Estaban sin franquear. Alguien tenía que haberlas llevado personalmente. Y después se había marchado, sin que nadie lo notara. Los mensajes escritos en las dos postales resultaban extraños, como poco.

«Gotera continua en tiempo de lluvia y mujer rencillosa son semejantes», decía una de ellas.

«Lazo es al hombre hacer apresuradamente promesas, y después de hacerlo, reflexionar», decía la otra.

Ninguna de las dos estaba firmada.

—¿Son proverbios suecos? —preguntó Umberto—. ¿Qué significan?

—No, no son proverbios, que yo sepa —respondió Vincent, guardándose las postales en el bolsillo de la chaqueta—. Ni idea de lo que puedan significar. Pero gracias de todos modos.

—Un descanso, ¿no? —dijo Umberto contrariado—. Bueno, si eso es lo que quieres...

Se volvió para mirar el cuadro de la reina del país de las maravillas y, al notar que le devolvía la mirada, dejó escapar un largo suspiro.

—He estado pensando en eso que has dicho de estar satisfecho.

Loke se paró en seco y la miró sorprendido. Después siguió empujando la camilla con el cadáver. Era un hombre mayor, expuesto en su desnudez. De no haber sido por la incisión de la autopsia, suturada con el mayor de los cuidados, se habría dicho que estaba durmiendo, mientras Loke lo transportaba hacia una de las neveras de la morgue.

—Muerte por piedad —explicó, refiriéndose al hombre de la camilla—. Tenía un cáncer terminal. Solo le quedaban unos meses. Padecía dolores insoportables, pero se negaba a ingresar en un hospital. Su mujer lo mató. Con su consentimiento, o, mejor dicho, por orden suya. Pero ahora la mujer pasará sus últimos años en la cárcel.

—La ley es inequívoca —comentó Mina, frunciendo el ceño—. No podemos matar a otro ser humano, sean cuales sean las circunstancias. ¿Qué clase de sociedad tendríamos si lo permitiéramos?

Loke no contestó. Se quitó los guantes de látex y buscó un par nuevo. Después se volvió hacia ella.

—¿Te ha cambiado algo?

—¿Eh? ¿Qué? —preguntó Mina desconcertada, pensando todavía en el hombre de la nevera.

Milda se había vuelto a retrasar. No era propio de ella y, además, obligaba a Mina a mantener otra extraña conversación con su asistente.

—¿Te ha cambiado algo? —insistió Loke—. ¿Lo que te dije acerca de estar satisfecho?

—¡Ah, eso! —exclamó Mina, apartando la vista de las neveras—. No sé si me ha cambiado algo, pero me ha hecho pensar. Y tal vez me ha motivado para hacer un inventario de mi vida. ¿Qué cosas son buenas? ¿Cuáles son malas? ¿Qué puedo cambiar? ¿Qué no?

—Concédeme serenidad para aceptar lo que no puedo cambiar, valor para cambiar lo que sí puedo y sabiduría para reconocer la diferencia.

—La oración de la serenidad. La enseñan en las reuniones de Alcohólicos Anónimos. ¿Tú también has ido?

Loke dudó un momento, cogió una bayeta y se puso a limpiar una mesa que ya parecía totalmente estéril. Luego se volvió hacia Mina.

—Yo no. Alguien... que tenía muy cerca. En una vida anterior.

Mina asintió. Después de muchos años de haber participado en el programa de Alcohólicos Anónimos, sabía que era mejor no hacer preguntas.

—¡Perdón, perdón, perdón! —venía diciendo Milda, que irrumpió corriendo en la sala, con la cara enrojecida y la respiración entrecortada—. Últimamente nunca consigo llegar a tiempo.

Entonces le hizo señas a Mina para que la siguiera hacia una mesa donde yacía un esqueleto. Empezaba a ser un *déjà vu* visitar a la forense y contemplar esqueletos. La repetición le resultaba preocupante a Mina, porque le recordaba que podía haber otras víctimas cuyos restos aún no habían sido hallados. Y era posible que el asesino aún no hubiera terminado. ¿Cuántas veces tendría que acudir a esa misma sala para ver unos huesos dispuestos de manera anatómicamente correcta sobre una mesa de autopsias, sin entender por qué?

—Estos últimos días me han servido para repasar una vez más la ubicación de los huesos en el cuerpo humano —comentó Milda.

Le hizo un gesto a Loke para que se acercara y él dejó la bayeta, se quitó los guantes y se puso otros nuevos. A Mina le encantaban esas precauciones. Cada nuevo par de guantes hacía que todo en la sala le pareciera más limpio, renovado y aséptico. Si hubiese sido socialmente aceptable, ella misma llevaría guantes de látex las veinticuatro horas del día.

—Loke, ¿podrías explicarnos un poco más? Creo que tenías algunas cosas interesantes que decir.

Milda se apartó para que Loke pudiera acercarse a los huesos. Se los quedó mirando fascinado, casi con cariño.

—Estamos ante el producto de un trabajo de una minuciosidad incomparable —comenzó—. Sé que apenas puedo ocultar mi admiración por lo que vemos aquí, pero también en este caso, como en el de Jon Langseth, alguien ha limpiado los huesos con una precisión increíble.

—¿Cómo lo ha hecho? ¿Igual que con el esqueleto de Jon?

Mina se inclinó para ver los huesos de cerca. Loke tenía razón. Estaban impolutos, sin el menor rastro de carne, tendones, piel o cualquier otro resto de tejidos blandos.

—Es imposible saberlo. Solo puedo hacer suposiciones —afirmó Loke, tocando el esqueleto con la punta de los dedos—. Pero sigo pensando que mi intuición inicial es correcta. Creo que primero los hirvieron y después se los dieron a los escarabajos para que terminaran de limpiarlos.

—¿Con el hervor no habría sido suficiente para dejarlos así de limpios? —arriesgó Mina.

—No lo creo. Lo más probable es que no.

Loke pareció reflexionar un momento y enseguida se le iluminó el rostro.

—Podría intentarlo. Hacer un experimento con una olla.

—¿Con... huesos humanos? —preguntó Mina.

—¿Humanos? No, claro que no —respondió Loke con expresión grave, mientras negaba con la cabeza—. No podría. He pensado en utilizar huesos de animal, por supuesto. De buey, por ejemplo, o de cerdo.

—Me parece una idea excelente —lo animó Milda, y a continuación le apoyó una mano sobre el hombro—. Podría aportarnos mucha información útil.

—¿Hay algo más que nos puedan decir los huesos? ¿La causa de la muerte? —preguntó Mina, volviéndose hacia ella.

—Los estudiaré por segunda vez, pero no soy optimista. No veo nada que pueda apuntar a la causa del deceso, y los huesos de Mark..., quiero decir, de Marcus Eriksson, están absolutamente limpios. Solo he podido encontrar restos del material del ataúd y de la tierra que había penetrado en su interior. Nada más.

—Entiendo —replicó Mina, decepcionada—. Pero llamadme cuando hayáis cocido esos... huesos de cerdo. Espero que nos aporten algún dato interesante.

—¡Te llamaré pronto! —intervino Loke con entusiasmo.

Mina no lo dudaba.

Christer se desplazó por el documento que tenía abierto en la pantalla del ordenador. Estaba repasando otra vez la lista de las personas desaparecidas en los últimos dos años, pero ahora sabía lo que buscaba. La conexión entre Jon Langseth y Mark Eric no había sido inmediata, y quizá sus esperanzas fueran infundadas, pero pensaba que por fin había encontrado una pequeña pieza del puzle.

De hecho, tanto Jon como Mark eran personas que habían dejado huella. Mark era un personaje público con una brillante carrera en el mundo de la música. Jon, por su parte, era conocido sobre todo por el escándalo de Confido, pero a su manera había sido una estrella en el mundo de las finanzas.

Y si había dos estrellas en los registros, podía haber más. El primer paso, por lo tanto, era encontrar personas destacadas, gente que hubiera llegado a lo más alto en su campo de acción y hubiera desaparecido.

Además de Jon y Mark, al cabo de una hora de revisar los archivos, Christer había localizado otras tres personas que cumplían esos criterios: una conferenciante de fama internacional, un diseñador de moda y una arquitecta. Christer abrió los respectivos informes policiales. La arquitecta había viajado a Brasil y no había regresado. Sus hermanos se habían puesto en contacto con la embajada de Suecia y con las autoridades brasileñas, sin éxito. No habían podido encontrarla.

Por ingenua que fuera la idea, Christer esperaba que simplemente se hubiera cansado de ser arquitecta y estuviera dándose la gran vida en las playas de Río, sin ningún interés en ser hallada. Pero, ya fuese esa o cualquier otra la explicación, era muy poco probable que hubiera sido víctima del fantasma del metro de Estocolmo.

El caso del diseñador de moda era diferente. Había salido un día de su casa de verano en Österlen y nadie había vuelto a verlo. Se temía que se hubiera ahogado y que la corriente hubiera arrastrado su cuerpo mar afuera. Teniendo en cuenta que había desaparecido al final de una fiesta con gran consumo de alcohol y que ese día había tormenta, la suposición era razonable.

Pero la historia de la conferenciante revestía más interés. Se llamaba Erika Sävelden, un nombre que a Christer le resultó vagamente familiar. ¿No había participado en una de aquellas jornadas motivacionales que los jefes se habían empeñado en organizar años atrás? ¡Sí, claro que sí! Recordaba el boletín de noticias, que anunciaba con orgullo la participación del actor Henrik Schyffert, de un tipo de Apple y de... Erika Sävelden. Ahora estaba seguro. La habían invitado por su prestigio.

El informe decía que Erika vivía sola, y por lo tanto nadie notó su ausencia hasta que no se presentó a una conferencia que tenía programada. Había puesto la denuncia su hermana, Diana Sävelden, que al acudir a su casa había encontrado el piso vacío. Desde entonces nadie había vuelto a saber nada de Erika. Había pasado más de un año.

Christer cogió el teléfono y marcó el número de la hermana de la mujer desaparecida. La respuesta fue casi inmediata.

—¿Sí?

—Buenas tardes. Soy Christer Bengtsson. La llamo desde la Jefatura de Policía. ¿Tiene un segundo para hablar?

Se hizo un silencio. Christer oía ruido de tráfico a través del teléfono.

—Sí, acabo de volver del almuerzo —dijo Diana al cabo de unos segundos—, pero puedo hablar. ¿Es por algo relacionado con Erika?

Christer notó la ansiedad en su voz, pese al ruido de fondo. Diana llevaba más de un año soportando la incertidumbre sobre el destino de su hermana. El policía era incapaz de imaginar hasta qué punto podía afectar eso a una persona, pero sospechaba que el temor a recibir algún día una mala noticia podía ser abrumador. Las siguientes palabras que dijera podían sacudir el mundo de su interlocutora.

—Antes que nada, quiero decirle que lamentablemente no tenemos noticias de su hermana —advirtió—. Ojalá pudiera comunicarle alguna novedad. Pero acabo de leer el informe sobre su desaparición y hay algunos aspectos que no están del todo detallados. ¿Cómo era...? ¿Cómo es Erika como persona? No solo ahora, sino cuando era pequeña.

El fondo sonoro de la conversación cambió. Parecía que Diana había entrado en una habitación, dejando fuera el ruido de la calle.

—Ya sé que la reunión ha comenzado —dijo Diana, hablando a cierta distancia del teléfono—, pero tengo que coger esta llamada. Perdón —añadió, esta vez un poco más cerca—. Ahora podremos hablar mejor. ¿Por qué le interesa la infancia de Erika?

—Solo intento saber cómo era, para aumentar las probabilidades de encontrarla. —Christer evitó mencionar en qué condiciones la encontrarían si su intuición era correcta.

—¿Qué quiere que le diga? —empezó Diana—. Yo era la hermana mayor y Erika, la pequeña. Había mucha rivalidad entre nosotras, o al menos así lo veía ella. Siempre tenía que ser la mejor en todo, especialmente en las cosas que yo hacía. Como a mí me gustaba el tenis, decidió ser la mejor tenista de Suecia.

Mientras Diana hablaba, Christer miraba en la pantalla las fotografías del apartamento de Erika. Una vitrina con varios trofeos ocupaba un lugar destacado en el salón.

—¿Lo consiguió? —preguntó—. ¿Ser la mejor de Suecia?

—Llegó a ser muy buena —respondió Diana—. Mucho mejor que yo. Pero no la mejor, desde luego. Lo intentó durante mucho tiempo, pero nunca alcanzó su objetivo. De hecho, cayó en una depresión, porque... Pero bueno, eso fue hace mucho. Unos veinte años. No volvió a tocar una raqueta y estuvo varios meses sin levantarse de la cama. Apenas comía. Erika siempre ha sido una persona frágil, aunque no lo pareciera, pero esa época fue inusualmente oscura para ella. Llegué a temer que se arrojara de un puente o algo por el estilo. En sus peores momentos mencionaba ese tipo de cosas.

Nada de eso figuraba en el informe. Christer lo comprendía. Una depresión padecida veinte años antes no parecía particularmente relevante para un caso reciente de desaparición. Pero en su cabeza comenzaban a sonar señales de alarma, que se iban volviendo cada vez más intensas. Tenía que haber algo en lo que acababa de decir su hermana.

—¿Qué pasó después? —preguntó.

—No lo sé muy bien. Salió adelante sola, sin ayuda. Cuando estaba en lo más profundo del pozo, decidió convertirse en la mejor experta motivacional de Suecia, a partir de sus propias experiencias. No sé de dónde le vino ese impulso, pero desde entonces se dedicó a eso. Y le fue mucho mejor que con el tenis.

—¿Porque en eso consiguió ser la mejor? ¿Es eso lo que quiere decir?

Diana volvió a guardar silencio unos segundos.

—Lo siento, pero no podré hablar mucho tiempo más —dijo—. Mi jefe me está haciendo señas para que me incorpore a la reunión. Solo puedo decirle que Erika era muy especial.

No sabía valorar las cosas buenas que tenía. Siempre estaba preocupada por quedarse sin trabajo, aunque no dejaban de contratarla en Estocolmo, Londres, Dubái, Los Ángeles... La irritaba pensar que a los demás les iba bien sin esforzarse demasiado, mientras que ella tenía que luchar a brazo partido por el éxito. Algunos siempre ven el vaso medio vacío, ¿me entiende?

Sí, Christer la entendía perfectamente. Él mismo había sido uno de esos, hasta que Lasse había llegado a su vida para llenarle el vaso. Erika, al parecer, no había tenido tanta suerte. Estaba sola y su prioridad era el trabajo. También él había sido así.

—¿Seguía igual cuando desapareció? —preguntó—. ¿Quizá simplemente estaba agotada?

Diana volvió a callar un momento.

—Ahora que lo dice, no estaba igual —contestó—. Poco antes de... desaparecer, unas dos semanas antes, dejó de ser la típica persona que lo planifica todo con cinco años de antelación. De repente, empezó a vivir en el presente. Paró de buscar nuevos clientes. Solo quería pasear, sentarse a tomar un café... Fue como si por fin se hubiera calmado. Nos preguntábamos qué bicho le habría picado. Pero antes de que pudiéramos averiguarlo desapareció. La conmoción de la desaparición me hizo olvidar lo tranquila que la había visto las semanas anteriores. Si no sonara macabro, diría que había encontrado... la paz.

La señal de alarma en el cerebro de Christer se había vuelto casi ensordecedora. Erika Sävelden había experimentado un cambio de personalidad dos semanas antes de desaparecer y además era una estrella en su campo de acción. El policía le dio las gracias a Diana por su tiempo, le prometió llamarla enseguida si averiguaba algo nuevo y colgó.

Se pasó las manos por la cara y miró la fotografía de Erika en la pantalla. Tendrían que ponerse a buscar más esqueletos en los túneles del metro.

—Noto cierta energía positiva en esta sala —dijo Julia, recorriendo con la mirada los rostros de cada uno de los presentes.

Después les dio la espalda y contempló la pizarra, cubierta de material hasta el punto de que las fotos y los recortes empezaban a extenderse por la pared. Señaló con el dedo la imagen de una mujer vestida y maquillada con escrupulosa profesionalidad y sonrisa de predicadora.

—Christer, explica tú mismo lo que has descubierto. —Julia se apartó y se apoyó contra la pared. Se cruzó de brazos y miró a Christer, animándolo a hablar.

Mina no pudo dejar de observar que Adam no apartaba la vista del escote de la jefa. Vincent tenía razón. En cuanto uno lo veía, se volvía evidente. Julia y Adam estaban liados.

Sintió los ojos de Vincent clavados en su espalda. Había llegado corriendo del Instituto de Medicina Forense y solo había tenido tiempo de intercambiar con él unas pocas palabras antes de la reunión.

Bosse se levantó cuando Christer carraspeó y empujó hacia atrás la silla para ponerse de pie. El policía dejó sobre la mesa el bollo de azafrán que estaba comiendo y se sacudió el azúcar glas que le había quedado en las manos.

—Erika... —La palabra sonó extraña, porque acababa de darle un buen bocado al bollo. Sus colegas tuvieron que esperar a que tragara—. Erika Sävalden —prosiguió, de manera mucho más comprensible, señalando la fotografía de la mujer—. Desapareció hace poco más de un año, de una forma tan misteriosa como Jon Langseth y Mark Eric. Daba conferencias sobre motivación y crecimiento personal. Probablemente la recordaréis. Al igual que las otras dos personas desaparecidas, tenía éxito en su carrera y era una de las mejores en su campo. Esa es la primera similitud que he encontrado, pero hay más. —Hizo una pausa y miró a su alrededor.

—¡Siempre tan teatral! —resopló Ruben, poniendo los ojos en blanco.

Christer no le prestó atención.

—También hay semejanzas en la conducta de los tres antes de la desaparición. He hablado con la hermana de Erika para conocer más detalles y, tal como sucedió con Jon y Mark, hubo un cambio notable en su comportamiento. Pero, en este caso, la transformación fue en sentido contrario. Jon y Mark se volvieron paranoicos, como si creyeran que alguien los estaba buscando para hacerles daño. En cambio, Erika dejó de ser una persona estresada y casi colérica, según su hermana, para volverse tranquila, aparentemente feliz y en paz. En palabras de su hermana, «empezó a vivir en el presente».

—Es posible que Erika supiera lo que le esperaba, lo mismo que Jon y Marcus —comentó Vincent—. La noticia de una muerte inminente e inevitable hace que algunas personas descubran una serenidad que nunca habían tenido.

—Así es, por eso muchos suicidios sorprenden a las personas más próximas —repuso Christer, asintiendo con expresión sombría—. Un amigo o un familiar que durante mucho tiempo se ha sentido mal de repente se anima y parece alegre y positivo. Entonces sus allegados respiran aliviados, creyendo que el peligro ha pasado, sin ser conscientes de que la mejora en el estado de ánimo es la mayor señal de alarma.

—Entonces todos sabían que pasaría algo —intervino Ruben, dejando escapar un silbido por lo bajo.

Con el rabillo del ojo, Mina vio que Bosse se acercaba cada vez más al bollo que Christer había dejado sobre la mesa, cerca del borde.

—Creo que Erika ha corrido la misma suerte que los otros dos —concluyó Christer, mientras desplazaba el bollo hacia un lugar seguro, para evidente decepción del perro.

—Buen trabajo, Christer —lo felicitó Julia—. Imagino que ya sabéis lo que eso significa. Tendremos que buscar a fondo por los túneles, para ver si encontramos a Erika. Con un poco de suerte, podremos empezar mañana mismo. También hay que localizar a los amigos de Tom el Loco que quizá sigan viviendo allá abajo, pero eso será una tarea aparte. Cada cosa a su tiempo.

Mina tragó saliva. Casi podía oír el leve rumor de las patitas de las ratas y sentir en las fosas nasales el olor a orina y basura acumulada. Por otro lado, tenía tantas ganas como los demás de hacer progresos. Si Christer tenía razón y Erika Sävelden era otra víctima y sus huesos se encontraban en los túneles del metro, el hallazgo supondría un gran avance en la investigación. Los asesinos eran seres humanos y cometían errores. Los huesos de Erika podían aportar al equipo el impulso necesario para resolver el caso.

—Mina, sé que tienes mucho interés en seguir investigando a Gustaf Brons, y los jefes están de acuerdo en que lo hagas —anunció Julia—. Intenta encontrar alguna conexión entre él y las diferentes víctimas. —Después se volvió hacia el resto del grupo—. Por otro lado, quiero que todos consideréis con la máxima cautela la conexión con Dragan Manojlovic. Todavía estoy a la espera de órdenes superiores acerca del tratamiento que debemos darle al asunto, para no entrar en conflicto con otros intereses. La investigación de la NOA se encuentra en estos momentos en una fase delicada. Por lo tanto, si tenéis dudas sobre la manera de proceder en algún aspecto concreto, consultadlo directamente conmigo y yo trataré de buscar la solución.

Julia se volvió otra vez hacia Mina.

—Desde que has vuelto de la morgue, no hemos tenido tiempo de hablar. ¿Alguna novedad? Una exhumación siempre es una intromisión grave en la dignidad de la persona fallecida, por lo que espero que no haya sido en vano.

—Sí y no —respondió Mina—. No hay nada nuevo, pero hemos podido comprobar que los huesos de Marcus Eriksson recibieron exactamente el mismo tratamiento que los de Jon Langseth. Están igual de limpios. Y Loke, el asistente de Milda, está convencido de que Vincent tenía razón. Según su teoría, el método utilizado fue en primer lugar la cocción de los huesos y, en segundo lugar, la acción de algún tipo de escarabajo.

—Qué puto asco —comentó Adam por lo bajo, con cara de querer rascarse todo el cuerpo.

Mina ya había notado que tenía cierta aversión a los bichos y que se iba a la otra punta de la sala cuando veía una simple arañita. En eso Mina se identificaba plenamente con él. Le entraban escalofríos con solo oír la palabra *escarabajo*.

—Parece razonable —apuntó Vincent a sus espaldas.

Mina se volvió para mirarlo.

—Es una teoría bastante sensata —prosiguió el mentalista—. Me gustaría que alguien la pusiera a prueba.

—Loke ya lo ha sugerido —repuso Mina—. Lo intentará con huesos de cerdo, para ver si obtiene resultados comparables a los de los restos hallados en el metro.

—¿De dónde piensa sacar los escarabajos? —se interesó Ruben, sin notar que la cara de Adam había adquirido un tono decididamente verdoso.

Había empezado a rascarse los brazos y Mina tuvo que hacer un esfuerzo para no imitarlo, sobre todo porque su piel castigada por los desinfectantes no toleraba los rasguños.

—Eso... no se lo he preguntado —respondió, y tragó saliva.

—Bueno, yo he quedado con Loke después de esta reunión —dijo Vincent—. Vamos a visitar a un entomólogo para obtener información sobre los escarabajos.

—Sí, se puso contento como un niño en Navidad cuando llamé a Milda para pedírselo —observó Julia. Luego se pasó las manos por la chaqueta. Ni siquiera ella parecía completamente inmune a la aprensión que causaban los insectos—. Creo que por ahora hemos terminado —anunció—. Solo una cosa más —añadió, y se aclaró la garganta—. A propósito de niños y de las fiestas, he preparado unos regalitos de Navidad para las trillizas. —Lanzó una mirada a la silla vacía de Peder—. Y una cesta navideña para Anette. Todo el que quiera puede acompañarme a llevárselos esta tarde.

Cayó el silencio sobre la sala, solo interrumpido por la melodía lejana de *All I Want for Christmas* en el pasillo.

Al cabo de unos segundos, todos se despidieron con una inclinación de la cabeza y se fueron levantando poco a poco para marcharse.

Mina detuvo a Vincent cuando ya se iba.

—Ya sé que vas a ver al experto en insectos, pero ¿tienes un minuto?

—Por supuesto —contestó él—. Todos los minutos que quieras. ¿Qué pasa?

Se apartaron del camino para no estorbar a los demás.

—Es sobre el interrogatorio de Gustaf Brons —dijo Mina—. Estuve hablando con Ruben sobre la razón de que Gustaf necesitara el dinero de Dragan y su respuesta fue: «Siempre es lo mismo: drogas, mujeres o juegos de azar». Algo en eso me hizo reaccionar, pero no sé exactamente qué. Lo único que me viene a la mente es una taza de café. ¿Sabes de dónde he podido sacar esa imagen?

A la propia Mina le pareció ridícula su pregunta, pero a Vincent se le iluminó la cara.

—Ahora lo entiendo —dijo—. Estoy casi seguro de que el punto débil de Gustaf es el juego.

—¿El juego? —preguntó Mina.

—Así es. Cuando lo interrogaste, utilizó una expresión propia del póquer, que no es de las más habituales. Solo la conocen quienes juegan mucho al póquer o sienten interés por todo lo relacionado con los naipes y los trucos de cartas, como es mi caso.

—¿Qué dijo? —repuso Mina, desconcertada—. No recuerdo ningún término de póquer. ¿Y qué tiene que ver eso con el café?

—Cuando se estaba yendo, le dijo a su abogado que tú le estabas haciendo *coffee housing* —respondió Vincent.

—No creo que haya oído nunca esa expresión.

—Justo lo que te estaba diciendo. La mayoría de la gente sabrá a qué te refieres si le hablas de un «farol» o de «ver y subir la apuesta», pero una expresión como *coffee housing* es mucho menos corriente.

—¿Y qué significa? —se interesó Mina—. ¿Dices que es algo que hice yo?

Se preparó para una de las largas disertaciones de Vincent. Una pregunta al mentalista sobre el significado de algo siempre comportaba un riesgo, pero necesitaba saberlo.

—Consiste en hacer comentarios durante la partida, por lo

general para confundir al adversario. Gustaf te acusó de hacerlo cuando le preguntaste si le habían pagado para matar a Jon. En los ambientes del póquer, el *coffee housing* se suele considerar deshonesto, y de hecho algunos casinos tienen normas que lo prohíben.

—Entonces ¿te parece probable que Gustaf sea un jugador compulsivo? —preguntó ella—. La adicción al juego ha devorado fortunas más grandes que la suya.

—Sí, es una suposición razonable.

Mina respiró aliviada. Se había enterado de lo que quería saber y la explicación de Vincent había sido mucho más breve de lo habitual.

—Por cierto, ¿sabías que hay tres teorías diferentes sobre el origen del póquer? —dijo el mentalista cuando ella ya se disponía a salir por la puerta.

Parecía que el tema lo entusiasmaba.

—Según una de ellas —prosiguió—, el póquer se originó en China en el siglo x, como evolución del juego del dominó, que ya existía durante el reinado del emperador Mu-Tsung. Otra teoría afirma que procede de un juego de cartas persa, inventado en algún momento del siglo xvii. Según la tercera teoría, deriva de un juego llamado *pocque*, que los inmigrantes franceses llevaron a Nueva Orleans, donde acabó convirtiéndose en el póquer tal como lo conocemos ahora. A mí esta última me parece la más verosímil, ya que el póquer tiene muchas similitudes con el *pocque*. Sin embargo, las primeras barajas solo tenían veinte cartas y no las cincuenta y dos actuales, y los palos eran los de la baraja española, que coinciden con los del tarot: oros, bastos, copas y espadas. De hecho, el tarot es muy interesante en este contexto...

Mina notó que Vincent hacía una pausa para respirar, antes de continuar, pero ella ya se había marchado de la habitación.

Vincent había ido directamente al garaje a buscar su coche tras la conversación. «*Coffee housing*», había oído Mina, y después había pensado en una taza de café sin saber por qué. El mentalista sonrió para sus adentros detrás del volante, mientras conducía en dirección a Djursholm. Era evidente que su amiga empezaba a pensar como él.

Una vez en Djursholm, giró por Strandvägen. Como no podía ser de otra manera, la calle más exclusiva del suburbio residencial más lujoso de Estocolmo se llamaba igual que la calle más cara del centro de la ciudad. Vincent sabía por Milda que Loke tenía mucho dinero, pero aun así le llamó la atención su dirección. A un lado de la calle había grandes mansiones, algunas semejantes a palacios, mientras que al otro lado se extendían los muelles, con barcos de muchos millones de coronas pertenecientes a los dueños de las casas.

Aunque el GPS le estaba indicando que había llegado a la dirección correcta, no pudo evitar comprobarlo una vez más. Ante él tenía una verja automatizada de unos tres metros de altura. El camino continuaba más allá de la verja, atravesaba un sendero y llegaba a la casona enorme que se divisaba entre los árboles.

Loke fue hacia él desde el otro lado de la verja, con un cigarrillo entre los labios. Cuando vio a Vincent en el coche, sonrió levemente y apagó la colilla. Salió por una puerta lateral, junto al portón principal, y se acercó al coche trotando, mientras se frotaba las manos.

—Hola, Vincent —dijo al entrar en el coche—. Hace un frío de muerte. ¿Vamos?

El mentalista arrancó. Durante los últimos tres años había visto a Loke de forma esporádica y siempre le había parecido el tipo de persona que pide perdón por existir cada vez que entra en una habitación. Más de una vez había barajado la idea de regalarle un libro sobre autoestima. Pero el joven que ahora tenía sentado a su lado estaba lleno de energía y casi saltaba de entusiasmo.

—Entonces ¿vamos a ver a uno de los entomólogos más importantes del país? —preguntó Loke, hablando más alto que nunca.

—Así es —respondió Vincent, mientras salía de Djursholm y tomaba la E4 en dirección sur—. Y además es especialista en escarabajos. Creo que te resultará interesante y que podrás interpretar lo que nos diga desde una perspectiva que yo no tengo. Al fin y al cabo, trabajas con cadáveres todos los días.

Hizo una pausa y miró a Loke con el rabillo del ojo. Su oficio consistía en interpretar a las personas, averiguar cómo se sentían y descubrir la mejor manera de tratarlas, pero Loke era un misterio para él. No le enviaba ninguna de las señales que estaba acostumbrado a captar. Era como contemplar un folio en blanco. No era culpa de Loke, por supuesto, pero el mentalista no acababa de sentirse cómodo.

—Tengo que preguntarte una cosa —dijo—, y te ruego que no me malinterpretes. He visto cómo vives. ¿Por qué trabajas en el Instituto de Medicina Forense? No parece que necesites el dinero.

Loke lo miró sorprendido.

—Soy osteólogo, experto en huesos y esqueletos —respondió—. Es lo que he estudiado y es mi pasión. Tú más que nadie deberías saber que es una bendición trabajar en lo que más te interesa. Además, Milda es un genio. Trabajaría con ella aunque tuviera que pagar por hacerlo.

Vincent asintió. Sí, podía entenderlo. Y no debería sorprenderle que el mayor interés de una persona fueran los huesos, teniendo en cuenta sus propias aficiones.

—Por cierto, quizá conozcas al entomólogo que vamos a ver ahora, ya que por lo visto sabes mucho de insectos —observó—. Se llama Sebastian Karabaj y vive en Häringe.

—Sí, los insectos son otra de mis aficiones, pero no conozco a ese entomólogo. ¿En serio se llama Karabaj? ¿Y estudia los escarabajos?

Loke emitió una sucesión de sonidos ásperos, que a Vincent le sonó como un acceso de tos de fumador, mezclado con una risita.

—Has oído hablar del determinismo nominativo, ¿verdad? —repuso Vincent—. La teoría de que el nombre puede influir en la orientación profesional de las personas.

—¿Te refieres a que en Inglaterra hay una proporción inusualmente elevada de panaderos llamados Baker? ¿Y a que Sigmund Freud, cuyo apellido significa «alegría», tenía un interés poco corriente en la sexualidad? ¿No fue Jung quien escribió al respecto?

Vincent asintió satisfecho. El muchacho no era ningún ignorante.

—Y ahora vamos a ver a Sebastian Karabaj —añadió Loke con una sonrisa irónica—. *Nomen est omen.*

—¿El nombre es el destino? ¿Dicho por alguien llamado Loke, que no es ni más ni menos que otra denominación de Loki, el dios del engaño?

—Sé de algunas personas que pensarían lo mismo —contestó el asistente de Milda, y después produjo la misma risa extraña de antes.

Vincent tomó un desvío justo antes de llegar al palacio de Häringe. Cuando estaban acercándose a la dirección indicada por el GPS, vieron aparecer una enorme mansión blanca, que en el paisaje invernal parecía una gigantesca escultura de nieve.

—¡Vaya! —exclamó Loke—. No sabía que los entomólogos ganaran tanto dinero. Milda debería cambiar de empleo.

—Pero piensa en el glamur —replicó Vincent—. No creo que los entomólogos tengan tantos fans como los expertos en huesos.

Loke volvió a soltar su peculiar risita.

Vincent aparcó al lado de un Hyundai, en la explanada delante de la mansión, y Loke encendió un cigarrillo en cuanto bajó del coche. Un hombre delgado, de pelo cano y de unos setenta años, enfundado en un voluminoso abrigo blanco de piel, salió por la puerta principal.

—Pasad, pasad —les dijo—. Aquí os moriréis de frío.

Loke dio unas cuantas caladas rápidas y a continuación arrojó la colilla en la nieve y la pisó. Tras echar una mirada a Sebastian Karabaj, la recogió y se la guardó en el bolsillo. Sebastian asintió brevemente, los hizo pasar y les indicó el perchero donde podían dejar sus abrigos.

—Esta es la casa de mi familia, que he tenido la suerte de heredar. Prácticamente me sale gratis vivir aquí. La entomología es mi pasión, pero nunca ha sido muy rentable.

Vincent le echó una mirada a Loke para confirmar que estaba pensando lo mismo que él. Era evidente que se habían equivocado respecto a la situación económica de Sebastian, aunque la imagen del entomólogo no parecía desmentir su idea inicial. Tenía una densa cabellera ondulada, blanca como la nieve, y vestía un impecable traje blanco de corte safari. Parecía un aventurero de otra época.

El mentalista miró a su alrededor. Había esperado encontrar la casa de un excéntrico, llena de animales disecados y libros de historia natural apilados hasta el techo, pero las habitaciones eran tan pulcras y cuidadas como el propio Sebastian. En efecto, en las paredes había cuadros con multitud de insectos clavados con alfileres, pero los marcos estaban situados a intervalos escrupulosamente regulares.

Sebastian los hizo pasar al salón y les indicó que se sentaran en unos grandes sillones de cuero, que les parecieron sumamente cómodos, aunque eran tan antiguos como el resto de la casa. Vincent casi podía ver a las sucesivas generaciones de la familia Karabaj sentadas en esos sillones. A través de las décadas, habrían ocupado esos asientos, donde habrían leído libros importantes, vestidos con sus trajes de aventureros.

—Me temo que con este frío el té no será suficiente —dijo Sebastian, dirigiéndose a un mueble bar—. Os serviré algo más fuerte.

—Yo no bebo —murmuró Loke.

Se había convertido otra vez en la persona callada y retraída que Vincent conocía.

—Y yo tengo que conducir —añadió el mentalista—. Pero gracias de todos modos.

Sebastian se encogió de hombros y se sirvió un vaso de una bebida color ámbar. Después cogió una pipeta, extrajo agua de otro vaso y dejó caer cuatro gotas en el suyo antes de sentarse en uno de los sillones.

—Entonces ¿os interesan los derméstidos? —preguntó—. Son unos bichos muy divertidos. ¿Sabéis que esa familia abarca unas ochocientas especies? Por desgracia, en Suecia solo tenemos treinta y seis. Son los limpiadores de la naturaleza.

—¿Por qué lo dices? —se interesó Vincent. Cada vez que cambiaba de posición, el sillón crujía.

—Como todos los escarabajos, los derméstidos tienen un desarrollo holometabólico —comenzó a explicar Sebastian, entre sorbos de su bebida.

—Obviamente —repuso Loke.

Vincent no pudo distinguir si lo había dicho en tono irónico o si tan solo sabía mucho del tema. Se decidió por lo segundo.

—Pasan por las cuatro etapas de huevo, larva, pupa e imago. Esta última fase corresponde al escarabajo totalmente formado. Cuando alcanzan el pleno desarrollo, se alimentan de polen y néctar, como muchos insectos. Pero en la fase larvaria consumen sobre todo alimentos de origen animal.

—¿Comen todo tipo de animales? —quiso saber Vincent.

—Siempre que estén muertos —respondió Sebastian, asintiendo—. Se alimentan de cadáveres. Limpian las carcasas de animales muertos en la naturaleza.

—Son necrófagos —murmuró Loke.

—¡Exacto! —exclamó Sebastian alegremente—. Y las diferentes especies se han especializado en distintos ámbitos. *Attagenus pellio*, más conocido como el escarabajo de las alfombras, come sobre todo pelo y pieles. Y como la lana es pelo, se os comerá los jerséis si lo metéis en casa, aunque tampoco despreciará otros productos textiles. El escarabajo del tocino, *Dermestes lardarius*, se encuentra en Suecia casi exclusivamente en el interior de las casas, donde se alimenta de pelo y restos de piel.

Vincent no pudo reprimir una mueca de asco. Mina se alegraría de no haber acudido a esa visita. Si hubiese estado allí, oyendo a Sebastian, no habría podido dormir en una semana.

—Pero imagino que los querréis ver con vuestros propios ojos —dijo el entomólogo—. Un momento.

Se levantó del sillón y al cabo de un instante regresó con uno de los cuadros que colgaban de la pared y se lo entregó a Vincent. Dentro del marco había gran cantidad de escarabajos diminutos, cada uno con un minúsculo cartel debajo que indicaba la especie a la que pertenecía.

—En Suecia no encontramos muchas variedades del género *Anthrenus*, porque la mayoría no sobrevive en nuestro clima —explicó Sebastian, acomodándose otra vez en el sillón—. Solo cuatro especies pueden vivir aquí, y una de ellas es la que veis ahí abajo, a la izquierda.

Vincent se fijó en un insecto de aspecto corriente, marrón oscuro con dibujos blancos.

—Es *Anthrenus museorum* —añadió Sebastian, antes de dar otro sorbo a su bebida—. El escarabajo de los museos, un insecto particularmente voraz. Sus larvas viven en nidos de pájaros y de avispas, pero también en los sacos donde algunas arañas hacen su puesta, y entonces se comen los huevos que no hacen eclosión. Y si tienen suerte y encuentran una mosca muerta, la devoran también.

Vincent se dijo que jamás le contaría nada de eso a Mina.

—¿Por qué los llaman «escarabajos de los museos»? Entiendo lo del tocino, pero ¿los museos?

—Porque si entran en un museo acaban con todos los animales disecados. Comen pieles, lana, alfombras, seda, plumas, cuero... Sufrir una infestación de estos insectos es la peor pesadilla de cualquier museo de historia natural.

Vincent asintió, pensativo. Lo que estaba diciendo Sebastian le sonaba familiar.

—Buscamos a alguien que disponga de gran cantidad de esos escarabajos —afirmó—. ¿Cómo podemos hacer para encontrarlo? ¿Existe algún foro al que podamos dirigirnos, o quizá una asociación? Supongo que las colecciones de escarabajos vivos no son muy corrientes.

Sebastian se acabó su copa antes de responder.

—*Anthrenus museorum* es la especie más común de este género que tenemos en Suecia —afirmó a continuación—. Se encuentra en todas partes, incluso donde preferiríamos que no estuviera.

Y, al decirlo, echó una mirada al sillón donde estaba sentado Vincent. De pronto, la imagen de todas las generaciones que lo habían utilizado antes que él dejó de ser agradable para el mentalista. Todos los pelos y restos de piel que habrían caído en ese tapizado a lo largo de las décadas debían de haber constituido un auténtico festín para los escarabajos. Vincent tuvo que hacer un esfuerzo para no levantarse de inmediato. De repente entendió cómo debía de sentirse Mina.

—Pero es un poco más complicado —prosiguió Sebastian—. Los escarabajos que por lo general se emplean para limpiar huesos son de otra especie. En el extranjero, se suele utilizar *Dermestes maculatus*, mientras que en Suecia trabajamos con *Dermestes haemorrhoidalis*. —Volvió la vista hacia la ventana—. Con este tiempo, hacen falta terrarios climatizados para mantener las larvas con vida. Además, los escarabajos completan su metamorfosis en un mes y medio. Por lo tanto, lo que en otoño eran larvas, ahora son escarabajos adultos. Tenéis que saber lo que buscáis, si queréis encontrarlo. ¿Me permitís que os diga algo, con toda confianza? —Se volvió hacia Vincent, arqueó una ceja y se metió las manos en los bolsillos.

El mentalista hizo un amplio gesto con los brazos para animarlo a hablar.

—Todo lo que pueda ayudar —dijo.

—Espero de veras que tengáis una pista mejor —confesó Sebastian—. No le contéis a nadie que lo he dicho yo, pero los aficionados a los insectos son gente un poco rara.

—Entonces ¿vas a disfrazarte de Papá Noel? —preguntó Mina, señalando con la cabeza la bolsa que Christer estaba preparando.

—Sí, porque según Ruben tengo la barriga perfecta —respondió él, evitando la mirada de Mina.

Todo lo relacionado con Peder seguía siendo triste y doloroso para ellos.

—Pero tú también vendrás, ¿no? —añadió.

Mina negó enérgicamente con la cabeza.

—Ya sé que hago mal —contestó—, pero no me siento capaz. Todavía no. Necesito hacerlo a mi ritmo...

Se dio cuenta de lo hueca que sonaba su excusa para no ver a Anette y las trillizas. Ellas no podían huir de su dolor. Vivían inmersas en la tristeza, cada día y cada minuto.

—Tranquila —dijo Christer, y durante una fracción de segundo le apoyó una mano en el hombro, pero enseguida la retiró—. Disculpa —dijo—. Lo he hecho sin pensar.

—No es nada —replicó Mina, sinceramente.

Christer sonrió sin decir nada y siguió guardando su disfraz de Papá Noel, con su correspondiente barba blanca, que dobló con cuidado.

—Pero hay una cosa que me gustaría que vieras antes de irte —añadió Mina, empuñando el ratón del ordenador—. ¿Tienes tiempo?

—Sí, claro que sí —respondió Christer, mientras cerraba la bolsa y la levantaba tentativamente para ver cuánto pesaba—. ¿De qué se trata?

—Juegos de azar. Gustaf Brons ha tenido unos ingresos muy importantes en los últimos años y no me cuadra que necesitara el dinero de los serbios, a menos que fuera un pago a cambio de algo. Una posible explicación podría ser la adicción al juego. ¿Podrías utilizar tus contactos en las empresas de apuestas para tratar de encontrar algo que demuestre que Gustaf Brons apostó y perdió grandes cantidades de dinero?

—Eso sería pedirles que revelen datos de sus clientes —replicó Christer pensativo—. Supongo que no tendrás una orden judicial en el bolsillo, ¿no?

Mina negó con la cabeza.

—Todavía no. Tendrás que hacer lo que puedas sin infringir la ley. Sé que tienes buenos contactos desde hace tiempo y he pensado que quizá podrías... hablar con ellos. Y, al mismo tiempo, ver si hay algo interesante en la parte más accesible de las finanzas de Gustaf en los últimos... ¿cinco años?

—Sí, por supuesto —respondió Christer, poniéndose la chaqueta. Después se echó la bolsa al hombro—. ¿No has cambiado de opinión?

—No. Necesito más tiempo. Pero abraza a Anette de mi parte.

—Papá Noel promete que le dará ese abrazo, ¡jo, jo, jo! —exclamó Christer, dándose una palmada en el abultado vientre.

Mina sonrió y se lo quedó mirando mientras se alejaba. Aún podía sentir la calidez de su mano en el hombro.

Julia sabía que no sería suficiente con los regalos, pero al menos era algo, un intento de que Anette y las trillizas tuvieran una vida normal. Era la primera Navidad que las niñas pasaban sin su padre y Anette sin su marido, la primera de todas las Navidades del resto de sus vidas. No había en el mundo un regalo que pudiera compensar esa pérdida.

Pero Christer se había vestido de Papá Noel y llevaba al hombro un saco de regalos. Era lo único que podían hacer. Eso y estar con ellas. El grupo de policías casi al completo se reunió delante de la pequeña casa adosada y esperó un segundo para armarse de valor. Nadie dijo nada.

Ruben se concentró en quitarse la nieve de las botas. Julia buscó a Adam con la mirada, pero él también había bajado la vista, como los demás. Respiró hondo y llamó al timbre. A través de la puerta, oyó que las trillizas venían corriendo.

—¡Mamá! ¡Están llamando a la puerta!

—¿Quién será, mamá?

Pasaron unos segundos antes de que Anette abriera, y entonces las trillizas salieron en tromba y rodearon a Julia en la nieve. A Molly se le iluminó la cara cuando vio a Christer.

—*¡Kiste! ¡Kiste! ¡Papá Noel!* —exclamó, arrojándose sobre él de tal manera que estuvo a punto de derribarlo con la bolsa y todo.

La expresión de la niña no tardó en pasar de la alegría al desconcierto.

—¿Y tío *Asse*? ¿No *tá*?

Julia miró a Christer arqueando las cejas, sorprendida. No sabía que Lasse y él tuvieran la costumbre de visitar a las niñas.

—¿Qué pasa? —reaccionó Christer—. Yo tampoco sé lo que haces tú en tu tiempo libre.

En eso tenía razón, desde luego. Y la sonrisa que se formó en la comisura de los labios de Adam le recordó que tenía suerte de que fuera así.

—Adelante —dijo Anette, señalándoles el lugar donde podían dejar los abrigos.

Julia le entregó la cesta navideña que le había preparado y le dio un abrazo.

—He traído bollitos de azafrán —dijo Adam, tendiéndole una bolsa.

—Y yo he traído *glögg* —añadió Ruben—. Solo falta agregarle las especias.

—Espero que esté muy fuerte —comentó Anette, echando una mirada al cuarto de estar, hacia donde las trillizas habían arrastrado a Christer, casi sin darle tiempo a quitarse los zapatos.

Los otros fueron detrás y se sentaron en el salón, mientras Ruben trajinaba en la cocina con Anette. Al cabo de un rato, salieron con la merienda navideña. Anette se sentó en el sofá con un profundo suspiro. Las trillizas, por su parte, parecían haber olvidado que Christer era un Papá Noel cargado de regalos y lo habían convertido en una escalera humana por la que no dejaban de trepar. El policía estaba tumbado en el suelo, totalmente superado.

—Este es probablemente mi primer minuto libre en lo que

va de mes —dijo Anette, recostándose contra el respaldo del sofá con los ojos cerrados.

—¿Cómo estás? —le preguntó Julia en voz baja.

Anette abrió los ojos y se encogió de hombros.

—Intento encontrar cada día un momento de felicidad y disfrutarlo —respondió—. Pero no es fácil. A veces me siento culpable cuando lo paso bien. —Una sombra recorrió el rostro de Anette, que enseguida desvió la vista.

Julia la miró y después contempló a las trillizas, que jugaban con su colega y habían llenado de juguetes el salón. Si uno no se fijaba mucho, Anette y las niñas parecían una familia normal. Pero el dolor siempre estaba presente. La sonrisa de Anette rara vez le iluminaba los ojos. Su familia había sido destrozada por un loco con una pistola y nunca nada volvería a ser como antes.

Julia no tenía un arma de fuego en la mano, pero era como si la tuviera, teniendo en cuenta lo que estaba a punto de hacerle a su familia, a Torkel y a Harry. Pero, a diferencia de Anette, ella podía escoger. Podía echarse atrás y no destrozar su familia, si es que todavía la tenía.

Debía hablar con Adam cuanto antes.

Cuando Vincent llegó a casa, Benjamin y Rebecka ya estaban cenando en la cocina, si es que un plato de fideos instantáneos podía considerarse una cena. Ni siquiera era seguro que tuviera algún valor nutritivo.

—¿A quién le tocaba cocinar? —preguntó desde el recibidor, mientras se quitaba los zapatos.

Benjamin se encogió de hombros.

—Creo que te tocaba a ti, pero ya lo hemos hecho nosotros. No había casi nada en la nevera.

Vincent dejó escapar un suspiro. Había olvidado por completo hacer la compra, como tantas cosas que se le olvidaban desde hacía un tiempo. Y como una factura recibida puntualmente a fin de mes, le volvió el dolor de cabeza mientras colgaba el abrigo del perchero.

—Por cierto, papá, ¿qué es esto? —preguntó Benjamin, agitando una cartulina.

Vincent entró en la cocina y la cogió. Era una de las postales que le había dado Umberto y que alguien había dejado en la recepción de ShowLife Productions. Vincent se encogió de hombros, fue a buscar la otra y la depositó junto a la primera sobre la mesa, delante de Benjamin.

—Antes de que existiera Instagram, escribíamos nuestras mediocridades..., perdón, nuestras reflexiones más profundas en tarjetas postales —dijo—. Estas de aquí me las ha enviado un admirador desconocido. Adelante, disfrutad de la fama de vuestro padre.

Sin dejar de sorber los fideos, Rebecka cogió una de las postales.

—«Gotera continua en tiempo de lluvia y mujer rencillosa son semejantes» —leyó—. Bienvenido a los valores del siglo pasado. Genial, papá. ¿De dónde sacas estos fans?

—«Lazo es al hombre hacer apresuradamente promesas, y después de hacerlo, reflexionar» —leyó Benjamin en la otra—. Estoy de acuerdo en que son un poco extrañas las frases, pero lo más curioso es la manera de formularlas. Rechinan un poco, ¿no? Parecen traducidas. O quizá solo sean antiguas, como dice Rebecka.

Vincent estuvo a punto de echarse a reír. Como era de esperar, Rebecka había pensado de inmediato en el tipo de persona que había enviado las postales. Así era ella. Todo lo relacionaba con el contexto social. Benjamin, en cambio, se había fijado en la estructura gramatical. El cerebro analítico de su hijo probablemente ya habría empezado a buscar patrones en las letras. Era como si Vincent hubiera repartido los rasgos de su personalidad entre los dos.

Se abrió de golpe la puerta principal y Aston entró corriendo sin quitarse el abrigo, ni los guantes, ni la gorra, cubierto de nieve de pies a cabeza.

—¡Me estoy haciendo cacaaaaaaa! —gritó, y salió disparado hacia el baño, sin quitarse tampoco las botas.

Suspirando, Vincent fue al armario de las escobas y sacó una fregona para secar el suelo del pasillo. Si Benjamin y Rebecka eran dos reflejos diferentes de su forma de ser, ¿qué parte de su personalidad había heredado Aston? No estaba seguro de querer averiguarlo.

—Espero que hayas comido mucha nieve —le gritó a su hijo, a través de la puerta cerrada del baño—, porque se me ha olvidado hacer la compra para la cena.

Tendría que llevarlo en el coche a comer una hamburguesa en el centro de Tyresö. A los otros dos también, por supuesto, si contra todo pronóstico querían acompañarlos.

Le sorprendía que Maria aún no hubiese vuelto a casa, pero tampoco recordaba si tenía algo que hacer durante el día. Habría sido fácil llamarla por teléfono para preguntárselo, pero no le apetecía hablar con ella. Sabía que le preguntaría por Mina y él le tendría que responder.

De repente, creyó ver algo con el rabillo del ojo y se giró hacia el cuarto de estar, pero no había nada. Se había equivocado. Pero por un momento le había parecido ver algo en la pared. Letras. O tal vez una palabra. Frunció el ceño, mientras su habitual dolor de cabeza se volvía más intenso.

QUEDAN NUEVE DÍAS

En esta ocasión, Mina estaba mejor preparada para bajar a los túneles del metro que la vez anterior. Un día antes se había asegurado de conseguir un buen par de botas resistentes, que pensaba tirar a la basura en cuanto terminara la búsqueda. Llevaba guantes de abrigo debido al frío intenso en los túneles, pero se había puesto por encima guantes desechables de talla XL. Tenía cinco pares más en el bolsillo. Por último, también llevaba mascarilla.

Ruben, que caminaba a su lado, no tenía ninguna protección, a menos que contara como tal su descomunal gorro con orejeras. Por lo visto, era un regalo navideño adelantado de su hija, pero sus dimensiones no eran normales.

—Joder, aquí abajo te congelas —masculló Ruben, rodeándose el cuerpo con los brazos después de bajar del andén en la estación de Odenplan para adentrarse en el túnel—. No me imaginaba que haría tanto frío.

—Desde luego, no es el mejor lugar para pasar los últimos días antes de Navidad —comentó Mina, pensando en Nathalie, con quien prácticamente no había tenido tiempo de hablar desde que se había mudado a su casa.

La empleada del metro de Estocolmo que los acompañaba por motivos de seguridad sonrió divertida.

—Pero ¿no os parece interesante toda la historia que hay

aquí abajo? —apuntó—. En cuanto a ti..., ¿cómo te llamabas? ¿Ruben? Lo siento mucho, pero deberías ponerte el casco.

Mina había desinfectado el suyo nada más recibirlo. Ruben todavía lo llevaba en la mano.

—El gorro de Astrid es toda la protección que necesito —replicó, mirando a la empleada del metro.

La mujer tenía su parte de razón en lo referente a la historia. Lo que les había contado era interesante, al menos en las primeras estaciones que habían visitado. Pero la explicación de un nuevo cambio de agujas perdía rápidamente su encanto.

Según la teoría que los había llevado hasta allí, los huesos de Jon Langseth habían sido hallados cerca de una estación, y también los de Marcus Eriksson, si habían de creer a Tom el Loco; por lo tanto, era muy probable que el asesino quisiera que los encontraran. Por eso, si había más huesos en los túneles, tenían que estar cerca de una estación. Esperaban que así fuera, porque registrar todo el sistema de túneles habría sido tarea imposible.

—La red de metro de Estocolmo tiene un centenar de estaciones —murmuró Mina—, cuarenta y siete de las cuales son subterráneas. Ahora nos dirigimos a la tercera, y creo que Adam y Julia han visitado cuatro. Si los otros dos equipos han hecho tantas como nosotros en un día, tendremos que prepararnos para celebrar la Navidad bajo tierra, porque vamos a pasar bastante tiempo aquí en las profundidades.

Encendieron las linternas y se adentraron en el túnel. La luz de los andenes, a sus espaldas, se fue volviendo cada vez más tenue. Al cabo de unos minutos consideraron que ya habían avanzado lo suficiente. Tampoco en ese túnel había ningún montón de grava. Mina empezaba a sentirse decepcionada. Aunque un hallazgo habría revelado una nueva tragedia, al menos habría sido un cambio. De repente, le sonó el teléfono en el bolsillo. Lo sacó y miró la pantalla. Era Julia.

—¿Sí? —contestó.

—Hola —la saludó Julia, con la respiración algo agitada—. Estamos en Karlaplan. Hemos encontrado otro montón de huesos. Adam acaba de llamar a los técnicos de la policía científica. Todavía no han llegado, pero apostaría dinero a que Christer tiene razón y son los restos de la conferenciante desaparecida, Erika Sävelden.

La linterna de Mina iluminó algo extraño un poco más adelante. Ruben ahogó un grito, mientras ella se paraba en seco.

—Si la de allí es Erika —dijo Mina, hablando despacio al teléfono—, entonces ¿quién está aquí?

El haz de luz bailaba sobre un montón de grava unos pasos más adelante. El montículo tenía las dimensiones adecuadas para esconder un esqueleto humano y algo blanco sobresalía por un costado.

—Podría llevaros a la estación de todos modos —dijo Vincent—. Os espera un viaje bastante largo hasta la casa de tus padres.

Maria y Aston se estaban poniendo los abrigos en el recibidor. Maria había preparado una maleta de enorme tamaño y Aston luchaba con una mochila que evidentemente no estaba diseñada para un niño de su edad. En invierno el equipaje adquiría unas dimensiones monstruosas.

—No hace falta —replicó Maria decidida—. Podemos ir en autobús a la estación Central. Ya sabes que a Aston le encanta. Además, sería una pena que te distrajeras con nosotros. Piensa que en cualquier momento podrían necesitarte para esa... investigación policial.

Vincent sabía perfectamente a qué se refería su mujer. O, mejor dicho, a quién. Pero no tenía fuerzas para discutir con ella otra vez. Además, debía reconocer que las constantes acusaciones de Maria habían empezado a adquirir visos de realidad. Era cierto que Mina ocupaba la mayor parte de sus pensamientos. Las cosas nunca llegarían a más y él lo sabía, pero también sabía que sin Mina estaba perdido. Por desgracia, no podía decir lo mismo de su mujer. Quizá en algún momento del pasado había sido así, pero ya no. Por fortuna, Mina no sentía nada por él, porque de otro modo habría sido bastante más difícil.

—¡Iremos en bus y en tren! —rugió Aston en cuanto consiguió colgarse la mochila a la espalda—. ¡En el autobús me sentaré delante del todo!

—A menos que suba alguna persona mayor que necesite el asiento más que tú —sentenció Maria—. En ese caso, tendrás que cedérselo.

—O podría sentarse en mi regazo y contarme cuentos —repuso él.

Vincent le sonrió a su hijo y luego miró a su mujer. Se dio cuenta de lo poco que sabía de ella. Seguía sin conocerla, después de tantos años. Al principio solo había habido pasión entre ellos, pura lujuria. Al cabo de un tiempo, cuando Maria le había dicho que no hacía falta tanto sexo, ya vivían juntos. Sin conocerse realmente. Vincent sabía que ella había hecho serios intentos de comprenderlo, pero no estaba muy seguro de los resultados.

¿De verdad era posible saber algo de otra persona que no fueran las propias proyecciones y las suposiciones infundadas que uno mismo hacía? Probablemente no. Por supuesto que echaría de menos a Maria, en caso de separarse de ella. Pero ¿hasta qué punto? Ni siquiera se atrevía a hacerse esa pregunta.

Maria llevaba unos minutos buscando unos guantes que estuvieran secos para Aston. De pronto se detuvo y se volvió hacia Vincent con mirada extrañada, como si pudiera leerle el pensamiento.

—Últimamente estás muy callado —observó—. ¿Va todo bien?

Vincent hizo un gesto negativo. Sin duda no iba todo bien.

—Es solo que me duele mucho la cabeza —repuso—. Y cada vez con más frecuencia me invade una sensación desagradable.

—No te debe de haber sentado bien quedarte tanto tiempo

en casa durante el otoño —dijo ella—. Cuando llega la oscuridad del invierno, se siente más la soledad.

Le entregó a Aston sus guantes. Luego estiró el cuello y le dio a Vincent un beso en la mejilla. Apoyó la mano donde acababa de besarlo y lo miró a los ojos.

—¿Me prometes que vendrás? —le preguntó.

—Te lo prometo —respondió él, cogiendo su mano entre las suyas—. Lo que no puedo prometer es que me vaya a comer las manitas de cerdo de tu padre.

—¿El abuelo tiene manos de cerdo? —preguntó Aston con cara de horror—. ¡Nunca se las he visto!

—Pídele que te las enseñe —replicó Vincent, mientras los acompañaba hasta la puerta—. ¡Son grandes y peludas!

Mientras salían, lo asaltó de pronto una poderosa sensación de que nunca los volvería a ver y estuvo a punto de desmoronarse. Habría querido salir tras ellos en calcetines, por la nieve. Abrazarlos, decirles lo mucho que los quería y pedirles que no se marcharan. En lugar de eso, respiró hondo y cerró la puerta.

Mina entró en su apartamento. Julia le había dado permiso para volver a casa y ducharse después de bajar a los túneles. La gruesa ropa de invierno, los guantes y la mascarilla le habían sido útiles, pero aun así podía sentir la suciedad infiltrándose por sus poros. Había dejado las botas fuera de la puerta, en el pasillo. Quería desnudarse lo antes posible, en el recibidor. Se quitó los pantalones, el jersey..., y entonces vio los zapatos.

Le llevó medio segundo recordar de quién eran. De Nathalie. Había olvidado por completo que su hija tenía una llave del apartamento. Rápidamente, se puso otra vez el jersey y recogió los pantalones del suelo, pero congeló el movimiento antes de empezar a ponérselos.

La puerta del estudio estaba abierta.

Siempre tenía cuidado para mantenerla cerrada. Fuera, en el suelo del salón, había varias pilas de cajas de cartón. Mina sabía muy bien lo que contenían: desinfectante y gel hidroalcohólico. A su lado se amontonaban los utensilios y productos de limpieza que antes ocupaban la mayor parte de la habitación. Y, por si fuera poco, oyó que Nathalie seguía moviendo cosas dentro del estudio.

—¿Mamá? —dijo su hija, asomando la cabeza por la puerta—. ¡Hola! Estoy limpiando un poco. No sé por qué tenías tantas cajas y trastos aquí dentro. Parecía más un almacén que un escritorio, pero creo que ahora podré instalarme aquí. Me daba mucha pena que durmieras en el sofá mientras yo me quedaba con tu dormitorio. Esta habitación quedará perfecta si la arreglamos un poco. Pero ¿por qué te has quitado los pantalones?

Mina no hacía más que mirarla, sin saber qué decir. Se dirigió al cuarto de estar y dejó los pantalones sobre una pila de cajas. Ahí quedaba lo que para ella había sido una manera perfectamente razonable de vivir, la única posible en los últimos tiempos, una oscura vergüenza que ocultaba al mundo para que no la vieran como una especie de monstruo. Ahora su secreto estaba ahí, a la vista, esparcido por el suelo. Con su hija en medio de todo.

—No puedes... —balbució Mina—. No es... —Carraspeó y empezó de nuevo. ¿Cómo haría para decírselo?—. Tengo que... contarte algo.

—¿Que estás totalmente trastornada? —replicó Nathalie riendo—. Ya lo sé. Nunca he visto a nadie que necesitara tener doscientos pares de bragas en casa.

—Es mi... —dijo Mina en voz baja. Iba a decir «mi vida», pero se contuvo en el último momento—. No tienes derecho a hacer esto. Algunas cosas son privadas. No puedes venir y...

—Pero, mamá —replicó Nathalie—. Solo son cosas de limpieza y un poco de ropa interior. Vale, no es «un poco». Es una cantidad absurda de ropa interior. Pero no es como si hubiera descubierto unas mazmorras donde azotas a niños pequeños ni nada por el estilo. Son unas cuantas cosas guardadas en cajas y nada más. Si las organizamos un poco, la mayoría cabrá en tu dormitorio.

Su hija la miró entrecerrando los ojos antes de continuar.

—Espero de verdad encontrar algo mucho más privado la próxima vez que me quede sola en tu apartamento. No será fácil hacerte rabiar por unas bragas y un poco de desinfectante.

Mina observó a su hija, tratando de descubrir el desprecio en sus ojos o la desaprobación en la curvatura de su boca. O quizá el miedo al saber que su madre era una enferma. Pero no vio nada de eso. Nathalie solo parecía... despreocupada y alegre.

—Ven, ayúdame a limpiar —le dijo su hija con una sonrisa, tendiéndole un par de guantes de goma, aunque ella no llevaba puesto ninguno.

Mina tragó saliva. No solo habían conquistado su fortaleza y bajado el puente levadizo, sino que ahora los fantasmas del castillo se paseaban a la luz del día. No estaba preparada. Pero supuso que probablemente nunca lo estaría. Y acababa de vivir algo mucho peor. Había bajado a los túneles del metro de Estocolmo y había sobrevivido. Ya se ducharía más tarde. Volvió a tragar saliva y después sonrió.

—¿Limpiar, dices? —repitió mientras se ponía los guantes desechables—. Deja que te enseñe cómo lo hace una profesional.

Niklas estaba de pie junto a la ventana de su despacho, como tantas veces en los últimos tiempos. La gente que pasaba por la calle, enfundada en pesados abrigos de invierno, iba cargada con bolsas y paquetes, y parecía feliz. Pero cualquiera de esas personas podía ir a buscarlo, porque cada día que pasaba, aumentaba la probabilidad de que su destino lo estuviera esperando allá abajo, en la calle.

—Hemos tomado declaración a todos los que estaban trabajando en el estudio de televisión hace dos días —dijo Tor tras él—. Los servicios de seguridad también han investigado sus antecedentes, sus círculos sociales y sus simpatías políticas.

—¿Sus simpatías políticas? —preguntó Niklas, volviéndose—. ¿Podemos hacerlo?

Tor se encogió de hombros.

—En cualquier caso, lo hemos hecho. Pero tú puedes fingir que no lo sabes, si te parece más soportable.

Niklas se dejó caer en su silla y se pasó las manos por la cara.

—¿Y bien? —replicó—. ¿Qué habéis descubierto?

Tor tragó saliva antes de responder y su nuez se movió visiblemente arriba y abajo. Su incomodidad habría podido resultar incluso cómica, de no haber sido por la gravedad del asunto.

—Nada —contestó con voz vacilante—. Nadie tenía nada digno de mención, aparte de una infidelidad matrimonial, pero me cuesta creer que eso pueda revestir alguna importancia. Toda la redacción del programa matinal está trastornada, la dirección de SVT se ha disculpado de manera extraoficial y...

—¿De manera extraoficial? —preguntó Niklas, arqueando las cejas.

Tor se aclaró la garganta.

—Queremos mantener el incidente en secreto, para que el culpable no obtenga la confirmación que busca. Y la televisión no puede emitir una disculpa oficial si no ha pasado nada. Los presentadores, el personal del estudio y los operadores de las cámaras que estaban trabajando en el plató no se explican que haya podido ocurrir algo así delante de sus narices. Están desolados.

—Entonces ¿la persona en cuestión entró y salió sin que nadie la viera?

—No, eso es imposible —replicó Tor—. Los guardias habrían notado inmediatamente la presencia de un intruso en el estudio.

Niklas giró la silla para mirar otra vez por la ventana. Un hombre pasaba por la calle con la cabeza gacha, de cara a la nieve.

—¿Eso significa que fue alguien que estaba trabajando?

—Me temo que eso también parece imposible. Habíamos hecho un control previo de todos los presentes. Todas las personas que se encontraban en el estudio tenían el visto bueno de los servicios de seguridad.

El hombre que iba por la calle le resultaba familiar a Niklas. Tenía la sensación de haberlo visto antes.

—Mira allí abajo —dijo, señalando la ventana—. Ese tipo de ahí. Lo he visto muchas veces, siempre ahí fuera. ¿Qué está haciendo? Juraría que me está vigilando. Tienes guardias en la calle, ¿no? Diles que lo detengan.

Tor echó un vistazo por la ventana y suspiró.

—Es nuestro conserje —replicó—. Sale del trabajo a esta hora todos los días.

Por supuesto. Ahora Niklas lo reconocía. Solo faltaba que se pusiera paranoico. Volvió a observar al hombre que andaba bajo la nieve. Cuando pasaran los días, el conserje seguiría recorriendo el mismo camino a su casa. Probablemente tendría una familia en Södermalm, que esperaría ansiosa su regreso, o tal vez viviría solo en un estudio en Upplands Väsby. Era difícil saberlo, pero seguramente seguiría haciendo lo mismo, semana tras semana. Sin embargo, Niklas ya no existiría.

Cerró los ojos y volvió a ver el símbolo en su mente.

Un ocho en forma de recipiente con la mitad inferior llena.

—Puedes irte —le dijo a Tor con voz cansada, sin abrir los ojos.

Era posible que hubiera llegado el momento de aceptar los hechos. ¿Por qué no? Los últimos veinte años habían sido fantásticos. Pero todo lo bueno se acaba tarde o temprano. Dentro de nueve días, todo habría terminado y entonces él ya no existiría. Se preguntó si Nathalie podría entenderlo. Solo esperaba no sufrir mucho, cuando llegara su hora.

Mina estaba esperando a Vincent en el parque de Kronoberg, en lo alto de la colina, al lado de la jefatura. Necesitaba un cambio de aires y a la vez refrescarse un poco, después de limpiar con Nathalie su apartamento. Ya no podía ducharse todas las veces que quisiera, ahora que tenía a su hija en casa. Tenía que conformarse con una sola ducha al día.

Exhaló y se quedó mirando fascinada la condensación suspendida en el aire, delante de su boca. Puede que fueran imaginaciones suyas, pero le pareció ver que se formaban cristales de hielo en la nubecilla de vapor, que enseguida se fundían.

El invierno no la volvía loca, pero el frío era maravilloso. El frío conservaba y desinfectaba, retenía las cosas en el tiempo y en el espacio. Cuando los demás se reían de ella y la llamaban «reina de hielo», no se daban cuenta de que le estaban haciendo un cumplido.

Un hombre rubio vestido con un abrigo negro de líneas elegantes apareció por el otro extremo del parque. Era Vincent. Y mientras Mina pensaba en el frío, una tibieza asombrosamente agradable se difundió por todo su cuerpo. Incluso era posible que hablar de tibieza no fuera suficiente. A medida que él se acercaba, la temperatura de Mina fue en aumento, como si estuviera en un horno. Tuvo que desabrocharse el plumífero.

—¡Vaya! ¿Tienes calor? —observó Vincent cuando la alcanzó.

Ella no supo qué decir y, para colmo, sintió que se sonrojaba. ¿Qué le estaba pasando?

—¿Damos un paseo? —propuso, y enseguida echó a andar.

—Bueno, ¿cómo va lo nuestro? —Lo dijo como si fuera la pregunta más natural del mundo, y Mina no supo qué responder.

—Eh... Yo... Nosotros... —empezó, antes de que Vincent la interrumpiera.

—Me refiero a la investigación —aclaró él—. Veo que has traído la carpeta.

Ella bajó la vista y la vio. Se había olvidado por completo de ella.

—Hemos..., hemos encontrado otros dos montones de huesos —repuso ella, y se aclaró la garganta—. Así que ya tenemos cuatro. El cuarto es un misterio, porque no se corresponde con ninguna de las denuncias de desaparición de los últimos años.

Vincent parecía muy concentrado.

Un poco más adelante, en el parque, se oían risas de niños. Cuando se acercaron, vieron que un grupo de preescolares se estaban tirando en trineo por una pendiente nevada.

—¡Vamos! —exclamó Vincent con los ojos brillantes.

La cogió de la mano, empezó a subir rápidamente la cuesta y ella no tuvo más remedio que seguirlo.

—Si haces lo que creo que estás pensando, habrá una quinta pila de huesos, ¡y serán huesos de mentalista! —lo amenazó ella.

—¿No dijiste una vez que es importante comportarse de manera normal cuando estamos en público? —adujo él, mientras agarraba las cuerdas de dos trineos abandonados.

Los niños no parecieron prestar atención al hombre del abrigo oscuro, ni siquiera cuando se sentó en uno de los trineos, que era demasiado pequeño para su tamaño. Una etiqueta indicaba que pertenecía a la escuela infantil Kronan.

—¿No he dicho también en alguna ocasión que estás como un cencerro? —replicó ella, meneando la cabeza.

Vincent le señaló el otro trineo y Mina se sentó de mala gana. Tuvo que replegar las piernas para entrar, y mientras se esforzaba por mantener el equilibrio mientras sujetaba con fuerza la carpeta, se dio cuenta de que había dejado de nevar. La cuesta nevada resplandecía al sol. Vincent se inclinó hacia ella, riendo. Entre la ropa de invierno, los gritos de alegría de los niños y la improbabilidad de todo lo que estaba sucediendo, Mina percibió de repente el olor de Vincent. Respiró hondo, perfectamente consciente de que el olor se componía en realidad de multitud de partículas que le contaminarían las fosas nasales. Pero eran partículas de Vincent. Era su olor.

—Si el personal de la escuela viene a quejarse, diré que te estoy arrestando —dijo ella, y luego soltó un chillido cuando Vincent empujó su trineo cuesta abajo.

Pese a todo, no podía parar de reír. Él la siguió poco después y enseguida aterrizaron en medio de los niños, al pie de la pendiente. Les costó lo suyo salir de los trineos y ponerse de pie.

—Gracias por prestárnoslos —dijo Vincent, mientras les dejaba los trineos a dos niños que los miraban sin salir de su asombro, enfundados en unos monos de invierno que les iban grandes.

Después siguió caminando, como si nada hubiera pasado.

—Cabeza hueca —murmuró Mina, pero se dio cuenta de que no podía reprimir la sonrisa mientras iba tras él.

—¿Sabes algo más de la investigación? —preguntó Vincent al cabo de un rato.

Mina negó con la cabeza.

—Nada, aparte de que Loke me ha enviado un texto con información detallada sobre los escarabajos que no pienso leer por nada del mundo.

Vincent pareció pensativo.

—La navaja de Occam, como suelo decir —repuso—. La identificación de las víctimas no ha conducido a nada, ni el extraño tratamiento de sus restos, ni tampoco los propios restos. Ni la conexión con el metro, en caso de haberla. ¿Qué queda? —Se detuvo y miró a Mina—. ¿Tienes fotos de los montones de grava? ¿De cómo eran antes de retirar los huesos?

Mina abrió la carpeta y sacó los cuatro informes, uno por cada víctima y otro correspondiente al montón de huesos sin identificar.

—La policía científica los documentó cuidadosamente antes de tocarlos. El primero estaba medio deshecho, porque el grafitero que lo encontró lo removió un poco. Pero no tiene importancia. No son más que montones de tierra.

Abrió los informes uno tras otro y le dio las fotografías a Vincent, que las estudió y las comparó entre sí. Mina pensó que en ese momento se le podría haber prendido fuego el abrigo y no lo habría notado, de tan concentrado que estaba.

—Mira aquí —dijo por fin—. Es cierto que todos se parecen y que solo son montones de tierra, pero fíjate en el suelo a su alrededor. —Señaló una de las imágenes.

En torno a uno de los montones se distinguía una franja de grava más oscura.

—Han trazado círculos alrededor de los montones, probablemente con un palo —replicó ella, asintiendo. Entonces consultó el reloj—. ¡Mierda! Tengo que volver a la oficina. Ruben y yo vamos a visitar otra vez a Josephine Langseth, como sugeriste.

—No son círculos —la contradijo Vincent, devolviéndole las fotos—. Mira otra vez.

Era verdad. En dos de las imágenes se veía que los dos extremos de la franja más oscura se cruzaban por detrás del montón y se prolongaban en la oscuridad.

—Las fotografías están tomadas desde ángulos ligeramente diferentes —observó Vincent—, pero el dibujo parece ser el mismo en casi todos los casos. Es imposible saber por qué falta en el montón con los huesos no identificados. Pero centrémonos en los otros, en los casos en que conocemos la identidad de las víctimas.

Mina contempló las fotos e intentó crear mentalmente una imagen tridimensional, con los detalles de las diferentes fotografías.

—Son dos círculos adyacentes —dijo al cabo de un instante—. Una especie de ocho, con el montón de grava situado en la mitad inferior.

—Es curioso que veas un ocho —repuso Vincent—, porque yo veo otra cosa: un reloj de arena, con toda la arena en la parte inferior. Un reloj de arena...

—... en el que el tiempo se ha agotado —completó Mina la frase.

No tenía idea de lo que eso podía significar, pero aferró con fuerza el brazo de Vincent. El sol se había vuelto a ocultar entre las nubes cargadas de nieve. Sus propias palabras le resonaban en la cabeza. Había oído a alguien decir lo mismo hacía tan solo unos días. Algo referente a que todo estaba a punto de acabar. ¿Se referiría a esto aquella persona? ¿A relojes de arena y montones de huesos? Tuvo miedo de que el asesino no hubiera terminado aún. Y de que la próxima víctima fuera alguien cercano a ella.

Cuando entró en su habitación, la abuela Astrid lo estaba esperando sentada en la cama. Parecía más frágil que de costumbre, tal vez porque era invierno. La falta de sol y luz natural causaba déficit de vitamina D y depresión en toda la población. Diez millones de personas se volvían pálidas como fantasmas y deambulaban con la cabeza hundida entre los hombros para resistir el frío. El efecto se notaba mucho más en los ancianos, por lo que no le sorprendió verla tan desmejorada.

Pero cuando Astrid vio a Ruben, se transfiguró. La sonrisa le iluminó los ojos tanto como el resto de la cara y fue como si el sol de julio hubiera surgido en la habitación.

Ruben observó que se había arreglado especialmente para Navidad, con la chaqueta de punto que le había tejido su marido. El abuelo de Ruben era sastre y solía vestir a su mujer con las más fantásticas creaciones que tricotaba o cosía, para envidia de todas las vecinas de Älvsjö. La abuela guardaba muchas prendas de aquella época.

—Señorita, ¿no sabrá por casualidad dónde se ha metido mi abuela? —le dijo Ruben con fingida sorpresa—. Me refiero a la anciana que vivía antes en esta habitación. O, si lo prefiere, podemos olvidarnos de ella e irnos a bailar usted y yo.

Astrid se echó a reír, encantada.

—Tú también estás muy elegante, con traje y corbata —dijo—. Todo un caballero.

Se levantó, se asomó al pasillo y después cerró la puerta.

—¿Te apetece una galletita de almendra? —preguntó en tono conspiratorio, mientras sacaba una caja del compartimento inferior de la mesilla de noche.

Hacía tiempo que el personal de la residencia había renunciado a prohibirle a Astrid sus galletas preferidas. No eran lo mejor para su salud, por supuesto, pero a su edad nadie quería ponerse demasiado estricto con ella. La propia Astrid, sin embargo, estaba convencida de que la vigilaban, y por eso guardaba su caja de galletas en el mayor de los secretos, aunque en realidad todos conocían su escondite.

—Sí, gracias —replicó Ruben—. Y te he traído más. —Entonces sacó de una bolsa una caja nueva, adornada con un lazo rojo.

—¡Un regalo de Navidad! —gorjeó Astrid, recibiendo la caja con alegría—. Ven, siéntate. Y cuéntame, ¿cómo está mi bisnieta, la que tiene ese nombre tan bonito?

La abuela estaba muy orgullosa de que Ellinor le hubiera puesto su nombre a la hija que había tenido con Ruben.

—Astrid es una chica fantástica —respondió él—. Le gusta pintar, como a su madre. Practica artes marciales, aunque ahora no tanto, porque también va a clase de ballet. Y de mayor quiere ser policía.

La abuela lo miró fijamente y se echó a reír.

—Entonces ¿cuál es el problema? —dijo, dándole un codazo—. Noto que tienes algo que decirme. Te estás comportando como un colegial.

Ruben se movió incómodo en el asiento. Para la abuela, su nieto siempre había sido un libro abierto. De pequeño, nunca conseguía ocultarle ningún secreto. Podía inventarse excusas, pero ella siempre adivinaba la verdad.

No sabía ni por dónde empezar.

—Verás, es demasiado pronto para decirlo —confesó al final, moviéndose un poco más—, pero creo que... he conocido a alguien.

—¡Qué buena noticia! —exclamó Astrid—. Ya era hora. ¿Cómo es?

—Se llama Sara. El verano pasado trabajamos juntos un tiempo y estuvo muy bien. En otoño dejé de verla, pero hace tres días me la volví a encontrar. Fue por casualidad, en el centro. Es realmente... No sé, puede que ni siquiera me tenga en cuenta, al menos de esa manera. Estoy seguro de que no soy su tipo. Nos conocemos muy poco, pero es como si...

—Ruben —lo interrumpió su abuela—, estás hablando como un chico de diecisiete años. Cómete una galleta, anda. Necesitas un poco de azúcar para no desmayarte.

Obediente, Ruben se llevó una galleta a la boca.

—Había perdido las esperanzas contigo —prosiguió la anciana—. No me gustó nada tu conducta después de la ruptura con Ellinor. Estaba muy disgustada. Yo sabía que me mentías cuando me contabas cómo te iba la vida, pero no decía nada. Te quiero mucho, hagas lo que hagas.

—Perdóname —dijo él.

—No hace falta que te disculpes, porque ya lo has solucionado. Has descubierto que tenías una hija y te portas muy bien con ella. Ellinor ya no está enfadada contigo. Serás capaz de llevar adelante esta nueva amistad. Solo te pido que tengas cuidado y que te lo tomes con calma. Olvídate del policía supermacho y todo saldrá bien.

—No te preocupes. A ella no la impresionan esas cosas. Además, vamos a celebrar juntos la Navidad.

—Ya me cae bien esa chica —comentó la abuela, mientras intentaba laboriosamente abrir la caja. De repente, se detuvo en seco—. Espero que le gusten las galletas de almendras —dijo en tono desconfiado.

—¿Y a quién no? —replicó Ruben riendo—. Tendría que estar loca para que no le gustaran.

Astrid asintió, satisfecha. Se llevó otra galleta a la boca y se puso a masticar enérgicamente. La abuela le había parecido frágil al principio, pero ahora volvía a ser la de siempre.

—Espero que me cuentes todo sobre ella la próxima vez que vengas a visitarme —dijo—. O, mejor aún, ¡que la traigas! Deberíamos decidirlo ya mismo. La próxima vez, vienes con ella.

—Todo a su tiempo, abuela —reaccionó Ruben, riendo—. Todo a su tiempo.

Pero sabía que acabaría haciendo todo lo que su abuela le pidiera. De alguna manera, la anciana siempre se salía con la suya.

—¡Mina! —gritó Christer, que venía trotando tras ella por el pasillo, pesadamente.

Nada más verlo, Mina se planteó ir en busca del desfibrilador que tenía que estar en algún lugar del edificio. Su colega tenía la cara enrojecida y la respiración sibilante.

—He encontrado lo que me pediste que buscara —dijo Christer entre jadeos, mientras se inclinaba y apoyaba las manos sobre las rodillas—. ¡Joder, qué rápido caminas! ¡Y tampoco haces caso cuando oyes que te llaman!

—En realidad no estoy aquí —respondió ella—. Me despedí de Vincent hace dos minutos en el parque de Kronoberg y he venido solo para recoger a Ruben y salir directamente a ver a Josephine Langseth. Haz como si no me hubieras visto.

—Entonces ¿no te interesa saber nada de Gustaf Brons?

Mina se paró en seco.

—¿Gustaf Brons? Deja que lo adivine. ¿Tiene deudas de juego?

—¡Ja, ja! ¡Que si tiene! —respondió Christer, que al respirar todavía producía silbidos y crepitaciones claramente audibles—. Ha apostado y perdido sumas enormes. No le queda ni un céntimo de todo lo que consiguió a través de Confido. Al contrario, está endeudado hasta las cejas. Y para más inri, sus acreedores son tipos de la peor calaña. Para eso quería el dinero de Dragan Manojlovic. Ha pedido préstamos por todas partes. La buena vida se ha acabado para Gustaf Brons. No más hoteles de lujo, ni restaurantes elegantes, ni viajes ostentosos. Por no hablar de ese abogado que lo sigue a todas partes y que le cuesta un ojo de la cara. Tendrá suerte si le sobra dinero para comprar un mendrugo de pan.

En la voz de Christer se percibía cierto regocijo por la desgracia ajena.

Los pensamientos de Mina se arremolinaban y apuntaban en nuevas direcciones. Gustaf Brons. Deudas de juego. Parte del puzle se había resuelto, pero no todo era evidente, por ejemplo, los motivos por los que Jon, Mark y Erika habían sido asesinados.

—Gracias, Christer —dijo, mirando a su colega con cierta preocupación—. No te suena bien la respiración. Lo sabes, ¿verdad? Tenemos un gimnasio en el subsuelo. Te puedo hacer un plano para que lo encuentres, si te cuesta localizarlo.

—Muy graciosa. Mi condición física es excelente, gracias por tu interés. Es solo que en este momento estoy un poco bajo de forma.

—¿Un poco? Bueno, si tú lo dices.

Christer la fulminó con la mirada y dio media vuelta. Mientras se alejaba por el pasillo, Mina lo oyó murmurar, enfadado:

—Te dejas la piel en el trabajo y ¿qué obtienes a cambio? ¡Críticas y sarcasmo!

Mina sonrió para sus adentros y echó a andar en la dirección opuesta. Quizá no fuera mala idea dibujarle ese plano, después de todo. Quería seguir fastidiando a Christer muchos años más. Y también tenía que pensar en Lasse.

De repente, se detuvo.

Algo de lo que Christer había dicho sobre hoteles de lujo le sugería otra cosa, una idea relacionada con Josephine Langseth. Tras una rápida búsqueda en internet, encontró un número de teléfono. Lo marcó enseguida, mientras continuaba andando a toda prisa por el pasillo para reunirse con Ruben.

La casa de Stureby ya no era la fortaleza segura que había sido en otro tiempo. Cuando Mina se marchó a casa para ducharse, Julia había decidido hacer lo mismo. Tenía la piel grisácea tras pasar todo el día entre el polvo de los túneles.

Pero últimamente Julia se sentía incómoda cada vez que franqueaba su puerta, como si estuviera entrando en la casa de un desconocido. En cierto modo, era cierto. Torkel se había convertido en un extraño para ella, y ni siquiera ella misma se reconocía. Siempre había sabido quién era y dónde estaba su sitio. Era la hija del jefe, la mejor de su promoción en la academia de policía, la mujer de Torkel, la directora de su propia unidad, la madre de Harry...

La amante de Adam.

En algún punto del camino, había perdido el rumbo. Había olvidado quién era ella sin definirse en relación con los demás. Y no estaba segura de querer recordarlo.

A ella misma la habían sorprendido sus palabras durante la exhumación de los restos de Marcus Eriksson. También la habían asustado. Aún no estaba preparada para aceptar sus consecuencias. Se había protegido diciendo «creo que». En ningún momento había afirmado que quisiera divorciarse.

En casa de Anette, se había sentido como una desalmada dispuesta a destrozar su familia. Pero su casa ya no parecía el hogar de una familia. ¿De verdad quedaba algo por destrozar?

El ruido en el baño le indicó que Torkel se estaba duchando. ¿Por qué lo estaría haciendo en mitad del día? Supuso que Harry estaría durmiendo y un vistazo al dormitorio se lo confirmó. El pequeño estaba tumbado bocarriba, con los brazos estirados por encima de la cabeza, la boca entreabierta y el flequillo ligeramente sudado. Nada podía transmitirle tanta paz como ver a su hijo durmiendo. Sintió que se ablandaba por dentro. ¿Sería capaz de cambiar su mundo? ¿De destruirlo? Torkel y ella, juntos bajo el mismo techo, era lo único que el pequeño conocía.

Algo se iluminó en la mesilla de noche de Torkel y ella miró por puro reflejo. Había una notificación en su teléfono.

Se acercó y tocó la pantalla, que ya se había apagado. La notificación seguía ahí. Entrecerró los ojos y se dijo que lo estaría viendo mal. Tenía que ser un error o algún tipo de publicidad. Pero la notificación hablaba por sí sola. Le anunciaba a Torkel varios *matches* en Tinder. O, mejor dicho, no se lo notificaba a Torkel, sino a *SturebyPapi81*.

Con manos temblorosas, tecleó su código. Era el mismo que el de ella. En otro tiempo, en otro mundo, la confianza entre ambos era tan absoluta que se habían puesto de acuerdo para usar el mismo PIN en sus teléfonos. Ahora ese número era la puerta del infierno.

Se sentó pesadamente en el borde de la cama mientras abría la aplicación y empezaba a leer. Le produjo una sensación extraña irrumpir en el cerebro de Torkel, ver cómo se comunicaba con otras mujeres, las bromas que hacía, lo que contaba de sí mismo, los piropos que les echaba... Por un momento temió encontrar fotos íntimas de Torkel o de cualquiera de sus amigas, pero por fortuna no vio nada de eso, aunque no descartó que esa parte del intercambio tuviera lugar por correo electrónico o SMS. Le entraron náuseas.

Se quedó como paralizada, con el móvil en la mano y la aplicación de Tinder abierta, cuando Torkel salió de la ducha con una toalla a la cintura.

—¿Quieres que te haga una foto y se la envíe a *MamaSexy91*? —preguntó Julia, enseñándole la pantalla.

Torkel palideció.

—¿Por qué me espías el teléfono?

—¿De verdad es esa la pregunta que deberíamos hacernos ahora? ¿No es más urgente averiguar por qué te has abierto una cuenta en Tinder?

Torkel parpadeó y empezó a tartamudear.

—Yo... Yo... Sí, en realidad... La interfaz de Tinder es mejor que la de otras aplicaciones. Es agradable de usar y, además, la proporción de cuentas falsas es mucho menor que en otras plataformas, como Ashley Madison.

Julia se lo quedó mirando, sin salir de su asombro. Harry gimió en sueños y ella bajó la voz hasta convertirla en un susurro.

—¿Te has vuelto completamente idiota? ¡No te he preguntado por qué has elegido Tinder, sino por qué *estás* en Tinder!

Torkel movió los pies con nerviosismo. Las gotas de agua que aún le caían del cuerpo habían formado un pequeño charco en el suelo.

—Ejem... En realidad... Yo... No sé... ¿Qué quieres que te diga? Nunca estás en casa. No me prestas atención. ¿Te parece tan raro que busque un poco de calor humano en otra parte? No hago nada. Solo chateo con ellas. Es algo completamente inocente.

Su tono indignado y su expresión ofendida hicieron que a Julia le hirviera la sangre. Se puso de pie con calma, arrojó el teléfono de Torkel sobre la cama y fue hacia él, hasta situarse justo enfrente. El olor familiar del gel de ducha con aroma de manzana la ablandó y la hizo vacilar por un segundo, pero enseguida volvió a aflorar la rabia. Le había quitado el seguro a la metafórica pistola que en su mente llevaba en el bolsillo.

—¿Cómo te atreves a acusarme? ¿Me estás diciendo que yo tengo la culpa de que tú flirtees con un montón de tías que conoces a través de Tinder? ¿Y que lo haces porque no recibes suficiente atención? ¿No recuerdas que tenemos un niño de un año y que yo trabajo a tiempo completo? Estás como una puta cabra.

Salió en tromba del dormitorio, retorciéndose las manos mientras se dirigía hacia el recibidor. Se alegraba más que nunca de no haberse cambiado el apellido y de seguir siendo Julia Hammarsten.

Imágenes fugaces se encendieron en su mente. El cuerpo de Adam encima de ella. Su boca contra sus labios. Sabía que lo suyo era doble moral. Era consciente de haber hecho algo mucho peor que abrirse una cuenta de Tinder, pero no por eso estaba menos indignada.

Cuando salió y cerró la puerta principal, un gran trozo de nieve compacta cayó del tejado sobre el coche de Torkel. Pero ella siguió caminando. Era problema de Torkel, no suyo.

Esta vez no quedaron tan impresionados con el apartamento como en la primera visita, quizá porque ya sabían lo que iban a encontrar. No había alegría en los espaciosos ambientes. Josephine Langseth les pareció delgada y demacrada cuando salió a abrirles la puerta.

Por todas partes había cajas de mudanza. Tal como habían informado con indisimulado regocijo los periódicos sensacionalistas de la tarde, el enorme apartamento de Jon Langseth en Narvavägen había salido a la venta, para devolver parte del dinero desaparecido de la contabilidad de Confido.

—¿Cuándo piensan mudarse? —preguntó Mina, incapaz de ocultar la pena que le causaba la situación de Josephine, mientras la seguía a través del inmenso recibidor.

Ruben aún se estaba sacudiendo la nieve de los zapatos, pero enseguida se los quitó.

—Este fin de semana. Tenemos tiempo hasta el domingo —replicó Josephine con un hilo de voz.

Mina sabía que no debía sentir lástima, ya que Josephine y Jon Langseth se habían dado la gran vida durante demasiado tiempo con un dinero que en realidad no les pertenecía, pero los juguetes esparcidos entre las cajas de cartón hacían que sintiera cierta simpatía por la demacrada dueña de la casa.

—¿Podemos sentarnos? —preguntó Ruben, señalando el

sofá solitario y majestuoso que aún se erguía en medio de la habitación, como única pieza de mobiliario.

—Sí, por supuesto. Ya se han llevado el resto de los muebles —contestó Josephine, sentándose cautelosamente en un extremo del sofá, mientras los dos policías se instalaban en la otra punta—. Este saldrá a subasta en Bukowski la semana próxima.

La nieve volvía a caer al otro lado de los grandes ventanales. Pronto saldrían a trabajar los camiones quitanieves. Narvavägen, la calle de los Langseth, debía de figurar entre las vías prioritarias en las que era preciso asegurar el tráfico rodado.

—Tenemos una pregunta referente a su visita al spa de la Ellery Beach House. La última vez que hablamos, mencionó que había estado allí para estar un tiempo sola, poco antes de la desaparición de Jon, ¿no es así?

—¿Lo mencioné? —dijo Josephine, con cierto brillo de ansiedad en los ojos—. Sí, así es. Tengo tres hijos de menos de ocho años y a veces necesito tomarme un respiro. Jon siempre era muy generoso conmigo en ese sentido. Le pidió a nuestra niñera que se quedara en el piso con él y con los niños, para que yo pudiera disfrutar de un fin de semana para mí sola.

—¿Y lo estuvo? ¿Realmente estuvo sola? —preguntó Mina, observándola con atención.

A veces detestaba esa parte de su trabajo. No sentía el menor interés por los trapos sucios de la gente. No necesitaba conocer las peores facetas de la vida privada del prójimo, pero a menudo se veía obligada a indagar. La vida íntima de la gente estaba estrechamente ligada con los crímenes cometidos, y la policía tenía que investigar todas las posibilidades.

—Sí... Fui yo sola... ¿A qué se refiere? —Su tono era cauteloso. Nerviosa, se desplazó aún más hacia el borde del sofá.

—¿No se encontró con ningún conocido en el hotel? —preguntó Ruben.

—No... No... ¿Qué quieren decir? —Su mirada pasaba alternativamente de Ruben a Mina.

—Hemos sabido que estaba acompañada. —Mina contuvo la respiración.

Al oír el comentario de Christer acerca de Gustaf y los hoteles caros, había recordado que Josephine había mencionado la Ellery Beach House, el establecimiento hotelero de moda en Estocolmo, convertido en un imán para la gente adinerada. Con el rabillo del ojo, vio que Ruben la miraba con expresión inquisitiva, pero le hizo un gesto discreto para que guardara silencio y esperara la respuesta de Josephine. A los hombres les costaba no llenar los silencios, y el que se había instalado entre ellos después de su última afirmación era denso e incómodo.

La tensión se prolongó unos segundos más, pero al final Josephine pareció tomar una decisión. Bajó los hombros y se rindió.

—Estaba con Gustaf —confesó.

—¿Cuánto hace que... se ven? —preguntó Ruben, que se recostó contra el respaldo del sofá y cruzó las piernas. Mina notó entonces que tenía un agujero en el calcetín.

—No mucho. Unos seis meses. Empezó la noche de San Juan, en casa de Peter Kronlund, el tercer socio. Bebimos demasiado y Jon acabó en una habitación con una *influencer* de no más de veinte años que alguien del consejo de dirección había invitado a la fiesta como un adorno más. Entonces Gustaf... me vio a mí. —Apartó la mirada y tiró de un hilo invisible en el tapizado del sofá.

—¿Lo sabía Jon? —preguntó Mina, siguiendo con la vista los copos de nieve que caían lentamente hacia el asfalto.

Josephine negó enérgicamente con la cabeza.

—No, no. De eso estoy segura. Nunca lo habría aceptado. No sabía nada.

—¿Cree que su relación con usted pudo ser un motivo para que Gustaf quisiera deshacerse de Jon? —la interrogó Ruben.

—¡No, por Dios! Gustaf no es ningún asesino. Jamás le habría hecho daño a Jon. Y estoy segura de que conseguirá aclarar el asunto de Confido. Ya sé que todo parece horrible, pero lo que hay entre Gustaf y yo es algo más que una aventura. Hemos hablado mucho tras la desaparición de Jon. Ha sido un gran apoyo para mí y es muy probable que decidamos construir un futuro juntos. Pero antes tiene que... arreglar su situación familiar.

—¿Ah, sí? ¿Piensa arreglar su situación? —intervino Mina, esforzándose para disimular su desprecio—. Me alegro de que su relación sea sólida, porque, como ya sabrá, Gustaf va a necesitar todo el apoyo que pueda ofrecerle, teniendo en cuenta su situación financiera...

—¿Qué situación financiera? —repitió Josephine, asombrada.

—Me refiero a que ha perdido prácticamente toda su fortuna por su afición al juego —replicó Mina con expresión inocente—. Por no hablar de las deudas que arrastra... Será una gran ayuda para él contar con usted en un momento tan crítico de su vida.

Josephine palideció. No dijo nada, pero era evidente que le costaba respirar. Parecía un pez varado sobre la arena de la playa.

—Gracias por su colaboración. Volveremos si tenemos más preguntas que hacerle —dijo Mina, poniéndose de pie.

Josephine se quedó sentada en el sofá, en medio de un mar de cajas de mudanza, mientras los dos policías se dirigían al recibidor para ponerse los zapatos y los abrigos.

El estrecho ascensor de rejas de hierro ornamentadas inició el lento y chirriante descenso hacia la planta baja. Mina respiraba por la nariz mientras se miraba al espejo. La irritó comprobar que algunos mechones de pelo se le habían salido de la coleta y le colgaban sobre las mejillas. Ruben cruzó una mirada con su reflejo y soltó una risita.

—Creo que las probabilidades de que Gustaf se vaya a vivir con Josephine acaban de reducirse drásticamente —comentó—. No sabía que tuvieras esa vena sádica. Ha sido muy divertido.

—La próxima vez te avisaré, para que traigas palomitas —repuso Mina.

—Pero no me he creído ni media palabra de esa mierda que ha dicho de que Gustaf jamás le habría hecho daño a Jon —prosiguió Ruben—. Deberíamos estudiar la posibilidad de que esos dos estuvieran compinchados. Me refiero a Gustaf y Josephine.

—Estoy de acuerdo. Tenemos que investigarlos más a fondo.

Cada vez que alguien entraba o salía, sonaba una campanilla y, en cada ocasión, Adam recordaba la vieja película *Qué bello es vivir*, la favorita de su madre. En su casa tenían la pequeña tradición navideña de verla cada Nochebuena. Se sabía todos los diálogos de memoria, y, cuando oía la campanilla, le parecía oír la voz de su madre, diciendo: «Cada vez que suena una campana, un ángel recibe sus alas».

Pero esa noche no daba la impresión de que nadie fuera a recibir ningunas alas, al menos no allí, en el cochambroso restaurante indio donde se habían citado.

—Sabes que nadie se sorprendería si nos vieran juntos, ¿verdad? Trabajamos en la misma unidad. Es como si Ruben y Christer quedaran para comer.

—Ya lo sé, pero prefiero ser... prudente. —Con gesto casi agresivo, Julia se sirvió un poco más de *tikka masala* del humeante recipiente de cobre.

—¿Y no es algo bueno, en el fondo, que Torkel haya... empezado a rehacer su vida? —preguntó cautelosamente Adam, consciente de estar pisando terreno minado.

En cualquier momento oiría el chasquido de una mina a punto de estallar bajo sus pies.

—¿Algo bueno? ¿Lo dices en serio? Porque a mí me parece

bastante repugnante que se pase el día metido en Tinder mirando perfiles de chicas.

Adam no respondió. Partió un trozo de pan *naan* y lo mojó en la deliciosa salsa.

Julia era una mujer inteligente. De hecho, era una de las cosas que le gustaban de ella. Tarde o temprano caería ella misma en la cuenta de que estaba aplicando un doble rasero. Como si le hubiera leído el pensamiento, Julia dejó los cubiertos y se puso a tamborilear con las uñas sobre la mesa.

—Ya lo sé, ya lo sé. Es el colmo del cinismo que me arrogue el derecho a estar mínimamente indignada. Soy yo la que tiene una aventura. Soy yo la que se acuesta con otro.

También esta vez Adam guardó silencio, pero no pudo evitar cierta desazón al oírla hablar de esa manera de su relación. «Una aventura.» «Acostarse con otro.» Sonaba frío e impersonal. No era la forma de referirse a dos personas que compartían algo muy especial, que iba mucho más allá del sexo. Cortó otro trozo de pan y lo mojó en la salsa. Masticando, ganaba tiempo, porque en el fondo no sabía qué decir.

—¿Todo a su gusto? —preguntó el camarero, que acababa de acercarse a su mesa.

Los dos sonrieron y asintieron. Era cierto. El ambiente del local no tenía nada que ver con la comida, que era fantástica.

—No sé, Adam, ya no sé lo que está bien y lo que está mal, ni lo que es aceptable o no. Ya no sé nada.

—Pero ¿tú qué quieres?

Aunque el tono de voz de Adam era suave, en su interior bullían las emociones. Sabía lo que esperaba que Julia le contestara, pero no quería forzarla. Quería que ella también lo supiera. Que deseara lo mismo que él.

—Sé lo que quiero, pero a la vez no lo sé —replicó Julia en voz baja—. Sé que no puedo seguir con Torkel, pero no me siento capaz de romper la familia de Harry. Quiero estar contigo, pero veo miles de problemas ante nosotros. Quiero que Torkel sea feliz, pero me duele que busque chicas en Tinder. Ya sé que lo mío es doble moral, pero igualmente me siento herida y engañada, aunque yo esté haciendo lo mismo que él o mucho peor. Joder, Adam. ¿Por qué la vida no puede ser un poco más fácil? Solo un poco. Solo a veces.

Hizo un gesto con el índice y el pulgar, para indicar lo poco que pedía, y entonces Adam le cogió la mano y se la apretó con fuerza. Por su expresión se notaba que habría preferido soltarse, por si alguien los veía; pero, por una vez, Adam no le hizo caso.

—Escúchame, Julia. Aquí no hay nadie que se fije en nosotros, y no pienso soltarte la mano hasta que hayas oído lo que voy a decirte. Sí, lo tuyo es doble moral. Es cierto, no tienes ningún derecho a opinar sobre lo que hace Torkel con su vida. Pero, aun así, te entiendo. Entiendo que te sientas traicionada. Yo habría reaccionado igual que tú. Todo lleva su tiempo, es así de sencillo. Yo no tengo hijos y no puedo saber lo que se siente. Pero lo único importante para mí es que sepas que estoy aquí, contigo.

Le soltó la mano y ella no respondió, pero sonrió fugazmente. En ese momento, sonó la campanilla de la puerta del restaurante.

—Cada vez que suena una campana, un ángel recibe sus alas —murmuró Adam.

—¿Qué has dicho? —preguntó Julia, desconcertada.

Adam se encogió de hombros.

—Nada. No he dicho nada. Come eso antes de que se te enfríe. Está demasiado bueno para desperdiciarlo.

Milda observaba con admiración el cuidado con que Loke envolvía cada hueso con plástico de burbujas y aseguraba el envoltorio con cinta adhesiva. La reverencia y el respeto por los muertos constituían una de las bases de su profesión. Parecía un requisito sencillo, pero era fácil insensibilizarse cuando uno trataba diariamente con cadáveres o trozos de cuerpos humanos.

Sin embargo, Loke era cualquier cosa menos insensible. Manipulaba los restos casi con solemnidad, como si fueran tan importantes en la muerte como lo habían sido en vida de la persona fallecida. Y así había que proceder, en opinión de Milda.

El asistente depositó el paquete junto a los otros que ya estaban preparados.

—¿Cuánto crees que tardará Gunilla en datarlos? —preguntó, mientras colocaba los huesos empaquetados en una caja.

—Ojalá lo supiera —respondió ella—. Gunilla es nuestra mejor antropóloga forense. Debe de utilizar técnicas que ni siquiera conocemos. Pero, dada la máxima prioridad del caso, supongo que tendrá resultados en... un par de días, quizá tres. Todo dependerá de la cantidad de colaboradores a los que logre convencer para que se queden a trabajar con ella en Navidad.

Loke colocó el cráneo envuelto en plástico encima de los otros huesos en la caja que Milda le llevaría a Gunilla en cuanto él terminara.

—Pero ¿por qué no le enviamos solo una parte del esqueleto? —preguntó, con un atisbo de preocupación en la mirada—. ¿Lo necesita todo?

—No, pero prefiero no dividirlo —respondió Milda—. Además, es mejor dárselo entero, para que use las partes que quiera. Al fin y al cabo, nadie más necesita estos huesos.

Por un momento, pareció que Loke iba a contradecirla, pero no fue así. Cerró la caja y la aseguró con cinta adhesiva.

—Pero después nos los devolverá, ¿no? —preguntó.

—Sí, por supuesto.

—Bien. Cuidar de estas personas es nuestra responsabilidad. Alguien tiene que hacerlo hasta que sepamos exactamente qué ha pasado con ellas.

Milda lo miró, divertida. No sabía si su devoción debería preocuparla o conmoverla.

—Los huesos no estarán muy lejos, ya lo sabes —replicó—. Gunilla trabaja en este mismo edificio. Con un poco de suerte, la datación facilitará la tarea de la policía, que logrará identificarlos. Puede que no tardemos mucho en saber cómo encaja todo.

—Ojalá —repuso Loke, echando un vistazo a los esqueletos de Jon, Erika y Marcus, tendidos en sus respectivas camillas—. Espero que tengas razón.

Mina sacó del armario de la cocina el bote de café. En su interior había una bolsa hermética, que volvería a cerrar con cuidado en cuanto hubiera cogido la cantidad que necesitaba.

—He estado pensando una cosa —le dijo Nathalie desde el cuarto de estar, hablando a gritos—. ¿Tienes idea de por qué de pronto era tan importante para papá que yo me viniera a vivir contigo? Me encanta, ¿eh? Pero me extraña que se le haya ocurrido tan de repente.

—Justamente iba a preguntarte lo mismo —le gritó Mina a su vez, girando la cabeza para responderle por encima del hombro mientras medía el café que iba echando en la cafetera de émbolo.

Puso agua a calentar, cogió dos tazas de color gris claro y volvió al cuarto de estar.

—Ya te dije que empezó a comportarse de manera extraña después de nuestra cena de Navidad —repuso Nathalie—. Como si siempre tuviera... prisa. Pero no sé para qué. Está nervioso, se sobresalta al menor ruido... No lo había visto así ni siquiera el verano pasado, cuando sufrió el atentado. Creo que le pasa algo.

Cuando Mina dejó las tazas sobre la mesa, se fijó en un trozo de papel que yacía en el suelo. Era el que había utilizado Nathalie para apuntar su dirección. En su momento, Mina había reprimido el impulso de recogerlo, para que Nathalie no descubriera sus manías. Pero eso había sido antes de que su hija sacara a la luz su vergonzoso secreto, cuando se había puesto a ordenar su estudio. Desde entonces, Mina había olvidado por completo el trozo de papel, que había quedado tirado en el suelo.

Cuando lo recogió, notó que tenía algo impreso al dorso. Parecía una tarjeta de visita, pero en lugar de un nombre, había solamente un número de teléfono y una especie de logo, un ocho de grandes dimensiones, representado como si fuera un recipiente con la mitad inferior llena.

La voz de Vincent resonó en su cabeza. «Es curioso que veas un ocho, porque yo veo otra cosa: un reloj de arena, con toda la arena en la parte inferior. Un reloj de arena... en el que el tiempo se ha agotado.»

De repente supo qué era lo que había estado tratando de recordar. ¿Quién había dicho que todo estaba a punto de acabarse?

Niklas.

Lo había dicho Niklas.

—¿Qué es esto? —preguntó con un hilo de voz.

Nathalie se encogió de hombros. Luego frunció el ceño y miró la tarjeta un poco más de cerca.

—Es... ¡Oh, no! No me había dado cuenta de que era esto lo que cogí para escribir tu dirección. Papá se pondrá hecho una fiera si se entera de que he sido yo. Ya había visto antes esta tarjeta. Estaba debajo de la silla de papá después de la cena de Navidad. La recogí y estuve a punto de tirarla, pero papá se enfadó y me dijo que ni se me ocurriera, porque era muy importante. Me extrañó mucho. Al fin y al cabo, la tarjeta estaba tirada en el suelo.

Mina sintió como si una mano fría le apretara la garganta. Cuando había estado en casa de Niklas, lo había notado estresado y nervioso después de cenar. Su cambio de comportamiento había sido manifiesto. Y al parecer, en ese momento, Nathalie había encontrado una tarjeta de visita que no había visto nunca.

Una tarjeta con el mismo símbolo observado junto a las pilas de huesos en los túneles del metro.

De repente, Mina comprendió algo. Niklas no quería necesariamente que Nathalie viviera con ella, sino más bien que no viviera en su casa, con él. Estaba intentando proteger a su hija.

—Quizá debería llamar a este teléfono —anunció Mina, intentando que su voz sonara normal.

Buscó el móvil del trabajo y marcó el número que figuraba en la tarjeta de visita. Después de tres tonos de llamada, se estableció la comunicación.

—*Hola, Niklas Stockenberg* —dijo una suave voz femenina.

Mina estaba a punto de responder que no era Niklas, cuando se dio cuenta de que era una grabación. Tenía la calidad entrecortada de algunos mensajes generados a partir de una base de frases pregrabadas. La grabación continuó.

—*Esperamos que haya quedado satisfecho con nuestros servicios durante este periodo, que ahora finaliza. Le quedan... nueve días... seis horas... y... veintitrés minutos... de vida.*

La comunicación se interrumpió. Mina miró a Nathalie, que estaba pálida. ¡Mierda, lo había oído! De inmediato volvió a marcar el número. Tenía que ser un error.

—*Esperamos que haya quedado satisfecho con nuestros servicios durante este periodo, que ahora finaliza. Le quedan... nueve días... seis horas... y... veintidós minutos... de vida.*

—Es una broma, ¿no? —preguntó Nathalie con voz temblorosa—. Tiene que serlo, ¿verdad? Seguro que es una broma.

A Mina le costaba respirar. Era como si alguien le hubiera llenado de tierra la garganta, pero no quería que Nathalie notara el miedo que la atenazaba.

—No creo que sea una broma —respondió, y enseguida se puso de pie—. Ven. Tenemos que ir a ver a Niklas.

Nathalie no se movió. Tenía la mirada desenfocada.

—Ahora entiendo por qué estaba tan raro —dijo al cabo de un momento, y entonces se levantó con expresión decidida.

Mina respiró aliviada. No podía permitirse cuidar a una persona en estado de conmoción. Ya bastante tenía con sus propios sentimientos.

Al salir del apartamento, apenas se fijó en la gravilla que los zapatos de Nathalie esparcían por el suelo del recibidor. De repente, esas cosas habían dejado de tener importancia.

Rebecka abrió la maleta en el suelo del cuarto de estar, para comprobar que no se dejaba nada. Vincent la observaba desde la puerta de la cocina. Prefería no entrar en el salón y, cuando se veía obligado a hacerlo, evitaba acercarse a la pared del acuario. Era plenamente consciente de la irracionalidad de su conducta, pero su dolor de cabeza tenía reglas propias. Fuera o no psicosomático, empeoraba cada vez que entraba en el cuarto de estar. Mientras no averiguara el motivo de que así fuera, prefería no tentar la suerte.

—¿No has hecho una lista? —preguntó—. ¿Eso es todo lo que vas a llevar?

—Ropa interior, mono de esquiar, teléfono móvil, pasaporte —recitó Rebecka, señalando cada cosa—. Varias mudas de ropa, cepillo de dientes... El resto del equipo lo alquilaremos allí. ¿Qué más piensas que puedo necesitar?

Vincent se encogió de hombros. Aún no se había acostumbrado a que su hija fuera capaz de desenvolverse sola. Apenas un año antes habría sido impensable permitirle viajar sola al extranjero. Pero sus hijos se iban volviendo cada día más independientes y pronto no lo necesitarían para nada. En cambio, él los seguiría necesitando.

Mientras Rebecka cerraba la maleta, Vincent se puso a contemplar por la ventana el jardín cubierto de nieve y, más allá, el bosque. El invierno rodeaba la casa. Todo era blanco, excepto cuatro pájaros negros, posados en fila sobre la nieve, cerca de la ventana. Había un hueco y una marca en la nieve entre el primero y los otros tres, como si un quinto pájaro se hubiera ido volando. El mentalista sabía muy poco de aves, pero pensaba que debían de ser cuervos.

Parecía como si ellos también lo estuvieran mirando. Estaban quietos, con una inmovilidad casi antinatural, como si estuvieran disecados. Vincent se masajeó la nariz con el índice y el pulgar y cerró los ojos. ¿Quién iba a ponerle pájaros disecados en el jardín? La idea era absurda. Tenía que esforzarse para no perder el contacto con la realidad, sobre todo ahora, cuando solo faltaban dos días para la Nochebuena, la fecha mencionada por la Sombra en su amenaza.

Dos días. Después tendría que estar preparado para lo que pudiera pasar.

—Ya podemos salir —anunció Rebecka, dirigiéndose al pasillo—, pero antes tengo que ir al baño.

Benjamin salió de su habitación con la cabeza gacha y la vista fija en algo que llevaba en la mano, por lo que estuvo a punto de tropezar con la maleta abierta en el suelo.

—Papá, ¿recuerdas la tarjeta con recortes que recibiste? —dijo—. ¡Vaya, el suelo está sembrado de obstáculos!

Sorprendido, Vincent tardó unos segundos en comprender a qué se refería su hijo.

—¿Las postales con frases raras? —preguntó.

—¡Esas! —exclamó Benjamin, agitándolas en el aire—. He descubierto de dónde proceden. Me refiero a las frases. Son de la Biblia.

—No parecen muy bíblicas —intervino Rebecka, que acababa de regresar del cuarto de baño.

—Al contrario. Teniendo en cuenta la imagen de la mujer

que transmiten, parecen tan antiguas como el *Génesis*. ¿Estás listo, papá?

Hizo una pausa teatral.

—Las frases se encuentran en un libro de la Biblia llamado *Proverbios* —prosiguió Benjamin—. He escrito aquí el número de los versículos. —Le tendió a Vincent las postales, en cuyos márgenes había hecho pulcras anotaciones con tinta negra.

El mentalista las leyó. En la primera, junto a la frase «Gotera continua en tiempo de lluvia y mujer rencillosa son semejantes», Benjamin había escrito: *Proverbios, 27:15*. En la segunda, donde podía leerse el texto «Lazo es al hombre hacer apresuradamente promesas, y después de hacerlo, reflexionar», había anotado: *Proverbios, 20:25*.

—Las he encontrado en la *Nueva Biblia* —explicó Benjamin—, una traducción reciente de la Biblia que supuestamente es más fácil de leer, pero al mismo tiempo es fiel a los textos hebreos antiguos, lo cual es bastante inusual. Bueno, no solo hebreos. También griegos y arameos. Este tipo de traducción...

Rebecka resopló.

—Deja de distraer a papá —lo interrumpió Rebecka—. Ya sabes cómo se pone con estas cosas. Si pierdo el tren, te haré personalmente responsable delante de mis amigos. La crucifixión será una broma en comparación con lo que te pasará a ti.

Vincent no prestaba atención a la conversación de sus hijos, porque automáticamente se había puesto a sumar los cuatro números de los versículos: 27:15 y 20:25. Veintisiete más quince, más veinte, más veinticinco hacían ochenta y siete.

El ocho del siete. El día ocho del séptimo mes.

El cumpleaños de su madre.

Si antes se había permitido dudar acerca de la identidad del remitente, ahora todas sus dudas se habían disipado. Era su Sombra. En realidad, lo había sospechado desde el principio.

Pero esta vez no le había enviado las postales a su casa, sino que las había dejado en la oficina de ShowLife Productions. El mensaje era claro. La Sombra no solo conocía todas sus rutinas, sino que era capaz de entrar y salir de los lugares que Vincent frecuentaba y pasar totalmente inadvertida.

Se había referido a ella en femenino, pero también podía ser un hombre.

—¡Papá! ¡Tenemos que salir ya! —le gritó Rebecka desde el recibidor.

Vincent ni siquiera había notado que su hija se había puesto el abrigo. Estaba como petrificado, con la boca seca y un nudo en la garganta. ¿Le estaban diciendo las postales que en cualquier momento la Sombra podía entrar también en su casa?

Ya no se sentía capaz de hacerle frente solo. Tenía que hablar con Mina y decirle que necesitaba ayuda.

Pero también había recibido una advertencia para no hacerlo.

Si llamas a la policía, sucederá de todos modos, solo que mucho más rápido.

Al menos Maria y Aston ya se habían marchado y Rebecka estaba en camino. Estarían a salvo. Todavía disponía de un día para convencer de alguna forma a Benjamin para que se fuera. Cuando llegara la Nochebuena, Vincent estaría solo en casa, listo para enfrentarse a la Sombra. Echó un último vistazo por la ventana antes de reunirse con Rebecka en el recibidor. Los cuatro cuervos seguían en el mismo sitio. Le devolvieron la mirada.

—No te preocupes —le dijo su madre.

—¿Cómo quieres que no me preocupe si parece que te ha dado un ataque de pánico? —Nathalie miró a Mina indignada. Estaba harta de los adultos y de sus mentiras. No comprendían que había dejado de ser una niña y que no podían seguir hablándole como si lo fuera. Ya tenía suficiente con su padre, y no pensaba permitir que su madre hiciera lo mismo.

—Solo tengo que encontrar una plaza libre. —Mina miraba a su alrededor, en busca de un lugar donde aparcar cerca de la sede del Gobierno, que se erguía ante ellas en todo su esplendor.

—¿Una plaza libre? ¿De verdad te importan ahora las multas? ¡Por favor, si te ponen una, te la pagaré con mis ahorros!

—Deja ya esa actitud, por favor. —Mina encontró la plaza que buscaba y aparcó limpiamente entre dos coches, pese a lo exiguo del espacio.

—Lo siento —murmuró Nathalie de mala gana.

No quería enfrentarse a su madre. Todavía le resultaba extraño e incómodo discutir con Mina. Con su padre era otra cosa. Llevaban años discutiendo, conocían sus límites y sabían lo que estaba permitido y lo que no. Pero su madre era territorio inexplorado.

—Vamos. —Mina abrió la puerta con impaciencia y estuvo

a punto de resbalar en una placa de hielo cuando se bajó del coche.

—¿Hora de ponerse los crampones? —le soltó Nathalie con una risita, feliz de haber encontrado una válvula de escape para la tensión.

—Ja, ja, muy gracioso. A ver si te ríes cuando me haya fracturado la cadera y tengas que ayudarme con la higiene diaria.

—Te ducharía con gel hidroalcohólico.

—Oh, cállate ya.

Mina le sonrió y Nathalie sintió una calidez que se le difundió por el pecho y alivió en parte la ansiedad que la invadía. No estaba sola. Tenía a su madre, que además era policía. Entre las dos averiguarían cuál era el problema de su padre y juntas lo salvarían. Nattie y Mina, el dúo dinámico.

Franquearon la pesada puerta de madera, superaron el control de seguridad y, a partir de ahí, Nathalie le enseñó a Mina el camino hasta el despacho de Niklas, a través de un laberinto de pasillos.

Tor arqueó las cejas con expresión inquisitiva cuando las vio llegar.

—¡Vaya, qué sorpresa! ¡Toda la familia de visita! ¿Dónde está Niklas? Llevo todo el día haciendo malabarismos para que nadie note su ausencia.

—¿No está aquí? —preguntó Nathalie, sintiendo que el corazón le daba un vuelco.

Había supuesto que lo encontrarían en la oficina, donde solía estar siempre. Ciertamente, lo habían llamado muchas veces, tanto a él como a Tor, sin obtener respuesta, pero eso no era inusual. La vida de un ministro estaba repleta de reuniones importantes, durante las cuales era imposible atender las llamadas personales. Nathalie lo sabía. Por eso había supuesto que estaría en su despacho, muy ocupado. Tremendamente ocupado.

—Creía que estaría con vosotras —dijo Tor con cara de preocupación, levantándose a medias de la silla—. Tampoco está en su casa. ¿Ha ocurrido algo? Sí. Lo veo en vuestros ojos. ¿Qué ha ocurrido?

Nathalie se dejó caer en una de las sillas reservadas para los visitantes, delante del escritorio de Tor, y Mina hizo lo propio en la otra. Nathalie la miró e hizo un gesto afirmativo. Entonces Mina sacó la tarjeta de visita y se la entregó a Tor con manos temblorosas.

—Llama a este número.

—¿Qué es esto? ¿Un juego? Ahora no tenemos tiempo para estas cosas. Debemos localizar al ministro de Justicia cuanto antes. Ha faltado a tres reuniones, llevo toda la mañana llamándolo como un loco, he ido a ver si estaba en su casa y al final he supuesto que estaría con vosotras. Últimamente se ha estado comportando de manera un poco extraña y he pensado que quizá tuviera que ver con... esta situación. —Al decirlo, señaló vagamente a Mina y Nathalie.

—¡Te he llamado! —replicó Nathalie—. ¡Un montón de veces! ¡Pero no lo has cogido!

—¡No! ¡Yo te he llamado a ti y no he recibido respuesta! —repuso Tor, indignado.

Nathalie abrió la boca para protestar, pero enseguida cayó en la cuenta de lo sucedido.

—Tenía el teléfono sin batería. Te llamé con el de mi madre —dijo en voz baja.

Tor asintió.

—He recibido varias llamadas de un número desconocido, pero nunca contesto si no sé quién me llama.

—No hay tiempo para esto —intervino Mina, mirando a Tor—. ¡Llama de una puta vez al número que figura en la tarjeta!

Tor respiró hondo, como para serenarse y no responderle a

Mina con otra insolencia del mismo calibre. Después, cogió su teléfono, se puso las gafas de leer y llamó al número indicado. Mientras escuchaba, se iba poniendo cada vez más pálido.

—¿Qué es esto?

Dejó el teléfono sobre la mesa y se quitó las gafas.

—Es una tarjeta de visita que alguien le dio a Niklas —contestó Mina.

—¡Cuando llamaron a la puerta! —exclamó Nathalie de repente. Hasta ese instante no lo había pensado—. ¡Mientras estábamos cenando! Debió de ser en ese momento, porque desde entonces ha empezado a comportarse de manera extraña.

Cuando su madre se volvió para mirarla y asintió, ella no pudo evitar sentirse orgullosa. Había resuelto un misterio, como los policías de verdad.

—Dios mío —murmuró Tor—. Pero... ¿qué significa? ¿Es una amenaza real? —Cogió la tarjeta, la estudió un momento y la dejó de nuevo sobre la mesa.

—No lo sabemos, pero creemos que a papá le ha pasado algo. No contesta al teléfono y no tenemos ni idea de dónde puede estar. Tú mismo acabas de oír esa horrible grabación. ¡Le ha ocurrido algo! —Nathalie se daba cuenta de que su tono era de absoluta desesperación, pero no podía disimular el pánico.

—Así es —dijo Mina, mirando a Tor con expresión grave—. Yo también creo que le ha pasado algo.

Tor permaneció en silencio unos segundos, como si estuviera sopesando diferentes opciones. Luego cogió el teléfono sin dejar de mirar a Mina.

—Voy a llamar al jefe de los servicios de seguridad. Estoy convencido de que no ha ocurrido nada grave.

Pero su tono desmentía sus palabras tranquilizadoras.

—Es por algo urgente, ¿no?

Vincent intentó controlar la ansiedad que sentía en todo el cuerpo. En algún lugar de su mente siempre había existido cierta preocupación por Mina y por la posibilidad de que la amenaza indefinida que se cernía sobre su vida también la afectara a ella. La encontró sentada en un rincón oscuro de un restaurante casi vacío, en el casco antiguo de Estocolmo.

Mina apenas alzó la vista cuando él se sentó frente a ella. Vincent sintió que el corazón le latía con fuerza en el pecho. ¿Habría llegado por fin hasta ella la amenaza de su Sombra? La sola idea lo impulsaba a levantarse y luchar, aunque no supiera contra qué ni contra quién.

Sin decir nada, Mina le entregó una tarjeta de visita. El mentalista observó que la superficie sin limpiar de la mesa no parecía afectarla, lo que demostraba la importancia de la tarjeta.

—¿Qué es? —preguntó Vincent.

La sostuvo entre los dedos. La cartulina era pesada, de óptima calidad. Cara, seguramente.

—Llama a ese número —le indicó ella.

Una camarera se acercó a la mesa, mascando chicle.

—¿Ya saben lo que quieren? —preguntó, señalando la carta, situada en un soporte de madera sobre la mesa.

—Un café solo —respondió Vincent, mirando a Mina con gesto inquisitivo.

Ella negó con la cabeza.

La camarera hizo una mueca de disgusto y se marchó en dirección a la cocina.

Vincent sacó el teléfono y marcó el número de la tarjeta. Mina se volvió de repente y llamó a la camarera, que regresó de mala gana.

—Lo he pensado mejor —dijo Mina—. Una copa de vino blanco. Chablis. Grande, por favor.

¿Vino a media tarde? Era una nueva faceta de Mina y un claro indicio de que algo no iba bien.

Mientras tanto, Vincent escuchaba el mensaje grabado por una voz femenina:

—*Hola, Niklas Stockenberg. Esperamos que haya quedado satisfecho con nuestros servicios durante este periodo, que ahora finaliza. Le quedan... nueve días... tres horas... y... trece minutos... de vida.*

Despacio, dejó el teléfono sobre la mesa y le devolvió la tarjeta a Mina, que se lo quedó mirando fijamente.

La camarera regresó con una taza de café en una mano y una copa enorme de vino blanco en la otra.

—¿De dónde ha salido esto? —preguntó el mentalista, mientras cogía la taza intentando no quemarse los dedos.

El café tenía todo el aspecto de llevar mucho tiempo sobre una placa caliente. La superficie se había vuelto aceitosa y olía lejanamente a quemado.

—Se la trajo un mensajero a Niklas la otra noche —respondió Mina—, mientras cenaba en su casa conmigo y en compañía de Nathalie.

—¿Y no sabes quién se la envió? ¿Qué ha dicho Niklas?

Mina se llevó la copa a los labios y bebió un trago. Vincent pudo comprobar entonces que estaba realmente alterada, ya que la copa de la que bebía no parecía haber pasado por el lavavajillas y presentaba varias huellas de dedos.

—Niklas no le dio ninguna importancia —respondió ella—. Pero no se lo ha contado a nadie, ni lo ha denunciado a la policía, ni tampoco a su propio departamento de seguridad. Y ahora ha desaparecido. ¿Qué demonios es esto, Vincent?

—No tengo ni idea —contestó él con cautela—. Podrían ser mil cosas diferentes: una amenaza de algún enajenado que odia al ministro, una broma de mal gusto de uno de esos *youtubers*, un ritual de alguna organización secreta a la que pertenece Niklas... Podría seguir haciendo conjeturas sin parar. Hay infinidad de explicaciones posibles.

—Me estás ayudando mucho, gracias —repuso ella en tono irónico—. ¿Dices que puede ser una broma de un *youtuber*? ¿Realmente te lo parece? ¿Y por qué figura en la tarjeta el mismo símbolo que hemos visto junto a los montones de huesos en el metro?

—No lo sé —admitió él, tratando de superar el mal trago de no haber satisfecho las expectativas de Mina—. Pero tampoco es seguro que sea el mismo símbolo. A veces nuestros cerebros ven conexiones donde no las hay. Después de todo, en el metro solo había unos círculos trazados en el suelo.

—Nuestros cerebros... ¿Te parece más razonable que no haya ninguna conexión y que todo sea achacable a nuestros cerebros? ¿En serio?

Vincent probó con cuidado el café, para no tener que contestar enseguida. Su sabor era tan deleznable como su aspecto.

—No —dijo al cabo de un momento—. No sabría decir cómo, pero creo que todo está relacionado. Por otra parte, ese mensaje me evoca de alguna manera el mito de Fausto.

—¿El mito de Fausto? ¿Por qué? —preguntó Mina, antes de beber un poco más de vino.

Vincent estuvo a punto de hacer un comentario sobre el estado de la copa de vino, pero decidió que era mejor abstenerse.

—Porque, en cierto modo, la historia trata de una persona que utiliza unos «servicios» hasta que se agota su tiempo. Pero ha sido una simple asociación de ideas, tal vez porque últimamente no me funcionan muy bien las sinapsis.

—Conozco de manera muy superficial la historia de Fausto. ¿No tiene algo que ver el diablo?

—Sí, el diablo tiene un papel importante, pero el tema central es el tiempo y lo que hacemos con nuestra vida. Al menos así lo veo yo. Originalmente era un cuento popular alemán, sobre el joven Fausto, que le vendía el alma a Mefistófeles, otro nombre del demonio. De esa historia procede el adjetivo «fáustico», que designa a una persona ambiciosa, dispuesta a sacrificar su integridad moral para alcanzar el poder y el éxito aunque solo sea durante un tiempo limitado.

—¿Por qué le vende Fausto su alma al diablo? —preguntó Mina—. ¿Qué obtiene a cambio?

A Vincent le resultaba encantador el surco de preocupación que se le dibujaba en la frente a su amiga.

—El diablo se presenta en un momento crítico de la vida de Fausto y le promete que le concederá las experiencias más maravillosas de la vida a cambio de que le ceda su alma después de la muerte.

—¿Qué hace entonces?

—¿El diablo?

—No, Fausto. ¿Qué hace con la oportunidad que le ofrece el demonio?

—Para desgracia suya, no mucho —repuso Vincent, sopesando la posibilidad de seguir bebiendo el café, aunque al final apartó la taza—. Fausto busca el poder, el amor y el sentido de la vida. Pero siempre quiere algo más, algo diferente, y su propia angustia lo consume. Por el camino, pisotea a los demás, pero curiosamente, Goethe, que escribió la versión más conocida de la historia, no le hace sufrir las consecuencias de sus actos. Según Goethe, Mefistófeles representaba la Revolución francesa, pero la mayoría de los estudiosos prefieren ver a Mefistófeles como el alter ego de Fausto: su lado malo, la parte de su personalidad que no quiere mostrar.

—¿Como en *El club de la lucha*? —preguntó Mina, con repentino interés.

—*¿El club de la lucha?* Interesante comparación. ¿Sabes que la película se suele mencionar como una de las principales representaciones de la enfermedad mental en la cultura popular? De hecho, el protagonista padece un trastorno disociativo de la identidad.

—¿Un qué?

—Ya sabes, lo que antes se llamaba trastorno de personalidad múltiple, cuando algunas partes de la personalidad se separan de las demás. Es poco corriente, pero a veces ocurre. Las personas afectadas suelen tener dificultades para saber quiénes son y tienen la sensación de no poder controlar sus actos. Lo que la película pasa por alto es que el trastorno disociativo de la personalidad suele tener su origen en un trauma infantil profundo. Kim Noble, un caso famoso de la vida real, tenía cientos de personalidades como consecuencia de los abusos que había padecido de niña. La mayoría de sus personalidades no recordaban los horrores del pasado y, por lo tanto, constituían un mecanismo de protección.

Mina se terminó casi todo el vino mientras Vincent hablaba.

—Parece que has leído mucho al respecto —observó.

El mentalista se encogió de hombros.

—Es un tema interesante —replicó—. El cerebro es a la vez nuestro peor enemigo y nuestro mejor amigo. Los caminos que encuentra para protegernos son... extraordinarios. Como te he dicho, Mefistófeles podría ser simplemente una faceta de Fausto. Ya lo afirmó el psicólogo Norman F. Dixon: «A veces somos nuestro peor enemigo».

Mina hizo girar la copa entre los dedos.

—¿Hay alguna otra razón para que hayas pensado en Fausto cuando has oído la grabación del teléfono?

—No, creo que solo lo he pensado por lo que ya te he dicho —replicó él—. Unos «servicios» que se ofrecen y un tiempo que se agota.

—Entonces, cuando se haya acabado el tiempo, ¿el diablo se quedará con el alma de Niklas? —dijo Mina, y Vincent comprendió de inmediato lo que le estaba preguntando en realidad.

La preocupación brillaba en sus ojos, y el mentalista sabía que no tenía sentido intentar tranquilizarla. Con Mina solo podía ser sincero.

—Fausto no es más que una historia —repuso—. Y vosotros todavía disponéis de varios días para encontrarlo.

Era verdad.

—Hablando del tiempo, es hora de que vuelva a casa con Nathalie —dijo Mina echando un vistazo al móvil—. Ha regresado antes que yo y no quiero que se quede sola mucho tiempo. Si se te ocurre alguna idea, cualquier cosa que pueda servir, llámame enseguida. —Levantó la copa para beber el último trago, pero congeló el movimiento—. ¡Pero qué asco! ¡Mira cómo está esta copa!

La soltó como si estuviera al rojo vivo y la copa cayó sobre la mesa. El poco vino que quedaba se derramó en dirección a Vincent, pero a Mina no pareció importarle. Lo miró fijamente.

—¿Lo habías visto? ¿Por qué no has dicho nada? —preguntó ella.

El mentalista se movió en su silla, sin saber cómo reaccionar. Dijera lo que dijera, todo estaría mal.

—Pago yo —anunció—. Es muy poco. Tú date prisa en volver a casa.

Sin dejar de mirarlo, Mina se limpió la boca con una toallita húmeda que había sacado del bolsillo de la chaqueta. Después se marchó.

Vincent cogió el teléfono y marcó de nuevo el número, para escuchar otra vez la voz femenina.

Al fondo, detrás de la voz, le pareció oír a Mefistófeles riendo a carcajadas.

QUEDAN OCHO DÍAS

Por primera vez iban a visitar el Instituto de Medicina Forense sin pasar por la sala donde trabajaban Milda y Loke. Al llegar a la puerta, Mina dudó el tiempo suficiente para que Vincent se le adelantara y cogiera el picaporte.

Una mujer rubia de aspecto delicado y edad indeterminada salió a recibirlos. Tenía la mirada brillante e irradiaba vida de una manera que contrastaba con el resto del edificio y lo que albergaba entre sus paredes.

—Gunilla Strömquist, antropóloga forense —se presentó la mujer, y, para gran alegría de Mina, ni siquiera le tendió la mano.

La costumbre del contacto físico en los saludos o las presentaciones era algo que no podía comprender. Resultaba totalmente innecesario y suponía un grado de cercanía incómodo y un riesgo de transmisión de bacterias y otros gérmenes. Los japoneses resolvían mucho mejor ese aspecto de las relaciones sociales, con sus respetuosas inclinaciones realizadas a una distancia razonable. Sus costumbres eran mucho más dignas e higiénicas.

—Pasad y perdonad el desorden. Estoy recogiendo mis cosas, porque pronto me jubilaré.

Mina arqueó las cejas, sorprendida. Le había calculado unos cincuenta años y en ningún caso más de sesenta.

—Ahora quito algunos trastos de aquí para que podáis sentaros.

Retiró entonces una extraña colección de objetos de las dos sillas situadas delante de la enorme mesa de escritorio, cuya superficie no se veía bajo el caos. Entre las cosas que apartó de las sillas, había un cráneo animal de una especie indefinida, una representación en cerámica de la anatomía de un corazón, un libro sobre las diferentes clases de moscas y una camiseta con el texto «La muerte mola».

—¡Es increíble la cantidad de cosas que vamos acumulando a lo largo de los años! —comentó alegremente, mientras distribuía los objetos sin orden aparente entre las cajas de mudanza abiertas en el suelo—. En esta profesión solemos recibir regalos un poco macabros. Vosotros que sois policías entenderéis lo que quiero decir. Uno acaba desarrollando cierto humor negro.

—¿Sabías que la palabra *humor* viene del latín y hace referencia a los humores corporales? —dijo Vincent—. Y su actual significado deriva a su vez de una hipótesis de la medicina antigua, según la cual existe una relación entre los fluidos corporales y el temperamento de cada persona. Tener humor se suele definir como apreciar las cosas divertidas de la vida y saber identificar e incluso aceptar con resignación las imperfecciones y contrariedades. Y esa actitud encaja innegablemente con vuestra labor aquí. Me refiero a la manera de enfrentar las contrariedades de la vida. Otra definición del humor sería la que lo presenta como un proceso emocional y cognitivo con base fisiológica, una experiencia que consiste en saber descubrir y apreciar las ideas y situaciones absurdas o divertidas. Y por último, pero no menos importante, el sistema estadounidense de diagnóstico, el famoso DMS-5, describe el humor como un mecanismo de defensa que nos ayuda a manejar conflictos delicados o estresantes, concentrando la atención en los aspectos divertidos o irónicos de aquello que nos produce estrés. Un buen ejemplo es esta camiseta: LA MUERTE MOLA. Porque todos sabemos que la muerte no mola. Sin embargo, un texto de estas características...

—Vincent, lo hemos comprendido —lo interrumpió Mina, indicándole con un gesto que parara ya.

—Interesante, muy interesante —comentó Gunilla, que para entonces ya había retirado todos los objetos que les impedían sentarse en las sillas.

Ella misma se sentó al otro lado del escritorio, pero, al hacerlo, desapareció detrás de dos pilas de libros, dejando a la vista solamente la parte superior de su cabellera rubia.

—Vaya por Dios, aquí tampoco estoy bien.

Se puso de pie, levantó las dos pilas de libros, las metió en una de las cajas y volvió a sentarse.

—¡Ahora! ¿Por dónde íbamos? Ah, sí. Habéis venido por los huesos que me envió Milda. Es casi lo último que hago en esta casa y os diré que el caso es apasionante. ¡Esqueletos en el metro! He visto muchas cosas a lo largo de mi carrera, pero esto es nuevo.

—Hemos identificado todos los restos hallados, menos estos que estás estudiando ahora —dijo Mina—. Sería de gran ayuda que pudieras determinar la antigüedad de los huesos.

—De hecho, creo que puedo hacerlo.

Al acomodarse en su asiento, Mina notó algo bajo el trasero. Buscó con la mano y encontró algo duro y alargado, que extrajo enseguida. Tardó unos segundos en darse cuenta de lo que era.

—¡Pero si estaba ahí! ¡El dedo de Oscar!

Gunilla alargó la mano para recuperar el hueso mientras Mina cruzaba una mirada con Vincent, que observaba divertido la escena.

—¿Oscar? —preguntó Mina, aunque no estaba segura de querer saber la respuesta.

—El esqueleto del departamento. Una agradable incorporación al personal, una especie de mascota —explicó, dejando el hueso a un lado—. No me lo voy a llevar, porque los demás lo echarían de menos.

—¿Es... auténtico? —preguntó Mina, sin saber aún si quería saber la verdad.

—Por supuesto que no. ¿O tal vez sí? —Gunilla le guiñó un ojo y después se puso seria—. Volvamos a los huesos del metro. Tras una inspección ocular inicial, en la que estudié el desgaste de las articulaciones pélvicas, determiné que el hombre debía de tener entre cuarenta y cincuenta años cuando murió. Después recurrí a la datación por carbono-14 para averiguar la fecha de nacimiento. Como probablemente sabréis, se trata de un método muy preciso para determinar las edades, sobre todo si se combina con los datos del pico de la bomba.

—¿El pico de la bomba? —repitió Mina, desconcertada.

Vincent se aclaró la garganta.

—Es un fenómeno bastante interesante —intervino—. Hasta 1955, los niveles de carbono-14 en el planeta eran estables. Pero, a partir de entonces, las grandes potencias hicieron más de dos mil pruebas nucleares en todo el mundo. ¿Recuerdas todas aquellas fotos donde se ve una gran nube en forma de hongo, delante de un grupo de gente sonriente que la observa feliz, mientras hace un pícnic? Uno de los efectos secundarios de aquellas explosiones fue un aumento brusco y considerable del nivel de carbono-14 en la atmósfera. Y ahora ese «pico de la bomba» se puede utilizar para determinar la edad de una muestra, con el método de la datación por carbono radiactivo, ¿no es así?

—¡Bravo! —exclamó Gunilla, impresionada por los conocimientos de Vincent—. Muy bien explicado. Los niveles de carbono-14 solo empezaron a descender en 1963, cuando un acuerdo internacional puso fin a los ensayos nucleares por encima de la superficie terrestre. El carbono-14 es un isótopo radiactivo del carbono, que se acumula en la biosfera por efecto de los rayos cósmicos y pasa a formar parte de los tejidos vegetales a través de la fotosíntesis. Cuando comemos esas plantas, incorporamos el isótopo en nuestro organismo. Los átomos de carbono se unen a las células durante los procesos de división, lo que permite determinar la «fecha de nacimiento» de nuestras células.

Toda la explicación de Gunilla iba dirigida exclusivamente a Mina, que la seguía no sin cierta dificultad. La antropóloga debía de suponer que Vincent ya disponía de toda esa información.

—Las variaciones en el contenido de carbono-14, debidas en parte al pico de la bomba, permiten determinar en qué momento se formaron los diferentes tejidos biológicos, con un margen de error de dos años.

—Pero el método que utiliza el pico de la bomba tiene un problema, ¿verdad? No coincide con el modelo de Berna —observó Vincent.

—Para nuestros fines, es más que suficiente —replicó Gunilla, descartando el argumento con un amplio gesto de la mano.

—¿Utilizáis los huesos para hacer las pruebas? —preguntó Mina.

Gunilla negó con la cabeza.

—Bueno, en este caso hemos utilizado los dientes. Más concretamente, hemos determinado el nivel de carbono-14 presente en el esmalte de los dientes.

—¿Cómo se relaciona eso con... el pico de la bomba?

Mina sentía que los datos le bailaban en la cabeza. Habría preferido que Gunilla le comunicara directamente los resultados, pero había trabajado lo suficiente con científicos como ella para saber que no era así como funcionaban las cosas. Primero necesitaban explicar todo el proceso.

—El pico de la bomba se produjo en 1963. En ese momento, la concentración de carbono-14 en la atmósfera casi llegó a duplicar los niveles presentes hasta entonces. A partir de ahí, ha ido disminuyendo año tras año. Eso significa que conocemos el nivel de carbono radiactivo correspondiente a cada año. Y ese nivel queda registrado en el esmalte de los dientes, entre otros tejidos. Los valores más altos se observan en dientes que se formaron a partir de 1955. Pero incluso las personas nacidas hasta trece años antes, en 1942, pueden tener niveles elevados de carbono-14 en las muelas del juicio.

—Porque son las últimas en formarse —indicó Mina, con expresión pensativa.

Empezaba a comprenderlo.

—Exacto.

—Entonces ¿a qué conclusión has llegado? ¿Cuál es el año de nacimiento?

—Como ya he señalado, hay un margen de error en ambas direcciones. Dicho esto, yo fijaría la fecha en torno a 1960. Pero también querréis saber cuándo murió la persona en cuestión, y para eso he tenido que mirar las costillas.

—¿Las costillas? —repitió Mina.

—Sí, probablemente sabrás que todas las células del cuerpo se sustituyen a intervalos regulares. También las del esqueleto, que se renuevan cada cierto tiempo. Y como los huesos de las costillas son porosos y blandos para facilitar los movimientos de la respiración, se renuevan más a menudo que el resto. Cada diez años, más o menos. Según he podido observar, la última vez que las costillas estudiadas incorporaron carbono para formar células nuevas fue en 1998, cuando el hombre tenía unos cuarenta años. Eso sitúa su muerte en algún momento entre 1998 y 2008.

—¿Cómo llegas a esa conclusión?

—Porque las costillas, como ya he dicho, renuevan todas sus células cada diez años, y si la persona en cuestión hubiese estado viva en 2008, no habría visto ninguna célula formada antes de 1998. Sin embargo, allí estaban. Por supuesto, todos estos datos han de tomarse con cierta cautela. Pero supongo que os gustaría tener una datación más precisa de la muerte que no sea un intervalo de toda una década. Por fortuna, en algunos huesos había una ligera capa de musgo y hemos podido determinar que ese musgo se empezó a formar hace veinte años, como mínimo.

—Entonces ¿los huesos llevaban por lo menos todo ese tiempo en los túneles del metro? —preguntó Vincent—. Eso significa que la muerte se sitúa más cerca de 1998 que de 2008.

—Así es —repuso Gunilla.

—Muchas gracias —dijo Mina—. Has sido de gran ayuda.

—Ha sido fantástico hablar contigo —expresó Vincent con admiración.

A Gunilla se le iluminó la cara. Se echó a reír y las patas de gallo le formaron dos grandes abanicos a los lados de los ojos.

—Sí, estoy segura de que voy a echar de menos todo esto. Pero tengo siete nietos y sé que no me aburriré. No tendré que ir a dar de comer a las palomas.

Tor se apartó el teléfono del oído y contó en silencio hasta cinco para mantener la calma antes de seguir hablando con el periodista.

—No, el ministro no ha vuelto todavía del seminario —dijo—. Sí, ya sé que ayer tenía una entrevista concertada con usted, pero no estaba disponible. Y me temo que hoy tampoco podrá recibirle... Desde luego... Gracias, ya sé qué día es mañana. Pero, lo crea o no, la construcción de una sociedad más justa no se toma vacaciones ni siquiera en Navidad... Sí... Gracias, igualmente.

Puso fin a la conversación y dejó con cuidado el teléfono sobre el escritorio. Después desplazó un poco el móvil con el dedo índice, para alinearlo con el borde de la mesa. Por último, se recostó en la silla ergonómica y soltó un grito.

Egon, uno de los guardias de seguridad, irrumpió corriendo en la sala.

—No es nada —lo tranquilizó Tor—. Es solo que estoy un poco... contrariado.

El guardia, de mandíbula cuadrada y cabeza rapada, asintió brevemente con firmeza. A veces Tor sospechaba que parte del entrenamiento de los servicios de seguridad consistía en ver películas de acción, para aprender los tópicos de la cultura popular sobre el oficio y asegurarse de cumplirlos.

—Teníais una misión —suspiró Tor—. Una sola. Velar por que Niklas Stockenberg estuviera siempre a salvo. Explícame entonces cómo es posible que después de todo un día siga desaparecido sin dejar rastro.

—No lo sé —replicó Egon—. Pero si ha salido de la ciudad, pronto lo localizaremos. Estamos recopilando información de todas las cámaras y radares en un radio de quince kilómetros. De esas cámaras que en realidad no existen, ya sabes. También tenemos datos de todas las matrículas que han pasado por los peajes de salida de Estocolmo y ahora mismo está colaborando con nosotros la unidad de seguimiento y análisis de la policía para procesarlas.

Tor cambió la posición del teléfono sobre la mesa, porque no le gustaba cómo había quedado. Lo giró noventa grados, procurando tocarlo solamente con la punta de los dedos.

—¿Y si sigue en la ciudad? —preguntó, frunciendo el ceño.

—Sea quien sea que lo esté reteniendo, lo encontraremos —dijo Egon, asintiendo otra vez con la firmeza de antes—. Lo prometo.

—Haced lo que os parezca, pero hacedlo ya —espetó Tor, cuyo teléfono comenzaba a sonar de nuevo—. Los periodistas empiezan a olerse algo raro. Con este ya son quince los que me han llamado a lo largo del día.

Volvió a contar hasta cinco y cogió la llamada.

Vincent no pudo reprimir una sonrisa al ver que Mina se cambiaba las botas de invierno por otras mucho más resistentes. Las nuevas parecían capaces de soportar una caminata de setenta kilómetros en pleno invierno atómico.

—¿Por qué tienes un par de botas extras en la oficina? —le preguntó, sentándose al borde de su escritorio—. ¿Por si surge la ocasión de practicar la escalada en la cafetería?

Mina había insistido en volver a la jefatura después de la reunión con la antropóloga forense y ahora Vincent comprendía por qué. Por alguna razón, quería ponerse el equipo de minera.

—Ja, ja, muy gracioso —replicó ella, mientras luchaba con los cordones de las botas—. Te diré que mientras tú jugabas con el experto en escarabajos, Julia nos ha ordenado que volviéramos a bajar a los túneles en cuanto termináramos de hablar con Gunilla. Los demás ya me están esperando.

Los túneles. Vincent se estremeció con solo pensarlo.

—¿No habíais bajado hace poco? —preguntó—. ¿Pensará Julia que aún puede haber más huesos?

—Huesos, no. Pero quizá podamos localizar a algún amigo de Tom el Loco. Según han podido averiguar Ruben y Christer en el psiquiátrico, Tom afirmaba haber encontrado los huesos cerca de la estación de Bagarmossen. Pero ni siquiera sabemos si es verdad lo que decía. Aunque el hombre murió, es posible que algunos de sus amigos estén vivos y sigan allá abajo, como ha dicho Julia. Alguien puede haber visto o averiguado cómo consiguió Tom los restos de Marcus Eriksson. A Julia no le ha sido fácil organizar una nueva visita. Al parecer, es complicado gestionar una exploración de los túneles. Las autoridades del metro suelen ponerse muy nerviosas cada vez que se lo pedimos.

—¿Y todavía no habéis descubierto ninguna conexión entre las otras víctimas y Gustaf Brons?

—Eso es un campo minado —respondió Mina con un suspiro—. He intentado investigar las deudas de juego de Gustaf, pero no es fácil averiguar nada sin interferir con la causa judicial que se está preparando contra Dragan Manojlovic. En cualquier caso, no he encontrado ningún dato relevante, ni nada que apunte a que Gustaf y Josephine fueran cómplices. Por lo visto, lo único que les preocupaba antes de la desaparición de Jon era reunirse en secreto en diferentes hoteles de Estocolmo. Francamente, viendo la frecuencia de las reservas, no sé cómo les quedaba tiempo para cuidar de sus hijos, dirigir una empresa o perder dinero apostando. Pero sigo sin descartar nada. Al menos Ruben hablará con Peter Kronlund esta tarde, para ver qué puede decirnos de su padre.

—Ya veo —repuso Vincent—. Me temo que a mí tampoco se me ocurre nada.

En ese momento se dio cuenta de que se había sentado sobre un par de gruesos guantes que habían quedado sobre la mesa. Se levantó y se los tendió a Mina, que estuvo a punto de arrancárselos de la mano.

—No digas ni una palabra —le advirtió ella—. Pásame los guantes desechables. Están en esa caja.

Vincent encontró una caja de guantes y se la dio también. Aunque Mina se había puesto un equipo protector tan completo que el siguiente paso habría sido un mono contra la contaminación radiactiva, el mentalista la seguía viendo preciosa. Y no solo la veía bonita, sino sexy. Ni las capas de ropa ni las manos enrojecidas podían empañar esa realidad. ¿Era aceptable que Vincent albergara esos pensamientos? Reflexionó un momento y decidió que sí, siempre que se los guardara para él.

—También hay ropa adecuada para ti —dijo Mina, descolgando una gruesa chaqueta de un gancho de la pared—. Para que puedas acompañarnos.

—¿Por los túneles? —repuso él con un estremecimiento—. No, el subsuelo no es lo mío. La última vez que nos metimos en una tubería tuve que ponerme a contar números primos, no sé si te acuerdas. Será mejor que me quede aquí y repase todo el material, para ver si hemos pasado por alto algún detalle importante.

—Cobardica —le espetó Mina mientras volvía a colgar la chaqueta.

Pero Vincent notó que estaba sonriendo.

—Mientras tanto —añadió ella—, puedes subir y bajar varias veces en ascensor, como terapia. Pero la próxima vez, si es que hay una próxima vez, no tendrás elección. Estaremos tú y yo en la oscuridad. ¿De acuerdo?

—De acuerdo —contestó él, vacilante.

Debería pedirle a Julia la garantía de que nadie volvería a bajar nunca más a los túneles. No se sentía capaz de hacerlo.

—Hasta luego —se despidió Mina—. Diviértete en el ascensor.

Cuando se hubo marchado, Vincent se quedó sentado en su escritorio, pensando en sus palabras.

«Tú y yo en la oscuridad.» Si tan solo supiera cuánta verdad había en esa frase...

Las autoridades del metro de Estocolmo habían colaborado en la planificación de la investigación. El esfuerzo había sido enorme. Cuando estaban buscando los montones de huesos, Mina había pensado que sería imposible registrar a fondo todo el sistema de túneles, pero, de alguna manera, Julia lo había conseguido. Con actitud seria y determinada, había empezado a repartir las zonas de búsqueda entre los diferentes grupos de policías.

—Veo muchos novatos por aquí —mascullló Ruben, mirando con suspicacia a los colegas que lo rodeaban.

—Debemos agradecer que nos hayan cedido tantos efectivos, teniendo en cuenta que ya casi es Navidad —replicó Mina, sonriendo—. Y que los del metro nos hayan dejado bajar sin poner inconvenientes.

Sin embargo, en el fondo, viendo a algunos de los agentes que les habían enviado, tenía que darle la razón a Ruben.

—Seremos tres en nuestra zona. Adam vendrá con nosotros —dijo.

—Vaya mierda de Navidad —gruñó Ruben—. Por suerte aún nos queda el humor.

—Por cierto, ¿sabes que *humor* viene del latín?

—¿Qué te pasa? ¿Estás borracha?

—Por desgracia, no. Todo sería mucho más fácil si hubiera

bebido —contestó ella, mientras se subía un poco más los guantes de plástico por encima de las mangas de la chaqueta—. Pero me alegro de que puedas verle la parte divertida a todo esto.

Le habría gustado que Vincent los hubiera acompañado, pero entendía a su amigo.

—Es hora de empezar —anunció Adam, pasando junto a ellos y dirigiéndose a la entrada del túnel del que partirían—. Tengo el plano. Ya sé qué zona nos corresponde.

Sus dos colegas lo siguieron.

Nada más entrar, Mina sintió una opresión en el pecho. Le costaba respirar.

—No me perdáis de vista —dijo Adam, avanzando a buen ritmo.

En torno a ellos se oían crujidos y murmullos a los que Mina prefería no prestar atención. En lugar de eso, se concentró en la respiración, mientras se adentraban más y más en la oscuridad.

Al cabo de diez minutos, llegaron a la zona asignada, en lo más profundo de la red de metro.

—Esto es una idiotez —masculló Ruben—. Para empezar, la mayoría de los que viven aquí abajo están como cencerros. Son enfermos mentales o yonquis. Y en segundo lugar, a ninguno de ellos le gusta mucho la policía. No creo que se presten a hablar con nosotros ni aunque todavía les quede alguna neurona viva.

En la oscuridad se percibían movimientos inquietantes. Había luces, pero solo unas pocas funcionaban, y las pocas que aún estaban encendidas parpadeaban de manera irregular.

—Tienes razón, como siempre —replicó Mina en tono sarcástico—. Será mejor que nos olvidemos de esto y nos vayamos a beber una cerveza.

—No es necesario que te pongas desagradable solo porque haya expuesto un argumento lógico —contestó Ruben malhumorado, sin dejar de barrer el túnel con el haz de la linterna.

Algo oscuro apareció de pronto y se paró en seco.

—¿Hola? —gritó Adam, y su voz despertó ecos entre las paredes de los túneles—. Nos gustaría hablar contigo.

Ruben repitió lo mismo con idéntica fuerza, y el eco le devolvió sus palabras.

—Somos policías —anunció Mina en voz alta—, pero no tenemos nada contra vosotros. No hemos venido a detener a nadie, ni a curiosear en nada de lo que hagáis o dejéis de hacer aquí abajo. Solo queremos haceros unas preguntas. Sobre los huesos que han aparecido en los túneles. Y sobre Tom el Loco.

Silencio.

Mina ni siquiera estaba segura de que alguien los estuviera oyendo.

—¡Bienvenidos al paraíso! —se oyó de repente.

Mina dio tal salto que estuvo a punto de salir volando. Un hombre que más parecía un gigante se plantó frente a ellos, con los brazos extendidos a los lados. Al notar que Ruben movía lentamente la mano hacia el arma reglamentaria, Mina le apoyó una mano en el hombro.

—¡Johnny! ¡Ven aquí! ¡No los asustes! —Una mujer entró en la zona iluminada por las linternas, con las manos abiertas y a la vista—. No es peligroso. Es grande, pero no es peligroso. Es hijo mío. No le haría daño ni a una mosca.

Observando al gigante más de cerca, Mina se dio cuenta de que no podía tener más de veinticinco años. Sin embargo, la barba y el físico formidable lo hacían parecer el doble de mayor.

—Nos gustaría hablar con vosotros —dijo Mina con suavidad, dirigiendo sus palabras a la mujer—. Acerca de los huesos. Después nos iremos y os dejaremos en paz. Lo prometo.

Silencio. Sintió que la invadía la duda. Habría querido decir algo más para convencer a su interlocutora, pero sabía que lo mejor era dejar espacio al silencio.

—De acuerdo, venid conmigo —dijo por fin la mujer, saliendo del haz de luz.

Mina desplazó su linterna en la dirección por la que se había marchado la desconocida y vio su espalda, mientras se adentraba rápidamente por el túnel de la izquierda. El gigante les indicó con una mano que lo siguieran. El camino atravesaba varios cruces donde los túneles se dividían. Mina esperaba ser capaz de encontrar el camino de vuelta cuando hubieran terminado.

Al cabo de un rato, vieron un tenue resplandor donde el túnel se abría en un espacio más amplio. Al acercarse, observaron que había un pequeño grupo de personas, reunidas en torno a una hoguera. Estaban sentadas en el suelo y no parecía molestarles el humo acumulado bajo el techo.

Ruben sufrió un acceso de tos y Adam se llevó la mano a la cara, para taparse la nariz y la boca. Probablemente era buena idea, de modo que Mina hizo lo mismo y enseguida sintió que respiraba mejor.

—Te acabas acostumbrando —comentó la mujer, haciéndoles señas para que se acercaran.

Johnny, el hombretón, imitó su gesto, con una sonrisa de felicidad que le abarcó toda la cara, de oreja a oreja.

—El pobre no está del todo bien —explicó la mujer, acariciando con ternura la mejilla de su hijo—. Bueno, aquí estamos. Ya podéis preguntar.

Con un amplio movimiento del brazo, señaló al variopinto grupo del que formaba parte. Eran cinco, incluidos Johnny y ella misma. La expresión de todos era de desconfianza. Mina dudó un momento y al final dio un paso al frente.

—Me llamo Mina. Si os parece bien, haremos una ronda de presentaciones.

No hubo respuesta.

Respiró hondo, sintiendo que el humo le quemaba los pulmones. Después dio un par de pasos decididos y le tendió la mano al hombre situado más a la izquierda.

—Mina —le dijo.

—Kjelle —contestó él.

Pasó a la mujer sentada a su lado.

—Mina.

—Natasa.

—Mina.

En lugar de estrecharle la mano, el tercero del grupo se limitó a mirarla fijamente.

—No voy a decirte cómo me llamo. El Gobierno me está buscando por el asesinato de Palme. Tengo que esconderme aquí porque quieren meterme en la cárcel. Mis iniciales son las mismas que las de Palme. Con eso les ha bastado, ¿sabes? Al descubrirlo, me han culpado a mí.

—Sí, así es. Las iniciales O. P. son un poco... sospechosas —dijo en tono de disculpa la mujer que los había llevado hasta allí—. Yo me llamo Vivian.

—No pasa nada. No es obligatorio presentarse —repuso Mina.

Cuando les hubo estrechado la mano a todos, excepto a O. P., una parte de ella habría deseado salir corriendo a su casa y meterse en la ducha con agua hirviendo y más jabón del que fuera posible comprar en toda Suecia. Detestaba tener que dar la mano a unos desconocidos, pero al mismo tiempo le había parecido importante hacerlo. Eran personas. Vivían allí. Por alguna razón habían acabado en los túneles del metro. Quizá en otro tiempo habían tenido una familia, otra vida, alguien que los quisiera.

Mina pensó que en cierto modo su existencia en el subsuelo de la ciudad era la prueba definitiva del poderoso impulso que llevaba al ser humano a sobrevivir a cualquier precio, incluso cuando parecían haberse agotado las razones para vivir.

—¿Podemos sentarnos? —preguntó Mina, y enseguida notó que tanto Ruben como Adam la miraban con cara de asombro y hasta de espanto.

Todo su organismo protestaba contra la idea de sentarse entre escombros y suciedad, pero los policías no podían situarse por encima de sus interlocutores si querían mantener una conversación provechosa con ellos.

—Sí, desde luego —respondió la mujer llamada Vivian—. Aquí.

Al decirlo, empujó generosamente hacia ellos varios trozos de cartón. Los tres policías los recibieron como si hubiesen sido valiosos regalos y los situaron con cuidado para sentarse encima.

—Como ya os he dicho, hemos venido por los huesos —dijo Mina.

Sacó el teléfono y activó la función de grabación. Después lo colocó discretamente delante de ella, sobre el cartón donde estaba sentada. Adam y Ruben guardaban silencio. Habían interpretado bien el ambiente y sabían que Mina había logrado establecer algún tipo de contacto con el grupo. El hecho de que fuera mujer podía resultar menos amenazador en ese entorno.

—Todos sabíamos que Tom el Loco era inocente —dijo O. P., mirando fijamente a Mina—. Pero una vez que el Estado decide una cosa, no hay quien lo haga cambiar de idea. Pasó lo mismo con el caso de Olof Palme.

—¿Por qué estáis tan seguros de que era inocente? —preguntó Mina con curiosidad, y notó que varios de ellos intercambiaban miradas.

—A mí no me miréis —reaccionó Natasa, con su acento extranjero—. Eso ocurrió antes de que yo llegara. Yo no conocí a Tom el Loco.

—Yo sí —repuso Vivian, mientras le daba unas palmadas a

Johnny, que había empezado a balancearse inquieto de un lado a otro.

—Hambre —anunció el muchacho—. Johnny tiene hambre.

Vivian rebuscó en los bolsillos de la falda y le dio media barrita energética, que su hijo se tragó de un bocado. Pareció quedar satisfecho, al menos por el momento.

—Tom el Loco no estaba bien de la cabeza —prosiguió Vivian—. Su mismo apodo lo dice. Pero jamás le habría hecho daño a nadie. Era la persona más bondadosa que he conocido. Pero no debería haber movido los huesos del lugar donde reposaban.

—¿El lugar donde reposaban, dices? —se interesó Mina, aguzando el oído.

Algo pequeño le hizo cosquillas en la mano apoyada sobre el cartón y la retiró de inmediato. Horror. Se obligó a respirar. Dentro. Fuera. Dentro. Fuera. El ruido crepitante del fuego la ayudó a mantener la calma.

—No sé para qué tuvo que ir a Bagarmossen —dijo Vivian.

—Parece que sabéis bastante acerca de los huesos.

Se hizo un silencio y volvieron a cruzarse varias miradas.

—Ya los habíamos visto antes. Por eso, cuando Tom los encontró, sabíamos qué significaban. Eran una señal de respeto a un difunto. A la muerte. Eran un homenaje.

—¿Ya los habíais visto antes? ¿Cuándo? —preguntó Ruben.

—Hace mucho tiempo —respondió Vivian con una mueca.

Estaba claro que no quería seguir hablando del tema, pero O. P. resopló con fuerza.

—El Rey sabía que me estaban buscando por el asesinato de Palme —dijo—. Intentó cargar con la culpa. Se sacrificó. Fue una maniobra de distracción digna de un monarca. Pero ellos no se darán por vencidos. Su muerte ha sido en vano.

Mina no le prestó atención. Por lo visto, la paranoia del vagabundo no solo afectaba al Gobierno, al asesinato de Olof Palme y al Estado, sino también a la familia real. Aunque se pusiera en contra a Vivian, debía seguir preguntando.

—Pero ¿tenéis idea de quién pudo haber dejado allí los huesos que encontró Tom el Loco? ¿Cómo sabéis que eran un homenaje?

Vivian echó una mirada furtiva a O. P. y se encogió de hombros.

—¿No es evidente, por la manera en que estaban colocados, como en una especie de altar?

—El Rey no quería morir —mascculló O. P.—. Él no quería, pero la oscuridad ganó la partida. Al final se hizo con el control.

—A mí no me parece tan evidente —replicó Mina—. Pero si tú lo dices...

Recogió el teléfono y empezó a levantarse, aunque se detuvo a mitad del movimiento, como si de repente hubiera caído en la cuenta de algo.

—Una cosa más —dijo—. En los últimos días hemos encontrado otros montones de huesos. En vuestros túneles.

No era fácil apreciar las reacciones de los demás a la luz temblorosa de la hoguera, pero le pareció ver que Vivian, Natasa y O. P. volvían a intercambiarse miradas fugaces. En cambio, a ella no la miraba nadie. Johnny tenía la vista fija en el suelo. Supieran lo que supieran, si es que sabían algo, no pensaban decírselo. Se levantó y se sacudió el polvo de los pantalones.

—Gracias por vuestro tiempo —añadió, tan amablemente como pudo—. Quizá regresemos alguna vez. Espero que no os importe.

—Cuando volváis, traed bollos —repuso Johnny, y estalló en una risotada que le sacudió la barba.

—Os enseñaré el camino para que no os perdáis —propuso Vivian, señalando el túnel por donde habían venido.

Mina la miró agradecida. Lo único que deseaba era salir de ese lugar oscuro y sucio. Y llegar a casa para meterse en la ducha.

Vincent olvidó por un momento los informes que estaba leyendo. Los tenía delante, sobre el escritorio de Mina, pero lo había distraído un mensaje de texto. Inicialmente, el plan de Benjamin era dormir en casa de un amigo que se había independizado hacía poco, lo cual le venía de perlas a Vincent. Estaría más tranquilo si se quedaba solo.

Pero su hijo acababa de enviarle un mensaje para decirle que prefería despertarse en casa la mañana de Navidad. Vincent sabía que debería enorgullecerse de que su hijo mayor quisiera celebrar las fiestas navideñas en su compañía y no con un amigo. Pero justamente ese año habría preferido que no lo hiciera. Le contestó a Benjamin que no se preocupara, que de todas formas podrían reunirse más tarde y que diera prioridad a pasarlo bien con su amigo.

Sin embargo, su hijo insistió en que quería volver a casa.

Al final, Vincent no pudo evitar sentirse orgulloso. Probablemente lo que más atraía a Benjamin era la idea de dormir en su propia cama, ya que la alternativa era el suelo del apartamento de su amigo. Aun así, le gustaba que su hijo apreciara su compañía. De hecho, su insistencia le habría parecido maravillosa cualquier otro día del año.

Tenía el teléfono en la mano, sin saber qué contestar. Después de todo, Benjamin era casi un adulto. Además, si volvía a casa, Vincent solo tendría que proteger a un miembro de la familia. Se sentía capaz de hacerlo. Debería acordarse de comprar bollitos de azafrán en el camino de vuelta a casa.

—¡Qué concentrado! ¿Estás viendo porno?

La voz de Mina lo sobresaltó. Estaba de pie junto al escritorio, inclinada para ver la pantalla de su teléfono.

—Nada de eso —suspiró Vincent—. Asuntos de familia.

Percibió un ligero olor a detergente que por alguna razón lo hizo pensar en baldosas blancas y piscinas públicas. De inmediato notó que Mina tenía el pelo húmedo y que su ropa era diferente de la que llevaba dos horas antes.

—¿Has ido a nadar?

Mina lo miró desconcertada.

—¿Por qué iba yo...? —empezó, pero enseguida se interrumpió y suspiró—. Sí, Vincent. He ido a nadar. Así es. En medio de mi jornada laboral. ¿Has descubierto algo?

El mentalista carraspeó, tratando de apartar de su pensamiento la imagen de Mina en bañador.

Frunció el ceño como para concentrarse y comenzó a buscar una hoja entre los papeles que había sobre la mesa.

—Verás, he estado pensando un poco más en algo relacionado con las víctimas —empezó—. La madre de Marcus Eriksson afirmó que su hijo había atravesado una época difícil hace años. Dijo que siempre parecía estar buscando algo y que de repente todo había cambiado. La hermana de Erika Sävelden recordaba que Erika había sufrido una depresión veinte años antes y que después de aquello su carrera había sido triunfal. Y Peter Kronlund les contó a Adam y a Julia que Jon Langseth había tenido «una época muy dura en su vida», hace años, y que a Jon no le gustaba hablar al respecto. Curiosamente, los tres estaban hundidos hasta que sus vidas dieron un giro repentino. Por supuesto, todo podría atribuirse a la natural capacidad de resistencia del ser humano, impulsada por algún tipo de experiencia vital profunda. Pero si hay un elemento común que comparten todas las víctimas, merece la pena investigarlo, ¿no crees? Yo si fuera tú hablaría con la madre de Marcus y con Josephine Langseth, para averiguar cuándo tuvieron lugar exactamente esas «épocas muy duras» que atravesaron Marcus y Jon. Y no me sorprendería que fuera hace veinte años, al mismo tiempo que la depresión de Erika.

—¿Quieres decir que se encontraron en aquella época? ¿Que quizá sus respectivas crisis los unieron?

—No lo descartaría. Y una cosa más: ¿pasó Niklas por uno de esos periodos difíciles?

Mina abrió mucho los ojos.

—No habla nunca de su vida antes de conocernos.

—Lástima. Habría estado bien saberlo.

El procedimiento para entrar en el centro de detención se desarrolló de la manera habitual. Ruben sentía cierta curiosidad al entrar en la sala de visitas para ver a Peter Kronlund. Dragan Manojlovic era toda una leyenda del mundo del crimen, por lo que era inevitable preguntarse cómo sería su hijo, un hijo que además había logrado construir una vida del todo diferente a la de su padre.

Los asesinatos que estaban investigando eran sumamente complejos. Eso nadie lo podía negar. No era descabellado, por lo tanto, indagar sobre un hombre vinculado de forma personal con un conocido cabecilla del crimen organizado.

—¿Otra vez de visita? —dijo el recluso que lo esperaba en la sala—. ¡Vaya! Parece que me estoy volviendo muy popular entre la policía. —Se levantó para saludar—. Peter Kronlund —se presentó.

Su apretón de manos era firme. Ruben podía imaginarlo fácilmente con un traje elegante y zapatos caros, sentado en un lujoso despacho. El uniforme gris de los internos no era tan favorecedor.

—Iré directo al grano —anunció—. Hemos encontrado una relación entre su padre y Confido.

Peter no se inmutó, pero tampoco hizo ningún comentario. Ruben esperó. El silencio era la mejor arma para un policía. Al final, Peter apoyó las manos sobre la mesa y se inclinó hacia delante.

—Entonces ya saben quién soy —constató—. Saben quién es mi padre. Nunca me libraré de esa maldita familia.

—Sí, sabemos quién es, pero sobre todo sabemos quién ha sido —dijo Ruben—. Francamente, me sorprende que no lo sepa más gente. Ha ocultado muy bien sus antecedentes.

—No he tenido más remedio —replicó Peter con un suspiro—. Era la única manera de tener una oportunidad en la vida. Pero ¿qué es eso que ha dicho de mi padre? Pensé que ya nada podría sorprenderme. ¿De qué relación me habla?

—Hemos descubierto los pagos que le hacía su padre a Gustaf Brons. Grandes sumas de dinero.

Peter dejó escapar un bufido.

—¿Qué cojones me está...?

Parecía auténticamente sorprendido, pero Ruben se lo preguntó de todos modos.

—¿No sabía nada?

—No —respondió el otro con sequedad.

—Gustaf pidió dinero prestado a su familia para pagar sus deudas de juego. ¿Sabía que era aficionado al juego?

—¡Menudo imbécil! —comentó Peter—. Sí; sabía que jugaba. Era su problema. Pero pedirle dinero a mi padre... Eso no me lo había dicho. Ahora entiendo que estén investigando su relación con Confido. Si mi padre podía controlar a Gustaf...

—Todavía hay más. ¿Sabe que Gustaf tenía una aventura con Josephine, la mujer de Jon?

Peter estalló en carcajadas.

—¡Eso sí que lo sabía! Una vez me los encontré en el despacho. Gustaf la había puesto encima del escritorio y estaban follando. ¡Joder! El culo rosado y peludo de Gustaf, moviéndose adelante y atrás, no es algo que vaya a olvidar fácilmente.

—Como puede ver, había diferentes razones dentro de la empresa para que alguien quisiera quitar a Jon de en medio. Desde la infidelidad hasta el miedo a que pudiera filtrar algún detalle de sus negocios, para salvarse. O también (y aquí solo estoy especulando) cierto nerviosismo por la posibilidad de que se descubriera su verdadera identidad. Así que voy a preguntárselo directamente: ¿tienen usted o su padre algo que ver con el asesinato de Jon?

Peter se inclinó hacia delante.

—Es cierto que he hecho todo cuanto he podido para borrar el recuerdo de mi apellido —empezó a decir, en voz baja pero perfectamente clara—. Era la única salida para mí. Todo lo que tengo lo he conseguido yo solo: la empresa, el apartamento en Östermalm, el Porsche Carrera, la casa de verano en Sörmland... Todo lo he logrado yo, sin la ayuda de nadie. Mi padre no tiene nada que ver. Nada en absoluto. Y así es como quiero que sea.

—¿Su padre lo acepta?

Ruben apoyó las manos sobre la mesa de la misma manera que Peter, imitando su lenguaje corporal. Vincent le había dicho en alguna ocasión que era posible establecer una conexión con otra persona reflejando como un espejo sus movimientos y su actitud. Valía la pena probarlo. No todo lo que decía Vincent eran puras sandeces y chaladuras.

—¿Usted qué cree? —replicó Peter, que de hecho parecía un poco más relajado que antes—. Claro que no lo acepta. Estoy seguro de que ha obligado a Gustaf a espiarme. —Se echó a reír otra vez y se recostó en el respaldo de la silla, con las manos cruzadas detrás de la nuca.

Ruben estuvo a punto de imitar también ese movimiento, pero se dio cuenta de que habría sido demasiado obvio.

—¿Es posible que Jon lo descubriera? —preguntó, sentándose con la espalda más erguida—. ¿Sabría que su padre estaba utilizando a Gustaf? ¿Quizá por eso lo asesinaron?

—¡Dios mío! ¿Cuántas series de detectives ha estado viendo? Si alguien tenía motivos para asesinar a alguien era Jon, teniendo en cuenta que Gustaf se estaba follando a su mujer. Pero sí, desde luego. Si Jon hubiera descubierto que Dragan utilizaba a Gustaf para sacar información privilegiada de Confido, es posible que alguien se encargara de cerrarle la boca. Por otra parte, la desaparición de uno de los principales accionistas habría sido nefasta para la empresa, por lo que no me parece probable que mi padre hubiera llegado tan lejos. Por supuesto, la sociedad quebró de todos modos, pero por otras razones.

Ruben asintió. Lo que decía Peter sonaba razonable, pero aun así persistía la duda.

—¿Le dicen algo los nombres de Mark Eric y Erika Sävelden? —preguntó.

Si Dragan Manojlovic estaba implicado en uno de los asesinatos, entonces debía de estarlo en los tres. De lo contrario, Ruben vería desmoronarse su teoría antes incluso de formularla.

—Sí, claro —respondió Peter—. De Mark tengo casi todos los discos. Supongo que se refiere al cantante, ¿no? En cuanto a Erika, la contratamos varias veces para que viniera a Confido a dar charlas.

—¿Tenían alguna relación con su padre esas dos personas?

—Que yo sepa, no. Ya le he dicho que intento mantenerme alejado de la familia. Pero hay pocas cosas en el sector del espectáculo y los grandes eventos que escapen a los tentáculos de mi padre. Le desafío a encontrar un restaurante o una sala de conciertos de la ciudad donde no haya logrado meterse como socio accionista.

—Antes vendían protección, ahora se hacen socios —replicó Ruben con sequedad.

—¿Por qué me ha nombrado a esas personas?

—Lo siento, pero no se lo puedo decir.

Ruben suspiró decepcionado. No había llegado a ninguna parte con su interrogatorio. Había obtenido mucha información, pero toda inútil. No creía que Peter estuviera implicado. Dragan Manojlovic era una presencia fantasmal en la periferia del caso, pero Ruben no había conseguido establecer ninguna conexión directa con el jefe mafioso. Solo tenía conjeturas. Interesantes, pero poco concluyentes.

Tenía que encontrar la manera de demostrar la culpabilidad de Dragan. Y debía hacerlo cuanto antes.

—¿Con qué frecuencia ves a tu abuelo? —le preguntó Mina con curiosidad a Nathalie, mientras tomaba el desvío a Äppelviken.

El comentario de Vincent sobre el pasado de Niklas le había dado una idea. Si no podía interrogar a su exmarido, al menos podría hablar con el que había sido su suegro, Walther Stockenberg. Niklas admiraba a su padre y le tenía un respeto enorme. Es posible que no siempre hubieran mantenido un contacto estrecho, pero probablemente Walther sabría si Niklas había atravesado una época difícil en su juventud.

Habían pasado muchos años desde la última vez que Mina había estado en casa de Walther. Había sido en otra época, en otra vida. Recordaba el primer verano que había ido a visitar a los padres de Niklas. Habían merendado zumo de fresa casero y pastelitos de frambuesa recién hechos, sentados en el cenador. Por aquel entonces aún vivía Beata, la abuela de Nathalie.

Walther había sido juez del Tribunal Supremo y era un hombre severo y estricto que a Mina siempre la hacía sentir incómoda. Y no solo a ella. Niklas también reconocía que a menudo su padre lo ponía nervioso. Era poco probable que hubiera cambiado mucho desde la última vez.

—Nos vemos... a veces —contestó Nathalie en tono dubitativo.

Mina no preguntó más. En realidad, habría preferido ir sola, pero Nathalie no había querido quedarse en casa y Mina sabía que discutir con su hija era perder el tiempo. Se parecía demasiado a ella.

—Aparca a un lado —la aconsejó Nathalie—. Al abuelo no le gusta que le bloqueen el sendero.

—Desde luego —respondió Mina, girando hacia el ancho camino de grava que discurría delante de la casa.

Recordaba vagamente haber mantenido esa misma conversación mucho tiempo atrás, con Niklas. Giró a la izquierda y aparcó el coche junto a un Audi nuevo y reluciente. El sendero estaba escrupulosamente limpio y despejado.

Mina consultó el reloj. No podían haber sido más puntuales. A Walther no le gustaban las sorpresas y ella no quería contrariarlo desde el principio. Necesitaban su ayuda. Según el mensaje grabado, el día de Nochevieja sería el último de la vida de Niklas y la fecha se estaba acercando con inquietante rapidez. A cada hora que pasaba, a Mina le costaba más controlar el pánico.

Después de tantos años separados, no sabía si su miedo se debía a que Niklas aún significaba algo para ella o al hecho de que fuera el padre de su hija. Pero eso en el fondo no importaba. El resultado era el mismo. El reloj seguía corriendo.

—Pasad, pasad antes de que os congeléis. Pero limpiaos bien los zapatos, o me llenaréis la casa de nieve.

Walther estaba en la puerta, animándolas a subir la escalera de la entrada.

La casa era una de las típicas de Äppelviken, en el distrito de Bromma: una gran casa de madera de principios del siglo XX, enmarcada en verano por magníficas lilas y frondosos rosales. Aunque en ese momento las plantas estaban cubiertas por una gruesa capa de nieve, Mina recordaba aún el olor a lavanda y la profusión de rosales trepadores que se extendían por la fachada. Eran de la variedad New Dawn: «nuevo amanecer». El jardín había sido el orgullo y la alegría de Beata y nadie que lo visitara podía marcharse sin recibir una lección sobre el nombre de las diferentes plantas.

Mina y Nathalie se miraron desconcertadas. El sendero estaba tan limpio que no tenían ni un solo copo de nieve en los zapatos. Pero obedecieron a Walther y se restregaron las suelas en el felpudo de la entrada antes de franquear la pesada puerta de madera. El abuelo de Nathalie se apartó para dejarlas pasar y esperó a que se quitaran los abrigos y los zapatos. Después las saludó con un torpe abrazo.

—Nos sentaremos en el salón. La chica que viene a ayudarme un par de veces por semana se ha ocupado de comprar una caja de esas horribles pastas que venden en las tiendas.

Siguieron a Walther hasta un gran salón con las cuatro paredes tapizadas de libros. En el centro había dos sillones, un enorme sofá Chesterfield de piel y una mesa baja, con la merienda preparada sobre una bandeja de plata.

—¿Sabes dónde está papá? —dijo Nathalie nada más sentarse.

Mina notó la preocupación en su voz y sintió el impulso de apoyarle una mano sobre la suya, pero se contuvo. Ese tipo de gestos aún no eran naturales entre las dos.

—¿Vosotras no lo sabéis? —preguntó Walther a su vez, frunciendo el ceño de tal manera que sus pobladas cejas grises se unieron en el centro—. ¿Queréis decir que se ha ido?

Aún conservaba todo el pelo y tenía escrupulosamente peinada la densa cabellera plateada.

—No podemos localizarlo y nadie sabe dónde está —respondió Nathalie.

A Mina se le encogió el corazón al notar que le temblaba la voz, pero Walther no pareció notarlo. Hizo un amplio gesto con la mano, como para descartar el problema.

—No sé por qué pensáis que yo puedo tener alguna idea al respecto —observó negando con la cabeza.

Les sirvió café a las dos, sin preguntarle a Nathalie si ya lo bebía. Sobre la bandeja, en un plato de porcelana ornamentada, había pastas de almendra. Walther se las señaló a Mina con expresión inquisitiva, pero ella las rechazó tan amablemente como pudo. Con solo pensar en la cantidad de personas de higiene dudosa que podían haber tocado esas pastas en su camino hasta ese plato, se le revolvía el estómago. Pero Nathalie aceptó una y enseguida se la llevó a la boca.

—¿Le habéis preguntado a Tor? —prosiguió Walther—. Seguro que lo tiene todo bajo control. Debe de ser un malentendido y nada más. Tenéis que comprender que Niklas está sometido a un estrés tremendo por el cargo que ocupa. Puede que solo necesite tomarse un descanso.

—Pero no es propio de él desaparecer, sobre todo ahora, cuando faltan pocos días para la Navidad —repuso Mina—. ¿Por qué iba a irse y dejar a Nathalie, sin avisarla?

Su hija le lanzó una mirada de advertencia, pero Walther ya tenía la réplica preparada.

—Ya sé que no es fácil de entender para quien no haya desempeñado un papel tan importante como el nuestro en la sociedad. Me diréis que no es posible comparar a un ministro de Justicia con un juez del Tribunal Supremo, pero en el fondo hay más similitudes que diferencias. Las responsabilidades son inmensas. Hay pocas posiciones, tanto en el ámbito nacional como en el internacional, que igualen en importancia los cargos que Niklas y yo hemos tenido.

—Que Niklas *tiene* —lo corrigió Mina, echando una mirada a Nathalie—. Tú estás jubilado, pero Niklas sigue siendo el ministro de Justicia. ¿No ha ocupado tu lugar en el Tribunal Supremo otra persona? Una mujer, creo.

Walther parpadeó.

—Sí, así es —respondió, con evidente desinterés. Después bebió un sorbo de su café y se giró en dirección a la cocina—. ¡Beata! —gritó—. Este café está demasiado fuerte. ¿Puedes poner otra ca...?

Se interrumpió y bajó la mirada, avergonzado. Lentamente dejó la taza sobre la mesa y, por primera vez, Mina pudo ver una persona real detrás de su máscara de severidad. Una persona algo confusa.

—A veces uno se olvida —dijo Walther en voz baja—. Es curioso. Han pasado cinco años desde que falleció y aun así... Estuvimos casados más de cincuenta años y en ocasiones siento como si ella todavía estuviera aquí.

—Te entiendo —contestó Mina.

Aún albergaba la esperanza de mantener una verdadera conversación, en lugar de limitarse a hacer preguntas para recibir respuestas condescendientes de un magistrado jubilado.

—Espero que comprendas por qué estamos preocupadas, después de lo ocurrido el verano pasado... Nathalie y Niklas están muy unidos, en parte por culpa de... Por mi culpa.

Se había mostrado en toda su vulnerabilidad, y esperaba que el padre de su exmarido supiera valorarlo y aceptara su mano tendida.

Tras un breve silencio, notó que Walther bajaba los hombros.

—No pretendía restarle importancia a vuestra preocupación —dijo con más suavidad que antes—, sino únicamente señalaros que no tiene por qué haber ocurrido nada. El estrés puede tener efectos muy extraños en las personas. Estoy seguro de que Niklas está bien y de que pronto volverá a casa. Confiad en mí. —Acarició la mano que Nathalie tenía apoyada a su lado, en el sofá.

—Hay ciertas similitudes entre la desaparición de Niklas y otros casos que estamos investigando —continuó Mina, consciente de que estaba pisando hielo quebradizo—. Las otras personas investigadas tienen algo en común. Todas atravesaron una época difícil hace veinte años. ¿Recuerdas si a Niklas también le pasó? A mí nunca me hablaba de su pasado.

—Creo que también tenemos galletas de vainilla —replicó Walther, levantándose con brusquedad.

Fue a la cocina y Mina oyó que abría los armarios, aparentemente en busca de algo. Al cabo de unos minutos, regresó con un envase de plástico transparente.

—Galletas de vainilla. Sabía que las teníamos. La chica las había guardado detrás de todo, entre el tomate triturado y los paquetes de arroz. ¿Qué lógica puede haber en eso? Las galletas no tienen nada que ver con los tomates ni con el arroz. Los tomates y el arroz son comida, mientras que las galletas son... dulces. ¡Pero echadle un vistazo a la lista de ingredientes! No hay casi nada que podamos reconocer.

Mina y Nathalie intercambiaron una mirada. Nathalie masticaba ruidosamente una pasta de avellanas, observando a su abuelo, mientras él seguía girando entre las manos el envase de las galletas, con expresión irritada. Al final, lo dejó sobre la mesa con un profundo suspiro.

—¿Una época difícil, dices? Hoy en día hay una auténtica obsesión por la salud. Parece como si todo el mundo estuviera pendiente del menor signo de alarma desde que se levantan por la mañana. Y claro, si buscas, siempre vas a encontrar algo. En mis tiempos no existían esos diagnósticos que ahora menciona la gente. Un montón de siglas con todas las letras del alfabeto. Antes se podía decir que alguien estaba mal de los nervios, pero entonces iba al médico, le recetaban unas pastillas y problema resuelto. Ahora la gente pide la baja por las cosas más peregrinas. Y en mi profesión vi a muchas personas que trataban de eludir las consecuencias de sus actos alegando «trastornos mentales». —Resopló y se pasó una mano por la cara.

—Abuelo —le llamó la atención Nathalie.

Walther notó la mirada crítica de su nieta y enseguida respiró hondo.

—Sí, sí. Es verdad, recuerdo que Niklas tuvo una época de... Debió de ser hace exactamente veinte años. Beata estaba muy preocupada. Decía que lo veía deprimido y sin ganas de vivir. Pero yo no pensaba lo mismo. En mi opinión, solo estaba un poco desorientado, sin saber qué hacer con su vida. Al final, todo se arregló. Fue un par de veces a la consulta de un psicólogo que le habían recomendado a Beata, se matriculó en la universidad y se acabó el problema. Con trabajo y estudio, todo se soluciona. Es lo que siempre he dicho. La gente necesita cansarse trabajando. Después de una dura jornada de trabajo, nadie piensa en tonterías.

—¿Recuerdas cómo se llamaba ese psicólogo? —preguntó Mina en voz baja.

El corazón le latía desbocado en el pecho. Niklas encajaba en el patrón de las otras víctimas. Mina había conservado hasta el último momento la esperanza de que la desaparición de su exmarido no tuviera nada que ver con los huesos hallados en el metro, pero ya no tenía ninguna duda. Si no lograban localizarlo, moriría el día de Nochevieja. Y cuando al final lo encontraran, sería una pila de huesos en un túnel, con el cráneo encima.

—Todavía debe de estar en la agenda de Beata —dijo Walther, poniéndose de pie. Abrió un cajón del antiguo escritorio de madera que había bajo la ventana y sacó una libreta con motivos florales en las tapas.

—¿Me la prestas? —preguntó Nathalie, impaciente.

Walther dudó un momento, pero al final asintió y se la dio.

—Prométeme que la cuidarás mucho. Era de Beata.

—Te lo prometo —contestó Nathalie, mientras se guardaba la agenda en el bolsillo de la sudadera.

—Tenemos que irnos ya —anunció Mina, levantándose.

El tictac del reloj en su cabeza era ensordecedor. Necesitó toda su fuerza de voluntad para mantener la calma delante de Nathalie, que la siguió hasta el recibidor.

Cuando se despidieron, Walther le cogió una mano y se la apretó un momento. Mina reprimió el impulso de soltarse y sumergir la mano en gel hidroalcohólico. No le resultó difícil, porque el tictac que resonaba en su cabeza era tan poderoso que ahogaba todo lo demás.

—No pienses que no me alegro de que hayas vuelto. Al contrario —le dijo Walther—. Nathalie necesita una madre.

—Gracias —respondió Mina, y, para su sorpresa, sintió que se le formaba un nudo en la garganta.

Las palabras de Walther significaban mucho para ella, pero en ese instante no podía permitirse sentir emociones. Tenía que concentrarse en la búsqueda del padre de Nathalie, antes de que fuera demasiado tarde. Y, a lo largo de la última media hora, había empezado a sentir que algo no encajaba. Todo estaba conectado, eso era seguro. Pero había otra cosa. Algo que había pasado por alto. Algo importante.

QUEDAN SIETE DÍAS

Vincent gimió. Estaba muerto de cansancio. Benjamin había vuelto a medianoche de la casa de su amigo, pero él apenas había podido conciliar el sueño. Se había pasado la mayor parte de la noche deambulando por la casa, asegurándose de que no hubiera entrado ningún intruso. Había comprobado la cerradura de la puerta principal en innumerables ocasiones e iluminado varias veces la nieve del jardín con la linterna, para ver si había huellas.

De vez en cuando regresaba a la cama y caía en un sueño ligero, pero cuando aún no había pasado ni una hora se levantaba y volvía a empezar. Sabía que su conducta era irracional, pero en la oscuridad de la noche había muy poco margen para la lógica.

Se giró y miró el reloj. Las siete y media. No tenía sentido tratar de seguir durmiendo. Rodó hasta el borde de la cama y estuvo a punto de caerse al suelo, cuando los pies se le enredaron en una maraña de sábanas. Debía de haberse retorcido mucho durante el poco tiempo que había conseguido dormir.

—Pues sí, feliz Navidad —murmuró para sus adentros.

Pero enseguida meneó la cabeza y se dijo que necesitaba algo más. Después de todo, esa noche era Nochebuena. Había que empezar la mañana con *glögg* y bollitos. En lugar de la bata, se puso un jersey navideño y unos calzoncillos largos verdes con dibujos de lazos rojos. Se dirigió a la cocina, pero se detuvo al pasar junto al tocadiscos. Después de buscar un poco, encontró el álbum «En Midvintersaga», del pionero de la música electrónica Ralph Lundsten. Puede que no fuera la música navideña más tradicional, pero era perfecta para escuchar después de haber estado toda la noche en vela.

La romántica melodía invernal lo siguió hasta la cocina, donde encendió el horno para calentar la rosca de azafrán que había comprado el día anterior, a su regreso de la jefatura. El bizcocho de azafrán mejoraba todavía más si se comía caliente. Esperó unos minutos para introducir la bandeja en el horno y el agradable olor de la bollería navideña se difundió por toda la casa.

Puso a calentar el *glögg*, cargó la cafetera y estaba a punto de ir a despertar a Benjamin cuando sonó el teléfono. Se lo había dejado en el dormitorio.

Tuvo que correr para coger la llamada.

—Feliz Navidad. Aquí Vincent.

—Hola, soy Loke —le contestó una voz al otro lado de la línea—. Perdón por molestarte a esta hora y en día festivo, pero no sabía a quién llamar.

—Hola, Loke. ¿Ha pasado algo?

—Sí, verás. Acabo de llegar al laboratorio y... parece que alguien ha entrado. Los huesos ya no están. Me refiero a los viejos, los que aparecieron junto a la estación de Odenplan. Gunilla nos los había devuelto ayer mismo a última hora. Y ya no están. Estoy seguro de haberlos dejado sobre una mesa, pero ahora no hay nada. He buscado por todas partes.

Vincent volvió a la cocina con el teléfono pegado al oído.

—¿Quizá Milda los ha cambiado de sitio? —preguntó mientras apagaba el horno. Lo abrió y probó con una mano la temperatura de la rosca. Estaba perfecta.

—No. Yo he sido el primero en llegar. Creo que... Estoy seguro de que alguien los ha robado —replicó Loke—, aunque no sé con qué propósito.

—¿Y el mejor plan que se te ha ocurrido ha sido llamarme a mí?

Vincent cogió una agarradera y extrajo la rejilla con una mano. Después empujó con el pie la puerta del horno, para cerrarla.

—Yo era el responsable de esos huesos —repuso Loke desolado—. Y los he perdido, he permitido que los robaran. Todavía no quiero llamar a la policía, porque me pondrían de patitas en la calle. Ya sabes lo mucho que me gusta trabajar con Milda. Y como tú no eres policía, he pensado que tal vez... sabrías qué hacer. Con discreción, en la medida de lo posible.

Vincent dejó escapar un suspiro. ¡Adiós a su agradable desayuno navideño con Benjamin!

—De acuerdo —respondió—. Iré. Pero le pediré a Mina que venga conmigo. A ella se le dan mucho mejor que a mí este tipo de cosas.

—No, no, por favor —le suplicó Loke con pánico en la voz—. Nada de policía. Antes tenemos que encontrar una solución para que no me despidan.

—Mina tiene el día libre —replicó Vincent—, así que hoy no es policía. Y puede serte útil. Conoce los procedimientos habituales mucho mejor que yo.

Loke guardó silencio un rato.

—Bueno, si crees que es lo mejor... —dijo por fin—. Ahora tengo que hacer algo que le he prometido a Milda, pero puedo recibiros en el laboratorio esta tarde. No nos corre mucha prisa. Después de todo, ya se han llevado los huesos. Y nadie más entrará aquí, ni tocará nada. Mañana es Navidad y no hay nadie en el laboratorio. Te llamaré dentro de un rato.

Colgó el teléfono. Puede que la mañana no fuera tal como Vincent la había imaginado, pero al menos tendría su desayuno navideño y era posible que pudiera ver a Mina. Realmente, no podía pedir un día mejor. Con un poco de suerte, la investigación requeriría su presencia en la ciudad al menos un poco más y eso le serviría de excusa para aplazar su visita a la casa de los padres de Maria. Cuanto menos tiempo pasara en la reunión familiar, mejor se sentiría, aunque luego tuviera que soportar que lo riñeran.

Encendió la cafetera y fue a llamar a la puerta de Benjamin.

—Buenos días —empezó—. Ya sé que la hora es indecente, pero hay café y rosca de pan de azafrán. ¿Notas el espíritu navideño, hijo? Ven a hacerme compañía un rato. Después podrás volver a la cama.

Al otro lado de la puerta no se oía nada.

—¿De verdad tienes tanta resaca? —insistió Vincent, entreabriendo la puerta—. Anoche no volviste tan tarde.

En el dormitorio de su hijo reinaba el orden. Todo estaba en su sitio. Parecía casi imposible mantener un orden tan perfecto cuando alguien pasaba tanto tiempo en su habitación como Benjamin. Incluso la cama estaba hecha, con la colcha estirada y las almohadas ahuecadas.

Pero Benjamin no estaba.

Vincent sintió como si una fría mano invisible lo aferrara por el cuello. Pero seguramente su reacción era exagerada. Lo más probable era que su hijo se hubiera levantado antes que él y hubiera salido.

Debía de ser eso, excepto por el hecho de que no había ninguna razón para que Benjamin saliera de casa a las siete de la mañana, la víspera de Navidad. Vincent no quería dejarse dominar por la sensación que empezaba a invadirlo. No le habría servido de nada.

Volvió a la cocina para llamar por teléfono a Benjamin y, al llegar a la puerta, se paró en seco. Sobre la mesa de la cocina había un folio escrito a mano. Puede que antes estuviera demasiado cansado para verlo. Corrió hacia la mesa y cogió el papel, por si fuera una nota de su hijo. Pero las palabras que leyó hicieron que toda la cocina comenzara a dar vueltas a su alrededor. Tuvo que agarrarse de la mesa para no perder el equilibrio.

Detrás de él, la cafetera emitió un pitido, como si protestara. Había olvidado poner la jarra y el café caliente había empezado a caer directamente sobre la encimera. En cualquier momento se derramaría hasta el suelo. Ya habían comenzado a formarse hilillos de café sobre los bordes de los cajones, debajo de la cafetera.

Vincent veía el desastre con el rabillo del ojo, pero no podía prestarle atención. Cogió el teléfono y llamó a Maria. Sonaron varios tonos de llamada, pero no contestó. Entonces probó con Rebecka, después con Benjamin y por último con Ulrika, su exmujer. Nada.

La nota que tenía en la mano era de la Sombra. La leyó una vez más y volvió a llamarlos a todos, mientras la invisible mano fría que le rodeaba el cuello apretaba cada vez con más fuerza.

—¡*Abelo!* —gritó Harry cuando el padre de Julia abrió la puerta. Vibrando de indisimulada alegría, el niño se abalanzó sobre su abuelo.

—¡Pero si es el favorito del abuelo que ha venido a visitarnos! —exclamó el anciano, mientras le hacía cosquillas a Harry en la barriga.

Harry aulló de risa.

Julia no podía dejar de sonreír. Al menos alguien de la familia tendría una buena Navidad. Torkel estaba a su lado, pero daba la impresión de querer estar en otra parte, y probablemente así era. Los padres de Julia nunca habían estado del todo satisfechos con su yerno. La situación entre Torkel y sus suegros había mejorado desde el nacimiento de Harry, pero aún quedaban algunos témpanos de hielo flotando en las aguas de su relación.

—Pasad, pasad —los animó el padre de Julia, apartándose de la puerta para que entraran en el recibidor.

Después consultó ostentosamente el reloj. Deberían haber llegado a la una. Julia sabía que se les iba a hacer tarde, porque en su casa todo se había vuelto más lento desde que apenas hablaba con Torkel. En realidad, solo se habían retrasado diez minutos, pero para el jefe de policía su impuntualidad era tan condenable como si se hubieran presentado una semana más tarde.

—Relájate, papá —le dijo Julia—. No es una reunión de trabajo. Es Nochebuena. Feliz Navidad.

—Hoy son diez minutos y mañana es una hora —replicó él—. Pero tienes razón. ¡Ven, Harry, ven a ver nuestro árbol!

El jefe de policía se llevó a su nieto al salón y enseguida resonó otro grito de alegría, cuando Harry descubrió el árbol de Navidad.

—¿No es precioso? —oyó Julia que decía su padre, mientras ella se quitaba el abrigo—. No, no, eso no se puede tocar... Es del árbol... Y eso también... ¡Ay, no! Si tiras del espumillón, todo el árbol podría... ¡Pero no...! No importa, no pasa nada. No nos hacía falta esa bola. Y... esta tampoco, por lo visto.

Julia se rio para sus adentros. Era como si todo el cariño que su padre había dejado de manifestarle durante su infancia hubiera quedado contenido detrás de un dique para derramarse ahora, todo a la vez, sobre su nieto.

Torkel seguía en el recibidor, sin quitarse los zapatos.

—Haz un esfuerzo —le dijo Julia en voz baja—. Estarán entretenidos por lo menos una hora, dándole golosinas a Harry. Después nos iremos.

Asintiendo, Torkel se quitó la chaqueta y los zapatos. Julia fijó la vista en su espalda mientras caminaba hacia el salón. A cada paso que daba alejándose de ella, le resultaba más fácil respirar. Pronto, muy pronto, se acabaría la maldita Navidad.

La tarde anterior, nada más salir de la elegante casona de Walther en Bromma, Mina se había puesto a buscar el teléfono del psicólogo de Niklas. No había sido difícil encontrarlo. La agenda de Beata estaba llena de direcciones, pero todas estaban escrupulosamente ordenadas. Mina había informado a sus colegas acerca de los problemas mentales de Niklas y les había dado el número de teléfono. No se sentía capaz de mantener una conversación sobre el pasado de su exmarido.

Después de eso, no había nada más que pudiera hacer. Además, era Navidad. Se sentía como si estuviera de baja forzosa, mientras el resto del mundo se detenía, para concentrarse en los regalos y la comida navideña. Mientras tanto, la Nochevieja se acercaba a pasos agigantados. Estuviera donde estuviera, a Niklas solo le quedaban siete días para salvarse.

—Me parece raro celebrar la Navidad sin papá —dijo Nathalie—. Deberíamos salir a buscarlo, en lugar de quedarnos aquí sentadas.

—Hablas como si fueras policía —replicó Mina, intentando sonreír—. Pero te prometo que mis colegas están haciendo todo lo posible.

Nathalie estaba acurrucada bajo una manta, en el sofá. Llevaba todo el día sentada en el mismo sitio, sin moverse ni un milímetro.

—¿Han hablado ya con ese psicólogo? —preguntó por enésima vez.

Mina tenía que esforzarse para ser paciente, sobre todo porque sentía la misma frustración que su hija.

—Ya te he dicho que están haciendo todo cuanto pueden para hablar con él. Pero se jubiló hace años y ahora se dedica a hacer viajes de aventuras. Adam me dijo ayer por la tarde que por lo visto está en Ruanda, en una expedición para ver gorilas. Si está en la selva, sin cobertura, no podremos localizarlo.

—Vale —contestó Nathalie, concentrándose otra vez en la pantalla del móvil—. Solo quiero que vuelva papá.

Mina cogió el mando a distancia y se puso a cambiar de canales, pero enseguida apagó el televisor y se levantó.

—Oye, ya sé que esto es un rollo y que todo es mucho peor sin tu padre, pero creo que a él le gustaría que al menos intentáramos estar a gusto. Así que, ¿qué me dices? ¿Preparamos la fiesta de Navidad?

Se hizo un largo silencio. Después Nathalie la miró, insegura.

—¿Qué quieres que hagamos? ¿Qué tipo de celebración quieres preparar? —preguntó en voz baja.

—Creo que tendremos que decidirlo nosotras mismas. ¿A ti qué te apetece hacer? —replicó Mina, separando los brazos como para dejar claro que no había límites.

—¿Qué te sientes capaz de hacer? —inquirió Nathalie, con una sonrisa sesgada.

Mina notó que se le aceleraba el pulso. No sabía qué esperaba su hija de ella, ni si iba a exigirle algo que pusiera a prueba sus límites. Pero no le importó. El instinto maternal era más fuerte, más que todas las fuerzas que durante tanto tiempo había creído imposible derrotar.

—Todo —respondió, segura de estar hablando en serio—. Me siento capaz de todo.

Nathalie la observó detenidamente. Después apartó la manta de un manotazo y se levantó del sofá.

—Vístete. El supermercado ICA está abierto en Navidad.

—¿El ICA? —preguntó Mina, sintiendo que su corazón volvía a palpitar de ansiedad—. ¿Qué quieres que hagamos allí?

—Vamos a comprar uno de esos kits para montar una casita de pan de jengibre —respondió Nathalie—. Nunca hemos hecho este tipo de cosas tú y yo. Todos los niños lo hacían con sus madres en Navidad y a mí siempre me daban envidia. Papá lo intentaba, pero el pobre es un desastre. Es tan torpe que sus casitas parecían los restos de un tsunami. A él se le da bien la cocina, pero no la construcción. ¿Quieres que hagamos una? ¡Por favor, por favor, di que sí! Nos quemaremos los dedos preparando el caramelo y adornaremos el tejado con gominolas, aunque no me gusten...

Las palabras seguían fluyendo de los labios de Nathalie y, sin saber muy bien lo que hacía, Mina dio un paso al frente. Fue un paso pequeño y, sin embargo, enorme, porque tendía un puente sobre la brecha que las separaba. Abrazó a Nathalie y, con la boca pegada a su pelo, murmuró de manera casi inaudible:

—Por supuesto que sí, cariño, claro que haremos juntas una casita de pan de jengibre.

Tras la visita al supermercado, cuando ya habían empezado a montar la casita, sonó el timbre.

—¿Quién puede ser? —se extrañó Nathalie, lamiéndose el azúcar glas de los dedos.

—Ni idea —respondió Mina—. Casi nunca recibo visitas, y menos aún en Nochebuena.

Se llevó a la boca un trozo de valla de pan de jengibre rota y fue a abrir la puerta. Fuera estaba Vincent, con los hombros caídos y pálido como una aparición.

—¿Qué ha pasado? —le preguntó espantada, apartándose para que entrara.

Había momentos en que los saludos corteses eran apropiados, pero otras veces no hacían más que estorbar. Era evidente que este momento era de los segundos.

Vincent parecía estar luchando interiormente para responder a su pregunta. Fuera lo que fuera lo que estaba pasando, Mina nunca lo había visto así.

La miraba, apartaba la vista y volvía a mirarla, como si tuviera miedo de hablar.

—He recibido un mensaje... —empezó.

—Mamá, ¿recuerdas si hemos comprado más lacasitos para el tejado? —gritó Nathalie desde la cocina—. Los de esta bolsa se han acabado, quizá porque alguien se los ha comido...

Vincent volvió la cabeza en dirección a la voz de Nathalie, después miró a Mina y enseguida descartó lo que estaba a punto de revelar.

—De Loke —dijo en cambio—. Quiere que vayamos al Instituto de Medicina Forense. Al parecer, alguien ha entrado y se ha llevado los huesos más antiguos.

—Típico —repuso Mina, descolgando automáticamente la chaqueta—. Supongo que es urgente.

—No, en absoluto. Me ha llamado a primera hora de la mañana, pero ha dicho que esperáramos hasta que pudiera recibirnos.

—Habrá hecho la denuncia, ¿no?

—Todavía no. Tiene miedo de perder el trabajo. Y el daño ya está hecho. Nos llamará dentro de un rato. Iba a esperar en casa, pero he pensado que será mejor que nos encuentre juntos cuando nos llame. De todas formas, en casa no me echarán de menos.

Mina volvió a colgar la chaqueta, meneando la cabeza.

—Puede que esa sea la excusa más estrafalaria que he oído para pasar la Navidad con alguien —observó—. Pero, hablando en serio, no habrá gustado mucho en tu casa que tuvieras que salir justo hoy. Maria se estará subiendo por las paredes.

Vincent se estremeció visiblemente.

—En realidad... se alegran de no tener que aguantarme —respondió.

A Mina le pareció que estaba hablando en voz demasiado alta, como si él mismo necesitara convencerse de que era cierto lo que decía.

—Vincent, ¿qué ha pasado?

—No puedo... —empezó el mentalista, pero se interrumpió—. Ahora no puedo decírtelo. Por cierto, he traído una rosca de azafrán. —Al decirlo, le enseñó la bolsa que llevaba en la mano—. Puede que esté un poco seca —prosiguió, contemplando la bolsa con cara de preocupación—. No había nadie en casa que..., que...

Guardó silencio, con la misma actitud extraña de antes. Después cogió aire como si fuera a decir algo más, pero en lugar de eso se inclinó para quitarse los zapatos y los dejó junto a los de Nathalie en el zapatero recién comprado.

—Veo que tienes muebles nuevos —comentó.

—¡Ni te lo imaginas! —replicó Mina, riendo—. Nathalie ha... Bueno, ya lo verás por ti mismo.

Lo hizo pasar al salón.

—¡Hola, Vincent! —exclamó Nathalie, saliendo de la cocina—. ¡Feliz Navidad! Hemos construido una casita de jengibre. Ahora toca ver el especial navideño del Pato Donald.

—Siéntate y coge una galleta —lo invitó Mina—, pero si dejas caer migas en el sofá, te mato.

Se sentaron los tres, con Vincent en medio, entre Nathalie

y ella. En la televisión, la actriz Petrina Solange encendió una vela y poco después se oyó la conocida voz de Bengt Feldreich, el doblador sueco del Pato Donald.

—Bueno, hay que mantener la tradición —dijo Vincent—. No había visto estos dibujos desde que era pequeño. ¿No eres demasiado mayor para esto? —añadió, dándole un codazo a Nathalie.

—¿Cómo es posible que no veas al Pato Donald en Navidad? ¿No tienes hijos? —preguntó Nathalie—. ¿Qué hacéis en Nochebuena?

—Sí, tengo hijos —replicó Vincent—, pero a estas horas normalmente me estoy poniendo el traje de Papá Noel.

Mina no tuvo más remedio que imaginar a Vincent, siempre tan bien vestido, enfundado en un traje rojo, intentando no despeinarse.

—Y no es cierto que sea demasiado mayor —replicó Nathalie—. No creo que nadie lo sea nunca. Pero solo por haberlo dicho, te haré pagar un precio. Tendrás que hacer de Papá Noel para nosotras cuando haya terminado el Pato Donald. De lo contrario, no podrás probar nuestra casita de jengibre.

Vincent miró a Nathalie con cara de pánico.

Sin poder contenerse más, Mina soltó una carcajada.

—¿Quieres *glögg*, Vincent? —preguntó, enjugándose las lágrimas que le había producido la risa.

—¡Sí, gracias!

Mina fue a la cocina a calentar el *glögg* y, en cuanto estuvo listo, volvió con dos tazas humeantes, una para Vincent y otra para ella.

—Gracias —dijo él—. Parece que Loke todavía tardará un poco en llamar.

Ella asintió y se llevó la taza a los labios. Enseguida sintió que se esparcía por su cuerpo la agradable calidez del alcohol caliente. Incluso Vincent pareció relajarse un poco.

—Queda un poco de *glögg* sin alcohol para ti, si te apetece —le dijo Mina a Nathalie.

—Gracias, pero prefiero la Coca-Cola Zero. Hasta yo tengo un límite para las tradiciones navideñas.

Volvieron a sentarse los tres en el sofá, uno al lado del otro, con Vincent en el centro. Mina deseaba más que nada en el mundo preguntarle qué le pasaba, pero no podía hacerlo delante de Nathalie.

En la pantalla, unos juguetes de cuerda cobraban vida y desfilaban por el taller de Papá Noel, mientras Vincent y Nathalie tarareaban la melodía y se balanceaban al compás. Una vez más, Mina pensó que el volumen de voz de Vincent era exagerado, como si se esforzara por parecer despreocupado. También había algo en su mirada. Tenía los ojos húmedos, desenfocados y llenos de tristeza.

El mentalista siguió cantando con Nathalie, pero su mano encontró la de Mina y la estrechó con fuerza. Ella se quedó quieta un momento, sin saber qué hacer, pero enseguida se la estrechó también. Permanecieron así, cogidos de la mano. Entonces Vincent dejó de cantar y, a la luz de la pantalla del televisor, Mina notó que una lágrima le corría lentamente por la mejilla.

Sara se estaba secando las manos con el delantal cuando sonó el timbre. Se lo quitó rápidamente y lo arrojó sobre una silla de la cocina. Antes de abrir la puerta, se paró un momento delante del espejo del pasillo y se arregló el pelo.

Enseguida se rio de sí misma. Solo era Ruben. Y lo había invitado como buena acción navideña, porque no soportaba la idea de que alguien pasara solo la Nochebuena.

—¿Quién es, mamá? —preguntó Zachary desde el cuarto de estar.

—Es Ruben, un compañero de trabajo —respondió ella mientras abría la puerta—. Ya os dije que vendría a pasar la Nochebuena con nosotros.

Ruben estaba en el umbral, con las manos cargadas de regalos y una bolsa enorme al hombro. Le caía encima una ligera nevada y, por alguna razón, Sara notó que un copo de nieve se le había quedado atrapado en las pestañas.

—Hola —la saludó él tímidamente.

—Pasa —respondió ella, haciéndose a un lado.

A Ruben se le cayó uno de los paquetes y ella se agachó para recogerlo. Pero como él se había inclinado al mismo tiempo, sus cabezas se chocaron levemente y los otros paquetes rodaron por el felpudo, delante de la puerta.

—¡Uy, qué torpeza! —exclamó él avergonzado, mientras ella lo ayudaba a recoger los paquetes.

—Habíamos quedado en que solo traerías «algo pequeño», ¿no? —repuso ella, apilando los paquetes que estaban envueltos en suave papel rojo con brillantes cordeles dorados.

Se preguntó si los habría envuelto él mismo. Comparados con los regalos de Ruben, los suyos parecían haber salido de una pelea de gatos.

—Es culpa tuya —dijo Ruben con una sonrisa—. Tú me enseñaste lo divertido que puede ser comprar regalos de Navidad. Y, si no recuerdo mal, tus hijos tienen cinco y seis años, ¿no? A esas edades, los regalos nunca son excesivos. Incluso he aprendido a envolverlos. He practicado bastante. —Colgó la bufanda y el pesado plumífero de uno de los ganchos de la puerta.

—Ven, estaba calentando *glögg* —dijo Sara, dirigiéndose a la cocina.

Le resultaba extraño ver a Ruben en el lugar donde ella vivía con sus hijos, una bonita casa adosada a orillas del lago Sickla, con grandes ventanales que le ofrecían unas vistas maravillosas. Le encantaba su casa. Había pasado la infancia junto a un lago y, desde entonces, había algo en la proximidad del agua que la tranquilizaba. Ahora todo el lago estaba helado y eso suponía para ella y para los niños horas interminables de diversión con los patines, en sus días libres. Su hija Leah patinaba muy bien, pese a ser muy pequeña, y ya había empezado a hacer piruetas.

—¡Anda, más regalos! —exclamó la niña, que acudió corriendo, con las mejillas sonrosadas, y se quedó mirando la pila de paquetes que sostenía Ruben.

—Son para vosotros —anunció él—, y puede que también haya alguna cosita para vuestra madre —añadió con un guiño.

—Se suponía que no íbamos a hacernos regalos entre nosotros —intervino Sara—. Te advierto que yo no tengo nada para ti.

—Pero mi regalo de Navidad es pasar la Nochebuena contigo..., o, mejor dicho, con vosotros. Además, me daréis de cenar..., o al menos eso espero.

De repente, pareció abochornado, y Sara se echó a reír.

—Claro que sí —lo tranquilizó. Le apoyó una mano en el hombro y lo guio por el pasillo—. Tenemos comida, incluso demasiada. Pero como ya te he dicho, no he querido hacer la típica cena navideña. Cenaremos comida italiana.

—¡Fantástico! ¿Dónde dejo los paquetes? ¿Hay algún árbol que proteja los regalos en esta casa?

Leah asintió con entusiasmo, señalando un espacioso salón que era la prolongación de la amplia cocina. En un rincón se erguía un árbol majestuoso, con bolas blancas y plateadas, mezcladas sin orden aparente con varios adornos navideños caseros.

—Para mí esto es una de las cosas más difíciles de ser madre —murmuró Sara—: tener que colgar del árbol los horrores que traen del colegio.

—Ellinor le ha puesto a Astrid un árbol en su habitación para que lo decore a su gusto mientras ella decora el árbol del salón —explicó Ruben—. La idea era buena, pero ahora Astrid se comporta como si los dos árboles fueran suyos. O tal vez he sobrevalorado el nivel de entusiasmo de Ellinor por la decoración navideña.

—Sea como sea, es una idea genial —replicó Sara impresionada.

Era un consejo que seguramente adoptaría para el año siguiente. Al pensarlo, cayó en la cuenta de que la siguiente Navidad le correspondía a Michael, por lo que los niños estarían con él en Estados Unidos. Sintió las lágrimas a punto de brotar y se obligó a pensar en otra cosa. Lo importante era el presente. Ahora los niños estaban con ella.

—¿Cómo va lo de la bomba? —preguntó Ruben en voz baja—. Sé que el tema no es muy navideño, pero me quedé un poco preocupado.

—¿Por mí? —preguntó Sara, batiendo las pestañas con coquetería.

Ruben se puso rojo como un camarón.

—Ahora en serio —prosiguió Sara—. Hemos avanzado bastante. Recibimos un chivatazo de un antiguo empleado de una de las empresas de suministros agrícolas, que se había enemistado con la dirección. Por lo visto, el nitrato de amonio supuestamente robado sigue en poder de la empresa. El exempleado había ayudado a trasladarlo a otro almacén, pero no le pagaron lo suficiente para que mantuviera la boca cerrada y nos llamó.

—Su lealtad tenía un precio —señaló Ruben—. Entonces ¿se robaban a sí mismos?

—Así es —asintió Sara—. Desde ayer tenemos vigiladas a las otras empresas, porque sospechamos que hacen lo mismo, sobre todo desde que descubrimos que pertenecen al mismo grupo.

—¿Creéis que la orden de desplazar los explosivos pudo provenir de la dirección del grupo?

—Es demasiado pronto para decirlo... Y ahora se me está quemando el *glögg*.

Corrió a la cocina y apagó el fogón, mientras Ruben se dirigía al salón para dejar los paquetes al pie del árbol. Sara oyó los gritos de entusiasmo de Leah y Zachary y, a continuación, un rugido aterrador.

—¡Soy el Grinch y he venido a robaros vuestros regalos!

Sara corrió a la sala de estar y vio que Ruben se dirigía hacia los paquetes con las manos extendidas, mientras los niños gritaban con fingido horror.

—¿No puedo llevarme los regalos? ¡Entonces el Grinch se llevará a dos niños pequeños con ganas de celebrar la Navidad!

Los cogió a los dos en brazos e hizo ademán de marcharse.

—¡No, a Leah y Zachary no! —gritó Sara, siguiéndole el juego—. ¡Por favor, Grinch! ¡Estos niños se han portado bien!

Ruben se paró en seco y miró asombrado a los dos niños que llevaba en brazos.

—¿Qué? ¿De verdad se han portado bien? Entonces ¿se merecen que venga Papá Noel?

Sara lo fulminó con la mirada. No había contratado a ningún Papá Noel, no había en la ciudad nadie de su familia que pudiera ayudarla y sus amigos estaban ocupados con sus propios hijos. No era su culpa, pero Ruben les estaba ofreciendo a sus hijos algo que ella no podía darles.

—Ruben... —empezó, pasándose el dedo índice por el cuello, para hacerle ver que tenía que parar.

Pero él se limitó a devolverle la sonrisa y a lanzar una mirada cargada de intención en dirección al recibidor. Entonces Sara se giró y vio la bolsa enorme que había traído Ruben. Enseguida lo comprendió. Este año vendría Papá Noel, un Papá Noel de mediana edad, emocionalmente inmaduro y con bronceado de solárium, pero en cierto modo encantador. Sería una Nochebuena estupenda, quizá la mejor en mucho tiempo.

Ya desde fuera, Vincent notó que la puerta del laboratorio de Milda estaba forzada. Al salir a recibirlos, Loke miró preocupado a su alrededor y dio un respingo al descubrir que Nathalie venía con ellos.

—Solo he aceptado que viniera Mina —protestó—. ¿Por qué habéis venido con alguien más?

—Es mi hija —respondió Mina—. No podía dejarla sola en Nochebuena.

—Claro que podías —la contradijo Nathalie—, pero yo he querido venir. Esto suena más divertido que quedarme en casa.

Vincent no pudo evitar una sonrisa.

—Tienes razón —confirmó, y se volvió hacia Loke—. Por cierto, nos has llamado en medio del festival del Pato Donald.

Loke pareció desconcertado y un poco entristecido.

—Pensaba que solo vendría Vincent —se excusó, y después se volvió hacia Mina—. Y tal vez tú. Pero supongo que los jóvenes siempre se llevan el gato al agua, como nunca diría Schrödinger. Adelante, pasad los tres.

Loke les señaló con un gesto la sala donde solía trabajar con Milda. Todo estaba revuelto. Era evidente que el intruso, quienquiera que fuese, buscaba algo. Erika Sävelden, Marcus Eriksson —o al menos la parte de sus restos que había sido posible recuperar— y Jon Langseth yacían como esqueletos perfectamente reconstruidos en sus respectivas mesas. Pero la cuarta estaba vacía.

—¿Los huesos de Odenplan estaban ahí? —preguntó Mina, señalándola—. ¿Los restos no identificados?

A Vincent le llamaba la atención la energía que irradiaba su amiga cuando se concentraba en el trabajo. Tenía la sensación de que todo en su vida era en blanco y negro hasta que aparecía ella.

Echó un vistazo a Nathalie, que se había quedado en la puerta, completamente absorta en la pantalla de su teléfono. Quizá la visita no le estaba pareciendo tan divertida, al fin y al cabo.

—Se lo han llevado todo —afirmó Loke con expresión sombría—. No solo los huesos, sino los resultados de los análisis y las fotografías. Toda la documentación ha desaparecido. Cuando esto se sepa, me echarán a patadas.

—Tienes que denunciarlo ahora mismo —lo aconsejó Mina.

—No ha sido culpa tuya —intentó tranquilizarlo Vincent.

—Eso díselo a los jefes —murmuró Loke.

La cuarta mesa.

El cuarto esqueleto.

—¡Encuentra el cuarto! —exclamó de repente Vincent, y se volvió hacia Mina—. Ya me parecía a mí que había algo. Hace unos días me enviaron a casa una especie de acertijo, consistente en cuatro relojes de arena y un mensaje: «Encuentra el cuarto antes de que el tiempo se agote». No entendí lo que significaba y casi lo había olvidado. Hasta ahora. Al principio de la investigación solo teníamos a Jon Langseth. Pero ahora hemos encontrado los huesos de cuatro personas y los de una de ellas han desaparecido. «Encuentra el cuarto.» ¿No creéis que tiene algo que ver con las víctimas?

—¿Estás diciendo que uno de tus fans ha entrado en la morgue y ha robado restos humanos para jugar a algún tipo de juego contigo? —replicó Mina con evidente disgusto—. ¿Qué clase de mentes enfermizas tienen tus admiradores?

—Ya teníamos al cuarto —intervino Loke, señalando con la cabeza la camilla vacía—. ¿Qué sentido tiene buscar otra vez los huesos?

—No te falta razón —repuso Vincent—. Es un poco raro. Pero sigo pensando que todo está conectado de alguna manera.

Guardó silencio. Sabía que los demás estaban pensando lo mismo.

—Si no se refiere a los huesos más antiguos... —empezó—. ¿Podría ser que Niklas fuera el cuarto? ¿Será posible que quien me ha enviado los relojes de arena sea... el asesino?

—Encuentra el cuarto antes de que el tiempo se agote —dijo Mina, que de repente había palidecido—. ¿Qué está pasando?

—No tengo ni la más remota idea —respondió Vincent—, pero necesitamos averiguarlo. Mientras tanto, creo que tú, Loke, deberías llamar a la policía.

Niklas estaba sentado en la única silla de la habitación, con la espalda contra la pared. En el pequeño espacio había también un colchón y una mesilla. Todo lo demás eran escombros. Llevaba allí dos días, aunque quizá hubiera perdido un poco la noción del tiempo, porque no había ventanas. La batería del móvil se le había agotado el primer día e, irónicamente, se le había olvidado ponerse el reloj la última mañana al salir de casa.

Pero, si no se equivocaba, era Nochebuena. Y, en ese caso, le quedaban siete días. Una mísera semana de vida y, después, toda una eternidad de inexistencia. Nathalie debía de estar fuera de sí de preocupación. Cerró los ojos con fuerza para reprimir la sensación de vergüenza, pero no lo consiguió. Se avergonzaba profundamente de no estar allí, con ellas.

Con Nathalie y con Mina. ¿Había sido demasiado severo con ella por no dejar que regresara antes a sus vidas? En realidad, ella había tomado la decisión de abandonarlos mucho tiempo atrás, pero él la había obligado a cumplir su promesa. ¿Tenía él la culpa de que Mina se hubiera perdido todos esos años con su hija y de que Nathalie no hubiera estado junto a su madre? Durante todo ese tiempo, habría podido verlas juntas e incluso estar con ellas.

Lo que más quería en el mundo era abrazar a Nathalie, colmarla de regalos y desearle la mejor Navidad de su vida. En lugar de eso, su hija se vería obligada a pasar la Nochebuena sumida en la angustia, sin conocer el paradero de su padre. Ninguna adolescente de dieciséis años merecía esa preocupación.

Siempre había sabido que su trabajo comportaba un riesgo. Los ministros de Justicia estaban cada vez más expuestos, como así lo había confirmado el atentado del verano anterior. Y ya se habían dado casos de políticos suecos asesinados, por muy chocante que resultara la noticia en cada ocasión. Niklas lo sabía y, aun así, había decidido continuar.

Sin embargo, su hija no había elegido esa vida. No había firmado un contrato con el Estado por el cual aceptaba el riesgo de que su padre desapareciera un buen día sin dejar rastro. Nathalie se merecía tenerlo a su lado.

Pero pronto ya no estaría.

Oyó un crujido en el piso de arriba. Pasos. Abrió los ojos y se giró expectante hacia las escaleras que subían a la planta baja. Pero no vio que bajara nadie. Exhaló el aire que había contenido y volvió a cerrar los párpados.

Entonces pensó en Tor.

A esas alturas, su pobre secretario de prensa debía de haber perdido cinco kilos, por lo mucho que estaría sudando. Y era probable que hubiera cargado con toda la culpa, ya que Niklas había desaparecido delante de las narices del dispositivo de seguridad que él mismo había organizado. Quizá había decidido mantener su desaparición en secreto durante un tiempo, pero su silencio no podía prolongarse demasiado. Tarde o temprano, tendría que convocar una rueda de prensa. Tal vez al día siguiente, que era Navidad. No era habitual que un secretario convocara una rueda de prensa por su cuenta, pero tampoco era del todo inusual. Y si Tor esperaba mucho tiempo, existía el riesgo de que la noticia se filtrara, y entonces el ministerio perdería el control del relato. Tor era demasiado listo para dejar que eso ocurriera.

Después de la rueda de prensa, todos sabrían que el ministro de Justicia había desaparecido. La búsqueda se volvería más intensa.

Sin embargo, no cambiaría nada. Nada en absoluto.

Esta vez, su padre había tardado un poco más en volver. Cada vez que se marchaba, su ausencia duraba más días. Él lo sabía, porque llevaba la cuenta trazando rayas en la pared. Siete días. Su ausencia había durado siete días más que la vez anterior. Casi dos meses.

—¡Papá!

Corrió hacia él tan impetuosamente que estuvo a punto de tropezar con los raíles y caer. El corazón le palpitaba con fuerza cuando por fin pudo sentir el suave cuero de la cazadora de su padre contra la mejilla.

—¡Cariño! —La voz de su padre era cálida como siempre, llena de vida y amor—. ¡Cariño! —volvió a exclamar, estrechándolo contra su pecho.

Sus fuertes brazos eran suficientes para protegerlo del mundo. Solo cuando su padre regresaba se daba cuenta de lo mucho que lo había echado de menos.

—¿Has cuidado bien de mi corona?

Él asintió con entusiasmo, sintiendo en la cara el contacto de las grandes manos de su padre.

—Sí, claro que sí. Voy a buscarla.

Con tanta rapidez como le permitieron las piernas, corrió de vuelta al campamento, rebuscó en la bolsa que tenía en un rincón, detrás de los barriles, y sacó con cuidado la corona. El metal dorado brilló a la luz del fuego. La lustró concienzudamente con la manga de la camisa, antes de volver corriendo con su padre.

—¡Aquí la tienes!

Se la tendió ansioso y él la cogió entre sus manos. Después, con expresión solemne, se la colocó en la cabeza. De inmediato pareció como si la corona encontrara su lugar entre la densa cabellera de su padre.

—¿Dónde están los demás?

—Arriba, buscando comida. Yo me he quedado, porque me dolía un poco la garganta.

—Entonces podremos estar un rato solos tú y yo —dijo su padre, cogiéndolo de la mano para ir juntos al campamento.

—¿Dónde has estado?

Sabía que no debía preguntarlo, pero no pudo contenerse.

—Ya sabes que esa pregunta no tiene cabida en nuestra vida —replicó su padre en voz baja.

Él se avergonzó y quiso justificarse.

—Es que has estado fuera tanto tiempo... —murmuró, mirándose los pies, mientras hacía equilibrio sobre las vías.

Se tambaleó y su padre lo agarró para que no cayera.

—Pero he vuelto, y eso es lo único que importa. Que he vuelto.

Entonces él lo miró a la cara y sonrió. Como siempre, su padre tenía razón. Todo volvía a estar en orden.

Cuando Vincent volvió a su casa, la encontró tan desierta como cuando se había marchado. No sabía qué esperaba. Tal vez que su familia hubiera regresado como por arte de magia. Pero en la vida real no existía la magia. La realidad era que estaba solo. Ni siquiera Benjamin estaba en casa.

Sacó el móvil del bolsillo e intentó llamar a su hijo, donde fuera que estuviera. Pero su teléfono estaba apagado.

El texto de la nota que le había dejado la Sombra por la mañana le daba vueltas en la cabeza, junto con el enigma de los relojes de arena. Quizá por eso al principio no oyó el débil pitido procedente del dormitorio. Cuando lo notó, fue a la habitación y descubrió que era su despertador. Estaba programado para las 16:30 y llevaba casi media hora sonando. Pronto se le agotarían las pilas. Lo apagó y frunció el ceño. Solo lo usaba por las mañanas. Normalmente no programaba ninguna alarma para la tarde, ni tenía ninguna razón para hacerlo.

Solo había una conclusión posible. No había sido él quien la había programado.

Mientras estaba fuera, alguien había entrado en su casa y había puesto el despertador. La sola idea le causó un intenso malestar. Se preguntaba qué más podía haber hecho su invisible antagonista. O incluso si estaría en la casa en ese mismo instante.

Recorrió rápidamente y en silencio todas las habitaciones,

siempre alerta por si de pronto aparecía alguien y lo atacaba. Pero la casa seguía desierta y todo estaba tal como lo había dejado. No faltaba nada.

Excepto lo más evidente.

Cuando salió del salón, se paró en seco. Los cuervos del jardín nevado habían regresado. Pero en esta ocasión solo había dos, y estaban tan inmóviles como la vez anterior. Estaban posados en el suelo, a cierta distancia uno de otro, y lo miraban fijamente. Había dos marcas en la nieve entre los dos y una tercera junto al pájaro de la derecha, como si tres de sus compañeros se hubieran ido volando. Vincent sintió el impulso de salir al jardín para comprobar que fueran reales. Pero no. Eso habría sido ceder a la locura. Él era Vincent Walder, el maestro mentalista, el hombre que controlaba su cerebro mejor que nadie.

¿O no?

Huyó hacia la cocina antes de que el dolor de cabeza que siempre sentía en el cuarto de estar se volviera insoportable.

QUEDAN SEIS DÍAS

La sala donde solían celebrar las ruedas de prensa estaba repleta de periodistas. Tor miró a su alrededor, saludó con una inclinación de la cabeza a un par de conocidos y esperó a que se calmara el bullicio. No esperaba que tanta gente acudiera a la cita el día de Navidad.

Pero la cantidad de periodistas presentes indicaba que había mucho interés, y eso era bueno, porque el momento era decisivo. Hasta ese instante, solo los altos cargos del ministerio y la policía sabían de la desaparición de Niklas, aunque ya empezaban a circular rumores por las redacciones de los periódicos. Ahora toda la sociedad lo sabría. Cada palabra tendría gran importancia, y Tor se había preparado cuidadosamente lo que pensaba decir.

Se aclaró la garganta.

—¿Están todos aquí? En ese caso, empezamos.

—¿Dónde está la primera ministra? —quiso saber el enviado del *Svenska Dagbladet*—. ¿No debería comparecer?

—Tengo la plena confianza de la primera ministra para dirigir esta rueda de prensa —respondió Tor con una sonrisa—. Pero, por supuesto, me ha pedido que les transmita sus saludos. En fin, el primer punto del orden del día son los rumores que han impulsado a algunos de ustedes a ponerse en contacto conmigo y que hasta ahora hemos preferido no confirmar, porque habrían podido interferir con una investigación policial en curso. Pero hemos llegado a un punto en que la gravedad de la situación exige la colaboración de la ciudadanía. Lo que han oído es cierto. Por desgracia, tengo que confirmar que Niklas Stockenberg, el ministro de Justicia, ha desaparecido.

La sala estalló en una cacofonía de gritos y exclamaciones de sorpresa. Todos los periodistas intentaban hablar más alto que los demás y agitaban frenéticamente las manos alzadas para llamar la atención de Tor, quien a su vez les hizo un gesto para que se callaran. Para su sorpresa, el efecto fue inmediato. En el silencio que siguió, todos los periodistas mantuvieron las manos en alto.

—¿Jan? —dijo Tor, indicando con la cabeza a un periodista del *Dagens Nyheter*.

—¿Cuándo fue la última vez que el ministro dio señales de vida?

—El veintidós de diciembre, es decir, hace tres días. ¿Vanja?

Le había dado la palabra a la reportera pelirroja del periódico *Expressen*. El enviado del *Aftonbladet*, el otro diario sensacionalista de la tarde, le lanzó a Tor una mirada airada.

—¿Se sabe cómo se ha producido la desaparición? —preguntó la reportera—. ¿Alguna información? ¿Sospecha la policía que el ministro ha sido secuestrado?

—En este momento no puedo decir nada acerca de las líneas de investigación abiertas por la policía. ¿Joakim?

Por fin pudo hablar el periodista de *Aftonbladet*, que miró a Tor con gran intensidad mientras formulaba su pregunta.

—¿Va a asumir usted ahora el cargo de ministro de Justicia en funciones, en ausencia de Niklas Stockenberg? —dijo, enfatizando cada palabra—. A muchos nos sorprendió que abandonara su prometedora carrera política para aceptar el cargo de secretario de prensa. ¿Es este el momento que esperaba?

Tor frunció los labios, manifestando claramente su disgusto.

—Esa pregunta es una auténtica falta de respeto. Está insinuando que yo tenía intereses espurios cuando acepté colaborar con el ministro de Justicia, cuando en realidad fue para mí una excelente oportunidad de ayudar a un viejo amigo y, al mismo tiempo, servir a mi país. Por supuesto, es un gran privilegio estar tan cerca del centro del poder, y la experiencia será inestimable de cara a mi futura carrera política. Pero eso es el futuro y no el presente. Todavía tengo muchos años por delante y me queda mucho por hacer antes de la jubilación.

Se oyeron algunas risas dispersas.

—Pero, respondiendo a su pregunta —prosiguió Tor—, no. No asumiré el papel de ministro de Justicia. No es así como funcionan las cosas. Aunque no tenemos un procedimiento establecido para este tipo de sucesos, por desgracia hemos aprendido unas cuantas lecciones de casos como el asesinato de Anna Lindh o el atentado sufrido por Niklas Stockenberg el verano pasado. Existen previsiones que cubren todas las eventualidades. No puedo decir nada más. Por encima de todo, confío en la pronta localización del ministro. Esa debe ser nuestra prioridad absoluta.

—¿Tiene la policía algún sospechoso? —preguntó un enviado del noticiero de TV4, levantando un micrófono, mientras el cámara que lo acompañaba enfocaba la cara de Tor, que negó con la cabeza.

—Como aún no sabemos qué ha ocurrido, no podemos hablar de «sospechosos». Solo queremos pedir a la ciudadanía que nos ayude a mantener los ojos abiertos. Si alguien ha visto al ministro o tiene alguna información referente a su desaparición, le rogamos que se ponga en contacto con la policía cuanto antes.

—La exmujer del ministro es oficial de policía. ¿Está participando en el caso?

Bodil, periodista de *Svensk Damtidning*, una revista del corazón, lo miró esperanzada, quizá porque confiaba en haber encontrado un ángulo íntimo de la noticia: la mujer policía que buscaba desesperadamente a su exmarido. Tor tuvo que hacer un esfuerzo para no poner los ojos en blanco. El tipo de prensa que se nutría de exponer la vida privada de las personas famosas no le merecía una buena opinión.

—No puedo comentar nada relacionado con el trabajo policial —respondió con sequedad.

Todavía tenía delante un mar de manos levantadas, pero sabía que a partir de ese momento los periodistas no harían más que repetir las mismas preguntas. Las más importantes ya habían sido formuladas, y él ya había dicho lo que quería decir. Por otra parte, se alegraba de que los periodistas hubieran recordado su carrera política. Siempre había considerado que su colaboración con Niklas era solo una etapa. Pero ahora lo importante era encontrar al jefe. Sus propios planes tenían que pasar a un segundo plano.

En medio de las protestas de los presentes, dio por finalizada la rueda de prensa y se apresuró a salir al pasillo, mientras el bullicio continuaba en la sala. La noticia estallaría como una bomba. Y no solo en los medios nacionales. La desaparición del ministro de Justicia de Suecia saltaría a los titulares de todo el mundo. El circo había comenzado.

Tor regresó a su despacho y se dejó caer en su silla. Sobre el escritorio había un bolígrafo ligeramente desviado de la perpendicular al borde de la mesa. Corrigió su posición sin pensarlo, para que todo estuviera perfecto, como a él le gustaba. Lanzó una mirada hacia la puerta del despacho de Niklas y volvió a sentir la ansiedad en el estómago. ¿Dónde diablos se habría metido? Era preciso encontrar al ministro de Justicia. De inmediato. No había alternativa.

Cuando Mina llegó a la jefatura, Loke estaba leyendo el tablón de anuncios de la entrada. Parecía desconcertado y con ropa demasiado ligera para el tiempo que hacía.

—Hola, Loke —lo saludó—. ¿Qué haces aquí?

Sobresaltado, el asistente de Milda se volvió.

—¡Ah, hola, Mina! Julia Hammarsten me ha invitado a una especie de reunión, pero no sé dónde es. ¿Tú crees que me ha llamado para despedirme del trabajo?

—No, lo dudo mucho —respondió Mina—. Julia no es tu jefa, que yo sepa. Pero puedes venir conmigo, vamos al mismo sitio. —Sacó su pase y preguntó—: ¿Te han dado una de estas tarjetas?

Loke hizo un gesto afirmativo y se metió una mano en el bolsillo. Entonces se le iluminó la cara.

—¡Ah, sí! Tengo algo que enseñarte —dijo—. En realidad, quiero mostrárselo también a Vincent. ¿Está aquí?

—No, pero también vendrá a la reunión —respondió ella—. ¿Qué es?

Loke sacó del bolsillo dos bolsas de plástico con cierre de cremallera, en cada una de las cuales había un trozo grande de hueso. Automáticamente, Mina miró a su alrededor. No era habitual exhibir trozos de esqueleto en el vestíbulo de la jefatura, pero por suerte nadie les estaba prestando atención.

—¿Te acuerdas del cerdo? —preguntó Loke.

Mina dejó escapar un discreto suspiro. Ese tipo de cosas eran más para Vincent que para ella.

—Al final, no puse a hervir un cerdo entero —dijo el asistente—. Fui a una granja y compré unos despojos. Pero mira esto. Mira cómo han quedado los huesos.

Le tendió una de las bolsas a Mina, que la aceptó de mala gana. Aunque llevaba guantes y probablemente el cierre de la bolsa era hermético, su contenido le produjo un ligero malestar.

—¿Qué quieres que mire? —preguntó, dubitativa.

—Es un trozo de pata delantera que herví con agua y vinagre, hasta que se desprendieron la piel y la carne. ¿Ves las manchas?

Mina levantó la bolsa para verla mejor a la luz. En algunos puntos se veían pequeñas zonas grises.

—Son restos de tejido que no se soltaron —explicó Loke, mientras recuperaba la primera bolsa y le pasaba la segunda a Mina—. Mira ahora este otro trozo. Herví la pata de la misma manera. Pero, cuando se enfrió, la puse en un terrario con los escarabajos de los museos.

—¿Cómo has hecho para conseguirlos? —preguntó entusiasmado Vincent, que justo en ese momento llegaba por detrás.

Sorprendida, Mina dio un respingo y casi se le cae la bolsa de las manos.

—¡No me asustes de esa manera! —exclamó enfadada.

—Está claro que el entrenamiento *ninja* ha dado sus frutos —le dijo Vincent con un guiño—. Pero ¿qué hay de los escarabajos?

—Fui al Museo de Historia Natural y pedí que me prestaran unos cuantos —respondió Loke.

Mina percibió orgullo en su voz.

—¡Qué bien! No sabía que tuvieran un dermestario —exclamó Vincent.

—En cualquier caso, ¿notáis alguna diferencia entre un trozo de hueso y el otro? —insistió Loke, señalando las dos bolsas.

Mina vio de inmediato a qué se refería. El hueso sometido a la acción de los escarabajos no tenía ni una sola mancha gris. Estaba tan limpio y reluciente como los de Jon, Erika y Marcus. La idea de que una marabunta de bichos hubiera limpiado los esqueletos hizo que Mina se sintiera realmente enferma.

—Debían de estar muertos de hambre los muy granujas —comentó Vincent—. ¿Cuánto tardaron?

—No mucho, pero depende de la cantidad de escarabajos que tengas —respondió Loke, guardando otra vez las bolsas—. Como no son muy grandes, conviene tener muchos. No sé exactamente cuántos me prestaron, pero puede que fueran un par de miles.

Mina imaginó un terrario lleno a rebosar de diminutas larvas gordas y relucientes y de escarabajos adultos que pululaban y se escurrían unos por encima de otros. Miles de bichos juntos en un contenedor. Tuvo que tragar saliva.

—Se nos hace tarde para la reunión —observó, encaminándose a paso rápido hacia la barrera de seguridad.

Julia se sentía exageradamente feliz por estar de vuelta en la jefatura. Después de la visita a sus padres, había intentado celebrar la Navidad con Torkel en casa, pero no había sido una buena idea. No se habían dicho ni una sola palabra de lo que realmente necesitaban hablar. Al fin y al cabo, era Nochebuena: una época de reconciliación y regocijo en familia. Pero ni rastro de reconciliación. La sola presencia de su marido le producía urticaria.

Aun así, lo habían hecho lo mejor que habían podido, por el bien de Harry. Pero en cuanto el niño se durmió, Torkel se había marchado. O tal vez fue Julia quien lo había obligado a irse. Ni siquiera podía pensar en compartir una velada a solas con Torkel, el galán de Tinder, sentados los dos en el sofá, viendo *Love Actually* en la tele.

Pero ya se sentía mucho mejor. No tendría que pasar la mañana con su marido y, además, podría ver a Adam. Ni siquiera le importaba que también estuvieran los demás. Su foto ya debía de estar en las páginas de alguna enciclopedia como ilustración del concepto «caos emocional».

Levantó la vista del portátil y constató que ya estaban todos reunidos en la sala. Con el rabillo del ojo vio a Adam, pero hizo como que no lo había notado. Vincent la estaba observando de una manera demasiado inquisitiva como para atreverse a abandonar su actitud más formal.

Christer estaba en su sitio habitual, mientras que Bosse, para variar, se había tumbado en un rincón, junto a su cuenco de comida. La silla vacía de Peder separaba a Christer de Ruben, que parecía no haber dormido. Mina se había sentado demasiado cerca de Vincent, y Julia pensó que el mentalista debía de haberse bañado en detergente para suelos con aroma de limón antes de acudir a la jefatura.

Se abrió la puerta y entró Loke con cara de confusión.

—Hola, siento llegar tarde —se excusó—. He ido al lavabo y no encontraba el camino de vuelta. Y como no hay mucha gente en los despachos, no me ha sido fácil preguntar...

Vincent le sonrió.

—Os presento a Loke —anunció Julia—. Trabaja con Milda en el Instituto de Medicina Forense, por si alguien no lo sabía. Lo he invitado a nuestra reunión porque ha aportado algunos datos muy valiosos para los casos que estamos investigando. De ahora en adelante, lo consideraremos oficialmente uno de nuestros colaboradores.

—Es un honor poder ayudar —respondió Loke, con una inclinación de la cabeza.

Miró a su alrededor, vacilante, y por fin fue a sentarse entre Christer y Ruben. Julia se lo quedó mirando fijamente, como todos los demás.

Se había sentado en la silla de Peder.

Todos en la sala contuvieron la respiración durante unos segundos, pero no ocurrió nada. No se acabó el mundo, ni se abalanzó sobre ellos desde el techo el fantasma de Peder. El reloj de pared pasó de las 08:59 a las 09:00 y la vida continuó como siempre.

—Muy bien, empecemos —dijo Julia—. Como la desaparición del ministro de Justicia podría estar relacionada con las muertes que estamos investigando, la dirección nos ha pedido que nos pongamos las pilas. Los servicios de seguridad están llevando a cabo la búsqueda, pero nosotros tenemos que proporcionarles toda la información que pueda facilitarles la pesquisa.

—¿Cuál es la conexión entre nuestros casos y el suyo? —preguntó Christer.

—De momento, una muy endeble —contestó Mina—. He hablado con el padre de Niklas y he descubierto algunas similitudes, tanto en el pasado del ministro como en su conducta antes de la desaparición, con los antecedentes de las víctimas. Aparte de eso, no tenemos nada más.

—Pero no podemos arriesgarnos a pasar nada por alto —intervino Julia—. Y esto me lleva al primer punto que quería tratar. Ruben, la NOA me ha contactado y me ha hecho saber que Sara Temeric está autorizada para compartir contigo toda la información relevante sobre la familia Manojlovic. Ha sido una suerte que casualmente estén investigando a la familia de Peter Kronlund. Y, por supuesto, puedes darle a Sara pleno acceso a nuestro trabajo. Te sugiero que la llames al final de esta reunión y veas hasta dónde puedes llegar. Si la familia Manojlovic está involucrada, es prioritario saberlo.

—He interrogado a Peter y él niega cualquier implicación —replicó Ruben—. También niega que estuviera al tanto de los pagos de su padre a Gustaf. Pero llamaré a Sara y veré hasta dónde... puedo llegar.

Julia se sorprendió. Probablemente no lo había visto bien, pero tuvo la impresión de que Ruben se había sonrojado.

—Mina —continuó—, ya tenéis una datación aproximada de los restos sin identificar. Corresponden a un hombre de unos cuarenta años que murió en torno al año 2000. Es un paso adelante. Pero tengo entendido que esos huesos han desaparecido...

—¿Desaparecido? —exclamó Christer—. Pero ¿qué cojones está pasando aquí? ¿Por qué nadie nos lo había dicho?

Julia le indicó que bajara la voz.

—Ayer entraron intrusos en nuestro laboratorio —dijo Loke abochornado, con la vista fija sobre la mesa—. Pero antes tuvimos tiempo de extraer muestras de ADN de los huesos, aunque todavía no hemos obtenido ninguna correspondencia. Obviamente, hasta ahora solo hemos podido comparar las muestras con los archivos de ADN de la policía, pero ya hemos solicitado autorización para utilizar también las bases de datos comerciales.

—¿Comerciales? —se extrañó Adam.

—Sí, ya sabes —explicó Vincent—. Esas empresas a las que envías una muestra de saliva y ellas te dicen que eres un doce por ciento alemán, tienes un primo en Chicago y eres descendiente directo de Gengis Kan. Es una manera muy interesante de hacer investigación genealógica, aunque no exenta de riesgos, por supuesto. De hecho, uno de cada veinticinco clientes de esas empresas se enteran de que no son hijos de su padre.

—Así es —confirmó Loke—. Si hay algún pariente de la persona fallecida en alguna de esas bases de datos comerciales, obtendremos una coincidencia. Pero para utilizar esos registros, necesitamos una autorización.

Bosse se levantó del suelo, fue hacia Christer y se tumbó a sus pies. Julia observó que llevaba un collar rojo y verde, con campanitas navideñas.

—¿Se sabe desde cuándo estaban los huesos en los túneles del metro? —preguntó.

—La antropóloga no ha podido establecer una fecha exacta —contestó Mina, negando con la cabeza—. Pero ha dicho que el musgo presente sobre los huesos tenía al menos veinte años.

—Habrá que empezar por el principio —suspiró Christer—. Puedo comprobar si tenemos registrado algún suceso relevante en la red de metro a partir del año 2000, suponiendo que fuera ese el año de la muerte. Tendré que pasarme toda la Navidad encerrado en los archivos buscando. Lasse me va a matar.

—Pero nosotros te estaremos eternamente agradecidos —replicó Julia—, y además le enviaremos un regalito navideño a Lasse.

—Buena idea. Le gusta el chocolate blanco.

Julia consultó sus notas en el ordenador. Sabía que el encargo que pensaba asignarle a Mina no la convertiría en la jefa más popular de la historia, pero no tenía alternativa.

—Hay algo que me ha llamado la atención al oír la grabación de Mina en los túneles del metro —dijo Vincent, antes de que ella pudiera empezar—. Yo no tuve oportunidad de acompañarla, pero...

—Exacto. Gracias por la terapia cognitivo-conductual —lo interrumpió Mina, mirando a Julia—, pero espero no tener que bajar nunca más a esos túneles.

—Una de las personas con las que hablasteis se refirió a alguien llamándolo «el Rey» —dijo Vincent.

—Sí, ese tal O. P. —repuso Adam—. Mencionaba todo el tiempo el asesinato de Olof Palme y a la familia real. Si nos hubiéramos quedado el tiempo suficiente, probablemente nos habría hablado de los masones y del grupo Bilderberg.

—Creo que no se refería al rey de Suecia —comentó Vincent—. En la grabación, decía que el Rey «se sacrificó» y que su muerte había sido «en vano». Yo pienso que «el Rey» era uno de ellos, alguien que murió. Estáis investigando restos humanos que fueron colocados en el metro y ese hombre habla de una muerte que se produjo allí abajo, en los túneles. Es probable que las dos cosas no guarden ninguna relación, pero hay que seguir todas las pistas.

—Vincent tiene razón —dijo Julia—. Quiero saber más cosas sobre ese Rey: quién era y, sobre todo, cómo y por qué murió.

—Entonces creo que debería bajar Adam —sugirió Mina—. Al fin y al cabo, es el experto en negociaciones. Además, me está saliendo muy caro tirar toda la ropa después de cada visita al metro.

—Adam irá a ver al grafitero que encontró los restos de Jon —repuso Julia—. Por fin ha aceptado hablar con nosotros. Pero Vincent puede bajar en su lugar. Será un buen sustituto de Adam. Naturalmente, no puede ir solo, porque no es policía, ni tampoco lo conocen allá abajo. En cambio, a ti, Mina, ya te conocen.

—Ni lo pienses —respondió Mina con brusquedad—. Estoy ocupada investigando si nuestras víctimas consultaron al mismo psicólogo hace veinte años. Me quedan demasiadas entrevistas por hacer.

—Y las harás —replicó Julia—, pero después de bajar a los túneles con Vincent.

—Ejem, yo tampoco sé si podré ir —intervino el mentalista—. Creo que debería concentrarme en unos relojes de arena que he recibido. Además, los espacios cerrados no son... ¿Qué pasa?

—Trato hecho —dijo Mina, agarrándolo por el brazo.

—De acuerdo, de acuerdo —respondió él con expresión sombría—. Lo haremos.

—Te pido disculpas en nombre de mis colegas —le dijo Julia a Loke—, pero casi siempre se comportan de esta forma. También quiero agradecerte que hayas venido. Tendré que hablar con Milda para reorganizar nuestras respectivas áreas de trabajo. ¿Considerarías la posibilidad de colaborar de manera más permanente con nuestro pequeño equipo? Tienes unos conocimientos que a mi entender podrían sernos útiles incluso después de esta investigación.

—Con mucho gusto —repuso Loke, sonriendo débilmente—. Sería un honor para mí.

—Entonces, está decidido —replicó Julia, cerrando su portátil—. Ahora, a trabajar.

Mina esperó a que los demás salieran, hasta quedarse a solas con Vincent en la sala. Sabía que él también se quedaría. Estaba actuando de manera extraña ya desde el día anterior, cuando había estado en su casa con ella y con Nathalie. Varias veces había estado a punto de decirle algo, pero se había arrepentido en el último momento. Nunca lo había visto tan sombrío y preocupado.

Loke fue el último en abandonar la sala. Al salir, pareció estar esperando a Vincent, pero al final comprendió que el mentalista se quedaría. Entonces Mina cerró la puerta y se volvió hacia él.

—¿Qué ocurre? —le preguntó, cruzándose de brazos—. ¿Estás enfadado conmigo? Te noto raro desde ayer.

—¿Que si estoy...? —repitió Vincent, con cara de sorpresa—. No, todo lo contrario.

Mina se lo quedó mirando. Se le empezaba a notar una barba incipiente. No era propio de él salir sin afeitarse. Incluso su pelo, que siempre llevaba bien peinado, parecía desordenado.

Mina dudó un segundo, tratando de no pensar en las bacterias que posiblemente habitarían aquel conato de barba, y le cogió la cara entre las manos. El tacto de su piel le produjo una especie de vibración eléctrica en los dedos.

—Vincent —dijo.

El mentalista le agarró las manos y dejó escapar algo que sonó como un suspiro y un sollozo a la vez. Al sentir sus manos, la leve vibración se convirtió en descarga y por un instante Mina se quedó sin aliento.

—Es que... no debería decir nada —replicó Vincent—. Esto tiene que quedar entre nosotros, ¿de acuerdo?

—No entiendo lo que quieres decir —dijo ella.

—Será mejor que lo leas por ti misma. El mensaje es del mismo remitente que me ha estado enviando regalos durante el otoño, todos ellos relacionados con mi madre.

—¿Con tu madre? ¿Qué tiene que ver tu madre con...?

Mina se quedó muda al desdoblar la hoja y leer la nota.

¡Feliz Navidad, Vincent!

Bueno, por fin hemos llegado a tu omega.

Puede que a estas alturas ya lo hayas deducido, pero existe una razón para que no puedas comunicarte con Ulrika.

Maria y Aston no están en la casa de tus suegros. Rebecka no se ha ido de viaje. Y Benjamin, como ya habrás descubierto, no está en casa.

Los tengo yo. A todos.

Has vivido toda la vida en la negación, pero ha llegado el momento de aceptar quién eres realmente. Es hora de dejar de huir y de enfrentarte a ti mismo.

Si escoges no hacerlo, no verás nunca más a tu familia. No puedes ser responsable de otras personas mientras sigas huyendo de tus propias responsabilidades.

En cualquier caso, Vincent Walder dejará de existir. Solo tendrás que decidir si quieres llevarte contigo a tu familia o no. Tienes unos días para asumir la responsabilidad de lo que hiciste.

Te toca a ti mover ficha. Esperaré a que lo hagas.
¡Feliz Navidad!

P. D.: Si vas a la policía, será el final para ti y para tu familia. Pero eso ya lo sabes.

—¿Y no has dicho nada desde ayer? —exclamó Mina—. ¡Vincent! ¿Por qué me lo habías ocultado?

La nota le quemaba las manos, pero se dio cuenta de que el calor procedía de su propia sangre, que circulaba impetuosa.

—No puedo resistirlo más yo solo —replicó el mentalista con voz temblorosa.

—Pero, Vincent, esto es un delito de detención ilegal y amenazas. Tenemos que actuar de inmediato. Te pondremos protección policial en cuanto salgas de aquí y vigilaremos tu casa las veinticuatro horas del día. En cuanto a tu familia..., déjalo en nuestras manos. Preparemos un plan. ¿Tienes idea de quién puede ser el remitente?

—No lo has entendido —dijo Vincent, mientras caminaba por la sala como un animal enjaulado.

A Mina se le encogía el corazón al verlo así, pero no sabía qué hacer.

—No servirá de nada —prosiguió el mentalista—. Ese papel estaba en la mesa de mi cocina. Eso significa que quien lo dejó allí estuvo en mi casa la otra noche. Y ese hombre (porque creo que es un hombre) no solo dejó el mensaje, sino que secuestró a Benjamin. Todo sin que yo lo notara. Y, sin embargo, estuve despierto la mayor parte de la noche. Solo alguien que tenga las llaves de mi casa habría podido hacerlo.

Vincent se detuvo y se sentó en el suelo, con la espalda apoyada contra la pared.

—Es el mismo que hace dos años y medio le envió a Ruben

aquel recorte de prensa —continuó—. Estoy seguro. El mismo que el verano pasado me mandó varios acertijos y enigmas culpándome de algo, aunque en ese momento pensé que me los enviaba Nova. Lo debe de estar planeando desde hace años. Ahora hemos llegado a una especie de final, pero no tengo ni idea de quién puede ser, ni de qué quiere.

—Podemos hablar con los servicios de seguridad —propuso Mina—. Y con el padre de Julia, el jefe de policía. Prepararemos un plan. Ahora mismo.

Vincent negó enérgicamente con la cabeza.

—No, nada de planes —suplicó—. No se lo digas a nadie. Me lo tienes que prometer. Ya has visto lo que dice la nota: «Si vas a la policía, será el final». Me tomo muy en serio la amenaza contra mi familia.

Mina se sentó en el suelo a su lado. Seguía sin saber qué hacer ni qué decir.

Ruben llegó a casa de Sara sin avisar. La noche anterior los niños se habían ido a dormir muy tarde y ellos dos, más tarde todavía. Suponía que toda la familia estaría aún en casa, probablemente en pijama. No quería interrumpir el fin de semana en familia por un asunto de trabajo, pero no le quedaba otra opción. Sara lo entendería.

Aparcó delante de la casita adosada, en Sickla, y miró por la ventana del salón. La noche anterior habían pasado la mayor parte de la velada en el enorme sofá azul. No había ocurrido nada entre ellos, al menos nada físico. Aun así, habían sucedido muchísimas cosas. Ruben no tenía ni idea de lo fantástico que podía ser hablar con alguien. Habían hablado de todo y de nada hasta altas horas de la noche. Y la experiencia había sido mucho más satisfactoria que el sexo con una veinteañera.

Al mismo tiempo, no podía evitar hacerse una pregunta. Si era tan fantástico hablar con Sara, ¿cómo sería...? No, no. En ese momento no podía permitirse que sus pensamientos derivaran en esa dirección.

Rodeó la casa y, cuando estaba a punto de llamar al timbre, oyó la voz de Sara en el interior. Parecía estar hablando por teléfono. Debido a su tono agitado pudo oír cada palabra, como si estuviera a su lado.

—¿Hasta qué punto lo sabéis con certeza? —la oyó decir a

través de la puerta—. Si Manojlovic está implicado en el secuestro, hay un riesgo inminente de maltrato o incluso de tortura. No podemos esperar mucho más antes de actuar. ¿Dónde están ahora?

Ruben se detuvo, con la mano a medio camino del timbre. ¿La familia de Peter Manojlovic estaba implicada en un secuestro? ¿Justo cuando acababa de desaparecer el ministro de Justicia? No podía ser casualidad.

—¿En el polígono industrial de Tyresö? —dijo Sara—. Sí, sí, ya sé dónde está. Al final de Vindkraftsvägen, girando a la derecha, antes de la bifurcación. Hace mucho que lo vigilamos. ¿Cuánto tiempo necesitamos para desplegar el dispositivo?

Ruben retrocedió sin hacer ruido, alejándose de la puerta. Había tomado una decisión. Podía llegar al lugar indicado mucho antes que las fuerzas especiales. Podría explorar la zona y recabar información de gran valor. A los ojos de Sara, sería un héroe.

Corrió al coche, se puso al volante y pisó a fondo el acelerador. En diez minutos estaría en Tyresö, en el lugar indicado.

La preocupación de Mina era contagiosa. Para Christer, el ministro de Justicia no era más que un hombre de expresión grave que salía por televisión y hablaba del crimen como si estuviera inmerso en una guerra sin cuartel. Pero para Mina, era el padre de su hija. Y también su exmarido, por curioso que pudiera parecer.

Sin embargo, Christer prefería no pensar en Mina. No era bueno mezclar los sentimientos personales con el trabajo. Además, no le habían asignado la tarea de localizar a Niklas. Su encargo era seguir buscando alguna pista para atrapar al asesino que dejaba pilas de huesos en el metro de Estocolmo.

Como siempre, sentarse delante del ordenador le producía una sensación de seguridad. Cada vez le gustaba menos el trabajo en la calle. Por un lado, consideraba una ofensa que no se lo pidieran; pero, por otro, cada día le gustaba más aportar su granito de arena sentado frente a miles de fichas de archivo. No pocos crímenes se resolvían delante de un escritorio, y él mismo podía dar fe de ello.

Christer introdujo el año 2000 en una de las casillas de búsqueda y el sistema le respondió que había demasiadas coincidencias. Entonces añadió la red de metro como localización y el número de resultados se redujo significativamente, aunque siguió siendo excesivo. El metro de Estocolmo generaba un sinfín de atestados diarios de robos, amenazas, personas inconscientes y mucho más.

Durante sus primeros años de policía, le había tocado a menudo patrullar el metro y había odiado cada minuto de su misión.

Tras una hora de búsqueda, seguía sin encontrar nada que pareciera relevante. Su tarea se veía dificultada por el hecho de no saber exactamente qué estaba buscando.

Un hombre había muerto en torno al año 2000 y sus huesos habían sido hallados más de veinte años después en los túneles del metro. Pero eso no significaba necesariamente que hubiera ocurrido algo en ese lugar. Quizá alguien había llevado hasta allí los restos desde otra ubicación. Era posible que Christer estuviera buscando algo que no podía encontrar. Pero estaba acostumbrado a trabajar así. La recompensa a su esfuerzo —el tesoro al final del arcoíris— era el cosquilleo de felicidad que sentía en el estómago cuando a veces, contra todo pronóstico, encontraba un dato de importancia decisiva.

Una ligera corriente de aire frío le incidía en el cuello. El invierno se colaba también en la jefatura. Se levantó para hacer los ejercicios de estiramiento para las cervicales y la espalda que le había enseñado Lasse. A su pesar, había tenido que darle la razón. Gracias a los ejercicios, le resultaba mucho más fácil sobrellevar las interminables horas sentado en el despacho.

Echó un vistazo a la mesa de al lado, donde una compañera de otro departamento había montado una especie de orgía de adornos navideños: varios Papás Noel, abetos e incluso un reno. Maldita Navidad. Tras mirar por encima del hombro y comprobar que su colega no estaba a la vista, cogió dos de los Papás Noel y los colocó en una postura íntima, al estilo perrito. Al fin y al cabo, ellos también tenían derecho a divertirse.

Riendo entre dientes, volvió a sentarse para seguir buscando. El tiempo corría. Justo cuando las letras empezaban a bailar en la pantalla delante de sus ojos y comenzaba a plantearse ir en busca de otro café, vio algo que lo hizo enfocar bruscamente la mirada. Cogió el teléfono y marcó el número que aparecía en el informe. Era un número de hacía veinte años, pero esperaba que la persona en cuestión no lo hubiera cambiado. La mayoría mantenía siempre el mismo.

—Aquí Bengt Svensson —respondió una voz ronca que claramente pertenecía a un hombre mayor.

Christer hizo un silencioso gesto de victoria. Era la persona que buscaba. Solo esperaba que no padeciera ninguna forma de demencia. Según sus cálculos, Bengt Svensson debía de tener unos ochenta años.

—Buenos días. Soy Christer Bengtsson, de la policía de Estocolmo. Lo llamo por un caso del año 2000.

—¡Vaya! Ya me habían dicho que la policía andaba escasa de recursos, pero esto debe de ser un nuevo récord —respondió Bengt riendo.

Christer se abstuvo de hacer comentarios. La policía y sus recursos no solían ser un tema de conversación muy productivo.

—¿Recuerda algo del suceso? —preguntó con cautela.

Bengt resopló.

—¿Piensa que estoy senil? Mi memoria es tan aguda como cuando era un muchacho.

—Maravilloso —respondió Christer en tono de disculpa—. ¿Puede decirme lo que recuerda?

—Claro que sí. Yo era maquinista y trabajaba por las tardes en la línea verde. Debían de ser más o menos las dos, porque fue antes de que empezara la hora punta de la tarde. Mi tren llevaba muchos pasajeros, pero no iba hasta los topes, como solía ir a partir de las tres. Cuando estábamos a medio camino entre Rådmansgatan y Odenplan, el tipo apareció de repente en la vía. Tenía los brazos en cruz, como un puto Jesucristo. Entonces lo atropellé.

—¿Qué pasó después? —preguntó Christer, sintiendo que el corazón se le aceleraba en el pecho.

Todo su instinto policial le estaba gritando que se trataba de algo importante.

—Seguí el protocolo. Llamé a la central. Mantuve el tren detenido. Pasaron unos diez minutos antes de que llegaran los servicios de emergencia. Pero entonces ocurrió algo todavía más raro.

—¿Sí? —dijo Christer con impaciencia, aunque ya sabía lo que iba a decirle Bengt.

Estaba escrito en la pantalla, delante de sus ojos.

—No encontraron el cuerpo. Había sangre en el tren y en las vías. Pero ningún cadáver en toda la distancia recorrida por el tren hasta frenar. Nada. Había desaparecido.

—¿Cuál fue la teoría?

—Me dijeron que quizá el golpe no había sido mortal. Que tal vez la persona en cuestión se había levantado y se había alejado cojeando. Supusieron que sería uno de los vagabundos que vivían en los túneles y, por muy terrible que parezca, dejaron de interesarse. Nadie se molestó en investigar nada más.

—Sin embargo, usted no cree que la víctima se marchara por su propio pie, ¿no es así?

Bengt volvió a resoplar.

—Llevaba más de veinticinco años trabajando de maquinista, y por desgracia ya había tenido mi propia ración de suicidas que habían decidido arrojarse delante de un tren a ochenta kilómetros por hora. Le aseguro que conozco el ruido de un choque frontal con un cuerpo humano a esa velocidad. Y sé cómo queda el cuerpo. No es bonito. Es imposible que ese hombre sobreviviese. Alguien debió de llevarse los restos en el intervalo desde el suceso hasta que llegaron los servicios de emergencia.

—¿Qué razón puede haber para llevarse un cadáver?

—Nadie lo sabe, ni nadie ha tenido nunca interés por averiguarlo. ¿Por qué lo pregunta? ¿Por qué de repente se interesa la policía, más de veinte años después?

—No puedo hablar al respecto —respondió Christer.

Con el rabillo del ojo, vio que su colega fanática de la Navidad se acercaba a su mesa con una taza de café en la mano.

—¿Ha dicho que vio al hombre en las vías, antes de atropellarlo? —prosiguió—. ¿Podría describirlo?

—Fue solo una fracción de segundo. Y cuando sucedió, lo tenía más fresco en la memoria. Seguramente podrá encontrar los datos en el informe policial.

—Sin embargo, me interesa lo que recuerda ahora —insistió Christer, sofocando una risita al ver que su compañera se sentaba a su mesa sin reparar en los dos Papás Noel copulando.

—Bueno... —Bengt parecía estar rebuscando en la memoria—. Sí... A lo largo de los años he pensado muchas veces en aquel momento. Recuerdo que el tipo me pareció enorme. Un gigante. Puede que fuera una ilusión óptica. No tiene por qué ser necesariamente lo que vi. Las cosas se distorsionan con la velocidad y la luz de los faros, en la oscuridad de los túneles. Pero lo recuerdo como un hombre muy grande, de pelo oscuro, larga cabellera y barba frondosa. También... No se tome demasiado en serio lo que voy a decirle. Ya sonaba raro cuando lo conté en aquel momento, después de que sucediera, y ahora suena todavía más extraño. Pero creo que llevaba algo en la cabeza. Algo que brillaba como si fuera de oro.

—¿Algo que brillaba? —repitió Christer, pensativo.

Bengt guardó silencio.

—Prométame que si llegan a alguna conclusión, me llamará

para contármelo —dijo finalmente el maquinista—. Llevo mucho tiempo dándole vueltas. No puedo decir que pasaran muchas cosas misteriosas durante mis años en el metro, pero esto es algo que nunca ha dejado de intrigarme.

—Haré lo que pueda —respondió Christer, que puso fin a la comunicación, tras desearle al viejo maquinista feliz Navidad y un próspero Año Nuevo.

Después se recostó en la silla y cruzó los dedos de ambas manos detrás de la nuca. Su colega aún no se había percatado de la inapropiada actividad que se estaba desarrollando sobre su mesa.

—¿Estás bien?

Vincent la miraba con expresión inquisitiva, pero ella se encogió de hombros aparentando indiferencia. Siempre le resultaba incómodo hablar de su problema, incluso con Vincent, y más aún en ese momento, cuando el mentalista le había confiado la desaparición de su familia y Niklas seguía en paradero desconocido. Le habría parecido demasiado trivial hablar de sus trastornos. La costumbre de ocultarlos también era un obstáculo para hablar al respecto. Pero ahora estaba totalmente concentrada en sobrevivir a otra excursión por los túneles.

—Hay una diferencia entre la vida privada y el trabajo —afirmó—. Siempre he sabido que no puedo permitirle a mi cerebro que me juegue las mismas malas pasadas en el trabajo que cuando estoy... sola. Si no lo controlara, no podría seguir trabajando de policía. Y mi trabajo me gusta demasiado para arriesgarme a perderlo.

Vincent la miró con admiración y respeto.

—¿Y tú? ¿Cómo estás? —le preguntó Mina.

El mentalista estaba luchando con un par de botas enormes, que no combinaban con su elegante vestimenta.

—Si solamente pudiera ponérmelas... —murmuró.

—¿No tienes unos vaqueros y una camiseta de algodón? —le

preguntó Mina, contemplando sus pantalones perfectamente planchados y su camisa impecable.

—Ninguna persona sensata se pone vaqueros —contestó él—. Ya en 2009 un estudio llegó a la conclusión de que el tejido de los vaqueros contiene niveles elevados de ciertas sustancias tóxicas, entre ellas plomo y mercurio, así como varios alérgenos. ¿Por qué iba a querer tener algo así en contacto con la piel?

Mina meneó la cabeza.

—Olvídalo —repuso—. En realidad, solo quería saber cómo estás, teniendo en cuenta... todo.

—Estoy tratando de pensar lo menos posible al respecto —respondió Vincent, saltando por última vez en su sitio, para terminar de calzarse las botas—. Estamos aquí porque Christer ha encontrado un informe que probablemente se refería al Rey, que, de tratarse de él, fue atropellado por un tren. Julia no nos dejará salir de los túneles si no averiguamos algo más, así que será mejor que vayamos ahora mismo.

Una vez allí, se dirigieron uno junto al otro hacia la entrada de los túneles, cada uno con una linterna en la mano. En cuanto estuvieron entre el polvo y los escombros, Mina sintió que el corazón se le aceleraba. Se volvió para mirar a Vincent.

—¿Cómo va tu claustrofobia? —le preguntó.

—Supongo que igual de bien que tu fobia a los gérmenes —replicó el mentalista.

Ninguno de ellos se sentía a gusto en ese ambiente, pero los dos tenían que controlar momentáneamente sus propios demonios.

Había dos túneles para elegir, y Mina se detuvo un instante para reflexionar, mientras leía los grafitis de los muros, donde destacaban mensajes como «Me follé a tu madre» o «Muérete, cabrón». Por un momento pensó en añadir un «Carpe diem» para contrarrestar la negatividad, pero se abstuvo. No había nada en el entorno que inspirara un discurso optimista.

—El de la izquierda —dijo por fin, señalando uno de los túneles, que parecía adentrarse en unas tinieblas interminables.

—Muy agradable —comentó Vincent, en un tono un poco más agudo de lo normal.

Mina le dio un ligero codazo para animarlo, pero su sentimiento de superioridad respecto a Vincent y su claustrofobia desaparecieron cuando sintió que algo se movía por encima de una de sus botas. El eco de su grito resonó en todo el túnel y casi se le cae de la mano la bolsa de la panadería.

—Una rata —observó el mentalista, iluminando con el haz de la linterna a un roedor inusualmente corpulento, que huía por el túnel de la izquierda.

—¿Ah, sí? Yo creía que era un Jack Russell —replicó Mina en tono sarcástico—. O un gato siamés. Ven, sigamos. Estar aquí parados me pone los nervios de punta.

Con pasos mucho más decididos que su sensación interior, tomó la delantera y se encaminó directamente hacia la oscuridad del túnel.

—¿Recuerdas aquel pigmento que me regalaste? —dijo.

—Sí, claro. ¿Lo has utilizado?

—¿Estás loco? Pero ¿cómo se llamaba? Creo que sería un nombre perfecto para estos túneles.

—Tierra de sombra —respondió él—. O también umbra, como la fase más oscura de los eclipses.

Ella asintió, pensativa.

—Umbra —repitió—. Bonita palabra.

Vincent asintió, asimismo.

—De hecho, es una de mis favoritas —dijo.

A medida que se adentraban por el túnel, sus ojos se iban acostumbrando a la oscuridad. Como la vez anterior, de tanto en tanto encontraban una lámpara que aún funcionaba en el techo y les permitía ver un poco más allá del haz de las linternas. Mina sentía que el corazón le palpitaba con fuerza en el pecho, y cuando le echaba un vistazo a Vincent, lo veía aún más pálido que ella.

—¿Hay que caminar mucho más? —preguntó el mentalista con voz débil.

Mina le apoyó una mano enguantada sobre el hombro. Le resultaba extraño ser por una vez la más serena de los dos.

—Si no recuerdo mal, está aquí mismo, a la vuelta de esa esquina.

La señaló con la linterna. En ese momento, un áspero ruido metálico desgarró el aire y los dos se sobresaltaron.

—¡¿Hola?! —gritó Mina, y oyó el eco que despertaba su voz entre las paredes—. ¡Hola! Somos de la policía. Soy la oficial que habló con vosotros la última vez. Me llamo Mina. Solo queremos haceros unas cuantas preguntas, ¿de acuerdo?

No hubo respuesta. Siguieron avanzando lentamente, mirando con cuidado dónde pisaban. A ninguno de los dos le apetecía clavarse en la planta del pie, a través de la bota, un trozo de botella o una jeringuilla.

—¡Hola! —volvió a gritar Mina, en esta ocasión con menos fuerza.

Más adelante se veía un débil destello de luz. Era un fulgor cálido como el que desprende el fuego, diferente de la luz eléctrica.

—Estamos aquí —respondió una amigable voz femenina.

Mina reconoció la voz de Vivian. De repente, un hombretón se plantó delante de ellos, y Mina tuvo que controlarse otra vez para no gritar. Era Johnny, el hijo de Vivian, sonriendo de oreja a oreja.

—Has vuelto —dijo alegremente, y vio que Mina asentía—. ¿Nos has traído bollos?

—Así es, he vuelto —corroboró ella, entregándole la bolsa con bollos de canela—. Y he venido con un amigo. Se llama Vincent.

Johnny chilló de felicidad al recibir la bolsa. Después le tendió la otra mano a Vincent y le estrechó con fuerza la suya.

—Venid, venid. —Giró sobre sus talones y echó a andar delante de ellos en dirección al fuego.

Nada parecía haber cambiado desde la última visita de Mina. Además de Johnny y Vivian, estaban Kjelle, Natasa y O. P., reunidos en torno a la hoguera.

—¿Es por el asesinato de Olof Palme? ¿Venís a buscarme por eso? —susurró O. P., mientras se ponía de pie con expresión desconfiada.

Mina negó con la cabeza.

—No, tampoco esta vez venimos a hablar del asesinato de Palme.

O. P. no pareció creérselo del todo, pero se dio por satisfecho con la respuesta y volvió a sentarse en su lugar.

—Pasad, sentaos. —Vivian alargó la mano, como si fuera la anfitriona de una cena elegante, y les señaló unos cartones en el suelo.

Mina notó que Vincent la observaba sin salir de su asombro, al ver que se sentaba sin inmutarse en el sucio trozo de cartón. Eso la hizo feliz y le produjo cierto orgullo. Se alegraba de poder dar muestras de su fuerza de voluntad.

—A ti te conozco —dijo Natasa con expresión malhumorada, señalando a Vincent, que parecía totalmente fuera de lugar con sus pantalones formales y su camisa.

En realidad, la camisa blanca ya tenía varias manchas y daba la impresión de que la tela blanca atraía el humo de la hoguera.

—¿Cómo vas a conocerlo? Tú no te juntas con gente tan fina —le espetó Kjelle, mirando a Vincent con gesto hosco.

—Lo he visto en los carteles, allá arriba.

Todos se volvieron hacia Vincent, en un silencio reconcentrado. Entonces Vivian dio una palmada.

—¡Sí! ¡Ahora caigo! Es el que hace esas... funciones, ¿no?

—Vincent Walder, para serviros —contestó el mentalista sonriendo.

Kjelle resopló otra vez.

—¿Qué hace un famoso aquí abajo?

—A veces ayudo a la policía en algunas investigaciones —respondió Vincent—, como esta de ahora.

—La de los huesos —dijo O. P.—. ¿Estáis seguros de que no tiene nada que ver con la muerte de Palme? El Gobierno sigue empeñado en encubrir los hechos. Aún hay «accidentes», e incluso asesinatos, para ocultar la verdad sobre lo sucedido en el cruce de Sveavägen con Tunnelgatan, a las 23:21 del 28 de febrero de 1986.

—De hecho, la teoría con más fundamento es la que señala a Christer Pettersson como...

Mina le dio un codazo en las costillas para que se callara. No era el momento de iniciar un debate sobre el asesinato de Olof Palme y los misterios que lo rodeaban.

—Necesitamos vuestra ayuda para profundizar en el caso que estamos investigando. El asesino parece tener alguna relación con el metro. Pero no creemos que sea ninguno de vosotros —los tranquilizó Mina—. Sin embargo, nos gustaría saber un poco más sobre el hombre que mencionasteis la última vez, al que llamabais «el Rey».

—*Porque yo soy el rey, el rey del bar...* —comenzó a cantar Johnny, y Natasa soltó una risita.

—Tú apenas habías nacido cuando el Rey andaba por aquí —dijo.

Vivian la fulminó con la mirada. Había echado más madera

a la hoguera y parecía estar pensando qué decir. O si diría algo. Mina la dejó reflexionar.

No estaba segura de cuánto sabría cada uno de ellos, ni de si podrían contarlo. Solo quería saber si aún quedaba alguien en esas tinieblas que pudiera hablarle del Rey.

—Yo lo conocí —dijo Vivian—. O. P. también. Y también Tom el Loco, claro.

Mina enderezó la espalda. Algo pequeño, no tan grande como una rata, se deslizó por el borde de la zona iluminada, y ella tuvo que controlarse para no gritar y no levantarse de un salto. No quería estropear el clima de confianza que se había creado.

—¿Lo conocíais? —preguntó con cautela.

Johnny siguió tarareando su cancioncilla, mientras Natasa observaba a Vincent con descarada curiosidad.

—¿Quién era? —prosiguió Mina.

O. P. frunció el ceño, como si no hubiera entendido la pregunta.

—Era el Rey. ¿Qué más quieres que te diga?

—¿No tenía nombre? ¿Sabéis cómo se llamaba? —Vincent parpadeó en medio del humo, que parecía enamorado de su camisa blanca.

—No teníamos nombres. Fue idea del Rey. Dejamos nuestros nombres arriba. Nuestro antiguo yo se quedó en la superficie. Éramos Vivian, Tom el Loco, Golondrina, el Puñales, el Tejón, Bisse y yo. Ahora todos están muertos, excepto Vivian y yo.

—¿No tenéis idea de quién era, ni de dónde venía? —preguntó Vincent entre accesos de tos.

—No —respondió O. P.—. ¿No has oído lo que he dicho? Dejamos nuestro antiguo yo en la superficie.

—¿Cómo era él? —interrogó Mina en voz baja. Con el rabillo del ojo observó que Vincent escuchaba atentamente.

—¡Ah, el Rey era formidable! —exclamó O. P., con tristeza y admiración a partes iguales—. Siempre sabía qué hacer. Y sabía de todo, especialmente de historia. No había nada de historia que no supiera: las fechas, las guerras, los castillos, los príncipes y las princesas. Podías preguntarle cualquier cosa de Suecia, de China o de América y él siempre conocía la respuesta. Y era muy alegre. Siempre estaba contento. Excepto... cuando no lo estaba...

—¿Qué quieres decir?

Vincent no parecía preocuparse por la capa de hollín que a esas alturas le tiznaba la cara y la camisa.

—No hay nadie, nadie que pueda conmigo. Soy el rey, el rey del bar... Y no me importa que todo vaya a reventar...

La canción de Johnny despertó en la mente de Mina una lejana asociación con las madrugadas en los bares, en otra época, antes de conocer a Niklas.

Se estremeció. Durante un tiempo había conseguido quitarse a su exmarido de la cabeza, pero ahora la preocupación regresaba con todas sus fuerzas. Pensó que debería estar buscándolo, en lugar de estar allí sentada, hablando de un personaje que había vivido en los túneles del metro décadas atrás.

—A veces el Rey... —empezó Vivian, y por un momento se interrumpió, como si estuviera buscando la palabra adecuada—. A veces no estaba contento. Pero no quería que su estado de ánimo nos afectara. Cuando sentía que su humor empeoraba, se marchaba por un tiempo. No sé adónde. Después, cuando volvía a sentirse mejor, regresaba. Los demás siempre lo ayudábamos, cuidando del Príncipe.

—¿El Príncipe? —se sorprendió Mina.

Vincent abrió la boca para decir algo, pero ella lo hizo callar con un gesto. Era información nueva y no quería perder la oportunidad de saber algo más.

—¿Quién es el Príncipe? —preguntó.

O. P. puso los ojos en blanco. Natasa y Johnny se echaron a reír, pero guardaron silencio tras una mirada de Vivian.

—¿Qué es un príncipe? Un príncipe es, por definición, el hijo del rey —respondió O. P., sonriendo ante la estupidez de la pregunta.

—¿El Rey tenía un hijo? —inquirió Mina con cautela—. ¿Es eso lo que estás diciendo? ¿Un chico? ¿De qué edad?

O. P. frunció el ceño. Vivian empezó a hablar, pero O. P. la hizo callar.

—Déjame a mí —le dijo.

—¿Cuánto medía? —preguntó Vincent—. ¿Cuánto medía el Príncipe?

La pregunta hizo que a O. P. se le iluminara el rostro. Señaló una zona de la pared.

—Ahí lo tenéis. Ahí lo podéis ver.

Mina se levantó rápidamente y dirigió la linterna hacia el muro, ya que la luz del fuego no era suficiente. Vio una sucesión de rayas, como las que se marcan a veces en los marcos de las puertas para registrar la altura de los niños de la casa. Se colocó al lado, para comparar las líneas con su propia estatura. La última le llegaba casi exactamente a la altura del pecho. ¿Qué podía deducir, teniendo en cuenta que ella medía un metro y sesenta y cinco centímetros? ¿Metro treinta, metro cuarenta? La altura de un niño de ocho o nueve años, supuso.

—Antes dijiste que el Rey no quería morir, pero que finalmente la oscuridad ganó la partida. ¿Murió? ¿Qué pasó entonces con el Príncipe?

Tras un momento de duda, Vivian respondió:

—El Príncipe se fue a la superficie. El Rey había dejado instrucciones. Aparte de eso, no sé nada más. No volvimos a verlo.

Era... un niño..., un niño pequeño. Este ambiente no era para él. Pero eso fue hace mucho tiempo.

Mina no podía parar de pensar en el niño que había vivido allí abajo, en la oscuridad.

Adam retrocedió un paso para apreciar mejor lo que Akai estaba pintando. O grafiteando. O comoquiera que lo llamara.

Le había sorprendido que el artista callejero fuera más o menos de su misma edad. En el mundo de Adam, solo los adolescentes se dedicaban a ese tipo de cosas. Por otra parte, los murales de Akai no se parecían en nada a los garabatos de un quinceañero enfadado con la sociedad y dispuesto a destrozar el mobiliario urbano.

Si miraba de cerca el muro gris de hormigón, solo veía una maraña de rayas anaranjadas de aspecto aleatorio. Casi parecía arte abstracto.

Pero si retrocedía un par de metros, aparecía de repente la vívida imagen de un león a punto de saltar.

—Estoy impresionado —comentó Adam.

—Gracias. El león es mi animal totémico.

—¡Ah, qué bien! Yo nací el año de la rata o algo así.

El hombre alto y pálido sonrió.

—No es lo mismo.

—Supongo que no. ¿Por qué lo haces? ¿Por qué pintas en lugares públicos, arriesgándote a que te pille la policía? Eres muy bueno, ¿por qué no...?

—¿Por qué no pinto de verdad? —Akai se ajustó la gorra azul de lana y señaló al león en la pared—. Por esto. Por la libertad. Por la posibilidad de crear sin tener que obedecer las reglas de la sociedad. Ya he hecho lo que tú dices. Tendrías que ver dónde están colgadas algunas de mis obras. Pero, cuando lo hacía, me sentía muerto por dentro. Por cada cuadro que vendía a un tipo aburrido y forrado de dinero que solo quería colgar algo «bonito» en la pared, a juego con el sofá, me moría un poco más. Ahora soy libre.

—Pero ¿cómo...? Comprendo que es una pregunta indiscreta, pero ¿cómo te ganas la vida?

Akai lo miró con ojos brillantes por encima de su poblada barba.

—Por si no ha quedado claro, solía vender mis cuadros a muy buen precio. Y ahora vivo con muy poco. Si sigo así, podré vivir de mis ahorros el resto de mis días. Si las cosas se ponen difíciles, podría organizar otra exposición. Quizá no pueda pagarme la langosta y el champán, pero ¿quién quiere lujos, pudiendo tener esto? —Inspiró profundamente y cerró los ojos. Después dejó escapar el aire lentamente, en aparente armonía con el entorno.

Adam estaba fascinado a su pesar con la actitud vital de Akai. ¿De verdad era tan fácil? Reducir las exigencias, bajarse del tren del consumismo, hacer lo que uno realmente deseaba y disfrutar de la libertad.

—Entonces ¿por qué pintas en los túneles, donde nadie puede ver tus obras?

Akai siguió rociando la pared con sus aerosoles mientras hablaba, añadiendo cada vez más detalles en lo que Adam ya podía ver como la melena del león.

—De hecho, hay quien las ve. Los que viven aquí abajo también necesitan un poco de belleza. La vida ha sido dura para ellos, pero son buena gente. Y lo mires como lo mires, no están tan mal. Se tienen los unos a los otros. Son una familia. Y me aceptan. ¿Has visto el mural que les hice?

Adam negó con la cabeza.

—No, ¿dónde está?

—Por aquí. ¡Ven!

Akai lo condujo entusiasmado por un túnel secundario, cerca de la estación de metro más próxima. Adam lo siguió, lleno de curiosidad. Había algo en el arte de Akai que le resultaba atractivo.

—¡Aquí! —dijo el grafitero, señalando orgulloso un muro de hormigón que alcanzaba una altura considerable sobre sus cabezas.

Adam quedó boquiabierto. El mural era increíblemente bello en su sencillez. Con pocos trazos, Akai había captado a unas personas reunidas en torno a una hoguera, tal como las había visto. Alguien había destrozado una pequeña parte de la obra, pero en su mayoría continuaba intacta.

—¡Qué pasada! —exclamó Adam con sinceridad.

Los ojos de Akai se iluminaron y señaló el mural con el bote de aerosol. Tenía manchas de color naranja en la mano.

—Esto no se puede colgar en una pared —explicó—. Y esa es la idea. Se trata de una experiencia. Aquí y ahora. Algo en lo que todos pueden participar, sin necesidad de invitación. Es arte y es gratis, para todos. Como debe ser el arte.

—Podría pasar el día entero hablando de arte contigo —dijo Adam, incapaz de apartar la vista del mural—, pero también tengo un trabajo que hacer. ¿Has visto algo que pueda ayudarnos durante tus recorridos por los túneles? ¿Te ha hecho algún comentario alguna de las personas que viven aquí abajo? ¿Quizá sobre los huesos que encontraste?

Akai se quedó contemplando el retrato de familia en la pared, mientras reflexionaba. Después negó lentamente con la cabeza.

—Si pudiera ayudar, lo haría. No soy partidario de ocultar la verdad. No es así como vivo. Pero no sé nada, aunque también debo reconocer que tampoco he preguntado. Hay ciertas cosas de las que nadie habla aquí abajo.

—Bueno, en todo caso, gracias por la colaboración —respondió Adam, tratando de disimular su decepción.

Otro callejón sin salida. Pero al menos había podido ver el arte de Akai, y eso era algo que no olvidaría en mucho tiempo. Con una mirada interrogante, levantó el teléfono delante del mural.

—¿Puedo hacerle una foto?

Akai reaccionó extendiendo las manos y esbozando una gran sonrisa.

—Claro que sí —dijo—. Esta es una de las cosas maravillosas de lo que hago. Parece que no pudieras llevarte mis obras, pero en realidad sí que puedes. Haz todas las fotos que quieras. El arte es gratis.

Adam asintió y sacó varias fotos.

Cuando se encaminó hacia la estación de metro, vio que Akai volvía al mural del león y se preguntó cómo quedaría cuando estuviera terminado.

Mina y Vincent respiraron hondo, disfrutando del aire libre.

Comparado con la atmósfera cargada de polvo de los túneles, el aire invernal de Estocolmo les pareció limpio y fresco. Por un momento, Mina pudo pasar por alto toda la suciedad y la contaminación que seguramente contenía.

Vincent se acercó a una papelera y tiró las toallitas húmedas que le había dado Mina para limpiarse el hollín de la cara. Al principio se habían planteado volver a la jefatura en metro, pero al final decidieron regresar andando. No estaba muy lejos y Vincent aseguró que pensaba mejor cuando estaba en movimiento. Mina sospechaba que tampoco tendría muchas ganas de quedarse en los túneles, aunque fuera para viajar en tren. De hecho, ella sentía lo mismo.

—¿Ha sido horrible? —preguntó, mirándolo de reojo—. ¿Has tenido que contar números primos?

—En realidad, los túneles eran más espaciosos de lo que pensaba —respondió el mentalista—. He mantenido la claustrofobia bajo control. También ha ayudado mucho la conversación, que ha sido muy interesante. Pero no creas que me muero por repetir la experiencia.

Mina soltó una carcajada y el aire exhalado formó una nubecilla de vapor en el aire frío.

—¿Muy interesante, dices? —repuso—. Es típico de ti pensarlo. ¿Qué has sacado en limpio de esa interesante conversación? ¿Me he perdido algo?

Un hombre iba caminando hacia ellos, con siete perros atados a una correa que llevaba anudada a la cintura. Como no había espacio para todos en la acera, tuvieron que apartarse con rapidez. Vincent cogió a Mina de la mano, saltaron juntos por encima de un banco de nieve y bajaron a la calzada, para dejar paso al hombre de los perros. Mina soltó una maldición entre dientes. Deberían prohibir a los perros en la ciudad. O, mejor dicho, deberían prohibir a los dueños de perros. Cuando estaban más o menos a su altura, dos de los canes se pusieron a orinar contra una farola.

—Me he quedado pensando en algo que ha dicho... Natasa, creo que se llama —comentó Vincent cuando los perros se hubieron alejado—. Ha dicho de pasada que Johnny era un niño pequeño cuando el Rey murió.

Mina asintió y se percató de que aún seguían cogidos de la mano. La sensación era de absoluta naturalidad, pero en cuanto cayó en la cuenta se sintió incómoda y se soltó. Después volvió a pasar por encima del banco de nieve, para regresar a la acera.

—Sí, recuerdo que ha dicho algo así —confirmó—. ¿Por qué te ha llamado la atención?

—¿Qué edad dirías que tiene Johnny?

Mina reflexionó un momento. El muchacho era bastante especial. Parecía tener varias edades a la vez.

—Es difícil saber qué hay detrás de la barba y de tanta suciedad —dijo—. Pero diría que tiene unos... ¿veinticinco años?

Vincent asintió, satisfecho.

—Yo también lo creo. Pero permitamos cierto margen. Si el Rey murió pocos años después del nacimiento de Johnny, eso significa que su muerte se produjo hace entre veinte y veinticinco años, lo que coincide con la antigüedad de los restos no identificados que hallasteis en los túneles. Combina ahora ese dato con la información recuperada por Christer acerca del accidente en el metro, en el que la víctima llevaba algo brillante en la cabeza. Una corona, probablemente. Todo encaja en términos temporales. Si solo tuviéramos la entrevista de Christer con el maquinista jubilado, la incertidumbre sería excesiva. Pero, tras hablar con los habitantes de los túneles, estoy absolutamente convencido de que los huesos que encontrasteis son los del Rey.

Mina sonrió y levantó la vista al cielo, que en ese momento estaba azul y despejado. Varias aves volaban sobre sus cabezas. Una pequeña pieza del puzle acababa de encajar en su sitio. No sabía si era importante, pero lo parecía. Y Vincent la había descubierto prestando atención a detalles que aparentemente carecían de importancia, en lugar de concentrarse en los aspectos de la conversación que ella misma había priorizado. Desvió la mirada hacia el hombre tiznado de hollín que caminaba a su lado y sintió una agradable calidez en el pecho. Pero intentó centrarse en el tema que estaban tratando.

—Muy bien. Creemos saber a quién corresponden los huesos —dijo—, pero no tenemos ni idea de quién era el Rey. No sabemos su nombre ni su procedencia, ni si tiene alguna conexión con las otras víctimas.

—Pero hay algo más —repuso Vincent—. El Rey murió poco antes de que Erika, Marcus y Jon atravesaran sus épocas críticas. Ahora solo estoy especulando, pero ¿y si hubiera una relación entre esos huesos antiguos y lo sucedido en el presente? ¿Sería posible que el Rey y las diferentes víctimas se conocieran? ¿E incluso que su muerte hubiera sido la causa de sus respectivas crisis? En circunstancias normales, ni siquiera prestaría atención a una conexión tan endeble, pero ten en cuenta que los restos de las tres víctimas fueron sometidos al mismo tratamiento que los del Rey.

Vincent guardó silencio. Se detuvo y se quedó mirando al frente, pensativo.

—Retiro esto último —añadió, rascándose la cara—. No parece del todo correcto suponer que se conocieran personalmente. Falta un vínculo que sirva de nexo entre todos ellos. Pero estoy casi seguro de que Erika, Marcus y Jon tienen alguna relación con un vagabundo que fue arrollado por un convoy del metro de Estocolmo al comienzo del presente milenio. Un hombre con una corona. Y si esto es verdad, ese hombre también debió de tener alguna conexión con tu exmarido.

Mina lo miró. Por primera vez, disponían de algo que parecía una respuesta y no una pregunta más. Y únicamente a cambio de una camisa tiznada.

—Tenemos que encontrar ese vínculo —dijo.

El café no valía nada. A él le gustaba el café de verdad, recién molido y preparado por un barista con experiencia. Ni siquiera se le habría ocurrido mancharse la lengua con el café del ministerio, que llevaba horas en la cafetera. Por eso bebía té. Y no las tristes bolsitas pagadas por el Estado, sino auténtico té de Ceilán, que guardaba en un rincón secreto, junto a su frasco de miel. La miel en envase de plástico ni siquiera merecía ese nombre.

—Tor, la primera ministra quiere hablar contigo. —Uno de los asistentes más jóvenes entró corriendo, casi sin aliento, en la salita donde se hacía el té.

Tor detuvo el movimiento justo cuando iba a echar una cucharadita de miel en su taza.

—Dile que la llamaré dentro de cinco minutos —repuso, sin dejar de prepararse el té tal como lo establecían los cánones.

—Pero, pero, pero... ¡Es la primera ministra! ¿No vas a cogerle el teléfono?

El asistente tenía la cara roja de estrés y, por un momento, Tor sintió cierta compasión. No creía que fuera a durar mucho en el cargo si era incapaz de controlar los nervios.

—He dicho que la llamaré dentro de cinco minutos —repitió, esta vez con más dureza en la voz.

El asistente captó el mensaje y se marchó tan rápido como había llegado. Tor probó el té. Perfecto. Absolutamente perfecto.

Recorrió el pasillo hasta su despacho, sin darse prisa. No quería derramar ni una gota de té. Como ya le había echado la miel, le habría dejado la mano pegajosa, y si había algo que detestaba era tener las manos pegajosas.

Posó con cuidado la taza sobre el escritorio, pero no sin antes colocar debajo un posavasos. Esa mesa llevaba siglos en el ministerio, y no sería él quien le dejara marcas circulares.

Comprobó que todo estuviera en orden sobre el escritorio, bebió unos sorbos de té caliente y alargó la mano hacia el teléfono. Su serenidad exterior contradecía lo que sentía por dentro al marcar el número. ¿Qué querría la primera ministra? Debía de ser algo relacionado con la desaparición de Niklas, ya que no había ningún otro asunto que la superara en importancia. Pero ¿cuál sería el motivo? ¿Querría la primera ministra expresar su rabia? ¿Su apoyo? ¿Tendría nueva información?

Lo atendió el secretario, como siempre, pero este le pasó la llamada de inmediato a la primera ministra, lo que significaba que lo estaba esperando.

Tor conocía desde hacía muchos años a la primera ministra. Sus carreras políticas habían coincidido, se habían cruzado y en algunas ocasiones habían chocado frontalmente, desde sus tiempos en las organizaciones juveniles. La primera ministra Hjortén incluso lo había llevado aparte y, con una consideración inesperada, le había preguntado si de veras quería hacerse a un lado y limitarse a ser el secretario del ministro de Justicia, en lugar de seguir transitando caminos de mayor relevancia política.

Él le había contestado que sabía lo que hacía. Tor siempre tenía un plan. Nada le ocurría por casualidad, y la aceptación de lo que a primera vista podía parecer una renuncia a su carrera tenía en realidad motivos profundos y sólidas razones, como solía decir su padre.

—Hola, Anna. Aquí Tor. Me has llamado, ¿verdad?

—Hola, Tor. ¿Alguna novedad?

La tensión era evidente en la voz de la primera ministra Anna Hjortén. Tor imaginaba que estaría recibiendo presiones de todos los ámbitos.

—No, nada nuevo —respondió, consciente de que ella lo llamaba como último recurso.

Pero ¿qué podía saber él que no supiera ya quien tenía bajo su mando a toda la policía y los servicios de seguridad de Suecia?

—Tenemos que encontrar la solución —dijo ella—. Es necesario localizarlo. Estamos en el punto de mira de la prensa y los gobiernos de todo el mundo. Quedaremos a la altura de la peor república bananera si nuestro ministro de Justicia aparece asesinado.

—No hay ninguna razón para temer lo peor —replicó Tor, en tono tranquilizador—. De momento, nadie ha sido hallado muerto.

Intentó disimular la preocupación que él mismo sentía por la desaparición de Niklas. A la primera ministra no le serviría de nada conocer sus sentimientos personales. Lo más importante era conservar la calma y la frialdad.

—¿Qué puedo hacer por ti? —preguntó.

Sabía por experiencia que las llamadas de la primera ministra podían ser interminables.

—Quiero que te encargues del *Expressen* —repuso ella—. Seguramente habrás visto su serie de artículos «En los pasillos del poder», en los que entrevistan a políticos que ocupan cargos poco visibles para la ciudadanía. Le he pedido a mi secretario de prensa que hable con ellos para que te entrevisten a ti la próxima vez.

—Perdona, Anna —replicó Tor—, pero ¿estás segura de

que eso es lo mejor en este momento? Ahora mismo todo mi tiempo está dedicado a la búsqueda de Niklas.

—Exacto —respondió ella—. De eso quiero que hables. Tenemos que controlar el relato de la desaparición de Niklas. No podemos dejárselo a la prensa. Necesitamos dar una imagen de fuerza y firmeza desde el Ministerio de Justicia. Podrás demostrar que eres una persona enérgica, la cara fuerte del ministerio. Tampoco te vendría mal estar un poco más en el centro de la atención, ¿no crees? Todo el mundo sabe que bajaste unos peldaños cuando aceptaste el puesto de secretario. Por cierto, has estado muy bien en la rueda de prensa de esta mañana.

Por toda respuesta, Tor dejó escapar un suspiro.

—Entre nosotros —prosiguió la primera ministra—, ¿cómo estaba Niklas la última vez que lo viste? ¿Podría tratarse..., no sé..., de agotamiento? ¿De una crisis existencial? ¿De síndrome de estrés postraumático, después del atentado del verano pasado? ¿O quizá simplemente de una crisis de la edad?

—Niklas estaba en excelente estado de forma antes de Navidad —respondió Tor secamente—. Tanto desde el punto de vista físico como del mental.

—No sé si eso me tranquiliza o me pone todavía más nerviosa —repuso Anna—. Y bien, ¿qué me dices de la entrevista con el *Expressen*?

Como secretario de prensa, comprendía los motivos de la primera ministra. En ese momento, era lo más indicado. Bebió un sorbo de té, que por desgracia comenzaba a enfriarse.

—Sí, desde luego —respondió—. La haré.

—Bien. Será mañana.

Cuando colgó el teléfono, se levantó para prepararse otra taza de té. Detestaba el té frío.

Vincent estaba sentado en la cocina, con los codos apoyados sobre la mesa y la cabeza entre las manos. Habría preferido no volver a casa después de la visita a los túneles; pero Mina, como de costumbre, necesitaba ir a su casa a ducharse. Se separaron en el garaje de la jefatura y no se había atrevido a pedirle que le permitiera ir con ella. Olía demasiado a humo y tenía que cambiarse de ropa, pero habría dado cualquier cosa por acompañarla.

Así que ahí estaba, sentado en su cocina, el único lugar de la casa donde se sentía capaz de entrar, además de su dormitorio. No había pisado el cuarto de estar desde el día anterior. Sabía que allí el dolor de cabeza se volvería insoportable y se negaba a ver la pared. Por supuesto, era plenamente consciente de que no era racional tener miedo de una pared, pero no podía evitarlo, ni tampoco le importaba. No quedaba nadie en la casa que pudiera criticarlo.

La ausencia era una sensación casi física. Los ecos de los gritos de Aston y las regañinas de Maria flotaban todavía en el aire. El sofá delante del televisor seguía ligeramente hundido en el lugar donde solía sentarse Rebecka. Si se esforzaba, casi podía oír a Benjamin hablando de las tendencias de la Bolsa. Pero no eran más que ecos, fantasmas en su mente que solo podían recordarle que estaba solo.

Y que la Sombra tenía a su familia en su poder.

Se llevó las manos a la cara.

No le servía de nada pensar en esas cosas. No sabía qué quería de él la Sombra y, mientras no lo supiera, tenía que mantenerse activo. La apatía era su peor enemigo en ese momento.

Intentó concentrarse en lo que tenía delante, sobre la mesa: las notas de la conversación que acababan de mantener en los túneles y copias de los documentos de la investigación policial. Se los habían prestado con la condición de que no hablara de ellos con nadie. ¡Como si en su casa hubiera alguien con quien hablar!

En medio de los papeles, destacaba el marco con los cuatro relojes de arena. En la parte inferior del marco, Vincent había pegado unas etiquetas donde había escrito el tiempo que tardaba la arena de cada reloj en bajar al compartimento inferior. Diecisiete minutos y trece segundos, el primero. Trece minutos y cinco segundos, el segundo. Diez minutos y tres segundos, el tercero. Y dieciséis minutos y tres segundos, el cuarto. Probablemente solo importaban los minutos, pero aun así lo había anotado todo.

Había acertado en su suposición de que medirían diferentes intervalos de tiempo, pero se había equivocado por completo en cuanto a la relación entre los cuatro. Diecisiete, trece, diez y dieciséis. Por muchas vueltas que le había dado, no había logrado descubrir qué significaban esas cifras. Y no se le ocurría qué más hacer con los relojes de arena.

Con el rabillo del ojo, vio el acuario.

Los peces del fango necesitaban comida. Se preguntó si podría darles de comer sin tener que permanecer demasiado tiempo en el cuarto de estar. Al fin y al cabo, era conveniente desplazarse físicamente durante la resolución de un problema y, por ese motivo, se decidió a hacerlo. Expresiones como «ver las cosas desde una nueva perspectiva» o «encontrar un punto de vista diferente» no eran meras metáforas, sino un método auténtico para resolver problemas.

Se levantó, se acercó al acuario, se echó un poco de comida para peces en la palma de la mano y la mantuvo apenas por encima de la superficie del agua. Como de costumbre, los peces nadaron hacia él y comieron de su mano. Aston les había puesto nombres a todos, pero Vincent no recordaba ninguno. Siguió mirando el acuario, con cuidado de no echar un vistazo inadvertido a la pared.

Volvió la vista hacia la mesa de la cocina, donde estaban los relojes de arena. Nunca los había observado desde esa distancia, ni tampoco desde ese ángulo. Con un poco de suerte, se le ocurriría alguna idea.

«Encuentra el cuarto antes de que el tiempo se agote», decía la nota.

Cuando terminó de alimentar a los peces, regresó a la cocina y se sentó otra vez a la mesa.

Ojalá Mina hubiera estado con él. Siempre pensaba mejor cuando la tenía a su lado. Pero su casa ya no era un lugar seguro para nadie.

El cuarto.

Abrió las carpetas con la documentación referente a Jon Langseth, Erika Sävelden y Marcus Eriksson. Ya sabía lo que contenían. Las tres víctimas no se conocían entre sí, ni tenían amigos o compañeros de trabajo en común. Solo había entre ellas unas pocas coincidencias.

Las repasó mentalmente.

Uno. Los tres habían tenido una carrera fulgurante.

Dos. Todos ellos habían pasado por un periodo difícil veinte años atrás.

Tres. Los tres se habían comportado como si supieran que iba a sucederles algo malo justo antes de desaparecer.

Cuatro. Sus restos habían sido hallados en diferentes puntos de la red de metro: los de Jon, en la línea azul, junto a la estación de Stadshagen; los de Erika, en Karlaplan, en la línea roja, y los de Marcus —si podían creer a Tom el Loco—, cerca de Bagarmossen, en la línea verde. Eso era todo.

O casi todo.

También habían sido hallados los huesos del Rey cerca de la estación de Odenplan. Quizá fuera el nexo entre todas las víctimas. O quizá no.

Y aún quedaba Niklas Stockenberg, el desaparecido exmarido de Mina, que coincidía con las otras víctimas al menos en los tres primeros puntos.

Vincent habría querido arrojar lejos de sí todas las carpetas, movido por la frustración. Todo era tan... confuso.

Además de las carpetas, tenía sobre la mesa un mapa de Estocolmo, con marcas circulares sobre los lugares de los hallazgos, y un plano de la red de metro, donde se veían las diferentes estaciones. Había intentado descubrir una vinculación geográfica entre las estaciones o los puntos donde habían sido encontrados los restos, tal como había hecho con el problema de ajedrez de Nova el verano anterior. Pero tampoco había obtenido ningún resultado.

Un momento...

Volvió a mirar el plano.

El esqueleto de Marcus había aparecido en la línea verde, pero en realidad había más de una línea verde en el metro de Estocolmo. Eran más de una, aunque seguían en su mayor parte el mismo recorrido. A partir de Gullmarsplan, la línea principal se dividía en tres ramales, a cada uno de los cuales le correspondía un número diferente. Algo parecido pasaba con la línea roja y con la azul. Al salir del centro de la ciudad, las dos se bifurcaban en dos líneas, cada una con su respectivo número.

Vincent abrió otra vez los informes.

Marcus había sido hallado en Bagarmossen, es decir, en el ramal número diecisiete de la línea verde. Los restos de Erika habían aparecido en Karlaplan, en el ramal trece de la línea roja. Y los de Jon, en Stadshagen, lo que podía significar que estaban en el ramal diez o bien en el ramal once de la línea azul.

Diecisiete.

Trece.

Diez u once.

Vincent volvió a mirar los relojes de arena y las etiquetas con el tiempo que tardaba la arena en cada uno de ellos en pasar del recipiente superior al inferior.

17 minutos (13 segundos)

13 minutos (5 segundos)

10 minutos (3 segundos)

16 minutos (3 segundos)

Se dio una palmada en la frente. Había tenido todo el rato la respuesta delante de las narices. Los minutos de los tres primeros relojes coincidían con los números de las líneas donde habían sido hallados los huesos. Y, además, en el orden en que habían desaparecido las víctimas.

Marcus, 17.

Erika, 13.

Jon, 10.

Vincent maldijo en voz baja. Debería haberlo visto mucho antes. Pero nadie había prestado atención a los números de las líneas, sino únicamente a las estaciones donde se habían encontrado los huesos. Pero eso no era una excusa aceptable. Se suponía que él era el maestro mentalista. Tenía que ver ese tipo de cosas.

El cuarto y último reloj de arena debía de referirse al cuarto hallazgo. Los restos más antiguos no identificados, que probablemente correspondían al Rey, habían aparecido en Odenplan, lo que podía remitir a los ramales diecisiete, dieciocho o diecinueve. Sin embargo, el último reloj de arena indicaba el número dieciséis. Por lo tanto, el Rey no podía ser «el cuarto». Y ya no quedaban más montones de huesos en el metro. Lo habían registrado a fondo. «El cuarto» solo podía ser Niklas Stockenberg. Había que vigilar el ramal dieciséis.

Estudió el plano, pero no lo encontró. Los ramales de las líneas estaban numerados por orden ascendente, pero, después del catorce, que correspondía a la línea roja entre Mörby y Fruängen, había un salto en la numeración, directamente al diecisiete, que era la línea verde entre Åkeshov y Skarpnäck. Los ramales quince y dieciséis simplemente no figuraban en el plano.

Encuentra el cuarto antes de que el tiempo se agote.

El dolor de cabeza se le empezó a agudizar una vez más.

La buena noticia era que ya sabía en qué ramal de las líneas de metro sería hallado Niklas Stockenberg. Además, la pista parecía sugerir que aún estaban a tiempo de salvarle la vida.

La mala noticia era que esa línea de metro no existía.

Ruben avanzaba lentamente con el coche por el polígono industrial. Alguien había tenido la brillante idea de construirlo en medio del bosque y, aunque estaba en una zona bastante transitada, era el lugar perfecto para esconderse de miradas curiosas. En el interior de los almacenes y de las grandes naves que veía a su paso, podía estar ocurriendo cualquier cosa sin que nadie lo sospechara. Giró hacia Vindkraftsvägen. Para no llamar la atención, había preferido desplazarse en su propio Chevrolet Camaro, al que había bautizado en secreto con el nombre de *Ellinor*.

Enseguida vio el local al que debía de referirse Sara. Estaba a la derecha, justo antes de llegar a un pequeño aparcamiento bajo los árboles. Era el último edificio, antes de que la calle describiera una curva cerrada hacia la izquierda. Un escondite perfecto. Siguió el trazado de la calle y se estacionó un poco más adelante. Después retrocedió andando, tratando de aparentar que trabajaba en una de las empresas vecinas.

El aparcamiento de la esquina estaba desierto. Unos peldaños metálicos subían hasta un muelle de carga situado en la fachada del edificio. En la pared, junto a la entrada, había un cartel blanco con letras verdes, pero el foco estaba apagado y el cartel parecía deteriorado. Ruben supuso que la empresa de servicios técnicos cuyo nombre aparecía en el cartel ya no usaba el local.

También había una puerta y una ventana pequeña. Tuvo suerte, porque la mayoría de las naves del polígono carecían de ventanas. Ya desde cierta distancia pudo ver que el interior del edificio estaba oscuro, mientras que en el exterior seguía siendo de día. Era demasiado arriesgado asomarse por la ventana, porque lo podrían ver. Subió sigilosamente los peldaños y apoyó el oído sobre la puerta de la plataforma de carga, que se abría hacia arriba, como la de un garaje, y no parecía muy gruesa. No oyó ningún ruido en el interior.

Necesitaba saber qué había dentro, sin ser descubierto, pero no se le ocurría cómo lograrlo. Miró a su alrededor y se fijó en un palo que sobresalía de la nieve, en la parte inferior de la puerta. Con el pie, apartó la nieve alrededor del palo, que debía de haber quedado atrapado al cerrarse la persiana, creando un pequeño hueco entre la puerta y el suelo. Después, la nieve había cubierto la brecha y la había vuelto invisible. Era justo lo que necesitaba. Si hubiera creído en poderes superiores, en ese momento les habría dado las gracias.

Quitó la nieve con las manos, se tumbó lo más silenciosamente que pudo y espió por el hueco que había quedado abierto. Al otro lado de la puerta había un almacén enorme, con el techo a unos ocho metros de altura. Dentro podrían trabajar sin problemas diez o doce personas. Pero no había nadie. Estaba completamente vacío. Ni muebles, ni estanterías, ni gente, ni nada. Y, por encima de todo, ni rastro de Niklas.

Los informantes de Sara se habían equivocado.

Allí no había nadie.

Ruben se levantó y se sacudió la nieve de encima. Los jefes de Sara habían decidido enviar un dispositivo de fuerzas especiales a un lugar erróneo. Tenía que averiguar dónde había escondido la familia Manojlovic a Niklas y debía hacerlo cuanto antes, para poder decirle a Sara adónde ir. Volvió al coche y se sentó a pensar.

Los Manojlovic eran una gran familia. Eran de Södertälje, aunque no todos vivían allí. Difícilmente serían tan tontos como para llevar a Niklas a su propia casa. Pero quizá lo habían llevado... a una casa que no fuera la suya.

Se le ocurrió una idea loca. La apuesta era arriesgada, pero valía la pena comprobarlo. Cogió el teléfono y entró en la web de Ratsit, donde era posible consultar multitud de datos sobre empresas y personas físicas residentes en Suecia.

¡Ahí estaba! Peter Kronlund, que había hecho todo lo posible por ocultar su pasado, poseía aún una segunda residencia en los alrededores de Södertälje. Ruben arrancó el coche, echó un vistazo rápido por el retrovisor y aceleró a fondo para salir del polígono industrial. Tenía unos treinta minutos de trayecto hasta Södertälje. Todavía podía adelantarse. Aún podía ayudar a Sara.

Cuando Mina salió de la ducha, Nathalie estaba sentada en la cocina, con cara de dormida y un cuenco de cereales delante. Mina echó una mirada al reloj. Eran más de las doce del mediodía. Por lo visto, las vacaciones de Navidad de su hija consistían en dormir tanto como fuera posible. Pero puede que eso fuera lo normal para su edad.

De hecho, Mina no sabía muy bien cómo tenían que ser sus vacaciones. ¿Se suponía que debían hacer un viaje juntas? ¿Era eso lo que hacía la gente cuando no trabajaba? Aunque lo hubiese sabido, no tenía tiempo para esas cosas, ya que estaba en medio de una investigación. Pero la próxima vez pensaba preguntar.

—Hola, cariño —dijo, entrando en la cocina.

—Buenos días —murmuró Nathalie, con la boca llena de copos de avena.

Mina vio el reflejo de ambas en el espejo del pasillo. Nathalie vestía un albornoz blanco y ella llevaba una toalla anudada alrededor del cuerpo y otra enrollada en la cabeza. Si la imagen hubiera sido un cuadro, habría podido titularse *Madre e hija.* Rio para sus adentros y observó que no había ni una sola miga en la mesa, junto al cuenco de Nathalie. Notó que su hija lo limpiaba todo escrupulosamente por consideración hacia ella y, de repente, sintió que el amor le henchía el pecho y casi la dejaba sin aliento.

—¿Qué planes tienes para hoy? —preguntó.

—Ninguno. A lo mejor quedo con una amiga. Tengo que buscar algo que hacer, para no pasar el día entero preocupada, pensando en papá. Puede que escuchar los problemas de otra persona sea justo lo que necesito. O quizá vuelva a meterme en la cama. No puedo más de cansancio.

Mina meneó la cabeza. ¿También ella dormía tanto a los dieciséis años? Probablemente. Además, los últimos días no habían sido fáciles para Nathalie.

Oyó que sonaba el teléfono en el cuarto de estar y corrió a atender la llamada, dejando a su hija con el desayuno. ¿O sería el almuerzo?

—Hola, soy Josephine —dijo alguien al otro lado de la línea.

Josephine Langseth. Antes de meterse en la ducha, Mina le había enviado un mensaje de texto diciéndole que quería hablar con ella.

Su voz sonaba como si estuviera ligeramente sin aliento.

—Gracias por responder tan rápido —dijo Mina—. ¿No está en casa?

—No; he salido a correr. Necesito canalizar de alguna manera la rabia y la decepción. Beber champán me estaba saliendo demasiado caro. Y para los niños es mejor que corra en lugar de beber. Ahora estoy haciendo una pausa, pero empezaré de nuevo dentro de poco. ¿Qué quería?

Mina activó el altavoz del teléfono para oír a su interlocutora mientras se secaba el pelo.

—Iré al grano —dijo, masajeándose con la toalla el cuero cabelludo—. Hemos averiguado que Jon atravesó una... crisis depresiva hace unos veinte años. ¿Sabe si acudió a un psicólogo en aquel momento?

Se hizo un silencio que duró varios segundos.

—¿Hace veinte años? —repitió Josephine—. Yo entonces tenía doce. Debería preguntárselo a su exmujer.

—¿Tiene su teléfono?

—Sí, desde luego. Ahora mismo le envío el número de Carina —respondió Josephine, antes de soltar una risita irónica—. Le deseo suerte, porque la va a necesitar. Si habla con Gustaf, no hace falta que lo salude de mi parte. Y, si me disculpa, ahora voy a seguir corriendo.

Mina colgó y de inmediato marcó el número que Josephine le acababa de enviar.

—¿Carina Langseth? Me llamo Mina Dabiri y soy oficial de policía. La llamo para hacerle unas preguntas acerca de Jon.

—¿Me llaman a mí? —respondió una voz cargada de sarcasmo—. ¿Josephine no podía ayudarles?

Mina tuvo la sensación de haberse metido en un avispero. Pero la situación no tenía por qué ser negativa. Las emociones fuertes podían sacar a la luz información interesante.

—En primer lugar, quiero expresarle mis condolencias.

Carina resopló con desagrado, pero Mina fingió no haberlo notado.

—En segundo lugar —continuó—, tengo una pregunta sobre la salud mental de Jon, hace veinte años. En concreto, quería saber si en aquel entonces acudió a la consulta de un psicólogo.

Carina estalló en una carcajada.

—Jon estaba hecho un guiñapo hace veinte años —dijo—. Sus padres habían logrado convertirlo en un puto desecho. No hacía nada útil y estuvo a punto de tirarse por un puente. Literalmente. En retrospectiva, debí dejar que lo hiciera.

Mina no sabía muy bien qué decir.

—Pero... ¿acudía a la consulta de un psicólogo?

—Sí, claro. También eso acabó tan abruptamente como su depresión. De pronto, era otra persona, de la noche a la mañana. Por desgracia, la «otra persona» resultó ser un gilipollas.

Mina se acercó al escritorio y se puso a buscar entre las páginas de la agenda de Beata. Se sabía el nombre de memoria, pero quería estar segura. El psicólogo de Niklas se llamaba Esbjörn Andersson. Y, por alguna razón, había decidido celebrar las Navidades en Ruanda.

—¿Recuerda el nombre del psicólogo?

—¿Está de broma? ¡Fue hace veinte años!

—Entiendo. Y supongo que tampoco tendrá ningún dato de contacto.

—Por supuesto que no.

—Si se le ocurre alguna cosa que considere importante decirnos, no dude en llamarme a este mismo teléfono.

Esperaba que a Carina le importara lo suficiente como para guardar su número en sus contactos, aunque probablemente no lo haría. Era evidente que Jon no era su persona favorita.

Después de colgar, Mina terminó de secarse el pelo, mientras sus pensamientos daban vueltas como hormigas en un laberinto. Había algo que no encajaba, algo que no llegaba a ver. Pero no conseguía saber qué era. Las hormigas no encontraban la salida.

Milda era consciente de que necesitaba un cambio en su vida. No era tonta. Sabía que se refugiaba en el trabajo para eludir lo que había fuera del horario laboral, pero al mismo tiempo se alegraba de tener al menos un trabajo que le encantaba. El caso de los huesos se había convertido en una obsesión, tanto para ella como para Loke. Sabía que su asistente dedicaba tantas horas como ella a resolverlo y que ambos habían vivido como una pérdida personal la sustracción de los restos más antiguos.

Como si hubiera leído sus pensamientos, Loke asomó por la puerta. Milda dio un respingo. Su ayudante tenía una rara habilidad para moverse sin hacer ruido y aparecer de repente.

—He obligado al personal de seguridad a revisar otra vez las grabaciones de las cámaras de videovigilancia —dijo—. A estas alturas deben de estar hartos de mí. Pero no han encontrado nada. Tampoco hay registros de entradas, aparte de las nuestras. Es como si un espectro hubiera entrado volando y se hubiera llevado los huesos.

Milda meneó la cabeza, frustrada.

—Así es. No logro entenderlo —replicó—. ¿Cómo es posible que alguien haya entrado y robado los huesos sin que nadie lo viera en ningún momento?

—Quizá deberíamos preguntárselo a Vincent, ya que sabe tanto de magia, ¿no crees? —repuso Loke.

Milda sonrió con ironía.

—Solo quieres una excusa para llamarlo. Te tiene deslumbrado, ¿no?

Loke se sonrojó.

—No, nada de eso. Es solo que me parece fantástico tener la oportunidad de hablar con alguien de la altura intelectual de Vincent Walder.

—¿No tienes suficiente conmigo? —preguntó Milda con fingido asombro.

Su ayudante se echó a reír.

—Permíteme que ponga en duda la capacidad intelectual de alguien cuya canción favorita es *Eloise*.

—¿Y cómo sabes que no es también la canción favorita de Vincent?

Milda sofocó una carcajada al ver la expresión ofendida de Loke. En realidad, no creía que Vincent apreciara particularmente el pop sueco de los años noventa.

Los dos se sobresaltaron cuando sonó el teléfono de Milda, que atendió la llamada.

Al ver que Loke se disponía a marcharse, le hizo un gesto para que se quedara.

—¿Sí? ¿Tan rápido? Claro, es un caso especial... No, no puedo hacer ningún comentario respecto a una posible relación con la desaparición del ministro de Justicia, sean cuales sean los rumores que hayas oído. Solo puedo confirmar que este asunto merecía un tratamiento prioritario.

Notó que Loke la estaba escuchando con atención.

—¿Sí? De acuerdo. Perfecto... Tienes mi dirección de correo electrónico. Gracias.

Por la expresión contrariada de Loke, se dio cuenta de que

su ayudante no había conseguido deducir el contenido de la conversación. Mientras ponía fin a la comunicación, lo miró con una amplia sonrisa.

—¿Recuerdas que solicitamos el acceso a las bases comerciales de ADN? —dijo—. Para tratar de encontrar una coincidencia con el material genético de los huesos, aunque la ley de protección de datos lo complicara bastante.

Percibió el entusiasmo en la mirada de Loke.

—Sí —respondió su asistente—. De hecho, siempre he pensado que tenía que haber algo en las bases de datos de una empresa como Family Trees. La genealogía es muy popular en Escandinavia. ¿Te han llamado ellos?

—Una de las otras empresas —repuso Milda—. Ancestry. Han encontrado una coincidencia.

Loke pareció a punto de dar un salto y Milda retrasó deliberadamente su respuesta para hacerlo sufrir un poco más.

—Parece ser que han localizado a un sobrino de nuestro hombre —dijo al cabo de unos segundos—. Un pariente cercano. Me han enviado todos los datos y, de hecho, el nombre me resulta familiar, aunque no consigo ubicarlo...

Mientras hablaba, Milda abrió la ventana de un navegador en su ordenador y tecleó el nombre de la persona en cuestión. Nunca se sabía. A veces podía haber suerte. En Suecia había unas cuantas personas con el nombre buscado, pero solo una coincidía con el resto de los datos recibidos.

Un rostro desconocido le devolvió la mirada desde la pantalla. Curiosamente, la persona también tenía una página propia en la Wikipedia.

Empezó a leérsela a Loke en voz alta, pero enseguida se interrumpió. Lo miró fijamente y él la miró también a ella, como si no diera crédito a lo que acababa de oír. Milda entendía a la perfección cómo debía de sentirse.

—Tengo que llamar a Julia —dijo.

—Voy para allá ahora mismo —repuso Loke—. Ha convocado una reunión. Iré y repasaré con ella la documentación enviada por Ancestry. De lo contrario, no nos creerían.

El hombre los seguía mirando fijamente desde la pantalla. No podía ser una coincidencia.

Ruben decidió retroceder en dirección a la ciudad y seguir después por la autopista. De esa manera, tendría más margen para maniobrar entre el tráfico navideño que si hubiera circulado por carreteras secundarias. El motor de *Ellinor* ronroneaba. El coche se portó mejor que nunca y lo llevó a Södertälje más deprisa de lo que esperaba. Varias veces pensó en llamar a Sara, pero se dijo que era mejor esperar hasta tener toda la información. Probablemente la NOA tardaría aún una hora más en coordinar todos sus efectivos.

Cuando hubo dejado atrás Södertälje, salió de la autopista. Al cabo de un rato, la estrecha carretera se convirtió en un camino de grava cubierto de nieve. Volvía a estar en el bosque. El GPS le indicó que faltaban dos kilómetros para su destino. Tuvo que reducir sensiblemente la velocidad, pero esta vez porque el camino serpenteaba entre pequeñas casas de campo que nadie había visitado en los últimos meses. La nieve de la carretera estaba intacta, como recién caída, con la excepción del rastro de un par de vehículos que se dispuso a seguir. Unos cientos de metros antes de llegar a la casa de verano de Peter Kronlund, se detuvo. Las huellas de los automóviles continuaban.

Recorrió el último tramo andando. La nieve crujía bajo sus pies. Un poco más adelante, vio que el rastro del coche se desviaba hacia una parcela. Se adentró en el bosque y avanzó al resguardo de los árboles. Volvió a consultar el GPS. No había ninguna duda. Las rodadas se dirigían a la casa de Peter Kronlund. Cuando llegó, vio una furgoneta Dodge Ram negra y un BMW aparcados delante de la casa. Allí estaban. Había llegado el momento de llamar a Sara. Estaba sacando el teléfono del bolsillo cuando algo lo derribó al suelo. Su grito fue de dolor y de sorpresa a partes iguales.

El teléfono describió un amplio arco en el aire y fue a caer en la nieve.

—¿Qué coño...? —masculló Ruben, escupiendo la nieve que se le había metido en la boca.

Se volvió hacia arriba desde el suelo y vio a un hombre de pie a su lado, que lo miraba con una amplia sonrisa. Lo reconoció de inmediato: Dragan Manojlovic, el cabecilla de la mafia serbia, conocido por su falta de escrúpulos para ensuciarse las manos cada vez que fuera necesario. Dragan era más corpulento que cualquier otra persona que Ruben hubiera conocido. La situación se había ido a la mierda más rápido de lo que jamás habría creído posible.

—Se te ha caído algo —le dijo Dragan—. Pero me temo que ya no podrás recuperarlo.

Entonces pisó con fuerza el lugar donde había aterrizado el móvil.

—Sabes que esto es propiedad privada, ¿no? —añadió el jefe mafioso—. Aquí no nos gustan las llamadas telefónicas.

Dragan miró a Ruben y este le devolvió la mirada, tratando desesperadamente de encontrar una posición en la que no pareciera débil ni tampoco demasiado agresivo, ya que cualquiera de las dos podía resultar fatal para él.

—Pero ¿qué clase de anfitrión soy? —prosiguió Dragan, al cabo de unos segundos de silencio que se hicieron muy largos—. Ven conmigo a la casa y entrarás en calor.

Ruben se levantó lentamente. Si Dragan se daba cuenta de que era policía, sería su fin.

—Lo siento mucho, de verdad —dijo Ruben, intentando parecer un excursionista despistado de Estocolmo—. Solo estaba dando un paseo. Debo de haber tropezado con algo, pero ya estoy bien. Gracias por tu interés.

El hombretón se interpuso en su camino.

—Insisto —replicó, señalando con todo el brazo extendido la casa de campo.

Ruben no tenía elección. Con Dragan a la zaga, salió del bosque y echó a andar en dirección a la casa. Dragan no lo dejaría ir, de eso estaba seguro. Tampoco podía huir, porque al menor paso en falso estaba convencido de que recibiría una bala por la espalda. Dragan era siniestramente famoso por su brutalidad y su facilidad para estallar.

Un segundo hombre salió por la puerta principal de la casa. Ruben lo reconoció como Victor Manojlovic, el hermano de Peter. Toda la familia se había reunido por Navidad.

—¿Quién es este? —preguntó Victor.

—Un Papá Noel que viene con retraso —respondió Dragan—. Veremos qué regalos nos ha traído.

Victor mantuvo la puerta abierta para que pasara Ruben.

El policía vaciló, pero no vio otra alternativa. Cada segundo que conservara la vida era un triunfo, de modo que entró y se dirigió al cuarto de estar.

Sobre la mesa del comedor había una caja de plástico y, encima, un martillo, unos alicates, un cuchillo y un taladro. Eran herramientas corrientes, propias de cualquier taller. Pero la caja de plástico que había debajo le hizo sospechar a Ruben que su uso debía de ser totalmente diferente. Se le hizo un nudo en el estómago.

En una de las sillas, junto a la mesa, había un hombre. Estaba atado de pies y manos, pero no amordazado. Obviamente, los Manojlovic sabían que no había nadie en los alrededores, por lo que no era preciso impedir que gritara.

Sin embargo, el hombre no era Niklas Stockenberg.

Era Ted Hansson, el líder del partido xenófobo Unión por el Futuro de Suecia.

—Gracias por acompañarme —dijo Mina—. Necesitaba salir un rato de la oficina.

—Me gusta aprovechar cualquier oportunidad para beber un café que no sea el de vuestra máquina —replicó Vincent con una sonrisa irónica.

Se levantó cuando lo llamó el chico de la barra y enseguida regresó con dos vasos desechables que llevaban impreso el logo de la cafetería y su nombre escrito de cualquier manera con rotulador.

—Espero que no te importe que lo haya tocado —comentó, señalando el vaso de Mina.

Ella lo levantó como para brindar.

—Por alguna curiosa razón, he acabado por habituarme a tus bacterias.

—Ese debe de ser el mejor cumplido que me han hecho nunca —respondió Vincent, sentándose frente a ella.

La resignación envolvía a Mina como una manta mojada. Cada segundo sin tener noticias de Niklas era como un pequeño pinchazo en el cuerpo. Hasta el incidente con Nathalie el verano anterior, nunca había pensado que la preocupación pudiera sentirse físicamente. Un año más tarde, sentía la misma ansiedad, pero esta vez por el padre de su hija. La inquietud amenazaba con paralizarla, pero sabía que debía hallar la manera de canalizar esa energía para seguir adelante hasta llegar a un resultado, hasta encontrar a Niklas. Al mismo tiempo, sentía la necesidad de hacer una pausa, cambiar de ambiente y tomarse un café. También le parecía importante lograr que Vincent cambiara de idea. Bebió un sorbo de su café.

—¿Te lo has pensado bien? —empezó—. Por favor, dime que lo has reconsiderado. Dime que me permites llamar al jefe de policía y que podemos preparar un plan para encontrar a tu familia.

Vincent miró a su alrededor, presa del pánico.

—¡No hables tan alto! —replicó—. No sabemos quién es la Sombra. Podría estar aquí. Y no, no he cambiado de idea. Nada de policía, al menos de momento.

Mina suspiró, frustrada. Solo quería ayudarlo, y le parecía inaudito que no se lo permitiera. Su negativa iba en contra de todos sus instintos profesionales. Sin embargo, lo comprendía. La Sombra había expresado con meridiana claridad en su carta lo que podía ocurrir si involucraba a la policía.

—Pero... creo que he encontrado una pieza del rompecabezas —añadió Vincent—. Me refiero a la investigación. Hay una relación entre los lugares donde fueron hallados los huesos y los relojes de arena que recibí por correo. Los relojes, como es lógico, tienen que ver con el tiempo. Un reloj de arena es un símbolo del tiempo. Y la nota decía: «Encuentra el cuarto antes de que el tiempo se agote». Al principio, el mensaje me resultó un poco extraño. Teníamos cuatro montones de huesos y pensábamos haber descubierto la identidad del cuarto. Pero ¿y si el Rey no fuera «el cuarto»?

—Sí, después de todo, entre sus restos y los de los otros tres median alrededor de veinte años.

—Exacto —confirmó Vincent—. Por lo tanto, tenemos tres víctimas y tres ubicaciones. Cuando medí el tiempo que tardaba la arena en bajar por cada reloj, descubrí que los minutos coincidían con el número de las líneas de metro donde fueron hallados los tres montones de huesos.

—¿Los números de las líneas del metro? —reaccionó Mina, inclinándose hacia delante con interés—. ¿Y se te ocurrió así, sin más?

—Era lo más evidente —replicó Vincent—. Por lo tanto, si suponemos que el cuarto reloj de arena representa a la cuarta víctima, podemos deducir que indica una cuarta ubicación en la red de metro. Una cuarta línea. Y ahí es donde deberían estar los huesos de la cuarta víctima. O donde estarán en un futuro.

Mina empezó a levantarse de la silla.

—¿Y has esperado hasta ahora para decírmelo? Con todas las semejanzas que hemos encontrado entre Niklas y los otros tres, lo más probable es que la cuarta víctima sea él.

—Yo también lo creo —repuso Vincent.

—Es posible que lo tengan prisionero en algún lugar cercano a esa ubicación. ¿Dónde está? ¿Cuál es la línea?

—Ese es el problema. El cuarto reloj indica una línea que no existe.

Mina abrió la boca, incrédula. Después la cerró y volvió a sentarse.

—¿Qué quieres decir? ¿Cómo que no existe? —quiso saber.

—Las líneas del metro de Estocolmo se saltan dos números: el quince y el dieciséis. Y según el reloj de arena, «el cuarto», que muy bien podría ser Niklas, debería hallarse en la línea dieciséis. Pero teniendo en cuenta que el metro se ha ido ampliando en diferentes fases a lo largo de los últimos setenta años, no es extraño que la numeración no sea totalmente correlativa.

—Puede que no —replicó Mina—. Pero le mencionaré a Julia lo que has descubierto, por si acaso. —Después bajó la voz—. ¿Has sabido algo más? ¿Sobre tu familia? ¿Podría ser que alguno de tus admiradores más enajenados la hubiera secuestrado? Si no quieres involucrar a la policía, al menos puedes involucrarme a mí.

Vincent bajó la vista hacia la mesa y apartó la taza.

—A veces me pregunto si no habré sufrido un brote psicótico y me lo estaré imaginando todo —afirmó—. Me digo que volveré a casa y los encontraré. Pero cuando vuelvo, no están allí. Y no tengo ni la más remota idea de quién puede habérselos llevado. Ni de qué debería hacer yo.

Vincent la miró de una manera que le dolía en el alma.

—Todo saldrá bien, ¿verdad? —le preguntó—. Al final todo se arreglará, ¿no es así?

Mina apoyó una mano sobre la suya y lo miró a los ojos.

—Estoy aquí —dijo—. Contigo, hasta el final. Haciendo lo mucho o lo poco que pueda hacer.

No respondió a las preguntas de Vincent, quizá porque no había palabras de consuelo que fueran realistas. Y los dos lo sabían.

Hacía un frío glacial en la casa de campo de Peter Kronlund. A Ruben le salía vapor de la boca cada vez que respiraba y Ted Hansson, en la silla de enfrente, estaba temblando. Dragan y Victor no se habían molestado en encender la calefacción. Por suerte, a Ruben le habían dejado puesto el plumífero, después de vaciarle los bolsillos. Pero eso no impedía que mirara con anhelo la ropa de abrigo apilada en un rincón. No le habría venido mal una bufanda o algo parecido. También lo habían atado a la silla y al principio estuvo palpando las cuerdas, por ver si había alguna posibilidad de soltarse, pero enseguida desistió. Los nudos eran firmes. Estaban demasiado bien hechos.

Ruben había coincidido con Ted en otra ocasión, y no en las mejores circunstancias. Ted había convocado una concentración en Mynttorget, junto con Jenny Holmgren, la madre de uno de los menores que habían desaparecido y posteriormente habían sido hallados muertos. Ruben y Julia habían tenido el placer de interrumpir el acto cuando fueron a detener a Jenny para interrogarla. Ted se había puesto como una fiera.

Atado a la silla, parecía mucho más pequeño que en el escenario montado en la plaza de Mynttorget. Tenía la mirada fija en el suelo y daba la impresión de estar a punto de perder el conocimiento. Ruben deseaba con todas sus fuerzas que Ted no lo reconociera. Y, si lo hacía, que fuera lo bastante listo para no revelar su condición de policía.

—¿Dónde lo encontraste? —oyó que preguntaba Victor Manojlovic en la cocina.

—En el bosque —respondió Dragan.

—Tiene pinta de poli —observó Victor.

—Sí, no parece que sea uno de los amigos de Teddy.

Teddy. Ted. ¿Qué demonios querría la familia Manojlovic de Ted Hansson? El hombre atado a la silla era un racista repugnante, pero eso no significaba que mereciera ese trato.

Ted levantó la vista.

Pareció interpretar la pregunta en los ojos de Ruben, porque enseguida sonrió con expresión sombría.

—Y después me acusan de exagerar cuando digo que estamos importando delincuentes —declaró en voz baja el líder del partido xenófobo—. A esos dos no parece gustarles mi mensaje, lo cual me da la razón, por irónico que resulte. Si la Unión por el Futuro de Suecia pudiera decidir, habríamos deportado hace tiempo a toda esta escoria.

La Unión por el Futuro de Suecia. Ruben dejó escapar un suspiro. El partido de Ted vivía de alimentar el odio y la sensación de inseguridad. Si trascendía que su secretario general estaba en poder de la mafia serbia, se anotaría un importante punto a su favor. A partir de ahí, sería muy sencillo crear un clima de linchamiento en las redes sociales contra todos los que no fueran suecos de origen. Ya había ocurrido en otras ocasiones y lo habían pagado personas inocentes. Ruben tenía que asegurarse de que no volviera a suceder. Pero eso era un problema secundario. Lo primero era sobrevivir.

—¡Cerrad el pico, vosotros dos! —gritó Victor desde la cocina.

—Voy a dar una vuelta, a ver si encuentro más duendecillos en el bosque —dijo Dragan, mientras abría la puerta principal.

La temperatura bajó todavía más dentro de la casa. Ruben notó que a Ted se le tensaba todo el cuerpo. Era evidente que su fina chaqueta no era protección suficiente contra el frío.

—Espera. ¿Qué hacemos con este tipo? —preguntó Victor—. No podemos dejarlo ir; pero si lo matamos, tendremos que ocuparnos de un cadáver más. Y hoy no tengo tiempo. Se me haría tarde para ir a recoger a Milan.

Dragan volvió a cerrar la puerta.

—No es necesario que hagamos nada —respondió—. Podemos dejarlo aquí cuando nos vayamos. El frío del invierno hará el resto. Será su culpa, por haber venido.

—¿Y Teddy?

—Ese cabrón es otra historia. Nos ocuparemos de él en cuanto vuelva.

—Saldré contigo y daré una vuelta por la otra parte de la parcela —propuso Victor—. Así será más rápido. Esos dos no se irán a ninguna parte.

Cuando se hubieron marchado, Ted miró a Ruben.

—Si habías venido para rescatarme, tengo que decirte que has fracasado —susurró enfadado, entre el castañeteo de los dientes.

—Siempre estás hablando de la incompetencia de la policía sueca —replicó ácidamente Ruben—. ¿No estás contento de haber acertado por una vez?

Sabía que Dragan y Victor no tardarían en regresar. Tenía muy poco tiempo para pensar en un plan que les permitiera sobrevivir a Ted y a él. Pero no se le ocurría ninguna idea. Ninguna en absoluto.

Sopesó entre las manos el casco de protección antibalas. Tenía un anclaje para la cámara en la parte superior, pero de momento estaba vacío. La última vez que había llevado una cámara en la cabeza había sido durante unas vacaciones de invierno en las Rocosas. En realidad, no habían podido esquiar mucho. Los niños eran tan pequeños que tenían que ir en trineo. Pero su marido y ella habían pasado una semana fantástica.

Solo unos meses después, se habían mudado a Suecia y todo se había venido abajo. Era curioso lo rápido que podía cambiar todo. Pero pensaba llevar a Zachary y a Leah a las montañas suecas en cuanto pudiera.

—¿No es tu talla de casco? —preguntó Wilhelm a su lado.

—Perdona, estaba pensando —replicó Sara—. Esto es muy diferente de la unidad de seguimiento y análisis, que es donde he estado desde que volví.

La furgoneta en la que viajaban dio un bandazo y Sara se agarró automáticamente a una manilla. Al menos no había perdido algunos reflejos.

—¿Acaso creías que íbamos a dejar que esos burócratas te retuvieran para siempre? —comentó Wilhelm, riendo—. Quizá debería habértelo dicho antes, pero bienvenida de nuevo.

—Gracias —dijo ella, colocándose el pasamontañas. Después se puso el casco y comprobó que el chaleco antibalas estuviera bien ajustado.

—Ya sé que la jefa eres tú —prosiguió Wilhelm, mientras se ponía el casco—. Pero como tú misma has dicho, has trabajado sobre todo en tareas administrativas desde tu regreso. Así que, cuando lleguemos, quiero que te quedes detrás. Hace tiempo que no participas en este tipo de operativo. Deja que los chicos de delante hagamos el trabajo.

—¿De verdad crees que necesito escudos?

—Yo no creo nada. Pero un poco de precaución nunca hace daño. No sabemos qué tipo de oposición encontraremos.

La furgoneta volvió a dar un bandazo y esta vez Sara logró mantener el equilibrio sin agarrarse a nada.

—Sí, esto no tiene nada que ver con unas vacaciones de esquí —se dijo, riendo para sus adentros.

Wilhelm la miró de manera inquisitiva mientras empuñaba su Heckler & Koch MP5.

Sara contempló a sus colegas, completamente equipados, y se sintió muy orgullosa de ellos. Por primera vez desde que había regresado de Estados Unidos, sentía que estaba de vuelta en casa. Ahí estaba su lugar. Y los hombres de la furgoneta lo hacían posible. Se aclaró la garganta y todos los integrantes del dispositivo se volvieron hacia ella.

—Ya conocéis la situación —empezó—. No hace falta que os diga que debemos estar preparados para todo. Como acaba de recordarme Wilhelm, no sabemos qué tipo de oposición vamos a encontrar. Probablemente estarán armados. Pero no sabemos si serán lo bastante estúpidos como para tratar de dispararnos. Así que solo os puedo decir que mantengáis los ojos abiertos.

La furgoneta se detuvo.

—Ya hemos llegado —oyó decir desde el asiento del conductor.

Sara miró a su alrededor y estableció contacto visual con cada uno de sus compañeros, para ver si alguno de ellos tenía alguna duda o si de repente se había puesto nervioso. Le podía pasar a cualquiera, incluso al más curtido. El nerviosismo era una reacción natural. El problema eran las personas que nunca se ponían nerviosas. El exceso de celo no era bueno. Pero un policía nervioso podía ser un riesgo para la seguridad de los demás y debía quedarse en la furgoneta.

Sin embargo, solo encontró miradas decididas.

Asintió satisfecha.

—Vamos a por esos cabrones —dijo, abriendo las puertas traseras del vehículo, antes de saltar fuera.

Wilhelm tenía buenas intenciones, pero la jefa era ella. Ya podía olvidarse de que se quedara en un segundo plano.

Sus pensamientos volvían una y otra vez a Sara. Todo su estúpido plan de desplazarse hasta la casa de campo de Peter Kronlund y tomarla por asalto se reducía simplemente a su deseo de que lo considerara un héroe. Cuando estaba con Sara, era más consciente que nunca de sus debilidades y defectos. Mirarla era como verse a sí mismo en un espejo que siempre le decía la verdad, mostrándole su falta de responsabilidad, su vanidad y su egocentrismo. Por eso había deseado ser un hombre mejor para ella. También para Astrid. Y probablemente también para su abuela, a quien tanto le debía.

Sara le hacía ver con dolorosa claridad que había pasado la mayor parte de su vida adulta persiguiendo objetivos equivocados. Falsos tesoros. Había estado toda la vida encandilado por meras baratijas. Y ahora estaba ahí, en una gélida casa de campo, sentado frente a un racista muerto de miedo que sollozaba de desesperación y cuyo futuro inmediato podía ser una tumba anónima en un bosque perdido.

No lo encontrarían hasta que algún día un recolector de moras o de setas tropezara con sus huesos, desenterrados tal vez por algún animal. Su Camaro acabaría probablemente en el extranjero, donde lo venderían por partes o con matrícula falsa.

Ruben sacudió la cabeza. Tenía que concentrarse más en

buscar la manera de salir de allí con vida y no en imaginar cómo solucionarían Dragan y sus secuaces los aspectos prácticos de sus crímenes.

—¡Eh, tú! —dijo, tocando con el pie a Ted, sentado frente a él—. ¿Sigues ahí?

El líder del partido xenófobo no contestó. No hacía más que sollozar. Una gran mancha húmeda se había extendido por la parte delantera de sus pantalones beis.

Ruben se preguntó si Sara lloraría por él. No podía decirse que fueran pareja, y ahora nunca tendrían la oportunidad de serlo. Se dio cuenta de que era algo que había deseado más de lo que estaba dispuesto a reconocer.

Pero allí, en la casa de campo, con el vapor que se condensaba cada vez que respiraba y su vida pendiente de un hilo, no tenía tiempo para mentiras. La verdad era que lo quería todo con Sara: una casa en las afueras, un coche familiar y un perro. Cenas de pareja donde hablar del precio desorbitado de la vivienda y de los crecientes tipos de interés. Discusiones para decidir a quién le tocaba acostar a los niños, poner la lavadora o hacer la compra.

Quería una boda con Sara vestida de blanco, con iglesia, sacerdote y todo lo demás. Con Astrid entrando delante de ellos, acompañada de Leah y Zachary esparciendo pétalos de rosa. Con una fiesta tremenda, llena de parientes a los que ni siquiera habría querido invitar. Quería todo eso y más, siempre que fuera con Sara.

Oyó que alguien hablaba en voz baja fuera de la casa y apretó con fuerza los párpados. Volvió a tocar con el pie a Ted, que parecía medio inconsciente. Por mucho que le disgustara el hombre, no quería que se muriera delante de él.

La puerta chirrió y las voces subieron de tono. Habían regresado. Ruben se sorprendió rezando en silencio. Una ráfaga de viento le cruzó la cara y lo hizo estremecerse. Hacía aún más frío que antes.

Se preguntó cómo lo matarían, si realmente lo dejarían morir de frío o si antes le meterían una bala en la frente. Otros posibles escenarios incluían la asfixia con una bolsa de plástico en la cabeza y el estrangulamiento con algún tipo de cuerda, aunque también podían romperle el cuello. En caso de poder elegir, prefería sin duda la bala, por ser lo más rápido e indoloro. Al final de la lista colocaba la asfixia con la bolsa de plástico. Ruben no era tan claustrofóbico como Vincent, pero la sola idea de no poder respirar y asfixiarse lentamente lo sumía en el pánico.

Oyó pasos rápidos al otro lado de la puerta, a sus espaldas. Pero también una especie de tumulto amortiguado. ¿Qué cojones estaba pasando ahí fuera? Volvió a patear a Ted, que gruñó sin levantar la cabeza. Al menos seguía vivo.

Un fuerte golpe lo sobresaltó. Ya no podía más. A saltos, logró girarse con la silla para ver la puerta. Varias personas armadas estaban irrumpiendo en la casa y vislumbró que detrás venían algunas más.

Llevaban uniformes de policía.

¡Uniformes de policía!

Entonces vio quién había sido la primera en entrar por la puerta.

Sara.

Sara se detuvo en medio de la habitación, a contraluz de la puerta derribada. Era la imagen más sexy que había visto en su vida. Estaba a salvo. Sara había venido a rescatarlo.

Lo que estaba sucediendo no se parecía ni remotamente a la situación que había imaginado. Por su aspecto debía de ser el hombre más patético del mundo, indefenso y atado a una desvencijada silla de madera. El sueño de Sara vestida de blanco se fue esfumando poco a poco hasta desaparecer por completo.

Le cortaron con un cuchillo la cuerda que lo mantenía atado a la silla. Se levantó, masajeándose las muñecas, con la vista fija en el suelo. No se atrevía a mirar a Sara a los ojos.

—Asegurad la casa y la parcela —la oyó ordenar a sus colegas—. Wilhelm, llévate a Ted Hansson. Del otro hombre me encargo yo.

Cabizbajo, Ruben la siguió en dirección a la puerta, cojeando ligeramente, ya que aún no se le había restablecido del todo la circulación de las piernas y los pies. Cuando pasaron junto a la ropa de abrigo apilada en un rincón, se detuvo y la miró otra vez. Había algo extraño en la forma en que estaban colocadas las diferentes prendas.

—Espera —dijo él, agachándose junto al montón.

Con cuidado, levantó el abrigo que coronaba la pila, un Canada Goose azul oscuro, con capucha forrada de piel. Bajo la prenda, los ojos sin vida de Gustaf Brons le devolvieron la mirada.

Tenía hambre y frío. Había estado en la superficie, buscando comida, pero las temperaturas bajo cero impedían que la gente saliera a la calle y las papeleras estaban vacías. El frío se colaba también en su mundo subterráneo. Su padre le había dado un edredón que había encontrado en un contenedor de basura. Al menos tenía algo de abrigo, pero hacía tanto frío que estaba temblando.

Notaba diferente a su padre. Estaba callado, muy callado. Antes las palabras fluían casi sin límites, pero ahora ese caudal parecía haberse agotado. Había intentado hacerlo hablar, mencionando sus temas favoritos: los reyes antiguos, las luchas por las tierras y el poder, el asesinato de Gustavo III y la historia de cómo un teniente francés apellidado Bernadotte había llegado a ser rey de Suecia. Eran cosas de las que su padre le había hablado miles de veces, siempre con el mismo entusiasmo. Pero ya no quedaba nada de eso.

Sabía que Vivi estaba preocupada, aunque no quisiera demostrarlo. Él lo notaba de todos modos. Siempre se daba cuenta de todo. En la oscuridad, algunas cosas se volvían más claras y evidentes.

Cuando llegaba la hora de dormir, su padre se acostaba a su lado, apretado contra él, sobre todo ahora que hacía tanto frío. Podía sentir su respiración, su pecho que subía y bajaba. Estaba dormido. Con cuidado, apoyó una mano sobre su espalda, que tenía vuelta hacia él. No quería despertarlo. Hacía tiempo que pasaba las noches inquieto. Necesitaba dormir. La corona estaba al otro lado, depositada sobre un trozo de cartón. En sueños, su padre empezó a murmurar el nombre de su madre, una y otra vez. Lo hacía cada vez con más frecuencia.

El suelo tembló con el paso de un tren. Probablemente iría casi vacío a esa hora de la noche. Se preguntó qué pensaría la gente del tren si supiera que ellos, aquellos a quienes nadie dedicaba ni siquiera una mirada, estaban tan cerca. Eran los invisibles. Por eso a veces decía que los pasajeros de los trenes eran «los visibles». Porque se veían entre ellos y a sí mismos. Puede que se vieran sobre todo a sí mismos. Él no quería ser uno de ellos. Le gustaba ser invisible y flotar entre el sueño y la realidad. Allí abajo, en la oscuridad.

Cuando su padre volvió a gemir el nombre de su madre, le acarició suavemente la espalda. Se acercó un poco más e intentó cubrirlo con el edredón. Con la mejilla apoyada en su cazadora de cuero, se durmió oyendo el ruido de los trenes, semejante a una canción. Seguro que por la mañana todo iría mejor. Al día siguiente su padre se pondría la corona y le hablaría de todos los reyes que lo habían precedido.

Al día siguiente.

—Aquí tienes esto para abrigarte.

Sara se inclinó para envolverlo en una manta térmica que parecía de papel de aluminio. No había mucho espacio y le costaba un poco moverse en el asiento trasero del coche, pero lo arropó lo mejor que pudo, como si Ruben fuera un niño pequeño.

Él, por su parte, sentía aumentar la humillación por momentos. Se suponía que debería haber sido él el héroe. Su plan era encontrar a Dragan y entregárselo a Sara para que cayera rendida en sus brazos. Pero, en lugar de eso, había acabado envuelto como una enchilada en una manta de aluminio. Aun así, seguía muerto de frío.

—Gracias —murmuró, rehuyendo la mirada de Sara.

«Mierda», pensó. Todavía la veía como la persona más sexy del mundo. Sus curvas rotundas, su uniforme y su manera de impartir órdenes a los otros policías le parecían fascinantes.

Sara dudó un momento, pero al final se sentó en el asiento trasero, junto a él, y cerró la puerta.

—Ahora en serio —le dijo, con una mirada que lo atravesó—, ¿qué estabas haciendo ahí?

Ruben tragó saliva. Se sentía peor que cuando era adolescente y lo enviaban al despacho del director. Consideró varias respuestas, todas ellas más glamurosas que la verdad, pero decidió acabar de una vez. Al fin y al cabo, todo había terminado entre ellos.

—Verás... Te he oído hablando por teléfono... —confesó—. Sobre el operativo contra Dragan..., que había secuestrado a alguien.

—¿Cuándo? —se alarmó Sara—. ¿Y dónde? ¿En mi casa?

—Pensaba ir a verte —tartamudeó Ruben—. Pero te he oído hablar a través de la puerta y...

—¿Y qué has hecho entonces? —dijo Sara, en un tono neutro que en cierto modo resultaba más inquietante que si se hubiera puesto a aullar de ira.

Su serenidad era espeluznante.

—He ido hasta allí y he visto que Dragan no estaba en el sitio donde pretendíais desplegaros. Así que... he pensado en Peter Kronlund y me ha venido a la cabeza la idea de que quizá tuviera una casa de campo donde pasar el verano. Ya sabes cómo son esas cosas. Por mucho que el hombre diga que no tiene nada que ver con el negocio familiar, nadie puede salir del todo de ese tipo de círculos. Los Manojlovic siempre se considerarán con derecho a disponer de todas las propiedades de Peter, por ejemplo, de su casa de campo, si necesitan un lugar donde pasar inadvertidos.

—Muy ingenioso —repuso Sara en el mismo tono neutro—. Nosotros hemos comprendido enseguida que no podían estar en Tyresö, pero nos ha costado bastante más encontrar la segunda conexión.

Ruben cambió de posición dentro de la manta, haciéndola crujir audiblemente.

—Sí, bueno... Mi suposición ha resultado ser correcta. Solo pensaba observar, comprobar si realmente estaban aquí y, en ese caso, llamarte a ti para darte los datos...

—¿Pero...? —lo animó Sara a continuar. Su tono seguía siendo tan neutro que parecía que hablara un robot.

—Pero me han visto. Y me han encerrado en la casa con Ted, que, por cierto, es un puto llorica. ¿Por qué lo habrán secuestrado? Es un imbécil que no dice más que gilipolleces.

—Ted Hansson había contratado a los Manojlovic para amenazar a varios periodistas que habían publicado artículos críticos con la Unión por el Futuro de Suecia —explicó ella—. Llevamos mucho tiempo investigando sus actividades, como ya te he dicho. Pero de repente, cuando llegó el momento de pagar los servicios prestados, Ted ya no quiso saber nada de la familia. Adujo que no les había hecho ningún encargo. Y cuando se negó a pagar... —Sara señaló con la cabeza la casa de campo.

—¿Y Gustaf Brons?

Se le revolvió el estómago al recordar los ojos muertos que le habían devuelto la mirada al levantar la chaqueta. Era imposible acostumbrarse a esas cosas.

—Quemó en poco tiempo el dinero de Dragan —respondió Sara—, y luego cometió el error de pedirle más. Antes de Navidad, decidió esconderse. Nosotros lo estábamos buscando, pero también los Manojlovic. Y gracias a Josephine, ellos se nos adelantaron.

—¿Josephine? —preguntó Ruben, con los ojos abiertos por el asombro.

—Le habíamos pinchado el teléfono para ver si nos ayudaba a encontrar a Gustaf. Conocía su escondite, como pensábamos, pero se lo reveló a los mafiosos por unos cuantos cientos de miles de coronas.

—¡Joder! Has echado por tierra todas mis ilusiones sobre el amor verdadero.

—Ya ves, con lo bien que habían empezado... —respondió Sara, sonriendo con ironía—. Por desgracia, Dragan fue más rápido que nosotros y ahora estamos aquí. Pero tenemos que agradecer que Gustaf Brons sea el único que sale de aquí metido en una bolsa de la morgue.

—Por cierto, perdóname —dijo Ruben, haciendo crujir la manta al moverse—. Lo que he hecho ha sido una estupidez tan grande que no sé ni por dónde empezar. Yo quería...

Tenía que armarse de valor. La honestidad no era algo que le saliera de forma espontánea en situaciones como esa, pero el riesgo de muerte inminente había alterado algunas de sus reacciones más básicas. Siguió hablando, sin atreverse a mirar a Sara a los ojos.

—He pasado por alto las precauciones y el sentido común —dijo— porque quería impresionarte. Ya sé que soy un pobre imbécil, pero quería darte otra imagen de mí. Deseaba que te sintieras orgullosa. Quería ser tu héroe.

El silencio que siguió pareció resonar con tanta fuerza que por un momento Ruben temió que fuera a destrozar las lunas del vehículo. Tenía las mejillas ardiendo y miraba directamente al frente, al respaldo del asiento delantero, haciendo un esfuerzo para no volverse hacia Sara, por mucho que lo deseara. El crujido de la manta no hacía más que agravar su patetismo. Los tipos duros no crujían.

Al final se atrevió a girarse hacia ella. Lo que vio fue completamente diferente del desprecio que esperaba encontrar. Casi parecía mirarlo con amor. Sin decir nada, Sara se inclinó hacia él y lo besó.

Y Ruben le devolvió el beso como solo un hombre envuelto en papel de aluminio podría hacer.

QUEDAN CINCO DÍAS

El periodista del diario *Expressen* le había propuesto a Tor entrevistarlo en su casa, pero él se había negado. Hasta ahí no pensaba llegar. Podía hacerle la entrevista en su lugar de trabajo. Después de todo, la serie de reportajes versaba sobre las personas que ocupaban los pasillos del poder. Sin embargo, el fotógrafo no había quedado satisfecho con el arreglo, de manera que habían tenido que acordar una solución aceptable para todos.

La entrevista tendría lugar en su oficina, pero la sesión fotográfica se desarrollaría en lo alto de un edificio de la parte vieja de la ciudad. Al parecer, el fotógrafo quería presentar la imagen de un Estocolmo invernal, extendido a los pies de Tor, como si toda la ciudad dependiera de sus designios. En el fondo, a Tor le encantaba el simbolismo, aunque no lo habría admitido ante nadie.

Pero el fotógrafo llegaría un poco más tarde. De momento, Tor estaba solo con la periodista, de nombre Matilda. Ya se habían visto en otras ocasiones, pero en todas ellas Tor había desempeñado el papel de secretario de prensa.

—Me temo que no dispongo de mucho tiempo —la advirtió—. La búsqueda del ministro se encuentra en una fase muy intensa.

—Entiendo —replicó Matilda, dejando su teléfono sobre la

mesa—. Prometo ser rápida, pero queremos presentar un retrato personal bastante completo. Espero que disponga al menos de una hora o dos. ¿Le parece bien que grabe la conversación?

Tor asintió. Un exhaustivo retrato personal. Le gustaba la idea.

—Muy bien. ¿Qué quiere saber?

Probó a colocarse las manos detrás de la nuca, pero le pareció una actitud de macho alfa que no quería transmitir. Bajó las manos y las dejó sobre las rodillas.

—Todo —respondió Matilda—. Obviamente, tenemos que hablar de la desaparición de Niklas Stockenberg y de cómo ha afectado al ministerio en general y a su labor en particular. Comprendo que haya información que no pueda revelar por cuestiones de seguridad, pero espero que podamos hablar al respecto tanto como sea posible. Después, quiero que me hable un poco de usted, de su función cuando el ministro está presente y de cómo era su vida antes de empezar a trabajar con él.

Tor se aclaró la garganta.

—Niklas Stockenberg tiene probablemente el cargo más importante de Suecia, el de ministro de Justicia —empezó.

Describió a continuación su estrecha colaboración con Niklas y se refirió al enorme privilegio que significaba trabajar para un ministro con su visión de futuro. Dijo que la búsqueda avanzaba, pero que era demasiado pronto para sacar conclusiones precipitadas. Había estado toda la noche anterior ensayando lo que pensaba decir, para ofrecer toda la información relevante sin parecer nervioso o estresado. No quería decepcionar a la primera ministra.

Matilda asentía con interés mientras él hablaba, sin interrumpirlo.

—Por desgracia, el trabajo de político se ha convertido en una profesión de riesgo —finalizó Tor—. Pero Niklas es una de las personas más valientes que conozco y sé que lo encontraremos.

La periodista asintió por última vez, echó un vistazo al móvil que había colocado sobre la mesa y ajustó el volumen de la grabación.

—Gracias —dijo—. Ahora, si no le importa, me gustaría hablar de Tor Svensson. Usted tenía una carrera política propia, ¿no es así?

—Sí, siempre me ha atraído la política, porque quería cambiar las cosas —respondió Tor con una sonrisa—. Ya desde muy joven veía problemas graves en la estructura social de Suecia y en la cohesión de nuestra sociedad, problemas que la mayoría de la gente no veía de la misma manera o no estaba interesada en abordar.

—Entonces ¿podemos decir que fue un activista en su juventud?

—¿Un activista como Greta Thunberg? —replicó Tor, riendo—. No, todo lo contrario. Siempre he creído que es preciso actuar desde dentro de las instituciones para cambiar el curso de los acontecimientos. Por eso me hice político, aunque ahora, por supuesto, estoy al margen de las luchas electorales. Greta intenta influir desde fuera y su acción es más visible. Pero debo confesar que después de varios años recorriendo estos pasillos, empiezo a preguntarme si su estrategia para cambiar las cosas no será más eficaz que la mía.

Matilda también sonrió.

—En su familia ha habido otros políticos —afirmó—. Por ejemplo, su abuelo, ¿no es así?

Más que una pregunta, parecía una acusación. Tor la miró con desagrado. Tenía que haber sabido que no era prudente sacar ese tema, pero la periodista era joven y llena de entusiasmo. Por otro lado, era inevitable que el asunto saliera a relucir tarde o temprano. Por eso Tor rechazaba siempre las entrevistas. Aun así, le sorprendía que se lo hubiera preguntado tan pronto.

—Las opiniones políticas de mi abuelo eran un reflejo de la época que le tocó vivir —replicó en tono cortante—. Y no se diferenciaban mucho de las de otros muchos suecos de su tiempo. Conocí muy poco a mi abuelo. Solo lo vi dos veces antes de su muerte, y la última vez yo tenía cuatro años, por lo que no conservo ningún recuerdo. Tiene que entender que, para mí, es como hablar de un completo desconocido. Mi interés por la política tiene su origen en mi época de estudiante de secundaria, cuando muchos de mis compañeros consideraban importante participar en ese aspecto de la sociedad. Pero si quiere saber más acerca de mi abuelo, le sugiero que vaya a la hemeroteca de la Biblioteca Real, porque conmigo está perdiendo el tiempo. —Empezó a levantarse, para marcar el final de la entrevista.

—¡No, no, lo siento! —exclamó la periodista, con pánico evidente en el tono de voz—. No era mi intención... El redactor jefe me ha pedido que le haga esa pregunta, pero yo he venido para que me hable de usted.

Tor volvió a sentarse, unió las yemas de los dedos de ambas manos y le sonrió a Matilda.

—El mayor desafío para Suecia es mantener lo que en otros tiempos se llamaba «la ley y el orden». Por eso es tan importante una persona como el ministro de Justicia, porque en este momento no tenemos ninguna de las dos cosas. La ley es insuficiente y el orden brilla por su ausencia. Todos hemos oído hablar de la creciente violencia en los suburbios. Tiroteos en los que tanto los autores como las víctimas son básicamente niños. Escalada de la venta de drogas en los centros de enseñanza y los lugares de trabajo. Pero el problema es mucho más profundo. Es estructural y exige que empecemos de cero. Tenemos que construir una nueva sociedad, basada en el respeto y la igualdad. Una sociedad en la que las redes criminales no puedan instalarse. Para lograr ese fin, es decisiva la acción de nuestro ministro de Justicia, y por eso es un gran orgullo y un honor para mí colaborar con él en esa tarea.

—¿Y cuál será su papel en esa labor de aquí a unos años? —preguntó Matilda, con admiración en la voz.

Tor la miró con una amplia sonrisa.

—Dentro de unos años quizá pueda dirigirla.

—¿Es cierto que Sara te rescató?

Ruben resopló, sopesando seriamente la posibilidad de ignorar por completo a Christer. Pero era difícil fingir que no lo había oído, porque lo tenía justo enfrente, en la mesa del comedor, con un café y un sándwich delante.

—Oh, no fue nada. Solo tuve un poco de mala suerte —respondió Ruben.

—Me encanta esa foto tuya metido en el coche, envuelto en una de esas mantas brillantes.

—¿Dónde la has visto? —Ruben miró sorprendido a Christer. Pensaba que todo lo sucedido dentro del coche de policía se había quedado ahí.

—Está por todas partes en Twitter o como se llame ahora. Adam me la ha enseñado esta mañana. Supongo que algún compañero la habrá tomado y publicado. Adam ha dicho que se había vuelto un virus o algo así.

—Viral —lo corrigió Ruben en tono malhumorado, antes de dar un buen bocado al sándwich de jamón y queso—. Se dice «viral».

Después dejó el sándwich en el plato desportillado.

—¿Cómo hiciste para decidirte por Lasse? —preguntó.

Asombrado, Christer interrumpió el movimiento de llevarse la comida a la boca.

—¿Por qué lo preguntas?

—Por nada.

Ruben se arrepintió de inmediato de lo dicho. La conversación más íntima que había mantenido con Christer hasta ese momento se había producido el verano anterior, cuando habían llorado juntos la derrota de su equipo, el AIK, frente a su eterno rival, el Djurgården.

—Ajá —dijo Christer, con una gran sonrisa, antes de dar un bocado a su sándwich.

—¿Qué has querido decir con ese «ajá»? —replicó Ruben, incómodo.

Había sido un imbécil. Debería haber cerrado el pico.

—Es por Sara, ¿no? Que, por cierto, es la persona que te rescató.

—Por última vez, Sara no me rescató.

—¡Ah, ya veo que es por ella! —exclamó Christer, sin poder ocultar su regocijo ante la evidente incomodidad de su colega.

—¿Tenemos que hablar de esto? —preguntó Ruben, sin encontrar una posición cómoda en la silla.

—Has empezado tú.

—Sí, pero... —repuso Ruben con un suspiro—. Vale, sí. Mierda. Es por ella.

De repente, Christer se puso serio. Dejó el sándwich en el plato y se inclinó hacia él.

—Es como hacer puenting.

—¿Puenting? ¿Qué quieres decir?

—Que el amor es como hacer puenting.

—¿De qué me hablas? ¿Has estado bebiendo?

Ruben miró con desconfianza a su colega, sentado al otro lado de la mesa.

—No, lo digo de verdad. Es como hacer puenting. No puedes pararte a pensarlo mucho tiempo, porque entonces te da miedo e igual te echas atrás. Visto en retrospectiva, me asusta pensar lo cerca que estuve de echarme atrás con Lasse. El truco es no pensar. Lánzate.

—Lánzate —repitió Ruben—. ¿Es tu mejor consejo sentimental? ¿«Lánzate»?

—Sip —respondió Christer satisfecho, cogiendo otra vez su sándwich. Con desagrado, levantó la capa superior del pan y quitó la hoja de lechuga que había debajo—. ¿Habrá alguien que piense que esto aporta algo? —comentó—. ¿A quién se le habrá ocurrido meter una hoja de lechuga mustia en un sándwich que por lo demás es perfecto? Si dejaran de ponerla, ¿creerán que alguien iría a quejarse por no encontrar la puta hoja de lechuga?

—Yo ya se la he quitado al mío —repuso Ruben, señalando una hoja verde en su plato. Después suspiró—. Entonces, me aconsejas que salte, ¿no?

—Salta.

Ruben meneó la cabeza.

—Nunca me habría imaginado que hubieras practicado puenting.

Christer estalló en carcajadas.

—¿Yo? —replicó, secándose los ojos—. ¿Puenting? ¿Qué te has fumado? ¡Ni de coña!

Nathalie llamó a la puerta del despacho de Tor y entró sin esperar respuesta. Mina la siguió, meneando la cabeza. Era evidente que su hija había heredado la determinación de su padre. Encontraron a Tor de pie junto a su escritorio, hablando por teléfono.

—Retomaremos este asunto más adelante —dijo a su interlocutor en cuanto vio a Mina y a Nathalie—. Ahora tengo que colgar.

—¿Cómo va todo? —preguntó Nathalie—. ¿Habéis encontrado ya a mi padre?

Tor se apoyó en el borde de la mesa y suspiró.

—Nathalie, comprendo que debes de estar pasando las peores Navidades de tu vida —dijo con suavidad—. En este momento no somos nosotros, desde el ministerio, los que dirigimos la búsqueda, sino los servicios de seguridad. Pero seguimos sin tener nada. Os he pedido que vinierais porque quería saber cómo estás. ¿Cómo te sientes? ¿Puedo hacer algo por ti?

En la mesa de Tor había un cuenco con caramelos, envueltos en papel con el logotipo del Gobierno. Nathalie cogió uno, le arrancó el envoltorio y se lo llevó a la boca.

—¿Cómo crees que me siento? —respondió—. Según esa horrible grabación, a mi padre le quedan solamente unos días de vida. Seguro que tú o los servicios de seguridad tenéis una manera de rastrear a la gente que desaparece. Hacedlo, por favor. Eso es lo que puedes hacer por mí. Y cuando lo hayáis encontrado, metedlo en una habitación con paredes de kryptonita y diez mil guardias de seguridad en la puerta.

Mina notó que su hija estaba al borde del llanto, pero ella no podía hacer nada al respecto más que estar a su lado y hacer de madre. Se acercó y le acarició suavemente la espalda. Al otro lado de la ventana, estaba empezando a nevar otra vez, pero era el tipo de nieve húmeda del centro de la ciudad, que se convierte en barro en cuanto toca el suelo.

—Ese es justo mi plan —dijo Tor, levantando el dedo índice—. Cuando esto se acabe, tu padre tendrá más guardaespaldas que el presidente de Estados Unidos. Respecto a tu pregunta sobre el rastreo, habríamos podido localizar su teléfono móvil si lo llevara encima. —Se volvió y señaló un teléfono sobre la mesa, junto al ordenador—. Es el de tu padre —añadió—. Lo encontramos en un cajón de su escritorio.

Mina miró a Nathalie, que pareció derrumbarse.

—Hemos hablado con mi abuelo —dijo Nathalie en voz baja, mientras se sentaba en una de las sillas reservadas a los visitantes—. Tampoco sabía nada.

—¿Con Walther? —preguntó Tor, con una sonrisa—. ¿Cómo estaba? Siempre me ha caído bien ese hombre. ¿Sabéis que fue el primer miembro de vuestra familia al que conocí, mucho antes de empezar a trabajar con Niklas? De hecho, hice mis prácticas con Walther. En aquella época no estaba en el Tribunal Supremo, claro, pero... Vaya, lo siento. Me estoy saliendo del tema. ¿Cuándo lo fuisteis a ver?

«De vuestra familia», había dicho Tor. Mina aún no se había acostumbrado a pertenecer otra vez a la familia de su marido. Pero no le costaba imaginar que Walther se llevara bien con el hombre serio y austero que tenía delante.

—El día antes de Nochebuena —respondió Mina.

—También te mencionó a ti —añadió Nathalie—. Nos dio pastas de almendra y galletas de vainilla, como un abuelo de verdad. Pero no sabía nada de mi padre.

Tor frunció el ceño.

—¿Pastas de almendra? —preguntó—. ¿Estás segura?

Nathalie asintió y abrió la boca para decir algo, pero enseguida la cerró bruscamente, entrechocando los dientes.

¡Era eso! Eso era lo que le había extrañado a Mina en la casa de Äppelviken. Se habría dado de puñetazos por no haberse dado cuenta a la primera. Había pasado tanto tiempo desde la última vez que había visto a Walther que en cierto modo se le podía perdonar el hecho de no recordar todas sus particularidades. Pero aun así debería haberlas tenido en cuenta. Las particularidades de Walther y las de Niklas.

—Porque... —empezó Tor.

—Porque el abuelo es alérgico a los frutos secos —terminó la frase Nathalie, y Tor asintió—. Pero ¿tú cómo lo sabes?

—Debió de ser por lo menos diez años antes de que tú nacieras —dijo Tor—, cuando Walther estaba en el Tribunal Supremo. Había ido a comer con sus colegas para celebrar la Navidad, en el restaurante de la Ópera, creo, y le sirvieron con la comida algún tipo de fruto seco. Estuvo a punto de morir. Normalmente la noticia no habría llegado a los titulares, pero era Navidad y había poco de qué hablar. Los periódicos aprovecharon la ocasión, y la salud de Walther se convirtió en la máxima preocupación nacional durante varios días.

—Lo recuerdo —intervino Mina—. Mientras Niklas y yo estuvimos casados, Walther solo permitía la entrada de los alimentos a los que era alérgico en un único caso especial. Y esa única excepción eran las visitas de Niklas. Cuando iba a su casa, siempre había pastas de almendra. Eran las favoritas de Niklas, y Walther no era alérgico a las partículas suspendidas en el aire. Lo recuerdo perfectamente. —Respiró hondo y se aseguró de que no le temblara la voz antes de continuar—. Walther tenía un plato de pastas de almendra sobre la mesa porque acababa de tomar el café con otra persona cuando llegamos. Tenía que ser Niklas. Apuesto a que Walther lo tiene escondido en su casa.

Nathalie se la quedó mirando durante unos segundos y después se volvió hacia Tor.

—Llama a todos los guardias, policías y soldados que conozcas y diles que vayan donde mi padre y mi abuelo en menos de medio minuto.

Tor cogió el teléfono, pero enseguida se interrumpió.

—Estoy de acuerdo en que es preciso investigar —observó—, pero debemos tomar precauciones. Aunque sea heroico que Walther tenga escondido a su hijo, si es cierto que lo tiene, es probable que él también corra peligro. La persona que ha grabado ese mensaje telefónico podría hacerle daño a él también. Es mejor no revelarle a nadie nuestra teoría. Necesitaremos tiempo para organizarlo todo con discreción.

Por un instante, pareció que Nathalie iba a protestar, pero Mina le apoyó una mano en el brazo para tranquilizarla.

—Si tu padre ha acudido a Walther, tendrá una buena razón para hacerlo —dijo—. Si hiciéramos un gran despliegue policial, es posible que volviera a marcharse. Como ya sabes, nunca le ha gustado tener guardias a su alrededor. De hecho, se las arregló para escabullirse de sus propios guardaespaldas.

Ese último comentario incomodó a Tor, pero en el fondo Mina no lo culpaba. Su exmarido era muy obstinado. Aun así, era muy probable que las circunstancias de su desaparición determinaran que alguien, en algún lugar, perdiera su trabajo.

—Si Walther ha podido esconderlo durante todo este tiempo, podrá hacerlo unas horas más —añadió—. Es evidente que

Niklas está a salvo con él, ya que nadie lo ha encontrado todavía. Recuerda que yo también soy policía. Tenemos que dejar que Tor y los servicios de seguridad hagan su trabajo.

Nathalie se cruzó de brazos e hizo una mueca de disgusto.

—En cualquier caso, iré a verlos —anunció—. Quiero que papá me explique por qué se fue sin decirnos nada.

—Eso... no me parece mala idea —repuso Tor—. Nadie se extrañará de que un anciano reciba la visita de su nieta y de su exnuera por Navidad. Id a su casa y hablad con Niklas, si realmente está con Walther, y pedidle que vuelva. Y si se niega, intentad convencerlo para que acepte al menos la presencia de sus guardias personales. Sabe que son discretos.

Nathalie se giró y salió. Mina estaba a punto de seguirla cuando Tor la detuvo. Antes de hablarle, esperó a que Nathalie hubiera salido al pasillo.

—Ve en tu coche particular —le dijo en voz baja a Mina—. Da un pequeño rodeo, como si la idea de visitar al viejo Walther os hubiera venido de repente. Por si os estuvieran vigilando.

Hizo una pausa y echó un vistazo al pasillo. Después bajó todavía más la voz.

—Ya no sé en quién confiar. Estoy seguro de que Niklas está bien, pero, por si acaso, lleva tu arma reglamentaria. Por seguridad.

Cuanto más cerca estaban de la casa de Äppelviken, más se enfadaba Nathalie. ¿Cómo había podido su abuelo mentirle de esa manera? No le parecía mal que Walther protegiera a su hijo, pero eso no significaba que tuviera que apartarlo de ella. Pensaba decirle claramente a su abuelo la opinión que le merecía su conducta.

—¡Tenía que haberme dado cuenta cuando estábamos en su casa! —exclamó Nathalie, golpeando con rabia el salpicadero.

—Tranquilízate —le dijo Mina, mientras ponía el intermitente para girar a la derecha—. Te has dado cuenta y eso es lo que realmente importa. Y como ya hemos dicho, Niklas está a salvo. Nadie sabe que está con su padre, excepto Tor y nosotras dos. Bueno, no lo sabemos con certeza, pero estoy bastante segura de que es así.

—¿Por qué vamos por este camino? —preguntó Nathalie—. No creo que sea la ruta más directa para llegar a la casa del abuelo.

—No cuesta nada actuar con discreción —respondió Mina, lanzando una mirada rápida al retrovisor.

Dejó escapar un suspiro de alivio. No había notado en todo el trayecto ninguna señal de que las estuvieran siguiendo.

—Ya casi llegamos.

Nathalie tenía la vista fija en la carretera, como si pudiera abrirle paso al coche con su sola fuerza de voluntad, para que avanzara más rápidamente. Las dos guardaron silencio durante el último tramo del recorrido. La persistente nevada había cubierto el asfalto con una fina capa blanca. El paisaje tenía un aspecto increíblemente navideño, pero a Nathalie no le importaba.

Pastas de almendra.

¡Qué descuido tan grande!

Y eso que siempre le habían dicho que su abuelo era una de las personas más inteligentes de Suecia. Casi habría podido echarse a reír por lo absurdo del asunto. Su padre ya podía despedirse del regalo de Navidad que le había comprado, porque no pensaba dárselo.

Su madre giró para entrar en el sendero y se detuvo junto al coche de su abuelo, como la última vez. El vehículo seguía en el mismo sitio. Nathalie supuso que el anciano ya no saldría con mucha frecuencia.

Llamaron al timbre. La vez anterior, su abuelo las estaba esperando, pero en esta ocasión habían llegado sin avisar. Walther podía tardar bastante en abrir.

No pasó nada.

Mina volvió a llamar. No se oía ningún ruido dentro de la casa. Nathalie se adelantó y llamó con insistencia al timbre por tercera vez.

—Parece que no está en casa —dijo, mirando a su alrededor—. Podemos echar un vistazo por las ventanas. Puede que papá esté en el sótano.

—También hay una buhardilla muy grande, si no recuerdo mal —repuso Mina, asintiendo—. Niklas debe de haberlo escondido en algún sitio donde no pueda verlo la mujer que viene a ayudar a tu abuelo, así que pienso como tú. Tiene que estar en el sótano o en la buhardilla.

Nathalie probó el picaporte y, para su sorpresa, la puerta se abrió. La joven cruzó con su madre una mirada de asombro. Las dos sabían que Walther nunca dejaba la puerta principal cerrada sin llave. Mina la empujó con cuidado.

Había pasado algo. Nathalie lo sentía en cada fibra de su cuerpo.

—Mamá... —susurró, preocupada.

—Ya lo sé —murmuró Mina—. Quédate aquí.

—Ni lo sueñes —respondió Nathalie.

Cogió a su madre de la mano y franquearon juntas el umbral. En el interior reinaba el silencio. Mina pulsó el interruptor de la pared, pero no se encendió ninguna luz.

—¿Walther?

El silencio fue la única respuesta.

—¿Abuelo? ¿Papá? —gritó Nathalie, incapaz de disimular el pánico en su voz.

Mina avanzó unos pasos en dirección al oscuro pasillo y volvió a llamar:

—¿Walther? Somos Mina y Nathalie.

Siguieron adelante con cautela, a la luz del móvil de Mina.

Las tablas de madera del hermoso y antiguo suelo crujían bajo los pies de Nathalie, que sentía el corazón desbocado. Su madre parecía tan nerviosa como ella, aunque era policía y supuestamente era capaz de encargarse de todo.

—¡Papá! —aulló con todas sus fuerzas.

El alarido sobresaltó a Mina, que se dio la vuelta y le indicó con un gesto a su hija que guardara silencio.

—No grites de ese modo. No sabemos qué ha pasado.

—¿Crees que le ha ocurrido algo a papá? —preguntó Nathalie, que de repente no se sentía tan valiente como al principio. Debería haberse quedado fuera, pero ya era tarde.

—Seguramente no habrá pasado nada —respondió Mina—.

El abuelo debe de haberse quedado dormido y tu padre estará por aquí, en algún sitio.

Nathalie negó con la cabeza.

—¡No! —exclamó—. ¿No lo sientes? Aquí ha ocurrido algo. Huele muy raro. A algo metálico.

Unos metros más adelante en el pasillo, la puerta que daba a la escalera del sótano estaba abierta. No era fácil distinguir nada en la oscuridad, pero parecía haber un bulto en el suelo. Nathalie lo señaló. Mina desenfundó el arma y le indicó por gestos a su hija que se quedara donde estaba. Cuando Mina llegó a la puerta, iluminó el suelo con la linterna del móvil. Después se agachó y enseguida Nathalie oyó que su madre profería un sonido extraño.

—¡Quédate ahí! —gritó Mina enérgicamente—. No te muevas, espera. Volveré en un segundo.

Mina se marchó por la escalera del sótano, pero la luz de su teléfono ya le había revelado a Nathalie lo sucedido. El que yacía junto a la puerta era Walther.

—¡Abuelo! —gritó, echando a correr hacia él.

Walther tenía los pies en el umbral y el resto del cuerpo en la escalera, como si hubiera tropezado al empezar a bajar. Estaba inmóvil.

—¿Se ha dado un golpe? —preguntó—. ¿Está herido? ¿O habrá sido un infarto? Me han dicho que...

Se interrumpió cuando vio que había sangre. Salía de una de las sienes de Walther y fluía por los peldaños. Retrocedió unos pasos de forma instintiva.

—Nathalie —le dijo su madre, subiendo rápidamente la escalera, con cuidado de no pisar la sangre. Mina le apoyó las manos sobre los hombros y la llevó de vuelta al vestíbulo—. Nathalie, mírame.

Obediente, ella la miró a los ojos. Su madre tenía una mirada que Nathalie nunca había visto antes.

—Walther está muerto —dijo Mina con firmeza—. No ha sido un accidente. Lo han matado. Y ha ocurrido hace muy poco, en la última media hora. ¿Sabes a qué huele? A pólvora. Puede que nos hayamos cruzado con el asesino por el camino.

—¿Y papá? —preguntó Nathalie, sofocando un sollozo.

—Es probable que estuviera aquí, en el sótano. He visto un colchón en el suelo. Pero ya no está. La persona o las personas que han matado a Walther se han llevado a Niklas.

Tres meses. Todo ese tiempo sin su padre. Nadie le decía nada, pero él notaba sus miradas. Lo buscaba cada vez que salía al exterior. Hoy había creído verlo. La densa cabellera de su padre, su cazadora de cuero marrón... Lo había visto por detrás, mientras se alejaba. Pero cuando había corrido tras él y lo había agarrado del brazo, el hombre se había girado y no era su padre.

Tres meses.

Lo máximo que había estado fuera otras veces habían sido dos meses. Pero incluso antes de irse, cuando aún estaba aquí, era como si no estuviera. No hablaba. Parecía encerrado en un lugar al que él no tenía acceso. Lo había intentado. Normalmente no lloraba, porque en la oscuridad no tiene sentido llorar. Los invisibles no pueden permitirse el llanto. Pero una semana antes de que volviera a marcharse, no había podido contener las lágrimas. Aun así, su padre no había roto el silencio. Su mano ya no era cálida, ni fuerte. Ya no buscaba la suya. Y cuando él la tocaba, ya no le parecía la mano de su padre.

—¡Mirad! ¡Soy el rey!

El nuevo, que había llegado unos días antes, se había puesto la corona de su padre y había empezado a bailar con movimientos ridículos, para divertir a los demás. Pero nadie reía.

En su interior surgió una rabia repentina y caliente, que hizo que le zumbaran los oídos. Sin pensarlo, se abalanzó sobre el tipo nuevo con un rugido que le salió de las entrañas y embistió con todas sus fuerzas su cuerpo flaco y demacrado por el consumo de heroína. Los dos cayeron al suelo rodando y él le arrancó la corona de la cabeza al intruso y se la apretó contra el pecho. El hombre se levantó lentamente. Había algo amenazante en sus ojos, pero a él le daba igual. No tenía miedo. Había recuperado la corona de su padre.

—Yo en tu lugar me largaría —dijo alguien—. Antes de que pase algo.

La voz serena de Tom el Loco. Los demás se levantaron, uno tras otro, pero no hicieron nada. Nadie dijo nada más. Se limitaron a mirar al tipo nuevo, que enseguida captó el mensaje. Recogió con rabia su mochila y su saco de dormir y se marchó en dirección a uno de los otros túneles.

—¿Qué es este alboroto?

Era su padre. No estaba seguro de haberlo imaginado, o si la corona en sus brazos había conjurado su voz. Pero cuando se giró ahí estaba. Su padre. El Rey. Sin embargo, no era él del todo. Se había convertido en una pálida copia de sí mismo. Le sobresalían los pómulos, en un rostro que había perdido su forma, y la cazadora marrón le colgaba del cuerpo como la piel mudada de una serpiente.

—Dámela —dijo su padre en voz baja, tendiendo la mano hacia la corona.

Con movimientos lentos, él se la dio. Habría querido arrojarse en sus brazos, como hacía siempre, pero algo se lo impedía, algo diferente, ajeno. Ya no reconocía la mirada en los ojos de su padre, que habían perdido totalmente el brillo y ya no reflejaban la danza del fuego de la hoguera. Se habían vuelto oscuros. Muertos.

—He venido a despedirme —dijo su padre, con una ligera inclinación.

Vivian empezó a avanzar hacia él, pero vio con el rabillo del ojo que Tom el Loco le hacía un gesto para que se detuviera.

Estaba pasando algo, algo que él no lograba comprender.

Lentamente, su padre levantó las manos y se puso la corona. Era de oro y brillaba. Cerró los ojos, apartó las manos de la corona y la dejó reposando sobre su cabeza. Después se volvió hacia ellos y extendió los brazos. Por un momento, pareció que fuera Jesucristo, como si la corona que llevaba fuera de espinas.

—Estaba equivocado y ella tenía razón. Esto no es vida. La vida es con ella. A la luz del sol.

—No lo hagas —replicó Vivian en voz baja—. Piensa en el chiquillo.

¿Qué habría querido decir? Él frunció el ceño, intentando comprender. Pero no entendía nada de lo que estaba pasando. Vivian se le acercó. Se colocó tras él y le rodeó el torso con los brazos. Más que abrazarlo, parecía que lo estuviera reteniendo.

Su padre retrocedió lentamente, con la corona brillando en la cabeza. El suelo tembló con la proximidad de un tren.

Él no dejaba de mirar a su padre, tratando de soltarse, pero solo lograba que Vivian lo estrechara con más fuerza todavía.

—Te quiero —le dijo su padre—. No lo olvides.

Por un instante, sus ojos recuperaron el brillo. Después volvieron a oscurecerse, semejantes a un pozo sin fondo.

El suelo tembló aún más y el ruido del tren se fue haciendo cada vez más intenso. Su padre fue a pararse en medio de la vía. ¡No! No podía quedarse ahí.

Tenía que moverse.

Intentó gritar, pero no le salió ningún sonido. Ni siquiera un gemido. Vivian lo abrazó con más fuerza aún, tanta que apenas podía respirar.

—Le hablaré a mamá de ti —le dijo su padre.

El ruido del tren se volvió atronador. Sus miradas se cruzaron y una luz diminuta se encendió en los ojos de su padre. O quizá solo fuera el brillo de la corona.

A cierta distancia apareció el tren. Su padre levantó aún más los brazos, sin dejar de mirarlo. Estaban juntos, conectados para siempre. El ruido del tren era un aullido y, de repente, el chirrido de los frenos desgarró el aire. El tren empezó a detenerse. Después se hizo el silencio. Solo silencio.

Vivian lo soltó. Hizo que se girara hacia ella y le cogió la cara entre las manos.

—Ahora tienes que portarte como un niño mayor —le dijo en voz baja—. Y debes confiar en nosotros. Eres nuestro Príncipe. Ve al túnel de la izquierda y quédate ahí hasta que venga a buscarte. ¿Me lo prometes?

Él asintió. No sabía qué pensaban hacer los demás, pero tampoco le importaba. Su padre ya no estaba, y eso era lo único que significaba algo para él.

Lentamente, se dirigió al túnel de la izquierda.

El Rey había muerto.

Julia contemplaba discretamente la expresión concentrada de Adam, mientras su compañero conducía a gran velocidad por las carreteras nevadas de Bromma. De no haber sido por la gravedad de la situación, lo habría obligado a aparcar en el arcén en ese mismo instante y se le habría echado encima. Lo encontraba increíblemente sexy con su uniforme recién planchado. Aunque la mayoría de la gente no lo supiera, también a los miembros del cuerpo de policía les chiflaban los uniformes. Pero no había tiempo para eso. No podían dejar que la prensa se les adelantara.

Apenas había colgado el teléfono después de hablar con Tor, del Ministerio de Justicia, cuando la llamó el primer periodista. No todos los policías sabían mantener la boca cerrada. La noticia del asesinato de un antiguo juez del Tribunal Supremo había corrido a la velocidad de la luz, sobre todo porque además era el padre del desaparecido ministro de Justicia.

La muerte de Walther Stockenberg era justo la leña que necesitaban los periódicos para mantener al rojo vivo unos días más los titulares sobre Niklas. En ese preciso instante, todos los medios de información suecos debían de ir en camino hacia la misma casa de Äppelviken que Adam y ella. Y Tor Svensson, por supuesto.

Cuando llegaron a la casa de Walther, Adam se estacionó detrás del coche de Mina. Julia le pidió que se quedara en el vehículo y se apeó, después de echarle una mirada anhelante. Mina estaba sentada en los peldaños de la entrada, abrazada a su hija.

—En primer lugar —dijo Julia tras recorrer trotando la corta distancia que las separaba—, ella tiene que irse inmediatamente de aquí. —Señaló a Nathalie—. A menos que queramos ver mañana en todas las portadas la cara llorosa de la hija del ministro...

—¿Qué quieres decir? —preguntó Nathalie, confusa—. ¿De qué portadas hablas? Solo hemos hablado con la policía.

—Y eso significa que todos los fotógrafos y reporteros que dispongan de una cámara lo suficientemente buena en el teléfono vienen de camino hacia aquí —repuso Julia—. Adam está en el coche. Te llevará a casa y se asegurará de que estés acompañada hasta que Mina pueda volver contigo.

Nathalie se incorporó, aunque todavía le temblaban las piernas. Mina le hizo un gesto afirmativo y la cogió de la mano.

—Iré a casa tan pronto como pueda —dijo—. Te lo prometo.

Nathalie se dirigió al coche de policía. Después de abrir la puerta, se giró y miró por última vez la casa de su abuelo. Sin poder reprimir un fuerte sollozo, entró en el coche y Adam arrancó.

Julia se volvió hacia Mina, que tenía la vista perdida en la hierba nevada y los manzanos del pequeño jardín delantero.

—Me parece increíble que en verano nos sentáramos tranquilamente aquí, a merendar con Walther y Beata —dijo—. La mesa y los bancos que ves bajo aquel árbol son los mismos de entonces.

Aunque era por la tarde, el jardín ya estaba sumido en la oscuridad. Era realmente extraordinario que la gente sobreviviera al mes de diciembre, cuando el sol se ponía casi antes de salir. Pero Julia podía imaginar lo agradable que debía de ser el jardín en las tardes de verano. Vio que Mina tenía los ojos empañados, pero no lloraba. Supuso que las lágrimas llegarían más adelante. Ahora las dos eran conscientes de que estaban trabajando.

—Tor me ha contado cómo habéis descubierto dónde estaba Niklas —empezó—. Tu hija es muy lista.

—Niklas le debía una explicación a Nathalie, después de marcharse sin decir nada —dijo Mina, mirándola—. Ha estado muy preocupada. Pensábamos que estaría a salvo, en casa de su padre, y yo quería que tuviera tiempo de hablar con ella antes de que se desencadenara el inevitable caos mediático. ¿Cómo iba yo a prever... esto? Niklas se había refugiado en la casa de Walther, en el tranquilo y seguro distrito de Bromma.

—¿Has encontrado alguna pista que indique dónde puede estar ahora?

Mina negó con la cabeza.

—He buscado por toda la casa —respondió—. Niklas ya no está aquí, pero el sótano está desordenado y hay un colchón en el suelo. Esté donde esté, no creo que se haya ido por voluntad propia. Quizá nos equivocamos antes, cuando pensamos que lo habían secuestrado, pero ahora estoy convencida de que se lo han llevado. Puede que Walther tratara de impedirlo.

Las interrumpió la llegada de un coche, que se detuvo delante del seto entre el jardín y la calle.

—Debe de ser Tor —dijo Julia, señalando el vehículo con la cabeza.

Segundos después, las puertas del coche se abrieron y salió Tor, con un par de acompañantes. Les dedicó una leve inclinación de la cabeza, se arregló el cuello de la camisa debajo de la americana y echó a andar hacia ellas.

—Los periodistas llegarán en cualquier momento —le dijo Julia a Mina en un tono más medido que antes—. Pero tú no hables con ellos, ¿de acuerdo? Yo me ocuparé. Y levántate de esa escalera de piedra, que te vas a congelar.

Adam había sido muy breve por teléfono, pero Vincent había entendido lo más importante. El abuelo de Nathalie, el exsuegro de Mina, había muerto.

Cuando el policía le preguntó si podía hacerle compañía a Nathalie hasta que Mina volviera a su casa, él contestó que sí sin pensárselo dos veces. Adam incluso le había sugerido que se llevara a Nathalie a su casa de Tyresö, pero era una pésima idea. Su casa se le presentaba cada vez más como una trampa para osos, que en cualquier momento podía cerrarse sobre las personas que estuvieran en su interior. Por eso se había ofrecido para ir a la casa de Mina, donde Nathalie se sentiría segura.

Se había puesto en camino enseguida y, al ser el primero en llegar, había tenido que quedarse esperando en el portal. Era la primera vez que llegaba allí sin Mina. Se sentía raro, como si no le correspondiera estar en ese lugar. Pero ahora Mina tenía una familia.

A diferencia de él.

Intentó bloquear los pensamientos sobre el paradero de los suyos. Temía que el pánico lo paralizara si los dejaba fluir libremente. La imposibilidad de actuar lo estaba volviendo loco. Si al menos supiera qué se proponía la Sombra... Pero era una quimera tratar de prever o adivinar los planes de un loco. Habría querido subirse al tejado de la jefatura y pedir ayuda a gritos. Si no hubiera sido por la amenaza, lo habría hecho.

Sabía que era preciso tomarla muy en serio. Si la policía se involucraba, lo lamentaría. Lo único que podía hacer era esperar a que la Sombra volviera a comunicarse con él y, mientras tanto, mantenerse ocupado. Solo le restaba confiar en que su familia estuviera recibiendo un buen trato.

En esas circunstancias, no solo quería hacerle compañía a Nathalie, sino que veía el encargo como una distracción necesaria y bienvenida.

Un coche de policía dobló la esquina y se aproximó a la casa. En un primer momento, creyó ver en su interior a Adam y Mina, pero enseguida cayó en la cuenta de que eran Adam y Nathalie. La adolescente se parecía cada vez más a su madre, al menos físicamente. El coche se detuvo y Vincent fue a abrir la puerta.

—Gracias por tu colaboración —le dijo Adam desde el interior del coche—. Ahora tengo que volver a la jefatura.

—Sí, por supuesto —replicó Vincent—. Nathalie y yo nos quedaremos aquí hasta que Mina regrese.

La joven se apeó del coche en silencio y no habló cuando entró en el portal, ni tampoco al subir la escalera hasta el apartamento. Vincent sabía que no debía presionarla. Tenía mucho que asimilar. Solo podía tratar de ayudarla para que la situación no la abrumara.

Entraron en el apartamento. Nathalie se quitó los zapatos y dejó caer el abrigo en el recibidor antes de proseguir hacia el cuarto de estar, donde se sentó en el sofá con la vista fija en la pared. Vincent fue a sentarse a su lado, pero no demasiado cerca.

—Joder, esto es horroroso —dijo por fin Nathalie.

Apenas le salía la voz. Después volvió a guardar silencio un momento.

Vincent esperó.

—Estaba en su propia casa —dijo de repente Nathalie, sollozando—. ¿No debería haber estado a salvo en su casa? ¿Y si alguien entrara aquí y nos asesinara? Así, sin más. Es igual de incomprensible. ¿Quién podía querer hacerle daño al abuelo? Era el hombre más bueno y amable del mundo. Era estricto, sí, pero muy bueno.

Vincent asintió. La irrupción de desconocidos en el domicilio era una experiencia angustiosa para la mayoría de la gente. Sabía exactamente cómo se sentía Nathalie, cuando el lugar donde creía estar a salvo ya no le ofrecía ninguna protección. Pero de todos modos tenía que tratar de hacerla sentir segura.

—Dudo que fuera un vulgar ladrón quien mató a Walth..., a tu abuelo —dijo—. El que lo hizo probablemente buscaba a tu padre. Parece ser que tiene enemigos más peligrosos de lo que pensábamos.

Nathalie se sonó la nariz.

—¿Por ser el ministro de Justicia? —preguntó—. ¡No tiene sentido!

—Por eso o por cualquier otra cosa —respondió Vincent—. Nadie sabe quién le envió aquella tarjeta de visita.

—¿Me has dicho todo eso porque pensabas que me haría sentir mejor? —comentó Nathalie con una sonrisa amarga—. Me parece que no tienes mucha idea de nada.

Vincent se echó a reír.

—He tenido momentos aún peores —replicó él—. Una vez me propuse consolar a tu madre, pero antes tuve que buscar en Google cómo hacerlo.

—Eres un tipo raro —dijo Nathalie, acurrucada en una esquina del sofá—. Ojalá papá volviera a casa ahora mismo. Estoy muerta de frío.

—Es la conmoción —repuso Vincent—. Te sentirás rara e incómoda durante un tiempo. Es lo normal. Se te pasará, aunque ahora no lo parezca.

Se incorporó y dudó un momento antes de dirigirse al dormitorio de Mina. Normalmente no se habría atrevido a entrar, pero la necesidad lo obligó a hacerlo.

—Te traeré una manta —anunció—. Duerme un rato, si puedes. Si quieres hablar, o construir una casita de jengibre, o lo que quieras, aquí estaré.

Nathalie asintió con expresión ausente.

—Creo que debería descansar —dijo en voz baja.

Vincent sacó una manta de la cama de Mina y la llevó al salón.

Nathalie ya se había quedado dormida en el sofá.

Tanto TV4 como SVT, la televisión pública, habían instalado focos portátiles para iluminar a Julia y a Tor en el jardín, y los periodistas que grababan la escena con sus teléfonos móviles lo agradecían. Aunque solo eran las cuatro de la tarde, ya había caído la noche. Mina añoraba con desesperación la luz primaveral. Al menos el resplandor de la nieve hacía un poco más llevadera la negrura, pero odiaba con toda su alma la oscuridad de diciembre.

Sin embargo, en ese momento la favorecía. Estaba detrás de Tor y de Julia, presente pero fuera del alcance de los focos. Nadie le haría preguntas. La improvisada rueda de prensa había tenido un comienzo complicado. Los periodistas le recordaban a Mina a una jauría de perros que hubieran olido la sangre de la presa.

—¿Calificaría este suceso de fracaso catastrófico de la acción policial? —preguntó el reportero del noticiero de TV4—. La policía no ha podido encontrar al ministro de Justicia, ni tampoco ha sido capaz de impedir el atentado contra Walther Stockenberg, el padre del ministro. ¿Quién es el responsable? ¿Qué medidas tomarán las autoridades?

—Por desgracia, no podemos anticiparnos a lo que va a hacer la gente —respondió Julia, y enseguida hizo una pequeña pausa—. Todo iría mejor si pudiéramos leer los pensamientos de los demás. Pero, de momento, sus acciones siguen siendo impredecibles —añadió, y volvió a guardar silencio unos segundos.

Mina conocía esas pausas. Eran las que solía hacer su jefa antes de mencionar algo que habría preferido no decir. Pero tenía que darles algún material a los sabuesos de la prensa.

—La situación es extremadamente grave —dijo por fin—. No lo hemos revelado hasta ahora, pero creemos que existe una nueva amenaza contra el ministro de Justicia. Probablemente ha sido eso lo que ha impulsado a Niklas Stockenberg a esconderse. Sin embargo, no teníamos motivos para pensar que esa amenaza pudiera extenderse también a su familia, o al menos a su padre. Hemos cometido un error de juicio. Por supuesto, pondremos en marcha una investigación interna para analizarlo.

Los periodistas empezaron a hablar todos a la vez. Una mujer que enarbolaba el teléfono móvil a modo de micrófono se adelantó a los demás. En el teléfono destacaba el logotipo del diario *Aftonbladet*.

—Tengo una pregunta para Mina Dabiri —gritó—. Porque la persona que tiene usted detrás es ella, ¿no?

Mina se quedó paralizada. La actitud de la periodista quebrantaba todas las reglas. Si Julia dirigía la rueda de prensa, las preguntas se las tenían que hacer a ella. No había ninguna razón para que Mina respondiera. Pero la mujer le sonrió con frialdad.

—¿Sienten también el alcance de esa amenaza usted y su hija, teniendo en cuenta que Niklas Stockenberg es su exmarido y tienen una hija en común? ¿Qué siente al respecto? ¿Sigue siendo capaz de trabajar con normalidad en estas circunstancias? ¿Está asustada por su hija?

Hubo un estallido de preguntas entre los periodistas y las cámaras se volvieron hacia Mina, que solo veía focos cegadores orientados directamente a su cara. De repente, supo con exactitud lo que debía de sentir un cervatillo iluminado por los focos de un vehículo en medio de la carretera. No tenía escapatoria. Lo único que podía hacer era quedarse quieta y callada.

—¿Pueden prestarme atención, por favor? —intervino Tor. Después se aclaró la garganta ruidosamente y repitió en voz todavía más alta—: ¿Pueden prestarme atención, si son tan amables? Un poco de profesionalidad es lo mínimo que cabe exigir en estas circunstancias. De lo contrario, pondremos fin a la rueda de prensa.

Las cámaras se giraron hacia él y lo enfocaron.

—Volviendo a la primera pregunta, no se trata de un fracaso policial —continuó—, sino político. La policía ha actuado lo mejor que ha podido con los limitados recursos de que dispone. Y pongo el énfasis en «limitados», algo que personalmente considero una auténtica desgracia. Pero esto debe cambiar. No podemos quedarnos de brazos cruzados ante una sociedad donde la violencia y la falta de valores van en aumento de manera descontrolada. Y como pueden ver, estos hechos lamentables no solo se producen en los suburbios más conflictivos, sino en zonas que creíamos tranquilas, como esta. Parece como si la policía no hiciera nada ante la escalada criminal, pero es la sociedad la que no hace nada. Lo que estamos viviendo en Suecia es un naufragio del Estado de derecho.

—¿Es esa la postura oficial del Ministerio de Justicia? —preguntó el reportero de la televisión pública, arqueando una ceja.

—No —respondió Tor—. No estoy aquí como secretario de prensa de Niklas Stockenberg, sino como político. Tenía pensado esperar un tiempo para recuperar este papel, pero ante la situación que afecta al ministro de Justicia, que además es mi amigo personal, siento que debo actuar, ya que nadie más lo está haciendo. El ministro sufrió un grave atentado hace solo seis meses, y todos sabemos que varios políticos suecos han perdido la vida en el pasado. Tenemos que acabar con esto.

Todos los periodistas volvieron a hablar a la vez. Tor señaló al enviado del noticiero de TV4, cuya cámara disponía del foco más intenso.

—Son palabras muy bonitas —dijo el reportero—, pero ya las hemos oído en otras ocasiones, en labios de otros políticos. ¿Qué hará usted para marcar la diferencia?

—Tengo un plan de acción concreto —respondió Tor—. En cuanto consiga el apoyo necesario en el Parlamento, y os garantizo que lo conseguiré, se lo presentaré al pueblo sueco. Lo conocerán cuando llegue el momento.

—Sin embargo, usted no tiene un escaño en el Parlamento... —continuó el periodista.

—Es cierto. Todavía no lo tengo.

Todos los focos del oscuro jardín iluminaban a Tor, y aunque Mina estaba detrás y solo le veía la espalda, notó que estaba encantado.

Nunca había imaginado cómo sería el mundo sin su padre. Desde que tenía memoria, Walther había sido una fuerza primigenia y constante, un ente omnisciente que lo veía y juzgaba todo. Pero que también lo quería.

Ahora más que nunca, Niklas recordaba los momentos en que su padre le había expresado su amor, le había dado seguridad y le había enseñado cosas que nunca nadie podría arrebatarle.

Pero ahora le habían arrebatado al propio Walther. El disparo resonaba aún en sus oídos. Todavía veía la sangre. Llevaría grabado ese momento durante el resto de su vida. Pero ¿cuánto podía quedarle? Si había de dar crédito a la grabación, solo cinco días.

Le quedaban cinco días de vida.

Se estremeció. Tenía frío. Se había dejado el abrigo en casa de su padre y solo llevaba puestos unos chinos y una camisa ligera. El frío y la humedad se le empezaron a colar por la ropa y tuvo que saltar para entrar en calor. Algo se movió por el suelo de grava, perturbado por sus sacudidas. Prefirió no pensar qué podía ser.

Sentía arrepentimiento, pero, al mismo tiempo, no lo lamentaba. Había tomado la mejor decisión en un momento concreto y le había sacado el máximo partido. Había vivido de la mejor manera posible.

Recordó la cena con Nathalie y Mina, que parecía haber tenido lugar hacía toda una eternidad, aunque solo hubiera transcurrido poco más de una semana. Una cena que jamás había pensado que pudieran celebrar. Y, sin embargo, se habían sentado los tres juntos en torno a una mesa. Como una familia.

Sabía que nunca volverían a ser una familia tradicional. Habían pasado por demasiado. Tanto Mina como él eran personas diferentes de las que habían sido cuando vivían juntos. Aun así, le había quedado claro que aún existía amor entre ellos, solo que era otro tipo de amor, distinto del que habían tenido entonces. El afecto que ahora sentían tenía como punto de partida a Nathalie, el vínculo firme e inquebrantable que los uniría para siempre.

O al menos eso había pensado en aquel momento, cuando ingenuamente había creído que disponían del resto de sus vidas para compartir las alegrías que les proporcionaría su hija. Había sido cómodo, aunque temerario, permitirse olvidar la verdad.

Sabía que se perdería muchas cosas. El primer novio de Nathalie. O la primera novia. Su primer desengaño. Su fiesta de graduación de bachillerato. Su carrera y sus trabajos. Su pareja, su boda, sus hijos y toda la gran colcha de retazos que era la vida. Había dado por sentado que sería testigo de todo eso. Pero ahora intentaba aferrarse a la idea de que al menos Nathalie tendría a su madre consigo.

No recordaba cómo había llegado al lugar donde se encontraba. Un pinchazo, una sensación de quemazón bajo la piel y después, la oscuridad. La silla de ruedas que yacía en el suelo a su lado explicaba cómo lo habían transportado.

Al menos podía deducir dónde estaba. La primera vez que oyó el estruendo, al otro lado de la puerta cerrada, lo había comprendido. Pero no tenía escapatoria. Había elegido su destino aquella vez, mucho tiempo atrás, y ahora le tocaba pagar el precio. El problema era que de repente el precio le parecía demasiado elevado.

Julia estaba tan agotada que ni siquiera había podido quitarse el abrigo después de volver del encuentro con la prensa en el jardín de Walther Stockenberg. Se dejó caer en una silla delante del escritorio y observó cómo caminaba su padre de un lado a otro de su despacho. El jefe de policía tenía un profundo surco de preocupación marcado en la frente.

—Es como si estuviera atrapado en un torno de carpintero y me apretaran cada vez más la rosca —dijo—. Ya era suficientemente malo que hubiera desaparecido el ministro. Y ahora le pasa esto a Walther... Es solo cuestión de tiempo que la prensa empiece a pedir mi dimisión. O que un político de algún partido minoritario lance una campaña contra mí. Ha ocurrido con ministros, así que no veo por qué no iba a pasar con el responsable de la policía.

—Dime lo que necesitas —repuso Julia— y haré todo lo que esté en mi mano para conseguirlo.

Su padre se detuvo en medio del despacho.

—Es muy sencillo —replicó, volviéndose hacia ella—. Necesito que este caso quede resuelto. Nada más y nada menos. Si lo he entendido bien, existe la amenaza de que Niklas Stockenberg corra la misma suerte que Jon Langseth, y si te he interpretado correctamente, otras dos personas han sufrido ya el mismo destino. Sin embargo, no estáis más cerca de la solución que la última vez que nos vimos.

Por un momento, Julia se planteó mencionar que la vez anterior su padre había insistido en que Gustaf Brons estaba detrás de todo, pero decidió callarse. Dejó escapar un largo suspiro y se volvió hacia la ventana.

¿Y si todo en la vida fuera blanco o negro, como en una investigación policial? El sospechoso es culpable o inocente. La víctima ha sido asesinada o no lo ha sido. El matrimonio funciona o no funciona.

—¿Julia?

Levantó la vista, para mirar a su padre.

—¿Cómo estás? —le dijo él, en tono más suave—. Sé que no te lo pregunto a menudo, pero ¿cómo están las cosas en casa?

El problema era que ya no lo sabía con certeza.

Torkel, Harry y Adam se colaban en sus pensamientos cada minuto y cada segundo de cada día. De pronto sabía lo que le convenía hacer, pero al instante siguiente cambiaba de opinión. ¿Podrían Torkel y ella salvar su deteriorada relación? ¿Deseaba ella salvarla? ¿Lo deseaba Torkel? ¿Y qué esperaba ella de Adam? El sexo con él estaba muy bien. Es más, era fantástico. Pero ¿había algo más aparte de eso?

Todas esas ideas le pasaron por la cabeza en cuestión de segundos. Eran las mismas que siempre la atormentaban. Sabía que debía tomar una decisión, pero cualquier cosa que decidiera tendría consecuencias de largo alcance, no solo para ella, sino también para Torkel, Harry y Adam.

Eran como una hilera de fichas de dominó, a la espera de que ella derribara la primera.

Su padre la miraba desconcertado, pendiente aún de su respuesta.

—Sé que cuentas conmigo y con mi equipo —dijo Julia por

fin, eludiendo la pregunta—. Y no te defraudaremos. Quizá te parezca que hemos perdido el control de la situación, pero no es así. O al menos eso creo.

Mantener el control. Era lo que todos esperaban de ella. Siempre había sido así. Julia siempre conservaba la calma, nunca perdía los nervios. Pero la vida se había vuelto mucho más compleja para ella. Tal vez debería tomarse un descanso. Irse un momento a hablar de tonterías con un grupo de colegas que apenas conociera. Beber un vaso de *glögg* al lado de la cafetera, comer unas galletas de jengibre y preguntarles a los demás qué solían hacer por Navidad. Pero enseguida apartó esa idea. Tenía que trabajar. En algún lugar en medio del torbellino de datos, información, pistas y testimonios divergentes, estaba la respuesta. Siempre era así, y ella lo sabía.

—Muy bien —dijo el jefe de policía—, porque si pierdo mi trabajo, te haré directamente responsable. Podría haber muy mal ambiente en la próxima reunión navideña de la familia si...

Lo interrumpió un ruido estridente. Era el teléfono de Julia. En la pantalla apareció el nombre del Instituto de Medicina Forense. Julia miró inquisitivamente a su padre, que asintió con expresión severa, por lo que ella se apresuró a coger la llamada.

—Hola, Julia. Espero que estés pasando bien las Navidades —dijo la voz de Milda al otro lado de la línea—. Perdona si te molesto, seguro que no es nada, pero quiero preguntártelo de todos modos.

—¿De qué se trata? —preguntó Julia—. Por cierto, espero que tú también estés pasando buenas fiestas.

—Sí, verás, Loke no se ha presentado hoy a trabajar —respondió Milda— y no consigo localizarlo por teléfono.

—Seguro que hay una explicación sencilla —replicó Julia—. ¿Estará enfermo?

—Estamos hablando de Loke —dijo Milda—, la persona

más responsable del mundo. No ha faltado ni un solo día desde que empezó a trabajar con nosotros y siempre avisa si va a llegar más de noventa segundos tarde. Por eso quería saber si te había dicho algo ayer, si te había comentado que pensaba salir de la ciudad o algo así. Últimamente he estado un poco... distraída con otros asuntos, por lo que es posible que me lo haya dicho y se me haya olvidado.

Julia frunció el ceño.

—¿Qué? Ayer no vi a Loke.

—Qué raro, se suponía que iba a llevarte unos documentos. ¿No fue a tu...?

Un fuerte timbrazo la interrumpió. Julia tuvo que apartarse el móvil del oído para no quedarse sorda.

—Perdona, Julia —dijo Milda, hablando de manera mucho más precipitada que antes—. Me llaman del hospital a mi número privado y tengo que cogerlo. Pero, por favor, si sabes algo de Loke, házmelo saber.

Julia no logró despedirse antes de que Milda colgara. El jefe de policía la miró con curiosidad.

—¿Qué quería? —preguntó.

—No lo sé muy bien —respondió Julia—. Algo referente a Loke.

—¿La última incorporación a tu equipo?

—Sí. Por lo visto, hoy no ha ido a trabajar.

Vincent no había tenido noticias de Mina desde que ella lo había relevado como acompañante de Nathalie. No le había pedido que se quedara, pero eso era comprensible. Necesitaba estar a solas con su hija.

Desde entonces, Vincent tampoco la había llamado, pero eso no significaba que no pensara en ella. De hecho, no pensaba en otra cosa.

Era como si se estuviera hundiendo en el mar y Mina fuera su salvavidas. Pero no se atrevía a tenderle la mano para pedirle que lo salvara. No era algo que se pudiera pedir fácilmente.

No quería pasar demasiado tiempo en la casa vacía, y menos por la noche. Había demasiados espectros. Por eso había salido a dar un paseo por el bosque, para despejar la mente. Pero, como ya era costumbre, había vuelto a equivocarse con la ropa y el calzado. La nieve se le empezó a colar en los zapatos a los pocos minutos de salir y tropezó varias veces con las raíces de los árboles, ocultas bajo el manto blanco. Por fortuna, el dolor de cabeza parecía bajo control. Mina se habría muerto de risa de haberlo visto.

Empapado tras el paseo por el bosque, se dio una larga ducha caliente y después fue a buscar una botella de whisky, un Akkeshi Peated Single Malt japonés que guardaba para ocasiones muy especiales.

Se llevó la botella y un vaso al estudio, donde la cronología de los «regalos de Navidad» seguía expuesta en la pared. Se sirvió un poco y dejó la botella sobre la mesa. El Akkeshi le parecía un whisky perfectamente equilibrado, uno de los pocos que no requerían el añadido de agua para alterar su sabor. Fijó la vista en el vaso para no ver la amenaza que lo contemplaba desde la pared.

Después del tercer vaso, miró el reloj. Eran las nueve y media de la noche. Sacudió la cabeza. ¿Cómo era posible que el tiempo hubiera pasado con tanta rapidez? No podía ser que llevara varias horas ahí sentado. Por lo visto, no solo estaba perdiendo la cordura, sino también la noción del tiempo.

Pero lo avanzado de la hora significaba que al menos podría enviarle un mensaje a Mina sin interferir con el trabajo que probablemente tendría después de lo sucedido en casa de Walther Stockenberg. Y quizá Nathalie estuviera durmiendo. Cogió el teléfono.

«Hola, he estado pensando en ti toda la tarde», escribió, pero enseguida borró toda la frase, excepto la primera palabra. ¿Qué demonios le estaba pasando?

«Hola, ¿cómo va todo?», escribió en cambio. «Espero que Nathalie esté bien, dentro de lo que cabe. Llámame cuando puedas.»

Envió el mensaje y se puso de pie. La cabeza le daba vueltas. El alcohol lo estaba afectando más que otras veces. Ojalá hubiera cenado. O desayunado. Ahora que lo pensaba, no había comido nada en las últimas veinticuatro horas.

Mierda.

Pero ya era tarde. No tenía hambre. Fue hasta el dormitorio con paso inseguro y se dejó caer sobre la cama, sin deshacerla. En el teléfono que llevaba en la mano sonó un aviso. Era Mina, que le había respondido.

> Todo sigue igual de mal. Niklas sigue desaparecido y el abuelo de Nathalie sigue muerto. Pero Nathalie saldrá adelante. Es una chica fuerte. ¿Puedes venir mañana a primera hora a la jefatura? Trae la carta amenazadora. Sé que no querrás, pero por una vez te pido que confíes en mí.

Vincent habría querido hacerle cientos de preguntas sobre el abuelo de Nathalie y sobre cómo se sentía Mina y si lo necesitaba a su lado. Especialmente esto último.

¿Lo necesitaba?

Pero no le preguntó nada de eso. Solo le respondió que iría a reunirse con ella tan pronto como pudiera y le deseó buenas noches. Después cerró los ojos y cayó en un sopor.

Un estruendo lo arrancó del sueño ligero en el que se había sumido. El despertador de la mesilla de noche sonaba con furia. Lo apagó y se fijó en la hora. Las 22:19. Estaba seguro de no haberlo puesto. Pero no le quedaban fuerzas para asombrarse. La Sombra estaba jugando con él, y Vincent solo podía dejarse llevar hasta comprender qué estaba pasando realmente.

Giró la cabeza y miró por la ventana del dormitorio. Para variar, el cielo estaba despejado y la luna iluminaba la noche. La nieve sobre los árboles y la hierba resplandecía bajo la fría luz lunar, como si fuera luminiscente. Era bonito, pero también daba un poco de miedo. La luna y los árboles no se preocupaban en lo más mínimo por él. El hecho de que su familia hubiera desaparecido les era completamente indiferente. El mundo fuera de la ventana seguiría su curso, más allá de lo que pudiera sucederle a Vincent Walder.

Sobre la hierba distinguió dos sombras. La luz de la luna le reveló el plumaje de los cuervos. Habían vuelto, como Vincent por alguna razón sabía que harían. Lo mismo que la última vez, solo eran dos. Se habían situado un poco más separados que la vez anterior, como si esperaran a otros tres amigos que vendrían a posarse entre ellos.

Si no hubieran sido aves, habría pensado que intentaban comunicarle algo en clave. Pero eran pájaros. No podían comunicarse, ni menos aún en clave. Suspiró y giró la cabeza de nuevo. El reloj marcaba las 22:25. Sabía que esa noche no volvería a conciliar el sueño.

QUEDAN CUATRO DÍAS

Justo antes de entrar en la jefatura, Vincent vio que Julia venía andando por la acera. Todavía faltaban varias horas para que saliera el sol, pero las farolas formaban charcos de luz que hacían resplandecer la nieve. La expresión de Julia era atormentada y tenía profundas ojeras. Vincent la esperó, para entrar los dos juntos.

—Buenos días —la saludó—. Y feliz tercer día de Navidad.

—Buenos... —empezó a decir ella, pero se interrumpió—. Eso último te lo acabas de inventar, ¿no? ¡Estoy tan cansada de la Navidad!

—No, no me he inventado nada —respondió él, con cara de ofendido—. Hasta 1722, año de la reforma del calendario religioso, el 27 de diciembre, o tercer día de Navidad, era festivo. Lo mismo que el cuarto.

Entraron en la jefatura y pasaron la barrera de seguridad. El vestíbulo estaba desierto y en silencio. No había grupos de estudiantes esperando para hacer una visita, ni policías muertos de frío, con un café en la mano, leyendo el tablón de anuncios. Al pasar, saludaron al agente que bostezaba detrás del mostrador.

—Llegas temprano —le dijo Julia a Vincent—. Ni siquiera sabía que ibas a venir. ¿Qué opina tu familia de que te ausentes tanto tiempo en Navidad?

Estuvo a punto de contárselo. Tenía muchas ganas de decir

por qué evitaba quedarse en casa. De hablar de sus dolores de cabeza, que empeoraban cuando se quedaba. De la pared del salón, que le daba tanto miedo. Y, sobre todo, de revelarle que su familia había desaparecido, que él mismo había recibido amenazas de muerte y que estaba aterrorizado por lo que pudiera ocurrir.

—Vengo a ver a Mina —dijo simplemente. Eso también era cierto—. Pero podría preguntarte lo mismo a ti —prosiguió Vincent—. ¿Qué opina tu familia? Parece que tú y yo somos los primeros en llegar esta mañana a la jefatura.

Julia guardó silencio un momento y sus ojeras parecieron oscurecerse aún más.

—Es... complicado —dijo finalmente—. Me refiero a la familia.

Vincent asintió.

—Si prometes no preguntar nada, yo tampoco lo haré —añadió Julia.

Se dirigieron en silencio hacia los ascensores. Vincent habría preferido subir por la escalera, pero empezaba a acostumbrarse a los ascensores de la jefatura. Ya no le resultaba tan difícil utilizarlos como aquella primavera de tres años atrás. Aun así, estaba muy lejos de encontrarlos agradables.

—Por cierto, Mina me ha contado lo de la línea dieciséis del metro, la que descubriste que no existe —comentó Julia mientras se abrían las puertas del ascensor—. Y la relación con los relojes de arena.

Muy bien. Seguir hablando era la distracción que Vincent necesitaba.

—Sí, no lo entiendo —contestó—. Sé que no estoy equivocado. Concuerda demasiado bien con el acertijo de los relojes de arena, como para no ser...

—Ayer hablé con el servicio de prensa del metro de Estocolmo —lo interrumpió Julia—. De hecho, la línea dieciséis existió. Era una línea provisional, que coincidía con otras dos en diferentes tramos del recorrido. Empezaba en Vällingby, en la línea verde, y acababa en Liljeholmen, en la roja. No sé exactamente dónde cambiaba de una a otra.

Vincent sintió como si le hubieran quitado un peso de encima. Tal vez su cordura no estaba en entredicho después de todo. No se había equivocado.

—Interesante —observó—. Entonces sabemos algo más acerca de la persona que me envió los relojes de arena. Sea quien sea, conoce a fondo la red de metro de la ciudad. Sería bueno descubrir por qué. En cualquier caso, nos está señalando una ubicación, y es posible que Niklas ya se encuentre allí.

—¿Quieres decir que ya está muerto? —preguntó Julia, mirándolo fijamente.

—No lo sé —replicó él, meneando la cabeza—. Espero que no. Según la grabación, aún le quedan cuatro días de vida. Pero cuatro días es mucho tiempo para tenerlo escondido, teniendo en cuenta el despliegue policial. Puede que sea más fácil ocultarlo en los túneles del metro. Aquello es un laberinto.

Se abrieron las puertas del ascensor y los dos salieron, pero, en lugar de seguir andando, Julia se volvió hacia él.

—¿Puedes señalar un punto más específico, dentro de la línea dieciséis?

Vincent negó con la cabeza.

—Al principio pensé que si los minutos de los relojes indicaban la línea, los segundos podían indicar las estaciones. Pero no he encontrado ninguna coincidencia con los lugares donde fueron hallados los otros huesos, por mucho que he intentado calcularlo de varias maneras diferentes. Lamentablemente, eso es todo lo que sé, de momento.

Julia dejó escapar un suspiro y sacó el móvil del bolsillo.

—En total hay cuarenta y siete estaciones subterráneas en el metro de Estocolmo —dijo—. La línea dieciséis pasaba por veinticinco de ellas. Pediré once parejas de policías para que investiguen dos estaciones cada una y enviaré a Ruben y Adam a inspeccionar las otras tres. Será una pesadilla logística. Otra vez. Espero que las autoridades del metro sepan adaptarse, porque no tenemos alternativa.

Marcó un número y se acercó el teléfono al oído.

—Va a ser un día largo —añadió, con un nuevo suspiro.

Mina se miró al espejo. Un rostro pálido que no reconoció le devolvió la mirada, debajo de unos párpados hinchados. Por una vez, sería ella quien llegara tarde y no Vincent. Pero no podía moverse más deprisa de lo que ya lo hacía. La noche había sido larga. Se había quedado hasta muy tarde hablando de Walther con su hija. Intentando recordar su lado bueno. La época cuando aún vivía Beata.

Nathalie llevaba solo unas horas durmiendo y Mina no quería despertarla. Pero ya estaba mejor cuando finalmente había podido conciliar el sueño. Realmente era una chica fuerte. Lo superaría. Y ahora que lo peor de la primera impresión había pasado, ya no necesitaba una niñera.

Mina solo esperaba que Vincent no atribuyera su aspecto a una reacción alérgica cuando la viera. Dejó una nota en la mesa de la cocina, salió sin hacer ruido para no despertar a Nathalie y se dirigió a la jefatura, tan rápidamente como se lo permitió el tráfico de la mañana.

Vincent no la estaba esperando en el vestíbulo, como ella pensaba que haría. Recorrió con la mirada la recepción desierta, por si se hubiera sentado en algún banco, pero no lo encontró. Entonces ¿no había llegado antes que ella? Se acercó al agente que atendía la barrera de seguridad.

—Buenos días —lo saludó—. ¿Has visto a Vincent Walder? No sé si lo conoces...

—¿El tipo que lee el pensamiento? —respondió el hombre, que parecía haber dormido tan mal como ella—. Ha venido hace un rato, con Julia Hammarsten. Creo que los dos han subido.

Mina le dio las gracias y atravesó la barrera. Justo cuando estaba a punto de llegar al ascensor, se abrieron las puertas y Vincent salió precipitadamente, mirando hacia atrás. El choque fue inevitable, pero el mentalista logró rodearla con sus brazos antes de que ella cayera al suelo.

—¿Mina?

—¡Vincent! —exclamó ella—. ¿Qué...? ¿Qué estás haciendo?

—Yo... Verás... —tartamudeó él, volviéndose otra vez hacia atrás—. Eh... De hecho... ¿Recuerdas lo que dijiste de practicar para poder viajar en ascensor? Puede que... haya aprovechado para practicar un poco.

Mina se echó a reír. Él todavía no la había soltado.

—¿Quieres decir que estás utilizando los recursos de la jefatura para hacer terapia cognitivo-conductual? —preguntó ella.

—Puede que sí.

La tenía tan cerca que percibía su aroma, que conocía tan bien.

—¿Vincent?

—¿Sí?

—Me estás abrazando.

Silencio.

—Lo sé.

Permanecieron así un rato. Mina no sabía muy bien qué hacer. No quería que Vincent la soltara. Sentía su calor y esperaba que él también sintiera el suyo. Pero no podían quedarse así para siempre.

—La gente va a empezar a murmurar —dijo por fin—. Habrá testigos de que has intentado secuestrarme.

Vincent comenzó a apartarse lentamente.

—¿Por qué hemos quedado tan temprano? —preguntó—. ¿Estará bien Nathalie, sola en casa?

—Nathalie es tan fuerte como su madre —respondió ella—. Hoy verá a sus amigos. Le hará bien distraerse. Y he tenido una idea. ¿Has traído la carta?

Vincent asintió.

—Podríamos enviarla a la policía científica en Linköping, para que vean si tiene huellas dactilares —propuso—. El proceso puede ser anónimo. Eliminaremos de la carta todas las referencias personales antes de enviarla.

—¿Huellas dactilares? —preguntó Vincent, sorprendido.

Pese a todo, sacó la carta y se la tendió.

Mina negó con la cabeza.

—No quiero tocarla —dijo—. Es bastante corriente que quienes envían amenazas lo hagan más de una vez y a diferentes personas. No solo en internet hay troles profesionales. Todavía hay quien envía cartas por correo postal, como has podido ver. Si el autor de esta ha sido condenado por amenazas u otros delitos en el pasado, lo encontraremos. Solo necesitamos tus huellas dactilares, para que la policía científica sepa cuáles descartar cuando analicen la carta.

Cogiendo con cuidado la misiva entre dos dedos, Vincent se la volvió a guardar en el bolsillo.

—No me parece mala idea —repuso—, sobre todo porque aún no tengo otra manera de averiguar quién me la ha enviado. Desde luego, implicaríamos a la policía, pero de una forma muy indirecta. No creo que la Sombra sea capaz de enterarse.

—Podemos tomarte las huellas ahora mismo —sugirió Mina, echando a andar por el pasillo hacia el laboratorio.

De pie junto a la máquina de café, Christer dejó escapar un suspiro. En la pantalla de la máquina podía leer la fecha: 27 de diciembre. Solo cuatro días para Año Nuevo. Se sentía como si esta vez no hubiera tenido ni un minuto libre durante las fiestas navideñas. Tampoco le importaba mucho. Lasse también estaba muy ocupado. El restaurante de Ulla Winbladh, donde trabajaba, tenía todas las mesas reservadas durante las fiestas navideñas, por lo que cada noche volvía tarde a casa.

Pero un par de veladas en el sofá, con una buena serie policiaca en la tele como única compañía, le habrían sentado muy bien. No podía hacerlo muy a menudo desde que Lasse había entrado en su vida. No se quejaba, por supuesto que no. La compañía de Lasse era mejor incluso que su serie favorita de detectives, la de Harry Bosch. Y, además, Lasse era más guapo.

Levantó la vista y vio que Julia venía por el pasillo. Traía una taza vacía en la mano y sus ojos cansados parecían fijarse como un láser en la máquina de café.

—Tienes cara de estar agotada —le dijo Christer—. ¿No deberías irte a casa con Torkel y Harry?

—Con Harry, sí, por supuesto —repuso ella—. Siento que soy una madre horrible cada segundo que estoy aquí en lugar de estar con él. Gracias por recordármelo.

—¿Y con Torkel?

—Con él no siento el mismo grado de culpa. ¿Está listo ya o no? —Señaló con la cabeza la taza de Christer, que estaba llena desde hacía tiempo, pero seguía en la máquina.

Cuando él la retiró, Julia colocó la suya en el soporte, de manera casi agresiva. Algún día Christer le preguntaría qué pasaba con su vida. Pero este no era el mejor momento.

—¿Vienes? —le preguntó Julia—. La reunión va a empezar ahora mismo. Y tengo un encargo muy divertido para ti, que te ocupará el resto de las fiestas.

Christer suspiró, vertió el café en el fregadero y volvió a poner la taza en la máquina. La situación requería café muy caliente y recién hecho.

—Comprendo que a estas alturas estéis agotados, pero valoro mucho el trabajo fantástico que estáis haciendo. Todo el mundo está pendiente de nuestra búsqueda del ministro de Justicia y no es un tópico en estas circunstancias insistir en que el tiempo se agota. Y lo hace muy rápidamente.

Contemplando a su variopinto grupo, Julia no pudo menos que sentirse orgullosa de lo mucho que habían conseguido en los pocos años que llevaban trabajando juntos y de todo lo que seguramente lograrían en el futuro.

—Ruben, ¿podrías ponernos al día de lo que ha pasado con la pista de la mafia serbia?

Sabía que era una maldad preguntárselo, pero no pudo evitarlo. Se oyeron algunas risas, y la propia Julia tuvo que hacer un esfuerzo para no reír. La foto de Ruben con la manta térmica y la historia de cómo lo había salvado el equipo de Sara dos días atrás se había extendido a la velocidad de la luz por toda la jefatura.

—Muy gracioso —replicó Ruben, molesto—. De verdad, muy gracioso. En cuanto a la pregunta, os diré que Ted Hansson está a salvo en su domicilio y que los serbios, según hemos podido constatar, no tienen nada que ver con nuestro caso, a pesar de su relación con Peter Kronlund y Gustaf Brons. No ha sido más que una desafortunada coincidencia.

—Gracias, Ruben —respondió Julia, asintiendo—. Espero que todos os hayáis tomado un momento para reflexionar sobre lo inapropiado de actuar por cuenta propia en el desempeño de las funciones policiales. La iniciativa personal está muy bien, pero nunca hay que perder de vista el sentido común.

—Sí, jefa —contestó Ruben, irritado—. No hace falta que sigamos hablando de esto.

—Centrémonos entonces en las pistas pendientes de investigar. Hay varias. Gracias a Vincent, tenemos un lugar concreto donde buscar a Niklas. De hecho, el ministro podría estar en algún punto de la red de metro, a lo largo de la línea dieciséis.

—¿La que no existe? —intervino Christer—. ¿No habíais dicho algo al respecto?

—Así es —replicó Vincent, sentado al lado de Mina—. Según Julia, fue una línea provisional que coincidía con el recorrido de otras dos. Pero el problema, como también ha señalado Julia, es que pasaba nada menos que por veinticinco estaciones.

—¿Qué grado de seguridad tenemos de que esté allí? —preguntó Ruben.

—Ninguno —contestó Julia—. Pero no disponemos de mucho más. Así que, mientras no tengamos otra cosa, he solicitado un registro. Varios agentes inspeccionarán sistemáticamente todas las estaciones, una tras otra, a lo largo del día de hoy. Ruben y Adam también participarán en la búsqueda.

—Ya lo he visto —dijo Adam, asintiendo—. Saldremos para allá en cuanto acabe la reunión.

—Perfecto. También tenemos la conexión que hemos podido encontrar entre las víctimas, el hecho de que todas habían pasado por una crisis profunda en sus vidas hace aproximadamente veinte años. Y eso también concuerda con el pasado del ministro de Justicia, según su padre. Todavía no hemos podido encontrar algo que las una a todas, pero estamos tratando de averiguar si acudieron a la consulta del mismo psicólogo y si tenían alguna relación con «el Rey», cuyos restos supuestamente teníamos en nuestro poder, hasta que fueron sustraídos. ¿Hemos podido localizar al psicólogo de Niklas?

—Sigue en Ruanda. Aún no hemos logrado hablar con él —respondió Christer, mientras le daba una galleta de jengibre a Bosse, que la engulló ruidosamente.

—Entonces tendremos que buscar otra vía. Ya me he cansado de esperar. Si todas nuestras víctimas acudieron a un mismo psicólogo hace veinte años, sus datos tienen que figurar en sus respectivos extractos bancarios. Todas debieron hacer pagos regulares a la misma persona o sociedad.

Christer se atragantó con su trozo de galleta, lo que le produjo un acceso de tos.

—Entonces... —empezó a decir—, ¿quieres que averigüe dónde tenían sus cuentas corrientes hace veinte años y que contacte con los bancos para pedirles que busquen en sus archivos antiguos? ¿En plenas vacaciones de Navidad? ¿Y sin saber siquiera qué cuentas utilizaban para pagar sus facturas?

—Exacto —respondió Julia, asintiendo—. Ya te he dicho que tenía un encargo muy divertido para ti.

—¿Eres consciente de la cantidad de movimientos que habrá que estudiar en cada una de las cuentas? ¿Has pensado que quizá accedieron al psicólogo a través del seguro de salud? Si fue así, solo veremos que acudieron en algún momento a un centro sanitario y no podremos saber si fue por eso o para hacerse un análisis de sangre. En comparación, el trabajo de Sísifo era más sencillo que el mío.

—Ya lo sé —dijo Julia—. Pero tenemos un ministro de Justicia desaparecido. Estoy bastante convencida de que la mayoría de la ciudadanía querrá ayudar, incluido el personal de los bancos. Dicho esto, si tienes una idea mejor, estaré encantada de oírla.

Christer negó con la cabeza.

—Empezaré ahora mismo —contestó.

Julia echó un vistazo a la lista que había preparado para la reunión, por si se le olvidaba algo, pero se interrumpió cuando alguien llamó cautelosamente a la puerta de vidrio. Todos se volvieron y Julia le indicó con un gesto a la agente que había llamado a la puerta que podía entrar.

—¿Sí? ¿Qué pasa? Estamos en medio de una reunión.

—Milda quiere que la llames —respondió su colega.

—¿Sabes por qué? ¿Puede esperar hasta que terminemos?

—Solo ha dicho que era por algo referente a Loke. Que lo han encontrado y que está en el hospital.

Julia se la quedó mirando, sorprendida. Enseguida cogió el teléfono y vio que tenía catorce llamadas perdidas de Milda.

Estaba con Mina en un bar llamado Il Caffè, a tiro de piedra de la jefatura. Julia había interrumpido abruptamente la reunión, pero antes de salir a toda prisa les había pedido que no se fueran muy lejos. Aunque todavía era pronto, el bar ya estaba lleno de treintañeros encorvados sobre sus portátiles. Vincent y Mina habían logrado hacerse con la última mesa libre, al fondo del local. Vincent había pedido un bollo y Mina, un sándwich vegetal que probablemente no pensaba comer.

—Comprendo tu frustración por no poder hacer nada ahora mismo —le dijo él en voz baja—. Pero a veces es bueno distraerse con otras cosas, ¿sabes? Como cuando vas a jugar al billar. Hacer cosas diferentes es la mejor manera de recargar las baterías del cerebro.

—Vincent —replicó ella en tono decidido—, no vamos a hacer ningún curso de alfarería con torno, ni tampoco vamos a pintar con tierra de sombra, si es eso lo que quieres decir. Para que lo sepas.

El mentalista levantó las manos, como para descartar la idea.

—No, no era mi...

—Aun así, aprecio tu interés —prosiguió ella, hundiendo un dedo en el sándwich—. La arcilla, no, no la aprecio en absoluto. Sin embargo, valoro que no hayas renunciado a querer hacer cosas conmigo. Porque... sé que soy difícil en ese sentido. Pero ¿por qué no hablamos, así sin más, mientras esperamos?

Se inclinó sobre la mesa y le apoyó una mano sobre el brazo.

—¿Cómo te sientes? —dijo—. Sé cómo me sentía yo cuando Nathalie estaba atrapada en Epicura, pero al menos entonces sabía dónde estaba. Tu familia... Ni siquiera puedo imaginarlo. Por favor, dime que has cambiado de opinión respecto a la participación de la policía. Sé que te preocupa tu familia, pero tú mismo has recibido una amenaza de muerte.

¿Cómo se sentía Vincent? Buena pregunta. De hecho, ni siquiera se atrevía a sentir, por miedo a que los sentimientos lo derribaran con tanta fuerza que ya no pudiera levantarse. Tenía que mantener el mayor distanciamiento posible de la preocupación por su familia, ya que de lo contrario no sería útil para nadie. Ni para Mina, ni menos aún para sí mismo.

—Acepto que analicéis las huellas dactilares —respondió—. Pero una mayor implicación de la policía sería demasiado evidente. Tengo que encontrar la solución yo solo. En cuanto a la amenaza de muerte..., solo se hará efectiva si no cumplo las exigencias de la Sombra.

No era cierto. La carta decía que Vincent Walder dejaría de existir, con independencia de lo que hiciera. Pero esperaba que su amiga no lo recordara. Ya estaba suficientemente preocupada por su culpa.

—Sé que no sirve de nada decirlo —repuso ella—, pero yo en tu lugar estaría fuera de mí. No sé cómo puedes conservar la calma.

Vincent le cogió la mano que tenía apoyada sobre su brazo y se la apretó entre las suyas. Habría preferido abrazarla con la misma fuerza, pero, de haberlo hecho, podría haberse derrumbado.

—Necesito mantener una actitud racional para seguir adelante —afirmó—. Por eso intento verlo todo desde fuera, como si no conociera a mi familia, como si observara los acontecimientos desde un punto situado veinte años en el futuro. Es una manera de distanciarme y desconectar de las emociones.

—¿Y te funciona? —preguntó Mina.

—No, para nada.

Encontró sin problemas el acceso al servicio de urgencias del hospital Karolinska. Tarde o temprano, todos los policías en activo acababan conociendo como la palma de su mano las urgencias del hospital más importante de Estocolmo. La memoria de infinidad de tragedias la asaltaba cada vez que veía el cartel de la entrada, pero, después de muchos años en la profesión, Julia sabía sobrellevar el recuerdo de los muertos y los heridos.

—¿Dónde está? —Saludó con una breve inclinación de la cabeza a los policías que la esperaban en la puerta.

—Lo han hecho pasar a la consulta del médico —respondió uno de ellos—. Por suerte, había poca gente en la sala de espera. Hasta ahora solo nos han dicho que no se teme por su vida. Le hice una pequeña exploración cuando lo encontramos y creo que las heridas solo son superficiales. El personal de la ambulancia opinaba lo mismo. Pero no podemos estar seguros, porque podría presentar lesiones internas. Tiene golpes en la cabeza.

—Entraré a ver qué puedo averiguar. Buen trabajo. Gracias.

El tono de Julia era medido, pero sabía que su agradecimiento sería muy bien recibido. Había muchos oficiales que no daban nunca las gracias en toda su vida profesional.

Entró rápidamente y, tras enseñar su identificación en el mostrador de recepción, accedió a un pasillo, donde se sentó a esperar a que un médico saliera a hablar con ella. Cuando aún no habían pasado ni cinco minutos, un médico moreno y elegante fue a su encuentro. En su placa identificativa leyó que se llamaba Mehmet.

—Hola, doctor. Me llamo Julia Hammarsten. Dirijo un equipo de investigación del que Loke forma parte. ¿Cómo se encuentra?

Como policía, siempre se sentía más afectada cuando un compañero resultaba herido, incluso cuando la persona en cuestión solo colaboraba con ellos, sin ser oficial del cuerpo. Era un fuerte instinto de protección que abarcaba a todos los miembros de la policía y del sistema judicial. Ir contra uno de ellos era ir contra todos.

—Las lesiones son superficiales —dijo el médico, con un ligero acento extranjero—. Desde el punto de vista físico, el daño ha sido mínimo; pero en el aspecto psicológico, ha sufrido una experiencia traumática que quizá requiera ayuda profesional.

—¿Puedo hablar con él?

El doctor dudó un momento, pero enseguida asintió.

—Sí, si promete no cansarlo.

—Loke forma parte de mi equipo. Jamás haría nada que pudiera perjudicarlo.

—Entonces tiene mi permiso.

El médico señaló una de las puertas alineadas a lo largo de un pasillo en apariencia interminable y Julia se dirigió de inmediato hacia el lugar indicado. Con la mano en el picaporte, se detuvo un momento, respiró hondo y entró.

Loke tenía un aspecto lastimoso, tumbado en la cama de hospital, con la cabeza vendada y un extenso hematoma en la cara. También presentaba marcas de golpes en los brazos, que yacían sobre la manta amarilla con el monograma del centro sanitario.

—No quiero pensar cómo habrá quedado el otro... —dijo Julia, cerrando la puerta tras de sí.

Loke se rio, pero la risa no tardó en convertirse en tos. Contrajo el rostro en una mueca y se llevó una mano al pecho.

—¿Te duele?

—Solo cuando me rio —respondió él, esbozando una sonrisa irónica.

Julia fue a buscar una silla al otro extremo de la sala y la colocó junto a la cama. Las pocas veces que había visto a Loke, había tenido la impresión de que el asistente de Milda se esforzaba por ocupar el menor espacio posible, como si pensara que no tenía el mismo derecho que los demás a existir y ser oído. En la cama del hospital, parecía que se hubiera hundido entre las sábanas.

—¿Tienes algún familiar con quien quieras que contactemos nosotros o el hospital? —dijo Julia, resistiéndose al impulso de apoyar una mano sobre la de Loke y darle unas palmaditas.

Por alguna razón, estaba convencida de que él lo consideraría una intrusión excesiva en su espacio personal.

Loke negó con la cabeza.

—No, nadie. Mi familia es el trabajo.

—En cualquier caso, Milda viene en camino —anunció Julia—. Debe de estar saltándose todos los semáforos.

Loke amagó una risa, pero enseguida le sobrevino otro acceso de tos.

—Por favor, intenta no hacerme reír.

—No puedo prometer nada. Soy terriblemente divertida por naturaleza —replicó Julia, levantando ambos brazos.

En realidad no conocía al hombre acostado frente a ella, pero le caía bien. Entendía por qué era tan intenso el instinto protector de Milda hacia él y también el gran aprecio que le inspiraba a Vincent. Bajo la superficie de timidez, se adivinaba un intelecto brillante.

—¿Puedo preguntar qué ha sucedido? —arriesgó con cautela.

Loke asintió.

—Puedes preguntar, pero no sé si te servirá de algo, porque no he visto nada. Pensaba ir a la jefatura, para enseñarte la documentación. Quería llevártela personalmente. Pero cuando me levanté y me puse la chaqueta, todo se volvió negro. Cuando he recuperado el conocimiento, me dolía todo el cuerpo y estaba encadenado a la manilla de uno de los armarios del sótano. Por suerte, la sujeción de la manilla no era muy firme, porque de lo contrario aún seguiría allá abajo.

—Entonces ¿no viste quién te atacó? —preguntó Julia, decepcionada.

Esperaba obtener información importante, pero Loke volvió a negar con un gesto.

—¡Ay! No debería mover tanto la cabeza. Pero no, no vi nada. Me levanté para coger la chaqueta y entonces, ¡pam!, inconsciente. Hasta que me he despertado, atado al armario. No tengo ni idea de cómo han podido entrar.

—¿Piensas que eran más de uno?

—Uno, dos... No lo sé...

—¿Crees que podrían ser los mismos que sustrajeron los huesos antiguos?

Loke hizo una mueca de desesperación, pero no dijo nada.

—Quédate tranquilo. Haremos una investigación a fondo.

Dudó una vez más, pero al final apoyó una mano sobre la suya, a pesar de todo. Loke pareció sorprenderse, pero no la apartó. Julia le dio un par de palmaditas y después se puso de pie.

—Si se te ocurre algo que quieras decirme, llámame —le pidió—. Pero ahora descansa. Haremos todo cuanto esté a nuestro alcance. Te lo prometo.

—Gracias —contestó Loke en voz baja, y volvió a hacer una mueca de dolor—. ¿Te ha dicho Milda lo de la prueba de ADN?

Julia se paró en seco.

—¿Qué prueba de ADN?

—Ya me parecía que no te lo habría dicho —suspiró Loke—. La culpa es mía. Me comprometí a informarte al respecto. Y últimamente Milda ha estado muy estresada. Comprendo que pensara que ya lo sabías. Pero más vale tarde que nunca, supongo.

—¿De qué me hablas?

—Deberíamos alegrarnos de que la investigación genealógica se haya puesto de moda. Un sobrino del hombre no identificado estaba registrado en la web de una de esas empresas a las que mandas una muestra de saliva para que investiguen tus orígenes. Se llama Tor Svensson. Milda lo buscó en Google y, por lo visto, trabaja con Niklas Stockenberg.

Julia se lo quedó mirando. Casi podía oír los engranajes de un gran mecanismo invisible dando una vuelta completa. De algún modo, todo estaba relacionado. Ahora solo tenía que averiguar cómo.

Christer puso fin a la llamada. Acababa de hablar con las oficinas centrales de uno de los principales bancos de Suecia. Tal como sospechaba, si quería obtener información sobre el historial de movimientos de Marcus Eriksson de hacía más de diez años, no solo necesitaba el nombre y el número de identificación personal de Marcus, sino también su número de cuenta. Lo mismo le dijeron respecto a Erika Sävelden y Jon Langseth.

Las probabilidades de que la madre de Marcus recordara un número de cuenta de veinte años atrás eran remotas, incluso en el remoto caso de que alguna vez lo hubiera sabido. Y aunque Christer tuviera un golpe de suerte, la buena fortuna tenía que repetirse tres veces para que la investigación diera sus frutos. Era mucho más sencillo esperar a que el psicólogo volviera de Ruanda.

Pero quizá fuera posible encontrar otro dato, ya que Julia lo había enviado a la caza de información. Después de todo, ella misma se lo había pedido. Una idea empezó a formarse en lo más profundo de su mente, pero aún no estaba del todo perfilada. Christer sabía que solo se manifestaría cuando llegara el momento adecuado.

Desde la pantalla del ordenador, Mark Eric, el alter ego de Marcus Eriksson, le hacía un gesto obsceno con el dedo corazón. Mientras hablaba con el banco, Christer había abierto la página de Mark en la Wikipedia. Allí había leído que el primer single de Mark había sido editado, con un éxito arrollador, por Not Loud Enough Records, un sello discográfico que entonces acababa de crearse.

Volvió a leer el texto sobre la publicación del disco y a continuación siguió el enlace a un artículo del diario *Expressen*. En él, un crítico musical censuraba la intensa campaña publicitaria del desconocido Mark Eric y se preguntaba si no se reduciría todo a una cínica maniobra comercial de la discográfica.

Pero Mark no había dejado de presentar nuevos temas. Un año después, el mismo crítico escribía un artículo titulado «Mark Eric ha llegado para quedarse», en el que elogiaba la fe de la compañía en el cantante.

Christer consultó entonces la web del sello discográfico, donde pudo averiguar que Mark había sido el primero y más importante de sus artistas. Habían presentado discos de otros grupos y cantantes, pero apenas se habían esforzado en promocionarlos. Al parecer, se trataba en su mayoría de amigos de Marcus, contratados probablemente por su propia iniciativa. La compañía discográfica había sido fundada por dos o tres aficionados y una sociedad de capital riesgo, que también había creado una agencia de relaciones públicas vinculada al sello.

Hum... Una inversión considerable.

Christer buscó en Google a los fundadores de la discográfica y después a la sociedad inversora, que resultó ser una empresa familiar. La familia en cuestión tenía un apellido que el policía ya había visto varias veces en los últimos días.

Por supuesto, podía tratarse de una coincidencia. Podía haber más gente con el mismo apellido. Pero la idea que estaba empezando a concebir adquirió contornos más definidos.

Abrió una pestaña nueva en el navegador e hizo una búsqueda con el nombre de Erika Sävelden. Varios de los resultados apuntaban a artículos sobre los premios que había ganado como conferenciante. Pero también encontró enlaces a la página de reservas de una agencia llamada Talking Minds. Al parecer, se trataba de la agencia que gestionaba las apariciones públicas de Erika.

Christer cogió el teléfono y marcó el número. Una voz femenina le contestó de inmediato.

—Talking Minds. Le habla Louise. ¿En qué puedo ayudarle?

—Hola. Me llamo Christer Bengtsson y llamo desde la Jefatura de Policía —empezó él—. Estamos investigando más detenidamente la desaparición de Erika Sävelden, aunque ahora mismo no puedo revelarle por qué. Sin embargo, tengo entendido que ustedes eran sus representantes. ¿Podría hablarme un poco de cómo trabajaban con ella?

—¿Con Erika? —repuso la mujer, riendo—. Bueno, yo todavía no estaba en la agencia, pero he oído hablar de ella. Su primer año como conferenciante no se parece a nada que se haya visto en el sector antes o después. La enorme cantidad de conferencias que dio durante ese primer año sentó las bases para su éxito posterior.

—¿Qué quiere decir? —preguntó Christer, mientras buscaba un lápiz.

—Por alguna razón, los conferenciantes se vuelven más atractivos cuando tienen mucha demanda —explicó Louise—. Y nosotros no teníamos ninguna obligación de revelar a los clientes que sus cien primeros contratos procedían todos de la misma empresa.

—¿Recuerda cuál era esa empresa?

Escuchó en silencio la respuesta de Louise, de Talking Minds, y la escribió con el lápiz en un bloc de notas adhesivas. Ahora la idea estaba clara. Observó lo que había escrito sobre Marcus primero y sobre Erika después. Una conexión. Pero necesitaba encontrar otra más. Jon era el siguiente. Christer había comenzado a vislumbrar un patrón y sabía dónde buscar, por lo que no se molestó en hablar con Josephine Langseth. En lugar de eso, llamó al Registro de Sociedades, para averiguar en qué empresas había participado Jon Langseth en los últimos veinte años.

Resultó que Jon había empezado a muy pequeña escala, asumiendo algunos riesgos que dieron sus frutos. Cuando una de sus empresas prosperaba, la vendía y fundaba otra más grande. Pero si bien llegó a reunir un capital considerable, su dinero no era suficiente por sí solo. Necesitaba inversores.

En un artículo de quince años atrás, publicado en la revista económica *Dagens Industri*, Christer encontró un reportaje sobre varios inversores suecos y extranjeros dispuestos a dar un impulso a nuevos emprendedores. La empresa que entonces tenía Jon aparecía mencionada como una de las beneficiadas.

También salía el nombre de la sociedad inversora que había aportado parte del capital.

Y en la pantalla frente a Christer se manifestó la última conexión. Ni siquiera le había resultado difícil encontrar la información en cuanto supo lo que estaba buscando. Nadie se había molestado en ocultarla, porque estaba escondida bajo varias capas de documentos diferentes. Y cada dato, por sí solo, parecía irrelevante. Para ver la relación, había que buscar todas las conexiones a la vez.

Christer volvió a coger el lápiz. Había hallado el denominador común de las tres víctimas. Julia tenía razón. Se trataba de dinero, pero no en el sentido que ella le había dado. Christer se quedó mirando el nombre que había escrito en la nota adhesiva. El mismo nombre, tres veces. Le costaba creer que no guardara relación también con Niklas Stockenberg. De ser así, Niklas corría más peligro de lo que cualquiera de ellos podía imaginar.

Irritado, Ruben dio un puntapié a la grava amontonada en el suelo. Estaba harto de los túneles. Nunca le había gustado el metro, y las continuas expediciones de las últimas semanas por las sucias y oscuras profundidades no le habían servido precisamente para cambiar de opinión. Adam y él habían recibido el encargo de completar el equipo que investigaba el recorrido de la desaparecida línea dieciséis, inspeccionando las tres últimas estaciones: Zinkensdamm, Hornstull y Liljeholmen.

Quizá debía agradecer que no les hubieran asignado más, pero tres seguían siendo demasiadas. La dirección del metro ya ni siquiera se molestaba en enviarles acompañantes. Por suerte, ya habían registrado la estación de Zinkensdamm y pronto habrían terminado con la de Hornstull.

A decir verdad, le parecía muy improbable que Niklas Stockenberg estuviera en esos túneles, al menos en las proximidades de una estación de metro. En parte, porque era muy peligroso: los trenes pasaban a gran velocidad cada cinco minutos, y Adam y él tenían que mantenerse alejados de las vías para que no los arrastrara la corriente de aire. Y, en parte, porque no había sitio para esconder a nadie. Había huecos y recovecos, por supuesto, pero ningún lugar donde uno pudiera esconderse sin que lo descubrieran enseguida.

—Me da a mí que Vincent se ha vuelto a equivocar —comentó, mientras se ponía a cubierto ante el paso de otro tren—. Como siempre. ¿Quién nos dice que Niklas no está en la superficie? Podría estar cerca de una de las estaciones. Me parece mucho más probable.

—Estoy de acuerdo —repuso Adam, iluminando con la linterna un túnel de servicio que se desviaba en ángulo de las vías principales—. El problema es que en ese caso no tenemos ni idea de dónde podría estar. Aquí abajo, al menos, el territorio es más... limitado.

—Sí, ¡qué suerte!, ¿no? —replicó Ruben con ironía, mientras se adentraba en el túnel secundario detrás de Adam.

El túnel de servicio resultó ser una vía ciega donde se amontonaban varios palés y algunas herramientas. Como todos los otros espacios que habían encontrado e investigado, estaba vacío. No había nada. Ningún lugar donde esconder al ministro de Justicia.

—Creo que aquí hemos terminado —declaró Adam—. Solo nos falta Liljeholmen.

Siguieron el túnel de regreso a la estación y subieron al andén para esperar el siguiente tren, ya que no había una manera más sencilla de desplazarse de una estación a otra.

—A partir de Liljeholmen, el metro circula por la superficie —dijo Ruben, mientras subían a un tren perteneciente al ramal catorce de la línea roja, en dirección a Fruängen—. Así que solo tendremos que registrar un extremo de la estación, la parte subterránea. Apuesto a que allí tampoco encontramos nada. ¿Han dicho algo los demás?

Adam echó un vistazo al teléfono.

Habían creado un grupo con las otras parejas de policías que participaban en la búsqueda, para estar al tanto en tiempo real de lo que pudieran encontrar. El departamento informático tendría sin duda algo que decir al respecto en lo referente a la seguridad, pero nadie quería trabajar más de la cuenta en época navideña. Si alguien encontraba algo, no tenía sentido que los demás continuaran la búsqueda.

—Todos los grupos menos uno han terminado —dijo Adam—. Y nosotros estamos a punto de acabar. Nadie tiene nada que informar.

—Ya lo decía yo —replicó Ruben con cara de pocos amigos—. Una pérdida de tiempo.

Adam arqueó una ceja y sonrió.

—¿Por qué? ¿Tenías algo más que hacer? Corrígeme si me equivoco, pero tengo entendido que Sara Temeric y tú... —Dejó la frase inconclusa.

Ruben lo fulminó con la mirada. El tren dio un bandazo y tuvo que agarrarse a una barra para no caer.

—Corrígeme si me equivoco —repitió Ruben, imitando el tono de Adam—, pero tengo entendido que Julia Hammarsten y tú...

Adam se quedó boquiabierto, totalmente estupefacto.

Ruben sonrió satisfecho. Su colega se lo merecía. Tenía que comprender que su pequeño secreto con la jefa no era tan secreto como ambos parecían creer. El tren se detuvo en Liljeholmen y los dos bajaron. Ruben echó a andar hacia el extremo posterior del andén, donde había una escalerilla para bajar al túnel.

Otro túnel oscuro y aburrido. Mentalmente, vio a Sara frente a él. Su maravillosa sonrisa.

—Una pérdida de tiempo —murmuró mientras se adentraba en el túnel detrás de Adam—. Una puta pérdida de tiempo.

Tor les estrechó la mano y los hizo pasar a la sala de reuniones, una de las más sobrias y severas que Milda había visto jamás. Tenía en medio una mesa alargada de color gris oscuro, con sillas tapizadas en un tono más claro de gris. Los cuadros propiedad del Gobierno que adornaban las paredes tampoco eran muy alegres. Era una sala donde señores de mediana edad vestidos con trajes oscuros debían de fruncir el ceño con frecuencia en señal de profunda preocupación.

Prejuicios de Milda, por supuesto. Pero la imagen de Tor Svensson con su impecable traje azul marino no la animaba a superarlos.

Milda y Julia separaron sendas sillas de la mesa para sentarse.

—Gracias por venir —les dijo Tor—. Sé que vuestro tiempo es muy valioso, por lo que aprecio de veras vuestra amabilidad. Tengo tanto que hacer con todo lo que ha pasado que no puedo alejarme ni un minuto del ministerio.

Tor entrelazó los dedos en torno a su taza de café. Milda notó que no les había ofrecido nada de beber, por lo que probablemente la reunión no sería larga.

—No ha sido ninguna molestia venir —respondió Julia—. Hemos pensado que era mejor decírtelo en persona. ¿Puedes explicárselo tú, Milda?

Milda enderezó la espalda y se aclaró la garganta.

—Sí, claro. Trabajo en el Instituto de Medicina Forense —empezó—. Me imagino que sabrás que la policía está investigando un caso que podría estar relacionado con la desaparición de Niklas Stockenberg.

—Sí, el de las tres víctimas cuyos restos han sido hallados en los túneles del metro —dijo Tor, asintiendo.

—Así es —confirmó Julia—. Pero en uno de nuestros registros encontramos además un montón de huesos mucho más antiguos, que no parecen estar vinculados con las otras tres víctimas.

Tor arqueó las cejas.

—La policía logró identificar en poco tiempo a las tres víctimas más recientes —prosiguió Milda—. Pero el esqueleto más antiguo era un misterio, hasta que encontramos una coincidencia en una base comercial de ADN. Se trata de un sobrino de la persona fallecida. No es fácil decir esto, Tor, pero los huesos más antiguos encontrados en el metro pertenecen a un tío tuyo.

Tor abrió mucho los ojos y derramó un poco de café sobre la mesa.

—¿Björn? —exclamó sorprendido—. ¿Habéis encontrado a Björn?

—Eso parece —repuso Julia—. ¿Podrías hablarnos un poco de él? No tenemos ningún dato. Ni siquiera sabíamos su nombre, hasta que tú lo has dicho.

Tor dejó escapar un suspiro y agachó la cabeza. Después levantó la vista al techo y permaneció así unos segundos antes de empezar a hablar. Su voz ya no era tan firme como antes.

—Le tenía mucho afecto a Björn cuando era pequeño —dijo—. Era profesor y todos lo adoraban. Sin embargo, era bipolar. En aquel entonces yo no sabía nada de eso, lógicamente, pero lo he ido entendiendo con el tiempo. Tenía épocas en que bebía demasiado y hablaba de suicidarse. Pero la vida siempre tiene sus ironías. Linda se le adelantó.

—¿Linda? —preguntó Julia.

—Su mujer. Fue un golpe para todos. Siempre nos había parecido feliz y despreocupada, sobre todo poco antes de que sucediera. Pero deberíamos haber reconocido las señales. ¿No habéis oído que cuando una persona planea quitarse la vida da la impresión de estar en su mejor momento justo antes de hacerlo? Quizá porque ya lo ha decidido.

Las miró a las dos con lágrimas en los ojos. Julia estuvo a punto de hablar, pero no dijo nada.

—Björn encontró su carta de despedida una tarde, al volver a casa —prosiguió Tor—. Para entonces, ya no había nada que hacer. Hallaron el cadáver dos días después, junto a los muelles de Hornstull. Björn se echó la culpa de todo. Dijo que él era el único responsable, por haber vuelto imposible la convivencia. A partir de ahí, sus depresiones se volvieron más profundas y prolongadas. Un buen día, desapareció. Todos pensaron que se habría tirado del puente de Västerbro, como ella. Lo peor es que se llevó consigo a su hijo pequeño. Toda la familia barrida de un plumazo. Terrible. Pero ¿decís que ahora han encontrado sus restos?

Milda asintió en silencio, fascinada por la historia.

—Me gustaría organizarle el funeral que se merece —dijo Tor—. Supongo que no habrá inconveniente en entregarme sus restos, dado que soy su pariente vivo más cercano.

Milda miró a Julia con tristeza. En ese momento le habría gustado tener una taza de café delante, para llevársela a los labios. O poder hace cualquier otra cosa que le permitiera eludir la pregunta de Tor.

—Ya no... Ya no los tenemos en nuestro poder —respondió en voz baja, incómoda—. Han sido... Los han...

—Han sido sustraídos —intervino Julia—. Ocurrió la víspera de Nochebuena.

Tor se las quedó mirando unos segundos mientras su cara iba enrojeciendo cada vez más. Luego descargó un manotazo sobre la gris superficie de la mesa, derramando el resto del café que quedaba en la taza.

—¡Debería haberlo adivinado! —exclamó—. ¿Es que la policía no sabe hacer nada bien? Después de todo lo que ha pasado, ¿ni siquiera sois capaces de guardar en lugar seguro unos cuantos huesos? Hablaré con el más alto responsable. ¡Este grupo de incompetentes del que formáis parte no debe seguir existiendo!

—Comprendo tu disgusto, y sé que estás alterado porque todo esto te ha removido viejos recuerdos —replicó Julia—, pero nuestro grupo es extremadamente competente. Lamento mucho el robo de los huesos de tu tío y te aseguro que estamos haciendo todo lo posible para recuperarlos. Pero la sustracción se produjo en el Instituto de Medicina Forense y no bajo nuestra custodia. Por otra parte, tengo algunas preguntas que hacerte que quizá podrían ayudarnos en nuestra investigación.

—No veo cómo podría ayudaros. ¿No acabas de decir que los restos de mi tío no parecen estar vinculados con las otras tres víctimas? —dijo Tor, levantándose de la silla.

Fue a buscar a un cajón unas servilletas de papel y empezó a limpiar el café derramado sobre la mesa.

—Eso todavía está por verse —respondió Julia—. Por lo que sabemos, Björn murió en el año 2000. ¿Recuerdas el año de su desaparición?

—Debió de ser a principios de los noventa, si no recuerdo mal —rememoró Tor, mientras arrojaba a la papelera las servilletas húmedas—. Quizá fue en el noventa y uno o en el noventa y dos... Pero ¡un momento! ¿Queréis decir que vivió diez años en el metro, como un indigente?

—Eso parece. El hijo de Björn, es decir, tu primo, estaba con él. Hemos oído historias acerca de un niño que creció en los túneles.

Tor sacudió la cabeza, como si quisiera negar la realidad. Milda sintió pena por él. Intentó imaginar cómo sería recibir una noticia similar, pero no lo consiguió. Los tonos sombríos de la sala le estaban pareciendo cada vez más apropiados.

—¿Qué relación puede haber entre la historia de mi tío y los asesinatos que estáis investigando? —preguntó Tor—. ¿O la desaparición de Niklas? No lo entiendo.

—Puede que no haya ninguna relación —repuso Julia—, pero el momento de la muerte de tu tío coincide con ciertos acontecimientos en el pasado de nuestras víctimas. No sabemos qué significa ese dato, ni si es relevante. Pero nos gustaría localizar a tu primo. En los túneles lo llamaban «el Príncipe». Si tienes alguna información que nos ayude a encontrarlo, nos encantaría oírla. ¿Otros parientes, alguien que pueda haber mantenido el contacto...? Supongo que también te interesará conocerlo, ahora que sabes que está vivo.

Tor permaneció unos segundos con la mirada perdida en el vacío.

—¿Quién más lo sabe? —preguntó después—. Sería una distracción innecesaria de mis actuales obligaciones, si la noticia llegara a oídos de la prensa.

—Estoy de acuerdo —convino Julia—. Tenemos que mantener apartados a los medios. No queremos que se repita lo sucedido en el caso de Walther Stockenberg. Ahora mismo, solo estamos al corriente los que estamos aquí en esta sala y los compañeros que trabajan con nosotras.

Tor asintió, como si hubiera tomado una decisión. Cogió el teléfono y marcó un número.

—Hola, Anna, soy yo —saludó, cuando una voz le respondió—. Necesito que me hagas un favor.

Explicó a grandes rasgos lo que Milda y Julia acababan de contarle, asintió un par de veces y finalmente dio las gracias y colgó. Después se volvió otra vez hacia Julia.

—Era la primera ministra —reveló—. Nos garantiza personalmente que dispondréis de todos los recursos necesarios para encontrar al hijo de Björn. Al Príncipe, como habéis dicho. Pero, si alguien lo pregunta, negaré que sea mi primo.

Durante dos años visitó todos los días la tumba de su padre. Él mismo había participado en la preparación del montículo. Los demás lo habían hecho tal como su padre les había enseñado. Un entierro digno de un rey.

Era imposible ver lo que contenía el montón de tierra, pero si apoyaba una mano encima, podía sentir los huesos. Allí estaba su padre.

Con frecuencia le hablaba. Le contaba las novedades del mundo de los invisibles. Quién quedaba de su época. Quién se había marchado. Quién había llegado.

Pero, con el paso de los meses, su reino subterráneo se parecía cada vez menos a un hogar. Sin su padre, no había familia. No había un hogar en la oscuridad.

Sin su padre, solo era invisible.

La decisión había ido cobrando forma poco a poco. Había llegado el momento de volverse visible. De abandonar la oscuridad. Quizá encontrara una familia bajo el sol, el mismo sol que brillaba sobre su cabeza cuando era pequeño. La luz, el fulgor, el calor que irradiaba desde dentro... Tal vez pudiera hallar otra vez todo eso.

Lentamente, pasó la mano por el montículo.

—Me voy —dijo en voz baja, y al levantarse, supo que lo decía en serio.

Era hijo de dos mundos, y en ambos podía sentirse como en casa.

Cuando se fue, no les dijo nada a los demás.

Pensaba volver a visitarlos. No lo perderían para siempre. Pero no podía seguir perteneciendo solo a ese lugar.

La plaza de Odenplan estaba abarrotada de gente. El sol primaveral brillaba en un cielo despejado y delante de bares y restaurantes habían surgido improvisadas terrazas, llenas de gente que levantaba la cara al cielo con avidez.

La cabina telefónica estaba a unos cientos de metros. En el bolsillo del pantalón guardaba unas monedas que había encontrado. El número se lo sabía de memoria. Su padre se lo había enseñado, pero también le había dicho que solo podía utilizarlo en caso de emergencia.

Se dijo que era una emergencia. Había sido invisible, pero empezaba a volverse visible.

Introdujo las monedas, marcó el número que había memorizado y oyó que comenzaba a sonar el tono de llamada. Había llegado el momento. Era hora de abandonar las sombras.

—Toc, toc.

Julia no esperó respuesta antes de abrir la puerta y entrar. Lo primero que notó fue que su padre tenía las mejillas encendidas y parecía emocionado.

—La primera ministra —dijo con voz ronca.

Julia se sentó en la incómoda silla reservada a los visitantes, delante del escritorio de su padre, y lo miró con expresión inquisitiva.

—¿Sí? ¿Qué pasa con ella?

—¡Ha llamado!

—¿A quién?

—¡A mí!

—¡Por Dios! No es la primera vez que hablas con un primer ministro. Incluso fuiste un par de veces a jugar al golf con el anterior, ¿no?

—Sí, pero Anna Hjortén tiene algo especial. Es tan... ¡poderosa!

—¡Por favor, papá! ¡Te llama una mujer con cierto poder y tú te derrites! ¡Que no se entere mamá de que te has enamorado de la primera ministra!

—¡Tonterías! No sé de qué me estás hablando.

Julia se limitó a sonreír, y su padre, el jefe de policía de Estocolmo, bajó la vista.

—No se lo dirás a tu madre, ¿verdad? Sería innecesario.

Julia se pasó los dedos por la boca, formó una llave con la mano, la giró como si estuviera cerrando un candado y después fingió tirarla lejos.

—¿Qué ha dicho? —preguntó al cabo de unos segundos.

—¿Quién? ¿Tu madre? —replicó Egil Hammarsten, mirando a su hija con expresión de desconcierto.

—No, papá —suspiró Julia—. La primera ministra. Anna Hjortén.

—Ah, sí, claro. En primer lugar, quería elogiarnos por el fantástico trabajo que en su opinión estamos haciendo, y en segundo lugar, me ha transmitido su más firme apoyo a la investigación y me ha asegurado que pondrá a nuestra disposición todos los recursos necesarios. El mundo nos mira y no podemos perder otro ministro. Pareceríamos una república bananera.

—¿Eso ha dicho? ¿Que tomarían a Suecia por una república bananera?

Egil se acarició la calva, que aún conservaba pequeñas gotas de sudor, tras su conversación con la primera ministra.

—Quizá no literalmente. O más bien sí, creo que sí. En cualquier caso, el mensaje era inequívoco. Tenemos que encontrar con vida al ministro de Justicia.

—¡Ah, perfecto! ¡Ahora sé lo que tenemos que hacer! ¡Encontrar con vida al ministro de Justicia! Me alegro mucho de que me lo hayas aclarado, porque llevo todas las Navidades preguntándome cuál será mi cometido más importante...

—Tienes el mismo sentido del humor que tu madre.

—Me lo tomaré como un cumplido —replicó Julia, poniéndose de pie—. Pero bromas aparte, solo he venido a ver cómo estás y a decirte que ya hemos descartado unas cuantas pistas, como probablemente ya sabrás. Esta también es una manera de progresar.

—Sí, ya te dije desde el principio que la pista de Gustaf Brons era un callejón sin salida. Deberías prestar más atención a lo que dice tu padre.

Julia puso los ojos en blanco, pero se abstuvo de hacer comentarios. Era muy difícil hacer cambiar a la gente a partir de cierta edad. Además, siempre podía vengarse contándole a su madre que el jefe de policía se había enamorado de la primera ministra.

—¡Siento llegar tarde!

Milda entró en el Instituto de Medicina Forense corriendo y casi sin aliento. Loke estaba inclinado sobre un microscopio en el otro extremo de la sala donde ambos trabajaban. Levantó la vista y la saludó con una inclinación de la cabeza. Milda observó que el gran reloj de pared marcaba las dos y media. ¡Oh, no! Había llegado más tarde de lo que pensaba.

—¿Ya has vuelto del hospital? —le dijo a Loke—. ¡Perdona por el retraso! Deberías estar en casa, reponiéndote.

Loke enderezó la espalda y apagó el microscopio.

—No hay nada que perdonar —replicó—. Solo estoy un poco dolorido, sobre todo moralmente. Prefiero trabajar. Por cierto, ¿tienes un minuto?

Le señaló el rincón de la sala donde solían sentarse a merendar, ya que rara vez tenían tiempo para ir al comedor. Milda se dejó caer en una de las sillas. Agitó el termo que había sobre la mesa y descubrió que estaba vacío. No era de extrañar. Loke se sentó en la otra silla.

—Ya sé que no es asunto mío —empezó con cautela—, pero es evidente que te pasa algo. Casi todos los días llegas tarde al trabajo y tienes cara de no haber dormido en una semana. Cuando estás aquí, pareces distraída. ¿Hay algo que pueda hacer por ti?

Milda tragó saliva, para no echarse a llorar. Había intentado estar en todas partes y seguir trabajando con profesionalidad, pero se sentía como una goma elástica a punto de estallar. La inesperada atención de Loke hizo que acabara cediendo.

—Gracias —dijo, negando con la cabeza—. El problema es Mykolas, mi abuelo. Está ingresado. Ha sido de un día para otro. O probablemente no, pero nunca había dicho cuánto le dolía. Cuando lo descubrieron, el cáncer ya se le había extendido por todo el cuerpo. Dicen que le queda poco. Voy a visitarlo al hospital siempre que puedo, por eso no me ves tanto por aquí. Intento estar con él cuando está despierto y tiene más energía. —Miró a Loke. Cada vez le resultaba más difícil contener las lágrimas—. No sé qué voy a hacer cuando ya no esté —suspiró.

Loke la cogió de la mano.

—¿Sabes qué? —le dijo—. No te preocupes por nada y cuida de tu abuelo. La familia es lo más importante. Los mayores están con nosotros durante un tiempo y después se van, pero su recuerdo nos acompaña toda la vida. Yo cubriré tus ausencias. No hace falta que nadie se entere. Los muertos no van a contárselo a nadie. De hecho, hay tres que son solamente un montón de huesos.

Milda empezó a reírse entre las lágrimas. El alivio de poder hablar con alguien que la escuchaba y la comprendía era enorme.

—Ve a visitarlo tanto como el personal del hospital te lo permita —insistió Loke—. Y quiero ofrecerte una vez más mi ayuda. ¿Puedo hacer algo por ti?

Milda se enjugó las lágrimas con la palma de la mano y asintió.

—De hecho, sí —respondió, mientras sacaba el móvil del bolsillo.

Encendió el altavoz de la mesa y conectó el teléfono, al tiempo que buscaba una lista de reproducción de Spotify. Entonces puso a todo volumen *Eloise*, del grupo Arvingarna.

—La canción favorita del abuelo —dijo—. Y también la mía. Quiero oírte cantar el estribillo, dándolo todo.

Los dos rompieron a cantar a voz en cuello, entre lágrimas y risas.

—¡Julia! —gritó Christer, entrando en tromba por la puerta con la cara enrojecida y los ojos brillantes de emoción—. Me alegro de que hayas vuelto.

—Y también veo que has perdido la costumbre de llamar antes de entrar —replicó ella.

No era propio de Christer moverse a tanta velocidad, ni menos aún olvidarse de llamar a la puerta. Por lo tanto, lo que fuera que hubiera ido a decirle tenía que ser importante.

—He descubierto una relación financiera. Es como decían en aquella película: «*Follow the money*».

Julia no sabía a qué película se refería Christer, ni tampoco quiso averiguarlo. Le interesaba más la relación hallada por su colega.

—Entonces ¿has encontrado algo en las cuentas bancarias? —preguntó, en un tono que reflejaba su impaciencia—. ¿O has conseguido hablar con el psicólogo viajero?

—No, no es nada relacionado con las cuentas bancarias —replicó Christer—. Si hubiera seguido esa pista, aún estaría enredado buscando. Pero he encontrado otra cosa, que probablemente nos permitirá aparcar la relación con el psicólogo.

—¿Qué quieres decir? Si resultara que todos lo consultaron, tendríamos un nexo de unión muy importante.

—Es posible, pero nada nos confirma que lo hayan consultado todos. Y yo acabo de encontrar una conexión mucho más sólida entre todos ellos, algo que no solo es una posibilidad, sino un hecho concreto. Verás, he descubierto que las tres víctimas recibieron una importante ayuda que les cambió la vida hace aproximadamente veinte años. Al principio, todas ellas padecían una profunda depresión. Puede que consultaran al mismo psicólogo y puede que no, pero me inclino a pensar que no fue así. La ayuda que recibieron fue de otro tipo. Mark Eric se benefició de una descomunal campaña publicitaria, con un presupuesto desorbitado, a través de un sello discográfico que acababa de nacer. Erika Sävelden pasó de ser una desconocida a tener un nombre en el circuito de conferencias gracias a que la contrataron más de cien veces en un solo año. Y casi todos los contratos tenían el mismo origen. En cuanto a Jon Langseth, todos sus proyectos empresariales contaron con inversores privados.

—¿Y qué pasa con eso? —replicó Julia, desconcertada—. No me parece extraño que los tres recibieran algún tipo de ayuda para salir adelante. Normalmente se necesita un impulso para alcanzar el éxito. No creo que ellos sean los únicos.

—Por supuesto que no —contestó Christer con una sonrisa triunfal—. Pero en este caso, los tres tuvieron el mismo benefactor. Se mantenía en segundo plano, detrás de los negocios de su familia, pero no ha sido difícil encontrarlo. Probablemente pensó que nadie lo buscaría. No me creerás cuando te diga quién es.

Julia se quedó boquiabierta cuando Christer le reveló el nombre de la persona que había favorecido a Mark, Erika y Jon y había sentado las bases del éxito que los tres habían disfrutado durante años. Al oírlo, tuvo que agarrarse con fuerza al borde de su escritorio.

—Puede que actuara por pura filantropía —dijo por fin, más

porque sentía la obligación de decirlo que porque de veras lo creyera—. Quizá lo hacía porque tenía mucho dinero y le apetecía ayudar desinteresadamente a quienes lo necesitaban.

Christer asintió.

—Podría haber sido así —dijo—, si no fuera por el pequeño detalle de que las personas cuyas carreras ayudó a impulsar han sido halladas en los túneles del metro, reducidas a un montón de huesos. No puede ser una coincidencia. Y te garantizo que, si miramos bien, también lo encontraremos en la sombra, oculto en el pasado de Niklas Stockenberg.

—Es importante que no sospeche nada —observó Julia—. Tenemos que actuar, pero con cautela. Mañana lo llamaré para concertar una cita. Buen trabajo, Christer.

Las piezas del rompecabezas empezaban a encajar poco a poco, una tras otra. El único problema era que Julia seguía sin ver un patrón claro en el puzle, ninguna imagen que tuviera sentido.

QUEDAN TRES DÍAS

Vincent salió al jardín a primera hora, para ir al buzón en busca del periódico. Del mismo modo que rechazaba la música digital, prefería seguir leyendo las noticias en papel. Eso, cuando tenía tiempo. Al abrir la tapa del buzón, vio que, además del periódico, había una carta.

Un nuevo mensaje de la Sombra, escrito en un anónimo folio blanco de formato A4.

Tras recogerlo junto con el periódico, volvió a través de la nieve hasta la puerta principal. No se había molestado en despejar el sendero desde Nochebuena y ahora parecía como si nunca nadie se hubiera acercado a ese camino con una pala en la mano. Tenía los zapatos llenos de nieve, pero ni siquiera lo notaba. Lo más importante era el mensaje. Se detuvo delante de la puerta y lo leyó a la luz de la lámpara de la fachada.

Sigues sin comprenderlo.

No creía que fuera a resultarte tan difícil.

Pero tienes un día más.

Uno solo.

Te espero hoy en el restaurante Gondolen, a las 18:00.

Es tu última oportunidad.

¡La Sombra quería verlo! Por fin descubriría su identidad. La idea lo llenó de una especie de excitación, combinada con una sensación de náuseas. Tenía todo el día para averiguar qué quería la Sombra, y no se atrevía a imaginar lo que podía ocurrirle a su familia si fracasaba.

Pero la cita en el Gondolen sería la oportunidad perfecta para capturar a quien tanto mal le estaba haciendo. Solo necesitaba pedirles a Mina y a Ruben que estuvieran allí. O, pensándolo bien, mejor no hacerlo. La Sombra debía de haber pensado lo mismo. No osaría acudir a un lugar donde existiera el menor riesgo de acabar entre rejas.

Además, la Sombra tenía la mejor baza: Ulrika, Maria, Aston, Benjamin y Rebecka. Sus vidas seguían estando en juego. Vincent no se arriesgaría a pedir ayuda a la policía, aunque la cita con su enemigo fuera en la mismísima jefatura. Sin embargo, tenía que decirle a Mina que iba a ver a la Sombra, por si le ocurría algo.

Abrió la puerta, entró en la casa desierta y se quitó los zapatos llenos de nieve. Encendió la luz de la cocina y dejó el periódico sobre la mesa, antes de continuar hacia el cuarto de estar, donde nunca se quedaba mucho tiempo. La última vez que había entrado, se había sentido como si le hubieran arrojado un avispero a la cabeza. Le dolían los ojos y era como si las paredes le gritaran. Aun así, encendió la lámpara del techo. Ya había tenido suficiente oscuridad. Sin apartar la mano del interruptor, miró por costumbre por la ventana que daba a la parte trasera de la casa. No le sorprendió demasiado que los cuervos hubieran regresado.

Esta vez eran cuatro, como la primera vez que los había visto. Como en aquella ocasión, tampoco estaban dispuestos a intervalos regulares, sino que quedaba un espacio entre el tercero y el cuarto.

Vincent había llegado a la conclusión de que eran pájaros disecados. La Sombra debía de colocarlos en su jardín cuando él no estaba. Por supuesto, podía salir y estudiarlos más de cerca; pero si resultaba que eran reales y salían volando, su mente no habría podido procesarlo.

Otra posibilidad era que fueran solamente producto de su imaginación. Pensó en el estudio que él mismo le había mencionado a Umberto cuando había ido a verlo en la agencia. El exceso de trabajo y el estrés producían una acumulación de sustancias tóxicas en los lóbulos frontales del cerebro, sede del pensamiento racional. Teniendo en cuenta los mensajes, las insinuaciones y las amenazas que había ido recibiendo a lo largo de todo el otoño, quizá no fuera extraño que empezara a sufrir alucinaciones.

Sacudió la cabeza. Esos pensamientos no lo ayudaban en absoluto. Tenía que hacer algo.

Volvió a la cocina, buscó un lápiz y se sentó a la mesa. Estaba convencido de que la Sombra se encontraba detrás de todos los sucesos extraños de los últimos días. La tarjeta de Navidad con recortes, el despertador, los cuervos... ¿También los relojes de arena? No, los relojes eran otra cosa. Fuera quien fuera la Sombra, no querría ayudarlo en la investigación de los asesinatos. Los relojes de arena procedían del asesino o de alguien que conocía sus planes. De eso estaba seguro. Así pues, apartó los relojes de su mente y se concentró en todo lo demás.

Escribió lo que sabía en el reverso del mensaje que tenía en la mano. Si era capaz de encontrar un denominador común, quizá pudiera descubrir qué se proponía la Sombra.

En primer lugar, la tarjeta de Navidad. Benjamin había descubierto que las frases de la tarjeta eran citas bíblicas, del libro de *Proverbios*. Correspondían a los versículos 27:15 y 20:25. Escribió los números en el folio.

27 15 20 25

Después, el despertador. Había sonado a las 16:30 y a las 22:19. Al principio había pensado que debía de haber algo en esos momentos del día, pero probablemente lo importante eran los números. Los escribió debajo de los versículos de la Biblia.

27 15 20 25

16 30 22 19

Y por último, los cuervos. Mensajeros de Odín y asociados con las almas perdidas en varias mitologías de todo el mundo. ¿Querrían decirle a Vincent que era un alma perdida? Tal vez. Pero eso no podía ser todo. Las citas bíblicas y las horas del despertador podían reducirse a números de dos cifras. ¿Sería posible hacer lo mismo con los pájaros? Cerró los ojos y evocó sus imágenes en la nieve, las cuatro veces que los había visto.

La primera vez había cuatro, con un espacio libre entre el primero y el segundo.

La segunda eran dos, con dos espacios entre ellos y una muesca en la nieve que marcaba la ausencia de un ave a la derecha.

La tercera vez que los había visto también eran dos, pero con espacio para tres pájaros en el centro.

Y esta última vez eran cuatro las aves, con un hueco entre la tercera y la cuarta.

Cuando tuvo claras las imágenes, las simplificó, sustituyendo los cuervos por cuadrados negros, y los huecos o muescas en la nieve, por cuadrados blancos. Ahora podía ver mentalmente cuatro filas de cuadrados blancos y negros.

Negro – blanco – negro – negro – negro.

Negro – blanco – blanco – negro – blanco.

Negro – blanco – blanco – blanco – negro.

Negro – negro – negro – blanco – negro.

Ya era algo, pero seguía sin tener números. Aunque «blanco» y «negro» eran opuestos, lo mismo que «sí» y «no», «encendido» y «apagado», «vivo» y «muerto». Como en el sistema binario que se usa en informática.

Los cuervos eran un código binario.

Abrió los ojos y tradujo los cuadrados negros y blancos en unos y ceros sobre el papel.

10111 10010 10001 11101

Cuatro números del sistema binario. Debajo de cada número, escribió de izquierda a derecha: 16, 8, 4, 2 y 1. Sumando los que tenían un uno encima e ignorando los que tenían un cero, pudo traducir cada uno de los números binarios en números del sistema habitual de base diez: 23, 18, 17 y 29, respectivamente.

A continuación, escribió los números que acababa de hallar debajo de los que correspondían a las citas bíblicas y al despertador.

27 15 20 25

16 30 22 19

23 18 17 29

Empezaba a sospechar hacia dónde apuntaba todo. Pero necesitaba una cuarta línea de números para que todo encajara. ¿Qué se le había escapado?

Se levantó y se dirigió al estudio. ¿Habría algo oculto en los regalos que le había enviado la Sombra durante el otoño? No, ya había resuelto ese acertijo. Tenía que ser otra cosa.

Entró en la cocina y su mirada se fijó en el calendario de pared, que todavía presentaba como ilustración el teorema de Fermat. Se le había olvidado preguntarle a Maria quién había marcado con un círculo los días 21, 24 y 28 de diciembre, y ahora ya no podía preguntárselo.

21, 24 y 28.

¡Oh, no!

Levantó la página para ver el mes de enero y, tal como esperaba, el 14 de enero también estaba marcado con un círculo. La Sombra le había revelado los cuatro primeros números hacía mucho tiempo, pero él no los había visto. Con mano temblorosa, los escribió por encima de los demás, ya que cronológicamente eran los primeros que había recibido.

21 24 28 14

27 15 20 25

16 30 22 19

23 18 17 29

Sabía exactamente lo que estaba viendo, pero se negaba a aceptarlo. Ya no podía más. La Sombra podía seguir burlándose de él tanto como quisiera. Cerró los ojos. Fuera, el sol empezaba a salir, pero en su interior sentía cada vez más cerca la oscuridad.

—Por supuesto que quiero ayudar en todo lo que pueda, pero habría sido más práctico hacer todo esto la última vez que nos vimos.

Tor le hablaba a Julia mirándola a los ojos con expresión severa.

—Apreciamos que nos dediques parte de tu tiempo y que esta vez hayas podido venir a vernos —replicó ella, observándolo con atención mientras se sentaba frente a él en la sala de interrogatorios—. Por desgracia, no disponíamos de esta información la última vez que nos vimos.

El adjetivo que le venía espontáneamente a la cabeza mirando al hombre sentado frente a ella era «impecable». Ni un solo cabello fuera de su sitio.

—¿Vendrá Mina? —preguntó Tor.

—Ahora no. Sé que habéis estado en contacto a través de Niklas, por lo que me ha parecido mejor que alguien sin ninguna vinculación personal contigo se encargue del interrogatorio.

—¿Interrogatorio? —repitió Tor, ofendido—. ¿Se me acusa de algo? Si es así, debería llamar primero a mi abogado.

Julia negó con la cabeza, maldiciéndose a sí misma por haber elegido mal la palabra. Había sido una torpeza impropia de ella, pero la investigación la estaba agotando y el caos en su casa no ayudaba. Estaba cansada. Se sentía exhausta por dentro.

—Perdona, me he expresado mal —se disculpó—, quizá porque muchas veces uso esta sala para los interrogatorios. Pero ha surgido algo nuevo y necesitamos tu ayuda.

—Como ya he dicho —repuso Tor—, estoy dispuesto a colaborar en todo lo que esté en mi mano. La ausencia de Niklas está siendo terrible en todos los niveles, tanto para mí personalmente como para el país.

Julia se inclinó hacia él y bajó la voz.

—Supongo que imaginarás la presión a la que estamos sometidos en este momento —dijo—. La primera ministra nos ha llamado hace un rato.

—Sí, Anna está muy preocupada por Niklas —comentó Tor, asintiendo—. He hablado con ella esta misma mañana. Niklas y ella estaban... muy unidos.

—Entonces ¿qué te parece si contestamos rápidamente a unas pocas preguntas? —dijo Julia con aparente indiferencia.

Era una técnica que había aprendido en sus primeros interrogatorios. Cuanto menos interés aparentaba tener en las respuestas, menos cautelosos se volvían los interrogados.

—Adelante —contestó Tor, extendiendo las manos—. Cuanto antes acabemos, antes podré dedicarme a tratar de encarrilar la justicia en Suecia.

Julia lo miró sorprendida. Tor tenía una idea realmente grandiosa de sí mismo.

—Por fin hemos encontrado una relación entre las personas cuyos restos fueron hallados en el metro —empezó.

Su interlocutor pareció esperar a que continuara.

—Hace veinte años, todas las víctimas atravesaron un periodo de ciertas... dificultades.

—¿Dificultades?

El hombre que tenía delante parecía confuso. Impecable y desconcertado.

—No estaban en un buen momento de sus vidas. Pero todas tuvieron la suerte de recibir una ayuda que les permitió salir del pozo.

Hizo una pausa. Tor no tenía pinta de saber a qué se refería. Julia echó una mirada a la cámara que grababa el encuentro desde un rincón, para asegurarse de que seguía encendida.

—¿A qué te refieres con que recibieron una ayuda? —preguntó Tor.

—A que alguien los ayudó de varias maneras: dinero, contactos... La ayuda podía tener diferentes procedencias, pero detrás siempre se ocultaba la misma sociedad. ¿Te suena Hird S. A.?

Tor se encogió de hombros.

—Era la empresa de mi padre, o, mejor dicho, de mi abuelo —afirmó—. Pero... ¿qué quieres decir?

—¿Tienes una participación activa en esa empresa?

—No, nunca me han interesado los negocios. Empecé a actuar en política desde muy joven. De hecho, lo primero que hice fue ingresar en las juventudes del Partido Moderado. Los negocios de mi familia me han proporcionado una economía desahogada, eso no lo niego. Pero nunca he participado en la gestión de esa empresa, ni de ninguna de las otras sociedades de la familia.

—Las ayudas se produjeron después de la muerte de tu padre —prosiguió Julia con calma, mirándolo a los ojos—. Y tu abuelo ya había muerto mucho antes. En 1983.

—Lo siento, pero no sé nada de eso —insistió Tor, que para entonces parecía claramente desconcertado—. Hay un consejo de administración, supongo. No entiendo nada de esas cosas. Me ingresan dinero en la cuenta todos los meses y sé que existen otras cuentas para distintos fines. Por ejemplo, hay una para el mantenimiento de la casa.

—Entonces ¿no tienes ninguna noticia de ciertas inversiones

realizadas hace veinte años para ayudar, por ejemplo, a Jon Langseth, Erika Sävelden o Marcus Eriksson? ¿O, para el caso, a Niklas Stockenberg?

Tor reaccionó violentamente al oír el nombre del ministro.

—¿Qué tiene que ver Niklas con todo esto? —protestó—. Niklas nunca ha mencionado ningún periodo difícil en su vida, ni ha dicho que hubiera pasado nunca por un..., por un mal momento. ¿Insinúas que mi familia le realizó algún tipo de pago? ¡No, de ninguna manera! De haber sido así, ya lo sabríamos. La prensa siempre descubre ese tipo de cosas.

—¿Tienes alguna objeción a que estudiemos con más detalle la contabilidad de Hird S. A.?

—Estudiad lo que queráis. No tengo nada que ocultar. Nunca me ha importado el dinero. Mi objetivo siempre ha sido cambiar la sociedad. Mejorarla.

—¿Cuál ha sido tu postura ante tus... antecedentes familiares, teniendo en cuenta que has escogido mantenerte alejado de los negocios de la familia?

—Supongo que te refieres a mi abuelo Harald —suspiró Tor, meneando la cabeza—. No es una parte muy agradable de la historia de mi familia, y yo soy el primero en admitirlo. Pero prácticamente no lo conocí. Era un niño cuando murió, por lo que solo sé lo que me han contado. Además, no debemos olvidar que eran otros tiempos. Mucha gente creía sinceramente que era posible clasificar a las razas partiendo del estudio de los cráneos. Pero ¿qué sé yo? Quizá esos estudios desempeñaban la misma función que las pruebas de ADN tan populares en los últimos tiempos, que se usan para descubrir a los ancestros. El año pasado, Niklas nos regaló una a cada uno de los miembros del personal y nos animó a que nos la hiciéramos, porque le parecía apasionante... Sí, desde luego, también es una manera de establecer diferencias entre «nosotros» y «ellos». La humanidad lleva creando agrupaciones y divisiones desde tiempos inmemoriales.

—¿No sabes de ninguna conexión entre tu padre, Rune, o tu abuelo Harald con las víctimas o con Niklas?

—Ni siquiera había oído los nombres de las víctimas antes de que tú me los mencionaras. ¿Estás realmente segura de que hay una relación entre Niklas y los restos hallados en el metro?

—¿Tienes otra teoría mejor?

—Personalmente, creo que el motivo detrás del secuestro de Niklas es político.

—¿Político? ¿Qué quieres decir?

Julia volvió a mirar la cámara con discreción. La luz roja indicaba que seguía grabando.

—El caos. La piedra angular de todo cambio político. El caos —repitió Tor enfáticamente.

—No sé mucho de política. Tendrás que explicármelo un poco mejor para que lo entienda.

—Por un lado está el orden, y por otro, el caos. Dos polos opuestos. Dos constantes con un significado claro. Sin embargo, se pueden ver desde ángulos completamente diferentes, según quién sea el observador. Después de las guerras mundiales, se impuso en Occidente la idea de la democracia, definida como libertad política y oposición legítima. En China, sin embargo, eso mismo se percibe como un sistema que favorece la parálisis y la ineficiencia. ¿Orden o caos? China distingue entre liberalismo económico y político. Para ellos, la libertad de mercado es buena, pero no el derecho a la oposición, ni las libertades de culto, asociación y expresión. En Suecia creemos que la democracia es lo normal, el objetivo obvio de todas las naciones. Sin embargo, ya en 1933 Herbert Tingsten escribió que la supervivencia de las democracias está lejos de ser una obviedad. ¿Es la democracia el orden? ¿O más bien es el caos?

—¿Y por qué piensas que eso puede tener que ver con la desaparición de Niklas? —lo interrogó Julia.

Tor se inclinó sobre la mesa.

—Creo que alguien quiere sembrar el caos —afirmó con rotundidad—. Y se ha propuesto hacerlo mediante el secuestro y probable asesinato de nuestro ministro de Justicia. Puede que haya más atentados contra responsables políticos. El caos. Ya vamos en esa dirección, si te fijas en el estado en que se encuentra el país. Sé que vosotros en la policía estáis haciendo todo lo que podéis, pero es demasiado tarde. Tiroteos, narcotráfico, ajustes de cuentas... El país se tambalea al borde del abismo, y la muerte de un ministro de Justicia podría ser lo que nos empujara a caer en la oscuridad del caos. Y si alguien quiere hundirnos, probablemente será con el fin de crear algo diferente a partir de ahí, algo nuevo que hasta ahora parecía impensable. Muchos opinan que Tingsten tenía razón cuando afirmaba que la democracia ya ha cumplido su función y que una mano firme sería lo mejor para guiar nuestro país a través de los retos que se plantean al mundo. Creo que debemos contemplarlo desde ese punto de vista, una perspectiva que no tiene nada que ver con la manera en que una estrella de la música inició su carrera o con la empresa que haya contratado a una conferenciante. —Resopló disgustado al decir la última frase.

Julia se puso de pie.

—Todavía me quedan algunas preguntas, pero antes tengo que ir al lavabo.

—Adelante. Te espero aquí —repuso Tor, alargando la mano hacia el vaso de agua que tenía delante.

Julia abandonó la sala y se dirigió a los servicios. Al doblar la esquina del pasillo, sacó el teléfono y llamó a uno de los fiscales que tenía en la lista de contactos.

—Hola, aquí Julia Hammarsten. Necesito con urgencia una orden de arresto. Tor Svensson. Sí, ese mismo. Ahora te envío la documentación. Gracias. Y, tratándose del ministro de Justicia, creo que no hace falta recalcar la importancia de un procedimiento rápido. Gracias.

Con expresión grave, puso fin a la llamada. Puede que Tor fuera impecable, pero no era perfecto. Había mentido. Aún no tenía claro por qué, pero sabía que no había dicho la verdad. Había cometido el error que Julia esperaba. Había hablado demasiado.

Adam miró la nota donde había escrito el nombre de la trabajadora social: Mandy Wall. Recorrió lentamente el pasillo de la oficina de servicios sociales, leyendo las placas. Cuando encontró el nombre que buscaba, llamó a la puerta.

—Adelante —le indicó una voz dentro de la sala.

El pequeño despacho olía a pino y canela, y Adam notó enseguida que el aroma procedía de una vela encendida en un rincón. La gruesa mecha producía al arder una crepitación que casi recordaba la de un brasero y que, combinada con un candelabro de Adviento y unas guirnaldas de luces, conferían a la habitación un ambiente inesperadamente acogedor.

Adam entró y saludó. La trabajadora social lo estaba esperando.

—¿Quieres que encienda la luz del techo? —preguntó Mandy Wall—. Paso muchas horas delante del ordenador y me resulta más cómodo tenerla apagada. Además, si tengo que trabajar en Navidad, al menos quiero que el ambiente sea un poco más cálido. ¿Una galleta de jengibre?

Mandy Wall era una mujer alta y de formas generosas, vestida con una túnica roja. Señaló un bote con galletas, pero Adam negó con la cabeza.

—¿De dónde eres? —preguntó ella.

Su mirada era inquisitiva.

—Mis padres eran de Uganda —respondió Adam.

Todavía le resultaba extraño hablar de su madre en pasado. No sabía si algún día se acostumbraría.

—Pero mi madre vino a vivir a Suecia cuando estaba embarazada de mí —continuó—. Vino contratada por la Universidad de Uppsala.

—Yo soy de Somalia —dijo Mandy—. Allí conocí a Anders, mi marido, que estaba en viaje de negocios. De eso hace más de treinta años, y ahora tenemos tres hijos preciosos. —Señaló con orgullo una foto familiar enmarcada, sobre el escritorio—. ¿Y tú? —preguntó—. ¿Tienes hijos?

Adam negó con la cabeza.

—No, todavía no —respondió.

Mentalmente vio a Julia frente a él. Y también a Harry, por lo que se apresuró a cambiar de tema.

—Verás, quería hacerte algunas preguntas sobre una familia a la que has atendido, según he visto en los informes.

—¿En los informes? ¿Ha habido alguna denuncia?

—Sí, en repetidas ocasiones, por conocidos que tenían motivos de preocupación. Y ahora esta familia ha aparecido en un caso que tenemos entre manos, por lo que mi jefa me ha pedido que la investigue. Ha sido entonces cuando he encontrado los informes. Tanto los servicios sociales como la policía estuvieron implicados en aquella época.

—¿En aquella época?

—Sí, tengo que advertirte que todo esto sucedió hace más de treinta años.

Mandy hizo una mueca como si de pronto hubiera olido algo desagradable. Adam supuso que la digitalización de los servicios sociales llevaría tanto retraso como la de los archivos policiales. Mandy le indicó una silla y él se sentó. El aroma de las galletas de jengibre acabó con su resistencia, por lo que alargó la mano y cogió una en forma de corazón.

—Vaya, eso debió de ser justo cuando yo empecé a trabajar aquí —calculó Mandy—. He atendido a miles de familias desde entonces. ¿Sabes cómo se llamaban?

Adam asintió. Comenzó a hablar, pero, como tenía la boca llena, tuvo que masticar y tragar antes de continuar.

—Svensson. Björn y Linda Svensson, y el hijo de ambos. Aquí tienes el número del caso.

—Fantástico. Así será mucho más fácil.

La trabajadora social se puso unas gafas que llevaba colgadas del cuello, cogió la nota de Adam y empezó a teclear los datos en su ordenador. Tarareaba en voz baja mientras leía, y el sonido de su voz se mezclaba agradablemente con el crepitar de la vela perfumada.

—Aquí están —dijo Mandy, inclinándose hacia la pantalla—. Sí, los recuerdo. Ambos progenitores tenían problemas mentales. Björn estuvo ingresado en varias ocasiones por trastorno maniaco-depresivo. Ahora lo llamamos trastorno bipolar. Linda padecía depresión. Recuerdo que en varias reuniones consideramos la posibilidad de retirarles la custodia del niño, Mattias. Pero el problema, si es que podemos llamarlo así, es que Björn y Linda eran muy buenos padres cuando estaban bien. Esas cosas son muy delicadas. Decidimos que conservaran la custodia de Mattias e intentamos ayudarlos en lo que pudimos. Pero... no sirvió de nada.

—Tengo entendido que la madre se suicidó, ¿no?

Julia le había contado lo poco que Tor le había revelado acerca del trágico destino de la familia, que ya era bastante malo. Pero Mandy frunció el ceño.

—Se quitó la vida, sí. Saltó del puente de Västerbro. Luego Björn desapareció con el niño. Supusimos que lo habría matado y se habría suicidado después, pero los cuerpos nunca fueron hallados. Una tragedia. Algo terrible, sobre todo porque Björn contaba con el apoyo de su familia. Yo hablaba a menudo con su hermano Rune. Rune Svensson. Era una familia muy unida. Rune también intentó ayudarlos tanto como pudo.

Se quitó las gafas y se volvió otra vez hacia Adam.

—¿Por qué os interesa esa familia? —dijo, interrumpiendo el hilo de los pensamientos del policía—. ¿Los habéis encontrado?

—Por desgracia, no puedo decir nada más en este momento —respondió Adam.

Mandy asintió brevemente. Era evidente que no era la primera vez que oía esas palabras.

—Te imprimiré estas fichas —dijo—. Espero que te sirvan.

De repente, se le iluminó la cara.

—Toma. Coge otra galleta.

Adam vaciló.

—Si no coges otra, sacaré la zapatilla.

Adam levantó las dos manos y sintió que se le formaba una sonrisa de oreja a oreja. Su madre siempre lo amenazaba con la zapatilla. Quizá por eso cogió encantado otro corazón de pan de jengibre.

Vincent echó un vistazo al cuarto de estar de Mina, para asegurarse de que Nathalie no los estaba escuchando. Pero parecía absorta en la última temporada de lo que fuera que estuvieran viendo los jóvenes en Netflix. Él por su parte le había sugerido que viera *Doom Patrol* en HBO, pero la niña se había limitado a dirigirle una mirada extraña.

—Gracias por dejarme venir —dijo.

—Puedes venir siempre que quieras —respondió Mina, sonriendo—. Creía que lo sabías. Además, lo de mantener la distancia no me ha funcionado demasiado bien, como puedes ver.

Se levantó y fue a guardar en la nevera los restos de la comida. Vincent no dijo nada, pero ¡Mina estaba guardando las sobras! Era un gran avance. Supuso que serían para Nathalie y no para ella. Todo tenía un límite. Pero, aun así, era un progreso.

—Parecías preocupado por teléfono —dijo Mina.

Vincent asintió, sacó del bolsillo el papel con el mensaje de la Sombra y se lo dio a su amiga.

—No sé si *preocupado* es la palabra —repuso—. La Sombra quiere verme esta noche.

Mina leyó el breve mensaje sin salir de su asombro.

—¿En el Gondolen? —observó—. Muy bien. Podemos llenar el local de agentes de paisano y...

—No —la interrumpió Vincent—. Por favor, no hagáis eso. Mi... Mi familia podría sufrir las consecuencias.

Desde el cuarto de estar se oyeron unos lúgubres acordes y alguien de la serie televisiva gritó un nombre.

—¡Qué idiotez! —comentó Nathalie en voz alta—. ¡Eso no se lo cree nadie!

—¿Has tenido alguna noticia? —preguntó Mina, en voz más baja que antes—. Me refiero a tu familia.

Vincent negó con la cabeza y se inclinó sobre la mesa de la cocina.

—No, ninguna —suspiró—. Intento no pensar demasiado en ellos y concentrarme en darle a la Sombra todo lo que quiera y en el caso de los huesos. Puede parecer horrible, pero... si empezara a pensar en mi familia, me convertiría en un tembloroso montón de nervios. Ni siquiera podría mantenerme en pie, y no sería de ninguna ayuda para nadie. Solo puedo confiar en que estén recibiendo un trato razonable. La Sombra no tiene motivos para hacerles daño. Es a mí a quien quiere.

Mina giró el papel que tenía en la mano.

—¿Qué es esto? —preguntó extrañada, al ver los números escritos en el reverso.

Era la matriz que Vincent había formado con los números de la Sombra.

21 24 28 14

27 15 20 25

16 30 22 19

23 18 17 29

—Es otro mensaje de la Sombra —respondió él—. Los números proceden de un calendario que tengo en la cocina, una tarjeta de Navidad que recibí, un despertador y algo que vi en el jardín. Creo que la Sombra pretende indicarme que su significado está presente en todo lo que hago. Y que está siempre a mi alrededor.

—¿Y cuál es ese significado?

La música en el cuarto de estar se convirtió en un bajo palpitante. Debía de estar pasando algo emocionante en la serie de Nathalie.

—Lo que la Sombra me ha estado recordando todo el otoño —respondió Vincent—. Ven, siéntate.

Le dio un bolígrafo.

—Si sumas cada línea, ¿qué resultado obtienes?

Mina guardó silencio unos segundos, mientras señalaba cada número con el bolígrafo.

—Todas las filas suman lo mismo —declaró al final—. Ochenta y siete.

—Exacto. Ahora intenta sumar las columnas.

Mina volvió a concentrarse y Vincent pudo comprobar una vez más que era rápida en el cálculo mental.

—Pero ¿qué demonios...? —comentó ella—. Las columnas también suman ochenta y siete.

Vincent le quitó el bolígrafo de la mano y señaló con él las filas primero y las columnas después.

—Como ya hemos visto, la suma es ochenta y siete en ambas direcciones —dijo.

Entonces trazó una línea horizontal entre la segunda y la tercera fila, y otra vertical entre la segunda y la tercera columna. De ese modo, dividió los números en cuatro campos iguales, con cuatro números cada uno. Señaló con el bolígrafo el campo superior izquierdo.

—21, 24, 27 y 15 —leyó—. También suman ochenta y siete. Ahora vemos aquí al lado: 28, 14, 20 y 25. Ochenta y siete otra vez. Y lo mismo con los otros dos. Los números de los cuatro campos suman ochenta y siete.

—Pero ¿cómo es posible...? —empezó Mina.

—Espera, no se acaba ahí. Mira los números de las cuatro esquinas: 21, 14, 23 y 29. Ochenta y siete. O los que forman las diagonales: 21, 15, 22 y 29, y también 14, 20, 33 y 23. Ochenta y siete las dos. Y ahí no terminan las maneras de obtener el número ochenta y siete.

Mina meneó la cabeza, sin dar crédito a lo que estaba viendo.

—Se llama «cuadrado mágico» —explicó Vincent—. Es un viejo problema matemático. También era la atracción final de mi primer espectáculo, cuando el mundo oyó hablar por primera vez del mentalista Vincent Walder. Para la Sombra, todo es un gran círculo. Mi principio y mi fin. Mi alfa y mi omega. Mi gran final. Y vaya adonde vaya, todo vuelve siempre a esto.

Arrugó la nota. No quería verla más.

—Mamá, ¿quedan galletas de jengibre? —gritó Nathalie desde el cuarto de estar.

—Míralo tú misma —respondió Mina.

El ruido del televisor se interrumpió cuando Nathalie puso en pausa el episodio para dirigirse a la cocina. Se puso a buscar en la despensa, hasta encontrar una caja roja de plástico, que procedió a sacudir. Por el sonido, parecía que más de la mitad estaba llena.

—¿Por qué estáis tan misteriosos? —preguntó—. En cuanto he entrado, os habéis quedado callados. ¿Tenéis algún secreto?

—Estamos trabajando —contestó Mina—. Pero, si quieres, puedes quedarte y escuchar.

—¿Habéis descubierto algo más sobre papá o el abuelo?

—Me temo que no, cariño. Pero estamos haciendo unos cálculos. ¿Quieres ayudarnos?

—¿Cálculos? ¿Estás loca? Estoy de vacaciones.

Nathalie se marchó con la caja de galletas. Era agradable ver que se seguía comportando como una adolescente normal a pesar de encontrarse en medio de una situación traumática, tras la desaparición de su padre y el asesinato de su abuelo.

—No lo entiendo —dijo Mina, girándose hacia Vincent, cuando volvieron a oír el ruido de la televisión—. ¿Por qué ochenta y siete? ¿Qué significa?

—¿No lo recuerdas? —repuso él—. No, claro que no. ¿Por qué ibas a recordarlo? Las cifras ocho y siete indican el ocho del séptimo mes. El ocho de julio. El cumpleaños de mi madre. Jane me lo recordó con su libro del leopardo. Según la Sombra, el verano en que murió mi madre es mi alfa, mi principio. Ya lo había señalado en el recorte de periódico que le envió a Ruben, aunque no supimos verlo en aquel momento. Y, por lo visto, esta Navidad... es mi fin.

Mina le quitó la nota arrugada de la mano, la desplegó y se quedó mirando los números que habían estado ocultos por todas partes en la vida cotidiana de Vincent.

—Tiene que ser una persona muy enferma —observó.

El mentalista asintió lentamente.

—¿Entiendes ahora por qué tengo que ir yo solo a reunirme con la Sombra? —dijo—. No debes decirle nada a Julia, ni tampoco a los demás cuando los veamos.

Mina lo miró sin responder.

—Pero puedes hacerme un favor —añadió Vincent—. Si a las ocho de esta noche aún no has tenido noticias mías, empieza a buscarme con todos los uniformes y luces azules que tengas.

Mina trató de encontrar el adjetivo adecuado para describir el ambiente en la sala de reuniones. *Intenso* fue el mejor que se le ocurrió. Habían llegado a un punto de la investigación en el que todo aquello que había estado estancado o moviéndose con exagerada lentitud comenzaba a acelerarse en dirección a la meta, aunque todavía no se viera con claridad la solución.

—¿Dónde está Loke? —preguntó Ruben, mirando a su alrededor.

—Hoy Milda no podía prescindir de él —respondió Julia—. Tenía una cita médica importante o algo así.

—¡Vaya! Justo cuando empezábamos a acostumbrarnos —replicó Ruben.

—Volverá, ya lo verás —dijo Julia—. Comenzaremos contigo, Adam.

El policía asintió y se aclaró la garganta.

—He hablado con la trabajadora social responsable del caso de la familia Svensson —comenzó—. Tanto Björn como Linda tenían problemas mentales y en varias ocasiones los servicios sociales barajaron la posibilidad de retirarles la custodia de su hijo Mattias. Pero poco después de que Linda se quitara la vida saltando del puente de Västerbro, Björn y Mattias desaparecieron. Todos los dieron por muertos, porque supusieron que Björn se habría suicidado, como nos dijo Tor, y que se habría llevado a su hijo con él. —Adam hizo una mueca de disgusto.

—Pero al parecer vivían en los túneles —intervino Ruben—. Puto mundo. ¡Qué vidas tan jodidas tienen algunos!

—Entonces ¿Tor Svensson es primo de Mattias? —dijo Mina, tratando de atar cabos.

—Tor ha estado aquí esta mañana, para responder a algunas preguntas —anunció Julia—. Y, como resultado del interrogatorio, he solicitado urgentemente una orden de detención.

Todos en torno a la mesa la miraron atónitos.

—No creo que tarde mucho —prosiguió la jefa—, pero aún estamos esperando el visto bueno del fiscal. Acabamos de invitar a comer a Tor y estamos intentando demorarlo todo lo posible. Preferiría que no saliera del edificio, si podemos evitarlo.

—Perdón si la pregunta te parece estúpida —dijo Ruben—, pero... ¿qué cojones ha pasado?

—Tendréis que ser pacientes conmigo, porque aún no voy a deciros lo que pienso. Antes quiero que Vincent vea la grabación del interrogatorio y llegue a sus propias conclusiones, basándose en el comportamiento de Tor. No quiero influir en su opinión.

—¿No estabas presente? —preguntó Ruben, volviéndose hacia el mentalista.

—No, y creo que ha sido positivo —respondió Vincent—. Después de todo, he asistido a varios de vuestros interrogatorios a lo largo de los años y es posible que Tor lo sepa. Si hubiese estado yo en la sala cuando ha llegado, podría haber recibido señales equivocadas y, como resultado, quizá habría levantado una muralla defensiva. Supongo que eso era lo último que quería Julia. Pero me gustaría ver la grabación cuando hayamos terminado.

Julia asintió. Mina aún no asimilaba del todo la noticia. Le costaba aceptar la idea de que Tor, siempre tan perfecto y formal, pudiera acabar en un calabozo. Era una perspectiva casi absurda. Estaba tan desconcertada como los demás.

—También hemos estudiado el pasado común de Tor y Mattias —prosiguió Julia, mirando a Christer—. Has reunido algunos datos sobre la familia. ¿Podrías contarnos lo que has averiguado?

Christer carraspeó y recogió unos papeles de la mesa.

—Björn, el padre de Mattias, era hermano de Rune, el padre de Tor —dijo—. El padre de ambos, Harald, es un personaje extraño. Fue uno de los pocos suecos que se sabe que estuvieron en Alemania durante la Segunda Guerra Mundial, luchando en el bando de Hitler. Se cree que incluso trabajó en Dachau, uno de los campos de concentración en territorio alemán.

—No sabía que hubiera habido suecos del lado de los nazis —comentó Ruben, asombrado.

—Durante la Segunda Guerra Mundial, había muchos nazis en Suecia —explicó Christer, con un gesto de desprecio—. Y algunos de ellos estaban tan mal de la cabeza que se fueron a Alemania a luchar por el Tercer Reich.

—¿No hubo consecuencias para Harald? —preguntó Adam.

Christer hizo un gesto negativo.

—Harald era hijo de una familia sumamente acaudalada, una conocida familia de banqueros. Cuando regresó a Suecia, pasó a ocupar un alto cargo en una de las empresas familiares, Hird S. A. A partir de entonces, nunca se habló mucho de él. Los ricos siempre salen bien parados.

—¿Sus hijos también eran nazis? —preguntó Mina, inclinándose hacia delante con curiosidad.

—No nos consta que lo fueran. Rune siguió administrando los negocios y bienes de la familia, mientras que Björn era profesor de sueco y de historia, hasta que... hasta que dejó de serlo.

—Y, en los túneles subterráneos, Björn y Mattias se convirtieron en el Rey y el Príncipe, respectivamente —añadió Julia—. Mina, cuando hablaste con Vivian y los demás, ¿te dijeron cuándo se marchó el Príncipe de los túneles?

—No, nada concreto —respondió Mina—. Pero hablaban de él como si fuera un niño, y en las marcas que había en la pared para medir su estatura, se veía que no era muy alto. Por eso supuse que debía de haberse marchado cuando aún era pequeño.

—Todo está muy confuso todavía —señaló Julia—. Según la grabación del contestador, aún disponemos de tres días para encontrar a Niklas Stockenberg. Es probable que no consigamos encajar todas las piezas del puzle antes de que se cumpla el plazo. Pero lo importante es descubrir lo suficiente para saber dónde está. O quién lo tiene en su poder.

De repente, Vincent soltó un gemido agudo que sobresaltó a Mina.

—¿Qué pasa? ¿Estás bien? —le preguntó, observándolo preocupada.

—¡La tarjeta de visita con el número de teléfono que recibió Niklas! —exclamó el mentalista—. Jon, Marcus y Erika debieron de recibir una similar cada uno. Por eso estaban tan alterados, cada uno a su manera. Todos sabían que iban a morir dos semanas antes de que ocurriera.

—¡Joder! —dijo Ruben—. Y los tres acabaron en los túneles del metro.

Durante unos segundos, la sala permaneció en silencio.

—No sé si es el momento adecuado para hablar de esto —empezó Adam—, pero he visto a Akai, el tipo que encontró los restos de Jon Langseth. Me enseñó un mural fantástico que pintó el año pasado. Es un retrato colectivo de la gente que conocimos en los túneles. Tiene mucho talento.

Sacó el móvil y abrió la galería. Cuando encontró la imagen que buscaba, les pasó el teléfono a los demás.

—No deslices a la derecha ni a la izquierda. Solo mira, como si fuera Instagram —bromeó Ruben, mientras le tendía el teléfono a Mina después de ver la foto.

Mina observó el teléfono que Ruben le estaba ofreciendo. Los móviles ajenos siempre le parecían repugnantes, porque los imaginaba cubiertos de gérmenes. Aun así, se armó de valor y lo aceptó, porque la curiosidad podía más que su paranoia. Ya sumergiría las manos en gel hidroalcohólico cuando hubiera terminado.

Adam tenía razón. El mural era excepcional. Mina reconoció a casi todas las personas representadas: Vivian, Kjelle, O. P., Natasa... Solo un rostro le resultó desconocido. Alguien había escrito con aerosol «Sussi estuvo aquí» encima de gran parte de la cara en cuestión, por lo que no se distinguían bien las facciones. Sin embargo, la persona desconocida tenía algo en la cabeza. Mina volvió hacia Adam la pantalla del móvil y le señaló esa parte del mural.

—¿Qué es esto? El flash ha quemado un poco esta zona de la foto y no se ve bien.

Durante unos segundos, Adam contempló la imagen en silencio.

—La verdad es que no sabría decirlo. He pensado que podía ser una especie de halo. Quizá esta persona murió ahí abajo. No lo sé. —Se encogió de hombros.

Mina seguía mirando el mural, profundamente concentrada, y entonces comprendió lo que estaba viendo.

—No es un halo. Es una corona. Como la de un rey... o un príncipe.

La sala quedó en silencio. Julia se precipitó sobre el móvil y miró la pantalla.

—Mina tiene razón —dijo—. Pero lo que vemos aquí es un adulto, no un niño. ¿Y dices que el mural fue pintado el año pasado?

Adam asintió.

—Si representa a los actuales habitantes de los túneles —prosiguió Julia con expresión grave—, esta persona no puede ser el Rey. Si es su hijo, significa que el primo de Tor sigue viviendo en las profundidades del metro. Y si el Príncipe le ofreció a su padre un funeral digno de un rey...

—... bien pudo haber hecho lo mismo con los otros tres —completó Vincent la frase—. Tenemos que encontrar a ese Mattias.

La pequeña cámara que Julia había colocado en la sala de interrogatorios había grabado toda la conversación con Tor en 4K. Vincent podía ampliar las imágenes y ver hasta los más minúsculos detalles de la cara de Tor, aunque en realidad no era necesario. La mayoría de las cosas son evidentes cuando uno sabe lo que busca. Y Vincent lo sabía.

Puso en pausa la reproducción en su portátil justo antes del momento en que Julia se refería a las dificultades que habían experimentado las víctimas en cierto punto de sus vidas.

—Mira esto —le dijo a Mina, sentada a su lado—. ¿Qué ves?

Observándola con el rabillo del ojo, sintió que el corazón se le aceleraba. Ni siquiera cuando estaban trabajando en una investigación lograba sustraerse a su encanto. ¡Estaba tan guapa cuando se concentraba!

Al notar que Mina estaba esperando, se apresuró a poner en marcha el vídeo.

Oyeron que Julia mencionaba las dificultades y que después Tor repetía la palabra, en tono de pregunta. Entonces Vincent volvió a poner en pausa la grabación.

—Parece sorprendido —comentó Mina—. Como si no entendiera lo que Julia quiere decir.

—Así es —confirmó Vincent—. Pero mira bien lo que pasa una fracción de segundo antes.

Hizo retroceder el vídeo e intentó detenerlo justo después de que Julia dijera «dificultades». La expresión en la cara de Tor duraba apenas un segundo, antes de desaparecer. Vincent tuvo que intentarlo varias veces, hasta encontrar una imagen donde el gesto se veía claramente.

—Microexpresiones —comentó, señalando la pantalla—. Según el psicólogo Paul Ekman, tenemos siete emociones básicas: ira, miedo, alegría, tristeza, asombro, desprecio y asco. Todas ellas se manifiestan en expresiones faciales bien definidas. Es tremendamente difícil ocultar por completo una reacción emocional, porque las emociones son automáticas y surgen antes que nuestras reacciones conscientes. Entonces aparecen las microexpresiones, como las denomina Ekman. Son reacciones involuntarias, que manifiestan una emoción real, antes de que la mente consciente se haga con el control de las expresiones faciales e intente mostrar, por ejemplo, una reacción de sorpresa, como en este caso. Pero ¿qué ves justo antes de esa expresión de asombro?

En la pantalla, una de las comisuras de la boca de Tor se tensaba ligeramente hacia arriba. Eran solo unos milímetros, pero no hacía falta más. Lo que se veía no era una sonrisa.

—Parece un gesto de... superioridad.

—Exacto. Es una expresión de desprecio. Pero como en este caso solo dura unas décimas de segundo, se trata de una microexpresión. Después aparece el asombro fingido que ya has visto.

Vincent repitió la secuencia en su totalidad, sin ninguna pausa. Esperaba que Mina fuera capaz de detectar el cambio en el rostro de Tor, aunque durara solo un abrir y cerrar de ojos. Ella asintió, entusiasmada.

—¡Sí, lo he visto! —exclamó—. ¡Qué pasada! Cuando sabes lo que tienes que buscar, resulta clarísimo. Pero jamás lo habría visto si no me lo hubieras indicado. ¿Qué significa?

—Dos cosas —respondió Vincent, volviéndose para mirarla de frente.

No tenía que haberlo hecho. Le resultaba incómodo estar tan cerca, mirándola a la cara, pero ella se limitaba a observarlo con expresión interrogante. Tenía que controlarse.

—Por un lado —empezó, y enseguida se aclaró la garganta—, significa que Tor sabe exactamente a qué dificultades se refiere Julia. Nadie reacciona de manera tan intensa si no tiene algo concreto que motive su reacción. Dicho de otro modo, Tor conoce el pasado de las víctimas. ¿Por qué lo conoce, si en teoría ni siquiera sabía quiénes eran?

—Entonces ¿mentía cuando ha dicho que no sabía nada de Erika, Jon y Marcus? —repuso Mina lentamente.

—Es la única explicación razonable. Por otro lado, siente desprecio por las «dificultades» que atravesaron las víctimas. Es decir, Erika, Marcus y Jon estaban deprimidos hasta el punto de pensar en el suicidio, si no he interpretado mal las declaraciones de sus familiares. Creo que Tor siente poca simpatía por las personas que considera débiles.

—Por lo tanto, Tor conocía a las víctimas y sabía que habían pasado una mala racha —dijo Mina. Se echó hacia atrás en la silla y cerró los ojos—. Y las desprecia por ello —continuó—. También sabemos que conoce a Niklas, que también pasó por un periodo difícil. Seguramente también lo desprecia.

De repente abrió los ojos y miró al mentalista, horrorizada.

—Vincent, ¿es lo mismo con todos? ¿También conmigo? ¿Soy tan fácil de leer? ¿También yo tengo esas microexpresiones?

—No sé de qué hablas —replicó él, tratando de parecer inocente.

Al mismo tiempo, era consciente de que acababa de enseñarle a Mina a interpretarlo a él. Mierda.

—Pero ¿hasta qué punto puedes estar seguro de todo eso que has dicho de Tor? —preguntó ella—. Hasta ahora no he visto ni oído nada en la entrevista que me parezca un motivo suficiente para ordenar su detención.

Vincent asintió y movió el cursor de la línea de tiempo del vídeo hasta los últimos segundos. Después volvió a poner en marcha la reproducción.

«Creo que debemos contemplarlo desde ese punto de vista —dijo Tor desde la pantalla—, una perspectiva que no tiene nada que ver con la manera en que una estrella de la música inició su carrera o con la empresa que haya contratado a una conferenciante.»

—¡He vuelto a ver esa microexpresión de desprecio! —exclamó Mina—. Cuando ha mencionado a la «estrella de la música».

—Bien visto. Pero ¿te has fijado también en las palabras? Julia solo ha hablado de «ayudas». ¿Cómo sabe Tor que estuvieron orientadas a financiar la carrera de Marcus? Tampoco ha dicho Julia ni una sola palabra sobre contratos de conferencias. ¿De dónde ha sacado Tor ese dato? Apuesto a que eso ha sido lo que ha motivado la decisión de Julia. El interrogado habla de cosas que no debería saber. La reacción de Julia es la correcta. Tor está mucho más implicado de lo que aparenta. Ayudó a impulsar tres carreras extraordinarias, tal vez cuatro, si contamos la de Niklas, cuando cada una de esas personas estaban en su peor momento. Un gesto maravilloso y altruista. Entonces ¿por qué miente al respecto? ¿No debería presumir de lo que ha hecho, si eso ha sido todo? ¿Y por qué los desprecia? Si descubrimos la respuesta, estoy seguro de que encontraremos también la razón por la que ahora esas tres personas están muertas.

Mina guardó silencio un rato. A Vincent le gustaba su silencio, pero también anhelaba volver a oír su voz ligeramente áspera.

—¡Mira esas uñas tan cuidadas! —dijo Mina en voz baja, señalando la pantalla—. Y nunca tiene ni una mota de suciedad en los puños de la camisa, aunque la haya llevado puesta todo el día. Y los zapatos siempre están relucientes. Me cuesta imaginar a Tor construyendo montículos de grava bajo tierra. Por eso me inclino a creer en lo que dijiste en la reunión, respecto a que el Príncipe podría ser el responsable de esos enterramientos.

—Estoy de acuerdo —repuso Vincent, asintiendo—. Pero estoy convencido de que Tor es el cerebro detrás de... lo que sea esto. Si nos fijamos en la pista que encontró Christer, está claro que actúa en segundo plano. El brazo ejecutor de la operación, y tal vez incluso la cara visible, es su primo. Y espera, porque todavía hay más.

Todo lo que habían visto hasta ese momento no era más que un prólogo de lo que Vincent pensaba revelarle a Mina a continuación. Había tenido que demostrarle la importancia de los cambios minúsculos de comportamiento para que comprendiera el resto de su exposición. Y no solo debía comprenderlo, sino sentirlo. Porque lo que aún quedaba por decir era lo que realmente le causaba pavor a Vincent.

Volvió a desplazar hacia atrás el cursor de la línea temporal del vídeo y se detuvo justo antes de que Tor afirmara que el secuestro de Niklas tenía motivaciones políticas.

—¿Has visto esta parte de la conversación? —preguntó.

—No, no he tenido tiempo de ver el interrogatorio entero.

—Muy bien —dijo Vincent, silenciando el vídeo—. Fíjate en el lenguaje corporal y la expresión de su cara, y dime después de qué está hablando.

Vincent puso en marcha la reproducción, sin sonido, y la dejó seguir hasta el final, mientras Mina estudiaba atentamente a Tor. Al cabo de un momento, empezó a asentir imperceptiblemente, como si estuviera de acuerdo con algo inaudible que Tor estaba diciendo. Al final del vídeo, necesitó unos segundos para procesar su reacción.

—Veamos —dijo—. Estaba inclinado hacia delante, establecía mucho contacto visual y tenía una sonrisa que le crispaba la comisura derecha de la boca... ¿Sabes? Me resulta difícil desglosar los detalles de lo que veo, como haces tú. Me parece como si el significado se perdiera. En cierto sentido, el total es algo más que la suma de las partes. ¿Te parece que hable de las sensaciones que me ha transmitido toda la secuencia?

—Excelente idea —contestó Vincent—. A menudo nuestras sensaciones son atajos para llegar a lo que aún no sabemos racionalmente. El cerebro ahorra tiempo y energía absteniéndose de recorrer en cada ocasión los caminos del pensamiento racional y, en su lugar, nos ofrece una «sensación» de cómo son las cosas. Es lo que llamamos «intuición». Pero la verdadera intuición se basa en pruebas recibidas previamente de que el proceso de pensamiento es correcto. De lo contrario, no es más que un impulso o un prejuicio. Por desgracia, la mayoría de la gente que habla de «intuición» no parece comprender que hay una diferencia entre...

—Vincent —lo interrumpió Mina con sequedad.

—Sí, perdona. Ibas a describirme tus sensaciones acerca de Tor...

Mina volvió a mirar al hombre de la pantalla, que estaba inclinado hacia delante, con las manos apoyadas sobre la mesa.

—Es evidente que habla de algo que le apasiona —empezó—. Es como si estuviera presentando el proyecto de su vida a la persona que se lo va a financiar. Y su pasión es contagiosa.

Más aún, es convincente. Sea lo que sea lo que está vendiendo, me veo comprándoselo.

—No estés tan segura —replicó Vincent, y a continuación reprodujo la secuencia desde el principio con sonido.

En silencio, escucharon cómo exponía Tor sus ideas acerca de una democracia moribunda y de la pretensión que podía tener alguien de sumir todo el país en el caos.

Cuando finalizó el vídeo, Mina estaba pálida.

—Eso de crear un nuevo orden a partir del caos —dijo Vincent— es una idea del propio Tor. Es algo que le emociona. Y estoy convencido de que ya no está hablando de Niklas. No se crea un nuevo orden social matando a cuatro individuos, ni siquiera aunque uno de ellos sea ministro de Justicia. Creo que Tor planea algo más, mucho más grande. Me temo que hemos subestimado considerablemente hasta dónde está dispuesto a llegar.

—¡Julia, espera!

Sara iba corriendo tras ella por el pasillo, tan rápido como podía. Julia estaba a punto de entrar en el ascensor, en el otro extremo, cuando oyó la voz que la llamaba. En unos segundos, Sara la alcanzó. Tuvo que respirar hondo varias veces para recuperar el aliento.

—¡Hola! —la saludó Julia, sonriendo—. Buen trabajo con Manojlovic y Ted Hansson. Y enhorabuena también por hallar los restos de Gustaf Brons.

Las puertas se cerraron y el ascensor empezó a moverse.

—Sí, al final las cosas se precipitaron —repuso Sara—. Habríamos preferido investigar más a fondo la red mafiosa, pero, sinceramente, también ha sido genial poder dejar a Ted Hansson con el culo al aire.

—¿Es esa la postura oficial de la NOA? —preguntó Julia, riendo—. Hay un compañero en mi unidad que también está muy agradecido por vuestra intervención.

Sara sintió que empezaba a ruborizarse. De hecho, Ruben y ella prácticamente no se habían separado desde que lo había encontrado en la casa de las afueras de Södertälje, tres días antes. Pero aún no se lo habían contado a nadie. Sara no sabía cómo se lo tomarían los demás compañeros. Ni siquiera ella misma lo entendía.

—En cualquier caso, tengo una pregunta urgente que hacerte —dijo—. Esta mañana habías citado a Tor Svensson para interrogarlo, ¿no es así? ¡Por favor, dime que sigue por aquí!

Julia arqueó las cejas.

—Sí, de hecho, ha sido bastante sorprendente —repuso—. Cuando ha llegado, solo teníamos indicios. Pero se ha delatado de una manera que me ha llevado a solicitar una orden de arresto. No he vuelto a saber nada más, así que supongo que estará en el centro de detención de Kronoberg. Los abogados del Estado apelarán, por supuesto, pero el trámite no es rápido, así que probablemente tendrá que quedarse allí un día más, por lo menos. ¿Por qué lo preguntas?

—¿Podemos...? —propuso Sara, señalando el despacho de Julia, quien enseguida asintió.

Entraron en el despacho y Julia cerró la puerta.

—Llevamos un tiempo siguiendo la pista de actividades sospechosas de terrorismo —explicó Sara—. Se han producido robos de nitrato de amonio en cantidad suficiente para fabricar una bomba de gran capacidad destructiva. Por el soplo de un informante, hemos localizado los productos químicos escondidos en varios almacenes, pero hasta ahora nos hemos limitado a vigilar los movimientos en los alrededores de los locales. Casi todos los almacenes recibieron visitas en los dos últimos días. La persona en cuestión intentaba disimular su identidad con un gorro y gafas oscuras, y en cada ocasión vestía ropa diferente. Sin embargo, gracias a los programas de reconocimiento facial, que han mejorado de forma extraordinaria en los últimos tiempos, hemos podido constatar que se trataba siempre del mismo individuo.

—¿Tor Svensson? —arriesgó Julia, mirándola fijamente.

—Así es. Creemos que planea algo terrible.

Julia cogió su chaqueta.

—Ven, vamos a verlo ahora mismo —dijo enseguida—. Son solo tres minutos andando. Llamaré y avisaré que vamos en camino.

Marcó un número y se apoyó el teléfono entre el hombro y el oído.

—Aquí Julia Hammarsten —dijo cuando le cogieron la llamada, mientras se ponía la chaqueta—. Tenemos que hablar con Tor Svensson. Vamos hacia allá. Es urgente.

De repente, congeló el movimiento. Se quedó escuchando, puso fin a la conversación y después se volvió hacia Sara.

—¿Cómo he podido ser tan condenadamente estúpida y pensar que sería tan fácil? —se lamentó—. Tenía que haber visto que me estaba enfrentando al Ministerio de Justicia.

—¿Qué quieres decir? —preguntó Sara.

—La orden de arresto ha sido revocada. Tor ha abandonado el centro de detención hace dos horas.

Julia prefirió quedarse de pie, aunque su padre le había indicado que se sentara. Tampoco Sara Temeric se sentó. Por una vez, Julia no se moría de frío en la jefatura, quizá porque había hecho todo el camino corriendo hasta el despacho del jefe.

—Ahora se impone la prudencia —dijo su padre, que también estaba de pie, mirando por la ventana—. ¿Hasta qué punto estáis seguras de poder vincular a Tor Svensson con los asesinatos?

—De momento, solo tenemos indicios —contestó Julia—. Pero comienzan a ser muy numerosos. También sabemos que Tor mintió acerca de su primo, que también debe de estar involucrado de alguna manera.

—Además, mi departamento tiene pruebas directas de la implicación de Tor en la sustracción de productos químicos —intervino Sara.

Julia miró apreciativamente a su colega. Sara no parecía intimidada ante la presencia del jefe de policía, al contrario que la mayoría de la gente. Su padre se volvió hacia ellas.

—Ya lo habéis alertado —dijo, pensativo—. Estará en guardia. Y la legitimidad de una prueba obtenida mediante un programa informático capaz de determinar si varias fotografías corresponden al mismo individuo será cuestionada ante los tribunales, sobre todo si la persona afectada es el secretario de prensa del ministro de Justicia. Me temo que el proceso será largo y que tardaremos mucho en ponerlo entre rejas. ¿De cuánto tiempo disponéis?

Julia miró a Sara. ¿Cómo hacía para que no se le notara el esfuerzo de haber subido corriendo hasta el despacho del jefe? Ella todavía estaba sudando y con el corazón acelerado. Su colega debía de frecuentar muchísimo el gimnasio. Se dijo que tenía que volver a hacer ejercicio. Adam le había dicho que estaba perfecta, pero aun así...

—Si Tor está implicado en los asesinatos de Jon, Marcus y Erika, es razonable pensar que también lo estará en la amenaza que pesa sobre Niklas, ya que parece seguir el mismo patrón. Según la grabación del contestador, Niklas morirá dentro de tres días.

—Suponer que está implicado es demasiado aventurado, tratándose de Tor Svensson —replicó el jefe de policía.

—Tampoco sabemos con certeza si realmente está fabricando una bomba —dijo Julia—. Pero si es cierto que lo está haciendo y además está involucrado en los asesinatos, no me extrañaría que planeara detonarla al mismo tiempo que el asesinato de Niklas. No puede esperar mucho más, ya que probablemente habrá notado que el círculo comienza a estrecharse. Si es cierto lo que sospechamos, por supuesto. Pero ¿podemos arriesgarnos a la inacción?

—Recordadme, por favor, de qué potencia explosiva estamos hablando.

—Estoy convencida de que la persona que aparece en las fotos es él y nadie más que él —afirmó Sara—. Si es así, dispone de más de diez toneladas de nitrato de amonio, hasta donde nosotros sabemos. Obviamente, podría ser más. De ser cierto lo que sospechamos, está en condiciones de desencadenar la mayor explosión civil que se haya producido hasta ahora en suelo sueco. Gran parte del centro de Estocolmo quedaría reducida a escombros, con miles de muertos y heridos.

El padre de Julia se pasó las dos manos por las mejillas. De repente, parecía muy mayor, a pesar del uniforme.

—Entonces sugiero que actuemos con prudencia, pero al mismo tiempo con rapidez —dijo—. Tenéis razón. No podemos arriesgarnos. Dedicad el resto del día a reunir todos los indicios y pruebas materiales que tengáis y haced con ellas la presentación más convincente que podáis preparar. Intentad convertir las suposiciones en hechos contrastados. Mañana por la mañana, le presentaremos el informe al fiscal para solicitar la detención inmediata de Tor Svensson. Yo mismo le escribiré, para subrayar la importancia del caso.

Julia miró a su padre. Habría querido darle las gracias, porque por una vez no le había puesto ninguna traba. Pero, en lugar de eso, se limitó a asentir brevemente.

—¿Qué hacéis ahí paradas? —dijo el jefe de policía—. ¡Vamos! ¡En marcha!

El restaurante Gondolen estaba abarrotado de gente. Había reabierto sus puertas hacía poco tiempo, después de una completa renovación, y los habitantes de Estocolmo se alegraban de que así fuera, a juzgar por la cantidad de comensales. Vincent se sorprendió de que la Sombra quisiera verlo en un lugar tan concurrido. Pero nada de lo que hacía su misterioso enemigo era casual. Tenía que haber una razón para que la reunión fuera justamente allí.

—¡¡Walder!? —exclamó la jefa de sala, sorprendida, cuando Vincent se acercó a su atril—. ¡Cuánto tiempo! Pero supongo que podemos decir lo mismo de la mayoría de nuestros clientes. Me alegro de volver a verle. ¿La reserva era para dos?

—Imagino que sí —replicó Vincent.

La jefa de sala lo miró ligeramente extrañada, pero enseguida le indicó que la siguiera.

—Nos hemos visto obligados a sentarles en la barra —dijo en tono de disculpa cuando entraron en la sala—. Es increíble la cantidad de reservas que estamos recibiendo desde que hemos reabierto. Ha tenido suerte de...

—Ningún problema —la interrumpió Vincent—. De hecho, prefiero la barra.

Se sentó en uno de los taburetes indicados y le sonrió con amabilidad a la jefa de sala, para demostrarle que estaba satisfecho. Ella le devolvió la sonrisa, claramente aliviada, y corrió a recibir al siguiente cliente.

Sobre la barra había dos menús. El asiento junto a Vincent estaba vacío. La Sombra no había llegado todavía. ¿Sería una persona joven o mayor? ¿Hombre o mujer? Se le ocurrió de repente que quizá fuera alguien que conocía. Realmente esperaba que no. Lo más probable es que fuera, tal como había sugerido Mina, un admirador obsesionado con él. No había tenido ningún problema grave con sus seguidores desde su encuentro con Anna, la mujer que llevaba su cara tatuada en la espalda. Pero Anna era completamente inofensiva en comparación con la Sombra. Tenía que estar preparado para todo.

Un hombre salió de los lavabos y, al ver a Vincent, sonrió de oreja a oreja, encaminándose hacia él.

¿Sería la Sombra? Vincent lo encontraba vagamente conocido. No lograba ubicarlo con exactitud, pero sabía que lo había visto antes. Algo en su manera de moverse mientras se le acercaba le resultaba familiar.

—¡Vincent! —exclamó el hombre, estrechándole la mano con entusiasmo—. ¡Has venido!

Ya no cabía ninguna duda. Era la Sombra. Por fin podía Vincent ponerle cara a su enemigo. ¡Si tan solo pudiera recordar dónde lo había visto antes!

—No tenía elección —replicó Vincent—. ¿Dónde está mi familia?

La Sombra se encogió de hombros, antes de sentarse.

—Tranquilo —repuso—. No les he hecho nada que no les hubieras hecho tú mismo. Pero necesitabas estar solo un tiempo para reflexionar.

—Como les hayas hecho daño...

El hombre levantó una mano, con cara de ofendido.

—Vincent, Vincent, no nos pongamos agresivos —dijo—.

Deberías concentrarte en tu cometido. No te queda mucho tiempo.

El mentalista echó un vistazo a la sala abarrotada. ¿Habría entre los comensales algún policía de paisano? Si daba una señal o pedía ayuda, ¿se precipitarían sobre la Sombra? Pero no parecía que nadie les prestara atención. Mina había cumplido su promesa.

—¿Qué quieres de mí? —preguntó—. ¿Y quién eres? Escribiste que debía responsabilizarme de lo que hice y dejar de vivir en la negación. Supongo que te referías a... lo sucedido... con mi madre.

—¿Lo ves? —replicó el hombre, meneando la cabeza disgustado—. ¡Aún no eres capaz de decir lo que pasó realmente!

—Ocurrió hace cuarenta años. Y fue un accidente. Un trágico accidente.

La Sombra empezó a hojear el menú.

—¿Langosta gratinada o lomo de ternera a las brasas? ¿Qué te parece? ¿Y qué me dices de los boletus confitados como guarnición?

—Solo dime qué quieres que haga —replicó Vincent con determinación—. ¿A qué te refieres cuando me pides que me responsabilice? ¿Qué pretendes? ¿Y por qué te metes en mi vida?

—Es una pena que no sirvan morcilla para la cena —comentó la Sombra, mientras cerraba el menú—. No te creía tan duro de entendederas, Vincent. Dispones de todas las pistas. Vuelve a leer la carta, prestando mucha atención. Ahí lo tienes todo.

Después lo miró y se inclinó hacia él, como para revelarle un secreto.

—Porque todavía tienes la carta, ¿no? O, mejor dicho, las cartas —dijo—. No se las habrás dado a la policía ni nada de eso, ¿verdad?

Vincent no respondió.

—Solo quiero que empieces a hacerte responsable de tus actos —añadió la Sombra—. Nada más.

—Pero ¿no piensas explicarme qué quieres decir con eso? ¿Concretamente?

La Sombra negó con la cabeza, sonriendo.

—No es tan difícil —dijo—. Pero como aún no pareces entenderlo, te daré otra oportunidad, como ya te escribí en mi mensaje. Una última oportunidad. No soy una mala persona, Vincent.

Sacó un sobre acolchado y se lo dio a Vincent. En su interior había una cinta elástica negra, con velcro en los extremos y un trozo de plástico rectangular en el centro, del tamaño de una caja de cerillas.

—Mañana nos volveremos a ver. Hasta entonces, quiero que lleves esto puesto. Tiene un micrófono y un transmisor GPS. Póntelo en el tobillo. Lo de ponerse micrófonos debajo de la camiseta solo se ve en las series. Con esto sabré exactamente dónde estás y oiré todo lo que digas durante las próximas veinticuatro horas. No quiero encontrarme contigo mañana y descubrir que has desperdiciado tu oportunidad. Que pases buena noche, Vincent.

El hombre se levantó, con la clara intención de marcharse.

—Espera —le dijo Vincent—. Todavía no me has dicho quién eres ni por qué haces esto. ¿Y por qué me has citado aquí, en el Gondolen? ¿Qué es...?

La Sombra meneó la cabeza.

—Creía que eras más listo —observó, mientras se ajustaba la chaqueta—. A estas alturas, ya deberías saber quién soy. Pero te prometo que mañana todo se aclarará. Ahora disfruta de la cena. Invito yo.

QUEDAN DOS DÍAS

Vincent llegó a primera hora. Era casi como si la jefatura se hubiera convertido en su lugar de trabajo. En casa ya ni siquiera podía dormir. Había vuelto del Gondolen a las seis y media, y le había enviado un mensaje a Mina para decirle que estaba bien. Pero las palabras de la Sombra lo habían mantenido despierto toda la noche. Concentrarse en la investigación era lo único que podía hacer para conservar la escasa cordura que le quedaba.

Se dispuso a colocar el mapa de la red de metro en una pared de la sala de reuniones. Antes, en el mismo sitio, había un plano de Estocolmo que el propio Vincent había convertido en tablero de ajedrez, seis meses atrás. Desde entonces la pared había estado vacía. Hasta ahora.

Aseguró con chinchetas las cuatro esquinas del plano, para que no se levantaran, y, justo cuando estaba terminando, Ruben asomó la cabeza por la puerta.

—¿Volvemos a estar igual que antes? —preguntó, indicando el mapa con un movimiento de la cabeza—. ¿Qué toca esta vez? ¿Parchís? No hace falta que contestes, no quiero saberlo. ¿Has visto a Adam?

—No, todavía no he visto a nadie —respondió Vincent.

Ruben asintió y se marchó, mientras el mentalista sacaba de la mochila los relojes de arena. Les dio la vuelta y contempló cómo comenzaba a fluir la arena hacia abajo. Como símbolo, los relojes estaban por todas partes en la investigación. Bastaba con buscarlos. Los cuatro que tenía delante indicaban la localización de los montones de grava. También habían aparecido dibujados cerca de los montículos, en los túneles del metro. Y había un reloj de arena en la tarjeta de visita que había recibido Niklas, con el número de teléfono. El mentalista aún podía oír la voz que decía cuánto tiempo le quedaba al ministro. Era posible que solo quedaran dos días antes de que se agotara el tiempo.

Habría sido fantástico que hubieran encontrado ya al ministro de Justicia, en algún punto de la línea dieciséis del metro. Todo habría sido mucho más fácil. En retrospectiva, había sido una ingenuidad confiar en que así sería. Que algo fuera conveniente para la investigación no significaba que fuera a suceder.

Por otra parte, no habían conseguido ninguna otra pista sobre el posible paradero de Niklas. Y, a menos que Vincent hubiera malinterpretado por completo el mensaje que acompañaba los relojes de arena, todo hacía pensar que había una manera de salvar al padre de Nathalie antes de que fuera demasiado tarde.

Encuentra el cuarto antes de que el tiempo se agote.

Pero ¿dónde? Como había dicho Julia, la línea dieciséis era larga. Y si Niklas ya estaba en los túneles del metro, era probable que dos días no fueran suficientes para encontrarlo.

Sin embargo, había algo de la persona que le había enviado los relojes de arena que no acababa de entender. ¿Por qué le había indicado la línea del metro y no la estación? Le parecía extraño que se hubiera quedado a medias. Entonces contempló los números escritos debajo de cada reloj.

17 minutos (13 segundos)

13 minutos (5 segundos)

10 minutos (3 segundos)

16 minutos (3 segundos)

Había pensado que si los minutos de los relojes de arena

indicaban las líneas del metro, los segundos tendrían que señalar de alguna forma las estaciones. En el reloj que representaba a Marcus Eriksson, la arena tardaba diecisiete minutos y trece segundos en bajar. La línea diecisiete era la correcta, pero por muchas maneras que Vincent empleara para contar trece estaciones, ninguna lo llevaba a Bagarmossen, donde Tom el Loco había encontrado los restos de Marcus.

Y lo mismo sucedía con los relojes de Erika y Jon. Empezara por donde empezara, los segundos nunca indicaban las estaciones donde habían sido hallados los huesos.

Pero ¿y si fuera otro el punto de partida? ¿Uno que tuviera un significado especial para la persona que le había enviado los relojes de arena? Vincent estaba convencido de que el remitente de los relojes y de los otros enigmas no era otro que el Príncipe. Y el esqueleto del Rey, su padre, había sido hallado en la estación de Odenplan.

¿Podía ser que el Rey fuera el punto de partida de todo?

El mentalista apoyó un dedo sobre el plano que acababa de colgar en la pared y contó trece estaciones desde Odenplan. La decimotercera era Bagarmossen, donde habían encontrado el montón de grava de Marcus.

Hizo otra prueba. Erika había sido hallada en el ramal trece de la línea roja y los segundos de su reloj de arena eran cinco. Vincent volvió a contar desde Odenplan y comprobó que había cinco estaciones desde allí hasta Karlaplan, donde había aparecido Erika, aunque con un cambio de línea en la estación Central. El tercer reloj de arena era el de Jon e indicaba el ramal diez de la línea azul. A dos estaciones de Odenplan, se encontraba Fridhemsplan. Si cambiaba a la línea azul y contaba una estación más, llegaba a Stadshagen, donde Akai había encontrado los huesos de Jon.

Había resuelto el misterio.

El último reloj de arena, el de Niklas, indicaba dieciséis minutos y tres segundos. Desde Odenplan, podía llegar a Thorildsplan si se desplazaba en un sentido, o a la estación Central, si avanzaba hacia el otro. Pero la estación de Thorildsplan no era subterránea, y los huesos siempre habían aparecido en túneles bajo tierra, por lo que solo quedaba la estación Central.

Por fin sabía dónde buscar a Niklas. Habría debido alegrarse, pero era consciente de que Julia no recibiría bien la noticia. La estación Central era la más compleja de toda la red subterránea del metro de Estocolmo, con vías y andenes distribuidos en varios niveles. Todas las líneas de la ciudad pasaban por allí, y más de trescientos mil viajeros la frecuentaban a diario. Y justamente en ese laberinto de túneles tendrían que localizar a Niklas en menos de dos días.

Encuentra el cuarto antes de que el tiempo se agote.

Según lo interpretaba Vincent, eso significaba que Niklas estaría en el sitio indicado de los túneles un rato antes de que se agotara el tiempo, por lo que dispondrían de varias horas. Pero no quería pecar de ingenuo una vez más. Era preciso prepararse para actuar con muy poco tiempo. Por lo tanto, necesitaban saber cuándo, en qué minuto exacto, estaba prevista la muerte de Niklas. Decidió pedirle a Mina que llamara al teléfono de la grabación para averiguarlo.

Como si hubiera oído sus pensamientos, justo en ese instante, Mina entró en la sala con dos tazas en las manos.

—Siento llegar tarde —dijo—. La máquina de café está estropeada. Tendremos que conformarnos con chocolate caliente.

—Me parece perfecto —replicó Vincent, cogiendo una de las tazas—. Hace casi tanto frío aquí dentro como en la calle. —Sopló el chocolate—. Y has llegado en el momento justo —añadió—. He resuelto el enigma. Sé dónde está Niklas. O, mejor dicho, dónde estará. Tenía razón respecto a la línea dieciséis, solo que todavía no está allí.

—Vincent, te das cuenta de que estás desvariando, ¿no? —replicó ella.

—No, ya verás que es muy sencillo —continuó él, señalando el mapa—. Solo había que contar las estaciones de la línea dieciséis. La línea ya no existe, pero las estaciones sí. Sin embargo, no había que contar desde el comienzo de la línea, sino desde Odenplan, porque allí estaba enterrado el Rey. Para los relojes de arena, el Rey es el punto de partida.

—¿Muy sencillo, decías? A veces me pregunto hasta dónde llegarás cuando las cosas no te parezcan tan fáciles —comentó Mina, sonriéndole por encima del chocolate caliente.

—El caso es que Niklas estará en uno de los túneles del metro de la estación Central —afirmó Vincent—. Estará allí dentro de dos días, cuando se le agote el tiempo.

Mina guardó silencio unos segundos.

—La estación Central —repitió—. ¡Dios mío! Sabemos que Tor está preparando una bomba y que probablemente planea detonarla coincidiendo con... con el asesinato de Niklas.

—Ten en cuenta que la grabación del contestador nos informa de cuándo está prevista su muerte, al minuto. Solo tenemos que asegurarnos de estar en el lugar indicado antes de que suceda. ¿Puedes llamar de nuevo, para averiguar la hora exacta?

—Sí, ahora mismo —respondió Mina, mientras sacaba el teléfono.

Marcó el número y activó el altavoz.

—*Hola, Niklas Stockenberg* —dijo la familiar grabación—. *Esperamos que haya quedado satisfecho con nuestros servicios durante este periodo, que ahora finaliza. Le quedan... cero días... tres horas... y... quince minutos... de vida.*

Mina se quedó mirando a Vincent.

—Han cambiado el mensaje —dijo—. Niklas morirá dentro de tres horas.

~~QUEDAN DOS DÍAS~~
EL ÚLTIMO DÍA

Sonó el teléfono de Vincent y una notificación en la pantalla le indicó que era Loke quien llamaba. Entonces apartó de su mente todo pensamiento sobre Niklas y la estación Central. No había ninguna necesidad de alarmar innecesariamente a Loke. Respiró hondo y se dispuso a atender la llamada en el tono más neutro posible.

—Hola, Vincent. Aquí Loke. ¿Tienes un minuto? —dijo al otro lado de la línea la voz ansiosa del ayudante de Milda.

—Sí, claro —respondió Vincent, enseñándole la pantalla del móvil a Mina, para que viera quién lo llamaba.

—Voy a avisar a Julia —susurró ella—. Tenemos que ir ahora mismo a la estación Central a buscar a Niklas.

Vincent se la quedó mirando mientras ella se alejaba a toda prisa.

—Verás, he estado pensando en los escarabajos —le estaba diciendo Loke, por lo que volvió a acercarse el teléfono al oído— y en lo difícil que es mantenerlos bajo control, sobre todo cuando las larvas se convierten en insectos adultos. Por eso he decidido revisar todos los informes de los últimos dos años de la Agencia de Higiene y Protección Ambiental.

—Bien pensado —repuso Vincent, que enseguida comprendió adónde quería llegar su interlocutor.

No era ningún tonto, ese experto en huesos.

—Estaba a punto de darme por vencido —continuó Loke—, cuando encontré un informe de la semana pasada. Aunque los insectos estaban en un lugar público, había tal cantidad que un particular presentó una denuncia. ¿Adivinas cuál era la plaga?

—Derméstidos —aventuró Vincent, asintiendo.

—Exacto. En el andén de la estación de metro de Hötorget, entre todos los lugares posibles. No puede ser una coincidencia. Apuesto a que hay un terrario con escarabajos en algún lugar de los túneles, cerca de Hötorget. Un lugar cálido, un poco húmedo y oscuro. Perfecto para los derméstidos. Allí es donde han limpiado los huesos. He pensado que te gustaría saberlo.

Vincent notó que Loke iba a poner fin a la llamada.

—Espera, espera —le dijo—. El grupo de policías está ocupado ahora, preparándose para salir en busca de Niklas. De repente se ha vuelto urgente su intervención y no tienen tiempo para ponerse a investigar terrarios. Pero yo podría bajar a echar un vistazo. De todos modos, solo sería un estorbo para ellos. Es más, ¿qué te parece si vamos los dos?

—No sé... —repuso Loke, dubitativo—. Los túneles llenos de suciedad no son lo mío.

—Te entiendo más de lo que crees, pero ¿no sientes curiosidad? Después de todo, la idea ha sido tuya.

—De acuerdo, me has convencido. Nos vemos en el andén de Hötorget, dentro de... ¿media hora, más o menos?

—Yo tardo quince minutos —respondió Vincent, antes de colgar.

Cogió su chaqueta y se encaminó a toda prisa por el pasillo. Al pasar por el despacho de Julia, donde también estaba Mina, se detuvo un momento.

—Es posible que Loke haya encontrado el lugar donde han limpiado los huesos —anunció—. Iré con él a comprobarlo. De todos modos, no os sería de mucha utilidad en vuestro operativo de rescate.

—Buen trabajo por parte de Loke —comentó Julia—. ¿Dónde está ese lugar?

—Adivínalo —replicó Vincent suspirando—. ¿Por qué todo tiene que estar bajo tierra? ¿Qué le pasa a la gente?

—¿Vais a bajar a los túneles? —preguntó Julia, con expresión escéptica—. ¿No has oído hablar de la bomba?

—Sí, Mina me lo ha contado.

—Probablemente la han colocado en algún punto de la estación Central, en el mismo sitio donde estará Niklas. Según Sara, los servicios de seguridad piensan lo mismo. Si quieres hacer estallar un artefacto explosivo en Estocolmo, la estación Central es el mejor punto estratégico para hacer el mayor daño posible. Tor ha robado más de diez toneladas de nitrato de amonio. Por lo tanto, los túneles del metro no son seguros. Si algo saliera mal... —Guardó silencio.

—Lo sé —repuso Vincent—. Pero todavía quedan unas horas para que acabe la cuenta atrás de Niklas y yo estaré aquí de vuelta dentro de unos cuarenta minutos, como máximo. Lo prometo. Con suerte, Loke y yo habremos encontrado algo importante.

—Solo lo decía porque no quiero tener que preocuparme también por ti —comentó Mina.

Vincent se quedó parado y de repente sintió el impulso de abrazar a Mina. Pero sabía que, si lo hacía, probablemente no podría soltarla. Por eso se limitó a saludarlas a las dos con una breve inclinación de la cabeza y se marchó a toda prisa.

El metro estaba justo a la vuelta de la esquina de la jefatura, de modo que lo cogió para ir a Hötorget. Al pasar por la estación

Central, observó que todo seguía igual que siempre, lleno de viajeros y turistas. Por supuesto, ninguno de ellos tenía la menor sospecha de lo que estaba a punto de ocurrir. Vincent apartó esos pensamientos y subió al primer tren.

Después de tan solo una estación, se bajó y encontró a Loke, que ya lo estaba esperando en el andén.

—Un colega me ha traído en su coche —explicó—. Pero quería esperarte para bajar juntos a los túneles.

Vincent miró a su alrededor. No se veía ningún escarabajo. Ya debían de haberlos exterminado. Las autoridades solucionaban algunas cosas con más celeridad que otras.

—La plaga de escarabajos estaba en el extremo norte de los andenes —dijo Loke—. Ya he conseguido una autorización para bajar a las vías.

—Por cierto, he logrado averiguar dónde estará Niklas —anunció Vincent, mientras seguía a Loke hasta el final del andén—. En la estación Central. Con casi tres horas de margen, estoy seguro de que el equipo de Julia lo encontrará. Y eso, a pesar de que el Príncipe no juega limpio y ha alterado la cuenta atrás. Pero el reto es encontrar al cuarto antes de que se agote el tiempo. Y sé que lo conseguirán.

—¿El Príncipe?

—Ah, sí. No estuviste en la reunión. Te lo explicaré más tarde.

—Entonces ¿está en la estación Central? —preguntó Loke, apartándose para que Vincent fuera el primero en bajar a las vías—. ¡Qué horror! Es la siguiente estación desde aquí.

La luz del andén desapareció rápidamente a sus espaldas, mientras Vincent se adentraba en el túnel. Pensó en encender la linterna del móvil, pero prefirió dejar que los ojos se le acostumbraran a la oscuridad. Loke iba tras él.

—¿Dónde crees que estará el terrario? —preguntó Vincent.

De repente, sintió algo puntiagudo en el cuello. Una aguja.

—Me has decepcionado, Vincent —le susurró Loke al oído—. Has malinterpretado el acertijo. Niklas no está en la estación Central...

—¿Loke...? —acertó a decir el mentalista en tono dubitativo—. Pero ¿qué...?

—No te muevas más de lo necesario. Tienes una jeringuilla clavada en el cuello. Sigue andando y dame tu teléfono.

El mentalista obedeció.

Loke le arrebató el aparato de la mano y procedió a estrellarlo contra la pared de hormigón.

—¿Qué te han parecido mis regalos? —preguntó—. ¿Te han gustado los acertijos que te he estado enviando desde hace casi dos años? ¿Te han resultado divertidos?

Vincent sintió ira y dolor.

—¿Eras tú el que los enviaba? —dijo, pero enseguida se rehízo—. Me han parecido fantásticos. ¿Qué quieres decir con eso de que he malinterpretado el acertijo?

—Creía haber encontrado a alguien como yo —replicó Loke con evidente decepción—. Pensaba que tú, más que nadie, apreciarías el desafío. Algunos de los objetos no eran fáciles de conseguir, ¿sabes? Por eso decidí darte una oportunidad para que localizaras a Niklas. Tor no estaba de acuerdo, pero no siempre estoy ante alguien que merezca mi respeto. Además, me caes bien, Vincent. Pero supongo que te había sobreestimado. Es una pena que no hayas podido salvar al ministro.

Siguieron andando en silencio. Loke se adentraba cada vez más con el mentalista por la red de túneles. Tomaron varios desvíos, hasta que el ruido atronador de los trenes al pasar se volvió lejano.

—Loke, ¿eres... el Príncipe?

No hubo respuesta.

La aguja se clavó un poco más. Pero mientras no hubiera

tensión en el área inmediatamente adyacente, significaba que Loke aún no le había inyectado la sustancia que contenía la jeringuilla, fuera cual fuera. Al menos podía contar con eso.

—Supongo que por aquí no hay ningún escarabajo, ¿verdad? —observó Vincent.

Loke soltó una ruidosa carcajada.

—Ya sabía yo que aún te quedaba algo de inteligencia —comentó—. Y como imagino que te lo estarás preguntando, te diré que la jeringuilla que llevas clavada en el cuello contiene una combinación de bromuro de pancuronio y cloruro de potasio. Dos sustancias fascinantes. El pancuronio solía comercializarse con el nombre de Pavulon y se utilizaba como anestésico. Hace más de una década que se ha retirado del mercado, pero no es especialmente difícil de conseguir y almacenar para un empleado del Instituto de Medicina Forense. Esta dosis te relajará tanto los músculos que dejarás de respirar. En cuanto al cloruro de potasio, se puede fabricar en casa con un poco de lejía y ácido clorhídrico. Las dos sustancias son muy corrosivas, por supuesto, pero se neutralizan mutuamente. La mezcla resultante se suele usar para cocinar. O, en suficiente cantidad, como en esta jeringuilla, para provocar un paro cardiaco.

—¿Eso fue lo que les inyectaste a Erika, Marcus y Jon? —preguntó Vincent, mientras seguía caminando con la vista al frente por el oscuro túnel.

—No soy una persona físicamente fuerte, como ya sabes —repuso Loke—. Pero cuando les di la oportunidad de olvidarlo todo y dejar que vivieran, ya que habían aprendido la lección, todos ellos vinieron a verme a mi casa por voluntad propia. Me ofrecieron dinero, una participación en sus empresas, sexo... Estaban desesperados. Les eché pentotal en el champán.

—Vaya. Se dormirían nada más beberlo —comentó Vincent.

—Así es. En la sanidad se consiguen anestésicos de acción rápida —replicó Loke, riendo—. Podría haber empezado a trocearlos directamente, para hervir los huesos, pero no soy ningún monstruo. Antes de ponerme a trabajar, les administré una inyección letal. ¡Para! Hemos llegado.

A la derecha de ambos, había un espacio más amplio, limitado por un muro de hormigón, donde se veía una puerta.

La aguja desapareció y Loke se situó frente a él. En la otra mano empuñaba una pistola que parecía casi una antigüedad y estaba totalmente fuera de lugar en las manos largas y finas del asistente de Milda.

—Era de mi abuelo —explicó Loke, al notar la mirada de Vincent—. No me gustan las armas. Las encuentro vulgares y no soy hábil en su manejo. Pero no creas que no dispararé si fuera necesario. A esta distancia, no podría fallar.

Loke soltó la jeringuilla y sacó una llave. Sin dejar de apuntar a Vincent con la pistola, abrió la puerta. No había mucha luz en el túnel, pero, al otro lado de la puerta, la oscuridad era completa. Loke le hizo señas a Vincent para que entrara. Cuando el mentalista obedeció, pudo distinguir entre las sombras la figura de una persona desplomada en el suelo.

Era Niklas.

Julia contempló al grupo. Christer y Ruben estaban sentados a la mesa, mientras que Adam y Mina se encontraban de pie, con la espalda apoyada contra la pared de la sala de reuniones. También Milda estaba con ellos, ya que Julia le había pedido que asistiera a la reunión convocada con urgencia, para sustituir a Loke, mientras su asistente estaba fuera con Vincent.

—No creo que Tor esté escondido. Tiene un ego demasiado grande para eso —comentó Julia—. Ni siquiera hemos conseguido mantenerlo entre rejas. Si yo estuviera en su lugar, insistiría en mi inocencia y me iría tranquilamente a casa. Seguiría a la vista de todos y actuaría con normalidad. Sabe que no tenemos pruebas concretas que lo relacionen con los asesinatos. Pero ignora que estamos al corriente de lo de la bomba.

—Lo que dice Tor todo el tiempo acerca de la necesidad de sacudir Suecia desde los cimientos ha adquirido de repente un nuevo significado —dijo Christer, con un escalofrío.

—Pero si está tan seguro de que no podemos hacerle nada, ¿por qué ha abreviado la cuenta atrás de Niklas? —intervino Mina.

—Por el estrés, supongo —repuso Julia—. No había previsto la coincidencia del ADN. Sabe que no tenemos nada más, pero también es consciente de que la situación puede cambiar. Si va a hacer estallar la bomba, tendrá que hacerlo antes de que sea demasiado tarde. Y estoy convencida de que quiere hacer coincidir la explosión con el asesinato de Niklas.

—Dices que lo hará él —dijo Mina con expresión pensativa—, pero yo creo que quien se ocupará de todo será el Príncipe, mientras Tor se mantiene bien visible, para tener la coartada perfecta.

—Apuesto a que ese cabrón está ahora mismo en su casa tomando el té —comentó Ruben, inclinado sobre el portátil que tenía abierto sobre la mesa.

—Justamente a eso quería llegar —dijo Julia—. Propongo que vayamos a su casa. No tenemos tiempo para esperar la decisión del fiscal. No creo que sospeche nada, porque no sabe que conocemos sus planes. Gracias a Vincent, tenemos una idea del lugar donde probablemente estará Niklas dentro de dos horas y media. Pero preferiría encontrarlo antes, y estoy segura de que Tor sabe dónde está.

—Muy bien, pero antes déjame que mire un plano de la zona donde vive Tor —repuso Ruben, tecleando en el ordenador—. Así sabremos lo que nos espera. Vamos a ver... Aquí está la dirección...

Enseguida dejó escapar un silbido.

—¡Qué bien viven los ricos! —comentó—. Tor tiene su casa en Strandvägen, quizá para contemplar la isla de Djurgården desde su ventana y pensar que es su jardín.

—¿Strandvägen? —repitió Milda—. También Loke vive en esa calle. Pero no en Estocolmo, sino en otra calle del mismo nombre que hay en el distrito de Djursholm. De hecho, me equivoqué de dirección la primera vez que fui.

Ruben frunció el ceño y se inclinó un poco más sobre el portátil.

—Pero ¿qué cojones...? —exclamó—. El código postal no coincide... Un momento. Tor tampoco vive en Estocolmo. Parece que su dirección también corresponde a Djursholm. A ver si puedo...

Tecleó unas líneas más y después giró el portátil para que Julia, Mina, Adam, Christer y Milda pudieran verlo. Había abierto Google Earth y en la pantalla se estaba ampliando el mapa de Suecia. Al cabo de unos segundos, apareció Estocolmo, luego Djursholm y, por último, la dirección que buscaban. Correspondía a una casa enorme, con camino propio de entrada, reja y un breve sendero.

—Gente rica, como ya he dicho —insistió Ruben.

—Pero... esa es la casa de Loke —observó Milda.

Los demás se volvieron para mirarla.

—¿Qué estás diciendo? —preguntó Julia.

—Ahí es donde vive Loke. Yo he estado. ¿Cómo es posible? ¿Has escrito bien la dirección? Loke también se llama Svensson. Quizá ha habido una confusión. Es un apellido muy corriente.

Ruben comprobó la barra de la dirección y asintió. Julia sintió que se le formaba un nudo en el estómago. Habían pasado por alto un hecho de importancia capital.

—¿Cuál es el nombre de pila de Loke? —preguntó en voz baja—. Porque supongo que Loke es un apodo, ¿no?

—No, realmente se llama así —respondió Milda—, pero es su segundo nombre. Todos lo llamamos Loke porque a él le gusta más que su primer nombre, que es Mattias. En realidad, se llama Mattias Svensson.

Se hizo un silencio de muerte cuando todos comprendieron el significado de las palabras de Milda.

—¿Por qué no habías dicho nada? —exclamó Ruben.

—¿Sobre qué? —se extrañó Milda—. ¿De qué estás hablando?

—Loke es el Príncipe —replicó Mina—. El primo de Tor. Y viven juntos.

—¿Podría ser... que Loke sea el autor de los asesinatos? —aventuró Christer.

Julia asintió lentamente.

—Pero ¿por qué? —preguntó Christer, meneando la cabeza.

—Hay demasiadas cosas que aún no entendemos —repuso Julia.

Se sentía como si estuviera en el interior de una esfera de cristal llena de nieve que alguien acabara de agitar. Todas las partes de la investigación que a su juicio encajaban a la perfección giraban ahora a su alrededor de manera totalmente caótica.

—Pero ¿de qué estáis hablando? —insistió Milda, desconcertada.

—Vincent está solo con Loke ahora mismo —dijo Mina, con pánico en la voz—. Ha dicho que tardaría unos cuarenta minutos en volver.

Consultó el reloj.

—Voy a llamarlo —anunció, sacando el teléfono. Pero no se oyó ningún tono de llamada. El móvil de Vincent estaba apagado.

—Mierda —resopló Ruben—. Loke va a matarlo al mismo tiempo que a Niklas, cuando haga estallar la bomba.

—Tres pájaros de un tiro —convino Christer—. Más que un tiro, un cañonazo.

—Tenemos que encontrarlos ya mismo —dijo Julia.

Se levantaron y abandonaron a toda prisa la sala de reuniones.

—¿Está vivo?

Vincent esperó a que la vista se le acostumbrara a la oscuridad de la pequeña habitación, un cuarto de servicio abandonado, el lugar perfecto para esconder a alguien.

—Estoy vivo —le respondió una débil voz entre las sombras, que enseguida adquirió un rostro, cuando Loke encendió la linterna de su teléfono.

—¿Qué va a pasar ahora? —preguntó Vincent.

De forma deliberada, había empleado el tono más neutro de que había sido capaz, ya que aún desconocía el estado mental de Loke y no sabía cómo podían afectarlo ciertas emociones, como el miedo o la ira. Por lo tanto, mientras no pudiera valorar la psicología de su adversario, tenía que mantener la neutralidad emocional a toda costa.

—Esperaremos —respondió Loke, mientras se acomodaba en una silla.

Con la pistola, le indicó a Vincent que se sentara junto a Niklas. El mentalista obedeció. En el suelo había una gruesa capa de polvo, pero el frío del hormigón se le colaba a través de los pantalones. Niklas no era más que una figura espectral a la luz del móvil. Parecía consumido y exhausto. Tenía la cara sucia, lo mismo que el pelo y la ropa.

—Mientras esperamos, explícame cómo podría haber averiguado que Niklas estaba aquí —dijo Vincent, en el mismo tono neutro de antes—. Puede que haya malinterpretado el acertijo, como has dicho. Pero la policía registró toda la línea dieciséis sin encontrar nada.

—Como has adivinado, el plan consistía en trasladarlo a un lugar más cercano a los andenes cuando llegara el momento —respondió Loke, irritado—. Pero ya no hay tiempo. De repente, todo se ha precipitado. Aun así, no te preocupes. Estamos muy cerca de la estación de Hötorget. Aquí abajo hay más túneles que vías.

—Aquí esperaremos, entonces —repuso Vincent con su voz neutra.

No debía influir en la conducta de Loke con una reacción emocional. Tenía que mantener la calma.

—Estamos esperando el fin, ¿no te lo he dicho? —comentó Loke—. ¿Sabías que mi nombre deriva de una palabra del nórdico antiguo que significa «cerrar» o «terminar»? Soy el que precipita el final. El Ragnarök.

Lentamente, Loke giró el teléfono, para iluminar con la linterna el resto de la habitación. Era más grande de lo que Vincent había supuesto al entrar. Al principio no reconoció los objetos que ocupaban el resto del espacio, pero enseguida comprendió que había gran cantidad de bolsas de deporte, apiladas unas encima de otras, en varias filas que llegaban hasta el techo. Calculó que había varios cientos. No era fácil distinguirlas con claridad en la penumbra, pero parecían estar llenas. Entonces recordó que había visto varias iguales en los túneles, en el trayecto hasta el lugar donde se encontraban, pero no les había prestado atención, por pensar que simplemente habrían quedado allí tiradas.

No era difícil adivinar su contenido. Las bolsas eran la bomba de Tor. Bastaba con detonar una de ellas para provocar una reacción en cadena, por la que cada bolsa haría estallar a la siguiente con la presión y el calor de su explosión.

Tor disponía de unas diez toneladas de nitrato de amonio, pero Vincent calculó que la cantidad de explosivos presente en los túneles debía de ser por lo menos el doble. Sintió que se le secaba la boca.

Loke consultó el reloj con nerviosismo, y el mentalista supuso que debía de acercarse la hora de la explosión.

—Ya que tenemos que quedarnos aquí, esperando la muerte, sería agradable disponer al menos de una explicación —dijo Vincent, intentando adoptar un tono algo humorístico, aunque estaba aterrorizado.

Estaba seguro de caerle bien a Loke, quien siempre había manifestado simpatía hacia él con su lenguaje corporal e incluso le había expresado verbalmente su admiración. Con un poco de suerte, Vincent podría aprovechar esa conexión. Pero si desaparecía el vínculo, perdería la oportunidad.

Mientras tanto, Niklas permanecía en silencio, con la cabeza gacha y la barbilla apoyada en el pecho. El mentalista le dio unas palmadas suaves en la pierna, pero no obtuvo ninguna reacción. Se había dado por vencido. No iba a serle de ninguna ayuda.

Vincent dependía únicamente de sí mismo para encontrar una salida. La clave era lograr que Loke hablara.

La otra posibilidad era que la Sombra, que debía de estar escuchándolo todo a través del micrófono que llevaba en el tobillo, tuviera la decencia de llamar a la policía y a los bomberos. Pero no podía contar con eso.

—De acuerdo —dijo Loke, encogiéndose de hombros—. Supongo que ya sabrás que Tor y yo nos hemos estado ayudando mutuamente.

Vincent no dijo nada. No quería revelar que no conocía todos los detalles, para que Loke no volviera a encerrarse en sí mismo. Por eso se limitó a asentir, como si lo que acababa de decirle su captor fuera evidente. Habría querido preguntarle cuánto tiempo les quedaba. Pero era demasiado pronto para eso.

—Ayúdame a entender los motivos —dijo—. ¿Qué significan los relojes de arena? Me refiero a los que aparecieron dibujados cerca de los montones de grava o impresos en la tarjeta de visita.

Loke guardó silencio un momento. Vincent esperó con paciencia a que hablara. Se preguntó si alguien los estaría oyendo, si habría alguien fuera, al otro lado de la puerta. Probablemente, no. Estaban solos Loke, Niklas y él. No había nadie más en el mundo en ese instante. Ellos eran el universo, la vida o la muerte.

—Mi madre era la persona más guapa que he conocido —dijo Loke por fin—. Cuando estaba contenta, era como si el sol entrara a raudales por la ventana de nuestro pequeño apartamento de Kungsholmen. Y mi padre la adoraba. Pero cuando ella se arrojó del puente de Västerbro, el sol se apagó. Para mi padre y para mí. Todo se vino abajo. Mi padre dejó de pagar el alquiler y nos echaron de casa. No sé, supongo que al saber que el sol ya no volvería a brillar, decidió que nos viniéramos a vivir aquí abajo, en la oscuridad. Ya sé que es difícil creerlo, pero fuimos felices en estos túneles, al menos la mayor parte del tiempo. Teníamos nuestro pequeño mundo, una familia y un hogar. Un reino donde mi padre era el Rey. Todos lo querían mucho. Y cuando sentía que la oscuridad, aquella oscuridad que le nacía dentro, amenazaba con abrumarlo, se marchaba por un tiempo. Para que yo no lo viera en ese estado. Pero incluso cuando estaba contento, siempre cargaba con la pena de que mi madre hubiera decidido dejarnos. Así lo veía él. Pensaba que nos había abandonado. Y, al final, él hizo lo mismo conmigo. Me abandonó.

Loke desplazó la vista hacia otro rincón de la habitación, donde Vincent distinguió un montón de grava de un metro de altura, aproximadamente. Enseguida comprendió lo que era.

—¿Ahí está...? —preguntó.

Loke asintió.

—Entonces ¿fuiste tú quien se llevó los huesos del Instituto de Medicina Forense? —preguntó Vincent con voz serena—. Pero ¿por qué me llamaste para contármelo?

—Este es el lugar que le corresponde a mi padre —replicó Loke, contemplando con amor el montón de grava—. No podía estar tirado en una fría mesa de metal. No era un tratamiento digno de un rey. Pero sabía que habría mucho revuelo cuando me llevé los huesos, así que te llamé. Pensaba que podrías ayudarme a ocultar la sustracción, para que pasara inadvertida. Pero me equivoqué.

—Y los otros recibieron el mismo tipo de entierro solemne en los túneles, porque...

—Porque todos habían llegado a ser reyes a su manera, aunque lo hubiesen hecho en un tiempo que les habían prestado. Si el Rey había sido enterrado aquí abajo y esto era bueno para él, forzosamente tenía que ser bueno para ellos.

Vincent miró el montículo de grava bajo el cual yacían los huesos del padre de Loke.

—Cuando tu padre... desapareció..., ¿te fuiste a vivir con Tor y Rune? —preguntó.

—Habría preferido quedarme a vivir aquí —respondió Loke, asintiendo—, pero ya no podía ser. Mi padre me había hecho aprender de memoria el número de teléfono de Rune. Lo llamé y le dije que su hermano había muerto. Al principio, no lo entendió. Todos pensaban que los dos habíamos muerto mucho antes. Pero me acogió en su casa.

—¿Cuántos años tenías? —Vincent se movió un poco. Empezaba a dolerle el trasero y el frío del suelo se le metía cada vez más bajo la piel.

—Diez. Y Tor tenía veinte. Desde el principio me tomó bajo su protección y me enseñó todo lo que me había perdido por vivir en los túneles. Rune murió poco después, y solo quedamos Tor y yo.

Vincent cambió de posición en el suelo y echó un vistazo a las bolsas. Cuando Loke oyó que se movía, dirigió la linterna hacia él. A la luz, Vincent pudo ver mejor a Niklas. Estaba sentado exactamente igual que antes. No podía saber si había oído parte de la conversación. Ni si estaba vivo.

—¿Qué estás haciendo? —preguntó Loke, irritado.

—Lo siento, pero ya no soy un jovencito. Me estoy quedando rígido.

—Ya te he dicho que me has defraudado.

—Últimamente no me he encontrado muy bien. Pero, volviendo a tu vida, diría que no te ha ido tan mal, a pesar de todo. No entiendo por qué tu historia te ha llevado a matar.

Vincent oyó que Loke resoplaba disgustado en la oscuridad, pero al parecer aún quedaba tiempo para que siguiera contando su historia. Mientras no tuviera prisa, podía conservar la esperanza.

—Tor comprendía mi rabia por el abandono de mis padres —prosiguió—. Mi padre solía decir que la vida era un regalo y que no lo podíamos rechazar, porque eso iba contra todo lo que la vida representaba. Pero después hizo exactamente lo contrario de lo que decía. Tor me contó que nuestro abuelo Harald le decía siempre que nuestra familia descendía de los vikingos. Y que los vikingos solo sacrificaban sus vidas en el campo de batalla. Para ellos, nadie tenía derecho a renunciar a su vida por su propia voluntad. Y es verdad. Por eso Tor quería saber qué pasaría si se le ofrecía la oportunidad de empezar de nuevo a una persona que se había dado por vencida. Has preguntado qué significaban los relojes de arena. ¿No es evidente? Son un recordatorio de que todo se acaba. Pero ¿qué sucede si te dan la oportunidad de dar la vuelta al reloj de arena? Es lo que Tor quería averiguar. Si alguien que partiera del abismo más profundo pudiera alcanzar todos sus sueños, ¿a qué aspiraría? Los resultados lo decepcionaron. ¿Conferenciante de éxito? ¿Estrella de la música? ¿Son esos los mayores deseos de la humanidad? Entonces surgió la idea de hacer algo que sacudiera de verdad a la gente, para empezar desde cero.

—Harald, Rune, Björn, Tor, Loke... —dijo Vincent, asintiendo—. Son nombres vikingos.

—En realidad, Loke es mi segundo nombre, no el primero. Pero Tor me convenció para que fuera mi verdadero nombre, en lugar de Mattias. Soy Loke, el que trae el colapso final.

Vincent contempló con aprensión las pilas de bolsas de deporte.

Mina detiene el coche de policía ante las puertas de la mansión de Djursholm.

—Mierda —murmura Christer a su lado—. ¿Cómo vamos a entrar? Esa verja parece más sólida que nuestro coche.

Christer ha insistido en acompañarlos esta vez. En el muro, junto a la verja, hay un altavoz y una cámara. Mina no cree que Tor vaya a dejarlos entrar, pero con un poco de suerte quizá no sepa para qué han venido. No les queda más remedio que intentarlo. Adam y Ruben se han ofrecido para buscar a Niklas, Vincent y Loke en los túneles del metro, mientras que Julia, Christer y ella se han desplazado hasta la casa de Tor.

Mina se apea del coche y pulsa un botón debajo del altavoz. Al cabo de unos segundos, se oye una crepitación.

—*Yes?*

—Somos de la policía —responde ella—. Hemos venido a ver a Tor Svensson.

—*Sorry* —responde la voz femenina, y añade enseguida, también en inglés, que el señor Svensson no está en casa y que ella solo está limpiando.

De inmediato, Mina le repite en inglés que son policías y le pide que los deje pasar.

El altavoz enmudece y, al cabo de unos segundos, las puertas de la verja empiezan a abrirse hacia dentro. Mina vuelve al coche, donde la recibe la mirada atónita de Christer.

—¡Qué suerte has tenido! —comenta él.

—Habilidad —replica ella.

Aparca en el sendero y baja del coche con sus compañeros. Julia es la primera en subir los peldaños y llamar al timbre. Una mujer de larga cabellera negra le abre la puerta. Hablando siempre en inglés, los invita a pasar y les asegura que no sabe cuándo regresará el señor Svensson. Después los avisa de que está a punto de marcharse.

—*I'm sorry* —replica Julia, mientras le enseña la placa—, pero tenemos que registrar la casa. *We need to search the house.*

La mujer parece dudar y repite que acaba de limpiarlo todo.

—*I just cleaned.*

—Prometemos quitarnos los zapatos —dice Christer, pasando decidido a su lado para adentrarse en la casa.

—Yo estaba en el puente.

Vincent se sobresalta al oír que alguien más está hablando. Es Niklas. Su voz es áspera y débil. El mentalista oye que traga saliva, antes de continuar.

—Estaba en el puente de Västerbro —repite Niklas—, cuando se me acercó un chico. Era otoño y hacía frío. Había algo en él, una especie de inocencia, que me impulsó a contarle la razón por la que me encontraba allí. Le dije que pensaba saltar. Todavía no sé por qué se lo dije, quizá para ganar tiempo antes de tomar la decisión definitiva. Después de escucharme, me propuso una solución. Un acuerdo. Si posponía mi muerte unos años, él resolvería todos mis problemas. Puesto que ya había decidido suicidarme, el chico me ofrecía la oportunidad de vivir de verdad antes de renunciar a la vida.

—¿Era Loke? —pregunta Vincent, y Loke hace un gesto afirmativo.

—Al principio, me pareció ridículo —continúa Niklas—. ¿Qué podía hacer aquel chico para resolver mis problemas? Pero enseguida hizo una llamada y pude hablar con un hombre adulto, que me garantizó la seriedad del trato. Me dijo que todas mis preocupaciones se disiparían como por arte de magia si permitía que ellos me otorgaran al menos diez años más de vida. Me picó la curiosidad. Era una locura tan grande que solo por eso me pareció real. Yo no tenía nada que perder, teniendo en cuenta que estaba a punto de suicidarme. Por eso acepté. Pensé que si era un engaño, ya saltaría del puente al día siguiente. Pero no era ningún engaño. Mantuvieron su promesa. Todos mis problemas se resolvieron.

—¿Por qué han sido veinte años? —le pregunta Vincent a Loke.

—No había una norma —responde Loke, encogiéndose de hombros—. Han sido veinte años para Niklas, pero para Marcus fueron diecisiete. Él fue el último que encontramos en el puente y el primero que enterramos en los túneles. Tanto Erika como Jon dispusieron de dieciocho años. Lo importante no era el tiempo, sino que llegaran a la cumbre de sus sueños. Como hemos dicho, ya habían decidido suicidarse. Habían elegido la salida fácil de rechazar el don de la vida. Habían desechado lo que tenían. Por eso quisimos asegurarnos de que supieran lo que habían decidido perder, haciéndoles experimentar todo lo que la vida podía ofrecerles. Eso también va para Niklas.

—¡Y tengo tanto que perder! —dice Niklas en voz baja.

El perro detector de bombas es un labrador de nombre Radar. Va por delante de Ruben en el túnel. Las líneas de metro de la estación Central se distribuyen en tres niveles, a los que se suma un cuarto, correspondiente a los trenes de cercanías. Todos los túneles tienen varios accesos, lo que supone un total de catorce entradas que registrar, sin contar las vías de emergencia y las zonas de servicio. El jefe de policía les ha asignado todos los recursos disponibles a corto plazo, así como perros de la brigada antiexplosivos. Pero la búsqueda es lenta. Exasperantemente lenta.

Los especialistas en desactivación de bombas han sugerido enviar robots a los túneles, pero eso no los ayudaría en la búsqueda de Vincent y Loke. Ni de Niklas. Tienen que registrar los túneles personalmente. Pero los efectivos están muy dispersos, el área es muy grande y son muchos los túneles que es preciso inspeccionar en poco tiempo. Al menos es una suerte que Ruben haya recibido formación para trabajar con perros, porque puede llevar uno sin depender de nadie más.

En el túnel reina un silencio casi sobrenatural. Ruben no se atreve a pensar en el caos que debe de haberse desatado en la superficie. La estación Central de metro está conectada con la de trenes, en pleno centro de Estocolmo. Suele haber amenazas de bomba día sí y día también, pero casi todas son falsas. Pero la presente amenaza es de máxima gravedad, y la primera ministra ha cumplido su promesa de asignar todos los recursos posibles. La coordinación entre los servicios de seguridad y de protección civil, la policía y las autoridades del metro y las líneas férreas se ha establecido en tiempo récord. Pero la decisión de acordonar toda la estación y, en consecuencia, detener el servicio de metro de la ciudad de Estocolmo, ya que todas las líneas pasan por allí, no ha sido popular. Lo que es peor, también ha sido necesario suspender todo movimiento de trenes, tanto de cercanías como de largo recorrido, así como del Arlanda Express, que cubre el servicio del aeropuerto y atiende sobre todo a turistas. Toda la ciudad y en cierto modo el país entero están paralizados, y el centro debe ser evacuado. Se ha pedido ayuda a todas las fuerzas del orden disponibles, mientras que el ejército contribuye con la vigilancia desde el aire, con helicópteros, y con la brigada antiterrorista.

Ruben sospecha que habrá cientos de personas, si no miles, increpando indignadas a sus colegas en la superficie por negarles el acceso a la estación.

El grupo de operativos especiales está registrando los túneles junto con el equipo de Julia, y Ruben espera que alguien encuentre algo muy pronto. No podrán mantener las barreras indefinidamente. Tampoco disponen de mucho tiempo. Cuando acabe la cuenta atrás de Niklas, Tor activará la bomba. Y entonces todo se irá al infierno.

—Cierren la puerta cuando salgan —les dice en inglés la limpiadora de la casa de Tor, mientras baja los peldaños de la entrada, como si de repente tuviera prisa.

Mina la ve alejarse en dirección a la verja y después entra en la vivienda, detrás de Christer. El recibidor es tan grande como todo su apartamento e incluso más. Del techo cuelga una impresionante lámpara de araña.

—¡Tor! —grita Julia—. ¡Policía!

—¿Crees que está en casa? —pregunta Mina.

Julia asiente.

—Me parece que la mujer de la limpieza no nos ha dicho la verdad —responde—. Estaba demasiado nerviosa.

Desenfunda el arma y la empuña, apuntando al suelo. Mina y Christer la imitan.

—Tomaré posición aquí —dice Christer, situándose delante de la puerta principal—. Si Tor está en casa, es posible que intente escabullirse.

Mina lo observa sin salir de su asombro. Nunca lo había visto tan activo, pero le gusta. Pocos se atreverían a enfrentarse con un policía veterano que bloquea una salida.

Julia y Mina se siguen adentrando en la casa. Una escalera las conduce al piso de arriba, donde hay un estudio y dos dormitorios, cada uno con su baño. Una de las habitaciones debe de ser la de Tor, y la otra, la de Loke. Pero Tor no está. Vuelven a bajar.

—¿Lo has visto? —le pregunta Julia a Christer, que niega con la cabeza.

En la planta baja hay un comedor, ocupado en su mayor parte por una enorme mesa de madera de nogal, un salón con chimenea y piano de cola, y una cocina. Por las dimensiones de la cocina, se diría que Tor tiene más personal de servicio. Pero tampoco hay nadie allí. Sin embargo, Mina cree lo mismo que Julia. No parece que estén solos en la casa.

—Cada vez me acordaba menos de aquel trato —dice Niklas—. Las cosas simplemente me habían salido bien. Preferí olvidar que había alguien moviendo los hilos, oculto entre bambalinas.

Vincent siente que el polvo le hace cosquillas en la nariz y tiene que controlarse para no estornudar. No cree que un estornudo vaya a ser suficiente para hacer estallar la bomba más próxima, pero no se quiere arriesgar.

—¿No reconociste a Tor cuando empezasteis a trabajar juntos? —pregunta—. ¿No te sonaba su voz?

—No, ¿cómo iba a sonarme? Lo conocí mucho después de aquella conversación en el puente. ¿Quién recuerda una voz?

—Fausto —murmura Vincent—. Tú eras Fausto.

Las piezas del puzle comienzan a encajar poco a poco.

—Sí —conviene Niklas en voz baja—. Le vendí mi alma al diablo.

—¡Nada de eso! —exclama Loke indignado, con voz aguda—. Tor no es el diablo. Al contrario, ¡os hicimos un favor!

—¿A Niklas y a quién más?

—Erika, Jon, Marcus... Fue lo mismo con todos ellos —replica Loke—. Los encontré en el puente, uno tras otro. Todos estaban a punto de renunciar a la vida y, en lugar de eso, tuvieron la oportunidad de vivir varios años más y de hacer realidad sus sueños. ¡Les hicimos un regalo! Tú, Niklas, habías decidido suicidarte aquel mismo día. Eso no ha cambiado. Tor y yo solo hemos conseguido que aprendas a valorar la vida que habías decidido rechazar. Si ya no quieres llevar a la práctica lo que habías decidido, no es problema nuestro. Tenemos un trato. Has elegido morir. Cuando te encontré en el puente, ya habías tomado esa decisión.

Ruben nunca había reparado en la gran vulnerabilidad de Estocolmo. Pero ahora ve que el cierre de la estación Central afecta a todas las infraestructuras de la ciudad. Basta con golpear en el lugar adecuado para paralizar una ciudad de un millón de habitantes. Tor sabe lo que hace.

La radio que lleva colgada del cinturón se activa.

—Hemos buscado en todo el trayecto de la línea azul, dirección norte —lo informa Adam por el aparato—, pero aquí no hay nada. Tampoco en dirección sur.

Ruben barre con el haz de la linterna las paredes del túnel. Su instinto de policía veterano, en el que ha aprendido a confiar, le dice que algo va mal. Ya tendrían que haberlos encontrado. No debe de quedar mucho tiempo. ¿Qué decía la pista que recibió Vincent?

Encuentra el cuarto antes de que el tiempo se agote.

No le sirve de nada.

Sigue caminando por la línea verde, en dirección sur, y llega a un gran espacio abierto junto a las vías. Parece ser una zona de depósito para el material de mantenimiento. De repente, Radar, el perro de detección de explosivos, se pone a ladrar. Se detiene y tensa los músculos.

—¿Qué pasa, colega? —le pregunta Ruben, desenganchando el micrófono de la radio—. ¿Has encontrado algo?

Activa la radio.

—Posible rastro de explosivos —dice por el micrófono—. Alerta a todos los grupos.

El labrador parece dudar, pero enseguida se relaja y echa a andar una vez más.

—Falsa alarma —dice Ruben por radio, decepcionado, y vuelve a poner el micrófono en su sitio—. Tampoco parece que estén aquí. No lo entiendo. No hay tantos lugares donde esconderse.

—Voy otra vez al piso de arriba —anuncia Julia—, solo para comprobar que no hayamos pasado por alto algún armario o algo así. Tor no parece el tipo de persona que se esconde en un armario, pero nunca se sabe.

—Yo echaré otro vistazo por aquí abajo —dice Mina, asintiendo.

Tanto el salón como el comedor son diáfanos y resulta fácil ver que Tor no está allí, a menos que se haya escondido detrás de las cortinas. Pero no lo ha hecho.

La cocina parece la de un restaurante, con encimeras a los lados y una isla con fogones de gas en el centro. En la cocina hay dos puertas cerradas. Mina ya ha mirado, pero vuelve a abrirlas.

Una de ellas es la de una despensa de grandes dimensiones. La otra da paso a una habitación similar, donde Tor guarda el vino. Las altas estanterías de las paredes están llenas de botellas, cada una de las cuales debe de costar su sueldo de un mes.

Cuando está a punto de cerrar la puerta, nota algo extraño. La estantería de la izquierda tiene ruedas, aunque no parece necesario que las tenga, dado que la habitación es bastante pequeña. Guarda el arma en la funda y tira de la estantería con las dos manos. Consigue desplazarla aproximadamente un metro hacia delante, lo que deja al descubierto una abertura. El fondo de la estantería hace las veces de puerta. Un penetrante olor a vinagre la golpea.

—¡Mina, vamos a investigar alrededor de la casa! —le grita Julia desde el recibidor.

—Ahora voy —responde ella, mientras se asoma al espacio oculto detrás de la estantería—. Antes quiero ver una cosa.

—¿Me permites que adivine? —aventura Vincent—. Tampoco te atacaron en el trabajo. Cuando desapareciste, fue porque tenías que llegar antes que Mina y Nathalie a la casa de Walther Stockenberg para llevarte a Niklas, que estaba escondido allí.

Loke asiente en la oscuridad.

—Tuvimos que improvisar —explica—. Tor me llamó cuando Mina y Nathalie todavía no habían cogido el ascensor, después de ir a verlo. Él no podía ir personalmente, porque habría levantado sospechas. No se me ocurrió ninguna excusa aceptable, así que desaparecí sin más durante unas horas. Por suerte, Tor le había pedido a Mina que diera un rodeo, porque casi no llego a tiempo. Me crucé con ellas al marcharme. Visto en retrospectiva, no fue el mejor de los planes ni el más elaborado, pero al menos me creyeron en urgencias cuando fui en busca de una coartada. Tuve que provocarme algunas heridas. De ese modo resolví también otro problema, porque aplacé en casi veinticuatro horas el momento de informaros sobre la coincidencia de las muestras de ADN.

—¿Y Walther? —pregunta Vincent—. ¿No has dicho que ofrecéis la posibilidad de elegir? ¿De verdad quería morir? ¿También con él hicisteis un trato? Y todas las personas que morirán cuando estallen las bombas, ¿también lo han decidido?

—Es... el precio que se ha de pagar por hacer lo correcto —replica Loke, pero Vincent nota que ya no habla con el convencimiento de antes.

Sospecha que ya no son sus palabras las que salen de su boca, sino más bien las de Tor. Por lo tanto, lo importante es comprender la lógica de Tor. Sus motivos. Loke es solo el aprendiz joven y maleable. Posiblemente todo ha empezado tal como él lo ha explicado, como un intento de enseñar el verdadero valor de la vida a personas que ya se habían rendido. Como una manera de sacudirlas y hacerles ver la realidad.

Pero, con el paso de los años, el plan de Tor parece haber cambiado y evolucionado en algo diferente. Las filas de bolsas negras que llegan hasta el techo así lo demuestran. Al principio Tor protegía y apoyaba a Loke, pero ha llegado a explotarlo. Y se diría que Loke empieza a darse cuenta, allí abajo, en los túneles, aunque probablemente jamás lo reconocería. Pero esa es la grieta que Vincent necesita ensanchar, si quiere tener alguna oportunidad de salir de allí con vida.

Ruben está a punto de darse por vencido y regresar cuando ve una puerta metálica en un desvío hacia la izquierda. La ilumina con la linterna. La cerradura parece forzada y la puerta está ligeramente entreabierta. Si Loke y Vincent están en algún lugar de esos túneles, tiene que ser allí dentro. No hay ningún otro sitio.

Desenfunda el arma mientras sujeta la correa de Radar para que el perro no lo delate. Se acerca intentando no hacer ruido. No se oye nada al otro lado de la puerta, pero eso no significa nada. Espera un segundo para serenarse y empuja la puerta con el pie, manteniéndose alejado del umbral.

No pasa nada.

Se agacha para no ofrecer una diana tan extensa, en caso de que Loke esté armado, y entra. La luz de la linterna revela un pequeño almacén desierto, a excepción de unos colchones en el suelo y una hilera de botellas vacías de vodka. Probablemente sería el lugar donde dormirían algunos de los amigos de la tal Vivian. Pero ni rastro de Vincent, Loke o Niklas.

Ni rastro de una bomba.

Encuentra el cuarto antes de que el tiempo se agote.

Antes de que el tiempo...

Ruben se detiene en medio de la habitación.

Antes de que el tiempo se agote.

No puede ser. ¿O sí? Vincent no ha resuelto bien el enigma.

El maestro mentalista se ha equivocado.

La habitación que ocultaba la estantería de botellas de vino es tan grande como la cocina de Tor y además parece una cocina, aunque no del todo. A diferencia de la cocina, está alicatada hasta el techo. A lo largo de dos de las paredes, hay encimeras y fogones, y sobre las placas, grandes ollas de acero inoxidable. Huele fuertemente a vinagre.

En la pared del fondo, hay dos puertas metálicas que a Mina le recuerdan las de una cámara frigorífica. Entra en la habitación. Al acercarse, ve que la junta entre las baldosas blancas está salpicada de manchas oscuras. El color le recuerda un poco a la tierra de sombra que le regaló Vincent, el pigmento también llamado «umbra». Pasa la mano por las baldosas, pero la retira enseguida cuando comprende lo que es. Sangre. Las manchas son de sangre.

Se gira y vuelve a mirar las ollas. Allí es donde Loke y Tor han hervido los cuerpos. Pero antes han tenido que trocearlos, obviamente. De ahí las manchas de sangre. De repente, suena su teléfono. El ruido la sobresalta. Cuando consigue encontrar el móvil, ve un número que no reconoce.

—Aquí Mina Dabiri, oficial de policía —dice.

—Hola, me llamo Sebastian Karabaj. En realidad, estoy buscando a Vincent Walder, pero no consigo localizarlo. Cuando estuvo aquí, me dejó también su número, así que...

—¿Karabaj? —lo interrumpe Mina—. ¿El entomólogo?

—Sí, así es —responde Karabaj, satisfecho—. Solo quería saber cómo va la investigación acerca de aquellos escarabajos.

—Vincent está... Ahora no puede atenderlo —contesta ella—. En cuanto a los escarabajos, nos han dicho que se pueden conseguir por miles en el Museo Nacional de Historia Natural.

—¿Ah, sí? En realidad, no suelen dar más de un puñado. Hay que dejar que se reproduzcan. Puede llevar cierto tiempo disponer de una colonia suficientemente grande.

Entonces Mina se fija en una esquina de la habitación, en el suelo, junto a una de las encimeras. El terrario tiene el tamaño de una bañera y parece estar lleno de tierra.

«No, por favor, que no sea...»

—¿Hola? —dice Sebastian Karabaj al otro lado de la línea.

Mina pone fin a la llamada y se acerca. La tierra parece removerse contra las paredes de cristal. Cuando está a muy escasa distancia, comprende que no es tierra, ni nada que se le parezca. La masa oscura está formada por pequeños escarabajos, de entre medio centímetro y un centímetro de largo. Son gordos y aceitosos, y los hay por millares. Son muchísimos y llenan el terrario casi hasta los bordes. Lo único que impide que salgan al exterior es la tapa de cristal.

Mina se tapa la boca para no vomitar.

—¿Qué quieres decir con que es el precio por hacer lo correcto? —pregunta Vincent, arriesgándose a cuestionar a Loke—. ¿En qué sentido esta bomba es «lo correcto»?

—Mi abuelo sabía lo que había que hacer —replica Loke alzando la voz, como si quisiera convencer a las paredes de lo que está diciendo—. La historia lo ha juzgado duramente, porque nadie ha entendido lo que pretendía. Alemania tenía que purificarse con un baño de pólvora y acero. Hubo derramamiento de sangre, por supuesto, incluso de sangre inocente, pero no es fácil provocar un cambio. Tor lo sabe. Mi primo ve con claridad lo que otros no pueden ver, porque solo les preocupa el corto plazo. Tor sabe que del caos nacerá el orden. Los inocentes que morirán en el caos sacrificarán su vida en aras de un futuro mejor. ¿Acaso puede haber algo más hermoso? Además, nadie es realmente inocente, y menos aún Walther, que era un símbolo de todo lo viejo y podrido que hay en este mundo.

—Esas palabras no son tuyas —objeta Vincent—, sino de Tor. Tú valoras la vida, Loke. Todas las vidas. Por eso has hecho esto. Querías ayudar a personas que tenían problemas y atravesaban una crisis. Querías recordarles que la vida es un regalo, aunque ya hubieran decidido renunciar a ella. Tú mismo lo has dicho. Pero ahora hablas de sacrificar inocentes, como si sus vidas no tuvieran ningún valor. Ya no hay ninguna diferencia entre tú y aquellos a quienes querías enseñar una lección. Deberías recordar quién eres.

Loke parpadea. Abre y cierra la boca varias veces, como si fuera a hablar, pero Niklas se le adelanta.

—¿Fue eso lo que te dijo Tor cuando te pidió que fueras a buscarme a casa de mi padre? —escupe Niklas—. ¿Que mi padre tenía que morir porque estaba podrido? Para que lo sepas, Walther Stockenberg era un pilar en la defensa de la justicia. Todos lo sabían. Y tú, ¿de qué lado estás?

La anterior apatía de Niklas se ha esfumado. Loke aparta la mirada, pero incluso en la penumbra Vincent ve que ruedan lágrimas por sus mejillas.

—Precisamente por ser quien eres —dice Loke, al cabo de unos segundos—, tu sacrificio es más importante que el de los demás. Eres un símbolo de todo lo malo de la vieja sociedad, por el cargo que ocupas. Mi padre, el Rey, no habría acabado aquí en los túneles si la sociedad hubiera funcionado. No habría tenido que morir. Pero tú fallaste en tu cometido, y por eso morirás aquí abajo cuando el viejo mundo se consuma en llamas.

Encuentra el cuarto antes de que el tiempo se agote.

Ruben ha comprendido que el mensaje no se refiere al tiempo de Niklas, como Vincent había supuesto, sino a los relojes de arena. Se refiere al tiempo del cuarto reloj, el tiempo que, según el mentalista, indicaba la estación Central como punto donde el ministro de Justicia debía ser hallado. Pero el mensaje decía que encontraran el cuarto antes de que se agotara el tiempo. No indicaba un momento, sino un lugar.

Si la estación Central es el lugar donde se acaba el tiempo del reloj, Niklas está en la estación anterior. Y según la información que recibieron acerca de la antigua línea dieciséis provisional, esa estación es Hötorget.

Vincent no lo ha visto.

En cambio, él, Ruben, ha descubierto lo que el famoso mentalista no ha sabido ver. ¡Ja! Entusiasmado, le guiña un ojo a Radar y el perro lo mira con expresión interrogante.

Ruben desengancha el micrófono y tiene que controlarse para no gritar lo que acaba de comprender.

—Nos hemos equivocado de sitio —dice con firmeza—. Están en la estación anterior: Hötorget. Tenemos que ir ya mismo.

Hötorget. La estación no está acordonada, ni en la superficie ni bajo tierra. Cuando se da cuenta de lo que eso significa, Ruben siente un sudor frío. Justo encima de la estación de metro, hay una plaza por donde pasan cientos de personas. También está el Auditorio, con más de mil setecientas localidades, donde a esa hora debe de haber algún concierto de Navidad programado. Y puede que haya varios cientos de personas más en los cafés y las tiendas de los niveles subterráneos, por no hablar de los edificios que rodean la plaza. Hace un rápido cálculo mental.

Por lo menos tres mil personas perderán la vida si estalla la bomba de Tor. Entre ellas, Niklas y Vincent.

Ruben saca el teléfono y abre la aplicación del reloj, donde aparece la inexorable cuenta atrás. Todos los del grupo que en ese momento registra los túneles han sincronizado sus temporizadores con la escalofriante cuenta atrás de la grabación telefónica para poder ver en todo momento cuánto tiempo le queda a Niklas, antes de que Loke haga estallar la bomba.

Ve que faltan diecisiete minutos y cuarenta y dos segundos. No lo conseguirán.

—Sé que estás ahí. —La voz de Tor proviene de la cocina—. Y... veo que has descubierto el cuarto de trabajo de Loke.

Mina contiene la respiración. Tiene que esconderse.

Tor no ha entrado en la habitación, ni la ha visto. La cámara frigorífica. En completo silencio, tira con cautela de las puertas metálicas, pero están cerradas con llave.

—Una pena —comenta Tor.

Su voz parece cada vez más cercana.

—Sin esa habitación, no tenéis ninguna prueba material. El proceso judicial sería largo y complicado y es probable que al final todos vosotros fuerais despedidos. Pero allí dentro hay rastros de ADN. Y no podemos permitir que salgan a la luz.

Mina sabe que tendrá que dominarlo físicamente para poder detenerlo. Puede que solo disponga de esa oportunidad. Pero no ve ningún lugar desde el cual sorprenderlo.

—Así que serás la oficial de policía que de repente desapareció —continúa Tor desde la cocina—. Tus amigos están en el jardín. Tardarán unos minutos en preguntarse por qué no sales, pero eso es todo lo que necesito.

Se oye un golpe metálico en la cocina. Parece que Tor estuviera arrastrando algo pesado por el suelo.

—Y, hablando de minutos, no creo que le quede mucho tiempo a Niklas —comenta—. No quiero arruinarte la sorpresa, pero con el viento a favor, es posible que oigamos la explosión desde aquí dentro de muy poco. Después podremos construir un nuevo orden. Mi abuelo Harald tenía razón. No podemos ser tan blandos como hemos sido hasta ahora en este país. Los borregos necesitan quien los guíe. Y es preciso erradicar a los débiles, a los que dan todo por sentado y se quejan de la sociedad pero nunca han dedicado ni un segundo a reflexionar sobre sus privilegios. Después de Harald, soy el único que se mantiene firme, con la cabeza bien alta, y ve que nos han gobernado unos blandengues. ¿Sabes cómo me he sentido, trabajando con ellos, teniendo que sonreírles, fingiendo que me importan las opiniones de los quejicas...? Son escoria. Los odio a todos. Acabaré con ellos y construiré un mundo de vikingos orgullosos, como el que nunca debimos perder. Y verás como al final me lo agradecéis.

El aire es denso en la habitación. Mina se ve obligada a toser en el hueco del codo, tratando de no hacer ruido y rezando para que Tor no la oiga.

—Aunque tú, concretamente, no me lo podrás agradecer —continúa el hombre—. Tendrás el honor de convertirte en un misterio del que se hablará durante años. El enigma de la exmujer del ministro de Justicia secuestrado, que se vino abajo y desapareció sin dejar rastro, en plena investigación. Claro que te buscarán, por supuesto. Pero nadie hallará la habitación donde te encuentras. Cuando cierre la estantería, la habitación quedará sellada. Y nadie sospechará de mí, porque, al fin y al cabo, ni siquiera estoy aquí. Tus colegas ya lo han comprobado. ¡Maldito cable alargador...!

Mina oye un motor que se enciende en la cocina. Por el ruido, parece una sierra. Vuelve a toser por lo bajo en el hueco del codo. Hay algo raro en el aire.

—Me encantaría hervirte después, como hace Loke —le grita Tor por encima del estruendo del motor—. Pero, por desgracia, no habrá tiempo para eso. Tendré que conformarme con el despiece.

Es evidente que Tor está loco de remate. Mina desenfunda lentamente la pistola, con cuidado para que no la oiga. En el peor de los casos, piensa dispararle.

—Ahora vuelvo —dice Tor—. Esta sierra es un poco engorrosa de transportar. El maldito cable se me enreda en los pies. Por cierto, no sé si habrás notado el siseo que se oye desde hace un rato. Baja la vista y verás el tubo de goma que entra en la habitación. Es gas de la cocina. También he puesto en marcha el ventilador, así que supongo que el gas habrá empezado a llenar la habitación.

Mina tose por tercera vez, pero ahora comprende por qué. Hasta ahora no había percibido el gas, por el olor a vinagre que impregna el ambiente.

—Supongo que estarás armada —continúa Tor—. Pero deberías pensar si realmente quieres disparar, porque con todo ese gas causarías una buena explosión. ¿Qué pensaría tu hija si sacrificaras tu vida para quitarme la mía?

Tor tiene razón. La pistola se ha vuelto inútil. Mina mira a su alrededor, presa del pánico. No ve ningún lugar donde esconderse. Las puertas de la cámara frigorífica están cerradas con llave. Las ollas son demasiado pequeñas.

El terrario.

No.

Cualquier cosa menos eso. Va a morir.

Loke los observa en silencio. A la luz de la pantalla del móvil, Vincent ve lágrimas en sus mejillas, que ahora fluyen en abundancia.

—Soy consciente de lo que he hecho —solloza—. Soy parte del problema. Por eso debo saltar por los aires con vosotros.

Vincent comienza a aplaudir de manera irónica. Ahora Loke es vulnerable. Por mucho que se haya venido abajo, Vincent tiene que doblegarlo todavía más, para poder ganárselo y lograr su cooperación.

—Fantástico —suelta el mentalista, en su tono más ácido—. Tor estará muy orgulloso de su pequeño terrorista suicida. Y todo sin tener que mover un dedo. Probablemente estará en casa viendo Netflix ahora mismo, sin pensar en ti ni medio segundo, mientras tú estás a punto de morir por él.

—No, no —tartamudea Loke entre sollozos—. Las cosas no son como tú dices. Tor saldrá de las sombras y dirigirá el país hacia un nuevo horizonte, en la dirección correcta. Dice que será un país del que todos podrán sentirse orgullosos otra vez, como en la época de los vikingos, cuando la vida tenía otro significado. Todos lo verán. Tor me ha prometido... Me ha dicho que hará todo lo que esté a su alcance para que mi nombre sea recordado como el de la persona que lo ha hecho posible.

—Hijo de puta —susurra Niklas, enjugándose los ojos con la manga de la camisa—. Monstruo.

Empieza a levantarse, pero Vincent lo detiene con suavidad y consigue que vuelva a sentarse.

—Claro que serás recordado —dice el mentalista—, pero no de la manera que piensas. El plan de Tor solo puede funcionar si tú eres un terrorista despiadado de cuyos compinches es preciso proteger al país. Echará tu memoria a la hoguera. Serás odiado para siempre. La gente escupirá sobre tu tumba. El propio Tor se asegurará de que así sea.

Nota que la idea va calando poco a poco en Loke. Tras una rápida mirada a la pila de bolsas, Loke vuelve a echar un vistazo al reloj. Después se gira hacia Vincent. El pánico en sus ojos es evidente. Hay que aprovechar el momento.

—No tiene por qué ser así —dice Vincent, despacio y con claridad—. Ayúdanos a salvar a toda la gente de allá arriba. Eres mi amigo. No mereces esto. Eres el Príncipe. Tú puedes ser el héroe, en lugar de Tor.

Loke no responde. Pero Vincent ve que el pánico desaparece de su mirada, sustituido por una fría serenidad.

Ha elegido su camino.

—Puede que sea como tú dices —replica—. Tor ha hecho planes sin contar conmigo y no me ha dicho toda la verdad. Pero también me ha ayudado. No tengo elección. Él me abrió las puertas de su casa y me salvó la vida. La vida del Príncipe.

Tengo una deuda con él. Puede hacer lo que quiera con mi vida. Mi padre estaría de acuerdo.

Vincent se derrumba. No ha funcionado. Ya no hay nada más que hacer. Una sucia habitación de paredes de hormigón, bajo tierra, será pronto su tumba, y a través del techo se filtrará sangre de víctimas inocentes.

—¿Cuánto tiempo queda? —pregunta en voz baja.

Loke no responde.

Vincent cierra los ojos y ve mentalmente a su familia. Después, vuelve a ver a Mina. Ojalá pudiera tocarla una vez más.

Mina no puede quedarse parada. Tiene que hacer algo. Corre hacia el terrario del rincón, mientras saca rápidamente tres toallitas húmedas del paquete que lleva en el bolsillo. Se mete dos en las orejas y divide en dos la última, para insertarse un trozo en cada una de las fosas nasales. Después mueve hacia un lado la tapa del terrario y pasa por encima de la alta pared de vidrio. El calor tropical la golpea. Si se mueve a toda prisa, no tendrá tiempo de pensar en lo que está a punto de hacer.

Cuando cae de pie dentro del terrario, los escarabajos le llegan a la altura de los muslos. Se mueven a su alrededor, presionando en oleadas sobre sus piernas. Entonces se sienta, para que le lleguen al pecho. Se escurren unos por encima de otros, contra su cuerpo.

—¡Ya voy! —brama Tor.

Mina cierra los ojos y suelta un silencioso grito interior, mientras se inclina hacia atrás en el terrario, hasta que los escarabajos le cubren todo el cuerpo y la cara. Algo se rompe en su mente, pero sigue hundiéndose en un mar de bichos. Solo puede confiar en que las toallitas húmedas la protejan. De lo contrario, pronto tendrá cientos de larvas y escarabajos adultos metiéndose por sus orejas y su nariz.

A través de las toallitas y la masa de escarabajos, oye el ruido palpitante de la sierra de Tor, mientras él recorre la habitación en su busca.

—¿Dónde estás? —grita furioso.

Siente curvarse hacia dentro las pestañas. Los bichos intentan metérsele por debajo de los párpados.

Los aprieta con más fuerza todavía.

—¿Te has escondido en la cámara frigorífica o qué?

La toallita húmeda de una de sus fosas nasales se suelta de repente y algo comienza a subirle por la nariz. Su cerebro empieza a desconectarse. Es demasiado. No podrá soportarlo. Los escarabajos se le meten por debajo del jersey. Ya los siente caminando por la piel. Le hacen cosquillas entre los labios.

Cada vez le resulta más difícil pensar con claridad. Toda ella es un puro bloque de pánico. Sus mecanismos de defensa se derrumban uno tras otro. Ya no quiere vivir. El horror es demasiado insoportable. Solo desea la muerte. Quiere darse por vencida. Huir como sea de esas cosas reptantes y asquerosas que le cubren todo el cuerpo. Siente que le suben por las piernas, por dentro de los pantalones. Morir. Solo quiere morir.

De pronto ve a Nathalie. La ve con tanta claridad como si la tuviera delante. Una rápida sucesión de imágenes desfila ante sus ojos, como en los viejos pases de diapositivas. Ve a su hija recién nacida. Roja y todavía húmeda, chillando a pleno pulmón. Sus primeros pasos. Tambaleante, con los brazos extendidos para mantener el equilibrio, dirigiéndose hacia ella.

Nathalie en brazos de Niklas. La mirada herida y acusadora de su marido. La imagen cambia. Es el día en que la dejó sentada en el suelo, jugando con sus caballitos de colores, sin sospechar que su madre se marchaba para siempre. Su manita saludándola.

Mina pasa con rapidez las páginas de su memoria. Son demasiado dolorosas. Después ve a Nathalie en la actualidad, convertida en adolescente. Tan bonita... En su casa, sentada en el sofá. Construyendo juntas una casita de pan de jengibre, que adornan con filas no demasiado rectas de lacasitos. La sonrisa de su hija. La mirada que se cruza con la suya. Y de repente ve a Vincent. En su casa. Con ella. Vincent y Nathalie.

Se obliga a respirar. Los repugnantes bichos le caminan por los muslos, la espalda y el vientre. A través de los trozos de toallita que le taponan los oídos, los oye moverse. Quieren entrar. Por todas partes intentan derribar sus barreras y asaltar su cuerpo.

No puede darse por vencida y desear la muerte. Necesita más imágenes, más recuerdos de Nathalie que almacenar en su memoria. Y también de Vincent. Se concentra en controlar la respiración, como le ha enseñado él. Inspirar y exhalar. Dentro y fuera.

No sabe dónde se encuentra Tor. Está enterrada viva, dentro de un capullo hecho de escarabajos. Pero los capullos protegen.

De repente, la asalta una idea. Todavía tiene el arma. Intenta apuntar en la dirección de Tor, pero ya no lo oye. También la sierra está apagada.

—Creía que estabas por aquí —dice él de repente—. ¡Qué raro!

Mina oye su voz muy amortiguada, a lo lejos. Pero es suficiente para encañonar la pistola.

Tiene que funcionar. No tiene otra opción. Apunta hacia su voz y dispara a ciegas.

El frío le cala los huesos hasta la médula. Junto a Vincent, Niklas solloza de manera casi inaudible. Loke mira el reloj.

—Es la hora —dice.

Se enjuga los ojos llorosos y saca algo del bolsillo. Parece un llavero, un objeto de plástico negro con varios botones. Vincent lo reconoce. Tiene uno similar junto a las llaves del coche. El suyo es un mando a distancia para abrir la puerta del garaje. Supone que el de Loke debe de enviar señales a una de las bolsas de deporte que contienen el explosivo. Bastará una ligera presión sobre ese pequeño objeto negro para que la plaza de Hötorget se convierta en un cráter.

Loke detiene repentinamente el movimiento, como si algo le hubiera llamado la atención.

Al principio, Vincent no oye nada, pero enseguida distingue una débil voz femenina al otro lado de la pared. ¿Será Mina? No. Es otra persona. La voz llama al Príncipe.

—¿Vivian? —se asombra Loke. ¿Qué están haciendo aquí? Tenían que mantenerse alejados.

Mientras se pone de pie, apunta a Vincent y a Niklas con la pistola.

—No intentéis nada —les advierte—. Hay una sola salida y yo la estaré vigilando. Con esto —añade, levantando el mando a distancia que lleva en la otra mano—. La señal es lo bastante potente para activar los detonadores de todas las bolsas simultáneamente. Y todo el tiempo tendré el pulgar apoyado en el botón.

Tras lanzarles una mirada amenazante, Loke retrocede hasta la puerta, sin dejar de apuntarlos con el arma. Retira el pestillo y, poco a poco, empuja la puerta, que se abre hacia fuera, a la derecha. La tenue luz del túnel ilumina la oscura habitación.

—¿Príncipe?

La voz procede de la izquierda. Loke se vuelve hacia allí, mientras sigue empujando la puerta hacia la derecha con la espalda. Pero la puerta se abre de golpe, Loke pierde el equilibrio y cae al suelo. Vincent se levanta enseguida y, al mismo tiempo, ve una mano enorme que aparece por detrás de Loke y le arrebata el arma. Es Johnny, el hombretón que vive en los túneles. Vincent corre hacia la puerta. Loke yace en el suelo, justo al otro lado.

—¡Quítale... eso! —grita el mentalista, señalando el mando a distancia que Loke sigue aferrando en la otra mano—. ¡Es el botón para hacer estallar la bomba!

—¡¿La bomba?! —exclama Johnny espantado, y de inmediato le pisa a Loke la muñeca.

Loke aúlla de dolor y, por reflejo, abre los dedos. De un puntapié, Vincent envía el mando fuera de su alcance.

—¿Por qué? —gime Loke—. ¿Qué estáis haciendo?

Vincent se agacha y recoge con cuidado el mando a distancia. Abre el compartimento de la pila y la extrae, para asegurarse de que el transmisor para de enviar señales. Después lo deja una vez más en el suelo y lo aplasta con el talón. Solo entonces se da cuenta de que llevaba conteniendo el aliento todo el tiempo desde que Loke se lo ha sacado del bolsillo.

El cristal en torno a Mina se hace añicos por el disparo y ella cae al suelo, fuera del terrario, arrastrada por una marea de escarabajos. Contiene la respiración, preparada para la gran explosión que, sin embargo, no llega a producirse. La masa de insectos que envuelve el cañón del arma ha impedido que la chispa alcance el gas y lo encienda.

Los escarabajos se esparcen por todo el suelo de la habitación. A su lado, Mina descubre una sierra eléctrica de carnicero. Y en un charco de sangre, a un lado, ve a Tor. La marea de bichos lo cubre a medias y se mueve ansiosamente sobre su cuerpo, mientras él se agarra el pecho y gime en voz baja.

—Johnny, dame la pistola —dijo un hombre llamado Kjelle, que Vincent recordaba vagamente.

Había aparecido a la débil luz del túnel, al otro lado de la puerta, y tenía una mano tendida. Con una amplia sonrisa, Johnny le entregó el arma y después ayudó a Loke a levantarse. Vincent volvió con Niklas, le pasó un brazo por los hombros y, muy despacio, lo acompañó fuera de la habitación.

Cuando salieron, vieron que Loke miraba fijamente a Vivian, con los brazos caídos a los lados del cuerpo.

—¿Por qué lo habéis hecho? —le estaba preguntando—. ¿Acaso no soy uno de vosotros?

—Por tu padre —respondió la mujer, dando un paso hacia él—. No recuerdas todo lo referente a él, sería imposible. Pero tu padre odiaba la violencia más que nada en el mundo. Nunca hizo daño a nadie, y estaría destrozado si hubiese podido enterarse de lo que querías hacer.

—¿Cómo lo sabíais? ¿Quién os lo dijo? —inquirió Loke, con voz quebradiza y débil.

De repente, Vincent vio al niño pequeño que aún alentaba en su interior, el niño que vivía en la oscuridad de los túneles.

—Lo siento —intervino con la cabeza gacha O. P., el hombre que siempre estaba hablando del asesinato de Olof Palme.

—¿Tú? —se sorprendió Loke, en un tono que traslucía claramente un profundo dolor—. Pensaba que tú me entendías. Siempre has visto el mundo tal como es. Solo te lo había contado a ti. Precisamente por eso, porque ya conocías la realidad.

—Incluso yo me doy cuenta de que muchas de mis historias son tonterías, pero no son ni la mitad de absurdas que las cosas que tú me contaste: que habías matado a tres personas y que pensabas hacernos volar a todos por los aires. ¿Y todo por qué? ¿Por tu primo? Tuve que contárselo a Vivian. Después de todo, ¡eres el hijo del Rey! Nuestro Príncipe. No podía dejar que cometieras esa locura.

—Sospechamos de ti cuando descubrimos las tumbas nuevas —intervino Vivian—. No se lo dijimos a nadie, pero nos dimos cuenta de la gravedad del asunto.

A Loke le empezó a temblar el labio inferior, y Vincent notó que estaba a punto de derrumbarse.

Al principio todo había sido claro y sencillo para el hijo del Rey. La vida tenía un valor, tanto la suya como la de los demás, y eso era todo. Los que no la valoraban debían recibir una lección, para que comprendieran lo que estaban desperdiciando. Así de sencillo había sido el comienzo para él.

Pero, en algún lugar del trayecto, mientras se hacía mayor, Tor había empezado a manipularlo y a utilizarlo para sus propios fines. Con el tiempo, había logrado convertirlo en lo que más odiaba. Alguien que no valoraba la vida. Alguien que estaba dispuesto a matar a miles de personas. Y Vincent intuía que Loke acababa de comprenderlo.

—Príncipe —dijo Vivian con suavidad—, te han engañado. Pero estamos aquí para ayudarte. Tu padre...

Antes de que pudiera terminar la frase, un rugido nació de la garganta de Loke y se fue volviendo cada vez más poderoso. El muchacho levantó la cara al techo, como un lobo aullando en vano a la luna. Gritaba como un niño herido, y el estruendo de su voz resonaba entre las paredes, creando un coro de ecos. Johnny se tapó los oídos, mientras los aullidos de Loke crecían en intensidad. Hasta que se detuvieron bruscamente y Loke echó a correr.

Nunca debió marcharse. Los visibles eran igual de invisibles que los habitantes de la oscuridad o incluso más. Y se había mentido a sí mismo. En su anhelo por tener una familia, por encontrar su lugar en el mundo, se había engañado. La única familia que necesitaba seguía viviendo en los túneles.

No debería haberla abandonado.

El Príncipe corría con veloz determinación. Les harían falta refuerzos para encontrarlo allí abajo, y seguramente estaban en camino. Pero no le hacía falta volver la vista atrás. Estarían todos muy ocupados con el importante ministro de Justicia que acababan de encontrar. El Príncipe habría podido orientarse por esos túneles con los ojos cerrados. Ya había recorrido la mitad del camino hasta la siguiente estación.

Había creído a Tor cuando le había dicho que los dos eran como hermanos. Que eran iguales. Que compartían la misma sangre, el mismo espíritu y un legado que fluía torrentoso por sus venas. Nunca había entendido del todo la fascinación de Tor por el abuelo Harald, pero comprendía sus necesidades. Rune nunca había sido para Tor el padre que Björn había sido para él, cuando vivía. Tor no había crecido en el amor. No sabía lo que significaba sentirse envuelto en un abrazo que olía a humo y a cuero.

No había tenido un padre que además fuera un rey.

En lugar de eso, había sufrido frecuentes castigos, encerrado en el sótano, en una oscuridad diferente de la suya, una oscuridad fría y solitaria, con los trofeos del abuelo Harald como única compañía. Entre esos viejos trofeos, había comenzado a familiarizarse con las historias de héroes y vikingos de Harald, y con el objetivo de una sociedad que era preciso salvar.

Tor había sabido comprender a Loke. Había prestado atención a todo lo que le contaba, desde que había salido a la superficie para vivir en la gran casa. Durante las largas noches de insomnio, cuando la soledad le arañaba el pecho igual que Buster, la rata que recorría los túneles en busca de comida, Tor lo había escuchado. Le había prestado oídos cuando se lamentaba de que su madre hubiera caído al agua sin que nadie la viera, sin nadie que la acompañara en los últimos momentos de su vida. Lo había escuchado cuando le hablaba del ruido sordo del tren que golpeaba contra el cuerpo flaco de su padre y de la corona que caía de su cabeza y rodaba por el suelo, aparentemente intacta.

De cómo los invisibles le habían dado a su padre un entierro digno de un rey, bajo un montículo de tierra, después de hervir sus huesos.

Su pequeño cuerpo albergaba tanta ira durante aquellas largas noches, que en ocasiones la rabia le brotaba como un aullido, mientras Tor le acariciaba la espalda. Su padre le había explicado muchas veces que la vida era el don más preciado.

Cuando llegó a la estación de Rådmansgatan, siguió corriendo por la vía. La gente que esperaba en los andenes lo señalaba con el dedo y le gritaba que allí no podía estar, pero él no les prestaba atención. No le llevó mucho tiempo llegar al túnel de la otra punta de la estación y quedar envuelto una vez más en la oscuridad.

La siguiente estación era Odenplan, la favorita de su padre.

El día que Tor le expuso su plan, él lo vio como la respuesta, como un camino hacia delante, como la manera de abrir una puerta que de otro modo habría quedado cerrada. Era la oportunidad de enseñar a la gente una lección, para que apreciaran la fragilidad y el valor de la vida, y supieran valorar lo que tenían. Aquellas personas que había encontrado en el puente, a punto de saltar, eran invisibles. Pero Tor y él las habían vuelto visibles.

Sin embargo, todo había sido una mentira. Había visto la verdad en los ojos de Vincent. Después de tantos años, había podido verla. Por fin comprendía que su papel había sido el de una simple ficha en una partida de un juego cuyas reglas ignoraba. Tor no tenía ningún interés en proteger la vida. Solo quería destruir y hacerse con el poder.

Quizá al principio había sido un poco más que eso, pero la oscuridad en su interior se había ido extendiendo y lo había vuelto más ambicioso, con la memoria de su abuelo como única referencia. A su primo no le importaba cuántos muertos hubiera, si eso le permitía comenzar a construir el orden mundial al que aspiraba su abuelo Harald. Tor solo quería mandar. Quería ser el Rey. Pero nunca lo conseguiría, porque el Rey amaba a sus semejantes, lo mismo que Loke.

De hecho, ni siquiera se llamaba Loke. Ese nombre se lo había puesto Tor.

Él se llamaba Mattias.

Y era el Príncipe.

Tor lo había engañado y, además, estaba equivocado. Su padre tenía razón.

El suelo comenzó a vibrar bajo sus pies y entonces redujo la velocidad. Oía voces, pero sabía que estaban más lejos de lo que parecía, porque los ecos de los túneles las amplificaban. Una lámpara parpadeó y se apagó. El ambiente se volvió más sombrío aún y largas sombras empezaron a proyectarse sobre las paredes. Las vibraciones redoblaron su intensidad mientras se acercaba a Odenplan.

Cerró los ojos y los vio a los dos, juntos. Su madre y su padre. Por fin. Estaban bailando en la cocina de su casa, junto a la mesa con el mantel de cuadros y las sillas viejas y desiguales. Bailaban y se reían, mirándolo. Los echaba muchísimo de menos. Había una luminosidad a su alrededor, como si cada uno de ellos tuviera su propio sol y ya no fueran invisibles.

Le estaban haciendo señas para que se acercara. Su padre volvía a lucir su corona. Así lo recordaba. Cuando era feliz, cuando era el Rey y el mundo le pertenecía. ¡Cuánto lo echaba de menos! Con pies ligeros que las vibraciones del suelo hacían temblar, el Príncipe fue hacia ellos.

Entonces abrió los ojos y vio las dos luces. Claras. Resplandecientes. Una sonora fanfarria resonó para anunciar la llegada del príncipe heredero. Extendió los brazos.

Volvía a estar en casa.

Mina estaba sentada junto a Vincent en un banco del andén. No había hecho caso de la insistencia de Julia para que se hiciera una revisión médica después del incidente en la casa de Tor. Solo se había cambiado de ropa y había corrido a reunirse con Vincent en cuanto se había enterado de lo ocurrido. Cuando el personal sanitario desplazado al lugar se aseguró de que Niklas y Vincent no habían sufrido lesiones físicas, les ofrecieron tranquilizantes. Niklas lo había agradecido, pero Vincent había rechazado las pastillas, así que ahora, a su lado, no paraba de temblar.

—Perdona —dijo—. Ahora mismo tengo una sobrecarga de cortisol y adrenalina en el cuerpo, de ahí los temblores y las palpitaciones.

Mina le apoyó una mano en el pecho. Era cierto. Tenía el corazón muy acelerado. Pero el suyo estaba igual.

Con cuidado, Vincent colocó una mano encima de la de ella y se la apretó.

—Pronto pasará —dijo—. Pero hay algo que no entiendo. ¿Cómo pude pasar por alto el significado del mensaje hasta el punto de equivocarme de lugar? ¿Cómo he podido ser tan tonto? Se supone que soy...

Guardó silencio. La estación desierta resultaba casi fantasmal. Los trenes volverían a circular al cabo de diez minutos, pero hasta entonces tenían toda la estación para ellos. Mina supuso que habría una multitud enfurecida esperando en los accesos y que todos estarían estresados e irritados por tener que esperar tanto, sin sospechar que se habían salvado de una muerte segura.

—Me pregunto qué pensará la Sombra de todo esto —dijo Vincent—, y si por fin se habrá dado por satisfecho.

—¿Qué quieres decir?

Vincent se levantó una pernera del pantalón, dejando a la vista la correa negra que le rodeaba el tobillo.

—Aquí llevo un transmisor GPS con micrófono —reveló—. La Sombra ha estado conmigo todo el tiempo. Lo ha oído todo. Hoy es mi última oportunidad de hacer penitencia por los pecados cometidos, si quiero volver a ver a mi familia.

—Salvar a media ciudad tiene que ser suficiente penitencia —replicó Mina, cogiéndole un brazo—. Ven, vamos, antes de que la estación se llene de gente y todos empiecen a preguntar qué hace aquí el gran maestro mentalista, temblando como una hoja.

Se levantaron y se dirigieron hacia las escaleras mecánicas.

—¿Cuándo y dónde te reunirás con la Sombra? —preguntó Mina. Después señaló con la cabeza al guardia de seguridad que estaba al pie de la escalera mecánica—. Me aseguraré de llevar hasta el último policía de la ciudad. En cuanto hayas recuperado a tu familia, lo detendremos. Me encargaré personalmente de que pase una larga temporada entre rejas.

—Gracias —repuso Vincent—, pero los dos sabemos que no va a funcionar. Tengo que esperar a que se ponga en contacto conmigo. Y por lo que sé de él, lo hará de tal manera que la policía no podrá alcanzarlo.

Mina asintió. Aunque detestaba la sensación de impotencia, sabía que Vincent tenía razón. No podían dar ningún paso que pusiera en riesgo la seguridad de su familia. No quería ni imaginar lo mal que lo estaría pasando Vincent.

Cuando salieron a la calle, el sol asomó entre las nubes y sus rayos le calentaron la cara. La plaza de Hötorget, que normalmente estaba encharcada por mucho que hubiera nevado en el resto de la ciudad, resplandecía al sol, bajo un manto de nieve espeso y uniforme. Por todas partes había gente hablando y riendo, disfrutando del paréntesis de buen tiempo. Los vendedores del mercadillo competían, como siempre, por ver quién pregonaba con voz más estentórea sus mercancías. Una mujer pasó y le sonrió a Mina. La plaza rebosaba de vida y animación, casi como si los viandantes intuyeran que acababan de salvar la vida.

—¿Adónde vamos? —preguntó Vincent.

—Vendrás conmigo a mi casa, a Årsta —respondió ella—. Puede que no sea capaz de atrapar a la Sombra, pero no pienso dejarte solo ahora. Nathalie se quedará con Niklas esta noche. Está feliz de haber recuperado a su padre y no quiere apartarse de su lado. Y de ningún modo permitiré que te quedes solo en una casa vacía en Tyresö. Esperaré contigo hasta que la Sombra dé señales de vida. Dormirás en mi casa hasta que todo esto haya pasado.

Harry seguía en casa de su abuela, que por fortuna había accedido a cuidarlo. Julia no había especificado por qué necesitaba ayuda con su hijo. Se había limitado a decir que estaba desbordada esa mañana. Y no era mentira. Realmente lo estaba. Pero el mayor problema no era el caos del metro, sino su vida y su matrimonio.

A esa hora, Torkel ya estaría de vuelta del trabajo. Julia no le había dicho nada, porque no sabía cómo reaccionaría. Pero la razón por la que le había pedido a su madre que hiciera de canguro era la necesidad de hablar de todo lo que preocupaba a ambos. El futuro. Su relación. Harry.

Aparcó el coche en el sendero, delante de la casa, y se quedó un momento sentada al volante. Habría sido más sencillo si se hubiera preparado lo que quería decir, pero su decisión de hablar por fin con su marido no significaba que tuviera un plan sobre la forma de hacerlo. Era como si su cerebro y su corazón se hubieran declarado la guerra y llevaran por turnos las riendas de su vida.

El trineo rojo de Harry estaba apoyado contra el muro de la casa y, al reparar en ese pequeño detalle, sintió un nudo en la garganta.

¡Cuánto habían luchado Torkel y ella para traer al mundo a su hijo! ¡Qué unidos habían estado! ¡Cuánto amor habían puesto en la batalla para que un día hubiera un pequeño trineo apoyado contra el muro de su casa! Pero habían fracasado. Tal vez algún día sería capaz de repasar su relación, diseccionarla y determinar con exactitud qué había ocurrido. Pero todavía no. Ni siquiera sabía si tendría sentido averiguar lo que había salido mal. ¿No era suficiente con reconocer el fracaso? ¿O sería necesario además aprender de los errores?

¡Qué difícil era todo! Julia golpeó levemente la cabeza contra el volante. Después respiró hondo y salió del coche.

Había nevado poco tiempo antes, por lo que el suelo delante de la puerta principal estaba blanco e intacto. No había huellas, ni tampoco se veía el rastro de los neumáticos del coche de Torkel. Una de las cosas por las que solían discutir era su costumbre de prestarle el coche a su hermano.

Cuando Julia abrió la puerta, volvió a respirar hondo. Se quitó la nieve de los zapatos en el felpudo y colgó el abrigo del perchero. La casa estaba a oscuras y la única iluminación procedía de los candelabros de Adviento en las ventanas y las lucecitas del árbol de Navidad.

—¿Hola?

No hubo respuesta.

Frunció el ceño, asombrada. Torkel debería estar en casa. Primero fue al cuarto de estar y después al dormitorio. Ni rastro de su marido. Mientras se desplazaba por las habitaciones, iba encendiendo las luces, tratando de buscar al mismo tiempo una explicación para su ausencia. En realidad, era absurdo que le pareciera extraño, porque lo más probable era que hubiera ido al supermercado. Sin embargo, algo le decía que no era así. El ambiente de la casa era diferente.

Cuando encendió la luz de la cocina, vio la carta apoyada sobre una vela blanca. Sintió que el corazón se le desbocaba y por un momento pensó en darse la vuelta, ponerse otra vez el abrigo y los zapatos, meterse en el coche y marcharse a cualquier parte, sin leer la carta. Pero sabía que no era posible. La carta estaba allí y no desaparecería por la sola fuerza de sus pensamientos.

Se dejó caer pesadamente en una de las sillas. Los muebles de la cocina eran heredados de la abuela de Torkel: un hermoso juego antiguo de mesa y sillas de madera que su marido y ella habían pasado medio verano lijando y pintando, hasta lograr superficies perfectas. Se habían sentido muy orgullosos y satisfechos con el resultado.

Muy despacio, abrió el sobre e insertó dentro el dedo índice. Sacó la hoja que había en su interior, la desdobló y leyó con atención el mensaje, entre sus manos temblorosas. Una vida. Una carta.

Un final.

Cuando hubo leído todo el texto, se quedó un rato mirando al frente. Después cogió un mechero de la mesa, encendió la vela y acercó la carta a la llama. El fuego comenzó a devorar las letras negras sobre el papel blanco.

Esperó a que la carta quedara reducida a cenizas y dejó los restos sobre la mesa. Cuando las ascuas se extinguieron por completo, se levantó de la silla.

Se puso el abrigo, que todavía estaba húmedo de nieve, y salió de la casa. Cogió el trineo rojo y lo metió en el maletero del coche. Iría a buscar a Harry y lo llevaría a montar en trineo. Eso era lo único que aún significaba algo.

Vincent se despertó sintiendo que lo sacudían por el hombro. Estaba acostado de lado, con un brazo en torno a Mina. Recordaba que se había quedado dormido envuelto en un albornoz, que era de ella y apenas le llegaba a las rodillas. Pero le daba igual.

Mina había pasado más de una hora en la ducha cuando habían llegado a casa, y al salir del baño de agua hirviendo, se había cortado el pelo todavía más corto que la vez anterior, dos años y medio antes. Él la había abrazado en silencio hasta que dejó de llorar. Ninguno de los dos había sido capaz de hablar de lo que acababan de vivir.

La Sombra no dio señales de vida en toda la noche.

En algún momento, habían debido de quitarse los albornoces sin que él lo recordara, porque ahora Mina estaba en bragas y camiseta de tirantes, y él en calzoncillos. Sentía la espalda de ella caliente contra su pecho y su suave cuello a escasa distancia de su cara. Habría podido quedarse así el resto de su vida.

Pero lo seguían sacudiendo por el hombro. Giró la cabeza para ver quién era, esperando que fuera Nathalie.

Inclinado sobre él estaba la Sombra. Vincent se sobresaltó y le dio sin querer un codazo a Mina, que gimió en sueños. La Sombra se llevó un dedo a los labios y le hizo señas para que lo siguiera a la cocina.

El mentalista se apartó con cuidado de Mina y se levantó de la cama. Encontró la camisa en el suelo y se la puso antes de salir del dormitorio detrás de la Sombra. Echó una última mirada a Mina y entrecerró la puerta. Habría preferido dejarla abierta del todo. No quería perder de vista a Mina ni medio segundo, pero tampoco quería que se despertara.

La Sombra se sentó en una de las sillas de la cocina y le indicó a Vincent que se sentara en la de enfrente.

—Bravo —susurró, aplaudiendo en silencio—. Sabía que lo conseguirías.

—¿Era eso lo que tenía que hacer? —preguntó Vincent—. ¿Salvar a toda la ciudad? ¿Han sido suficientes vidas salvadas para que te des por satisfecho?

—Nada de eso —replicó la Sombra, negando con la cabeza—. No me interesa en absoluto lo que habéis hecho allá abajo en los túneles. Lo que me importa es esto, Vincent. ¡Esto!

Con un amplio movimiento del brazo, señaló el apartamento de Mina.

—¿Qué quieres decir?

—¿Te das cuenta de que ese... personaje... que has construido, ese maestro mentalista, no es más que una defensa psicológica? ¿Un escudo mental? ¿Por qué crees que siempre estás contando objetos y analizándolo todo?

—Mi madre también lo hacía. Con el tiempo he llegado a pensar que estaba en el espectro autista.

La Sombra asintió con expresión grave.

—Sí, claro. La pertenencia al espectro autista es hereditaria —afirmó—. Tú también tienes esa característica en buena medida. Pero cuando te pones a contar y analizar, cuando eres Vincent Walder, activas en exceso el pensamiento racional. Y de esa manera, evitas hacer frente a tus emociones. Hace tiempo que no les prestas atención. Tu yo emocional sigue encerrado en aquella caja, con tu madre muerta. No has procesado en absoluto lo sucedido. Has preferido deshacerte de Vincent Boman y convertirte a todos los efectos en Vincent Walder, el mentalista que lo tiene todo bajo control. Te has escondido de ti mismo detrás de ese personaje y también has usado a tu familia como barrera defensiva.

Vincent echó un vistazo a la puerta entrecerrada del dormitorio. Divisó a Mina a través del resquicio y, viéndola, se sintió un poco más tranquilo.

—Mi familia... —dijo—. ¿Dónde está?

—En estas últimas horas, sin tu familia y sin el personaje del maestro mentalista como escudo protector, has experimentado finalmente la persona que habrías podido ser —prosiguió la Sombra, como si no hubiera oído la pregunta—. Has comprendido e incluso has sentido (¡sí, por fin has podido sentir!) lo que habría podido ser tu vida si hubieras seguido siendo Vincent Boman.

Vincent notó que se le empezaban a llenar los ojos de lágrimas.

—Era un niño —dijo en voz baja—. No tuve elección. Bloquear las emociones fue un mecanismo de defensa.

—Que se convirtió en tu identidad —repuso la Sombra—. Pero ahora Vincent Walder ya no existe. Te dije en la carta que dejaría de existir. No lo necesitas. Siéntelo, Vincent.

Emociones que habían quedado arrinconadas desde que tenía siete años empezaron a desbordarse de repente, como si se hubiera agrietado la presa que las contenía. Emociones que ni siquiera sabía que tenía y que guardaban relación con su madre, con Jane y con él mismo.

También emociones que tenían que ver con Mina.

Sentimientos que ella le despertaba.

Grandes, pequeños... Algunos que reconocía y otros para los

que no tenía palabras. Lo inundaron con tal fuerza que por un instante pensó que lo sofocarían. No habría podido decir cuánto duró ese momento.

Quizá unos segundos.

Quizá una eternidad.

Al final, las emociones más intensas se disiparon. Las olas de la tormenta pasaron, pero aún había movimiento bajo la superficie, en su interior. Y tenía la impresión de que ese movimiento no iba a detenerse nunca. ¿Sentirían lo mismo los demás? ¿Irían por el mundo sintiendo dentro todo eso? Era una nueva forma de ser, desconocida para él, pero no desagradable.

—¿Lo sientes? —le preguntó la Sombra—. ¿Sientes cómo es la existencia sin tu escudo mental, cuando las emociones son tan importantes como el pensamiento racional?

—Sí —dijo Vincent en voz baja—. Lo siento. Pero es casi demasiado...

—Es porque no estás acostumbrado. Bienvenido a la condición humana, donde no contamos pasos, ni botellas de agua, ni lo sabemos todo, sino que somos irracionales, emotivos, contradictorios y nos entregamos al amor. Esta vida que has conocido ahora y aquí, con Mina, podría haber sido la tuya todo el tiempo, si tan solo te hubieras atrevido a ser Vincent Boman. Si te hubieras atrevido a sentir.

Vincent asintió, con lágrimas en los ojos.

—Esto es lo que quiero —murmuró—. Es doloroso y me da miedo. Pero es lo que quiero.

—Muy bien —replicó la Sombra—. Porque todavía no hemos terminado. —Su sonrisa desapareció y su mirada se volvió oscura—. Necesitabas comprender lo que has perdido antes de recibir tu castigo.

—¿Castigo? —preguntó Vincent, abriendo los ojos.

—Por supuesto. Tu decisión de convertirte en Vincent Walder no solo ha suprimido el recuerdo de tu madre, sino que ha causado varias muertes: Jane, Kenneth, Tuva, Robert, Agnes... Puede que no hayas sido el autor de los hechos, pero fuiste su catalizador. Eso no puede quedar impune.

—Entonces... ¿qué piensas hacer? —preguntó Vincent, inseguro.

Volvió a mirar a Mina a través del resquicio de la puerta. Seguía durmiendo profundamente. Le dolía el pecho cuando la miraba. O quizá no fuera dolor. Pero lo sentía. Y le hacía respirar de forma extraña, como si le faltara el aire.

La Sombra se echó hacia atrás y unió las yemas de los dedos de ambas manos.

—Tu castigo será seguir viviendo como Vincent Walder, el maestro mentalista, ahora que sabes cómo sería tu vida si te hubieras atrevido a ser Vincent Boman.

—¿Qué quieres decir?

—¿Cuántas tomas de corriente hay en el apartamento de Mina?

—Seis a la vista —respondió Vincent de forma automática—. Pero tuve que empujar un poco el sofá para ocultar la séptima. En realidad, son siete. Y hay otras seis en el hueco de la escalera, dos por rellano.

Mientras contestaba, sintió que comenzaba a repararse por sí sola la grieta abierta en la presa de su mente, el dique que había contenido todas las emociones y sentimientos verdaderos a lo largo de casi toda su vida. Se dio cuenta demasiado tarde e intentó desesperadamente mantener la brecha abierta, pero al final se impuso la costumbre de contar objetos de forma compulsiva.

Volvía a ser Vincent Walder.

El ultrarracional maestro mentalista.

Cerró los ojos. Si hubiera podido llorar una vez más, lo habría hecho. Cuando al cabo de un rato abrió los párpados de nuevo, la puerta del dormitorio se había cerrado. Ya no veía a Mina. Y la Sombra se había marchado, tan discretamente como había aparecido.

EL PRIMER DÍA

Cuando Mina se despertó, Vincent ya no estaba. Prestó atención por si oía algún ruido en la cocina o el baño, pero todo el apartamento estaba en silencio. Sintió físicamente su ausencia. Suspiró y se levantó de la cama.

En el suelo yacían varias prendas en un único montón desordenado. ¿Habían...? No, de ser así, lo recordaría, por mucho que la hubieran traumatizado los sucesos del día anterior. Pero no entendía por qué se había marchado Vincent tan temprano, ni sabía adónde habría podido dirigirse. Cogió el móvil de la mesilla y lo llamó. No hubo respuesta. Claro que no. Loke había destrozado su teléfono.

La inquietaba que no se hubiera quedado con ella. La noche anterior lo había notado extraño, como si fuera otra persona. Nunca podría perdonárselo a sí misma si Vincent había cometido alguna tontería.

En cualquier caso, daba la impresión de que se había llevado la mayor parte de su ropa. Una banda elástica unida a un objeto negro yacía en el suelo. Era el micrófono que le había dado la Sombra. Mina lo recogió y abrió la pequeña caja que según Vincent contenía el transmisor GPS. Sin embargo, en lugar de componentes electrónicos, solo vio unas cuantas piezas de Lego ensambladas entre sí. Frunció el ceño. ¿Qué podía significar? Volvió a coger el teléfono y llamó a Julia.

—Hola, soy yo —dijo en cuanto Julia atendió la llamada—. ¿Sabes algo de Vincent?

—No. ¿No está en su casa?

Por supuesto. Julia no sabía que Vincent había dormido con ella. Y era mejor que nadie lo supiera. Era algo entre ellos dos, nada que interesara al mundo.

—No consigo localizarlo —explicó—. Ayer estaba bastante nervioso. Voy ahora mismo a Tyresö, a ver si lo encuentro. Pero... ¿puedo pedirte un favor?

—Lo que tú digas —repuso Julia—. Unos días libres te vendrían muy bien, si es eso lo que quieres, después de todo lo que habéis pasado tu familia y tú.

Mina respiró hondo. No sabía cómo se tomaría Julia lo que iba a decirle. Al fin y al cabo, había ocultado información importante a la policía.

—No te enfades —empezó—, pero Vincent recibió una carta amenazadora la víspera de Navidad. Toda su familia ha sido secuestrada. Como le han advertido que no recurra a la policía, no se ha atrevido a hacer la denuncia. Y yo he tenido que prometerle que no se lo contaría a nadie.

—¿Qué estás diciendo? —exclamó Julia, casi gritando al otro lado de la línea—. ¿Cómo has podido...? ¿Y crees que ahora también han secuestrado a Vincent?

—No lo sé, pero anteayer se encontró con el secuestrador en el restaurante Gondolen. Alguien tiene que haberlos visto. ¿Puedes enviar a alguien a interrogar al personal? Con un poco de suerte, tendremos al menos una descripción.

—Llamaré a Ruben.

—Y yo me pondré en contacto contigo en cuanto llegue a la casa de Vincent —respondió Mina antes de colgar.

—¿El tipo que lee el pensamiento? —replicó el camarero del Gondolen, mientras preparaba las mesas.

Faltaba poco para la hora punta del almuerzo. Ruben ya tenía hambre, pero le había prometido a su abuela que iría con Sara a comer con ella. Seguramente su abuela habría hecho acopio de las mejores galletas de almendra para el postre.

—Sí, estuvo aquí hace un par de días —prosiguió el camarero—. Pero no vi que viniera con nadie. Se sentó en la barra y se pasó el rato mascullando, como si estuviera hablando solo. Lo cierto es que no pensé que fuera a volver.

—¿Volver? —preguntó Ruben—. ¿Qué quieres decir?

El camarero interrumpió el trabajo y soltó una carcajada, como si hubiera recordado algo gracioso. Después meneó la cabeza.

—Bueno, estuvo aquí hace..., no sé, unos dos años quizá —empezó—. Antes de la reforma del local. Se sentó también en la barra y se quedó toda la noche, pero montó un espectáculo tremendo. Gritaba y gesticulaba. Luego se fue al lavabo y, por el ruido, parecía que estuviera destrozando los retretes. Cuando salió, estaba tan avergonzado que pensé que no volveríamos a verlo nunca más.

—Pero, entonces, ¿también esa vez estaba solo?

—Sí. También estaba solo.

El coche de Vincent no estaba delante del garaje cuando Mina llegó, pero eso no quería decir nada necesariamente. Subió por el sendero y aparcó. Había ensayado en silencio lo que pensaba decirle a Vincent en cuanto abriera la puerta. Le echaría una buena bronca por darle un susto de muerte sin ningún motivo.

Se dirigió a través de la nieve hacia la puerta principal y llamó al timbre. No era propio de Vincent dejar el sendero completamente cubierto de nieve. Pero en los últimos tiempos había tenido muchas preocupaciones.

Volvió a llamar al timbre.

—¿Vincent?

Llamó a la puerta. No hubo respuesta.

Probó el picaporte y la puerta se abrió. No estaba cerrada con llave. Eso tampoco parecía propio de Vincent. Se arrepintió de no haber ido de uniforme, porque al menos habría tenido a mano el arma reglamentaria. Le vino a la mente la imagen de cuando Nathalie y ella habían entrado en la casa de Walther. La situación se asemejaba demasiado. Cuando entró, casi llegó a imaginar el cuerpo ensangrentado de Vincent tendido en el suelo del pasillo.

—¿Vincent? ¿Maria? ¿Hola?

¿Cómo se llamaban los hijos de Vincent? Quizá ya estuvieran de vuelta en casa, si la Sombra había mantenido su promesa. Sí, ahora recordaba sus nombres.

—¿Rebecka? ¿Benjamin? ¿Aston? ¿Estáis en casa? Soy Mina, amiga de vuestro padre.

Silencio.

Mina entró en la casa y vio el interruptor para encender la luz del techo. Esperaba encontrar un recibidor lleno de abrigos, con un montón de botas y zapatos de distintas tallas y uno o dos trineos de Aston. Pero, aparte de un par de zapatos de vestir que claramente pertenecían a Vincent, el recibidor estaba vacío. Muy extraño. Incluso ella, que se pasaba la vida limpiando y poniendo orden en su casa, tenía abrigos colgados en el perchero de la entrada. Y allí vivía toda una familia. La Sombra no podía haberse llevado todo.

Entonces ¿dónde estaban sus cosas?

Había algo que no encajaba.

Una voz en el fondo de su mente le dijo que tal vez sería mejor no averiguarlo, que todavía podía marcharse sin enterarse de nada y sin volver a pensar en el recibidor curiosamente vacío. Pero no. Tenía que encontrar a Vincent.

Siguió avanzando hacia la cocina.

Estaba igual de vacía.

Pero no por completo. Abrió las puertas de varios armarios y vio unos cuantos platos desiguales, dos vasos, dos tazas... No podía decirse que fuera la vajilla de una familia. Había un calendario de pared y una cafetera sobre la encimera. En la mesa estaban los documentos relativos a la investigación acerca de Jon Langseth y los demás. Pero no había ninguno de los pequeños objetos que normalmente se acumulan en una cocina.

No solo estaba vacío. La sensación era de... desolación.

De una desolación antinatural.

A Mina se le empezó a erizar el vello de la nuca mientras se adentraba en la casa. Todo lo que veía le parecía extraño, de una manera que no podía describir con palabras. Cuando encontró el estudio de Vincent, respiró aliviada. Al menos eso era exactamente tal como él lo había descrito. Los regalos de la Sombra estaban expuestos en la pared, y en una estantería había gran cantidad de acertijos, enigmas y rompecabezas caseros. Mina supuso que la mayoría procederían de Loke.

—¿Vincent? —gritó—. ¿Estás ahí?

Retrocediendo, salió de la habitación. Sentía que conocía muy bien a su amigo, pero la persona que vivía en esa casa era un desconocido. De repente, las palabras de Vincent sobre Jon Langseth resonaron en su cabeza:

Es fácil creer a posteriori que puedes explicar las razones de un cambio de comportamiento. Cuando ya sabes lo que ha pasado, el conocimiento modifica el recuerdo de lo que has visto.

Empezó a moverse más deprisa. No quería quedarse en la casa más de lo estrictamente necesario, pero tenía que asegurarse de que Vincent no estuviera en una de las habitaciones.

Probó la primera puerta a la derecha, que debía de ser uno de los cuartos de los niños. Tragó saliva al ver que estaba tan desierto como el recibidor y la cocina. No parecía que nadie hubiera vivido nunca allí. No había nada. Ni juguetes, ni estanterías. Ni siquiera una cama. Las paredes pedían a gritos una mano de pintura y el suelo era grisáceo. Entró en la habitación y pasó la mano por el alféizar de la ventana. Se le llenó de polvo.

Ahora no solo se le erizó el vello de la nuca, sino que empezó a picarle todo el cuero cabelludo.

—Vincent —susurró—. ¿Qué has hecho?

Dos puertas abiertas más revelaban otras dos habitaciones igualmente vacías. Vincent tenía una gran familia. Una esposa y tres hijos. Debería haber rastros de ellos por todas partes.

Ropa, maletas, cajas, libros, adornos, migas de pan, ropa sucia, juguetes... Las cosas con las que una familia llena su casa. Pero Mina no veía nada de eso. Nada en absoluto.

Presa del pánico, abrió todos los armarios y cajoneras que encontró, por si Vincent resultaba ser un limpiador todavía más maniático que ella con la limpieza. Pero todos estaban vacíos.

Debía de haberse equivocado de casa. Tenía que ser la de su vecino. Sí, eso debía de ser. Naturalmente.

Sin embargo, había visto «Walder» en el buzón. Estaba segura.

La casa era la correcta.

Lo que estaba mal era todo lo demás.

Entró en el salón y se paró en seco. De repente, se sintió mareada. Probablemente estaría respirando demasiado rápido y oxigenando demasiado el cerebro, pero no podía evitarlo. Su parte racional sabía que era solo una reacción a la conmoción del momento. Pero ese conocimiento no aliviaba la sensación de encontrarse en caída libre. Se apoyó en el respaldo del sofá para no desplomarse. En el cuarto de estar, además del sofá, había un televisor y un acuario con peces. Pero no fue nada de eso lo que llamó su atención. Fueron las letras de un metro de altura, pintadas una y otra vez hasta llenar toda una pared.

UMBRA

—Vincent —susurró, o tal vez solo lo pensó, no lo sabía, mientras sus ojos se llenaban de lágrimas—. No, Vincent, no.

El ruido del teléfono la sobresaltó. Se frotó varias veces los párpados y después miró la pantalla. Era un mensaje del laboratorio de la policía científica de Linköping.

Hemos analizado la carta que nos envió.

La había olvidado por completo. Era la carta amenazadora que Vincent había recibido de la Sombra la víspera de Navidad. La había enviado al laboratorio para que la analizaran.

No hay ninguna huella dactilar, aparte de las
de Vincent Walder. Si alguien más la tuvo
en sus manos, debió de usar guantes.
O quizá la escribió él mismo.

La verdad la golpeó con tanta fuerza que las piernas le estuvieron a punto de ceder. Había encontrado la explicación de que la casa estuviera vacía.

Siempre lo había estado.

No había ninguna familia.

—¿Por qué no has dicho nada? —murmuró, acercándose a la pared para apoyar las manos sobre las letras, como si pudiera sentirlo a él a través de los trazos—. Podría haberte ayudado. Lo sabías. No tenías por qué haber estado solo. ¿Por qué, Vincent?

Entonces comprendió que él había tratado de explicárselo. De hecho, lo había intentado varias veces, pero ella no lo había escuchado. Quizá no había querido entender lo que él necesitaba decirle. Soltó el teléfono y apenas oyó el golpe cuando cayó al suelo. Las palabras de Vincent resonaban en su cabeza y sofocaban cualquier otro ruido.

Trastorno disociativo de la identidad... Lo que antes se llamaba trastorno de personalidad múltiple, cuando algunas partes de la personalidad se separan de las demás. Es poco corriente, pero a veces ocurre. Las personas afectadas suelen tener dificultad para saber quiénes son y tienen la sensación de no poder controlar sus actos... El trastorno suele tener su origen en un trauma infantil profundo.

Había estado viviendo en esa casa completamente solo. Él y su trauma.

Mina gritó con todas sus fuerzas y se tapó los oídos con las manos para no oír nada más, pero la voz de Vincent seguía hablando:

El cerebro es a la vez nuestro peor enemigo y nuestro mejor amigo. Los caminos que encuentra para protegernos son... extraordinarios. Como te he dicho, Mefistófeles podría ser simplemente una faceta de Fausto... A veces somos nuestro peor enemigo.

Volvió a mirar las letras en la pared y dejó que fluyeran las lágrimas, sin tratar de contenerlas.

A veces me pregunto si no habré sufrido un brote psicótico y me lo estaré imaginando todo.

El llanto era como un río que la arrastraba. Pero a través de las lágrimas, aún podía ver con claridad el mensaje de la pared.

UMBRA

Ulrika, Maria, Benjamin, Rebecka, Aston. La sombra más oscura y profunda.

UN AÑO DESPUÉS

Mina miró por la ventana. La nieve se había retrasado esta vez. Eran los últimos días del año, pero el tiempo parecía creer que aún estaban a principios de noviembre. Aunque le gustaba el frío, se alegraba de que las temperaturas no fueran tan gélidas como el invierno anterior.

Amanda le tendió un frasco de gel hidroalcohólico, pero ella lo rechazó. Ya no lo necesitaba. La psicóloga dejó el frasco sobre la mesa, junto a un diminuto árbol de Navidad cuyas luces parpadeaban de forma irregular.

—¿Cómo te sientes hoy? —le preguntó.

Mina se volvió hacia ella. El sillón donde estaba sentada era del mismo tono marrón claro que el resto de los muebles de la consulta de Amanda. ¿Le habrían enseñado en la universidad a no amueblar su despacho con nada que no fuera del color de la madera natural?

—Bien, gracias —respondió Mina—. Ayer recibí una invitación de Ruben y Sara. Se han prometido y van a celebrarlo con una fiesta. ¿No es un poco raro organizar una fiesta solo porque te has comprometido? Pero Christer, Lasse, Adam y Julia también irán. Adam vendrá con... Jessica, creo que así se llama su novia. No funcionó lo de Julia después del divorcio, pero probablemente ha sido lo mejor para ella, porque...

—Mina —la interrumpió Amanda—, no estamos aquí para

hablar de tus compañeros de trabajo. Te he preguntado cómo estás tú.

Mina guardó silencio y volvió a mirar por la ventana.

—Estoy bien —dijo al cabo de un rato—. Cada vez controlo mejor la compulsión de limpiar. Este último mes, me he lavado y duchado casi lo mismo que Nathalie. Lógicamente, estos días después de la Navidad han sido un poco difíciles para nosotros, también para Nathalie y Niklas, porque se ha cumplido un año justo desde que... pasó todo. Nathalie sigue echando mucho de menos a su abuelo. Pero es una chica fuerte. De hecho, voy a cenar con ella y con Niklas esta noche. Hoy cocinará Nathalie y su padre está muy nervioso, como era de esperar, porque es un obseso de la cocina. Será muy divertido ver cuánto tiempo consigue mantener la boca cerrada.

—Un año justo... —repitió Amanda, mientras hacía una anotación en su libreta—. ¿Cómo te sientes al respecto?

—¿Sinceramente? No pienso en otra cosa. Y todavía no he tenido noticias de Vincent, después de un año. Estoy muy preocupada por él. ¿Has sabido algo? ¿Qué dicen tus colegas?

—Lo único que sé de Vincent Walder es lo que he podido deducir del informe que me diste hace un año —replicó Amanda—. Básicamente, que necesita ayuda. Espero que esté ingresado en algún centro donde le proporcionen la atención que requiere. Pero no puedo saberlo. La ley de protección del paciente impide hacer públicos los datos sobre las personas ingresadas. Nadie puede acceder a esa información. Es bastante habitual en la atención psiquiátrica.

—Pero todos saben que Tor está cumpliendo su condena en el centro de internamiento psiquiátrico de Helix.

—Sí, fue una suerte que tu disparo no le alcanzara ningún órgano vital —repuso Amanda—. El ingreso de Tor Svensson en un psiquiátrico ha sido el resultado del rápido desarrollo del juicio en su contra. Su megalomanía había alcanzado niveles peligrosos incluso durante el propio proceso judicial. Pero Vincent es libre de hacer lo que quiera. Simplemente, ha desaparecido. Puede decirse que su caso es... único.

—Vincent es único en todos los sentidos.

—Ya sabes que no soy policía, aunque trabajo mucho con vosotros, y solo puedo guiarme por lo que he visto en televisión. Pero ¿no podéis rastrearlo siguiendo los movimientos de su tarjeta de crédito, la localización de su teléfono móvil o algo similar?

Mina se encogió de hombros.

—Loke le destrozó el móvil. Su número no está activo y, por lo que he podido averiguar, no parece que tenga uno nuevo. En cuanto a la tarjeta de crédito, la policía no puede investigar sus movimientos, porque no ha hecho nada malo. Vincent es un ciudadano como cualquier otro, y los bancos no comparten información sobre sus clientes sin que haya una razón de peso.

—Pero lo has intentado.

No era una pregunta. Claro que lo había intentado. Era lo primero que había hecho. Pero no había funcionado la primera vez, ni tampoco todas las otras veces que había vuelto a intentarlo.

Sobre la mesa, a su lado, había un ejemplar de hacía una semana del diario *Dagens Nyheter*. Un artículo en portada anunciaba el nombramiento de un nuevo secretario general al frente de la Unión por el Futuro de Suecia. Pero Mina no creía que mereciera la pena recordar su nombre. Desde la dimisión de Ted Hansson, un año antes, el partido había tenido serias dificultades para encontrar un nuevo líder. La mayoría habían durado poco más de un mes en el cargo, antes de que su ignorancia política les impidiera seguir dirigiendo un partido de alcance nacional. Daba la impresión de que la Unión por el Futuro de

Suecia había entrado en declive, y Mina esperaba que siguiera así hasta desaparecer por completo.

—Me cuesta creer que haya pasado un año desde que fui a su casa en Tyresö —dijo en voz baja—. Parece que fue ayer. La encontré tan horriblemente... desierta. Todavía sueño que estoy allí. ¡Y pensar que toda la familia de Vincent era solo una fantasía!

Amanda asintió lentamente y apoyó el bolígrafo.

—No debería pronunciarme sin hacerle a Vincent una evaluación psicológica profunda —dijo—, pero tras escucharte a ti durante estos doce meses, solo puedo llegar a una conclusión. Su familia era una construcción subconsciente, probablemente un mecanismo para sobrellevar su trauma infantil. Nunca he visto un caso tan grave de desdoblamiento de la personalidad como el de Vincent.

—Creo que los miembros de su familia representaban diferentes aspectos de su propia persona —observó Mina—. Aston era su faceta emocional; Benjamin, su lado analítico, y Rebecka, su vertiente social. Maria era su parte espiritual, un aspecto de sí mismo con el que probablemente nunca se había sentido cómodo. Y Ulrika era quizá su cinismo. Todo esto ya lo he dicho antes. Pero sigo sin entender qué sucedió.

—Tal vez sea hora de que hablemos de esto —propuso Amanda, inclinándose hacia delante—. Mi propósito en estas sesiones ha sido ayudarte a que te sientas lo mejor posible, después de todo lo que ha pasado. Como nos hemos centrado en ti, hay algo que deliberadamente he omitido, pero creo que ha llegado el momento de abordarlo.

—¿A qué te refieres?

—A tu papel en lo sucedido con Vincent.

—¿Mi papel? —repitió Mina.

Al principio, cuando Julia le había propuesto que fuera a ver a Amanda, se había negado. Lo último que necesitaba era una psicóloga que se pusiera a escarbar en su interior, donde nadie tenía nada que hacer. Pero tuvo que ceder cuando Julia le dijo que no era una sugerencia, sino una orden. Aun así, seguía sin hacerle gracia acudir a la consulta de Amanda. Y el nuevo tema de conversación le apetecía aún menos. Miró el reloj, con la vana esperanza de que se estuviera agotando el tiempo de la sesión, pero no tuvo suerte.

—Sí, el tuyo —replicó Amanda con una sonrisa—. Creo que el mundo de fantasía de Vincent empezó a desmoronarse cuando tú entraste en escena. Por primera vez, había alguien que se interesaba por él. Tú. Ya no tenía la misma necesidad de sus personalidades externas. No es de extrañar que Maria estuviera tan celosa de ti, ni que discutiera tanto con Vincent. Recuerda que, para él, Maria era una persona real.

—Pero ¿cómo es posible que no lo notáramos? —dijo Mina—. ¿Y por qué nunca me dijo nada?

—Creo que él intentó deshacerse de su fantasía a su manera. Aquella discusión en el restaurante Gondolen con «Ulrika» fue seguramente un intento de rebelarse contra la falsa realidad que había construido. Pero no lo consiguió. La necesidad de liberarse dio pie a la aparición de «la Sombra», el subconsciente de Vincent, que culpaba a «nuestro» Vincent de haberse negado una vida verdadera. Y, como te he dicho, creo que tu presencia desempeñó un papel importante en ese proceso. El hecho de que él deseara volver a vivir en nuestra realidad, después de quién sabe cuántos años, fue consecuencia de su relación contigo.

Mina guardó silencio un momento. Volvió a mirar por la ventana, tratando de asimilar las palabras de Amanda. No quería ponerse a llorar.

—Lo echo de menos —confesó—. Sea quien sea ahora. Y esté donde esté.

Amanda asintió en silencio. No había nada que pudiera decir para hacerla sentir mejor. Y le pareció que Mina lo había entendido. Sonrió y cerró la libreta que tenía sobre las rodillas. El tiempo de la sesión había terminado.

—Por cierto, hay algo más —dijo Amanda—. Algo relacionado con esa tierra de sombra, esa umbra que mencionaste la primera vez que nos vimos. No había muchas cosas en la casa de Vincent, pero he analizado todo tu informe en detalle, para tratar de comprender su psicología. ¿Recuerdas los peces del acuario? No sé si te lo había dicho, pero he visto las fotos y los he buscado. ¿Sabes cuál es el nombre científico de esos peces? *Umbra limi.*

Umbra limi. Mina sonrió para sus adentros. Típico de Vincent.

Vincent salió de la gasolinera con seis helados. La familia se había apeado del coche, en el aparcamiento, para aprovechar el sol. El invierno estaba siendo inusualmente suave. De alguna manera, consiguió guardarse las monedas del cambio en el bolsillo. No quedaban muchas tiendas que aceptaran dinero en efectivo, pero era posible encontrarlas si se buscaba lo suficiente.

—¡La pausa del helado! —exclamó.

—¿No ibas a poner gasolina? —preguntó Ulrika.

—¡Helado en pleno invierno! —resopló Rebecka—. ¿Por qué tienes que ser siempre tan raro, papá?

—Dame a mí el helado de la tía Ulrika, si ella no lo quiere —dijo Aston.

—De eso nada —se opuso Ulrika, cogiendo dos helados. Después se volvió hacia su hermana—. Aquí tienes, Maria. ¿Quieres el de chocolate negro o el otro?

Vincent les sonrió y se caló un poco más la gorra sobre los ojos. El empleado de la gasolinera no lo había reconocido, pero era mejor seguir actuando con prudencia. De hecho, hacía tiempo que nadie lo reconocía. Era curioso lo mucho que podía cambiar una persona con un poco de tinte oscuro para el pelo y una buena barba.

—Haced lo que queráis, pero no comáis los helados dentro del coche —advirtió—. No quiero que se ensucien los asientos.

Entonces le vino a la mente el recuerdo de un coche con fundas de plástico sobre el tapizado. El coche de Mina.

Mina.

Sintió un pinchazo en el corazón. Aunque había pasado todo un año, la seguía echando de menos tanto como el primer día o incluso más. Pero la Sombra no le había dejado otra opción. Daba igual lo que sintiera. No podía permitirse pensar demasiado en ella. Todavía no. No hasta que hubiera hecho lo que tenía que hacer, si es que alguna vez lo hacía.

—Benjamin, ¿quieres conducir para practicar un poco? —le preguntó a su hijo.

—No, conduce tú, papá —respondió Benjamin—. Tú lo haces mejor.

—¿Cuándo tendremos otra vez una casa donde vivir? —intervino Aston, mientras se acababa su helado—. Estoy harto de hoteles. Ya no sé ni cuánto tiempo hace que estamos viajando. ¿Adónde vamos?

Vincent se echó a reír y le despeinó la melena pelirroja. ¿Pelirroja? No, no podía ser. Parpadeó y el pelo de Aston volvió a ser rubio.

A la salida de la gasolinera, una señal de tráfico indicaba que faltaban trece kilómetros para llegar a Kvibille. Trece kilómetros para llegar a la granja donde todo había empezado.

—Ya falta poco —replicó Vincent—. Reconoceréis el lugar en cuanto lleguemos.

21	24	28	14
27	15	20	25
16	30	22	19
23	18	17	29

AGRADECIMIENTOS

Como escritores, estaríamos en el paro si no fuera por vosotros, los lectores. Por eso, lo primero y más importante es daros las gracias por haber llegado hasta aquí y por acompañarnos en esta tortuosa aventura.

Por supuesto, queremos agradecer como siempre a Joakim Hansson, Signe Bedinger, Anna Frankl, Steve White y a todos los integrantes de la agencia Nordin, que siguen ofreciendo al mundo nuestras humildes obras. Muchas gracias también a Lili Assefa y a todo el equipo de Assefa Kommunikation por asegurarse de que todos hayáis oído hablar de nuestros libros.

Como no podía ser de otra manera, queremos dar las gracias también al equipo de la editorial Forum, en particular a nuestra editora, Ebba Östberg, y a nuestro consejero argumental, John Häggblom, así como a nuestra correctora, Kerstin Ödeen, a quienes hemos dado demasiado trabajo, como ya es habitual. El equipo de marketing, dirigido por Pia-Maria Falk y Clara Lundström, merece una alfombra de pétalos de rosa.

Un especial agradecimiento a nuestro excepcional diseñador de portadas, Marcell Bandicksson, y a Nicole y todo el equipo de atención al cliente de SL, la empresa de transporte urbano de Estocolmo, por responder a todas nuestras preguntas. Gracias también a Mattias Forshage, entomólogo del Museo Nacional de Historia Natural, por enseñarnos tantas cosas sobre los dermestidos que casi podríamos montar nuestro propio terrario; a Anders Palm, jefe de unidad e ingeniero del cuerpo de bomberos de Estocolmo, por las necesarias lecciones sobre gases y explosivos, y a Teresa Maric, de la policía de Estocolmo, por no denunciarnos cuando le preguntamos cuál era la mejor manera de hacer saltar por los aires la plaza de Hötorget. (Sin embargo, hemos notado que desde hace unas semanas hay una furgoneta negra aparcada delante de nuestro despacho.)

También hemos recibido, como siempre, la inestimable ayuda de Kelda Stagg y Rebecka Teglind en todo lo relacionado a las técnicas forenses en la escena del crimen y la datación de los restos óseos. Queremos dar las gracias asimismo a Catharina Enblad, que nos ha servido de guía en los pasillos del poder.

Igualmente queremos darte las gracias a ti, cuyo nombre hemos olvidado mencionar, pese a lo mucho que merecías que te nombráramos. Gracias por saber perdonarnos.

Como siempre, hemos tenido que tomarnos algunas libertades respecto a la realidad, tanto en los detalles del trabajo policial como del mundo en general. Esperamos que no lo hayáis notado demasiado.

Este proyecto no habría sido posible sin nuestras familias, siempre comprensivas, y sin el apoyo de nuestras parejas: Linda Ingelman y Simon Sköld. Es realmente un milagro que nos hayan aguantado, sobre todo cuando estaban a punto de agotarse los plazos para la entrega. Pero preferimos no diseccionar su masoquismo, por lo que nos contentaremos con decirles una vez más: gracias y mil disculpas. Os adoramos.

También hay otras personas que merecen agradecimientos individuales esta vez: Julia Hammarsten, Ruben Höök, Christer Bengtsson, Peder y Anette Jensen, Adam Blom y Sara Temeric. Gracias por abrirnos las puertas de vuestras vidas mientras resolvíais crímenes, os prometíais, teníais hijos, os enamorabais, os divorciabais, celebrabais la Navidad y hasta os moríais (¡perdónanos, Peder!). No habéis dejado de sorprendernos y ha sido un auténtico placer conoceros.

Pero nuestro mayor agradecimiento es para nuestras estrellas: Vincent Walder y Mina Dabiri. Estamos un poco tristes porque ya no volveremos a veros, pero os deseamos lo mejor para el futuro, hagáis lo que hagáis. Si algún día nos encontramos por las calles de la ciudad, ¿dejaréis que os invitemos a un café y querréis contarnos lo que habéis hecho últimamente? Ya os echamos de menos.

Camilla y Henrik, julio de 2023

Otros títulos de la autora en Booket:

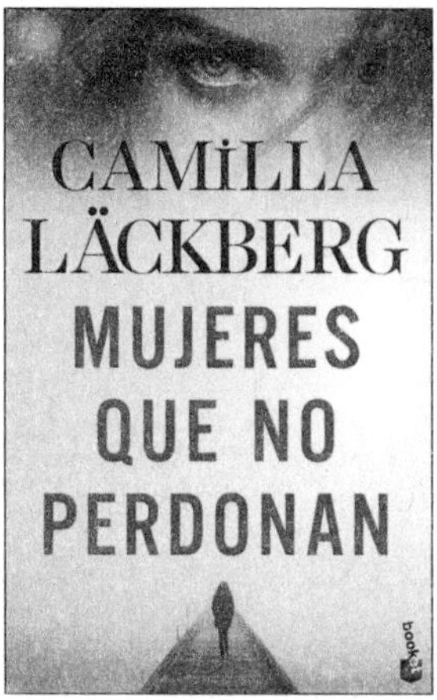